La Conspiration du Temple

STEVE BERRY

La Conspiration du Temple

Traduit de l'anglais (États-Unis)
par Françoise SMITH

ÉDITIONS FRANCE LOISIRS

Titre original : *The Venetian Betrayal*

Édition du Club France Loisirs,
avec l'autorisation des Éditions le cherche midi.

Éditions France Loisirs,
123, boulevard de Grenelle, Paris.
www.franceloisirs.com

ISBN : 978-2-298-02574-3

Pour Karen Elizabeth
La fin d'un voyage

REMERCIEMENTS

Merci à Pam Ahearn d'abord et méfiez-vous : un agent doté d'un BlackBerry dernier cri fait des ravages. Ensuite, comme toujours, merci à la merveilleuse équipe de Random House : Gina Centrello, mon éditrice (je le dis avec une grande fierté), Libby McGuire pour son soutien inconditionnel ; Mark Tavani, éditeur qui m'a de nouveau fait bénéficier de son exceptionnelle perspicacité ; Cindy Murray qui prend un malin plaisir à m'envoyer au bout du monde ; Kim Hovey qui se débrouille pour que les gens aient envie de me lire ; Rachel Kind qui diffuse mes romans aux quatre coins de la planète ; Beck Stvan, artiste hors du commun qui crée les couvertures de mes livres ; Carole Lowenstein et enfin tous les employés des départements ventes et publicité – absolument rien ne pourrait être accompli sans leurs efforts acharnés.

Encore quelques mots pour remercier Vicki Satlow, qui me représente en Italie et grâce à qui notre séjour dans ce pays s'est révélé productif ; Michele Benzoni et son épouse Leslie qui nous ont accueillis à Venise ; Cristina Cortese qui nous a fait visiter la basilique Saint-Marc et nous a fait bénéficier de ses inestimables commentaires ; tous les employés des éditions italiennes Nord, une équipe extraordinaire ; Damaris Corrigan, une femme géniale qui au cours d'un dîner un soir a enflammé mon imagination. Mes sincères remerciements à vous tous.

Mention spéciale bien que tardive à mon frère Bob et son épouse Kim ; à ma fille Lyndsey et à mon fils Grant. Même si je ne le dis pas assez souvent, vous comptez tous vraiment beaucoup pour moi.

Enfin, ce roman est dédié à la femme que j'ai épousée il y a quelques mois. Elle a vu cette histoire passer de l'état d'idée à des mots sur le papier. En cours de route, elle m'a prodigué ses conseils, ses critiques et ses encouragements.

Cette vie du courage a ses charmes ;
la mort même n'en est point exempte,
quand elle consacre le guerrier à l'immortalité.

ALEXANDRE LE GRAND
dans ARRIEN, *L'Anabase d'Alexandre*

C'est le privilège de la folie que d'ignorer le mal
qui se trouve face à elle.

DRAMATURGE DANOIS INCONNU

Chronologie des faits marquants

20 JUILLET 356 AVANT J.-C.	Naissance d'Alexandre de Macédoine.
336 AVANT J.-C.	Assassinat de Philippe II. Alexandre accède au trône.
334 AVANT J.-C.	Alexandre entre en Asie Mineure et entreprend ses conquêtes.
SEPTEMBRE 326 AVANT J.-C.	La campagne d'Asie s'achève en Inde quand l'armée d'Alexandre se révolte. Alexandre repart vers l'ouest.
NOVEMBRE 324 AVANT J.-C.	Mort d'Héphaestion.
13 JUIN 323 AVANT J.-C.	Mort d'Alexandre à Babylone. Ses généraux se partagent son empire. Ptolémée s'empare de l'Égypte.
321 AVANT J.-C.	Le cortège funéraire d'Alexandre se met en route pour la Macédoine. Ptolémée attaque la procession. Le corps d'Alexandre est emmené en Égypte.

305 AVANT J.-C.	Ptolémée devient Ptolémée Ier, pharaon d'Égypte.
283 AVANT J.-C.	Mort de Ptolémée Ier.
215 AVANT J.-C.	Ptolémée IV fait ériger le Sôma pour accueillir la dépouille d'Alexandre.
67 APRÈS J.-C.	Saint Marc est martyrisé à Alexandrie ; on dissimule son corps.
273 APRÈS J.-C.	Le Sôma est détruit et le corps d'Alexandre le Grand disparaît.
828	Des marchands vénitiens dérobent les reliques de saint Marc et les ramènent dans la cité des Doges. Elles sont entreposées au palais des Doges. Puis on perd leur trace.
JUIN 1094	Les reliques de saint Marc font leur réapparition à Venise.
1835	Les reliques de saint Marc sont transférées sous l'autel de la basilique Saint-Marc.

Prologue

Babylone
Mai 323 avant J.-C.

Alexandre de Macédoine avait décidé la veille de tuer l'homme lui-même. D'ordinaire, il déléguait ce genre de tâche, mais pas aujourd'hui. Les leçons de son père lui étaient précieuses et il y en avait une en particulier qu'il n'avait jamais oubliée : c'est pour les vivants que l'on organise des exécutions.

Six cents de ses meilleurs soldats étaient rassemblés. Des hommes sans peur qui, au fil des batailles, s'étaient lancés tête baissée dans les rangs ennemis ou avaient consciencieusement protégé les flancs vulnérables de son armée. Grâce à eux, l'indestructible phalange macédonienne avait conquis l'Asie. Mais aujourd'hui, point de bataille. Les hommes ne portaient ni arme ni armure. Malgré leur lassitude, ils s'étaient assemblés, en tunique, coiffés de leur casque, le regard fixe.

Alexandre lui aussi observait la scène, le regard exceptionnellement las.

Alexandre, roi des Macédoniens, chef des Grecs, roi d'Asie, souverain de Perse. Pour certains, il était le maître du monde ; pour d'autres, un véritable dieu. L'un de ses généraux avait dit un jour que c'était le seul guerrier philosophe de l'histoire.

Mais il était aussi humain.

Et Héphaestion son bien-aimé était mort.

Cet homme était tout pour lui – confident, commandant de la cavalerie, Grand Vizir, amant. Aristote lui avait appris enfant qu'un ami est un autre soi-même, définition parfaite d'Héphaestion. Il se rappelait avec amusement qu'un jour, on les avait confondus. La méprise avait causé l'embarras général, mais Alexandre s'était contenté de sourire et de souligner que c'était sans importance car son ami aussi était Alexandre.

Le roi descendit de sa monture. C'était une belle et chaude journée de printemps. Les pluies de la veille n'étaient qu'un souvenir. Était-ce un présage ? Possible.

Depuis douze ans qu'il parcourait l'Asie, il avait conquis l'Asie Mineure, la Perse, l'Égypte et certaines parties de l'Inde. Il avait désormais pour but de gagner le sud et de conquérir l'Arabie, puis d'avancer vers l'ouest et l'Afrique du Nord, la Sicile, l'Ibérie. Navires et troupes se préparaient déjà. Ils se mettraient bientôt en marche, mais d'abord, il devait tirer au clair la mort prématurée d'Héphaestion.

Il foula le sol gorgé de pluie, ses sandales s'enfonçant dans la boue fraîche.

De courte stature, brusque, le pas vif, Alexandre avait un corps trapu à la peau claire portant les stigmates d'innombrables blessures. De sa mère, albanaise, il avait hérité un nez droit, un menton court et une bouche qui trahissait ses émotions. Comme ses soldats, il était glabre. L'air d'être toujours sur ses gardes, il avait les cheveux blonds en bataille, les yeux vairons – l'un gris-bleu, l'autre marron. Il se targuait de sa patience, mais depuis peu, il avait de plus en plus de mal à contrôler sa colère. Il jouissait de plus en plus de la crainte qu'il inspirait à autrui.

« Glaucos, il paraît que le meilleur prophète est celui

qui devine juste », murmura-t-il en approchant du médecin.

L'homme ne répondit pas. Au moins, il savait rester à sa place.

« C'est Euripide qui le dit dans une pièce que j'apprécie beaucoup, mais on s'attend à bien mieux de la part d'un prophète, ne crois-tu pas ? »

Glaucos n'oserait certainement pas répondre. Il avait le regard fou de terreur.

Et à juste titre. La veille, alors qu'il pleuvait, on avait attaché le tronc de deux palmiers à deux chevaux qui les avaient pliés jusqu'au sol. Ils avaient ensuite été liés par deux cordes entrelacées l'une à l'autre avant d'être fixés à un troisième palmier trapu. Le praticien était désormais attaché au centre du V que formaient les arbres, chaque bras attaché à une corde. Alexandre tenait une épée.

« Tu avais le devoir de deviner juste, lança-t-il, mâchoires serrées, les larmes lui montant aux yeux. Pourquoi n'as-tu pas pu le sauver ?

— J'ai essayé, bredouilla Glaucos en claquant des dents de façon incontrôlée.

— Vraiment ? Tu ne lui as pas donné de potion.

— Un accident s'est produit il y a quelques jours, se justifia Glaucos, tremblant. La majeure partie de la réserve a été renversée. J'ai chargé un assistant d'aller s'en procurer davantage, mais il n'était pas encore de retour quand... l'état d'Héphaestion a empiré.

— N'avais-tu pas reçu l'ordre de disposer à tout moment de réserves suffisantes ?

— C'était le cas, majesté, mais un accident s'est produit », bredouilla-t-il en éclatant en sanglots.

Alexandre ignora cette manifestation d'émotion.

« Nous avions convenu d'éviter qu'un tel incident se reproduise. »

Le médecin se rappelait que, deux ans plus tôt, Alexandre et Héphaestion avaient tous deux été pris de fièvre. À l'époque aussi, la potion était venue à manquer, mais on avait réussi à s'en procurer à temps pour les soulager tous les deux.

Des gouttes de sueur perlaient sur le front de Glaucos. Terrifié, celui-ci implorait du regard la miséricorde du souverain, mais tout ce qu'Alexandre voyait, c'était le regard sans vie de son amant. Enfants, ils avaient tous deux été élèves d'Aristote – Alexandre, fils d'un roi, Héphaestion, héritier d'un guerrier. Leur intérêt commun pour Homère et *l'Iliade* les avait rapprochés. Héphaestion ressemblait à Patrocle et Alexandre à Achille. Gâté, malveillant, dominateur et pas très intelligent, Héphaestion n'en était pas moins merveilleux. Maintenant, il était mort.

« Pourquoi l'as-tu laissé mourir ? »

Seul Glaucos pouvait l'entendre. Alexandre avait ordonné à ses troupes de garder leurs distances. La plupart des guerriers grecs de la première heure qui avaient marché sur l'Asie avec lui étaient morts ou à la retraite. Les recrues perses, enrôlées après qu'il eut conquis leur territoire, formaient désormais le gros de la troupe. Des hommes vaillants, tous autant qu'ils étaient.

« Tu es mon médecin, chuchota Alexandre. Ma vie repose entre tes mains. La vie de tous ceux qui me sont chers aussi. Pourtant, tu m'as déçu. » La maîtrise de soi céda la place au chagrin et Alexandre lutta contre les larmes qui lui montaient de nouveau aux yeux. « À cause d'un accident. »

Il posa l'épée à plat sur les cordes tendues.

« Je vous en prie, majesté. Je vous en supplie. Ce n'était pas de ma faute. Je ne mérite pas ça.

— Pas de ta faute ? s'écria Alexandre dont le chagrin se mua immédiatement en colère. Comment peux-tu dire une chose pareille ? Tu avais le devoir de lui porter secours, ajouta-t-il en soulevant l'épée.

— Majesté, vous avez besoin de moi. Je suis le seul, à part vous, à connaître l'existence de la potion. Si vous en avez besoin, mais que vous êtes invalide, qui vous l'administrera ? » Il parlait vite, tentant le tout pour le tout.

« D'autres peuvent apprendre.

— Mais cela requiert du talent. Un savoir.

— Ton talent n'a guère servi à Héphaestion. Il n'a tiré nul avantage de ton grand savoir. » Le souverain trouvait difficile de prononcer les mots qui lui venaient à l'esprit. Il rassembla son courage. « Il est mort », murmura-t-il enfin, plus à son intention qu'à celle de sa victime.

À l'automne précédent, à Ecbatane, un spectacle grandiose s'annonçait – des festivités en l'honneur de Dionysos avec jeux, musique, trois mille acteurs et artistes récemment arrivés de Grèce pour divertir les troupes. Les bacchanales et la liesse auraient dû durer des semaines, mais elles avaient pris fin quand Héphaestion était tombé malade.

« Je lui avais ordonné de ne rien avaler, se défendit Glaucos, mais il a ignoré mes recommandations. Il a mangé du gibier arrosé de vin. Contrairement à mes conseils.

— Et où étais-tu ? demanda Alexandre sans attendre la réponse. Au théâtre. Tu assistais à une représentation. Alors que mon cher Héphaestion agonisait. »

Alexandre, quant à lui, assistait à une course au stade et la culpabilité qu'il éprouvait décuplait sa colère.

« Vous connaissez la virulence de cette fièvre, majesté. Elle survient rapidement et vous terrasse. Aucune nourriture ne doit être ingérée. Il ne faut rien avaler. Nous l'avions appris la dernière fois. En respectant la diète, il aurait pu tenir jusqu'à l'arrivée du remède.

— Tu aurais dû être à son chevet ! » hurla Alexandre et il vit que ses troupes l'avaient entendu. Il se calma, ajoutant à mi-voix : « La potion aurait dû être disponible. »

Il remarqua une certaine agitation chez ses hommes. Il fallait qu'il reprenne la main. D'après Aristote, un souverain ne s'exprime que par ses actes. C'est pour cela qu'il avait rompu avec la tradition en ordonnant que le corps d'Héphaestion soit embaumé. S'inspirant des écrits d'Homère, il avait ordonné que la crinière et la queue de tous les chevaux soient coupées, imitant la décision d'Achille à la mort de Patrocle. Il avait interdit que l'on joue de la musique et consulté l'oracle d'Ammon pour connaître la meilleure façon d'honorer son bien-aimé. Puis, pour soulager son chagrin, il avait attaqué les Cosséens et passé la nation entière au fil de l'épée – offrande à l'ombre évanescente de son bien-aimé Héphaestion.

La colère le dominait alors.

Et le dominait encore.

Le roi brandit l'épée et arrêta la lame tout près du visage barbu du médecin. « J'ai été de nouveau pris de fièvre, chuchota-t-il.

— Alors vous aurez besoin de moi, majesté. Je peux vous aider.

— Comme tu as aidé Héphaestion ? »

Trois jours s'étaient écoulés depuis l'apothéose d'Héphaestion, mais il revoyait la cérémonie comme si c'était hier. Le bûcher funéraire décoré d'aigles d'or aux ailes déployées, de proues de bateau, de centaures, de sculptures de lions et de taureaux en or mesurait plus de soixante-cinq mètres de haut et cent quatre-vingt-quatre mètres de côté à sa base. Des ambassadeurs de tous les pays de la Méditerranée étaient venus le voir s'embraser.

Et tout cela, on le devait à l'incompétence de cet homme.

Il fit tournoyer l'épée dans le dos du médecin. « Je n'aurai pas besoin de ton aide.

– Non, je vous en prie ! » hurla Glaucos.

Alexandre trancha la corde tendue de sa lame affûtée. Chaque coup semblait apaiser sa rage. Il plongea la lame dans le nœud de corde. Les fils cédèrent avec un bruit sec, comme des os qui se brisent. Un dernier coup d'épée et la lame rompit les derniers liens. Les deux palmiers libérés s'élancèrent vers le ciel, un vers la gauche, l'autre vers la droite, Glaucos toujours attaché au milieu.

Le médecin poussa un cri perçant quand son corps empêcha momentanément les arbres de se redresser, puis ses bras se disloquèrent et sa poitrine se déchira dans une pluie écarlate.

On entendit le bruissement des grandes feuilles, pareil à une cascade et le gémissement des troncs qui se redressaient.

Le corps de Glaucos tomba sur la terre humide avec un bruit sourd, ses bras et une partie de son torse encore pendus aux branches. Le silence revint quand les arbres se furent relevés. Les soldats ne firent pas un bruit.

« *Alalalalai !* » hurla Alexandre en se tournant vers ses hommes.

La troupe répéta le cri de guerre macédonien. Leur voix gronda à travers la plaine humide et se répercuta sur les fortifications de Babylone. La foule qui observait la scène du haut des remparts de la ville leur renvoya leurs cris. Alexandre attendit que le silence revienne. « Ne l'oubliez jamais », déclara-t-il alors.

Il savait que le public se demanderait s'il voulait parler d'Héphaestion ou du malheureux qui venait de payer le prix fort pour avoir déçu son roi.

Mais cela n'avait pas d'importance.

Plus maintenant.

Il planta l'épée dans le sol détrempé et se dirigea vers son cheval. Ce qu'il avait dit au médecin était vrai. La fièvre s'était de nouveau emparée de lui.

Et il s'en réjouissait.

PREMIÈRE PARTIE

1

Copenhague, Danemark
Samedi 18 avril, de nos jours
23 h 55

L'odeur réveilla Malone. Forte, âcre avec un soupçon de soufre. Et quelque chose d'autre. Quelque chose de doux et d'écœurant. L'odeur de la mort.

Il ouvrit les yeux.

Il était couché par terre, bras tendus, paumes contre le plancher dont il remarqua immédiatement qu'il était collant.

Que s'était-il passé ?

Il avait assisté à la réunion mensuelle de la Société des bouquinistes danois à quelques pâtés de maisons à l'ouest de sa boutique, non loin des jardins de Tivoli. Il appréciait ces rencontres et celle-ci n'avait pas dérogé à la règle. Quelques verres, des amis et beaucoup de bavardages autour des livres. Il avait accepté de rencontrer Cassiopée Vitt le lendemain matin. Son appel hier l'avait surpris. Il n'avait pas eu de nouvelles depuis Noël, quand elle avait passé quelques jours à Copenhague. Après la réunion, il rentrait chez lui à bicyclette en profitant de l'agréable soirée de printemps quand il avait décidé d'aller effectuer un repérage du musée des Arts gréco-romains, l'endroit insolite qu'elle avait choisi comme lieu de rendez-vous – habitude héritée de son ancienne profession et qu'il avait gardée.

Cassiopée n'était pas du genre impulsif et ce n'était pas une mauvaise idée d'être un peu prévoyant.

En arrivant devant le musée situé face au canal Frederiksholms, Malone avait remarqué que, même si l'obscurité régnait dans le bâtiment, une des portes était entrouverte – porte qui aurait normalement dû être close et protégée par une alarme. Il avait garé sa bicyclette. Le moins qu'il pouvait faire, c'était de fermer la porte et d'avertir la police une fois rentré chez lui.

Mais la dernière chose dont il se souvenait, c'était d'avoir mis la main sur la poignée.

Il se trouvait désormais à l'intérieur du musée.

À la lumière filtrant de deux baies vitrées, il découvrit un espace aménagé dans un style typiquement danois, élégant mélange d'acier, de bois, de verre et d'aluminium. Le côté droit de sa tête lui faisait mal et, en le caressant, il sentit une bosse.

Il s'efforça de reprendre ses esprits et se leva.

Il avait visité ce musée une fois et n'avait guère été impressionné par sa collection d'objets gréco-romains, collection privée parmi la bonne centaine que comptait Copenhague et dont les centres d'intérêt étaient aussi éclectiques que les habitants de la ville eux-mêmes.

Il s'appuya à une vitrine. Ses doigts devinrent poisseux, se couvrirent de la même substance à l'odeur écœurante qu'il avait sentie tout à l'heure.

Il s'aperçut qu'il avait la chemise et le pantalon humides, les cheveux, le visage et les bras aussi. Tout ce qui se trouvait à l'intérieur du musée était couvert de cette mystérieuse substance, lui y compris.

Il se rapprocha de l'entrée principale en titubant et tenta d'ouvrir la porte. Elle était verrouillée. Fermée à double tour. Il faudrait une clé pour pouvoir l'ouvrir de l'intérieur.

Il examina la salle du musée. Il y avait neuf mètres de hauteur sous plafond. Un escalier de bois et d'acier chromé menait au deuxième étage qui disparaissait dans l'obscurité ; au-dessous s'étendaient les salles du rez-de-chaussée.

Malone trouva un interrupteur. Il ne fonctionnait pas. Il se traîna jusqu'à un téléphone. Pas de tonalité.

Un bruit vint troubler le silence. Des cliquetis et des gémissements, comme un engrenage en train de s'enclencher. Le bruit venait du deuxième étage.

Son expérience d'agent du ministère de la Justice américain lui recommandait la prudence tout en le poussant à poursuivre ses recherches. Aussi gravit-il prudemment l'escalier.

La rambarde chromée était humide tout comme les contremarches en stratifié. Après avoir gravi quinze marches, on tombait sur des vitrines serties de métal chromé disséminées dans une salle au sol recouvert de plancher. Des reliefs de marbre et les vestiges de bronzes exposés sur des piédestaux se dressaient tels des fantômes. Malone perçut un mouvement à quelques mètres de là. Un objet d'environ soixante centimètres de large, de forme arrondie, de couleur claire, roulait sur le plancher. Il ressemblait à une de ces tondeuses robotisées dont il avait vu la publicité un jour. Quand l'objet butait contre une vitrine ou une statue, il s'arrêtait, reculait et changeait de direction avant de repartir. Un embout sortait de la partie supérieure de l'objet d'où, de temps en temps, à quelques secondes d'intervalle, giclait une brume malodorante.

Malone s'approcha.

L'objet s'arrêta, comme s'il avait senti sa présence. L'embout tourna vers lui et aspergea son pantalon d'un nuage de brume.

Qu'est-ce que c'est que ça ? se demanda-t-il.

Le robot sembla se désintéresser de Malone et s'enfonça dans l'obscurité tout en continuant à vaporiser la même brume odorante en chemin. Malone se pencha par-dessus la rambarde pour jeter un coup d'œil en bas et repéra un autre robot près d'une vitrine.

Tout ça n'augurait rien de bon.

Il fallait sortir de là. L'odeur commençait à lui retourner l'estomac.

Le robot s'arrêta et Malone entendit un bruit différent.

Deux ans plus tôt, quand il vivait encore à Atlanta, avant de divorcer, de prendre sa retraite du gouvernement des États-Unis et de déménager brusquement à Copenhague, il avait investi quelques centaines de dollars dans l'achat d'un barbecue à gaz en acier inoxydable. On allumait l'appareil en actionnant un bouton rouge qui produisait une étincelle. Malone se souvenait du bruit, à l'allumage.

C'était le même que celui qu'il venait d'entendre.

Des étincelles jaillirent.

Le sol s'embrasa, passa du jaune d'or à l'orange foncé avant d'adopter une couleur bleu pâle quand les flammes irradièrent pour gagner toute la salle en dévorant le plancher. Au même moment, d'autres flammes se lancèrent à l'assaut des murs. La température monta rapidement et Malone se protégea le visage de la main. Le plafond s'embrasa à son tour et en moins de quinze secondes, le deuxième étage entier était la proie des flammes.

Les diffuseurs anti-incendie se mirent en action.

Malone descendit quelques marches en attendant que le feu soit maîtrisé. Mais un détail le frappa. L'eau ne faisait qu'aggraver l'incendie.

Le robot responsable du sinistre se désintégra soudain dans un éclair sourd, des flammes déferlant dans toutes les directions telles des vagues allant s'écraser sur le rivage.

Une boule de feu fut projetée au plafond et les jets d'eau semblèrent l'accueillir avec plaisir. L'air était irrespirable – pas à cause de la fumée, mais d'une vapeur chimique qui lui donnait le vertige.

Malone dévala l'escalier quatre à quatre. Une nouvelle déflagration secoua le deuxième étage. Suivie de deux autres. Il y eut un bris de verre. Le fracas d'un objet s'écrasant par terre.

Malone se rua vers l'entrée du bâtiment.

L'autre robot, jusque-là immobile, s'anima et se mit à slalomer entre les vitrines du rez-de-chaussée. Il vomit un jet de liquide inflammable dans l'air brûlant.

Il fallait sortir, mais la porte d'entrée verrouillée s'ouvrait de l'intérieur. Chambranle métallique, bois épais : pas moyen de la défoncer à coup de pied. Le feu se coula le long de l'escalier, consumant chaque contremarche comme si le diable descendait pour accueillir Malone.

Il avait du mal à respirer à cause de la vapeur chimique et de l'oxygène qui se raréfiait rapidement. Quelqu'un allait sûrement appeler les pompiers, mais ils ne lui seraient pas d'un grand secours. Si une étincelle touchait ses vêtements trempés...

Les flammes se trouvaient désormais au bas des marches.

À trois mètres de lui.

2

Venise, Italie
Dimanche 19 avril, 00 h 15

« Avez-vous quelque chose à déclarer au Conseil ? » demanda Enrico Vincenti en dévisageant l'accusé.

Le Florentin ne parut pas se sentir concerné par la question. « Que diriez-vous d'aller vous faire voir, vous et votre Ligue ?

— Vous avez l'air de penser que l'on peut nous ignorer, répondit Vincenti, curieux.

— J'ai des amis, gros lard, se vanta le Florentin. Des tas d'amis.

— Nous n'avons que faire de vos amis. Votre trahison en revanche, c'est une autre histoire. »

Le Florentin avait soigné son apparence pour l'occasion ; il portait un costume Zanetti hors de prix, une chemise Charvet, une cravate Prada, et les incontournables chaussures Gucci. Le prix de la tenue dépassait le salaire annuel moyen du citoyen lambda.

« Je vais vous dire : je m'en vais et on tire un trait sur tout ça... tout ce cirque, et vous pourrez tous retourner à vos petites combines. »

Pas une des neuf personnes assises près de Vincenti ne proféra le moindre mot. Il leur avait dit de s'attendre à une certaine arrogance. On avait chargé le Florentin d'une mission en Asie centrale, mission d'une importance capitale pour le Conseil. Malheureusement, son avidité l'avait conduit à modifier la tâche qu'on lui avait confiée. Heureusement, la supercherie avait été découverte et des représailles allaient être exercées.

« Vous croyez que vos associés vont vous soutenir ? l'interrogea Vincenti.

– Vous n'êtes pas naïf à ce point, n'est-ce pas, gros lard ? Je ne faisais que suivre leurs ordres.

– Leur version des faits diffère de la vôtre », rétorqua Vincenti en ignorant de nouveau la référence à sa corpulence.

Ces associés en question étaient membres d'un syndicat international du crime qui s'était plusieurs fois montré utile au Conseil. Le Florentin travaillait sous contrat et les membres du Conseil avaient volontairement fermé les yeux sur la traîtrise du syndicat pour pouvoir river le clou au menteur qui comparaissait devant eux. Ce qui permettrait de river le clou au syndicat, par la même occasion. Celui-ci avait déjà compris le message d'ailleurs en renonçant aux honoraires promis et en rendant au Conseil la caution rondelette qu'il avait versée. Contrairement au Florentin, ces associés-là comprenaient parfaitement à qui ils avaient affaire.

« Que savez-vous de nous ? demanda Vincenti.

– Vous êtes une bande de richards qui aimez vous payer du bon temps. »

La bravade amusa Vincenti. Quatre hommes armés se tenaient derrière l'Italien, ce qui expliquait pourquoi l'ingrat se croyait en sécurité. Il avait accepté de comparaître devant le Conseil à condition qu'ils l'accompagnent.

« Il y a sept siècles, un conseil de dix notables gérait Venise, déclara Vincenti. Dix hommes censés être trop mûrs pour se laisser influencer par leurs passions ou succomber à la tentation, chargés de maintenir la sécurité publique et de réprimer toute opposition politique. Et c'est exactement ce qu'ils firent, pendant des siècles, amassant des preuves en secret, prononçant des sentences et se livrant à des exécutions, tout cela au nom de l'État vénitien.

— Vous croyez vraiment que votre leçon d'histoire m'intéresse ?

— Si ce n'est pas le cas, vous avez tort, répondit Vincenti en croisant les mains sur les genoux.

— Ce mausolée est vraiment déprimant. Il vous appartient ? »

Le charme d'une maison de famille faisait défaut à ce palais, certes, mais tsars, empereurs, archiducs et têtes couronnées y avaient tous séjourné. Napoléon lui-même avait occupé l'une de ses chambres. « La villa nous appartient, répondit Vincenti avec fierté.

— Il faudrait engager un décorateur. Et maintenant, on a fini ?

— J'aimerais terminer mon explication.

— Dépêchez-vous, j'ai envie d'aller me coucher.

— Nous formons nous aussi un Conseil des Dix. Comme le conseil d'origine, nous employons des inquisiteurs pour appliquer nos décisions. » À son signal, trois hommes qui se tenaient jusque-là au fond du salon s'avancèrent. « Comme les membres du conseil d'origine, nous exerçons un pouvoir absolu.

— Vous n'êtes pas membres du gouvernement, que je sache.

— Non. Nous n'avons strictement rien à voir avec lui.

— Je suis venu ici au milieu de la nuit pour obéir aux ordres de *mes* associés. Pas parce que je suis impressionné. Ces quatre hommes me protègent. Alors vos inquisiteurs vont sans doute avoir du mal à appliquer quoi que ce soit.

– Je crois qu'il faut mettre un détail au clair, s'écria Vincenti en se levant. Nous vous avons confié une tâche. Vous avez décidé de modifier la mission pour pouvoir atteindre un but qui vous est propre.

– À moins que vous n'ayez tous l'intention de quitter la pièce les pieds devant, nous ferions mieux d'oublier tout ça. »

Vincenti perdait patience. Il détestait vraiment cet aspect-là de ses fonctions officielles. À son signal, les quatre hommes qui accompagnaient le Florentin se saisirent de l'imbécile.

Sa suffisance se mua en surprise.

Trois hommes le maîtrisèrent tandis que le quatrième le désarmait. Un inquisiteur s'approcha de l'accusé qui se débattait et se servit de papier adhésif épais pour lui lier les mains derrière le dos, les jambes, et lui envelopper le visage et la bouche. Les trois hommes le lâchèrent et le corps robuste du Florentin tomba sur le tapis avec un bruit sourd.

« Le Conseil ici présent vous a déclaré coupable d'avoir trahi notre Ligue », déclara Vincenti. À son geste, deux portes s'ouvrirent. Un cercueil de bois précieux laqué fut poussé dans la salle, couvercle ouvert. Le Florentin écarquilla les yeux en comprenant quel sort lui était réservé.

Vincenti s'approcha tout près de lui.

« Il y a cinq siècles, les traîtres à l'État étaient enfermés dans des cellules au-dessus du palais des Doges, des cellules faites de bois et de plomb, exposées aux éléments : on les appelait les cercueils, expliqua-t-il en observant une pause pour que ses mots aient davantage de poids. C'étaient des endroits horribles. La plupart de ceux qui y entraient ne ressortaient jamais vivants. Vous avez pris notre argent tout en essayant d'en gagner davantage pour votre propre compte. C'est inacceptable, ajouta-t-il en secouant la tête. Au fait, vos associés ont décidé qu'ils seraient prêts à se passer de vous pour maintenir la paix avec nous. »

Le Florentin tenta de se libérer de ses liens avec une vigueur accrue, mais ses protestations restèrent étouffées par le papier adhésif qui lui recouvrait la bouche. L'un des inquisiteurs emmena les quatre hommes qui accompagnaient le Florentin. Ils avaient fait leur travail. Les deux autres inquisiteurs soulevèrent l'homme qui se débattait et le jetèrent dans le cercueil.

Vincenti le dévisagea et comprit exactement ce que les yeux du Florentin disaient. Certes, il avait trahi le Conseil. Pourtant, il n'avait fait que suivre les ordres de Vincenti, pas les ordres de ses fameux associés. C'était Vincenti qui avait modifié la mission et le Florentin n'avait comparu devant le Conseil qu'après que Vincenti l'avait rassuré en privé : cette réunion, ce n'était que du cinéma. Il n'y avait aucune inquiétude à avoir. Il fallait jouer le jeu. Tout serait réglé en une heure.

« Vous trouvez toujours que je suis un gros lard ? *Arrivederci* » s'écria Vincenti en refermant le cercueil.

3

Copenhague

Les flammes qui descendaient dans l'escalier s'arrêtèrent aux trois quarts des marches et rien ne laissait croire qu'elles iraient plus loin. Malone s'arrêta devant l'une des fenêtres et chercha des yeux un objet susceptible de briser la vitre. Les seules chaises qu'il aperçut se trouvaient trop près des flammes. Le second robot continuait à arpenter le rez-de-chaussée en diffusant la même brume malodorante. Malone hésitait à bouger. Il pouvait toujours se déshabiller, mais ses cheveux et sa peau empestaient le produit chimique.

Trois coups sourds frappés à la vitre le firent tressaillir. Il se retourna. À quelques centimètres de lui, il découvrit un visage familier.

Celui de Cassiopée Vitt.

Que faisait-elle ici ? Son regard trahit certainement sa surprise, mais il en vint droit au but. « Il faut que je sorte d'ici », hurla-t-il.

Cassiopée désigna la porte.

Il croisa les doigts pour lui signaler qu'elle était verrouillée.

Cassiopée lui fit signe de reculer.

Il obéit au moment où des étincelles jaillirent sous le robot. Malone se précipita droit sur l'appareil et le renversa d'un coup de pied. Il aperçut des roues et le mécanisme qui permettait à l'engin d'avancer.

Il y eut une première détonation, suivie d'une seconde. Malone comprit ce que Cassiopée était en train de faire.

Elle tirait sur la fenêtre.

C'est alors qu'il remarqua un détail qui lui avait échappé jusque-là : des emballages sous vide en plastique remplis d'un liquide transparent posés sur les vitrines.

La vitre se fendit.

Pas le choix.

Bravant les flammes, il s'empara d'une des chaises repérées plus tôt dont il se servit pour fracasser la vitre fendue. La chaise retomba dans la rue.

Le robot fit volte-face. Le mystérieux liquide s'enflamma sous l'effet d'une étincelle et une vague bleue déferla sur le rez-de-chaussée, droit sur Malone. Il fonça sans réfléchir, sauta par la fenêtre ouverte et retomba sur ses pieds.

Cassiopée se tenait à un mètre de lui.

Une variation de pression s'était produite quand la fenêtre avait été brisée. Malone avait quelques notions sur le sujet. En ce moment même, les flammes se trouvaient surcomprimées par une bouffée d'oxygène pur. Les variations de pression avaient elles aussi un effet. Les pompiers appelaient ça le *flash-over* ou embrasement généralisé éclair.

Les emballages sous vide posés sur les vitrines... Malone savait ce qu'ils contenaient.

Il entraîna Cassiopée de l'autre côté de la rue.

« Que faites-vous ?

— C'est le moment de piquer une tête. »

Ils sautèrent du parapet en brique à l'instant où une boule de feu jaillissait du musée.

4

Samarcande
Fédération d'Asie centrale
5 h 45

La ministre suprême Irina Zovastina caressa son cheval et se prépara à participer à la partie. Elle adorait jouer, juste après le lever du jour, à la lumière naissante du petit matin sur un pré humide de rosée. Elle adorait aussi les étalons de Ferghana, les célèbres « chevaux à la sueur de sang » qui étaient déjà prisés il y a plus d'un millénaire quand on les échangeait contre de la soie de Chine. Ses écuries abritaient plus de cent coursiers de cette race, élevés aussi bien par plaisir que par calcul politique.

« Les autres cavaliers sont-ils prêts ? demanda-t-elle à son assistant.

— Oui, madame la ministre. Ils vous attendent dans le pré. »

Zovastina portait des cuissardes et une veste matelassée en cuir sur un long manteau, le *tchapane*. Sa courte chevelure blond cendré était coiffée d'une toque confectionnée dans la fourrure d'un loup qu'elle avait eu la grande fierté de tuer. « Ne les faisons pas attendre. »

Elle enfourcha sa monture.

Son animal et elle avaient remporté maints tournois de *buzkashi*, jeu millénaire jadis pratiqué à travers les steppes par un peuple qui vivait et mourait en selle. Gengis Khan lui-même en était un fervent amateur. En ce temps-là, les femmes n'avaient même pas le droit d'assister aux tournois et encore moins d'y participer.

Mais elle s'était chargée de modifier cette règle.

Le cheval aux pattes grêles et à la large poitrine se raidit quand elle lui flatta l'encolure. « Patience, Bucéphale. »

Elle lui avait donné le nom du cheval qui avait mené Alexandre le Grand à travers l'Asie, au fil des batailles. Cela dit, les chevaux dressés pour le *buzkashi* étaient des animaux singuliers. Avant leur première partie, des années d'entraînement les formaient à ce jeu chaotique. En complément de l'avoine et de l'orge, on ajoutait des œufs et du beurre à leur alimentation. Quand ils avaient pris du poids, on les bridait, on les sellait et on les forçait à rester debout au soleil pendant des semaines, non seulement pour brûler l'excès de calories, mais aussi pour leur apprendre la patience. On les entraînait ensuite à galoper tout près les uns des autres. L'agressivité était encouragée, mais toujours disciplinée pour que le cavalier et sa monture fassent corps.

« Vous êtes prête ? » voulut savoir l'assistant, un Tadjik, né dans les montagnes de l'est, à son service depuis près d'une décennie. Il était le seul à avoir le droit de la préparer avant une partie.

« Je crois porter l'armure adéquate », répondit Zovastina en se tapotant la poitrine.

Le fait que sa silhouette trapue ne soit pas particulièrement féminine constituait un avantage. En suivant un entraînement physique scrupuleux et un régime strict, elle avait sculpté la musculature de ses bras et jambes. Son visage large, ses traits grossiers comme ses yeux marron, enfoncés dans leurs orbites, hérités de sa mère dont la famille était originaire du Grand Nord évoquaient le physique des Mongols. Des années d'une discipline qu'elle s'était elle-même imposée lui avaient inculqué la réserve. Elle irradiait l'énergie.

Elle avait donné tort à tous les sceptiques qui ne croyaient pas en la possibilité d'une Fédération en Asie centrale. Kazakhstan, Ouzbékistan, Kirghizistan, Karakalpakistan, Tadjikistan et Turkménistan n'existaient plus. Quinze ans plus tôt, après s'être brièvement essayées à l'indépendance, ces anciennes républiques soviétiques avaient fusionné avec la Fédération d'Asie centrale tout juste créée. Neuf millions et demi de kilomètres carrés, soixante millions d'habitants, un territoire énorme rivalisant avec l'Amérique du Nord et l'Europe de par sa taille, son envergure et ses ressources. Le rêve de sa vie était devenu réalité.

« Soyez prudente, madame la ministre. Ils brûlent de vous battre.

— Ils ont intérêt à ne pas retenir leurs coups dans ce cas », répondit la ministre suprême, amusée.

Son assistant et elle communiquaient en russe même si le dari, le kazakh, le tadjik, le turkmène et le kirghiz étaient les langues officielles de la Fédération. Compromis offert aux nombreux citoyens slaves, le russe demeurait la langue de la « communication interethnique ».

Les portes de l'écurie s'ouvrirent et Zovastina contempla le pré qui s'étendait sur plus d'un kilomètre. Vingt-trois cavaliers étaient réunis autour d'une fosse de faible profondeur creusée à peu près au centre du terrain. Elle contenait le *boz*, une carcasse de chèvre décapitée, éviscérée, aux pattes coupées, trempée dans de l'eau froide pendant une journée afin qu'elle résiste mieux au traitement qui allait suivre.

À chaque extrémité du champ se dressait un poteau couvert de rayures.

Les *tchopendoz*, ses partenaires de jeu, ne mirent pas pied à terre. Ils étaient prêts à commencer la partie.

Son assistant lui tendit un fouet. Autrefois, il y avait de cela des siècles, des boules de plomb étaient attachées à leurs lanières de cuir. Elles étaient moins dangereuses aujourd'hui, mais servaient autant à aiguillonner les chevaux qu'à attaquer les adversaires. Le fouet de Zovastina était doté d'un magnifique manche en ivoire.

Elle se cala sur sa selle.

Le soleil venait juste de se lever sur la forêt, à l'est. Son palais était autrefois la résidence des khans, les souverains mongols qui avaient régné sur la région jusqu'à la fin du XIXe siècle et l'invasion russe. Trente pièces regorgeaient de mobilier ouzbek et de porcelaine de Chine. Les actuelles écuries servaient jadis de harem. Grâce à Dieu, cette époque-là était révolue.

Elle aspira goulûment l'air du matin rempli du doux parfum d'un jour nouveau.

« Bonne partie », l'encouragea son assistant.

Elle lui répondit d'un hochement de tête et se prépara à entrer sur le terrain.

Pourtant, elle ne pouvait s'empêcher de se demander ce qui se passait au Danemark.

5

Copenhague

Debout dans l'ombre de l'autre côté du canal, Viktor Tomas regardait le musée des Arts gréco-romains se consumer. Il se tourna vers son complice. Inutile de lui dire l'évidence.

Ils avaient des ennuis.

C'était Rafael qui avait attaqué l'intrus dont il avait traîné le corps inanimé dans le musée. Viktor ignorait comment la porte principale du bâtiment avait pu rester entrouverte après qu'ils y avaient pénétré subrepticement, mais depuis le balcon du deuxième étage, il avait aperçu une ombre avancer sur le seuil. Rafael qui s'activait au rez-de-chaussée avait immédiatement réagi en se positionnant tout près de la porte. Certes, il aurait dû se contenter d'attendre pour évaluer les intentions du visiteur au lieu de l'attirer à l'intérieur et de l'assommer d'un coup de statue.

« La femme était armée. Elle attendait, expliqua Rafael. Ça ne peut pas être bon signe. »

Viktor en convint. Longue chevelure brune, silhouette harmonieuse moulée dans ses vêtements, la femme avait surgi d'une ruelle alors que le bâtiment s'embrasait et s'était postée près du canal. Quand l'inconnu était apparu à la fenêtre, elle avait dégainé son arme pour briser la vitre.

Il y avait aussi le problème de l'inconnu.

Cheveux clairs, grand, musclé. Il s'était servi d'une chaise pour briser la fenêtre par laquelle il avait sauté avec une étonnante agilité, comme si ce n'était pas la première fois. Il avait tout de suite plongé dans le canal en entraînant la femme avec lui.

Arrivés sur les lieux quelques minutes plus tard, au moment où les deux inconnus sortaient de l'eau, les pompiers les avaient enveloppés dans des couvertures. Les « tortues » avaient manifestement rempli leur mission. Rafael avait ainsi baptisé les robots car, par bien des aspects, ils ressemblaient à ces animaux, étant même capables de se retourner tout seuls. Heureusement, il ne resterait pas la moindre trace de ces robots dont la carapace, faite d'une matière inflammable, se désintégrait à la chaleur intense de l'incendie qu'ils avaient eux-mêmes déclenché. Certes, les enquêteurs auraient tôt fait de conclure à un incendie criminel, mais il leur serait impossible de déterminer la méthode et le mécanisme employés.

Le problème, c'était que l'homme en avait réchappé.

« Il va nous donner du fil à retordre ? » voulut savoir Rafael.

Viktor continua à observer les pompiers qui luttaient contre le brasier. L'homme et la femme étaient toujours assis sur le parapet de brique, emmitouflés dans leur couverture.

Ils avaient l'air de se connaître.

Ce détail décupla son inquiétude.

« Tu peux en être sûr », affirma-t-il, car c'était la seule réponse logique à la question de Rafael.

Malone avait retrouvé ses esprits. Cassiopée était assise près de lui, blottie dans une couverture. Des murs du musée ne restaient qu'un tas de ruines ; il ne restait rien de la collection. L'édifice ancien avait brûlé rapidement. Les pompiers qui combattaient toujours les flammes s'efforçaient de limiter les dégâts. Pour l'instant, aucun des bâtiments adjacents n'avait été endommagé.

L'air nocturne empestait la suie mêlée à des relents amers et suaves à la fois, odeur similaire à celle que Malone avait sentie quand il était prisonnier du musée. Des colonnes de fumée continuaient à monter vers le ciel, occultant les étoiles scintillantes. Un homme trapu en tenue de pompier jaune et miteuse vint les rejoindre pour la deuxième fois en se dandinant à cause de ses bottes. C'était l'un des deux chefs d'équipe. Un agent de la police municipale avait déjà pris leur déposition.

« Vous aviez raison à propos du système anti-incendie : les flammes ont redoublé au contact de l'eau, expliqua le capitaine en danois.

— Comment avez-vous fini par les maîtriser ? l'interrogea Malone.

— Quand notre camion-citerne a été vide, nous avons pompé l'eau du canal. Ça a marché.

— L'eau salée ? » s'étonna Malone en se rappelant que tous les canaux de Copenhague étaient reliés à la mer.

« Ça a éteint les flammes net.

— Vous avez trouvé quelque chose à l'intérieur ?

— Aucun des petits robots que vous avez décrits à la police. Il faisait tellement chaud là-dedans que les statues en marbre ont fondu, expliqua le capitaine en passant une main dans ses cheveux humides. On a affaire à un combustible puissant. Nous aurons besoin d'analyser vos vêtements, ce sera peut-être le seul moyen d'en déterminer la composition.

— Ça me semble compromis. J'ai piqué une tête dans le canal, moi aussi.

— Très juste. Les enquêteurs vont bien s'amuser », remarqua le capitaine, sceptique.

Alors que le pompier s'éloignait, Malone se tourna vers Cassiopée. « Vous voulez me dire ce qui se passe ? l'interrogea-t-il.

— Vous n'étiez pas censé être là avant demain matin.

— Ce n'est pas une réponse, ça. »

Des mèches humides lui tombaient sur les épaules et encadraient son visage séduisant. Cassiopée était une musulmane espagnole vivant dans le sud de la France, brillante, fortunée, effrontée, ingénieur et historienne. Sa présence à Copenhague, un jour plus tôt que ce qu'elle lui avait annoncé, n'était pas due au hasard. En plus, elle était venue armée et vêtue d'un ensemble moulant en cuir sombre de manière à pouvoir se battre aisément. Il se demandait si elle allait faire des difficultés ou se montrer coopérative.

« Encore heureux que j'aie été là pour sauver votre peau. »

Malone n'arrivait pas à déterminer si elle se moquait de lui. « Comment saviez-vous que ma peau aurait besoin d'être sauvée ?

— C'est une longue histoire, Cotton.

— J'ai tout mon temps. Je suis retraité.

— Pas moi. »

Malone perçut l'amertume dans sa voix. « Vous saviez que ce musée allait brûler, n'est-ce pas ?

— À vrai dire, je voulais qu'il brûle, répondit la jeune femme le regard perdu sur le canal.

— Ça vous dérangerait de vous expliquer ? »

Elle resta un moment silencieuse, perdue dans ses pensées. « J'étais là, tout à l'heure. J'ai vu deux inconnus entrer par effraction dans le musée. Je les ai vus vous agresser. Il fallait que je les suive, mais je n'ai pas pu. À cause de vous, ajouta-t-elle après une pause.

— Qui sont-ils ?

— Ce sont eux qui ont installé ces robots. »

Cassiopée était présente quand son ami avait donné sa déposition à la police et Malone avait senti qu'elle savait déjà de quoi il retournait. « Bon, on arrête les conneries, dites-moi ce qui se passe. Quoi que vous maniganciez, moi j'ai failli y passer.

— La prochaine fois que vous voyez une porte entrouverte, la nuit, passez votre chemin.

— Difficile de se défaire de ses vieilles habitudes. Que se passe-t-il ?

— Vous avez vu les flammes, ressenti la chaleur du brasier. Peu banal, non ? »

Malone revit les flammes se couler dans l'escalier avant de s'arrêter, comme si elles attendaient d'être invitées à aller plus loin. « On peut voir les choses comme ça.

— Au VIIe siècle, quand les flottes musulmanes attaquèrent Constantinople, elles auraient dû aisément s'emparer de la ville. Elles disposaient de meilleures armes, de troupes nombreuses, mais les Byzantins leur réservaient une surprise. Ils l'appelaient le feu liquide, ou feu sauvage et ils se déchaînèrent sur les bateaux, réduisant à néant la flotte des envahisseurs, expliqua Cassiopée en évitant toujours le regard de Malone. Cette arme continua à exister sous diverses formes jusqu'au temps des croisades et finit par être baptisée le feu grégeois. La formule originale était entourée d'un tel secret que l'empereur byzantin la conservait personnellement. Ses successeurs gardèrent si bien le secret que, à la chute de l'empire, la formule fut perdue. On vient de la retrouver, on dirait, ajouta la jeune femme en poussant un profond soupir et en se blottissant dans sa couverture.

— Vous êtes en train de me dire que ce que j'ai vu là-dedans, c'était dû au feu grégeois ?

— À un détail près : le liquide auquel nous avons eu affaire aujourd'hui déteste l'eau salée.

— Pourquoi n'avoir rien dit aux pompiers à leur arrivée ?

— Je préfère éviter de répondre à certaines questions tant que je n'y suis pas obligée.

— Pourquoi laisser brûler ce musée ? La collection n'avait-elle aucune valeur ? » l'interrogea Malone.

Par-dessus son épaule, Malone aperçut les ruines calcinées du musée et la carcasse carbonisée de son vélo. Cassiopée continuait à éviter son regard et il sentait bien qu'elle ne lui avait pas tout dit. Depuis le temps qu'il la connaissait, il n'avait jamais vu chez elle le moindre signe de doute, de nervosité ni d'abattement. Elle était coriace, passionnée, disciplinée, intelligente. Pourtant, en ce moment, elle paraissait troublée.

Une voiture apparut au bout de la rue où la police avait installé un cordon de sécurité. Malone reconnut la luxueuse conduite intérieure de marque britannique et la silhouette voûtée qui émergea de la portière arrière.

Henrik Thorvaldsen.

« Il est venu nous parler, expliqua Cassiopée en se levant.

– Et comment savait-il où nous trouver ?

– Il se passe quelque chose de grave, Cotton. »

6

Venise
2 h 30

Vincenti était ravi d'avoir pu éviter un désastre avec le Florentin. Il avait commis une erreur. Le temps pressait et il jouait un jeu dangereux, mais le destin lui offrait une seconde chance, semblait-il.

« La situation en Asie centrale est-elle sous contrôle ? lui demanda l'un des membres du Conseil des Dix. Avons-nous pu enrayer le processus enclenché par cet idiot ? »

Tous les membres du Conseil s'étaient attardés dans la salle de réunion après que l'on eut fait sortir le Florentin qui se débattait pour sortir du cercueil. Une balle dans la tête devait maintenant avoir mis fin à toute résistance de sa part.

« Tout va bien, les rassura-t-il. J'ai pris les choses en main personnellement. Il faut bien reconnaître, cependant, que la ministre suprême Zovastina est une véritable diva. J'imagine qu'elle va assurer un joli spectacle.

– On ne peut pas se fier à elle », remarqua un autre membre du Conseil.

La véhémence de sa déclaration étonna Vincenti car, après tout, Zovastina était leur alliée; néanmoins, il partageait le point de vue de son collègue. « Les despotes sont toujours source de problèmes, dit-il en se levant pour approcher d'une carte accrochée au mur. Bon sang, on peut dire qu'elle a accompli de grandes choses. Elle s'est débrouillée pour unifier cinq États d'Asie corrompus en une Fédération dont la pérennité pourrait bien être assurée. En gros, elle a redessiné la carte du monde.

— Et comment y est-elle parvenue ? Certainement pas par la voix diplomatique », remarqua quelqu'un d'autre.

Vincenti connaissait le récit officiel. Après la chute de l'Union soviétique, la région avait été ébranlée par les guerres civiles et divers conflits alors que les différentes nations d'Asie centrale tentaient d'accéder à l'indépendance. Le soi-disant Commonwealth des États indépendants qui avait succédé à l'URSS n'existait que sur le papier. Corruption et incompétence étaient endémiques. Irina Zovastina avait mené des réformes locales sous la présidence de Gorbatchev, promu la *perestroïka* et la *glasnost*, pris l'initiative de traduire en justice nombre de bureaucrates corrompus. Cela dit, elle avait fini par sonner la charge contre les Russes en rappelant au peuple d'Asie centrale le colonialisme dont il avait été victime et tiré la sonnette d'alarme à propos de l'environnement en remarquant que des milliers de ses concitoyens mouraient, victimes selon elle de la pollution russe. Finalement, elle s'était exprimée devant l'assemblée des députés du Kazakhstan et avait contribué à instaurer la république dans le pays.

Un an plus tard, elle était élue présidente.

Les pays de l'Ouest lui avaient fait bon accueil. Elle passait pour une réformatrice dans une région où les réformes étaient rares. Puis, il y avait de cela quinze ans, le monde avait été abasourdi en apprenant la naissance de la Fédération d'Asie centrale.

Six nations n'en faisaient plus qu'une désormais.

Pourtant, le collègue de Vincenti avait raison. Cela n'avait rien d'un miracle. Il s'agissait plutôt d'une manipulation. Pour Vincenti, la réponse était évidente. « C'est le pouvoir qui lui a permis d'y arriver, répondit-il.

— Et la mort fort opportune de ses opposants politiques.

— Ces méthodes ne sont pas nouvelles. Nous ne pouvons lui jeter la pierre, nous employons les mêmes. Les fonds sont-ils prêts ? ajouta Vincenti à l'attention du trésorier.

— 3,6 milliards disséminés dans diverses banques aux quatre coins du monde, prêts à être débloqués et envoyés directement à Samarcande.

— Je suppose que nos adhérents sont prêts eux aussi ?

— Nous attendons très prochainement un apport de capitaux frais. La plupart des investisseurs entendent augmenter leur participation de manière significative. Jusqu'ici, ils se sont montrés prudents, conformément à nos directives. »

Le temps pressait. Comme il était d'usage dans le Conseil des Dix d'origine, la moitié des membres du conseil seraient bientôt remplacés. Conformément aux lois régissant le fonctionnement de la Ligue, ce roulement avait lieu tous les deux ans. Le mandat de Vincenti arriverait à son terme dans moins d'un mois.

C'était à la fois une bénédiction et un problème.

Six siècles plus tôt, Venise était une oligarchie, gouvernée par des marchands grâce à un système politique compliqué conçu pour prévenir tout risque de despotisme. Des procédures s'en remettant pour une bonne part au hasard étaient censées contrebalancer factions et intrigues. Le pouvoir n'était jamais placé entre les mains d'une seule personne. Il y avait toujours des comités pour conseiller, décider et agir. Des comités dont les membres changeaient à intervalles réguliers.

Mais cela n'empêchait pas la corruption de s'immiscer. Complots et projets fétiches fleurissaient. Des réseaux se tissaient, des conspirations se tramaient.

Les êtres humains arrivaient toujours à se débrouiller.

C'est ce qu'il avait fait, lui.

Trente jours.

C'était plus que suffisant.

« Et la ministre suprême Zovastina ? demanda l'un des membres du Conseil. Elle s'en sortira ?

— Ce pourrait bien être l'unique ordre du jour de notre réunion d'aujourd'hui », répondit Vincenti.

7

Samarcande
Fédération d'Asie centrale
6 h 20

Zovastina éperonna son cheval. Les autres cavaliers fouettèrent leur destrier eux aussi. Les sabots des chevaux qui piétinaient l'herbe humide éclaboussaient de boue la présidente. Elle serra le fouet entre ses dents pour agripper les rênes des deux mains. Personne n'avait encore tenté de s'approcher de la carcasse de chèvre étendue dans la fosse.

« Allez, Bucéphale, il est temps de leur montrer », chuchota-t-elle à l'oreille de son cheval. L'animal se cabra quand elle tira sur les rênes.

La règle du jeu était simple : il fallait s'emparer du *boz*, chevaucher jusqu'au bout du terrain, faire le tour du poteau et rebrousser chemin pour aller déposer la carcasse dans le cercle de justice dessiné à la chaux sur l'herbe. Ç'aurait été simple si les cavaliers n'avaient pas été autorisés à user de n'importe quel moyen pour s'emparer du *boz*.

Il était considéré comme un honneur d'être convié à disputer une partie de *buzkashi* avec Zovastina qui choisissait les participants avec grand soin. Aujourd'hui, certains membres de sa garde rapprochée et neuf invités formaient deux équipes de douze joueurs.

Elle était la seule femme. Et cela lui plaisait.

Devinant ce que l'on attendait de lui, Bucéphale s'approcha du *boz*. Un concurrent se jeta violemment contre le flanc droit de l'animal. Zovastina empoigna le fouet pour frapper le cavalier ; les lanières de cuir lui lacérèrent le visage. L'homme ignora son attaque et poursuivit son assaut, maintenant rejoint par trois autres cavaliers qui tentaient d'arrêter Zovastina.

Deux de ses équipiers serrèrent les rangs pour affronter les trois joueurs.

Une nuée de chevaux et de cavaliers tournait autour du *boz*.

Tout à l'heure, Zovastina avait averti ses coéquipiers qu'elle voulait être la première à contourner le poteau et ils semblaient faire de leur mieux pour satisfaire ses exigences.

Un quatrième joueur de l'équipe adverse s'approcha. Les cercles décrits par les vingt-quatre cavaliers lui tournaient la tête. Le fouet d'un de ses concurrents s'abattit sur sa poitrine. Son épaisse veste en cuir amortit le coup. D'ordinaire, porter un coup sur la personne de la ministre suprême relevait de la peine capitale, mais on renonçait à appliquer cette règle pendant une partie de *buzkashi*. Zovastina voulait que les joueurs se donnent à fond.

Un cavalier glissa de sa monture et tomba lourdement à terre.

Personne ne s'arrêta pour l'aider. C'était interdit.

Les fractures, coupures et autres balafres étaient monnaie courante. Cinq joueurs avaient d'ailleurs perdu la vie sur ce terrain en l'espace de deux ans. La mort avait toujours été courante durant les parties de *buzkashi*. Le code pénal de la Fédération faisait même une exception pour les meurtres commis au cours d'une partie.

Zovastina fit le tour de la fosse de faible profondeur.

Un autre cavalier fit mine de s'emparer du *boz*, mais elle lui asséna un coup de fouet sur la main. Tirant alors fermement les rênes, elle força Bucéphale à ralentir ; ils tournèrent tous deux sur eux-mêmes et Zovastina chargea de nouveau la carcasse avant que les autres joueurs aient pu la rattraper.

Deux cavaliers tombèrent à terre.

Zovastina crachait les brins d'herbe et la boue avalés à chaque inspiration, enivrée par l'odeur de la sueur des chevaux.

Elle fourra de nouveau le fouet entre ses dents pour se pencher vers le sol et, en se cramponnant à la selle d'une main, s'empara de la carcasse. Le sang gicla là où les pattes et la tête de la chèvre avaient été sectionnées. Zovastina hissa la carcasse en s'y cramponnant et ordonna à Bucéphale de virer à gauche.

Il n'y avait que trois règles à respecter désormais.

Interdiction d'attacher la carcasse. Interdiction de frapper la main du cavalier qui s'en était emparé. Interdiction de faire trébucher les chevaux.

L'heure était venue de galoper jusqu'au poteau.

Zovastina éperonna Bucéphale. L'équipe adverse se rapprochait. Ses coéquipiers galopèrent à la rescousse.

La carcasse était lourde, elle pesait peut-être trente kilos. Malgré cela, les bras de la ministre étaient assez forts pour ne pas flancher. Elle avait la main et la manche couvertes de sang.

Un coup dans le dos la fit se retourner. Deux concurrents la suivaient. D'autres approchaient comme une nuée d'abeilles. Les sabots résonnaient comme le tonnerre sur le terrain humide, entrecoupés des hennissements frénétiques des chevaux. Ses coéquipiers se portèrent à sa défense. Des coups furent échangés. Elle agrippait le *boz* d'une poigne de fer, les avant-bras douloureux.

Elle se trouvait à cinquante mètres du poteau.

Le terrain s'étendait derrière le palais d'été sur une plaine herbeuse à la lisière d'une épaisse forêt. Du temps des Soviétiques, le complexe servait de maison de campagne à l'élite du parti, ce qui expliquait qu'il ait pu perdurer. Zovastina en avait modifié les plans tout en ayant la sagesse de conserver certaines caractéristiques héritées de l'occupant russe.

D'autres cavaliers vinrent se jeter dans la bataille. Les fouets claquaient. On entendait des grognements de douleur. On échangeait des obscénités.

Zovastina menait d'une courte tête. Il lui faudrait ralentir pour contourner le poteau et regagner le cercle de justice, ce qui la rendrait vulnérable aux attaques de ses adversaires. Bien que ses équipiers se fussent jusque-là montrés conciliants, une fois le poteau franchi, les règles du jeu autorisaient n'importe quel joueur à s'emparer du *boz* et à tenter sa chance.

Elle décida de tous les prendre au dépourvu. D'un coup d'éperon, elle obligea Bucéphale à tourner à droite. Les sorties de terrain n'existaient pas dans ce jeu. Les cavaliers avaient le droit de s'aventurer n'importe où et ne s'en privaient pas. Zovastina s'éloigna du terrain au galop laissant la plupart des cavaliers massés à sa gauche ; elle s'aventura jusqu'aux limites du pré où des rangées de grands arbres montaient la garde. Elle aurait pu se faufiler entre les arbres – ce ne serait pas la première fois – mais aujourd'hui, elle préférait emprunter un chemin différent.

Avant que les cavaliers aient eu le temps de réagir à son soudain changement de cap, Zovastina dévia sur la gauche et traversa le terrain en zigzaguant, coupant ainsi la route à la plupart des cavaliers et les obligeant à ralentir. Profitant de leur hésitation, elle s'élança vers le poteau qu'elle contourna.

Ses adversaires la talonnaient. Elle regarda droit devant. Un cavalier attendait à cinquante mètres de là. Le teint mat, barbu, il avait les traits crispés. Il se tenait droit sur sa selle et Zovastina le vit sortir un pistolet des plis de sa cape en cuir. Il gardait l'arme contre lui en attendant qu'elle parvienne à sa hauteur.

« Montrons-lui que nous n'avons pas peur, Bucéphale. »

Le cheval s'élança droit sur l'homme.

Il ne bougea pas. Zovastina ne le quittait pas des yeux. Personne ne la ferait reculer.

L'arme était braquée sur elle. Un tir résonna.

L'homme armé vacilla avant de s'effondrer sur le sol humide. Effrayé par la détonation, son cheval s'enfuit sans son cavalier.

Zovastina piétina le cadavre, les sabots de Bucéphale s'enfonçant dans la chair encore chaude et l'entraînant dans leur sillage.

Zovastina continua à chevaucher jusqu'à ce qu'elle aperçoive le cercle de justice. Elle le dépassa et jeta le *boz* au centre avant d'obliger Bucéphale à s'arrêter.

Les cavaliers s'étaient approchés du cadavre de l'inconnu.

Il était absolument interdit de tirer sur un concurrent, mais il ne s'agissait pas d'un jeu en l'occurrence. Ou peut-être que si, au contraire ? Une autre espèce de jeu. Avec des règles et des joueurs différents. Un jeu qu'aucun des hommes présents sur le terrain aujourd'hui n'était capable de comprendre ni d'apprécier.

Zovastina tira sur les rênes et se redressa sur sa selle en lançant un coup d'œil vers le toit du palais. À l'intérieur de l'une des anciennes tours de guet datant de l'ère soviétique, son tireur d'élite signala qu'il avait accompli sa mission en agitant son fusil.

Elle lui fit signe à son tour en cabrant Bucéphale qui salua le meurtre par un hennissement.

8

Copenhague
3 h 10

Cassiopée suivit Malone et Henrik Thorvaldsen dans la librairie de Malone. Elle était fatiguée. Elle s'attendait à ce que la nuit soit longue ; ces derniers mois, ces dernières semaines surtout, avaient laissé des traces, et le calvaire était loin d'être terminé.

Malone alluma la lumière.

Cassiopée avait appris ce qui s'était passé à l'automne précédent, l'apparition de l'ex-femme de Malone… et l'incendie criminel, mais les artisans avaient fait un travail formidable. Elle apprécia la qualité de la restauration. Du neuf, avec l'apparence de l'ancien. « Mes compliments aux artisans, déclara-t-elle.

— Je voulais retrouver la splendeur d'antan, remarqua Thorvaldsen. Ce bâtiment a un passé trop riche pour être détruit par des fanatiques.

— Vous ne voulez pas quitter ces vêtements mouillés ? voulut savoir Malone.

— Ne devrions-nous pas envoyer Henrik se coucher d'abord ?

— Il paraît qu'il aime bien regarder, rétorqua Malone, amusé.

— Ça m'a l'air intéressant, mais ce soir, je ne suis pas d'humeur », ironisa Thorvaldsen.

Cassiopée non plus. « Ça va aller. Le cuir sèche vite. C'est l'une des raisons pour laquelle j'en porte quand je travaille.

– En quoi consistait votre mission ce soir ?

– Vous êtes sûr d'avoir envie de le savoir ? Comme vous le dites souvent, vous êtes libraire, pas agent secret. Vous prétendez être à la retraite entre autres excuses bidons.

– Vous m'avez envoyé un message électronique me demandant de vous retrouver dans ce fameux musée dans la matinée. Pourtant, si j'en crois ce que vous m'avez raconté après l'incendie, il n'y aurait plus eu de musée là-bas.

– Voilà pourquoi je vous y avais donné rendez-vous. Racontez-lui, Henrik », l'encouragea Cassiopée en s'installant dans un des fauteuils club.

Elle appréciait Malone qu'elle trouvait intelligent, sûr de lui, séduisant – c'est ce qu'elle s'était dit lors de leur première rencontre un an plus tôt en France. C'était un avocat au parcours tout à fait singulier. Il avait travaillé douze ans pour le ministère de la Justice américain au sein d'une unité clandestine baptisée l'unité Magellan. Puis, il y avait de cela deux ans, il avait choisi de se ranger pour acheter la librairie de Thorvaldsen à Copenhague. Il avait son franc-parler et faisait parfois preuve d'une certaine rudesse, exactement comme elle, aussi n'avait-elle pas le droit de se plaindre. Elle aimait son visage expressif, l'étincelle malicieuse dans son regard vert clair, sa chevelure blond cendré et son teint toujours mat. Elle savait qu'il approchait de la cinquantaine et se rendait compte que, toujours à la fleur de l'âge, son charme était à son zénith.

Elle l'enviait.

Le temps.

Il lui était tellement compté à elle...

« Cotton, d'autres incendies se sont produits à travers l'Europe, expliqua Thorvaldsen. D'abord en France, puis en Espagne, en Belgique et en Suisse. Similaires à celui dont vous venez de faire l'expérience. À chaque fois, la police a conclu à un acte criminel, mais jusqu'ici, personne n'a encore fait le lien entre eux. Deux des bâtiments touchés ont été réduits en cendres. Ils se trouvaient en zone rurale et personne n'a eu l'air de s'en soucier. Les quatre bâtiments détruits étaient tous des résidences privées inoccupées. Celui de ce soir était le premier bâtiment public.

— Et comment avez-vous fait le lien ? l'interrogea Malone.

— Nous savons ce que recherchent les criminels, intervint Cassiopée. Les décadrachmes de Poros.

— Vous savez, c'est exactement ce que je me disais. Ces cinq incendies criminels à travers l'Europe, ça doit être à cause des décadrachmes de Poros. Qu'est-ce que ça pourrait bien être d'autre ?

— Je n'invente rien, insista Cassiopée.

— Ravi de le savoir. C'est quoi, un décadrachme de Poros ?

— Il y a deux mille trois cents ans, après qu'Alexandre le Grand eut conquis l'Asie Mineure et la Perse, il se focalisa sur l'Inde, expliqua Henrik, mais il ne put s'emparer que d'une fraction de ce territoire avant que son armée l'abandonne. C'est au cours de plusieurs batailles livrées en Inde qu'il fut confronté pour la première fois à des éléphants de combat. Les pachydermes écrasèrent les lignes macédoniennes, causèrent des ravages. Ils terrifiaient les hommes d'Alexandre. Plus tard, des médaillons furent frappés pour commémorer la bataille de l'Hydaspe ; ils représentaient Alexandre mettant en déroute un éléphant de combat.

— Certains de ces médaillons furent frappés après la mort d'Alexandre. Nous ignorons combien il y en eut. Aujourd'hui, il n'en reste que huit. Les quatre déjà dérobés, celui du musée détruit ce soir, un appartenant à un collectionneur privé, un exposé dans un musée de Venise et le dernier exposé au musée d'Histoire et des Traditions de Samarcande.

— La capitale de la Fédération d'Asie centrale ? Elle est située dans la région conquise par Alexandre. »

Thorvaldsen s'affala dans l'un des fauteuils ; à cause de sa scoliose, il penchait la tête en avant et son menton dodu reposait sur son torse maigre. Cassiopée remarqua à quel point son vieil ami semblait épuisé. Il portait son éternel pull et son pantalon de velours trop ample, l'uniforme qu'il avait adopté pour dissimuler son handicap. Elle regrettait de l'avoir impliqué dans cette affaire, mais il avait insisté. C'était un ami fidèle. L'heure était venue de savoir à quel point Malone l'était aussi. « Que savez-vous de la mort d'Alexandre le Grand ?

— Certains détails glanés au fil de mes lectures. Une bonne part de mythe mêlée à des faits contradictoires.

— Stockés dans votre mémoire eidétique ?

— Je suis né avec, je n'y peux rien, dit Malone avec un haussement d'épaules.

— Ce qui arriva en juin 323 avant J.-C. a changé le monde.

— Allez-y. Racontez-lui. Il faut qu'il sache », l'encouragea Thorvaldsen d'un geste.

Cassiopée obéit.

Le dernier jour du mois de mai, dans la citadelle de Babylone, Alexandre assista à un dîner donné par l'un de ses fidèles compagnons. Après avoir bu une large coupe de vin pur en l'honneur de son hôte, il poussa un cri de douleur, comme frappé d'un coup violent. On le conduisit sans attendre jusqu'à son lit où il fut pris de fièvre, mais il continua à jouer aux dés, à élaborer des plans avec ses généraux et à se livrer aux sacrifices prescrits. Le quatrième jour, il se plaignit de lassitude et certains de ses compagnons remarquèrent un manque d'énergie inhabituel chez lui. Il se reposa tranquillement pendant plusieurs jours ; il dormait dans les bains publics pour profiter de la fraîcheur ambiante. Malgré sa faiblesse, Alexandre fit savoir à la division d'infanterie de se tenir prête à se mettre en marche d'ici quatre jours et à sa flotte de prendre la mer d'ici cinq. Il était sur le point de dévoiler ses projets de marche vers l'ouest et de conquête de l'Arabie. Le 6 juin, se sentant plus faible, il transmit sa bague à Perdiccas pour que la gestion du pouvoir puisse être assurée normalement. Ce geste fit naître une vague de panique. Les soldats d'Alexandre craignaient qu'il ne soit mort et, pour calmer leur inquiétude, le roi leur permit de défiler devant son lit. Il adressa un sourire à chacun des soldats. « Quand j'aurai quitté la vie, trouvera-t-on jamais un roi digne de pareils hommes ? » murmura-t-il quand le dernier fut passé. Il ordonna qu'à sa mort, son corps soit emmené au temple d'Ammon en Égypte, mais aucun des compagnons ne voulait prêter l'oreille à un tel fatalisme. L'état d'Alexandre s'aggrava si bien que le 9 juin, les compagnons lui demandèrent à qui il laisserait son royaume s'il venait à mourir. Ptolémée affirma avoir entendu « au plus intelligent », Séleucos, « au plus digne » et Peithon, « au plus fort ». Un grand débat s'ensuivit pour déterminer qui avait raison. Tôt le lendemain matin, dans sa trente-troisième année, douze ans et huit mois après le début de son règne, Alexandre III de Macédoine mourut.

« Ses dernières paroles font encore débat, remarqua Cassiopée.

– Pourquoi ont-elles une telle importance ?

– À cause de tout ce qu'Alexandre a laissé, intervint Thorvaldsen. Un royaume sans héritier légitime.

– Et toute cette histoire a un lien avec ces fameux médaillons ?

– Cotton, j'ai acheté ce musée en sachant que quelqu'un le détruirait. Cassiopée et moi attendions que cela se produise.

– Nous devions avoir une longueur d'avance sur ceux qui tentent de se procurer les médaillons.

– Ils sont arrivés à leurs fins on dirait. »

Thorvaldsen lança un regard à Cassiopée puis dévisagea Malone. « Pas tout à fait », déclara-t-il.

9

Viktor ne se détendit qu'après avoir fermé et verrouillé la porte de sa chambre d'hôtel. Rafael et lui se trouvaient à l'autre bout de Copenhague près du quartier de Nyhavn où une clientèle bruyante se pressait dans les cafés débordant d'animation situés au bord du canal. Il s'installa au bureau et alluma une lampe alors que Rafael se postait près de la fenêtre qui dominait la rue, quatre étages en contrebas.

Il était désormais en possession du cinquième décadrachme de Poros.

Il avait été déçu par les quatre premiers. L'un d'eux était un faux, les trois autres en piteux état. Six mois plus tôt encore, il ne savait presque rien de ces médaillons frappés d'un éléphant. Aujourd'hui, leur origine n'avait plus de secret pour lui.

« Ça devrait aller, dit-il à Rafael. Calme-toi. Personne ne nous a suivis.

— Je vais monter la garde pour m'en assurer.

— Tout va bien, dit Viktor, conscient que Rafael s'efforçait de se faire pardonner la réaction excessive qu'il avait eue au musée.

— Il aurait dû y rester.

– C'est mieux ainsi. Au moins nous savons à qui nous avons affaire. »

Viktor ouvrit une valise en cuir dont il tira un stéréomicroscope et une balance à affichage numérique.

Il posa la pièce sur le bureau. Ils l'avaient découverte dans l'une des vitrines du musée, identifiée comme un « Décadrachme de Poros (Alexandre le Grand), médaillon, env. IIe siècle avant J.-C. »

Il commença par en mesurer la largeur. Trente-cinq millimètres. Ça collait à peu près. Il alluma la balance électronique pour en vérifier le poids. 40,74 grammes. Correct là aussi.

À l'aide d'une loupe, il examina l'image gravée sur l'une des faces de la pièce, celle d'un guerrier portant tous les attributs royaux, casque à plumet, gorgerin, cuirasse et casaque lui tombant aux genoux.

Viktor était ravi. On savait tout de suite que la pièce était une contrefaçon quand la casaque arrivait aux chevilles. Pendant des siècles, le commerce de fausses pièces grecques avait été florissant et les faussaires les plus adroits étaient passés maîtres dans l'art de berner les plus avides et les plus enthousiastes.

Heureusement, aucun des deux qualificatifs ne pouvait lui être attribué.

On avait fait don au British Museum du premier décadrachme de Poros, en provenance d'Asie centrale, en 1887. Un deuxième avait fait son apparition en 1926, en provenance d'Iran. Un troisième avait été découvert en 1959 et un quatrième en 1964. Puis en 1973, quatre autres médaillons avaient été découverts près des ruines de Babylone. Huit pièces de monnaie en tout qui avaient fait le tour des musées et des collections privées. Elles n'avaient pas grande valeur étant donné la variété de l'art hellénistique et les milliers de pièces de monnaie en circulation. Néanmoins, elles étaient dignes de faire partie d'une collection.

Viktor reprit son examen.

Le guerrier, jeune et glabre, tenait à la main gauche une sarisse se terminant par une pointe de fer ; dans sa main droite, un éclair. Planant au-dessus de lui, une Niké, déesse ailée de la victoire. À la gauche du guerrier, le facteur avait ajouté un curieux monogramme.

Viktor ne savait pas s'il s'agissait des lettres BA ou BAB ni ce qu'elles représentaient, mais un médaillon authentique devait comporter cet étrange symbole.

Tout semblait en ordre. Rien en moins, rien en trop.

Il retourna la pièce.

La tranche était grossièrement déformée, la patine couleur d'étain rendue lisse, comme polie par de l'eau. Le temps effaçait lentement les délicates gravures sur chaque face de la pièce. Il était incroyable, à vrai dire, qu'elles n'aient pas disparu à jamais.

« Tout est calme ? demanda-t-il à Rafael toujours debout près de la fenêtre.

– Inutile d'être condescendant.

– Ça m'intéresse vraiment.

– Décidément, je fais tout de travers.

– Tu as vu quelqu'un approcher de l'entrée du musée. Tu as réagi, c'est tout.

– C'était idiot. Les cadavres ont le don d'attirer l'attention.

– Il n'y aurait pas eu de cadavre. Arrête de t'inquiéter pour ça. En outre, j'étais d'accord pour le laisser sur place. »

Il se concentra sur le médaillon. Sur l'autre face, on voyait le guerrier, désormais à cheval, mais arborant la même armure qui faisait fuir un éléphant de combat. Deux soldats étaient assis à dos d'éléphant ; l'un brandissait une sarisse, l'autre tentait de retirer la lance dont le cavalier lui avait transpercé la poitrine. Les numismates s'accordaient à dire que le guerrier présentant tous les attributs royaux représenté sur les deux faces de la pièce n'était autre qu'Alexandre le Grand et que les médaillons commémoraient une bataille l'ayant opposé à des éléphants de combat.

Mais c'était en passant la pièce sous le microscope que l'on jugeait véritablement de son authenticité. Il alluma le dispositif d'éclairage et glissa le décadrachme sur la plaque.

Les pièces authentiques comportaient une anomalie : des micro-lettres à peine visibles dissimulées dans la gravure, apposées par les graveurs en s'aidant d'une forme primitive de lentille. Les experts pensaient que ces lettres jouaient le même rôle que les filigranes sur les billets de banque modernes peut-être pour garantir l'authenticité de la monnaie. Les lentilles n'étaient pas d'un usage courant dans l'Antiquité aussi, il aurait été quasiment impossible à l'époque de détecter ces lettres. On en avait découvert l'existence à l'apparition du premier médaillon à la fin du XIXe siècle. Cependant, des quatre médaillons dérobés jusque-là, un seul comportait cette particularité. Si ce médaillon était authentique, entre les plis de la casaque du cavalier, on devrait pouvoir lire deux lettres de l'alphabet grec : ZH.

Viktor procéda à la mise au point et de minuscules gravures apparurent sous ses yeux.

Il ne s'agissait pas des fameuses lettres.

Mais de chiffres.

36 44 77 55.

Il leva les yeux du microscope.

« Que se passe-t-il ? » lui demanda Rafael qui le regardait.

Le mystère s'épaississait. Tout à l'heure, Viktor avait passé plusieurs coups de téléphone depuis la chambre d'hôtel. Son regard tomba sur le numéro inscrit à la base de l'appareil. Quatre groupes de deux chiffres commençant par 36.

Pas ceux qu'ils venaient de découvrir sur la pièce.

Mais il sut immédiatement ce que ceux-là signifiaient.

Ils composaient un numéro de téléphone danois.

10

Venise
6 h 30

Vincenti se regarda dans le miroir tandis que son valet de chambre défroissait sa veste et l'aidait à passer le costume Gucci sur son énorme silhouette. À l'aide d'une brosse en poils de chameau, l'homme débarrassa le tissu de laine noire de la moindre peluche. Vincenti ajusta ensuite sa cravate en s'assurant que le nœud était impeccable. Puis le valet lui tendit une pochette bordeaux dont il ajusta les plis soyeux dans la poche de son manteau.

Malgré ses cent trente-six kilos, il avait l'air élégant dans ce costume fait sur mesure. Le styliste milanais qu'il employait à plein temps lui avait expliqué que les couleurs de terre véhiculaient une certaine autorité tout en faisant oublier sa silhouette. Ce qui n'était pas une mince affaire. Tout était gros chez lui, les joues rebondies, le front proéminent, le nez en forme de truffe. C'est qu'il aimait la nourriture riche et considérait les régimes comme un crime.

À son signal, le valet polit ses chaussures à lacet Lorenzo Banfi. Vincenti jeta un dernier coup d'œil dans le miroir avant de consulter sa montre.

« Monsieur, elle a appelé pendant que vous étiez sous la douche, annonça le valet.

— Sur la ligne privée ? »

Le valet hocha la tête.

« Elle a laissé un numéro ? »

Le valet prit un bout de papier dans sa poche. Vincenti avait réussi à dormir quelques heures avant et après la réunion du Conseil. Contrairement aux régimes, le sommeil n'avait rien d'une perte de temps. Il savait qu'il était attendu et détestait être en retard, mais il avait décidé de profiter de l'intimité de sa chambre pour téléphoner. Inutile de diffuser cette conversation sur un téléphone portable.

Le valet se retira.

Vincenti s'approcha du téléphone posé sur une table de chevet et composa un numéro à l'étranger. Trois sonneries perçantes retentirent à son oreille avant qu'une voix féminine réponde. « Toujours parmi nous à ce que je vois, madame la ministre suprême, déclara Vincenti.

— Et il est bon de constater que l'information que vous m'avez fournie était exacte.

— Je ne vous aurais pas ennuyée avec des histoires fantaisistes.

— En revanche, vous ne m'avez toujours pas expliqué comment vous avez pu découvrir que l'on tenterait de m'assassiner aujourd'hui. »

Trois jours plus tôt, il avait mis Irina Zovastina au courant des projets du Florentin. « La Ligue veille sur ses adhérents et vous comptez parmi les plus éminents, madame la ministre.

— Quel flatteur vous faites, Enrico, gloussa Zovastina.

— Avez-vous remporté la partie de *buzkashi* ?

— Évidemment. Deux incursions dans le cercle. Nous avons laissé le cadavre de l'assassin sur le terrain où les sabots des chevaux l'ont réduit en bouillie. Les oiseaux et les chiens se régalent en ce moment de ce qu'il en reste. »

Vincenti tressaillit à ces mots. Voilà bien le problème avec l'Asie centrale : elle voulait désespérément entrer dans le XXIe siècle, mais sa culture restait enracinée dans le XVe. Il faudrait que la Ligue fasse son possible pour changer tout ça. Même si la tâche équivalait à sevrer un carnivore pour lui faire adopter un régime végétarien.

« *L'Iliade* vous est-elle familière ? voulut savoir Zovastina.

— Absolument, répondit Vincenti, sachant qu'il fallait lui faire plaisir.

— "... précipita chez Hadès les âmes généreuses d'une foule de héros, et fit de leurs corps la proie des chiens et de tous les oiseaux."

— Vous vous prenez pour Achille ?

— C'est un être admirable à plus d'un titre.

— N'était-ce pas un homme fier ? Et excessif, d'après mes souvenirs.

— Mais un battant. Un éternel battant. Dites-moi, Enrico, et votre traître ? Ce problème a-t-il été résolu ?

— Le Florentin aura de magnifiques obsèques dans la région des lacs, au nord de l'Italie. Nous enverrons des fleurs. Il faut que nous parlions, ajouta-t-il, ayant décidé de la tester.

— Votre récompense pour m'avoir sauvé la vie ?

— Votre part du marché, conformément à ce que nous avions conclu il y a longtemps.

— Je serai prête à rencontrer le Conseil dans quelques jours. D'abord, j'ai des choses à régler.

— Je préférerais savoir quand nous nous rencontrerons, vous et moi.

— J'en suis persuadée, répliqua Zovastina. Moi aussi, à vrai dire, mais avant, j'ai certains projets à finir.

— Je ne ferai bientôt plus partie du Conseil. Par la

suite, il vous faudra négocier avec d'autres. Ils ne se montreront peut-être pas aussi accommodants. »

Zovastina éclata de rire. « *Accommodants,* j'adore ! Décidément, j'adore traiter avec vous, Enrico. Nous nous comprenons si bien !

— Nous devons parler.

— Bientôt. D'abord, il y a cet autre problème dont nous avons parlé. Les Américains. »

Effectivement. « N'ayez aucune inquiétude. J'ai l'intention de m'en occuper aujourd'hui même », assura Vincenti.

11

Copenhague

« Comment ça, “Pas tout à fait” ? demanda Malone à Thorvaldsen.

– J’ai fait frapper un faux décadrachme de Poros. C’est assez facile à faire, pour tout vous dire. Plusieurs faux circulent déjà sur le marché.

– Et pourquoi avoir fait ça ?

– Cotton, ces médaillons sont importants, expliqua Cassiopée.

– Ça, je ne l’aurais jamais deviné, mais j’ignore encore le pourquoi du comment.

– Que savez-vous des événements qui ont suivi à la mort d’Alexandre le Grand ? l’interrogea Thorvaldsen. Ce qu’il advint de sa dépouille ?

– Je me suis renseigné sur le sujet.

– Je doute que vous disposiez des mêmes informations que nous, remarqua Cassiopée en se postant près d’une étagère. À l’automne dernier, j’ai reçu l’appel d’un ami employé au musée d’Histoire et des Traditions de Samarcande. Il avait découvert quelque chose qui d’après lui pouvait m’intéresser. Un manuscrit ancien.

– De quelle époque ?

– Ier ou IIe siècle après J.-C. Avez-vous déjà entendu parler de la spectrométrie de fluorescence X ? »

Malone fit non de la tête.

« C'est un processus relativement nouveau, intervint Henrik. Au début du Moyen Âge, le parchemin était d'une telle rareté que les moines développèrent une technique de recyclage consistant à gratter l'encre d'origine de façon à pouvoir réutiliser les parchemins propres pour fabriquer leurs livres de prières. Dans le cadre de la spectrométrie, on utilise un accélérateur de particules pour fabriquer des rayons X dont est ensuite bombardé le parchemin recyclé. Heureusement, l'encre utilisée il y a des siècles contenait beaucoup de fer. Quand les rayons X entrent en contact avec cette encre, les molécules incrustées dans le parchemin émettent un spectre lumineux qu'il est alors possible d'enregistrer. C'est assez incroyable à vrai dire. Comme un fax venu du passé. Des mots que l'on avait cru effacés, sur lesquels on avait repassé avec une encre nouvelle, réapparaissent à partir de leur signature moléculaire.

– Cotton, les informations de première main dont nous disposons au sujet d'Alexandre se limitent aux écrits de quatre hommes ayant tous vécu près de cinq siècles après le roi macédonien, précisa Cassiopée. *Les Éphémérides royales*, le prétendu journal d'Alexandre censé être contemporain du souverain, n'a aucun intérêt puisqu'on y récrit l'histoire du point de vue du vainqueur. *Le Roman d'Alexandre* que beaucoup considèrent comme une source autorisée est complètement fantaisiste et n'a presque aucun rapport avec la réalité. Les deux autres sources, en revanche, nous viennent d'Arrien et Plutarque, deux chroniqueurs dignes de foi.

– J'ai lu *Le Roman d'Alexandre*. Quelle histoire extraordinaire !

– Oui, mais il se limite à cela et n'a aucune valeur

historique. Comme dans le cas du roi Arthur, la vie d'Alexandre s'est muée en légende d'un romantisme échevelé. On le considère aujourd'hui comme un grand conquérant bienveillant, une espèce d'homme d'État. En vérité, il s'est livré à des massacres sans précédent et a complètement dilapidé les ressources des pays qu'il a conquis. Il a assassiné des amis par pure paranoïa et mené la plupart de ses soldats à une mort prématurée. C'était un joueur qui a risqué sa vie et celle de ceux qui l'entouraient en s'en remettant à la chance. Il n'y a rien de magique chez cet être.

– Je ne suis pas d'accord, répondit Malone. C'était un général d'armée remarquable qui fut le premier à unifier le monde. Ses conquêtes ont été sanglantes et brutales, certes, mais c'est ça, la guerre. Il avait le goût de la conquête, c'est vrai, et le monde de l'époque semblait prêt à se laisser conquérir. C'était un habile politique, un Grec qui finit par devenir perse. D'après toutes mes lectures, il ne versait pas dans le nationalisme mesquin, ce qui plaide plutôt en sa faveur. À sa mort, ses généraux, les compagnons, se sont partagé son empire, ce qui assura l'hégémonie de la culture hellénistique pendant des siècles. L'âge hellénistique a profondément marqué la civilisation occidentale. Et c'est avec Alexandre que tout a commencé. »

Malone vit que Cassiopée n'était pas du même avis.

« C'est précisément de cet héritage dont parlait le manuscrit ancien, précisa-t-elle. De ce qui s'est réellement passé à la mort d'Alexandre.

– Nous savons ce qui est arrivé. Son empire s'est retrouvé à la merci de ses généraux et ils ont joué à la chasse au trésor avec sa dépouille. Il existe beaucoup de témoignages contradictoires montrant qu'ils essayèrent d'attaquer le cortège funéraire. Ils voulaient tous s'emparer de la dépouille du roi pour en faire un symbole de leur pouvoir personnel. Voilà pourquoi il a été momifié. Dans la Grèce antique, les défunts étaient incinérés, mais ce n'est pas ce qui est arrivé à Alexandre. Son cadavre ne pouvait disparaître.

– C'est ce qui s'est passé entre le moment de son décès à Babylone et celui où l'on a transporté son corps vers l'ouest qui est le sujet de ce manuscrit, précisa Cassiopée. Une année venait de s'écouler, année capitale pour les décadrachmes de Poros. »

Une sonnerie discrète vint rompre le silence.

Henrik tira un téléphone portable de sa poche et répondit. C'était inhabituel. Thorvaldsen détestait ces appareils et détestait encore plus que l'on s'en serve en sa présence.

« C'est important ? demanda Malone à Cassiopée.

– C'est ce que nous attendions, répondit-elle, l'air maussade.

– Pourquoi tant de gaieté ? ironisa Malone.

– Vous n'allez peut-être pas le croire, Cotton, mais moi aussi j'ai des sentiments. »

Ce commentaire sarcastique étonna Malone. À l'occasion de sa visite à Noël, la jeune femme et lui avaient passé quelques agréables soirées à Christiangade, le manoir d'Henrik situé sur la côte, au nord de Copenhague. Il lui avait même offert un ouvrage sur les techniques de construction du XVIIe siècle, une rareté. Son chantier en France, un site sur lequel elle reconstruisait un château pierre par pierre en se cantonnant aux outils et aux matériaux disponibles il y a sept siècles, avançait. Ils s'étaient même mis d'accord pour que Malone lui rende une petite visite au printemps.

« C'était le cambrioleur du musée, annonça Thorvaldsen en raccrochant.

– Comment savait-il où vous joindre ?

– J'ai fait graver ce numéro sur le médaillon. Je voulais lui faire savoir sans la moindre ambiguïté ce que nous attendions. Je lui ai dit que s'il souhaitait se procurer le véritable décadrachme, il allait devoir payer.

– En sachant ça, il va sans doute préférer vous tuer.

– Nous l'espérons.

– Et comment comptez-vous l'en empêcher ?

– C'est là que vous intervenez, Cotton », déclara Cassiopée en avançant vers lui, le visage de marbre.

12

Viktor reposa le combiné du téléphone. Posté près de la fenêtre, Rafael avait assisté au coup de fil.

« Le type nous donne rendez-vous dans trois heures dans une maison au nord de la ville, sur la route qui longe la côte. Il savait que nous arrivions, et depuis un moment, pour avoir eu le temps de faire graver ce médaillon, dit-il en soulevant l'objet. C'est assez bien fait. Le faussaire connaît son boulot.

– Nous devrions faire un rapport. »

Viktor n'était pas du même avis. La ministre Zovastina l'avait dépêché sur place car il était son homme de confiance. Une trentaine d'hommes la protégeaient au quotidien. C'était le bataillon sacré de Zovastina, inspiré de l'unité d'élite la plus féroce de la Grèce antique qui avait vaillamment combattu jusqu'à ce que Philippe de Macédoine et son fils Alexandre le Grand en viennent à bout. Il avait entendu la ministre en parler. Les Macédoniens avaient été tellement impressionnés par la bravoure du bataillon sacré qu'ils avaient érigé un monument à la mémoire des soldats qui le composaient, un monument que l'on peut toujours admirer à Chéronée, en Grèce. Après son accession au pouvoir, c'est avec enthousiasme que Zovastina avait ressuscité ce concept. Viktor avait été sa première recrue et il avait été chargé de compléter l'équipe dont faisait partie Rafael, jeune Italien remarqué alors qu'il travaillait pour les forces de sécurité bulgares.

« Ne devrions-nous pas prévenir Samarcande ? » insista Rafael.

Viktor dévisagea son partenaire. Le jeune homme énergique avait l'esprit vif. Viktor avait appris à l'apprécier, ce qui expliquait pourquoi il tolérait des erreurs qu'il n'aurait jamais acceptées de la part d'autres que lui. Comme attirer l'inconnu dans le musée par exemple. Mais était-ce vraiment une erreur après tout ?

« Nous ne pouvons pas la prévenir, déclara-t-il calmement.

– Si elle découvre cette histoire, elle nous tuera.

– Alors, débrouillons-nous pour qu'elle n'en sache rien. Nous avons fait du bon travail jusqu'ici. »

Effectivement : quatre vols, tous perpétrés au domicile de collectionneurs privés qui, bonne aubaine, conservaient leur collection dans des coffres-forts peu solides ou les exhibaient avec désinvolture. Les deux comparses avaient camouflé leurs méfaits grâce à des incendies et réussi à ne pas se faire repérer.

Et s'il se trompait ?

L'inconnu au téléphone avait l'air bien renseigné.

« Il va falloir résoudre le problème nous-mêmes.

– Vous craignez qu'elle me tienne pour responsable de la situation ?

– À vrai dire, je crains qu'elle ne nous tienne tous les deux pour responsables, le reprit Viktor, la gorge serrée à cette idée.

– Ça me dérange, Viktor. Vous me protégez trop.

– Nous avons foiré tous les deux cette fois, précisa-t-il en jetant à Rafael un regard méprisant. Ces maudites pièces ne nous attirent que des ennuis, ajouta-t-il en manipulant le médaillon.

— Que compte-t-elle en faire ?

— Elle n'est pas du genre à s'expliquer, mais c'est sûrement important.

— J'ai surpris une conversation, avoua Rafael, avec un regard trahissant sa curiosité.

— Quand as-tu entendu cette fameuse conversation ?

— Quand j'étais affecté à son service personnel, juste avant notre départ la semaine dernière. »

Il y avait un roulement parmi les gardes qui protégeaient Zovastina au quotidien et ils étaient soumis à une règle claire : peu importait ce qui était dit ou entendu, seule comptait la sécurité de la ministre suprême, mais cette fois, c'était différent. Il fallait qu'il sache. « Dis-moi, l'encouragea Viktor.

— Elle prépare quelque chose.

— Quel est le rapport avec ces médaillons ?

— C'est elle qui en a parlé. À un correspondant au bout du fil. Nous sommes chargés d'éviter un éventuel problème. Son ambition est sans limite.

— Elle a accompli tant de choses. Des choses dont personne n'a jamais été capable. La vie est enfin agréable en Asie centrale aujourd'hui.

— Je l'ai vu dans son regard, Viktor. Rien de tout cela ne lui suffit. Elle est insatiable. »

Viktor dissimula son inquiétude en feignant l'étonnement.

« J'ai lu une biographie d'Alexandre le Grand qu'elle m'avait recommandée. Elle aime bien recommander certaines lectures, au sujet d'Alexandre surtout. Vous connaissez l'histoire de Bucéphale, le cheval d'Alexandre ? »

Viktor avait entendu Zovastina raconter cette légende. Quand Alexandre était enfant, son père fit l'acquisition d'un beau cheval que personne n'arrivait à dompter. Alexandre réprimanda son père et les entraîneurs royaux en se vantant de pouvoir dompter l'animal. Philippe n'en crut rien, mais après qu'Alexandre eut promis de payer l'animal de sa poche en cas d'échec, le roi l'autorisa à tenter sa chance. En constatant que le cheval semblait avoir peur de son ombre, Alexandre le tourna face au soleil et, en l'amadouant, réussit à le monter.

Viktor expliqua à Rafael ce qu'il savait.

« Et savez-vous ce que Philippe dit à Alexandre une fois qu'il eut dompté Bucéphale ? »

Viktor fit non de la tête.

« "Mon fils, cherche-toi un royaume à ta taille : la Macédoine est trop petite pour toi." Voilà le problème de Zovastina, Viktor : sa Fédération est plus grande que l'Europe. Pourtant, elle ne la trouve pas assez grande pour elle. Elle ne lui suffit pas.

— Cela ne nous concerne pas.

— Notre mission n'est qu'un rouage de son plan. »

Malgré son inquiétude, Viktor ne répondit pas.

Rafael sentit sa réserve. « Au téléphone, vous avez dit à l'inconnu que nous lui apporterions cinquante mille euros. Nous n'avons pas une telle somme.

— Nous n'en aurons pas besoin, répondit Viktor, soulagé de changer de sujet. Nous récupérerons le médaillon sans dépenser le moindre centime.

— Il faut éliminer celui qui orchestre tout ça. »

Rafael avait raison. La ministre suprême Zovastina ne tolérerait pas la moindre erreur.

« Tu as raison. Nous les tuerons tous. »

13

Samarcande
Fédération d'Asie centrale
11 h 30

L'homme qui entra dans le bureau d'Irina Zovastina était petit, râblé, il avait des traits aplatis et une mâchoire laissant deviner un tempérament entêté. C'était le troisième homme fort de l'armée de l'air de la Fédération depuis que la fusion avait été opérée. Mais il était aussi le chef d'un parti politique clandestin bien que mineur dont les protestations se faisaient néanmoins de plus en plus menaçantes ces derniers temps. Kazakh résistant secrètement à toute influence slave, il aimait invoquer les origines nomades de son peuple et les traditions antérieures aux changements imposés par les Russes.

En dévisageant le rebelle, Zovastina se demandait comment son crâne chauve et son regard sec pouvaient bien le rendre sympathique à quiconque, même si on le disait intelligent, éloquent et persuasif. On l'avait amené au palais deux jours plus tôt après qu'il eut été pris d'une violente fièvre, d'abondants saignements de nez, d'accès de toux qui l'avaient épuisé et de douleurs dans les hanches évocatrices de coups de marteau selon lui. Ses médecins avaient diagnostiqué une infection virale et craignaient une pneumonie, mais il n'avait réagi à aucun traitement conventionnel.

Aujourd'hui, en revanche, il avait l'air d'aller bien.

Pieds nus, il portait l'un des peignoirs marron du palais.

« Vous avez l'air bien plus en forme qu'hier, Enver.

— Qu'est-ce que je fais là ? » demanda-t-il d'un ton monocorde dénué de toute reconnaissance.

Il avait déjà questionné le personnel qui, conformément aux instructions de Zovastina, avait fait allusion à sa trahison. Bizarrement, le colonel n'avait pas eu l'air de s'en alarmer. Il poussait la provocation jusqu'à éviter le russe et s'adressait à elle en kazakh, aussi décida-t-elle de lui faire plaisir en s'en tenant à ce langage millénaire. « Vous étiez à deux doigts de mourir. Je vous ai amené ici pour que mes médecins puissent s'occuper de vous.

— Je n'ai aucun souvenir de la journée d'hier. »

Zovastina lui fit signe de s'asseoir et servit le thé que contenait une théière en argent. « Vous étiez au plus mal. Comme j'étais inquiète, j'ai décidé de vous aider. »

Le colonel la jaugea sans cacher sa méfiance.

« Du thé vert avec un soupçon de pomme, expliqua-t-elle en lui tendant une tasse. On m'a dit que vous l'aimiez.

— Que voulez-vous, ministre Zovastina ? demanda-t-il sans toucher à la tasse.

— Vous nous avez trahis, la Fédération et moi. Votre parti politique incite le peuple à la désobéissance civile.

— Vous ne cessez de répéter que nous avons le droit de nous exprimer, répondit-il sans surprise.

— Et vous me croyez ? »

Zovastina reposa sa tasse en décidant d'arrêter de jouer les hôtesses parfaites. « Il y a trois jours, vous avez été exposé à un agent viral, mortel entre vingt-quatre et quarante-huit heures. La mort est due à une forte fièvre, un œdème pulmonaire et l'affaiblissement de la cloison artérielle provoquant une hémorragie interne massive. Votre infection n'en était pas encore arrivée à cette extrémité. Sans mon intervention, ç'aurait été le cas.

— Comment ai-je été guéri ?

— Grâce à moi.

— Vous ?

— Je voulais que vous fassiez l'expérience directe de ce dont je suis capable. »

Le colonel resta un moment silencieux, digérant apparemment la nouvelle.

« Vous êtes colonel de l'armée de l'air de la Fédération. Vous avez fait le serment de sacrifier votre vie à la défense de cette Fédération.

— Et je le respecterai si nécessaire.

— Pourtant, vous incitez le peuple à la trahison sans le moindre scrupule.

— Que voulez-vous ? répéta le colonel d'un ton brusque.

— Votre loyauté. »

Il ne répondit pas.

Zovastina prit une télécommande sur la table. L'image de cinq hommes allant et venant au milieu d'une foule s'afficha sur un écran plat posé dans un coin du bureau. Ils examinaient des étals débordant de fruits et légumes frais protégés par des auvents aux couleurs vives.

Le colonel bondit.

« Ces images ont été filmées par l'une des caméras de surveillance du marché de Navoï. Elles assurent le maintien de l'ordre et luttent contre la criminalité, mais elles nous permettent aussi de surveiller nos ennemis, ajouta Zovastina en voyant que le colonel reconnaissait les visages qui s'affichaient à l'écran. Eh oui, Enver, ce sont vos amis. Des opposants au régime. Je suis au courant de vos projets. »

Elle connaissait bien la philosophie du parti présidé par Enver. Avant la domination communiste, quand les Kazakhs vivaient principalement dans des yourtes, les femmes faisaient partie intégrante de la société, occupant un tiers des fonctions politiques du pays, mais sous l'influence conjuguée des Soviétiques et de l'islam, les femmes avaient été mises à l'écart. Dans les années quatre-vingt-dix, l'accession à l'indépendance s'était accompagnée d'une crise économique et d'un retour des femmes sur le devant de la scène et, peu à peu, elles avaient reconquis une influence au niveau politique. La naissance de la Fédération avait scellé leur retour aux affaires.

« Vous ne voulez pas vraiment un retour aux traditions, Enver, revenir aux temps où nous parcourions les steppes, n'est-ce pas ? En ce temps-là, c'étaient les femmes qui étaient aux commandes de la société. Non, tout ce que vous voulez, c'est le pouvoir. Et si vous essayez d'enflammer l'esprit du peuple en ressuscitant les images d'un passé glorieux, c'est pour mieux en tirer avantage. Vous ne valez pas mieux que moi.

— Voilà ce que je pense de vous, s'écria-t-il en crachant à ses pieds.

— Ça ne change rien, répondit Zovastina indifférente. Chacun de ces hommes sera infecté avant le coucher du soleil, comme vous l'avez été. Ils ne se rendront compte de rien jusqu'à ce qu'un écoulement nasal, un mal de gorge ou de tête leur indiquent qu'ils ont peut-être attrapé un rhume. Ces symptômes vous rappellent quelque chose, n'est-ce pas, Enver ?

— J'ai toujours su que vous étiez un être diabolique.

— Si ç'avait été le cas, je vous aurais laissé mourir.

— Pourquoi ne pas l'avoir fait ? »

Elle brandit la télécommande pour changer de chaîne. Une carte apparut à l'écran.

« Voyez ce que nous avons accompli. Un État asiatique dont l'unification a fait l'unanimité chez tous les dirigeants.

– Les peuples n'ont pas été consultés, eux.

– Vraiment ? Cela fait quinze ans que nous en sommes là et l'économie de toutes les anciennes républiques a connu une amélioration spectaculaire. Nous avons construit des écoles, des logements, des routes. Le système médical s'est nettement amélioré. Nos infrastructures ont été modernisées. Les réseaux électriques, de distribution des eaux, d'évacuation des eaux usées n'ont rien à voir avec ce qu'ils étaient à l'ère soviétique et fonctionnent parfaitement désormais. La spoliation de notre terre et de nos ressources

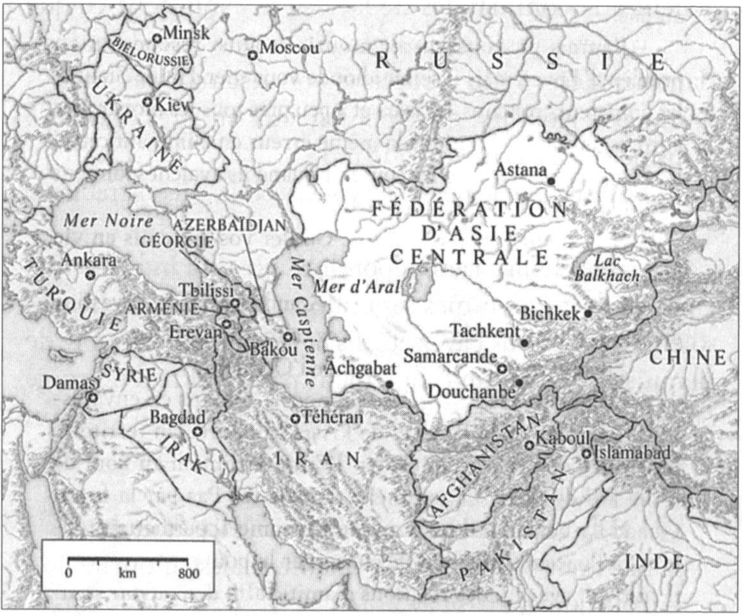

par les Russes est terminée. Des entreprises internationales ont investi ici plusieurs milliards. Le tourisme se développe. Notre produit intérieur brut a augmenté de mille pour cent. Les citoyens sont heureux, Enver.

— Pas tous.

— Impossible de contenter tout le monde. Nous ne pouvons que contenter la majorité. C'est ce que l'Occident répète sans arrêt.

— Combien d'autres personnes avez-vous menacées comme vous me menacez en ce moment ?

— Pas tant que ça. La majorité des gens constate par elle-même les avantages de notre politique. Je partage les richesses et le pouvoir avec mes amis. Et laissez-moi vous dire que si n'importe lequel d'entre vous a une meilleure idée, je suis prête à l'écouter, mais jusqu'ici, personne n'a rien proposé de mieux. La minuscule opposition que nous avons rencontrée et dont vous faites partie ne cherche qu'à accéder au pouvoir. Rien de plus.

— Facile pour vous de vous montrer magnanime alors que vous disposez de microbes capables de nous faire marcher au pas.

— J'aurais pu vous laisser mourir et ainsi résoudre mon problème, Enver, mais il serait idiot de vous tuer. Hitler, Staline, les empereurs romains, les tsars et à peu près tous les monarques européens ont tous commis la même erreur en éliminant ceux-là même qui auraient pu les soutenir quand ils avaient vraiment besoin d'aide.

— Ils avaient peut-être raison. Garder vos ennemis en vie peut s'avérer dangereux.

— Connaissez-vous Alexandre le Grand ? demanda Zovastina en sentant l'amertume du colonel se calmer un peu.

— Encore un envahisseur venu de l'Occident.

— En une douzaine d'années, il nous a conquis en envahissant la totalité de la Perse et de l'Asie Mineure. Un territoire plus vaste que celui conquis par l'Empire romain au bout de mille ans de lutte. Et comment régnait-il ? Pas par la force. Quand il s'emparait d'un nouveau royaume, il permettait toujours à l'ancien souverain de conserver le pouvoir. Ce faisant, il cultivait avec lui des relations d'amitié afin de pouvoir solliciter des troupes et des vivres quand il en avait besoin pour poursuivre ses conquêtes. Ensuite, il partageait les richesses. Il a connu le succès parce qu'il avait compris comment se servir du pouvoir. »

Difficile de savoir si elle gagnait sa confiance, mais le Kazakh avait avancé un argument convaincant. Elle était effectivement entourée d'ennemis ; elle ne pouvait oublier la tentative d'assassinat de tout à l'heure. Elle s'efforçait toujours d'éliminer ou de recruter ses opposants, mais de nouvelles factions semblaient apparaître chaque jour. Alexandre lui-même avait fini par succomber à une paranoïa excessive. Elle ne pouvait faire la même erreur.

« Qu'en dites-vous, Enver ? Joignez-vous à nous. »

Il pesa le pour et le contre un moment. Il avait beau ne pas aimer Zovastina, les rapports d'enquête dont elle disposait montraient que ce militaire, aviateur formé par les Soviétiques qui avait participé à bon nombre de leurs luttes ineptes, nourrissait une haine encore plus vive pour d'autres.

L'heure était venue de s'en assurer.

« Notre véritable problème, ce sont eux », déclara-t-elle en désignant le Pakistan, l'Afghanistan et l'Iran sur la carte.

Elle vit qu'il était du même avis.

« Que comptez-vous faire ? voulut-il savoir, curieux.

— Les annihiler. »

14

Copenhague
8 h 30

Malone observait la maison. Thorvaldsen, Cassiopée et lui avaient quitté sa boutique une demi-heure plus tôt pour rouler vers le nord en longeant la côte. À dix minutes au sud de la somptueuse résidence de Thorvaldsen, ils avaient quitté la route principale pour se garer devant une modeste habitation à un étage nichée dans un bosquet de hêtres noueux. Elle était entourée de jonquilles et de jacinthes, la brique et le bois surmontés d'un toit à pignon de guingois. Les eaux gris-brun du Sund venaient lécher une plage caillouteuse située à une quarantaine de mètres derrière la maison.

« Pas besoin de vous demander à qui appartient cet endroit...

– C'est une ruine qui jouxte ma propriété, remarqua Thorvaldsen. J'ai fait une affaire en l'achetant car elle bénéficie d'une merveilleuse situation en front de mer. »

Malone était d'accord, c'était un emplacement exceptionnel. « Et qui est censé vivre ici ?

– Le propriétaire du musée, qui d'autre ? » répondit Cassiopée avec un grand sourire.

Malone remarqua qu'elle se déridait légèrement, mais ses deux amis n'en paraissaient pas moins tendus. Malone s'était changé avant de quitter la ville, non sans emporter le Beretta, propriété de l'unité Magellan, caché sous son lit. La police locale lui avait ordonné par deux fois déjà de le lui remettre, mais Thorvaldsen avait mis à profit ses contacts avec le Premier ministre danois pour que ces injonctions restent sans suite. Au cours de l'année qui venait de s'écouler et bien qu'il fût à la retraite, Malone avait trouvé de nombreuses occasions de se servir de cette arme. C'était troublant d'ailleurs car s'il avait donné sa démission, c'était en partie pour ne plus avoir à porter une arme.

Quand ils pénétrèrent dans la maison, la lumière entrait à flots par les vitres couvertes d'une pellicule de sel. À l'intérieur, des antiquités et des meubles contemporains étaient disposés pêle-mêle en un mélange de styles dont la spontanéité faisait tout le charme. Malone remarqua que la maison avait besoin de beaucoup de travaux.

Cassiopée s'assura qu'ils étaient seuls.

« Le musée qui a brûlé hier soir ne contenait que des copies, annonça Thorvaldsen en s'installant dans un canapé en tweed poussiéreux. J'ai fait déménager les originaux après avoir fait l'acquisition du musée. Rien de tout ça n'était de grande valeur, mais je ne pouvais accepter de voir ces pièces détruites.

— Vous vous êtes donné beaucoup de mal, remarqua Malone.

— Les enjeux sont très importants », intervint Cassiopée qui venait de reconnaître les lieux.

On ne pouvait pas dire que Malone était étonné de l'entendre. « En attendant d'être assassinés par l'individu à qui vous avez parlé au téléphone il y a trois heures, vous pourriez au moins m'expliquer pourquoi vous lui avez accordé autant de temps pour se préparer.

– Je suis parfaitement conscient de ce que j'ai fait, rétorqua Thorvaldsen.

– Pourquoi ces médaillons ont-ils une telle importance ?

– Que savez-vous sur Héphaestion exactement ?

– C'était le plus proche compagnon d'Alexandre, probablement son amant. Mort quelques mois avant le souverain.

– Le manuscrit à l'état moléculaire découvert à Samarcande apporte certaines précisions nouvelles au témoignage historique, expliqua Cassiopée. Nous savons aujourd'hui qu'Alexandre éprouvait une telle culpabilité concernant la mort d'Héphaestion qu'il ordonna l'exécution de son médecin personnel, un certain Glaucos. Il le fit écarteler.

– Qu'avait fait le médecin pour mériter un tel sort ?

– Il avait été incapable de sauver Héphaestion, dit Thorvaldsen. Alexandre était apparemment en possession d'un remède qui au moins une fois auparavant avait enrayé la fièvre qui emporta Héphaestion. Le manuscrit fait simplement allusion à une certaine "potion", mais ce ne sont pas les seuls détails intéressants. »

Cassiopée sortit de sa poche une feuille pliée.

« Lisez ceci. »

L'exécution de ce pauvre Glaucos par le roi est une véritable honte. Ce n'était pas la faute du médecin. On avait ordonné à Héphaestion de ne rien avaler, ce qui ne l'empêcha ni de manger ni de boire. S'il s'était abstenu, nous aurions peut-être eu le temps de le guérir. Glaucos n'avait pas de potion sous la main, certes, car le récipient qui la contenait avait été brisé quelques jours plus tôt, mais on devait lui apporter un ravitaillement en provenance d'Orient. Des années plus tôt, alors qu'il combattait les Scythes, Alexandre avait souffert de maux d'estomac. En échange d'une trêve, les Scythes lui avaient offert la potion dont ils se servaient depuis longtemps pour se soigner. Seuls Alexandre, Héphaestion et Glaucos étaient au courant, mais le médecin du roi avait un jour administré la miraculeuse potion à son assistant. L'homme avait au cou des ganglions si enflés qu'il pouvait à peine avaler, comme s'il avait des cailloux plein la gorge, et vomissait de la bile à chaque souffle. Il avait le corps couvert de lésions, était à bout de force. Chaque respiration lui demandait un terrible effort. Glaucos lui avait administré la potion et le lendemain, son assistant était guéri. Glaucos avait appris à son assistant qu'il avait administré la potion au roi à plusieurs reprises dont une fois où il était à l'article de la mort et que le souverain avait guéri à chaque fois. L'assistant devait la vie au médecin, mais il n'avait pu le sauver de la rage du roi. Depuis la muraille de Babylone, il avait assisté à l'exécution de son sauveur. À son retour du lieu de l'exécution, Alexandre avait convoqué l'assistant pour lui demander s'il avait entendu parler de la potion. Ayant été témoin de la mort atroce de Glaucos, la peur l'avait forcé à avouer la vérité. Le souverain lui avait ordonné de ne parler de la potion à personne. Dix jours plus tard, Alexandre reposait sur son lit de mort, en proie à une terrible fièvre, presque à bout de forces, souffrant du même mal qu'Héphaestion. Le jour de sa mort, alors que ses compagnons et généraux s'en remettaient à Dieu, Alexandre murmura qu'il voulait qu'on lui administre la potion. L'assistant rassembla tout son courage et, en souvenir de Glaucos, refusa d'obéir au roi. Un sourire se dessina sur les lèvres du souverain. L'assistant se délecta de voir le roi mourir en sachant qu'il aurait pu le sauver.

« L'historien de la cour, qui avait lui aussi perdu un être cher en la personne de Callisthène dont Alexandre avait ordonné l'exécution quatre ans plus tôt, a consigné ce témoignage, expliqua Cassiopée. Callisthène était le neveu d'Aristote. Il occupa la fonction d'historien de la cour jusqu'au printemps de 327 avant J.-C. C'est à ce moment-là qu'il fut mêlé à un projet d'assassinat. La paranoïa d'Alexandre ayant alors atteint des sommets dangereux, il ordonna l'exécution de Callisthène. On dit qu'Aristote ne le lui pardonna jamais.

– Certains disent qu'Aristote en personne fournit le poison qui aurait tué Alexandre.

– Le roi n'a pas été empoisonné, intervint Thorvaldsen, méprisant. Ce manuscrit le prouve. Alexandre a succombé à une infection, la malaria probablement. Quelques semaines auparavant, il pataugeait dans des marais. Cependant, il est difficile d'être catégorique. Et cette fameuse potion avait déjà guéri le roi et l'assistant de Glaucos.

– Vous avez relevé les symptômes en question ? Fièvre, cou enflé, mucus, épuisement, lésions sur le corps. Ça ressemble à une affection virale. Pourtant, cette potion a totalement guéri l'assistant du médecin.

– Impossible d'ajouter foi à un manuscrit vieux de plus de deux mille ans, remarqua Malone, impassible. Vous ne pouvez être certains de son authenticité.

– Si », l'assura Cassiopée.

Malone attendit une explication.

« Mon ami était un expert. Pour mettre à jour ce texte, il s'est servi d'une technique de pointe qui ne se prête pas à la falsification. Il s'agit de lire des mots au niveau moléculaire.

– Voyez-vous, Cotton, dit Thorvaldsen, Alexandre

savait que ses successeurs se disputeraient sa dépouille. Quelques jours avant sa mort, il aurait déclaré que ses proches se livreraient à de grands jeux funèbres. Commentaire curieux dont nous commençons cependant à appréhender le sens.

— Cassiopée, pourquoi avoir employé le passé pour évoquer votre ami expert au musée ?

— Il est mort.

— Vous étiez proche ? » insista-t-il, ayant enfin découvert la source de son chagrin.

Cassiopée ne répondit pas.

« Vous auriez pu me le dire.

— Non, je ne le pouvais pas. »

Il fut blessé par ses paroles.

« Disons simplement qu'il s'agit de localiser la dépouille d'Alexandre, reprit Henrik.

— Bonne chance. On ne l'a pas vue depuis mille cinq cents ans.

— Justement, répondit froidement Cassiopée. Nous savons peut-être où elle se trouve ; en revanche, l'homme qui vient ici pour nous tuer l'ignore, lui. »

15

Samarcande
12 h 20

« Combien d'entre vous ont lu Homère ? » demanda Zovastina aux étudiants qui la dévisageaient intensément.

Quelques rares mains se levèrent.

« J'étais étudiante, comme vous, quand j'ai lu son épopée pour la première fois. »

La ministre suprême s'était déplacée au Centre du peuple pour l'enseignement supérieur à l'occasion d'une de ses nombreuses apparitions publiques hebdomadaires. Elle s'efforçait d'en organiser au moins cinq. Cela donnait l'occasion à la presse et au public de la voir et de l'entendre. Jadis institut russe faiblement doté, c'était aujourd'hui un centre d'enseignement supérieur respectable. Elle s'en était assurée parce que les Grecs avaient raison : un État illettré équivaut à l'absence d'État.

« "La peau du lâche change constamment de couleur ; ses esprits, pour qu'il reste immobile à son poste, ne sont pas assez maîtrisés en son âme, mais il remue et s'assied sur un talon après l'autre ; son cœur à grands coups palpite en sa poitrine à la pensée du Génie de la mort, et il en arrive à claquer des dents ; mais la peau du brave ne change pas de couleur ; il ne se trouble guère..." », lut Zovastina dans l'exemplaire de *l'Iliade* ouvert devant elle.

Les étudiants semblaient apprécier sa scansion.

« Voilà ce qu'a écrit Homère il y a deux mille huit cents ans. Ces mots sont encore parfaitement d'actualité. »

Caméras et micros étaient braqués vers elle depuis le fond de la salle. Se trouver ici lui rappelait ce qu'elle avait vécu vingt-huit ans plus tôt dans le nord du Kazakhstan. Dans une autre salle de classe.

Et lui rappelait son professeur.

« Vous avez le droit de pleurer», lui avait dit Sergej.

Ces paroles l'avaient touchée. Plus qu'elle ne l'aurait cru possible. Elle dévisageait cet Ukrainien qui avait un point de vue tout à fait unique sur le monde.

« Vous n'avez que dix-neuf ans, remarqua-t-il. Je me rappelle quand j'ai découvert Homère. J'ai été touché moi aussi.

– Achille est une âme tellement torturée.

– Comme nous tous, Irina. »

Elle aimait quand il l'appelait par son prénom. Cet homme savait des choses qu'elle ignorait. Il comprenait certaines choses dont elle n'avait pas encore fait l'expérience et désirait connaître. «Je n'ai jamais connu ni mon père ni ma mère. Je ne connais pas un seul membre de ma famille.

– Ils n'ont aucune importance.

– Comment pouvez-vous dire une chose pareille ? s'exclama-t-elle, surprise.

– L'homme souffre et meurt, voilà le sort qui lui est réservé. Le passé n'a aucune importance. »

Pendant des années, elle s'était demandé pourquoi elle semblait condamnée à une vie de solitude. Amis rares, relations inexistantes, elle était sans cesse tiraillée par des désirs insatisfaits. Comme Achille.

« Irina, vous découvrirez quel bonheur les défis peuvent

vous réserver. La vie est faite d'une succession de défis, d'une succession de batailles. On est toujours à la recherche de l'excellence, comme Achille.

– Et que dire de l'échec ? »

Il haussa les épaules : « Parfois inévitable. Rappelez-vous ce qu'a écrit Hérodote : "Ce sont les événements qui commandent aux hommes et non les hommes aux événements." »

Cela lui fit penser à une autre strophe du poème d'Homère. « "Nous ne cessons pas, nous, Dieux, de souffrir les maux les plus cruels en voulant, à l'envi l'un de l'autre, apporter notre faveur aux hommes", récita-t-elle.

– Ne l'oubliez jamais », approuva son professeur.

« Quelle histoire, *l'Iliade* ! Celle d'une guerre qui fit rage pendant neuf longues années. Et puis, au cours de la dixième, une dispute conduisit Achille à cesser le combat. Un héros grec, empli de fierté, un combattant dont le tempérament passionné faisait toute l'humanité, invulnérable à l'exception de son talon. »

Des sourires éclairèrent certains visages.

« Tout le monde a une faiblesse, remarqua-t-elle.

– Quelle est la vôtre, madame la ministre ? » voulut savoir un étudiant.

Elle les avait encouragés à ne pas se montrer timides.

Les questions avaient du bon.

« Pourquoi m'enseigner ces choses ? avait-elle demandé à Sergej.

– Connaître votre héritage culturel, c'est le comprendre. Vous rendez-vous compte que vous descendez certainement des Grecs ?

– Comment est-ce possible ?

– Il y a longtemps, avant l'islam, quand Alexandre et les Grecs s'emparèrent de cette terre, un grand nombre de ses hommes restèrent ici au lieu de rentrer chez eux. Ils peuplèrent nos vallées, épousèrent des femmes indigènes. Nous leur devons une partie de notre vocabulaire, de notre musique, de nos danses folkloriques. »

Elle ne s'en était jamais rendu compte jusque-là.

« Mon affection pour le peuple de cette Fédération, ma faiblesse, c'est vous. »

Les étudiants l'applaudirent.

Elle repensa à *l'Iliade*, et à ses enseignements. La gloire de la guerre. Le triomphe des valeurs militaires sur la vie de famille. L'honneur personnel. La revanche. La bravoure. L'instabilité de la vie humaine.

« La peau du brave ne change pas de couleur... »

Avait-elle changé de couleur, elle, lorsqu'elle avait affronté l'assassin qui la menaçait ?

« Vous dites vous intéresser à la politique, dit Sergej. Alors n'oubliez jamais Homère. Nos maîtres russes ne connaissent rien à l'honneur. Nos aïeux grecs, en revanche, en savaient long sur le sujet. Ne devenez jamais comme les Russes, Irina. Homère avait raison. Manquer à ses devoirs envers sa communauté est le pire échec qui soit. »

« Combien d'entre vous connaissent Alexandre le Grand ? » demanda-t-elle aux étudiants.

Quelques mains se levèrent.

« Vous rendez-vous compte que certains d'entre vous ont peut-être des origines grecques ? » Elle répéta les explications de Sergej. « L'héritage d'Alexandre fait partie de notre histoire. La bravoure, la chevalerie, l'endurance. Il fut le premier à unir l'Est et l'Ouest. Sa légende a fait le tour du monde. Il est cité dans la Bible, le Coran. Les orthodoxes grecs ont fait de lui un saint. C'est un héros du folklore juif. Il existe une version d'Alexandre dans les sagas allemande, islandaise et éthiopienne. Il est le héros de nombreux poèmes et épopées depuis des siècles. Sa légende est aussi la nôtre. »

Elle comprenait très bien pourquoi Homère passionnait tant Alexandre. Pourquoi il vivait *l'Iliade*. On n'accède à l'immortalité qu'à travers les actes héroïques. Les hommes comme Enrico Vincenti ne comprenaient rien à l'honneur. Achille avait raison : « Les loups et les agneaux n'ont pas une âme animée de sentiments communs. »

Vincenti était un agneau, Zovastina un loup.

Et ils ne seraient animés d'aucun sentiment commun.

Ces rencontres avec les étudiants étaient bénéfiques à plus d'un niveau, l'un d'eux, et non des moindres, étant de rappeler à la ministre tout ce qui l'avait précédée. Vingt-trois siècles plus tôt, Alexandre le Grand avait parcouru trente-deux mille kilomètres et conquis le monde. Il avait créé un langage commun, encouragé la tolérance religieuse, encouragé la diversité raciale, fondé soixante-dix cités, établi de nouvelles routes commerciales et inauguré une renaissance qui avait duré deux cent cinquante ans. Il aspirait à atteindre l'*arété*, idéal de l'excellence selon les Grecs.

Au tour de Zovastina maintenant d'en faire autant.

Elle conclut son intervention avant de se retirer.

Alors qu'elle quittait le bâtiment, l'un de ses gardes lui tendit un billet. Elle le déplia, prit connaissance du message – un courriel reçu une demi-heure plus tôt – en remarquant la mystérieuse adresse de l'expéditeur et la brièveté du texte :

BESOIN DE VOUS ICI AVANT LE COUCHER DU SOLEIL.

Agaçant, mais elle n'avait pas le choix.

« Faites préparer un hélicoptère », ordonna-t-elle.

16

Venise
8 h 35

Aux yeux de Vincenti, Venise était une œuvre d'art. Splendeurs byzantines à foison, évocations de l'art maure, allusions à l'Inde et à la Chine. C'était une cité mi-orientale, mi-occidentale, à cheval entre l'Europe et l'Asie. Une création humaine unique née d'une série d'îles dont la réunion formait jadis le plus grand des États marchands, puissance maritime suprême, république vieille de douze siècles dont les nobles idéaux avaient même inspiré les pères fondateurs des États-Unis d'Amérique. Source d'envie, de suspicion et même de crainte, commerçant aussi bien avec ses amis qu'avec ses ennemis, brasseuse d'argent sans scrupule, vouée exclusivement au profit, voyant même en la guerre un investissement prometteur : telle avait été Venise au fil des siècles.

Et ce que Vincenti avait été ces deux dernières décennies.

Il avait acquis son palais sur le Grand Canal avec les premiers deniers engrangés par sa jeune compagnie pharmaceutique. Et ce n'était pas un hasard s'il avait choisi de baser sa société, qui pesait désormais plusieurs milliards d'euros, dans la cité des Doges.

Il appréciait particulièrement Venise tôt le matin quand seuls les bruits de voix étaient audibles. La promenade qui le menait de son *palazzo* sur le Grand Canal à son restaurant préféré sur le Campo dei Leone constituait sa seule velléité d'exercice, mais il ne pouvait l'éviter. Dans la mesure où les voitures ne pouvaient circuler dans la cité, on ne s'y déplaçait qu'à pied ou en bateau.

Aujourd'hui, il marchait avec une vigueur nouvelle. L'incident avec le Florentin l'avait inquiété. Maintenant qu'il était réglé, il pouvait se consacrer aux quelques obstacles qui restaient. Rien ne lui apportait plus de satisfaction qu'un plan bien exécuté. Malheureusement, ils étaient rares.

Surtout quand il fallait avoir recours à la tromperie.

Dans l'air matinal, il n'y avait plus trace de la déplaisante fraîcheur de l'hiver. Le printemps était manifestement de retour en Italie du Nord. Le vent semblait plus doux lui aussi, le ciel d'une ravissante teinte rose saumon illuminé par le soleil qui se levait sur la mer à l'est de la ville.

Il se faufila à travers les ruelles qui serpentaient dans la cité, ruelles tellement étroites que marcher à l'abri de son parapluie représentait un réel défi. Il traversa plusieurs ponts, véritables traits d'union entre les différents quartiers, passa devant une boutique de vêtements, une papeterie, un caviste, une boutique de chaussures et quelques épiceries regorgeant de marchandises. Tous les magasins étaient fermés à cette heure matinale.

Il arriva au bout de la rue et pénétra sur la place.

À l'une de ses extrémités se dressait une tour séculaire qui abritait jadis une église et aujourd'hui un théâtre. De l'autre côté s'élevait le campanile de l'église des Carmes. Entre les deux, c'étaient des bâtiments à usage d'habitation et boutiques aux façades que la patine du temps si bien mise en valeur faisait chatoyer. Il n'aimait pas particulièrement les places de Venise qui avaient quelque chose de sec, de vieillot et d'urbain qui lui déplaisait. Elles étaient bien différentes des bords du Grand Canal au-dessus duquel se penchaient les *palazzo*, tels des badauds dans la foule jouant des coudes pour ne pas suffoquer.

Son regard glissa sur la place déserte. Tout était net et bien ordonné.

Exactement comme il aimait.

Vincenti avait à la fois la fortune, le pouvoir et de l'avenir. Il vivait dans l'une des plus grandes cités du monde et avait un train de vie digne d'un homme prestigieux, héritier de traditions séculaires. Son père, personnage quelconque qui lui avait inculqué l'amour des sciences, lui avait recommandé quand il était enfant de prendre la vie comme elle venait. Excellent conseil. Dans la vie, il n'était question que de réaction et de résilience. Les ennuis n'étaient jamais loin ; l'astuce, c'était de toujours savoir où l'on en était pour pouvoir agir en conséquence.

Il venait de se tirer d'un mauvais pas.

Et il était sur le point de connaître d'autres ennuis.

Cela faisait deux ans qu'il était à la tête du Conseil des Dix, organe dirigeant de la Ligue vénitienne. Quatre cent trente-deux membres dont les ambitions étaient sans cesse contrariées par une réglementation excessive de l'État, des lois commerciales restrictives et des politiciens rognant petit à petit les bénéfices des entreprises. Les États-Unis et l'Europe étaient de loin les pires. Il ne se passait pas un jour sans qu'un obstacle ne vienne saper les profits des entreprises. Les membres de la Ligue tentaient, à coups de milliards, d'empêcher que de nouvelles réglementations ne soient mises en place. Et tandis que certains politicards se laissaient discrètement persuader, d'autres étaient déterminés à se faire un nom en les poursuivant en justice.

Ce cercle vicieux s'avérait des plus frustrants.

Voilà pourquoi la Ligue avait décidé de créer un endroit où les affaires ne se contenteraient pas de prospérer, mais seraient reines. Un endroit similaire à la République de Venise de jadis qui pendant des siècles avait été gouvernée par des hommes dotés des dons mercantiles des Grecs et de l'audace des Romains, entrepreneurs réunissant à la fois les qualités d'hommes d'affaires, de soldats, d'administrateurs et d'hommes d'État. Venise la cité-État avait fini par se transformer en empire. Périodiquement, la République de Venise s'était liguée à d'autres cités-États, ces alliances assurant la survie par le nombre, une idée qui fonctionnait parfaitement. Son incarnation moderne faisait preuve d'une philosophie similaire. Vincenti avait travaillé dur pour amasser sa fortune et il était d'accord avec ce qu'Irina Zovastina lui avait dit un jour : « On apprécie davantage ce qu'il nous a coûté d'obtenir. »

Il traversa la place et approcha du café qui ouvrait tous les jours à six heures du matin spécialement pour lui. C'était le matin qu'il se sentait le mieux. Son esprit semblait plus alerte avant midi. Il entra dans le restaurant dont il salua le propriétaire. « Emilio, puis-je vous demander une faveur ? Dites à mes invités que je ne serai pas long. J'ai quelque chose à faire. Cela ne prendra pas longtemps. »

L'homme sourit en hochant la tête et lui assura qu'il n'y aurait aucun problème.

Il évita les associés qui l'attendaient dans la salle à manger voisine et traversa la cuisine. L'arôme du poisson grillé et des œufs frits lui titilla les narines. Il s'arrêta un instant pour admirer le plat qui mijotait sur la cuisinière avant de sortir par la porte de derrière pour se retrouver dans l'une des innombrables ruelles que comptait Venise, assombrie par de hauts immeubles de brique couverts de fiente de pigeon.

Trois inquisiteurs attendaient quelques mètres plus loin. Au signal de Vincenti, ils avancèrent en file indienne, prirent à droite à une intersection pour s'engager dans une autre ruelle. Vincenti remarqua la puanteur habituelle, mélange d'odeur d'égouts et de pierre décrépite si caractéristique de Venise. Ils s'arrêtèrent devant l'entrée de service d'un immeuble dont le rez-de-chaussée était occupé par une boutique de vêtements et les trois étages suivants par des appartements. Ils se trouvaient maintenant de l'autre côté de la place, à la diagonale du café.

Un autre inquisiteur les attendait devant la porte.

« Elle est là ? » l'interrogea Vincenti.

L'homme hocha la tête.

Au signal de Vincenti, trois hommes pénétrèrent dans l'immeuble tandis que le quatrième attendait dehors. Vincenti les suivit en haut d'un escalier métallique. Ils s'arrêtèrent devant la porte d'un appartement au troisième étage. Vincenti attendit au bout du couloir tandis que ses hommes dégainaient leurs armes et que l'un d'eux s'apprêtait à enfoncer la porte.

Vincenti indiqua son approbation d'un signe de tête.

L'homme enfonça la porte d'un violent coup de pied.

Les inquisiteurs se précipitèrent dans la pièce.

Quelques secondes plus tard, l'un d'eux fit signe à Vincenti. Il entra dans l'appartement et referma derrière lui.

Deux inquisiteurs s'étaient emparés d'une femme. Elle était grande et mince, les cheveux blonds, plutôt séduisante. Un des hommes lui plaquait une main sur la bouche et lui braquait un revolver sur la tempe gauche. Elle avait peur, mais restait calme. C'était prévisible vu qu'il s'agissait d'une professionnelle.

« Surprise de me voir ? Cela fait près d'un mois que vous me surveillez. »

Elle resta impassible.

« Je ne suis pas idiot, contrairement à ce que votre gouvernement semble penser. »

Il savait qu'elle était agent du ministère de la Justice américain et œuvrait au sein d'une unité spéciale internationale baptisée l'unité Magellan. La Ligue vénitienne avait croisé la route de cette unité quelques années auparavant quand elle avait commencé ses investissements en Asie centrale. C'était à prévoir, à vrai dire. Les Américains restaient méfiants. Rien ne ressortait jamais des enquêtes commanditées par Washington qui avait pourtant l'air de faire une fixation sur son organisation aujourd'hui.

Vincenti aperçut le matériel de l'espionne. Appareil photo équipé d'un zoom à longue portée fixé à un trépied, téléphone satellite, bloc-notes. Il savait qu'un interrogatoire ne servirait à rien. Elle ne lui apprendrait certainement pas grand-chose, voire rien du tout. « Vous avez perturbé mon petit déjeuner. »

À son signal, l'un des hommes lui confisqua son matériel.

Vincenti s'approcha de la fenêtre pour jeter un coup d'œil sur la place encore déserte. Le choix qu'il s'apprêtait à faire pourrait très bien déterminer son avenir. Il s'apprêtait à jouer un camp contre l'autre, un jeu dangereux que ni la Ligue vénitienne ni Irina Zovastina n'apprécieraient. Ni les Américains d'ailleurs. Il préparait ce geste audacieux depuis longtemps.

Comme le disait souvent son père, les timides ne méritent pas de réussir.

Sans détacher les yeux de la fenêtre, il leva le bras droit et fit un mouvement rapide du poignet. Un bruit sec signala que la nuque de l'espionne avait été brisée net. Tuer ne le dérangeait pas. Regarder, en revanche, c'était une autre histoire.

Ses hommes savaient ce qu'ils avaient à faire.

Une voiture garée en bas de l'immeuble devait emmener le corps à l'autre bout de la ville où le cercueil de la veille l'attendait. Il y avait suffisamment de place à l'intérieur pour un cadavre de plus.

17

Danemark

Malone étudia l'homme qui venait d'arriver, seul, au volant d'une Audi dont le pare-brise arborait l'autocollant coloré d'une compagnie de location de voitures. C'était un gaillard baraqué, de petite taille, les cheveux ébouriffés, qui portait des vêtements larges. En voyant ses bras et ses épaules, on devinait qu'il était habitué à travailler dur. On lui donnait une quarantaine d'années, son nez large et ses yeux enfoncés suggéraient des origines slaves.

« Je ne suis pas armé, mais ne vous privez pas de vérifier, annonça l'homme en se présentant sur le perron.

— C'est rafraîchissant d'avoir affaire à un professionnel, répondit Malone en gardant son arme pointée vers lui.

— Vous êtes le type du musée.

— Et vous, celui qui m'a abandonné à l'intérieur.

— Ce n'était pas moi, mais j'avais donné mon accord.

— Vous vous montrez bien franc pour un type qui a un pistolet braqué sur lui.

— Les armes ne me dérangent pas. »

Malone n'en doutait pas. «Je ne vois pas d'argent.

— Je n'ai pas encore vu la couleur du médaillon.

— Comment vous faites-vous appeler ? l'interrogea Malone en s'effaçant pour le laisser entrer.

— Viktor », répondit l'inconnu en s'arrêtant sur le seuil pour le fusiller du regard.

Cachée dans les arbres, Cassiopée vit l'inconnu et Malone entrer dans la maison. Peu importait qu'il soit venu seul ou non.

Les événements étaient en marche.

Et elle espérait dans l'intérêt de Malone que Thorvaldsen et elle ne s'étaient pas trompés.

Malone se tint à l'écart tandis que Thorvaldsen et l'inconnu parlementaient. Il restait vigilant, surveillait la scène avec l'acuité d'un homme qui avait passé une dizaine d'années au service du gouvernement. Lui aussi avait souvent été confronté à des ennemis dont il ne savait rien. Armé de son intelligence et de sa sagesse, il s'en était pourtant sorti en un seul morceau.

« Vous parcourez tout le continent européen pour dérober ces médaillons. Pourquoi ? Ils n'ont guère de valeur, déclara Thorvaldsen.

— Je n'en suis pas si sûr. Vous demandez cinquante mille euros pour le vôtre. C'est cinq fois sa valeur.

— Et le plus étonnant, c'est que vous êtes prêt à payer le prix demandé. Ce qui veut dire que vous n'êtes pas un collectionneur. Pour qui travaillez-vous ?

— Pour mon propre compte.

— Quel humour ! s'exclama Thorvaldsen avec un petit

rire étudié. Ça me plaît. Vous parlez anglais avec un accent d'Europe de l'Est. Vous êtes originaire d'ex-Yougoslavie ? De Croatie ? »

Viktor garda le silence et Malone remarqua que leur visiteur n'avait touché à rien.

« Je me doutais que vous refuseriez de répondre à cette question. Comment voulez-vous conclure notre affaire ?

— J'aimerais examiner le médaillon. S'il me donne satisfaction, je disposerai de l'argent demain. Je ne peux pas l'avoir aujourd'hui. Nous sommes dimanche.

— Cela dépend où se situe votre banque, remarqua Malone.

— La mienne est fermée », et le regard vide de Viktor indiqua qu'ils ne tireraient rien de plus de lui.

« Où avez-vous appris à fabriquer le feu grégeois ?

— Vous en savez des choses.

— Je suis propriétaire d'un musée d'art gréco-romain. »

Malone sentit les poils se hérisser sur son cou. Les gens peu loquaces comme Viktor n'acceptaient de se livrer à leurs interlocuteurs qu'en sachant qu'ils ne feraient pas de vieux os.

« Je sais que vous êtes à la recherche des décadrachmes de Poros et qu'il ne vous en manque que quatre, dont le mien, dit Thorvaldsen. À mon avis, vous n'êtes qu'un homme de main et n'avez aucune idée de ce qui fait leur valeur, ce dont vous vous moquez éperdument d'ailleurs. Vous êtes un serviteur fidèle.

— Et vous, qui êtes-vous ? Certainement pas le propriétaire d'un musée d'art gréco-romain.

— Au contraire. J'en suis le propriétaire et souhaite être dédommagé pour les dégâts subis. D'où le prix élevé demandé. »

Thorvaldsen sortit un étui transparent de sa poche et le lança à Viktor qui l'attrapa des deux mains avant de laisser tomber le médaillon dans sa paume ouverte. Il était à peu près de la taille d'une pièce de cinquante cents, de la couleur de l'étain, gravé de symboles sur les deux faces. Viktor tira une loupe de bijoutier de sa poche.

« Vous êtes un expert ? l'interrogea Malone.

– Je m'y connais suffisamment.

– Les microgravures sont là, assura Thorvaldsen. Les lettres grecques ZH, Dzêta et Êta. Incroyable que les Anciens aient été capables de graver des lettres aussi minuscules. »

Viktor poursuivit son examen.

« Satisfait ? » voulut savoir Malone.

Viktor étudia le médaillon, et même s'il ne disposait ni de son microscope ni de sa balance, celui qu'il avait entre les mains semblait authentique.

C'était le plus beau qu'il ait vu jusqu'ici, à vrai dire.

Il était venu sans son arme car il voulait donner à ces deux hommes l'impression qu'ils maîtrisaient la situation. C'était de finesse et non de force dont il fallait faire preuve en l'occurrence. Un détail l'inquiétait pourtant. Où était la femme ?

Il leva les yeux et laissa tomber le médaillon dans sa main droite. « Puis-je l'examiner de plus près en m'approchant de la fenêtre ? J'ai besoin de plus de lumière.

– Je vous en prie.

– Comment vous appelez-vous ? voulut savoir Viktor.

– Disons Ptolémée.

— Il y en a eu plusieurs, répondit Viktor. Lequel d'entre eux êtes-vous ?

— Le premier. Le plus opportuniste des généraux de l'armée d'Alexandre. Il s'est approprié l'Égypte à la mort du roi. Un homme intelligent. Ses descendants sont restés à la tête du royaume pendant des siècles.

— Les Romains ont fini par les vaincre.

— Comme mon musée, rien ne dure indéfiniment. »

Viktor s'approcha de la fenêtre recouverte d'une pellicule de poussière. L'homme armé montait la garde près de la porte. Il ne lui faudrait qu'un instant. Il laissa les rais de lumière l'envelopper, tournant momentanément le dos aux deux hommes et procéda à l'échange.

Cassiopée vit un inconnu sortir d'un bosquet d'arbres derrière la maison. Un jeune homme mince et agile. Bien que la veille au soir elle n'ait pas vu le visage des deux hommes qui avaient incendié le musée, elle reconnut la démarche souple et la discrétion de l'approche.

C'était l'un des cambrioleurs.

Il se dirigeait droit vers la voiture de Thorvaldsen.

Il fallait bien reconnaître que ces hommes se montraient méthodiques, mais pas forcément prudents car ils savaient que quelqu'un disposait d'une légère longueur d'avance sur eux.

Elle vit l'inconnu plonger un couteau dans les deux pneus arrière avant de s'éclipser.

Malone s'aperçut de la substitution. Viktor avait laissé tomber la loupe dans sa main droite tandis qu'il tenait le médaillon dans la gauche, mais quand il reprit son examen en replaçant la loupe contre son œil, Malone remarqua qu'il tenait maintenant le faux médaillon dans sa main droite, tandis que l'index et le pouce de la main gauche repliés dissimulaient la pièce d'Henrik.

Pas mal. Il avait été suffisamment habile pour se diriger en même temps vers la fenêtre et pour trouver l'angle approprié. Une mise en scène parfaite.

Il croisa le regard de Thorvaldsen. Mais d'un signe de tête rapide, son ami lui fit comprendre qu'il avait tout vu lui aussi. Viktor tenait le médaillon à la lumière, l'examinait à travers la loupe. D'un signe de tête, Thorvaldsen conseilla à Malone de ne pas intervenir.

« Êtes vous satisfait ? » voulut savoir Malone.

Viktor laissa tomber la loupe de bijoutier dans sa main gauche qu'il empocha ainsi que le véritable médaillon. Il brandit ensuite le faux qu'il venait de lui substituer, sans doute celui dérobé au musée, pour le rendre à son propriétaire. « Il est authentique.

— Vaut-il cinquante mille euros ? demanda Thorvaldsen.

— Je vais faire transférer les fonds. Dites-moi où.

— Appelez demain au numéro gravé sur le médaillon comme vous l'avez fait plus tôt et nous procéderons à l'échange.

— Déposez-le dans son étui, ordonna Malone.

— Vous jouez un sacré petit jeu tous les deux, commenta Viktor en se dirigeant vers la table.

— Ça n'a rien d'un jeu.

— Cinquante mille euros ?

— N'oubliez pas que vous avez détruit mon musée. »

Le regard prudent de Viktor irradiait la confiance. L'homme s'était mis dans cette situation sans rien savoir de son ennemi et en se croyant plus intelligent que lui, ce qui était toujours dangereux.

Malone, quant à lui, avait commis une erreur plus grave encore.

Il avait accepté d'aider ses amis en espérant simplement qu'ils savaient ce qu'ils faisaient.

18

Province du Xinjiang, Chine
15 h 00

Zovastina regardait par la fenêtre de l'hélicoptère tandis qu'il quittait l'espace aérien de la Fédération pour s'envoler vers l'extrême ouest de la Chine. Jadis, la région était l'antichambre cadenassée de l'Union soviétique près de laquelle une multitude de soldats montaient la garde. Les frontières étant désormais ouvertes, libre-échange économique et libre circulation des personnes régnaient. La Chine avait été l'un des premiers pays à reconnaître officiellement l'existence de la Fédération et les traités passés entre les deux nations garantissaient cette liberté.

La province du Xinjiang représentait seize pour cent du territoire chinois. Constituée en grande partie de montagnes et de déserts, regorgeant de ressources naturelles, elle était totalement différente du reste du pays. L'influence du communisme y était moins perceptible, contrairement à celle de l'islam. Jadis baptisée Turkestan oriental, son identité avait davantage de points communs avec l'Asie centrale qu'avec l'Empire du milieu.

La Ligue vénitienne avait joué un rôle clé dans l'officialisation des relations amicales avec la Chine, raison de plus pour Zovastina d'adhérer à l'organisation. La grande expansion économique de l'ouest de la Chine avait débuté cinq ans plus tôt quand Pékin avait commencé à investir plusieurs milliards dans l'infrastructure et le redéploiement économique de la province du Xinjiang. Les membres de la Ligue s'étaient vu attribuer un grand nombre de contrats dans les domaines de la pétrochimie, de l'exploitation minière, des machines-outils, de l'amélioration du réseau routier et du bâtiment. Les amis de la Ligue étaient nombreux dans la capitale chinoise car l'argent a autant de poids en territoire communiste que n'importe où ailleurs et Zovastina avait fait jouer ses contacts à son avantage politique.

À bord de l'hélicoptère à grande vitesse, le vol depuis Samarcande prit à peine un peu plus d'une heure. Zovastina avait fait le trajet maintes fois et, comme d'habitude, regardait le terrain accidenté défiler sous ses pieds en imaginant les caravanes qui jadis reliaient l'Orient à l'Occident sur la célèbre route de la soie. On faisait alors commerce de jade, de corail, de tissu, de verre, d'or, de fer, d'ail, de thé – même les nains, les femmes nubiles et certains chevaux si féroces qu'ils suaient du sang disait-on, servaient de monnaie d'échange. Alexandre le Grand ne s'était jamais aventuré si loin à l'est, mais on était certain que Marco Polo avait foulé cette terre.

Zovastina vit Kachgar se profiler au loin.

La ville s'étendait aux portes du désert de Taklamakan, à cent vingt kilomètres à l'est de la frontière de la Fédération, à l'ombre des pics enneigés du Pamir, montagnes parmi les plus hautes et arides au monde. Véritable joyau enchâssé au cœur d'une oasis, métropole chinoise la plus occidentale, elle existait depuis plus de deux mille ans, comme Samarcande. Les badauds se pressaient jadis sur les places des marchés, dans les bazars de la ville, aujourd'hui rongée par la poussière et hantée par les gémissements et la voix de fausset du muezzin appelant les fidèles à la prière dans ses quatre mille mosquées. Trois cent cinquante mille personnes y vivaient entre hôtels, entrepôts, commerces et lieux de culte. Les murailles de la ville avaient disparu depuis fort longtemps, remplacées par une autoroute, autre apport de la grande expansion économique voulue par Pékin et qui emmenait désormais les taxis verts aux quatre coins de Kachgar.

L'hélicoptère vira vers le nord où le paysage se voilait. Le désert n'était pas très loin, à l'est. On disait souvent que Taklamakan signifie « si tu entres, tu ne ressortiras jamais », description appropriée d'un endroit où soufflent des vents si brûlants qu'ils sont capables de décimer des caravanes entières en quelques minutes.

Ils arrivaient à destination.

Un bâtiment de verre noir se dressait au centre d'un champ caillouteux situé à cinq cents mètres de la lisière d'une forêt. Rien ne venait identifier la structure de deux étages, propriété de Philogen pharmaceutique, société luxembourgeoise dont le quartier général se trouvait en Italie et dont le principal actionnaire n'était autre qu'un expatrié américain au patronyme typiquement italien : Enrico Vincenti.

Très tôt, Zovastina avait mis un point d'honneur à se renseigner sur l'histoire personnelle de Vincenti.

Virologiste, il avait été engagé par les Irakiens dans les années soixante-dix pour participer à un programme de développement d'armes biologiques que le nouveau président Saddam Hussein souhaitait mener. Hussein voyait la Convention d'interdiction des armes biologiques de 1972 qui avait banni la guerre bactériologique à l'échelle de la planète comme une véritable aubaine. La collaboration de Vincenti avec les Irakiens avait pris fin juste avant la première guerre du Golfe au moment où Hussein avait abandonné ses recherches à la hâte. Dès la fin de la guerre, les inspecteurs des Nations unies s'étaient rendus en Irak, ce qui avait conduit à l'abandon quasi définitif du programme. Vincenti était alors passé à autre chose en créant une compagnie pharmaceutique qui s'était développée à un rythme record pendant les années quatre-vingt-dix. Désormais la plus importante d'Europe, elle détenait une impressionnante panoplie de brevets. C'était une gigantesque multinationale et un sacré succès pour un scientifique méconnu qui louait ses services tel un mercenaire. Un succès qui laissait Zovastina songeuse depuis longtemps.

L'hélicoptère atterrit et elle entra à la hâte dans le bâtiment.

Les parois extérieures en verre n'étaient qu'une façade. Appliquant le principe des poupées gigognes, une autre structure s'élevait à l'intérieur. Une allée pavée d'ardoise polie et bordée de plantes vertes au feuillage foisonnant encerclait le bâtiment intérieur. Les murs de pierre intérieurs étaient percés de trois portes à deux battants. Cet agencement peu banal visait à garantir la sécurité des lieux en toute discrétion. Pas de haies extérieures surmontées de fil de fer barbelé. Pas de garde en faction. Pas de caméra de surveillance. Rien n'aurait pu laisser penser que le bâtiment sortait de l'ordinaire.

Zovastina traversa le périmètre extérieur pour s'approcher de l'une des entrées, fermée par un portail métallique. Un garde se tenait derrière un comptoir de marbre. Pour ouvrir le portail, il fallait placer la main dans un lecteur biométrique, mais la ministre n'eut pas à se soumettre à ce contrôle.

De l'autre côté du portail se tenait un homme malingre d'environ cinquante ans, aux cheveux grisonnants clairsemés et au visage banal. On devinait un regard sans expression derrière des lunettes aux montures métalliques. Il portait une blouse noire et or ouverte devant et au revers de laquelle était épinglé un badge au nom de « Grant Lyndsey ».

« Bienvenue, madame la ministre », dit-il.

Pour toute réponse, elle le fusilla du regard.

Le message électronique qu'il lui avait envoyé suggérait l'urgence de la situation et même si elle n'appréciait pas du tout ce genre d'injonction, elle avait annulé ses activités de l'après-midi pour faire le déplacement.

Ils pénétrèrent dans le bâtiment intérieur.

Une fois passée l'entrée, l'allée formait une fourche. Lyndsey prit à gauche et conduisit la ministre à travers un dédale de couloirs aveugles. Les locaux aseptisés sentaient le chlore. Toutes les portes étaient équipées de verrous électroniques. En arrivant devant celle qui portait la mention « Chef de l'équipe scientifique », Lyndsey défit son badge qu'il inséra dans un lecteur.

Ils entrèrent dans un bureau aveugle au décor moderne. À chaque fois qu'elle rendait visite à Lyndsey, elle était frappée par le même détail bizarre. Il n'y avait pas la moindre photo de famille ni le moindre diplôme accroché au mur. Pas le moindre souvenir, comme si cet homme n'avait pas de vie. Ce qui n'était certainement pas loin de la vérité d'ailleurs.

« J'ai quelque chose à vous montrer. »

Il s'adressait à elle comme à une égale, ce qu'elle méprisait. Le ton qu'il employait lui rappelait toujours clairement qu'il vivait en Chine et qu'elle n'avait aucun pouvoir sur lui.

Il alluma un moniteur qui retransmit à partir d'une caméra montée au plafond l'image d'une femme d'âge moyen perchée sur une chaise et en train de regarder la télévision. Zovastina savait que la pièce se trouvait dans l'aile des malades au deuxième étage du bâtiment pour avoir déjà vu des images retransmises de là-bas.

« La semaine dernière, j'ai réquisitionné une douzaine de prisonniers, expliqua Lyndsey. Comme nous l'avions déjà fait. »

Zovastina ignorait que l'on eût mené un autre essai clinique. « Pourquoi n'en ai-je pas été avertie ?

— J'étais censé le faire ? Je l'ignorais. »

Elle lut entre les lignes : c'est Vincenti qui commande. Il s'agit de son laboratoire, de son équipe, de ses concoctions. Elle avait menti à Enver tout à l'heure. Ce n'était pas elle qui l'avait guéri, mais Vincenti. Un des techniciens qui travaillaient dans le laboratoire où elle se trouvait à présent lui avait administré l'antidote. Même si elle était en possession des agents pathogènes biologiques, c'était Vincenti qui contrôlait les antidotes. Un équilibre des pouvoirs né de la défiance, en place depuis le début de leur collaboration pour s'assurer que leurs négociations se passent d'égal à égal.

Lyndsey actionna une télécommande et les images d'autres patients s'affichèrent à l'écran ; ils étaient huit en tout, hommes ou femmes. Contrairement à la première patiente, ceux-là étaient couchés sur le dos, sous perfusion.

Immobiles.

« Je n'en ai réquisitionné que douze comme ils étaient disponibles au pied levé, expliqua Lyndsey en ôtant ses lunettes. J'avais besoin de tester rapidement l'antidote au nouveau virus. Celui dont je vous ai parlé il y a un mois. Un petit truc affreux.

— Et où l'avez-vous trouvé ?

— Chez une espèce de rongeur provenant de la province d'Heilongjiang, à l'est d'ici. Nous avions entendu dire que certaines personnes étaient tombées malades après en avoir mangé. Je vous le donne en mille : un virus complexe se balade dans le sang de ce rat. Avec quelques modifications, ce petit saligaud a un sacré punch. Mortel en moins de vingt-quatre heures. En voici la preuve », ajouta-t-il en désignant l'écran.

Zovastina avait demandé à ce qu'on lui procure un agent bactériologique plus virulent. Un agent aux effets encore plus rapides que les vingt-huit qu'elle possédait déjà.

« Tous les cobayes sont sous respirateur. En état de mort clinique depuis des jours. J'ai besoin de procéder à des autopsies pour vérifier les paramètres infectieux, mais je voulais vous les montrer avant de les trancher en morceaux.

— Et l'antidote ?

— Il a suffi d'une dose pour qu'ils soient tous en voie de guérison. Rémission totale en l'espace de quelques heures. Ensuite, je leur ai prescrit un placebo, sauf à la première patiente que vous avez vue tout à l'heure. C'est elle, le témoin. Comme prévu, les autres ont rapidement rechuté avant de décéder, expliqua-t-il en affichant l'image de la première patiente à l'écran. Elle n'est plus atteinte du virus, son état est parfaitement normal.

— Pourquoi aviez-vous besoin de cette expérience ?

— Vous vouliez un nouveau virus. J'ai besoin de vérifier si les ajustements effectués fonctionnent, souligna Lyndsey, souriant. Et comme je vous l'ai déjà dit, il fallait que je teste l'antidote.

— Quand pourrai-je disposer de ce nouveau virus ?

— Vous pouvez le prendre aujourd'hui. C'est la raison de mon appel. »

Zovastina n'aimait pas transporter les virus avec elle, mais elle était la seule à connaître l'emplacement de ce laboratoire. Elle avait un accord exclusif avec Vincenti. Ils étaient convenus de ne jamais confier les fruits de leur marché à un tiers. Et puis les Chinois n'iraient jamais arrêter son hélicoptère.

« Préparez le virus, ordonna-t-elle.

— Il est déjà congelé et conditionné.

— Et elle ? demanda-t-elle en désignant l'écran.

— Elle sera réinfectée, morte d'ici demain. »

Zovastina se sentait encore tendue. Piétiner l'homme qui s'apprêtait à l'assassiner lui avait permis d'évacuer un peu de sa frustration, mais certaines questions concernant cette tentative d'assassinat restaient sans réponses. Comment Vincenti pouvait-il être au courant ? Peut-être parce qu'il en était l'instigateur ? Difficile d'en être certaine, mais elle avait été prise au dépourvu. Vincenti avait une longueur d'avance sur elle. Elle n'aimait pas ça.

Elle n'aimait pas Lyndsey non plus.

Elle désigna l'écran : « Qu'elle se prépare à partir elle aussi. Immédiatement.

— Est-ce bien raisonnable ?

— Ça, c'est mon problème.

— Un divertissement en perspective ?

— Voulez-vous nous accompagner pour vous rendre compte par vous-même ?

— Non merci. Je suis bien ici, du côté chinois de la frontière.

— Et si j'étais vous, je ne bougerais pas d'ici », conseilla Zovastina en se levant.

19

Danemark

Malone se tint prêt à dégainer son arme alors que Thorvaldsen en finissait avec Viktor.

« Nous pourrons procéder à l'échange ici, demain, proposa Henrik.

– Vous ne me donnez pas l'impression d'avoir besoin d'argent.

– Pour tout vous dire, je n'en ai jamais assez. »

Malone se retint de sourire. Son ami faisait don de millions d'euros à plusieurs bonnes œuvres aux quatre coins du monde. Malone s'était souvent demandé si Thorvaldsen pensait faire une bonne action lorsque deux ans plus tôt, le vieil homme avait mis un point d'honneur à se rendre à Atlanta pour lui offrir l'occasion de changer de vie en s'installant à Copenhague. Et c'était une occasion que Malone n'avait jamais regretté d'avoir saisie.

« La contrefaçon était d'une qualité remarquable, dit Viktor. Je serais curieux de savoir à quel artisan vous avez fait appel.

– C'est une personne très talentueuse et fière de son travail.

– Vous lui transmettrez mes compliments.

– Quelques-uns de vos euros contribueront à lui prouver ma gratitude. À mon tour de vous poser une question : allez-vous essayer de vous procurer les deux derniers médaillons qui se trouvent ici, en Europe ?

— À votre avis ?

— Et celui de Samarcande ? »

Viktor ne répondit pas, mais il avait sans doute reçu le message de Thorvaldsen. *Je suis au courant de ce que vous mijotez.*

« Je vous appelle demain, dit Viktor en s'apprêtant à partir.

— J'ai hâte d'avoir de vos nouvelles », répondit Henrik sans se lever.

La porte d'entrée se referma sur Viktor.

« Cotton, s'écria Thorvaldsen en sortant un sac en papier de sa poche. Le temps presse. Glissez l'étui contenant le médaillon dans ce sac en faisant très attention.

— Vous voulez relever ses empreintes digitales, c'est ça ? C'est pour ça que vous lui avez donné le médaillon.

— Vous avez remarqué qu'il n'a touché à rien, mais il était obligé de toucher le médaillon pour procéder à la substitution. »

Malone se servit du canon de son revolver pour faire glisser l'étui en plastique dans le sac en s'assurant qu'il était bien à plat. Puis il referma le sac en laissant une poche d'air à l'intérieur. Il connaissait la marche à suivre. Contrairement à ce que l'on voyait à la télévision, c'était le papier et non le plastique qui préservait le mieux les empreintes digitales. On limitait ainsi le risque que l'empreinte ne s'étale accidentellement.

« Et maintenant, allons-y, ordonna Henrik en traversant la pièce d'un pas traînant, tête penchée en avant. Dépêchons-nous.

— Où allez-vous ? l'interrogea Malone en voyant qu'il se dirigeait vers l'arrière de la maison.

– Je sors d'ici. »

Malone emboîta le pas à son ami et ils sortirent par la porte de la cuisine qui s'ouvrait sur une terrasse entourée d'une balustrade donnant sur la mer. À une quarantaine de mètres de là, amarré à un ponton qui s'avançait depuis la berge rocailleuse, un bateau à moteur les attendait. Le temps s'était couvert. Un ciel plombé pesait sur les eaux brunes et écumeuses du détroit qu'un vent frais venu du nord et soufflant en rafales faisait tourbillonner.

« On s'en va ? » s'étonna Malone en voyant son ami monter dans le bateau.

Henrik continuait à se mouvoir avec une rapidité étonnante pour un homme handicapé par une scoliose.

« Où est Cassiopée ? voulut savoir Malone.

– Dans le pétrin, mais c'est la seule chose qui nous sauve. »

Cassiopée vit l'homme qui venait de sortir de la maison sauter dans sa voiture de location et remonter à toute allure l'allée bordée d'arbres menant à la route nationale. Elle alluma un moniteur LCD portatif relié par radio à deux caméras vidéo qu'elle avait pris soin d'installer une semaine plus tôt, l'une à l'entrée de la nationale, l'autre fixée au sommet d'un arbre à cinquante mètres de la maison.

Elle vit l'image du véhicule s'arrêter sur l'écran.

L'homme qui avait crevé les pneus de la voiture d'Henrik sortit des bois en trottinant. Le conducteur sortit de la voiture. Les deux complices firent quelques mètres en direction de la maison.

Cassiopée savait exactement ce qu'ils attendaient.
Elle éteignit donc son écran et sortit de sa cachette en courant.

Viktor attendit un moment pour vérifier s'il avait raison. Il avait garé la voiture juste au détour d'un virage de l'allée couverte de gravier compact et surveillait la maison de son poste d'observation à l'abri d'un tronc d'arbre.

« Ils sont coincés ici. Ils ont deux pneus crevés », remarqua Rafael.

Viktor savait que l'inconnue devait les surveiller.

« Je n'ai pas fait un bruit. J'ai fait comme si je montais la garde sans rien remarquer. »

C'était exactement ce que Viktor avait ordonné à son équipier.

Viktor sortit de sa poche le médaillon qu'il avait réussi à dérober. Les ordres de la ministre Zovastina étaient clairs : il devait tous les retrouver et les rapporter intacts. Il en détenait cinq. Il n'en manquait que trois.

« Que pensez-vous de ces types ?
— Ils m'ont fait une drôle d'impression. »

Il était sincère. Il avait anticipé leurs réactions, peut-être trop bien, et cela le dérangeait.

L'inconnue à l'allure féline surgit de la forêt. Elle avait certainement remarqué les pneus crevés et se hâtait d'aller rapporter la nouvelle à ses amis. Viktor était ravi de constater qu'il avait vu juste, mais pourquoi n'avait-elle rien fait pour les empêcher de dégrader la voiture ? Peut-être était-elle simplement censée surveiller les parages ?

Viktor remarqua qu'elle tenait quelque chose. Un petit objet rectangulaire. Il regretta de ne pas avoir pris de jumelles.

Rafael tira l'émetteur radio de la poche de sa veste.

« Attends, ordonna Viktor en posant doucement une main sur le bras de son équipier. Laisse-lui un peu de temps. »

Trois heures plus tôt, après avoir convenu du rendez-vous, ils étaient venus directement ici. Après une reconnaissance en règle des lieux pour s'assurer que la maison était vide, ils avaient dissimulé des charges de feu grégeois sous les fondations surélevées de la maison et dans le grenier. Au lieu de se servir d'une tortue pour enflammer le mélange, ils utiliseraient un émetteur radio.

L'inconnue disparut dans la maison.

Viktor compta mentalement jusqu'à dix avant de lâcher le bras de Rafael.

Malone et Thorvaldsen attendaient, debout dans le bateau.

« Cassiopée est dans le pétrin vous dites ?

— La maison est truffée de feu grégeois. Ils ont tout préparé avant notre arrivée. Maintenant qu'il est en possession du médaillon, Viktor n'a pas l'intention de nous laisser survivre à notre entretien.

— Et il veut être sûr que Cassiopée se trouve bien à l'intérieur, c'est ça ?

— À mon avis, oui. Et nous n'allons pas tarder à vérifier si je me trompe. »

Cassiopée laissa la porte d'entrée se refermer et traversa la maison en courant. Elle prenait de gros risques. Restait à espérer que les voleurs lui donneraient quelques secondes avant d'actionner le détonateur qui embraserait la charge. Tendue, elle avait les nerfs à vif, sa mélancolie balayée par une poussée d'adrénaline.

Au musée, Malone avait senti son anxiété et remarqué que quelque chose ne tournait pas rond.

C'était bien le cas, en effet.

Mais à cet instant précis, elle n'avait pas le loisir de s'en inquiéter. Elle s'était suffisamment torturée en ressassant des problèmes qu'elle ne maîtrisait pas. Tout ce qui comptait maintenant, c'était de gagner la porte de derrière.

Elle sortit de la maison en courant, accueillie par la lumière morose du jour.

Malone et Thorvaldsen attendaient dans le bateau.

Leur fuite serait dissimulée par la maison, on ne les verrait pas depuis l'allée principale. Cassiopée tenait toujours le moniteur LCD.

Plus que soixante mètres jusqu'à la berge.

Elle sauta du ponton.

Malone vit Cassiopée à l'instant où elle sortait de la maison et courait droit vers eux.

Quinze mètres.

Dix.

Soudain, un souffle ébranla la maison qui s'embrasa

aussitôt. En l'espace d'une seconde, les flammes s'engouffrèrent par les fenêtres, remontèrent le long des murs et s'élancèrent vers le ciel à travers le toit. Comme le papier flash d'un magicien, se dit Malone. Il n'y avait eu aucune explosion. La combustion avait été instantanée. Totale. Complète. Et impossible à contenir sans eau salée.

Arrivée sur le ponton, Cassiopée sauta dans le bateau.

« Vous avez eu chaud, lança Malone.

– Couchez-vous », ordonna-t-elle.

Ils s'accroupirent dans le bateau et Cassiopée ajusta l'image d'un récepteur vidéo jusqu'à ce qu'une voiture apparaisse à l'écran.

Deux hommes sautèrent dedans. Malone reconnut Viktor. La voiture s'éloigna avant de disparaître. Cassiopée poussa un interrupteur et Malone vit la voiture s'engager sur la nationale.

« Notre stratagème a fonctionné, on dirait.

– Vous ne croyez pas que vous auriez pu me mettre au courant ? s'indigna Malone.

– Ça n'aurait pas été drôle du tout, ça.

– Viktor est en possession du médaillon.

– C'est exactement ce que nous souhaitions », dit Thorvaldsen.

La maison se consumait, la fumée tourbillonnant dans le ciel. Cassiopée démarra et s'éloigna du ponton. La propriété de Thorvaldsen n'était qu'à quelques kilomètres au nord.

« J'ai fait amener le bateau juste après notre arrivée », expliqua Henrik en prenant le bras de Malone pour le guider jusqu'à la poupe. Les embruns éclaboussaient la proue. «J'apprécie que vous soyez là. Nous avions prévu de solliciter votre aide aujourd'hui, après la destruction du musée. C'est pour cela que Cassiopée voulait vous rencontrer. Elle a besoin de vous, mais je doute qu'elle vous demande votre aide maintenant. »

Malone aurait voulu en savoir plus. Cependant, le moment était mal choisi. Cela dit, sa réponse n'avait jamais fait aucun doute. « Elle peut me demander n'importe quoi. Et vous aussi. »

Thorvaldsen lui serra le bras en signe de remerciement. Concentrée, Cassiopée manœuvrait le hors-bord qui tanguait.

« C'est grave ? » voulut savoir Malone.

Sa question fut couverte par le rugissement du moteur et les bourrasques de vent, si bien que seul Thorvaldsen put l'entendre.

« Assez, oui, mais maintenant nous avons un espoir. »

20

Province du Xinjiang, Chine
15 h 30

Zovastina était assise à l'arrière de l'hélicoptère, ceinture de sécurité attachée. D'ordinaire, elle employait un moyen de transport plus luxueux, mais aujourd'hui elle privilégiait la rapidité en voyageant à bord d'un appareil de l'armée que pilotait l'un des gardes de son bataillon sacré. La moitié de ses gardes du corps, dont Viktor, possédait un brevet de pilotage. Elle avait pris place en face de la prisonnière du laboratoire, flanquée d'un autre de ses gardes. On lui avait passé les menottes avant de la faire monter à bord de l'appareil, mais Zovastina avait ordonné qu'on les lui ôte.

« Comment vous appelez-vous ?

— Quelle importance ? »

Elles parlaient en kazakh contrairement aux étrangers présents à bord.

« Comment vous sentez-vous ? »

La prisonnière hésita avant de répondre, en se demandant si elle devait mentir. « Je n'ai pas été aussi en forme depuis des années.

— J'en suis ravie. Nous avons pour but d'améliorer le sort de nos concitoyens. Quand vous recouvrerez la liberté, vous saurez peut-être mieux apprécier notre nouvelle société. »

Le mépris se peignit sur le visage grêlé de cicatrices de la prisonnière. Il n'y avait rien d'attirant chez elle et Zovastina se demanda combien d'échecs elle avait subis pour être ainsi privée de toute dignité.

« Je ne pense pas avoir ma place dans votre nouvelle société, madame la ministre. J'ai écopé d'une lourde peine.

— On m'a dit que vous aviez été mêlée à un trafic de cocaïne. Si les Soviétiques étaient toujours au pouvoir, vous auriez été exécutée.

— Les Russes ? dit la prisonnière en éclatant de rire. C'étaient eux qui achetaient la drogue.

— Ainsi va le monde aujourd'hui.

— Qu'est-il arrivé à ceux qui m'accompagnaient ?

— Tous morts », répondit Zovastina, ayant décidé d'être honnête.

La ministre sentait une gêne chez cette femme pourtant habituée aux difficultés. C'était compréhensible, évidemment. Elle voyageait à bord d'un hélicoptère en compagnie de la ministre suprême de la Fédération d'Asie centrale après avoir été brusquement sortie de prison et soumise à une mystérieuse expérience médicale dont elle était l'unique survivante. « Je m'assurerai que vous bénéficiiez d'une remise de peine. Vous avez beau ne pas nous apprécier, la Fédération, elle, apprécie votre aide.

— Je suis censée me montrer reconnaissante ?

— Vous vous êtes portée volontaire.

— Je ne me rappelle pas avoir eu le choix. »

La ministre aperçut par la fenêtre les sentinelles silencieuses des montagnes du Pamir qui signalaient leur arrivée à la frontière et l'entrée dans la Fédération. « Vous n'avez pas envie de participer à ce qui est sur le point de se passer ? demanda-t-elle à la prisonnière en croisant son regard.

– J'ai envie d'être libre. »

Quelque chose que Zovastina avait entendu pendant ses études, certaines paroles que Sergej lui avait dites il y a longtemps lui revinrent en mémoire : « La colère s'attaque toujours à telle personne en particulier tandis que la haine peut atteindre toute une classe. L'une de ces passions peut guérir, l'autre est incurable. »

« Pourquoi une telle haine ? demanda-t-elle à la prisonnière.

– J'aurais dû mourir comme les autres, répondit la femme en lui adressant un regard vide.

– Pourquoi dites-vous ça ?

– Il ne fait pas bon se trouver dans vos prisons et rares sont ceux qui en réchappent.

– C'est pour mieux dissuader les gens d'aller y faire un séjour.

– Nombreux sont ceux à ne pas avoir le choix. Contrairement à vous, madame la ministre suprême. »

La barrière de montagnes apparaissait de plus en plus imposante à travers la fenêtre. « Il y a des siècles, les Grecs ont conquis l'Orient et changé le monde. Le saviez-vous ? Ils ont conquis l'Asie, modifié notre culture. Aujourd'hui, l'Asie est sur le point de rendre la pareille à l'Occident. En partie grâce à vous.

– Je me moque complètement de vos projets.

– Mon nom, Irina, ou *Eirene* en grec, signifie paix. C'est la paix que nous recherchons.

– Et c'est en tuant des prisonniers que vous comptez l'instaurer ? »

Cette femme se moquait du destin. Depuis toujours, Zovastina se sentait promise à de grandes choses et, jusque-là, elle avait forgé un nouvel ordre politique, tout comme Alexandre. Un autre des préceptes de Sergej restait très présent à son esprit. « Irina, n'oublie pas ce qu'Arrien disait d'Alexandre : il a toujours été son pire rival. » Elle ne comprenait cette maladie que depuis quelques années. Zovastina dévisagea la femme qui avait détruit sa vie pour quelques milliers de roubles.

« Avez-vous déjà entendu parler de Ménandre ?

— Dites-moi tout.

— C'était un dramaturge grec du IVe siècle avant J.C. Il écrivait des comédies.

— Je préfère les tragédies. »

Zovastina était lasse de tant de défaitisme. Certaines personnes ne pouvaient pas changer. Contrairement au colonel Enver qui plus tôt avait compris ce qu'elle lui proposait et s'était volontiers rallié à sa cause. Les gens comme lui se montreraient utiles dans les années à venir. Mais chez l'être méprisable assis en face d'elle en revanche, tout était synonyme d'échec.

« Il y a une citation de Ménandre que j'ai toujours trouvée très juste. Elle dit à peu près que seuls les dieux et les cadavres ne connaissent jamais la souffrance. »

Zovastina détacha le harnais de la prisonnière. Le garde du corps assis près d'elle ouvrit la porte. L'espace d'un instant, la prisonnière sembla abasourdie par l'air glacial et le vrombissement assourdissant du moteur qui s'engouffrèrent dans la cabine.

« Moi, je fais partie de la première catégorie. Vous, vous êtes un cadavre », s'écria Zovastina.

Le garde arracha le casque de la prisonnière qui comprit ce qui était sur le point de se passer et tenta de résister.

Mais il la poussa dans le vide.

Zovastina regarda le corps tomber à travers l'air pur

comme le cristal et disparaître dans les montagnes en contrebas.

Le garde claqua la porte et l'appareil poursuivit sa course vers l'ouest et Samarcande.

Pour la première fois de la journée, la ministre était satisfaite.

Tout était désormais en place.

DEUXIÈME PARTIE

21

Amsterdam, Pays-Bas
19 h 30

Stéphanie Nelle se hâta de sortir du taxi et releva promptement la capuche de son imperméable. La pluie de printemps tombait dru, formait des flaques entre les pavés inégaux avant de s'écouler furieusement vers les canaux qui traversaient la ville. Le violent orage venu de la mer du Nord à l'origine du déluge était désormais tapi derrière des nuages indigo, mais on distinguait encore le rideau de pluie dans la pénombre ambiante.

Stéphanie s'y engouffra, mains enfoncées dans les poches de son imperméable. Elle traversa un pont pour piétons voûté, pénétra sur la Rembrandtplein et remarqua que le déluge n'avait pas calmé les ardeurs de la foule qui se pressait dans les peep-shows, les clubs de rencontres, les bars gays et les clubs de strip-tease.

S'enfonçant dans les profondeurs du « Redlight district », le quartier chaud d'Amsterdam, elle passa devant des maisons closes aux vitrines encombrées de filles qui promettaient de combler les désirs des badauds à grand renfort de cuir et de dentelle. Dans l'une des vitrines, une Asiatique moulée dans une tenue bondage et assise sur un fauteuil rembourré feuilletait un magazine.

Stéphanie avait été avertie : ce n'était pas la nuit que

l'on se sentait le plus menacé dans ce quartier célèbre. Les drogués en manque au petit matin ou la nervosité des proxénètes en début d'après-midi en prévision du coup de feu de la soirée étaient d'ordinaire plus dangereux, mais on l'avait aussi avertie que dans la partie nord du quartier, à proximité du Nieuwmarkt, là où la foule ne s'aventurait jamais, planait constamment un sentiment de menace larvée. Elle se tint donc sur ses gardes en franchissant la frontière invisible. Sur le qui-vive comme un félin chassant sa proie, elle se dirigea droit vers le café tout au bout de la rue.

Le Jan Heuval occupait le rez-de-chaussée d'un entrepôt de deux étages. C'était l'un des innombrables « cafés bruns » qui parsemaient la Rembrandtplein. Elle poussa la porte et remarqua immédiatement l'odeur de la fumée de cannabis ainsi que l'absence de pancarte interdisant l'usage de la drogue dans l'établissement.

Le café était bondé, l'atmosphère torride saturée d'un brouillard hallucinogène à l'odeur de chanvre brûlé. Une odeur de poisson frit et de châtaignes grillées se mêlait aux vapeurs enivrantes de la drogue et les yeux de Stéphanie commencèrent à lui brûler. Elle ôta sa capuche et secoua son manteau sur le carrelage déjà trempé.

Elle aperçut alors Klaus Dyhr. La trentaine, blond, pâle, visage buriné, il correspondait trait pour trait à la description qu'on lui en avait faite.

Elle repensa à ce qui l'amenait dans ce lieu. Elle rendait service à quelqu'un. Cassiopée Vitt lui avait demandé de contacter Dyhr. Et comme elle était redevable à son amie d'au moins une faveur, elle n'avait pu décemment refuser. Avant de prendre contact avec Dyhr, elle avait vérifié son dossier et appris qu'il était né aux Pays-Bas, avait suivi ses études en Allemagne et occupait un emploi de chimiste dans une usine locale spécialisée dans la fabrication du plastique. C'était un numismate passionné, propriétaire d'une impressionnante collection, disait-on, dont un spécimen suscitait l'intérêt de son amie.

Le Hollandais se tenait seul à une table qui lui arrivait à la poitrine ; une bière brune devant lui, il grignotait du poisson frit. Une cigarette roulée se consumait dans un cendrier et l'épaisse fumée verdâtre qui s'en échappait n'était pas celle du tabac.

« Stéphanie Nelle, dit-elle en lui tendant la main, c'est moi qui vous ai contacté au téléphone.

— Vous avez dit être intéressée par une pièce de monnaie », répondit l'homme d'un ton cassant signifiant qu'il n'avait pas de temps à perdre.

Stéphanie remarqua ses yeux vitreux, ce qui était presque inévitable dans un endroit pareil. Même elle commençait à ressentir les effets de la drogue. « Comme je vous l'ai expliqué au téléphone, c'est le décadrachme de Poros qui m'intéresse.

— Pourquoi cette pièce en particulier ? demanda-t-il en avalant une gorgée de bière. Elle n'a aucun intérêt. J'en possède beaucoup d'autres qui ont bien plus de valeur. Bien plus chères.

— Je n'en doute pas, mais c'est ce médaillon-là que je veux. Vous avez dit vouloir le vendre.

— J'ai dit que cela dépendait du prix que vous vouliez y mettre.

— Je peux le voir ? »

Klaus le sortit de sa poche et le tendit à Stéphanie qui examina la pièce oblongue à travers la pochette en plastique protectrice. Sur une face, elle distingua un guerrier et sur l'autre, deux soldats juchés sur un éléphant de combat face à un cavalier. Le médaillon était à peu près de la taille d'une pièce de cinquante cents, les gravures presque totalement érodées.

« Vous n'avez aucune idée de ce dont il s'agit, n'est-ce pas ?

— Je rends service à quelqu'un, avoua-t-elle.

— Je veux six mille euros. »

Cassiopée lui avait demandé de ne pas discuter le prix, l'argent n'avait aucune importance, mais en examinant la pièce abîmée, elle se demanda comment un objet aussi quelconque pouvait avoir une telle importance.

« Il n'existe que huit de ces médaillons de par le monde. Six mille euros, c'est donné, déclara Dyhr.

— Huit ! Pourquoi vendre le vôtre ? »

Dyhr prit le mégot fumant entre ses doigts, aspira une profonde bouffée, garda la fumée dans ses poumons un moment avant de la recracher en un épais nuage. « J'ai besoin d'argent, avoua-t-il en baissant son regard sournois sur sa bière.

— Les affaires vont si mal que ça ?

— On dirait presque que ça vous intéresse. »

Soudain, deux hommes flanquèrent Klaus Dyhr. L'un avait le teint clair, l'autre basané, leur visage peu harmonieux présentait un mélange de traits arabes et asiatiques. Il pleuvait toujours des cordes dehors, pourtant leurs manteaux étaient secs. L'homme au teint clair agrippa le bras de Klaus et pressa la lame d'un couteau contre son estomac. L'homme au teint basané entoura du bras l'épaule de Stéphanie dans un geste qui aurait pu paraître amical et plaça la pointe de son couteau contre ses côtes.

« Posez le médaillon sur la table », ordonna l'homme au teint clair.

Stéphanie décida de ne pas résister et obéit calmement.

« Nous partons maintenant. Pas un geste », annonça l'homme basané à l'haleine chargée de bière en empochant le médaillon.

Stéphanie n'avait aucune intention de se rebiffer. Elle avait le plus grand respect pour les gens qui la menaçaient d'une arme.

Les deux inconnus se faufilèrent jusqu'à la porte et quittèrent les lieux.

« Ils m'ont volé mon médaillon, s'indigna Klaus Dyhr. Je vais les rattraper. »

Stéphanie n'arrivait pas à savoir si c'était la bêtise ou l'effet de la drogue qui le faisait réagir ainsi. « Et si vous me laissiez faire plutôt ? »

Dyhr la jaugea l'air méfiant.

« J'ai pris mes précautions, je vous assure. »

22

Copenhague
19 h 45

Malone termina son dîner. Il était installé à une table du Café Norden, restaurant de deux étages situé au cœur de la Højbro Plads. Le temps s'était gâté dans la soirée et une vigoureuse averse de printemps s'était abattue sur la place quasiment déserte. Attablé près d'une fenêtre ouverte à l'étage supérieur, il profitait du spectacle qu'offrait la pluie.

« J'ai apprécié votre aide aujourd'hui, lança Thorvaldsen assis en face de lui.

— J'ai juste failli être brûlé vif deux fois. À quoi servent les amis ? »

Malone avala le reste de sa bisque à la tomate. Celle que proposait le café était parmi les meilleures qu'il eût jamais goûtées. Les questions se bousculaient dans sa tête, mais comme toujours avec Thorvaldsen, les réponses seraient dispensées avec parcimonie. « Quand nous étions dans cette maison près de la mer, Cassiopée et vous avez évoqué la dépouille d'Alexandre le Grand. Vous avez dit savoir où elle se trouve. Comment est-ce possible ?

— Nous avons réussi à glaner de nombreuses informations sur le sujet.

— Grâce à l'ami de Cassiopée qui travaillait au musée de Samarcande ?

– C'était plus qu'un ami, Cotton. »

Il s'en était douté. « Parlez-moi de lui.

– Ely Lund. Il a grandi ici, à Copenhague. Mon fils Cai et lui étaient amis », expliqua Henrik, de la tristesse dans la voix à l'évocation de son fils défunt.

L'estomac de Malone se serra en repensant à cette journée, deux ans plus tôt, quand le jeune homme avait été assassiné à Mexico City. En mission sur place pour l'unité Magellan, Malone avait abattu les tueurs, non sans être blessé lui aussi. La perte d'un fils... Il n'arrivait même pas à concevoir la mort de Gary, son fils de quinze ans.

« Alors que Cai souhaitait servir la nation, Ely adorait l'histoire. Il a obtenu un doctorat, est devenu expert de la Grèce antique et a travaillé dans plusieurs musées européens avant de s'installer à Samarcande. Le musée de la ville possède une superbe collection et puis la Fédération d'Asie centrale avait décidé de développer le mécénat pour soutenir les sciences et les arts.

– Comment Cassiopée l'a-t-elle rencontré ?

– Je les ai présentés. Il y a trois ans. Je me disais que ce serait une bonne chose pour eux.

– Que s'est-il passé ?

– Il est mort. Il y a un peu moins de deux mois. Elle en a été très affectée.

– Elle l'aimait ?

– Difficile à dire avec elle, répondit Henrik avec un haussement d'épaules. Elle ne laisse que rarement paraître ses émotions. »

Ç'avait bien été le cas ces dernières heures pourtant. Cette tristesse en voyant le musée se consumer. Le regard perdu au-dessus du canal. L'obstination à ne pas vouloir le regarder dans les yeux. Elle n'avait pas dit un mot. Elle contenait sa peine.

Quand ils avaient amarré le bateau à Christiangade, Malone avait exigé des réponses, mais Thorvaldsen lui avait promis que tout lui serait révélé au cours du dîner. On l'avait alors reconduit à Copenhague où il avait dormi quelques heures avant de travailler à la librairie le reste de la journée. Deux ou trois fois, il s'était retrouvé dans la section consacrée aux livres d'histoirc à la recherche d'ouvrages sur Alexandre et la Grèce antique. Surtout, il s'était demandé ce qu'Henrik avait voulu dire en affirmant que Cassiopée avait besoin de son aide.

Il commençait à comprendre maintenant.

Par la fenêtre ouverte, Malone vit la jeune femme sortir de sa librairie et se hâter de traverser la place sous l'averse, un objet protégé par un sac plastique coincé sous le bras. Une demi-heure plus tôt, il lui avait prêté les clés de la boutique pour qu'elle puisse se servir de son ordinateur et de son téléphone.

« Tout tourne autour d'Ely dans cette histoire, et des pages manuscrites qu'il a découvertes, expliqua Thorvaldsen. Ely avait initialement demandé à Cassiopée de localiser les décadrachmes de Poros, mais quand nous nous sommes lancés dans nos recherches, nous avons découvert que nous n'étions pas les premiers à tenter de le faire.

— Comment Ely a-t-il fait le rapprochement entre les médaillons et le manuscrit ?

— En examinant la pièce conservée au musée de Samarcande, il a découvert les microgravures des lettres ZH. Elles ont un rapport avec le manuscrit. Après la mort d'Ely, Cassiopée a voulu savoir ce qui s'était passé.

— C'est là qu'elle vous a demandé votre aide ?

— Je ne pouvais pas refuser. »

Malone sourit. Combien d'amis iraient jusqu'à faire

l'acquisition d'un musée et faire copier tous les objets qu'il contient pour le voir partir en fumée ?

La silhouette de Cassiopée disparut sous le rebord de la fenêtre. La porte du café s'ouvrit, se referma, des pas retentirent dans l'escalier métallique menant à l'étage.

« Vous avez passé une bonne partie de la journée trempée », remarqua Malone quand Cassiopée apparut en haut des marches.

Elle avait les cheveux tirés en queue-de-cheval et des éclaboussures de pluie tachaient son jean et son pull en coton. « Pas facile de rester féminine dans ces circonstances.

– Vous vous en sortez très bien, je trouve.

– Vous êtes d'humeur charmeuse ce soir, dit-elle en le regardant.

– Ça m'arrive.

– J'ai tout téléchargé, dit-elle à Henrik en sortant l'ordinateur portable de Malone du sac en plastique.

– Si j'avais su que vous alliez lui faire traverser la place sous la pluie, j'aurais exigé une caution, plaisanta Malone.

– Il faut que vous voyiez ça.

– Je lui ai parlé d'Ely », déclara Henrik.

La salle était sombre et déserte. Malone mangeait dans ce café trois ou quatre fois par semaine, toujours à la même table et à peu près à la même heure. Il appréciait la solitude des lieux.

Cassiopée se tourna vers lui.

« Je suis navré, lui dit Malone, sincère.

– Merci, répondit-elle.

– Merci de m'avoir sauvé la vie.

– Vous vous en seriez tiré tout seul. Je vous ai juste facilité la tâche. »

Malone se remémora la situation ; il n'était pas sûr de partager l'avis de son amie.

Il avait envie d'en savoir plus sur Ely Lund et Cassiopée. Il était curieux de savoir comment cet homme avait bien pu s'y prendre pour ouvrir une brèche dans ce cœur transformé en une forteresse équipée d'une multitude de verrous et d'alarmes. Mais n'était-ce pas aussi le cas pour l'ex-agent ? Malone se tut ; c'était préférable quand les sentiments étaient inéluctables.

Cassiopée alluma l'ordinateur et afficha plusieurs images scannées à l'écran. Des pages couvertes de mots d'un gris fantomatique, indistincts par endroits et tous en grec.

« Environ une semaine après la mort d'Alexandre le Grand en 323 avant J.-C., des embaumeurs égyptiens arrivèrent à Babylone, expliqua Cassiopée. On était en plein été, il faisait une chaleur torride. Malgré cela, ils découvrirent sa dépouille intacte, la mort ne semblant pas avoir altéré son teint. Ils prirent cela pour un signe divin de la grandeur d'Alexandre.

— Tu parles d'un signe ! s'exclama Malone. Il était probablement encore vivant, plongé dans un coma irréversible.

— C'est ce que les spécialistes s'accordent à dire aujourd'hui, mais cet état médical était inconnu à l'époque. Aussi s'attelèrent-ils à leur tâche pour momifier le corps du souverain.

— Incroyable. Le plus grand conquérant de son époque tué par des embaumeurs.

— Le processus de momification s'étalait en général sur soixante-dix jours. L'idée, c'était de dessécher le corps pour le rendre imputrescible, mais pour Alexandre, ils ont employé une méthode différente. Il fut plongé dans du miel blanc. »

Le miel était imputrescible, Malone le savait. Avec le temps, sa structure de base se cristallisait, mais n'était jamais détruite et pouvait être aisément reconstituée à la chaleur.

« Le miel aurait préservé le corps et les entrailles d'Alexandre plus efficacement que la momification, reprit Cassiopée. La dépouille baignant dans le miel fut vêtue d'une toge, coiffée d'une couronne puis recouverte de parures en cartonnage d'or et placée dans un sarcophage doré. Elle resta ainsi à Babylone pendant un an tandis qu'un catafalque incrusté de pierres précieuses était construit. Au bout d'un an, le cortège funèbre quitta Babylone.

– C'est alors que les jeux funèbres débutèrent.

– En quelque sorte. Perdiccas, l'un des généraux d'Alexandre, réunit d'urgence les compagnons du roi le lendemain de sa mort. Roxane, l'épouse asiatique du souverain, était enceinte de six mois. Perdiccas voulait attendre la naissance de son enfant avant de prendre la moindre décision. S'il naissait un héritier mâle, le trône lui reviendrait de droit, mais les autres compagnons se rebiffèrent, n'acceptant pas de se soumettre à un souverain en partie barbare. Ils voulaient que Philippe, le demi-frère d'Alexandre, accède au trône bien que, au dire de tous, ce fût un malade mental. »

Malone se souvenait de certains détails lus plus tôt. On s'était battu devant le lit de mort d'Alexandre. Perdiccas avait alors appelé les Macédoniens à se réunir en assemblée et, pour maintenir le calme, avait placé la dépouille d'Alexandre au beau milieu de la pièce. L'assemblée avait voté l'abandon de la campagne d'Arabie planifiée par

Alexandre et approuvé la division de l'empire. Les compagnons s'étaient vu confier les fonctions de gouverneurs. Une rébellion avait rapidement éclaté alors que les généraux se disputaient l'empire. À la fin de l'été, Roxane donna naissance à un fils baptisé Alexandre IV. Pour maintenir la paix, un accord avait été trouvé en vertu duquel l'enfant et Philippe se partageaient la couronne même si les compagnons gouvernaient leur portion respective de l'empire sans se soucier ni de l'un ni de l'autre.

« C'est bien six ans plus tard que Philippe fut assassiné par Olympias, la mère d'Alexandre le Grand, n'est-ce pas ? Elle l'avait toujours détesté puisque Philippe de Macédoine avait divorcé d'elle pour épouser la mère de l'enfant. Puis, quelques années plus tard, ce fut au tour de Roxane et d'Alexandre IV d'être empoisonnés. Ni l'un ni l'autre n'exercèrent jamais le moindre pouvoir.

— La sœur d'Alexandre fut elle aussi assassinée, ajouta Thorvaldsen. La lignée entière fut complètement éradiquée. Pas le moindre héritier légitime ne devait subsister, ce qui entraîna la ruine du plus grand empire au monde.

— Alors quel est donc le rapport avec les décadrachmes de Poros ? Et puis quel intérêt aujourd'hui ?

— D'après Ely, c'est d'un intérêt capital, dit Cassiopée.

— Et vous, qu'en pensez-vous ? »

Cassiopée ne répondit pas, hésita sans pour autant vouloir émettre de réserves.

« Peu importe. Nous en reparlerons quand vous serez prête. Et les deux autres médaillons conservés en Europe ? demanda-t-il à Henrik. Vous en avez parlé à

Viktor. Il va sans doute tenter de se les procurer maintenant.

– Nous avons une longueur d'avance sur lui.

– Quelqu'un les a déjà récupérés ?

– L'un d'eux au moins est entre de bonnes mains, du moins je l'espère », répondit le vieil homme en consultant sa montre.

23

Amsterdam

Stéphanie sortit du café pour se retrouver sous la pluie. Elle enfonça sa capuche sur sa tête et remit son oreillette.

« Deux hommes viennent de sortir avec l'objet qui m'intéresse, dit-elle dans le micro dissimulé sous sa veste.

— Cinquante mètres devant vous, ils filent droit vers le pont, lui répondit une voix.

— Arrêtez-les. »

Stéphanie pressa le pas dans la rue sombre.

Elle avait réquisitionné deux agents des services secrets membres de l'escorte du président Danny Daniels dans ses déplacements à l'étranger. Un mois plus tôt, le président avait demandé à Stéphanie de l'accompagner au sommet économique qui se tenait chaque année en Europe. Les chefs d'État s'étaient réunis à une soixantaine de kilomètres au sud d'Amsterdam. Ce soir, le président Daniels qui assistait à un dîner de gala donné à La Haye ne risquait rien, aussi s'était-elle arrangée pour débaucher deux agents pour lui prêter main-forte. Juste au cas où, les avait-elle rassurés en leur promettant une invitation à dîner dans le restaurant de leur choix en récompense.

« Ils sont armés, dit l'un des agents à son oreille.

— Armes blanches dans le café.

— Pistolets ici. »

Stéphanie se raidit. La situation se gâtait. « Où sont-ils ?

— Près du pont pour piétons. »

Des coups de feu retentirent et Stéphanie sortit des plis de sa veste un Beretta, propriété de l'unité Magellan.

D'autres coups de feu éclatèrent.

Stéphanie tourna au coin de la rue.

La foule se dispersait. Blottis derrière le garde-fou métallique d'un pont, l'homme au teint clair et son acolyte tiraient sur les agents des services secrets postés de part et d'autre du canal.

Une balle vint briser la devanture d'une maison close.

Une femme hurla.

Stéphanie croisa des badauds qui s'enfuyaient, effrayés. Elle baissa son arme qu'elle cacha le long de son corps. « Essayons de maîtriser la situation, dit-elle dans le micro.

— Ce n'est pas à nous qu'il faut le dire », rétorqua l'un des agents.

Une semaine plus tôt, elle n'avait vu aucun mal à accepter de rendre service à Cassiopée, mais la veille, son intuition l'avait poussée à prendre ses précautions avant de venir au rendez-vous, surtout quand elle s'était rappelé que Cassiopée l'avait remerciée à la fois en son nom et celui d'Henrik Thorvaldsen. S'il était mêlé à cette histoire, on pouvait s'attendre au pire.

De nouveaux coups de feu retentirent près du pont.

« On ne vous laissera pas vous en tirer », hurla Stéphanie.

L'homme au teint clair se retourna brusquement en pointant son arme sur elle.

Elle se réfugia dans un renfoncement. Une balle ricocha sur la brique à quelques mètres de là. Stéphanie se releva en s'appuyant à la rambarde d'un escalier. La pluie dévalait les marches, Stéphanie était trempée.

Elle tira deux coups de feu.

Désormais, les deux hommes étaient encerclés. Ils n'avaient aucune issue.

Quand l'homme basané changea de position pour essayer d'être moins exposé, l'un des agents lui tira une balle dans la poitrine. Il tituba jusqu'à ce qu'un autre tir le pousse contre le parapet ; déséquilibré, il bascula dans le canal.

Génial. Elle avait un cadavre sur les bras maintenant.

L'homme au teint clair se précipita vers le parapet pour essayer de jeter un coup d'œil par-dessus. On aurait dit qu'il avait envie de sauter, mais les coups de feu des agents l'en empêchaient. Il se redressa et s'enfuit au bout du pont en tirant au hasard. L'agent des services secrets qui lui faisait face riposta tandis que son collègue s'élançait vers le fuyard qu'il abattit de trois balles dans le dos.

Des hurlements de sirènes s'élevèrent.

Stéphanie se releva et gagna le pont en trottinant. L'homme au teint clair était étendu sur le pavé, son sang se mêlant à la pluie pour former des rigoles par terre. Elle fit signe aux agents des services spéciaux d'approcher.

Ils accoururent.

L'homme basané flottait à plat ventre dans le canal.

Des lumières bleu et rouge apparurent à une quarantaine de mètres et se rapprochèrent du pont à toute allure. Trois véhicules de police arrivaient sur les lieux.

« Il faut aller récupérer un médaillon dans la poche de l'homme qui flotte dans le canal, ordonna-t-elle à l'un des agents. Il se trouve dans une pochette en plastique et porte la gravure d'un éléphant. Quand vous l'aurez, filez à la nage sans vous faire prendre. »

L'homme rengaina son arme et sauta par-dessus le parapet. Les services secrets avaient du bon. Ces agents ne se posaient pas de questions, c'était l'action qui primait.

Les voitures de police s'arrêtèrent avec un crissement de pneus.

« Filez d'ici et contactez l'ambassade, je vais avoir besoin d'aide, ordonna Stéphanie, trempée.

– Où pourra-t-on vous trouver ? »

Elle repensa à l'été précédent. Roskilde. Malone et elle.

« Sous les verrous. »

24

Copenhague

Cassiopée sirotait un verre de vin tout en observant Malone qui prenait lentement la mesure de l'histoire qu'Henrik et elle étaient en train de lui raconter.

« Cotton, laissez-moi vous parler du détail qui a suscité notre intérêt, proposa-t-elle. Nous l'avons déjà abordé en évoquant la spectrométrie de fluorescence X. Un chercheur employé au musée d'Histoire et des Traditions de Samarcande a été le premier à utiliser cette technique, mais c'est Ely qui a eu l'idée de s'en servir pour examiner certains manuscrits byzantins du Moyen Âge. C'est là qu'il a découvert la présence de textes au niveau moléculaire.

— On appelle ce genre de parchemin un palimpseste, intervint Thorvaldsen. C'est une technique très ingénieuse, à vrai dire. Après avoir gratté le parchemin pour faire disparaître toute trace de l'encre d'origine et avoir copié le nouveau texte, les moines découpaient les pages et les retournaient pour fabriquer ce qu'aujourd'hui nous appellerions des livres.

— Évidemment, ce genre de mutilation fait disparaître une grande partie du parchemin d'origine car les pages d'un même document étaient rarement réutilisées ensemble. Pourtant, Ely en a découvert un certain nombre qui demeuraient à peu près intacts. Dans l'un de ces manuscrits, il a trouvé certains théorèmes d'Archimède que l'on croyait perdus. C'est remarquable car presque tous ses écrits ont disparu aujourd'hui. Dans un autre de ces manuscrits, il a trouvé la formule du feu grégeois, ajouta Cassiopée en dévisageant Malone.

— Et à qui en a-t-il parlé ?

— À Irina Zovastina, répondit Thorvaldsen, ministre suprême de la Fédération d'Asie centrale. Zovastina a exigé de garder le secret sur cette découverte. Pendant un court laps de temps tout au moins. Comme elle payait les factures, il était difficile de refuser. Elle a aussi encouragé Ely à analyser d'autres manuscrits du musée.

— Ely a compris ses motivations : les techniques mises en œuvre étaient innovantes et l'équipe avait besoin de s'assurer que ses découvertes étaient authentiques. Il ne voyait pas de mal à attendre. En fait, il voulait examiner autant de manuscrits que possible avant de rendre ses découvertes publiques.

— Mais il s'est confié à vous.

— Il voulait me faire partager son enthousiasme. Il savait que je ne révélerais rien.

— Il y a quatre mois de cela, Ely est tombé sur quelque chose d'extraordinaire dans l'un des palimpsestes, reprit Henrik : l'*Histoire des Diadoques* de Hieronymos de Cardia. Hieronymos était un ami et compatriote d'Eumène, chancelier d'Alexandre le Grand. Il ne reste que des fragments des travaux de Hieronymos, mais ils passent pour être tout à fait fiables. Ely a donc mis la main sur un compte rendu complet datant de l'époque d'Alexandre et écrit par un observateur crédible. C'est une histoire incroyable, Cotton. Vous en avez déjà lu une partie qui relatait la mort d'Alexandre et confirmait l'existence de la potion. »

Cassiopée savait que Malone était intrigué par cette histoire. Cotton lui rappelait parfois Ely. Les deux hommes usaient de leur humour pour se moquer de la réalité, esquiver certains sujets, faire basculer une discussion à leur avantage ou, plus agaçant encore, éviter de s'impliquer émotionnellement. Mais alors que Malone exsudait la confiance en soi, la maîtrise de son environnement, ce qui frappait chez Ely, c'étaient son intelligence pleine de délicatesse et sa gentillesse. Quel couple paradoxal ils formaient ! Elle la brune musulmane espagnole, lui le pâle protestant scandinave. Pourtant, elle adorait passer du temps avec lui.

Une première pour elle depuis très longtemps.

« Cotton, environ un an après la mort d'Alexandre, durant l'hiver 321 avant J.-C., son convoi funèbre quitta enfin Babylone, poursuivit Cassiopée. Perdiccas avait pris la décision d'inhumer la dépouille du souverain en Macédoine, contrairement aux dernières volontés d'Alexandre qui souhaitait être inhumé en Égypte. Ptolémée, l'un des autres généraux, avait fait main basse sur l'Égypte où il avait déjà pris ses fonctions de gouverneur. Perdiccas régissait l'empire à la place de l'infant Alexandre IV. Selon la constitution macédonienne, le nouveau souverain était tenu de donner une sépulture appropriée à son prédécesseur...

— Et puis en laissant Ptolémée inhumer Alexandre en Égypte, Perdiccas aurait pu lui donner une plus grande légitimité, ajouta Malone.

— De plus, d'après une croyance en vogue à l'époque, si les rois n'étaient plus inhumés en terre macédonienne, on courait le risque de voir la dynastie s'éteindre, précisa Cassiopée. Il se trouve qu'Alexandre le Grand ne fut pas inhumé en Macédoine et que sa lignée s'éteignit.

– J'ai lu un compte rendu des événements : Ptolémée attaqua le cortège funèbre dans le nord de l'actuelle Syrie pour emporter le corps en Égypte. Perdiccas tenta par deux fois la traversée du Nil. Ses officiers finirent par se rebeller et par le poignarder à mort.

– C'est là que Ptolémée prit une décision surprenante en refusant la régence que lui offrait l'armée. Il aurait pu régner sur tout l'empire, mais refusa pour se consacrer pleinement à l'Égypte. Bizarre, non ?

– Il n'avait peut-être pas envie de régner. D'après ce que j'ai lu, la trahison et le cynisme étaient tellement courants que personne ne survivait bien longtemps. Les assassinats faisaient partie intégrante du processus politique.

– Ou peut-être que Ptolémée savait quelque chose que personne d'autre ne savait, dit Cassiopée, piquant la curiosité de Malone. Il savait que le corps ramené en Égypte n'était pas celui d'Alexandre.

– J'ai déjà lu ce genre d'histoires, dit Malone amusé. Elles prétendent que, après avoir détourné le cortège funèbre, Ptolémée aurait substitué à la véritable dépouille un cadavre ressemblant à celui d'Alexandre offrant ensuite à Perdiccas et d'autres une occasion de s'en emparer. Mais ce ne sont que des légendes qu'aucune preuve ne vient corroborer.

– Ce n'est pas du tout de ça que je parle. Le manuscrit découvert par Ely raconte exactement ce qui s'est passé. Le corps que l'on emmena vers l'ouest en 321 avant J.-C., pour y être inhumé, n'était pas celui d'Alexandre. La substitution avait eu lieu à Babylone l'année précédente. La dépouille d'Alexandre reposait dans un endroit connu d'une poignée de personnes. Et ces personnes ont bien gardé le secret. Pendant vingt-trois siècles. Lisez plutôt. »

Deux jours s'étaient écoulés depuis qu'Alexandre avait exécuté Glaucos. Ce qui restait du corps du médecin avait été abandonné hors des remparts de Babylone, à même le sol et dans les arbres et les charognards continuaient de nettoyer les os. La rage du roi était toujours intacte. Il était coléreux, méfiant et malheureux. Il fit appeler Eumène, son secrétaire particulier, et lui annonça qu'il ne tarderait pas à mourir. Eumène en fut grandement affecté car il ne pouvait imaginer un monde sans Alexandre. Le roi lui expliqua que les dieux s'impatientaient et que son temps parmi les vivants touchait à sa fin. Eumène prêta une oreille attentive au roi sans pour autant accorder trop de crédit à sa prédiction. Alexandre était depuis longtemps persuadé de ne pas être le fils de Philippe, mais le descendant mortel de Zeus. Déclaration invraisemblable, certes, mais que beaucoup avaient fini par croire après toutes ses grandes conquêtes. Alexandre parla à Eumène de Roxane et de l'enfant qu'elle portait. Si c'était un garçon, il ferait un prétendant sérieux au trône, mais Alexandre était conscient du ressentiment qu'éprouveraient les Grecs à l'égard d'un souverain à moitié barbare. Il annonça à Eumène que ses compagnons se déchireraient pour son empire et qu'il ne souhaitait pas prendre part à leur lutte. « Qu'ils prennent leur destin en main », dit-il. Le sien était scellé. Aussi annonça-t-il à Eumène qu'il souhaitait être inhumé aux côtés d'Héphaestion. Comme Achille qui souhaitait que ses cendres se mêlent à celles de son amant. «Je m'assurerai que vos cendres soient mêlées », promit Eumène. « Non, enterre-moi à ses côtés », insista Alexandre. Mais quelques jours plus tôt à peine, Eumène avait pu voir le majestueux bûcher funéraire dressé pour Héphaestion ; il demanda donc au roi comment il lui serait possible de satisfaire une telle exigence. Le roi lui avoua que le corps incinéré à Babylone n'était pas celui de son amant. Il avait ordonné que sa dépouille soit embaumée à l'automne précédent pour pouvoir la transporter dans un lieu où elle pourrait à jamais reposer en paix. Alexandre souhaitait connaître le même destin. « Embaume mon corps puis transporte-moi là où, moi aussi, je pourrai reposer à l'air pur. » Il obligea Eumène à promettre qu'il exaucerait son vœu en secret, épaulé par deux autres personnes désignées par le roi.

Malone leva les yeux de l'écran de l'ordinateur. Dehors, la pluie redoublait. « Où Alexandre a-t-il été emmené ?

– L'histoire devient de plus en plus déroutante, répondit Cassiopée. D'après la datation d'Ely, ce manuscrit aurait été rédigé quarante années après la mort d'Alexandre, précisa-t-elle en faisant défiler le document sur l'écran. Lisez ça. C'est signé Hieronymos de Cardia. »

Il est inacceptable que le plus grand des rois, Alexandre de Macédoine, repose à jamais dans un endroit inconnu de tous. Bien qu'il ait souhaité et choisi une sépulture tranquille, il ne mérite pas d'être condamné à l'oubli. Alexandre avait vu juste à propos de ses compagnons. Ils se déchirèrent, s'entre-tuèrent et éliminèrent tous ceux qui menaçaient leurs ambitions. Ptolémée fut peut-être le plus fortuné d'entre eux. Il régna sur l'Égypte pendant trente-huit années. Au cours de la dernière année de son règne, il apprit que je m'efforçais d'écrire ce compte rendu et m'ordonna de quitter la bibliothèque d'Alexandrie pour me rendre au palais royal. Il connaissait les liens d'amitié qui m'attachaient à Eumène et lut avec intérêt ce que j'avais écrit jusque-là. Il confirma alors que le corps inhumé à Memphis n'était pas celui d'Alexandre. Ptolémée m'assura qu'il le savait depuis son attaque du cortège funèbre. Des années plus tard, sa curiosité l'avait poussé à mener l'enquête. On avait fait venir Eumène en Égypte ; il avait appris à Ptolémée que la véritable dépouille d'Alexandre était inhumée dans un lieu connu de lui seul. La tombe de Memphis où Alexandre était censé reposer était devenue depuis un lieu de pèlerinage. « Nous avons lutté à ses côtés et serions volontiers morts pour lui, dit Ptolémée à Eumène. Sa sépulture ne peut rester à jamais secrète. » Submergé par le remords, ayant perçu la sincérité de Ptolémée, Eumène révéla l'emplacement de la sépulture d'Alexandre, très loin, dans les montagnes où les Scythes avaient parlé de la vie à Alexandre. Eumène mourut peu de temps après. Ptolémée se rappelait que lorsqu'on avait voulu savoir à qui Alexandre laisserait son royaume, le souverain avait répondu : « Au plus intelligent. » Aussi me confia-t-il ces paroles :

Et toi, aventurier, puisque ma voix immortelle,
bien que venue du fond des âges, résonne à tes oreilles,
entends mes paroles.
Vogue vers la capitale fondée par le père d'Alexandre et
où veillent les sages.
Touche la part la plus intime de l'illusion dorée.
Divise le Phénix.
C'est à l'aune de la vie que l'on mesure la véritable
tombe.
Mais sois prudent car tu n'auras qu'une occasion
de réussir.
Gravis les murs érigés par la main de Dieu.
Quand tu auras atteint le grenier, plonge le regard
dans l'œil fauve
Et lance-toi à la découverte du lointain refuge.

Ptolémée me tendit alors un médaillon d'argent portant une gravure d'Alexandre combattant un éléphant et m'apprit qu'il avait voulu commémorer les batailles du roi en faisant frapper ces pièces. Il me dit aussi de revenir le voir quand j'aurais résolu son énigme. Un mois plus tard, il était mort.

25

Samarcande
Fédération d'Asie centrale
23 h 50

Zovastina frappa doucement à une porte laquée de blanc. Une femme d'allure digne et très soignée lui ouvrit ; elle avait une chevelure poivre et sel terne et approchait la soixantaine. Comme toujours, Zovastina n'attendit pas d'y être invitée pour entrer.

« Elle est réveillée ? »

La femme hocha la tête et Zovastina remonta le couloir d'un pas énergique.

La maison dominait un petit bois dans la banlieue est de la ville, une fois dépassée l'étendue d'immeubles bas et de mosquées colorées, là où beaucoup de propriétés avaient récemment poussé comme des champignons et où, hier encore, les collines environnantes étaient jonchées de tours de guet datant de l'ère soviétique. La prospérité de la Fédération avait entraîné l'apparition d'une classe moyenne et d'une classe aisée qui n'hésitaient plus à faire étalage de leurs moyens. Construite dix ans plus tôt, cette maison appartenait à Zovastina même si elle n'y avait jamais vécu. Elle en avait fait cadeau à la personne qu'elle aimait.

Elle parcourut du regard l'intérieur luxueux. Sur une commode Louis XV minutieusement sculptée s'alignait une collection de figurines de porcelaine blanche offerte par le président français. Un plafond à caissons surplombait le salon voisin dont le parquet en marqueterie était recouvert d'un tapis ukrainien dont on lui avait également fait cadeau. Un miroir allemand constituait le point de mire de la longue pièce et des draperies de taffetas ornaient trois gigantesques fenêtres.

À chaque fois qu'elle descendait le couloir pavé de marbre elle repensait à cet après-midi, six ans plus tôt, où elle avait approché cette même porte. Elle avait trouvé Karyn nue dans les bras musclés d'un homme mince aux cheveux bouclés. Elle ne pouvait oublier leurs gémissements de plaisir, la férocité de leurs ébats que, à sa grande surprise, elle avait trouvés excitants. Elle les avait regardés une bonne minute jusqu'à ce qu'ils en aient terminé.

« Irina, je te présente Michele », avait dit Karyn calmement.

Karyn sortait du lit en repoussant sa longue chevelure ondulée et en exposant une poitrine qui avait plus d'une fois fait le bonheur d'Irina. Mince comme une liane, chaque centimètre carré de la peau sans défaut de Karyn chatoyait de reflets couleur cannelle. Sur ses lèvres fines flottait une expression de mépris ; elle avait le nez fin et délicat, une peau veloutée. Zovastina se doutait de l'infidélité de son amante, mais en être le témoin direct, c'était tout autre chose.

« Tu as de la chance que je ne te fasse pas exécuter.

– Regarde-le, avait répondu Karyn sans se laisser troubler. Il s'intéresse à ce que je ressens, il donne sans poser de question. Toi, tu ne fais que prendre. C'est tout ce que tu sais faire, donner des ordres et exiger qu'on obéisse.

– Je ne me rappelle pas t'avoir entendue te plaindre.

– Être ta putain a un prix. J'ai renoncé à certaines choses plus précieuses que l'argent. »

Le regard de Zovastina se porta involontairement vers le corps nu de Michele.

« Il te plaît, n'est-ce pas? » dit Karyn.

Elle éluda la question. « Je veux que tu aies quitté les lieux avant la tombée du jour », ordonna-t-elle.

Karyn s'approcha, les effluves sucrés d'un parfum de créateur la précédant. « Tu veux vraiment que je parte ? demanda-t-elle en posant la main sur la cuisse de Zovastina. Tu aimerais peut-être te déshabiller pour te joindre à nous ? »

Zovastina gifla Karyn en plein visage. Ce n'était pas la première fois, mais elle ne l'avait jamais fait sous l'empire de la colère. Un filet de sang coula de la lèvre fendue de Karyn qui la fusilla du regard. « Disparais. Avant le crépuscule ou tu ne passeras pas la nuit, je te le garantis. »

C'était il y a six ans. Une éternité.

Ou c'était l'impression que cela donnait, du moins.

Elle poussa la poignée et entra.

La chambre était décorée de délicats meubles de campagne français. Une cheminée de marbre et de bronze flanquée de deux lions de porphyre égyptiens ornait un des murs. Le respirateur posé près du lit à baldaquin, la bouteille d'oxygène de l'autre côté du lit et le goutte-à-goutte suspendu à un support en acier inoxydable avec ses cathéters qui serpentaient jusqu'au bras de la malade semblaient incongrus dans un tel décor.

Calée contre des coussins, Karyn reposait dans un lit deux places, des draps de soie rose corail tirés jusqu'à la taille. Elle avait le visage terreux, un teint de cire. Sa chevelure blonde autrefois épaisse était tout emmêlée, ébouriffée, clairsemée. Ses yeux jadis d'un bleu vif vous observaient désormais du fin fond de gouffres béants comme des créatures terrées dans leurs tanières. Ses pommettes saillantes n'étaient plus qu'un souvenir ; elle avait une mine cadavérique qui rendait aquilin son nez retroussé. Sur sa silhouette émaciée, sa chemise de nuit en dentelle flottait tel un drapeau en berne.

« Qu'est-ce que tu veux ce soir ? Tu es venue voir si j'étais morte ? » maugréa Karyn d'une voix crispée et tendue. Un tube accroché à ses narines lui apportait l'oxygène nécessaire à chacune de ses respirations.

Irina se glissa tout près du lit à baldaquin. L'odeur qui flottait dans la pièce s'intensifia. C'était un mélange écœurant de désinfectant, de maladie et de pourriture.

« Rien à dire ? » s'efforça de demander Karyn d'une voix faible.

Irina dévisagea son amante. Contrairement à ses habitudes, une certaine spontanéité avait prévalu dans leur relation. Quand elles s'étaient rencontrées, Karyn était l'une de ses collaboratrices avant de devenir sa secrétaire particulière puis sa concubine. Cinq ans de vie commune. Cinq ans de séparation jusqu'à l'année dernière quand, contre toute attente, Karyn était revenue à Samarcande, malade.

« Je suis venue voir comment tu allais, pour tout te dire.

– Non Irina, tu es venue vérifier quand je vais mourir. »

Irina avait envie de lui dire que c'était la dernière chose qu'elle voulait, mais repenser à la trahison de Michele et Karyn l'empêchait d'avouer ses sentiments. « Ça valait la peine ? » demanda-t-elle à Karyn.

Des années de relations sexuelles non protégées

pendant lesquelles elle passait d'un homme à un autre et d'une femme à une autre en prenant des risques avaient fini par rattraper Karyn. En chemin, l'un de ses amants lui avait transmis le VIH. Seule, terrorisée, sans le sou, Karyn avait ravalé sa fierté l'année dernière pour regagner le seul endroit où elle pensait trouver un peu de réconfort.

« C'est pour ça que tu n'arrêtes pas de venir ? Pour me prouver que j'ai eu tort ?

— Tu ne penses pas avoir eu tort ?

— Tu finiras consumée par l'amertume.

— Tu parles en experte vu que c'est ce qui t'est arrivé.

— Attention, Irina, tu ignores quand j'ai été infectée. Tu partageras peut-être bientôt mon supplice.

— J'ai fait un test.

— Et quel médecin s'est montré assez inconscient pour te le faire subir ? dit-elle, secouée par une quinte de toux. Est-il toujours vivant pour pouvoir raconter ce qu'il sait ?

— Tu n'as pas répondu à ma question. Ça valait la peine ?

— Je ne t'obéis plus aujourd'hui, répondit Karyn, un sourire venant chiffonner ses traits fantomatiques.

— Tu es revenue. Tu voulais de l'aide. Je ne fais que t'aider.

— Je suis prisonnière.

— Tu peux partir quand tu veux. Pourquoi refuses-tu de dire la vérité ?

— La vérité ? Qu'est-ce que tu appelles la vérité, Irina ? Que tu es lesbienne ? Ton cher mari était au courant. Impossible qu'il en soit autrement. Tu ne parles jamais de lui.

— Il est mort.

— Dans un accident de voiture, comme c'est commode.

Combien de fois t'es-tu servie de cet argument pour te faire plaindre par ton peuple ? »

Cette femme était décidément trop bien informée, ce qui l'attirait et la révulsait à la fois. Ce qui les liait jadis, c'était un sentiment d'intimité, de partage. Ici, à une époque, Zovastina pouvait vraiment être elle-même. « Il savait à quoi s'attendre en acceptant de m'épouser, il était aussi ambitieux que toi. Il voulait profiter de tous les avantages de la fonction, mais j'étais le prix à payer pour en bénéficier.

– Comme ce doit être difficile de vivre dans le mensonge.

– Tu y arrives bien, toi.

– Non, Irina, je sais pertinemment ce que je suis », s'exclama Karyn. Visiblement épuisée, elle observa une pause pour reprendre son souffle. « Pourquoi ne pas me tuer ? » ajouta-t-elle enfin.

Un peu de l'ancienne Karyn filtrait à travers l'amertume. Tuer cette femme était inenvisageable. La sauver.., tel était son but. Le destin avait empêché Achille de sauver Patrocle. L'incompétence avait privé Alexandre le Grand de son bien-aimé Héphaestion. Elle n'allait pas reproduire les mêmes erreurs.

« Tu crois sérieusement que quelqu'un mérite de subir ça ? s'écria Karyn en arrachant les minuscules boutons de nacre de sa chemise de nuit qui s'éparpillèrent sur les draps. Regarde mes seins, Irina. »

C'était pénible à voir. Depuis le retour de Karyn, Irina s'était documentée sur le sida et savait que la maladie affectait chaque personne différemment. Pour certains, les symptômes étaient internes. Cécité, colite, diarrhée d'une extrême gravité, encéphalite, tuberculose et pire que tout, pneumonie. Pour d'autres, les symptômes étaient externes : épiderme dévoré par les lésions dues au sarcome de Kaposi, dévasté par l'herpès simplex, corps émacié au point de ne plus avoir que la peau sur les os. Karyn semblait souffrir d'une combinaison de symptômes des plus classiques.

« Tu te rappelles comme j'étais belle ? Ma peau magnifique ? Tu étais folle de mon corps autrefois.

– Couvre-toi.

– Tu ne supportes pas de voir ça ? »

Irina ne répondit pas.

« J'ai la diarrhée au point d'avoir l'anus détruit, Irina. Je ne peux pas dormir et j'ai l'estomac noué en permanence. Tous les jours, je me demande quelle nouvelle infection va se déclarer dans mon organisme. Je vis un véritable enfer. »

Zovastina avait jeté la prisonnière du haut de l'hélicoptère. Elle avait ordonné l'élimination d'un nombre incalculable d'opposants politiques. Elle avait forgé une Fédération en menant une campagne secrète d'assassinats bactériologiques qui avait coûté la vie à des milliers de personnes. Aucune de ces morts n'avait la moindre importance. Celle de Karyn n'avait rien à voir. C'est pour cela qu'elle l'avait autorisée à rester, qu'elle fournissait les médicaments qui lui permettaient de se maintenir en vie. Elle avait menti aux étudiants tout à l'heure. C'était Karyn sa véritable faiblesse. Peut-être la seule et l'unique.

« À chaque fois que tu viens me voir, je lis dans ton regard que je compte pour toi, dit Karyn avec un pâle sourire. Elle agrippa le bras d'Irina. Tu peux m'aider, n'est-ce pas ? Toutes ces expériences que tu as menées avec tous ces microbes il y a des années. Tu as bien dû en tirer quelque chose. Je ne veux pas mourir, Irina. »

Zovastina lutta pour garder une certaine distance

émotionnelle. Achille et Alexandre avaient échoué parce qu'ils n'y étaient pas parvenus. « Je vais prier pour toi. »

Karyn éclata de rire. Un rire guttural, un gloussement rauque mêlé à une toux grasse. Ce rire surprit Irina autant qu'il la blessa.

Karyn continuait à rire.

Zovastina sortit précipitamment de la chambre et se hâta de regagner la porte d'entrée.

Quelle erreur ces visites ! Il ne fallait plus venir. Pas en ce moment. Trop de choses étaient sur le point de se passer.

La dernière chose qu'elle entendit en partant fut le bruit écœurant de Karyn qui s'étouffait avec sa propre salive.

26

Venise
20 h 45

Vincenti régla la course du bateau-taxi, se hissa au niveau de la rue et entra d'un pas énergique dans le hall du San Silva, l'un des hôtels les plus luxueux de la cité. Ici, ni tarif spécial le week-end ni rabais promotionnel, mais quarante-deux suites luxueuses avec vue sur le Grand Canal au cœur de ce qui jadis avait été la demeure d'un doge. Dans le grand hall régnait une atmosphère décadente très vieille Europe. Le spacieux hôtel orné de colonnes romaines, de marbre veiné, d'accessoires dignes d'un musée grouillait de monde, débordait d'activité et résonnait de mille bruits.

Peter O'Conner attendait patiemment, installé dans une alcôve tranquille. O'Conner n'avait jamais appartenu à l'armée ni aux services de renseignement du gouvernement ; cet individu avait simplement le don de réunir des informations et ne s'embarrassait pas de morale.

Si Philogen pharmaceutique investissait plusieurs millions chaque année pour protéger ses secrets de fabrication et autres brevets grâce à une armada de gardes employés à demeure, O'Conner, lui, rendait des comptes directement à Vincenti. Il était ses yeux et ses oreilles et lui offrait le luxe indispensable de pouvoir mettre en œuvre n'importe quelle mesure pourvu qu'elle protégeât ses intérêts.

Vincenti se félicitait de l'avoir à son service.

Cinq ans plus tôt, lorsque Vincenti avait décidé de poursuivre l'expansion de Philogen pharmaceutique en Asie, c'était O'Conner qui avait porté un coup d'arrêt à la tentative de rébellion d'un important groupe d'actionnaires de la compagnie. Trois ans plus tôt, lorsqu'une compagnie américaine avait fait une tentative d'OPA hostile sur sa société, O'Conner avait menacé assez d'actionnaires pour empêcher la revente massive des actions de la société. Et récemment, quand le conseil d'administration s'était opposé à la réélection de Vincenti au poste de PDG, O'Conner avait si bien fait chanter les membres du conseil que Vincenti avait été reconduit à la tête de la compagnie.

Vincenti s'installa dans un fauteuil en cuir repoussé. Un rapide coup d'œil à la pendule gravée dans le marbre derrière le comptoir du concierge de l'hôtel confirma qu'il devait se trouver au restaurant à 21 h 15. « Voilà ce que nous avons pour l'instant », annonça O'Conner en lui tendant plusieurs documents agrafés dès qu'il fut confortablement installé.

Vincenti parcourut la liste de coups de téléphone et entretiens en tête à tête obtenue grâce aux mouchards placés chez Irina Zovastina. « Elle est à la recherche de ces fameux décadrachmes de Poros ?

– En la surveillant, nous avons pu déterminer qu'elle a chargé certains membres de sa garde personnelle de se les procurer. Le chef de ses gardes du corps en personne, Viktor Tomas, est à la tête de l'une de ces équipes et une autre s'est rendue à Amsterdam. Ces gardes ont provoqué plusieurs incendies à travers l'Europe pour camoufler les cambriolages qu'ils venaient de commettre. »

Vincenti savait tout du bataillon sacré de Zovastina. Encore une preuve de son obsession pour tout ce qui touchait à la Grèce antique. « Se sont-ils procuré tous les médaillons ?

— Au moins quatre d'entre eux. Ils ont tenté de s'emparer de deux pièces hier, mais je ne sais pas ce qu'il en est.

— Il faut que nous sachions ce que Zovastina mijote.

— Je m'en occupe. Je me suis débrouillé pour graisser la patte de certains employés du palais. Malheureusement, la surveillance électronique ne fonctionne que lorsqu'elle reste sur place. Elle voyage sans arrêt. Elle s'est rendue dans notre laboratoire en Chine cet après-midi. »

Grant Lyndsey, le chef de son équipe scientifique, l'avait déjà averti de cette visite.

« Vous auriez dû la voir lors de la tentative d'assassinat, s'écria O'Conner. Elle a chevauché droit sur le tireur pour le provoquer. Nous la surveillions avec une caméra à téléobjectif. Évidemment, elle avait placé un tireur d'élite prêt à descendre l'assassin sur le toit du palais, mais tout de même, aller droit sur lui... Vous êtes sûr qu'elle n'a pas une paire de couilles dans le pantalon ?

— Je ne risque pas d'aller vérifier, gloussa Vincenti.

— Cette femme est dingue. »

Voilà précisément pourquoi Vincenti avait changé d'avis à propos du Florentin. Le Conseil des Dix avait décidé d'ordonner une enquête préliminaire concernant l'éventuelle élimination de Zovastina et le Florentin avait été chargé de mener ce travail d'investigation. Vincenti avait initialement décidé d'employer le Florentin sans prendre le temps de réfléchir puisqu'il avait besoin que

Zovastina disparaisse pour pouvoir accomplir ce qu'il avait secrètement projeté. Aussi avait-il promis une énorme récompense à l'homme de main s'il parvenait à la faire éliminer.

Et puis il avait eu une meilleure idée.

Avertir Zovastina de la tentative d'assassinat dont elle allait être victime pourrait la rassurer sur la loyauté de la Ligue vénitienne. Ce qui laisserait à Vincenti le temps d'échafauder un plan plus efficace, un plan auquel il réfléchissait d'ailleurs depuis plusieurs semaines. Un plan plus subtil, qui laisserait moins de traces.

« Elle s'est de nouveau rendue à la maison, poursuivit O'Conner. Il y a peu. Elle a quitté le palais en toute discrétion seule à bord de sa voiture. Des caméras cachées au sommet d'un arbre ont enregistré la visite. Elle est restée une demi-heure.

– Connaissons-nous l'état de santé de son ancienne maîtresse ?

– Elle tient le coup. Nous avons écouté leur conversation depuis une maison voisine grâce à un récepteur parabolique. Elles forment un couple étrange. Elles entretiennent une relation entre l'amour et la haine. »

Vincenti trouvait intéressant qu'une femme qui parvenait à gouverner avec une poigne de fer pouvait être en proie à une telle obsession. Elle avait été mariée pendant quelques années à un diplomate kazakh. Ce mariage servait certainement à sauver les apparences, à dissimuler sa sexualité douteuse. Cela dit, les informations amassées par Vincenti rendaient compte d'une relation de couple amicale. Il était mort brutalement, victime d'un accident de la route dix-sept ans plus tôt, juste après l'élection de Zovastina à la tête du Kazakhstan et deux ou trois ans avant qu'elle parvienne à bâtir la Fédération. Karyn Walde avait croisé son chemin quelques années plus tard ; elle était la seule avec qui Zovastina avait entretenu une relation durable, mais leur liaison avait mal fini. Pourtant, l'année passée quand elle était réapparue, Zovastina l'avait immédiatement recueillie et, par l'intermédiaire de Vincenti, s'était arrangée pour se procurer le traitement anti-VIH.

« Devrions-nous agir ? demanda-t-il.

– Il risque d'être trop tard si l'on attend plus longtemps.

– Je vous charge des préparatifs. Je me rends dans la Fédération à la fin de la semaine.

– Il se peut qu'il y ait de la casse.

– Peu importe, tant qu'il n'y a pas d'empreintes. Rien ne doit permettre de remonter jusqu'à moi. »

27

Amsterdam
21 h 20

Stéphanie avait déjà goûté au confort des prisons danoises l'été précédent quand elle avait été arrêtée en compagnie de Malone. Ce soir, elle savait à quoi ressemblait une cellule néerlandaise. Il n'y avait pas grande différence entre les deux. Elle avait eu la sagesse de garder le silence quand les policiers étaient arrivés sur le lieu de la fusillade et avaient aperçu le cadavre. Les deux agents des services secrets avaient réussi à s'enfuir et Stéphanie espérait que celui qui avait plongé dans le canal avait pu récupérer le médaillon. Ses doutes étaient désormais confirmés cependant : l'affaire à laquelle Cassiopée et Thorvaldsen étaient mêlés n'avait rien à voir avec la numismatique.

La porte de la cellule s'ouvrit pour laisser entrer un homme mince d'une soixantaine d'années au visage long et anguleux et à l'épaisse chevelure argentée. Edwin Davis, conseiller adjoint chargé de la Sécurité nationale auprès du président des États-Unis. Il avait pris la succession de Larry Daley. Et quel changement ! Davis avait quitté son poste au département d'État. C'était un homme ambitieux, titulaire de deux doctorats, l'un en histoire américaine, l'autre en relations internationales, et doté d'un talent exceptionnel d'organisateur et d'un sens inné de la diplomatie. Il était courtois, affable, un peu comme le président Daniels, que l'on avait un peu tendance à sous-estimer. Trois secrétaires d'État lui avaient confié la reprise en main de leur ministère qui périclitait. Il travaillait désormais à la Maison-Blanche et épaulait le président pendant les trois dernières années de son second mandat.

« J'assistais à un dîner avec le président, à La Haye. Une soirée très réussie. Excellent repas, et je n'aime pas la grande cuisine d'habitude. On m'a fait savoir où vous vous trouviez et je me suis dit qu'il devait y avoir une explication logique au fait que Stéphanie Nelle se trouve en détention dans une prison néerlandaise après avoir été arrêtée arme au poing sous la pluie près du cadavre d'un inconnu. »

Stéphanie s'apprêtait à se justifier, mais Davis lui intima le silence.

« Ce n'est pas tout. »

Trempée jusqu'aux os, Stéphanie attendit patiemment.

« Alors que j'étais en train d'élaborer un plan me permettant de vous laisser croupir ici, étant à peu près sûr que la raison de votre venue à Amsterdam ne m'intéressait pas, le président en personne m'a pris à part pour m'ordonner de venir vous tirer d'affaire. Il semblerait que deux agents des services secrets aient eux aussi été impliqués dans la fusillade, mais ils ne sont pas sous les verrous. L'un d'eux a piqué une tête dans le canal pour récupérer ça, ajouta-t-il en lui lançant le décadrachme de Poros intact dans sa pochette en plastique. Le président est intervenu auprès des autorités néerlandaises, vous êtes libre.

— Avant de sortir d'ici, j'ai besoin de renseignements sur les deux victimes.

— Comme j'avais anticipé votre demande, j'ai découvert qu'ils étaient détenteurs d'un passeport de la Fédération d'Asie centrale. Nous avons vérifié : ils faisaient tous deux partie de la garde personnelle de la ministre suprême Irina Zovastina. »

Stéphanie aperçut une lueur dans son regard. Davis était bien plus facile à percer à jour que Daley. « Ça n'a pas l'air de vous choquer.

— Au point où j'en suis, il n'y a plus grand-chose qui me choque. Nous avons un problème Stéphanie, murmura-t-il, et maintenant, heureusement ou malheureusement, cela dépend comment vous voyez les choses, nous sommes dans le même bateau. »

Stéphanie suivit Davis dans la chambre d'hôtel. Le président Danny Daniels était affalé sur un canapé, emmitouflé dans un peignoir, les pieds nus posés sur une table dorée à plateau de verre. C'était un grand gaillard à l'épaisse chevelure blonde, à la voix tonitruante et au charme désarmant. Même s'il l'employait depuis cinq ans, elle n'avait vraiment appris à le connaître qu'à l'automne précédent, quand ils avaient eu à résoudre une affaire de trahison en rapport avec la bibliothèque d'Alexandrie. Il l'avait alors licenciée avant de la réengager. Daniels tenait un verre dans une main et une télécommande dans l'autre.

« Pas la moindre émission qui ne soit sous-titrée ou enregistrée dans une langue à laquelle je ne comprends rien. Et je ne supporte plus de regarder BBC News ou CNN International. Ces chaînes diffusent les mêmes reportages en boucle, s'emporta Daniels en éteignant l'écran et en se débarrassant de la télécommande. Je me suis laissé dire que vous aviez encore eu le genre de soirée qui pourrait vous coûter votre place, Stéphanie, ironisa-t-il en sirotant sa boisson.

– C'est ma façon à moi de faire avancer ma carrière. »

Daniels lui fit signe de s'asseoir. Davis resta debout.

« J'ai de mauvaises nouvelles, annonça le président. Votre agent à Venise est portée disparue. Elle n'a pas donné signe de vie depuis douze heures. Certaines personnes résidant dans l'immeuble où elle demeurait ont signalé une altercation tôt ce matin. Quatre hommes ont enfoncé la porte. Bien sûr, officiellement, personne n'a rien vu. Ça, c'est typique des Italiens, cette façon de dire : "Ne me mêlez pas à ça, bon sang ! Tout ça ne sent pas très bon." »

Naomi Johns avait été détachée auprès de la Maison-Blanche pour mener une enquête de terrain sur un personnage à qui s'intéressait la présidence ; Enrico Vincenti était un financier d'envergure internationale lié à une organisation baptisée la Ligue vénitienne, l'un des nombreux cartels évoluant dans le monde des affaires. Naomi travaillait pour Stéphanie depuis de nombreuses années ; c'était elle qui avait été chargée de mener l'enquête sur Larry Daley. Elle avait quitté l'unité Magellan un an plus tôt, mais venait de la réintégrer, ce dont Stéphanie s'était réjouie. Naomi était douée. Cette mission de surveillance n'aurait pas dû comporter grand risque. Il s'agissait de consigner les rencontres de Vincenti. Stéphanie lui avait même conseillé de prendre deux ou trois jours de congé en Italie une fois la mission terminée.

Elle était peut-être morte à l'heure qu'il était.

« Quand je l'ai affectée à votre service, vos conseillers m'ont assuré qu'il s'agissait de collecter des informations, rien de plus. »

Personne ne répondit et Stéphanie regarda tour à tour les deux hommes.

« Où est le médaillon ? » voulut savoir Daniels.

Stéphanie le lui tendit.

« Vous voulez m'expliquer de quoi il retourne ? »

Elle se sentait crasseuse. Ce dont elle avait envie, c'était de prendre une douche et de se reposer, mais elle comprit qu'elle allait devoir attendre. Elle n'appréciait pas de subir ce genre d'interrogatoire, mais elle avait affaire au président des États-Unis et il venait de lui sauver la vie, aussi lui obéit-elle : Cassiopée et Thorvaldsen lui avaient demandé de leur rendre service. « Racontez-lui, Edwin, ordonna Daniels après l'avoir écoutée avec une attention inhabituelle.

« Êtes vous bien renseignée sur la ministre suprême Zovastina ?

– Suffisamment bien pour savoir qu'elle n'est pas notre amie. »

Malgré son épuisement, Stéphanie se remémora les faits marquants de la biographie de la ministre suprême. Elle était née dans une famille d'ouvriers du nord du Kazakhstan. Son père était mort en combattant les nazis dans l'armée de Staline puis, juste après la guerre, sa mère et le reste de ses proches avaient péri dans un tremblement de terre. Elle avait grandi dans un orphelinat jusqu'à ce qu'un cousin éloigné du côté maternel la prenne en charge. Elle était devenue économiste après des études à l'université de Leningrad avant d'entrer au parti communiste quand elle avait une vingtaine d'années et de gravir les échelons jusqu'à la fonction de chef du comité local des représentants des ouvriers. Elle avait alors obtenu un poste au sein du Comité central du Kazakhstan et n'avait pas tardé à entrer au Soviet suprême. Elle avait commencé par promouvoir certaines réformes agricoles et économiques avant de devenir critique à l'égard de Moscou. Après l'accession à l'indépendance, elle avait été l'un des six membres du parti à briguer la présidence du Kazakhstan. Quand les deux principaux candidats avaient échoué à obtenir une majorité, conformément à la constitution, ils avaient tous deux été disqualifiés du second tour de l'élection qu'elle avait remportée.

« J'ai appris il y a longtemps que si vous devez constamment rappeler à quelqu'un que vous êtes son ami, c'est que votre relation laisse à désirer. Cette femme nous prend pour des idiots, tous autant que nous sommes. Nous pouvons très bien nous passer d'amis de ce genre.

— Mais vous êtes tout de même obligé de lui lécher les bottes.

— Malheureusement, oui, avoua Daniels en sirotant son verre.

— La Fédération d'Asie centrale n'est pas à prendre à la légère, précisa Davis. C'est une nation au peuple intrépide qui a une longue histoire. Vingt-huit millions de conscrits potentiels, hommes et femmes, dont vingt-deux millions immédiatement aptes et prêts au combat. Elle dispose d'environ un million et demi de nouveaux conscrits tous les ans. Plutôt pas mal comme force armée. À l'heure actuelle, le budget de la défense de la Fédération représente un milliard deux cents millions par an plus le double de cette somme que nous injectons.

— Et le véritable problème, c'est que la population l'adore, ajouta Daniels. Le niveau de vie est mille fois supérieur à ce qu'il était avant son élection quand soixante-quatre pour cent de la population vivait sous le seuil de pauvreté. On est passé à moins de quinze pour cent aujourd'hui. Son bilan est aussi bon que le nôtre. Elle investit dans tous les domaines. Énergie hydroélectrique, coton, or : ce ne sont pas les excédents qui manquent. La Fédération occupe une position géo-économique exceptionnelle entre la Russie, la Chine et l'Inde. Zovastina est une femme intelligente aussi. Elle dispose de réserves de pétrole et de gaz parmi les plus importantes du monde, autrefois sous le contrôle exclusif des Russes. Ils n'ont toujours pas digéré l'indépendance alors elle a conclu un marché avec eux : elle leur vend du pétrole et du gaz à un prix inférieur au cours du marché pour que Moscou lui lâche les basques. »

Stéphanie était impressionnée de constater à quel point Daniels maîtrisait ce dossier.

« Et puis il y a quelques années, elle a conclu un bail à long terme avec la Russie concernant l'utilisation du cosmodrome de Baïkonour. La station spatiale est située en plein cœur de l'ancien Kazakhstan. Plus de six mille sept cents kilomètres carrés dont la Russie a désormais l'usage exclusif jusqu'en 2050. En échange, Zovastina a évidemment obtenu l'annulation de certaines dettes. Elle a ensuite brossé les Chinois dans le sens du poil en résolvant un litige concernant leur frontière commune qui durait depuis des siècles. Pas mal pour une économiste ayant grandi dans un orphelinat.

— Quelles sont nos relations avec Zovastina ? voulut savoir Stéphanie, mais comme aucun des deux hommes ne lui répondait, elle changea de tactique. Que vient faire Enrico Vincenti dans tout ça ?

— Zovastina et Vincenti sont tous deux membres de la Ligue vénitienne, expliqua Daniels. La Ligue compte quatre cents et quelques adhérents. Beaucoup d'argent, de temps et d'ambition en jeu, mais la Ligue ne cherche pas à changer le monde : elle veut juste qu'on la laisse tranquille. Ces gens-là détestent les États, les lois restrictives, les droits de douane, les impôts, Danny Daniels, tout ce qui les fait marcher droit. Ils exercent leur influence dans de nombreux pays... »

Stéphanie vit que Daniels avait lu dans ses pensées.

« Pas dans ce cas. Ça n'a rien à voir avec la dernière fois. Nous avons vérifié sans rien trouver. C'est surtout à la Fédération d'Asie centrale qu'ils s'intéressent.

— Toutes les républiques d'Asie centrale croulaient sous une dette extérieure datant du temps de la domination soviétique et de leur accession à l'indépendance, ajouta Davis. Zovastina a réussi à en renégocier le paiement avec les créanciers des différents États et obtenu l'annulation d'une grande part de cette dette, mais un apport de capitaux frais serait le bienvenu. Rien ne freine le progrès plus sûrement qu'une dette à long terme. Un pactole de trois milliards six cents millions de dollars appartenant à certains membres de la Ligue vénitienne dort dans les coffres de diverses banques aux quatre coins du globe.

— Pas mal comme première mise dans une gigantesque partie de poker. »

Stéphanie prit la mesure de ces paroles, sachant qu'un président n'avait pas pour habitude de donner l'alerte à la légère. « Partie qui est sur le point de commencer, c'est ça ?

— Jusqu'ici, en vertu de la loi en vigueur dans la Fédération d'Asie centrale, certaines corporations ont fait l'acquisition ou pris le contrôle de près de quatre-vingts compagnies aux quatre coins de la planète dans le domaine pharmaceutique, celui des technologies de l'information, de l'automobile entre autres. Tenez-vous bien : elles ont même fait l'acquisition du plus grand fabricant mondial de sachets de thé. D'après les analystes de chez Goldman Sachs, si cela continue, la Fédération pourrait bien devenir la troisième ou quatrième puissance économique mondiale derrière les États-Unis, la Chine et l'Inde.

– C'est inquiétant, remarqua Davis, d'autant que cette prise de pouvoir a lieu en catimini. En général, les entreprises aiment se faire mousser quand elles procèdent à ce genre d'acquisition, mais pour celles dont nous parlons, en revanche, la discrétion est de mise.

– Zovastina a besoin d'un flux régulier de capitaux pour continuer à faire fonctionner les rouages de son gouvernement. Pour y arriver, nous, nous avons les impôts ; Zovastina, quant à elle, peut compter sur la Ligue vénitienne. La Fédération dispose d'énormes réserves de coton, d'or, d'uranium, d'argent, de cuivre, de plomb, de zinc…

– Et d'opium, conclut Stéphanie.

– Zovastina a même montré sa bonne volonté dans ce domaine. La Fédération se classe désormais au troisième rang mondial des saisies d'opiacés. Elle a conquis le cœur des Européens en interdisant la région aux trafiquants ; impossible de dire du mal d'elle de ce côté-ci de l'Atlantique. Évidemment, elle fournit aussi à beaucoup de pays européens du pétrole et du gaz bon marché.

– Vous vous rendez compte que Naomi est sans doute morte à cause de tout ça ! » s'écria Stéphanie. Cette idée lui retournait l'estomac. Elle ne pouvait imaginer pire scénario que la perte d'un agent. Heureusement, cela se produisait rarement, mais, à chaque fois, Stéphanie devait refouler sa colère et s'armer de patience.

« Oui, nous en sommes conscients et ce crime ne restera pas impuni.

– Malone et Naomi étaient proches. Ils ont collaboré

sur plusieurs missions de l'unité Magellan. Ils formaient une bonne équipe. Cette nouvelle va le bouleverser.

– Cela explique votre présence ici, déclara le président. Il y a quelques heures, Malone a été impliqué dans l'incendie du musée des Arts gréco-romains de Copenhague dont Henrik Thorvaldsen était propriétaire. C'est Cassiopée Vitt qui l'a aidé à échapper aux flammes.

– Vous m'avez l'air bien renseigné.

– Ça fait partie du boulot, même si cela me déplaît de plus en plus. L'un de ces médaillons faisait partie de la collection du musée », ajouta-t-il.

Klaus Dyhr lui avait dit tout à l'heure qu'il n'en existait que huit.

« Il s'agit d'un décadrachme de Poros.

– Ces médaillons ont-ils une quelconque valeur ?

– Apparemment, oui, dit Daniels, mais nous avons besoin de vous pour en savoir plus. »

28

Copenhague
Lundi 20 avril
00 h 40

Malone prit une couverture et se dirigea vers le canapé dans la pièce voisine. Profitant des travaux qui avaient suivi l'incendie de sa boutique à l'automne précédent, il avait éliminé plusieurs cloisons de l'appartement, en avait fait monter d'autres et redistribué l'espace pour faire du troisième étage de sa boutique un lieu de vie plus pratique.

« J'aime ces meubles. Ils reflètent votre personnalité », commenta Cassiopée.

À la simplicité des meubles danois, il avait préféré un canapé, quelques chaises, tables et lampes de style anglais commandés à Londres. Beaucoup de bois et de cuir, un décor chaleureux et confortable. Il avait remarqué que le décor de son appartement n'évoluait guère à moins qu'un livre venu du rez-de-chaussée n'y trouve sa place ou qu'une nouvelle photo de son fils Gary n'arrive par courriel pour venir compléter sa collection en constante évolution. Il avait proposé à Cassiopée de passer la nuit chez lui, en ville, au lieu de rentrer à Christiangade en compagnie de Thorvaldsen et elle ne s'y était pas opposée. Au cours du dîner, il avait écouté les explications de Cassiopée et d'Henrik tout en gardant à l'esprit que la jeune femme était trop impliquée personnellement dans cette affaire pour être objective.

Et ça, ce n'était pas bon.

Il en avait récemment fait lui-même l'expérience quand la vie de Gary avait été menacée.

Cassiopée était assise sur le rebord du lit de Malone. Les lampes, dont le charme était inversement proportionnel à l'efficacité, illuminaient les murs couleur moutarde. « Henrik semble penser que je vais avoir besoin de votre aide.

— Vous n'êtes pas d'accord avec lui ?

— Je ne suis pas sûre que vous vous le soyez.

— Vous aimiez Ely ? »

Il fut lui-même surpris d'avoir posé la question et Cassiopée ne répondit pas tout de suite.

« Difficile à dire, dit-elle après réflexion.

— Il devait compter beaucoup pour vous, insista-t-il.

— C'était quelqu'un d'extraordinaire. Un homme intelligent, plein de vie, drôle. Vous auriez dû le voir quand il a découvert ces textes anciens. On aurait dit qu'il venait de découvrir un continent inconnu.

— Combien de temps vous êtes-vous fréquentés ?

— Plus ou moins régulièrement pendant trois ans. »

Elle eut le même regard vague qu'en assistant à l'incendie du musée. Cassiopée et Malone se ressemblaient tant. Ils masquaient tous deux leurs sentiments, mais il y avait des limites à ce que l'on pouvait supporter. Malone s'efforçait toujours d'accepter le fait que Gary n'était pas son fils biologique, mais le fruit d'une aventure qu'avait eue sa femme quinze ans plus tôt. Le regard de Malone se posa sur la photo de l'adolescent qu'il gardait sur la table de chevet. Il en était venu à la conclusion que les gènes n'avaient aucune importance. Le garçon n'en restait pas moins son fils et il avait fait la paix avec son ex-femme. Cassiopée, en revanche, semblait lutter contre ses démons. Inutile d'y aller par quatre chemins. « Qu'essayez-vous donc de faire ?

– De vivre ma vie ! s'exclama-t-elle, soudain tendue.

– Qui suis-je censé aider : vous ou Ely ?

– Qu'est-ce que ça change ? »

Elle avait en partie raison, ça n'aurait dû faire aucune différence. C'était son combat, pas celui de Malone, mais c'est qu'il se sentait attiré par cette femme même si, manifestement, elle en aimait un autre. « Les empreintes digitales de Viktor ont-elles révélé quoi que ce soit ? l'interrogea-t-il en refoulant son émotion. Personne n'en a dit un mot au dîner.

– Il travaille pour la ministre suprême Irina Zovastina. C'est le chef de sa garde personnelle.

– Vous comptiez me mettre au courant ?

– Sans doute, si on avait su que cela vous intéressait », dit Cassiopée avec détachement.

Malone réprima sa colère en comprenant qu'elle le provoquait. « Vous pensez que la Fédération d'Asie centrale est directement impliquée dans cette affaire ?

– Personne n'a touché au décadrachme du musée de Samarcande. »

Cassiopée marquait un point.

« Ely a découvert une preuve tangible indiquant l'emplacement de la tombe d'Alexandre le Grand. C'est la première en plusieurs siècles. Je sais qu'il a transmis l'information à Zovastina car il m'a parlé de sa réaction. Elle nourrit une véritable obsession pour l'histoire de la Grèce et pour Alexandre. C'est à cause de son intérêt pour la période hellénistique que le musée de Samarcande dispose d'importantes subventions. Zovastina s'est montrée fascinée quand Ely a découvert l'énigme de Ptolémée. » Cassiopée hésita. « Ely est mort moins d'une semaine après l'avoir mise au courant.

— Vous croyez qu'il a été assassiné ?

— Sa maison a été incendiée. Il ne restait pratiquement rien ni d'elle ni d'Ely. »

Malone commençait à comprendre. L'incendie avait été perpétré avec du feu grégeois. « Et que sont devenus les manuscrits qu'il a découverts ?

— Nous avons demandé à certains spécialistes de se renseigner. Personne au musée n'a pu le leur dire.

— Et aujourd'hui, des bâtiments brûlent et des médaillons sont dérobés.

— C'est à peu près ça, oui.

— Qu'allons-nous faire ?

— Je n'ai pas encore décidé si j'ai besoin de votre aide.

— Bien sûr que vous en avez besoin.

— Les témoignages historiques concernant la tombe d'Alexandre vous sont-ils familiers ? l'interrogea Cassiopée en le toisant avec méfiance.

— Le roi a d'abord été inhumé par Ptolémée à Memphis, dans le sud de l'Égypte, environ un an après sa mort. Puis le fils du pharaon a transporté la dépouille à Alexandrie.

— En effet, entre 283 avant J.-C., date de la mort de Ptolémée Ier, et 274 avant J.-C. Un mausolée fut ensuite construit dans un des nouveaux quartiers de la ville, au carrefour de deux des principales avenues flanquant le palais royal. On le baptisa Sôma, qui signifie corps en grec. La tombe la plus grandiose qui soit dans la cité la plus grandiose de l'époque.

— Ptolémée était un malin, remarqua Malone. Il attendit la mort de tous les héritiers d'Alexandre pour se proclamer pharaon. Ses héritiers eux aussi firent preuve d'intelligence en façonnant l'Égypte sur le modèle d'un royaume grec. Alors que les autres compagnons ne parvinrent pas à administrer correctement leur portion de l'empire qui leur échappa même pour certains, la dynastie des Ptolémée resta à la tête de l'Égypte pendant trois cents ans. Ces pharaons surent tirer un grand avantage politique du Sôma.

– C'est une histoire extraordinaire, en vérité. La tombe d'Alexandre se mua en un lieu de pèlerinage. César, Octavien, Hadrien, Caligula et une dizaine d'autres empereurs vinrent lui rendre hommage. Ce devait être impressionnant : imaginez une momie enveloppée d'or, coiffée d'une couronne en or, enchâssée dans un sarcophage d'or et baignant dans du miel doré. Alexandre a reposé en paix pendant un siècle et demi jusqu'à ce que les caisses de Ptolémée IX soient vides, qu'il dépouille le corps de tout l'or et fasse fondre le sarcophage pour le remplacer par un cercueil en verre. Le Sôma se dressa au même endroit pendant six siècles. Le dernier témoignage de son existence date de 391 après J.-C. »

Malone connaissait le reste de l'histoire. L'édifice et la dépouille d'Alexandre le Grand avaient disparu. On avait cherché son corps pendant seize siècles, mais le plus grand conquérant du monde antique, l'homme que l'on vénérait comme un dieu vivant, s'était évanoui dans la nature.

« Savez-vous où se trouve le corps ? demanda Malone.

– Ely croyait l'avoir découvert, répondit la jeune femme, l'air distant comme si elle parlait au fantôme de son défunt ami.

– Pensez-vous qu'il disait vrai ?

– Il va falloir que nous allions vérifier.

– Où ?

— À Venise, dit-elle en levant enfin sur lui un regard las. Mais nous devons d'abord nous procurer le dernier médaillon, celui que Viktor cherche sans doute à se procurer en ce moment même.

— Et où se trouve-t-il ?

— Coïncidence intéressante, lui aussi se trouve à Venise. »

29

Samarcande
2 h 50

Zovastina sourit au nonce apostolique. C'était un bel homme à la chevelure auburn parsemée de mèches grises et au regard à la fois perçant et curieux. Monseigneur Colin Michener était américain et participait du renouveau orchestré au Vatican par le premier pape africain depuis des siècles. C'était déjà la troisième fois que cet ambassadeur venait lui demander d'autoriser une présence catholique sur le territoire de la Fédération, mais Zovastina avait refusé à chaque fois. Même si l'islam était la religion dominante, les nomades qui peuplaient l'Asie centrale depuis des siècles avaient toujours placé leur propre loi au-dessus de tout et même de la charia. L'isolement géographique engendrait une certaine indépendance sociale, même vis-à-vis de Dieu, et la ministre doutait que les catholiques fussent jamais les bienvenus. Pourtant, elle avait besoin que cet ambassadeur lui rende un service et l'heure était venue de négocier.

« Vous n'êtes pas du soir ? lui demanda-t-elle en remarquant la mine fatiguée que Michener essayait à peine de masquer.

– Ce moment de la journée n'est-il pas traditionnellement réservé au sommeil ?

– Ni vous ni moi n'aurions rien à gagner à être vus

ensemble en plein milieu de la journée. Votre Église n'est pas très populaire ici.

– Nous aimerions que cela change.

– Cela reviendrait à demander aux gens de renoncer à certains principes auxquels ils tiennent depuis des siècles. Même les musulmans, en dépit de tous leurs préceptes moraux et leur discipline, n'y sont pas parvenus. Vous savez, ici, on s'intéresse moins aux bénéfices spirituels de la religion qu'à l'usage que l'on peut en faire au niveau politique et social.

– Le Saint-Père ne cherche nullement à changer la nature de la Fédération. Tout ce qu'il demande, c'est que l'Église catholique soit libre d'aller à la rencontre de ceux qui souhaitent pratiquer notre religion.

– Avez-vous visité certains de nos lieux saints ? »

Michener fit non de la tête.

« Je ne saurais trop vous y encourager, conseilla Zovastina. Vous remarquerez beaucoup de détails intéressants. Les hommes qui embrassent, frottent et font le tour d'objets sacrés. Les femmes qui rampent sous des pierres saintes pour augmenter leur fertilité. Et n'oubliez pas les arbres à prières et les mâts de prières mongols ornés de pompons faits de crin de cheval plantés au-dessus des tombes. Les amulettes et les gris-gris sont très populaires. Les croyances de notre peuple n'ont rien à voir avec votre Dieu chrétien.

– La proportion de catholiques, de baptistes, de luthériens et même de bouddhistes ne cesse d'augmenter parmi ces populations. Il semblerait que certaines personnes aient envie de croyances différentes. N'ont-elles pas le droit de jouir de ce privilège ? »

Si elle avait enfin décidé de recevoir ce messager, c'était aussi à cause du Parti de la renaissance islamique. Bien qu'il fût interdit depuis de nombreuses années, le parti prospérait en toute discrétion, surtout dans la vallée de Ferghana située dans l'ancien Ouzbékistan. En secret, Zovastina avait infecté les principaux éléments perturbateurs, pensant avoir éliminé les leaders du parti qui refusait pourtant de disparaître. Autoriser une plus grande concurrence entre les religions, grâce en particulier à l'Église catholique, revenait à obliger les islamistes à prendre pour cible un ennemi encore plus menaçant que Zovastina. « J'ai décidé d'autoriser la présence de l'Église catholique dans la Fédération, déclara-t-elle donc.

— Je suis ravi de l'entendre.

— À certaines conditions. »

Le prêtre se rembrunit.

« Rien de grave. Je n'ai qu'un service à vous demander, en fait. Demain soir à Venise, au cœur de la basilique, la tombe de saint Marc sera ouverte. »

Michener lui lança un regard perplexe.

« Vous connaissez certainement l'histoire de saint Marc et des circonstances qui l'ont amené à être inhumé à Venise ?

— Un de mes amis officie à la basilique, il m'a tout expliqué. »

Marc, l'un des douze apôtres de Jésus, ordonné évêque d'Alexandrie par Pierre, avait été martyrisé par les païens d'Alexandrie en 67 après J.-C. Alors qu'ils essayaient de brûler son cadavre, un orage avait éteint les flammes, permettant aux chrétiens de récupérer la dépouille. Marc avait été momifié puis inhumé dans une tombe restée secrète jusqu'au IVe siècle. Après la conquête d'Alexandrie par les chrétiens, un sépulcre plus élaboré construit pour l'accueillir devint un lieu saint, à tel point que les patriarches de la ville s'y faisaient ordonner. Le lieu saint résista à l'arrivée de l'islam ainsi qu'aux invasions perse et arabe du VIIe siècle.

Cependant en 828 après J.-C., des marchands dérobèrent le corps.

Venise avait besoin d'un symbole fort pour affirmer son indépendance tant politique que théologique. Rome avait Pierre, Venise aurait Marc. À la même époque, le sort des reliques sacrées conservées à Alexandrie inquiétait beaucoup le clergé de la ville. Le pouvoir islamique devenait de plus en plus hostile à l'égard des catholiques. Des lieux saints et des églises étaient détruits. Aussi, avec la complicité des gardiens du tombeau de saint Marc, on emporta le corps.

Zovastina adorait les détails de cette histoire.

Le corps de saint Claude, inhumé près de là, fut substitué à celui de Marc pour dissimuler le vol. L'odeur des fluides ayant servi à l'embaumement était si forte que, pour dissuader les autorités d'examiner le chargement du bateau qui s'apprêtait à mettre les voiles en emportant les reliques du saint, on recouvrit les reliques de plusieurs couches de feuilles de chou et de viande de porc. Et le stratagème fonctionna puisque les musulmans renoncèrent à leur inspection, horrifiés par la présence de la viande impure. Le corps fut ensuite enveloppé dans de la toile et hissé à l'extrémité d'une vergue. Au cours d'une tempête qui se leva pendant la traversée vers l'Italie, l'apparition du fantôme de saint Marc aurait sauvé le navire du naufrage.

« Le 31 janvier 828, on offrit le corps de Marc au doge de Venise, reprit Zovastina. Ce dernier installa les reliques dans le palais ducal, mais elles disparurent pour ne réapparaître qu'en 1094, date à laquelle la basilique Saint-Marc fut achevée et officiellement consacrée. Les reliques furent alors placées dans la crypte de l'église puis au XIXe siècle sous le maître-autel où elles se trouvent encore aujourd'hui. L'histoire de ces reliques comporte de sacrées lacunes, vous ne trouvez pas ?

– C'est le propre des reliques.

– Pendant quatre siècles à Alexandrie et près de trois siècles à Venise, le corps de Marc resta introuvable.

– Il suffit d'avoir la foi, madame la ministre.

– Alexandrie en a toujours voulu à Venise pour ce larcin, et surtout pour la façon dont, depuis des siècles, Venise voue un culte à cet acte, comme si les voleurs avaient été chargés d'une sainte mission. Allons, vous savez aussi bien que moi qu'il s'agissait d'un acte politique. Les Vénitiens ont commis des vols aux quatre coins du monde, organisé des pillages à grande échelle pour s'emparer de tout ce qu'ils pouvaient utiliser à leur avantage. Ce larcin-là a sans doute été le plus fructueux. À ce jour encore, toute la ville est organisée autour de saint Marc.

– Pourquoi ouvrir la tombe dans ce cas ?

– Les évêques et dignitaires des Églises copte et éthiopienne veulent récupérer saint Marc. En 1968, le pape Paul VI a offert quelques reliques au patriarche d'Alexandrie en signe d'apaisement, mais comme elles venaient du Vatican et pas de Venise, cette tentative a échoué. Les dignitaires exigent qu'on leur restitue les reliques du saint. Cela fait depuis longtemps l'objet de pourparlers avec Rome.

– J'ai été secrétaire du pape Clément XV, je suis au courant. »

Elle se doutait depuis longtemps que cet homme était bien plus qu'un simple nonce apostolique. Le nouveau pape choisissait manifestement ses ambassadeurs avec le plus grand soin. « Dans ce cas, vous devez savoir que l'Église ne leur remettra jamais ces reliques. Cependant, avec l'accord de Rome, le patriarche de Venise a accepté un compromis – votre pape africain fait son possible pour réconcilier l'Église et le monde. Une partie des reliques prélevées dans la tombe sera restituée. C'est une façon de satisfaire les deux parties. Cela dit, le sujet reste sensible, surtout pour les Vénitiens. On ose déranger leur saint ! Voilà pourquoi la tombe sera ouverte la nuit prochaine dans le plus grand secret. On en extraira une partie des reliques avant de refermer le sépulcre. Personne n'en saura rien avant que le don soit rendu public quelques jours plus tard.

– Vous êtes extrêmement bien informée.

– Le sujet m'intéresse. Cette tombe ne renferme pas le corps de saint Marc.

– De qui s'agit-il alors ?

– Disons simplement que la dépouille d'Alexandre le Grand disparut d'Alexandrie au IVe siècle, pratiquement au moment où celle de saint Marc faisait sa réapparition. On éleva pour Marc une sépulture rappelant le Sôma d'Alexandre et qui devint l'objet d'un culte, comme celle d'Alexandre pendant six siècles avant elle. Les spécialistes que j'ai engagés ont étudié quantité de textes anciens dont certains inédits...

– Et vous croyez que le corps conservé dans la basilique de Venise est celui d'Alexandre le Grand ?

– Je n'ai aucune certitude, tout ce que je sais, c'est que les analyses génétiques sont aujourd'hui capables de déterminer la race d'un sujet. Marc est né en Libye de parents arabes. Alexandre était grec. Il devrait y avoir des différences chromosomiques évidentes. Je me suis également laissé dire que les études isotopiques de la dentine, la tomographie et la datation au carbone 14 pourraient nous en apprendre énormément. Alexandre est mort en 323 avant J.-C., Marc au Ier siècle après J.-C. Encore une fois, leurs dépouilles devraient présenter d'importantes différences au niveau scientifique.

— Vous comptez profaner le corps ?

— Pas plus que vous. Dites-moi, de quelle partie de son anatomie va-t-on donc l'amputer ? »

Michener réfléchit à ce que Zovastina venait de dire. Elle avait senti depuis le début que le nonce était revenu à Samarcande investi d'une autorité bien plus importante que précédemment. L'heure était venue de vérifier si c'était bien le cas. «Je ne demande que quelques minutes seule en présence du sarcophage ouvert. Si je prends quelque chose, personne ne le remarquera. En échange, l'Église aura le droit d'aller et venir librement au sein de la Fédération et de constater par elle-même combien de citoyens adhèrent au message catholique. En revanche, la construction du moindre édifice devra être approuvée par le gouvernement. Il en va autant de votre protection que de la nôtre. Des violences pourraient éclater si nous ne faisions pas preuve de prudence à ce sujet.

— Comptez-vous faire le déplacement en personne ?

— Oui. J'aimerais que le Saint-Père organise une visite discrète. Je me suis laissé dire que l'Église ne manque pas de relations au sein du gouvernement italien.

— Vous vous rendez compte que dans le meilleur des cas, madame la ministre, tout ce que vous pourriez découvrir serait, au même titre que le suaire de Turin et les visions mariales, probant pour les seuls croyants ? »

— Mais Zovastina était persuadée de découvrir quelque chose de concluant. « Touche la part la plus intime de l'illusion dorée », avait écrit Ptolémée dans son énigme.

« Quelques minutes seule dans la basilique, c'est tout ce que je demande. »

Le nonce apostolique garda le silence.

Zovastina attendit.

« Je demanderai au patriarche de Venise de vous accorder ce que vous demandez. »

Elle avait eu raison. Il n'était pas revenu les mains vides.

« Vous avez beaucoup d'autorité pour un vulgaire nonce.

– Trente minutes. Mercredi, à partir d'une heure du matin. Nous informerons les autorités italiennes que vous venez assister à une réunion privée à l'invitation de l'Église. »

Elle hocha la tête.

« Je m'arrangerai pour que vous entriez par l'entrée ouest de la basilique. À cette heure-là, il y aura peu de monde sur la place principale. Viendrez-vous seule ?

– Si vous y tenez, nous devrions peut-être oublier toute cette affaire, s'exclama-t-elle, lasse de ce prêtre trop zélé.

– Madame la ministre, faites-vous accompagner par qui vous voulez. Le Saint-Père ne cherche qu'à vous satisfaire. »

30

Hambourg, Allemagne
1 h 15

Viktor était installé au bar de l'hôtel, tandis que Rafael dormait dans une chambre du haut. Depuis Copenhague, ils avaient roulé vers le sud, traversé le Danemark et gagné le nord de l'Allemagne. C'était à Hambourg qu'ils devaient retrouver les deux membres du bataillon sacré dépêchés à Amsterdam pour récupérer le sixième médaillon. Ils devraient arriver dans le courant de la nuit. Rafael et lui s'étaient chargés des autres vols, mais le délai se rapprochant dangereusement, Zovastina avait envoyé une seconde équipe sur le terrain.

Penché sur sa bière, il profita du silence. De rares clients étaient attablés, enveloppés par la lumière tamisée du bar.

Le moteur de Zovastina, c'était la tension. Elle aimait pousser les gens à bout. Avec elle, les compliments étaient rares, contrairement aux critiques. Qu'il s'agisse des employés du palais, des membres du bataillon sacré ou de son gouvernement, personne ne voulait la décevoir. Mais Viktor savait ce que l'on disait dans son dos. Il était curieux de voir comment une femme à ce point habituée au pouvoir pouvait être aussi inconsciente du ressentiment qu'elle provoquait chez les autres. La loyauté de façade était une illusion dangereuse. Rafael avait raison, un événement important était sur le point d'arriver. En tant que chef du bataillon sacré, Viktor avait à plusieurs reprises accompagné Zovastina jusqu'au laboratoire niché dans les montagnes à l'est de Samarcande, sur le territoire de la Fédération celui-là, où les chercheurs qu'elle employait travaillaient à développer ses propres microbes. Il avait assisté aux tests menés sur des cobayes réquisitionnés dans les prisons, été témoin de leur mort horrible. Il avait aussi monté la garde devant certaines salles de conférence pendant qu'elle complotait avec ses généraux. La Fédération disposait d'une armée impressionnante, d'une armée de l'air tout à fait raisonnable et d'une capacité limitée en matière de missiles de courte portée fournis et subventionnés en grande partie par les pays de l'Ouest à des fins défensives puisque la Fédération avait des frontières communes avec l'Iran, la Chine et l'Afghanistan.

Il n'avait rien dit à Rafael, mais il était au courant de ce que Zovastina tramait. Il l'avait entendue parler du chaos qui régnait en Afghanistan où les talibans n'acceptaient pas de voir le pouvoir leur échapper. De l'Iran dont le président si radical multipliait les tentatives d'intimidation. Et du Pakistan qui exportait aveuglément la violence.

Elle commencerait par ces nations-là.

Et il y aurait des millions de victimes.

Une vibration dans sa poche le fit sursauter.

Il prit son téléphone portable, jeta un coup d'œil à l'écran et répondit, l'estomac noué. Une sensation familière.

« Viktor, je suis contente de vous avoir au bout du fil, s'écria Zovastina. Il y a un problème. »

Il l'écouta lui raconter l'incident survenu à Amsterdam au cours duquel deux membres du bataillon sacré avaient été tués en essayant de s'approprier le médaillon. « Les

Américains m'ont officiellement demandé des explications. Ils veulent savoir pourquoi mes gardes ont tiré sur des agents des services secrets américains. C'est une bonne question. »

Viktor eut envie de répondre que c'était sans doute la peur de la décevoir qui les y avait poussés et que leur imprudence avait pris le pas sur leur bon sens, mais il s'en garda bien. « J'aurais préféré m'occuper de cette mission moi-même, remarqua-t-il simplement.

— D'accord, Viktor. Ce soir, je veux bien reconnaître mon erreur. Vous étiez opposé à ce que j'envoie cette seconde équipe et je n'en ai pas tenu compte. »

Il s'abstint de relever les propos de Zovastina. Il était déjà assez incroyable qu'elle ait avoué son erreur. « Et vous, madame la ministre, vous vous demandez ce que faisaient les Américains sur place, n'est-ce pas ?

— Je me suis posé la question, en effet.

— Nous avons peut-être été démasqués.

— À mon avis, ils se fichent pas mal de nos petites affaires. Nos amis de la Ligue vénitienne m'inquiètent davantage. Surtout le gros.

— Il n'en reste pas moins que les Américains se trouvaient sur place.

— Ce pourrait être une coïncidence.

— Comment l'expliquent-ils ?

— Leurs représentants refusent de livrer le moindre détail.

— Madame la ministre, savons-nous enfin ce que nous cherchons ? murmura Viktor.

— Je m'en occupe. Cela n'avance pas vite, mais j'ai enfin compris que c'est en découvrant le corps qui occupait jadis le Sôma à Alexandrie que nous obtiendrons la clé de l'énigme de Ptolémée. Je suis convaincue que les reliques de saint Marc conservées dans la basilique de Venise sont ce que nous cherchons. »

Ça, c'était nouveau.

« Voilà pourquoi je me rends à Venise demain soir.

— Est-ce prudent ? l'interrogea-t-il, abasourdi.

— Il le faut. Je veux que vous m'accompagniez à la basilique. Il faudra que vous récupériez l'autre médaillon avant de me rejoindre à la basilique à une heure du matin.

— Bien, madame la ministre.

— Et au fait, Viktor, sommes-nous en possession du médaillon danois ?

— Oui.

— Nous allons devoir nous passer du médaillon d'Amsterdam. »

Viktor remarqua qu'elle n'était pas en colère. Étrange, étant donné l'échec de l'opération.

« Viktor, si je vous ai ordonné de vous occuper du médaillon vénitien en dernier, ce n'est pas par hasard. »

Il comprenait à présent. La basilique. Le corps de saint Marc. Les Américains l'inquiétaient toujours, cependant. Heureusement, il avait maîtrisé la situation au Danemark. Les trois personnes qui avaient tenté de lui mettre des bâtons dans les roues étaient mortes et Zovastina n'en saurait jamais rien.

« Cela fait un moment que j'élabore ce plan, poursuivit Zovastina. Le matériel vous attend à Venise alors prenez l'avion, pas la route. Voici où vous pourrez le trouver, dit-elle en lui fournissant l'adresse d'un entrepôt et le code d'accès de l'entrepôt équipé d'un verrou électronique. Ce qui est arrivé à Amsterdam n'a aucune importance. En revanche, ce qui est sur le point de se produire à Venise est capital. Il me faut ce dernier médaillon. »

31

La Haye
1 h 10

Stéphanie écoutait les explications d'Edwin Davis et du président Daniels avec grand intérêt.

« Avez-vous déjà entendu parler des zoonoses ? l'interrogea Davis.

– On appelle ainsi les maladies transmissibles de l'animal à l'être humain.

– C'est encore plus spécifique que cela, la reprit Daniels. Une zoonose est une maladie normalement présente chez l'animal sans conséquences graves, mais dont la transmission à l'homme peut avoir des conséquences dévastatrices. L'anthrax, la peste bubonique, le virus Ebola, la rage, la grippe aviaire et même la teigne comptent parmi les exemples les plus connus de zoonoses.

– Je ne savais pas que vous étiez si doué en biologie.

– Je n'y connais que dalle en science, répondit Daniels en riant, mais j'ai beaucoup de relations dont c'est la spécialité. Dites-lui tout, Edwin.

– Il existe environ quinze cents pathogènes zoonotiques connus. La moitié est présente dans le sang des animaux sans conséquence. Ils y vivent en parasite sans jamais les infecter, mais quand ils franchissent la barrière des espèces, ils s'emballent. C'est ainsi que l'épidémie de peste bubonique s'est déclenchée. Les rats étaient porteurs de la maladie, les puces se nourrissaient du sang des rats puis les puces ont transmis la maladie à l'homme chez qui elle est devenue endémique...

– Jusqu'à ce que nous développions une immunité à cette saleté, conclut Daniels. Malheureusement, ce processus a pris quelques décennies au cours du XIVe siècle et, dans l'intervalle, un tiers des habitants de l'Europe a été éradiqué.

– La pandémie de grippe espagnole qui a sévi en 1918 était bien un exemple de zoonose, n'est-ce pas ? demanda Stéphanie.

– Oui, le virus est passé des oiseaux à l'homme avant de muter pour pouvoir se transmettre de l'homme à l'homme. Et il ne s'en est pas privé. Vingt pour cent des régions du globe ont été touchées. Environ cinq pour cent de la population mondiale en est morte, dont vingt-cinq millions dans les six premiers mois. Pour mettre ces chiffres en perspective, il faut savoir que le sida a tué vingt-cinq millions de personnes en vingt-cinq ans...

– Et les statistiques de 1918 sont peu fiables. La Chine et le reste de l'Asie ont terriblement souffert sans que nous disposions d'un bilan des victimes précis. D'après certains historiens, l'épidémie pourrait avoir fait jusqu'à cent millions de victimes dans le monde.

– Un pathogène zoonotique constitue une arme bactériologique idéale, remarqua Davis. Il suffit d'en découvrir un – qu'il s'agisse d'un virus, d'une bactérie, d'un protozoaire, d'un parasite –, de l'isoler et de le laisser se répandre comme bon lui semble. Si vous êtes malin, vous pouvez créer deux versions d'un même virus : l'un qui ne se transmet que de l'animal à l'homme si bien qu'il faudrait infecter directement la victime et l'autre, mutant, se transmettant de l'homme à l'homme. Le premier pourrait servir à mener des frappes circonscrites visant des cibles spécifiques, l'autre d'arme de destruction massive. Il suffit de quelques personnes infectées pour faire des millions de victimes. »

Malheureusement, les propos d'Edwin Davis ne sonnaient que trop juste.

« Il est possible d'enrayer ces épidémies, mais isoler, étudier et développer des contre-mesures prend du temps. Heureusement, la plupart des zoonoses connues ont un antidote, on dispose même de vaccins contre certaines d'entre elles permettant d'éviter une pandémie. Mais mettre au point un vaccin prend du temps. Ce qui signifie un grand nombre de victimes.

– Quel rapport avec notre affaire ? » voulut savoir Stéphanie.

Davis prit un dossier posé sur la table en verre à côté des pieds nus du président. «Il y a neuf ans, un couple d'oies appartenant à une espèce en voie de disparition a été volé dans un zoo privé belge. À peu près à la même époque, des rongeurs appartenant eux aussi à une espèce en voie d'extinction et une espèce rare d'escargot ont été dérobés dans des zoos australien et espagnol. En général, ce genre d'événement n'a guère d'importance, mais après vérifications, nous nous sommes aperçus qu'il y avait eu une quarantaine de vols du même type aux quatre coins du globe. Coup de chance, l'année dernière en Afrique du Sud : les voleurs ont été arrêtés. Nous les avons fait passer pour morts. Étant donné qu'il ne fait pas bon purger une peine dans une prison sud-africaine, ils ont coopéré. C'est là que nous avons appris qu'Irina Zovastina commanditait ces vols.

– Qui a mené l'enquête ?

— Painter Crowe chez Sigma, répondit Daniels. Il nous fallait des spécialistes, et la science, c'est leur domaine. Mais aujourd'hui, c'est de votre expertise dont nous avons besoin.

— Vous êtes sûr que Painter ne peut pas conserver le dossier ? dit Stéphanie, réticente.

— Après les événements de ce soir ? Non, Stéphanie. L'affaire est à vous. Je vous ai sauvé la vie à Amsterdam, vous me devez bien ça.

— Quel est le rapport avec cette pièce de monnaie ?

— Zovastina les collectionne. Voici le véritable problème : nous savons qu'elle dispose d'une liste de zoonoses longue comme le bras, une vingtaine aux dernières nouvelles. Au fait, elle est maligne : elle dispose de plusieurs versions du même pathogène. Comme vous l'a expliqué Edwin, certaines destinées à des frappes précises, d'autres à une transmission de l'homme à l'homme. Elle possède un laboratoire biologique non loin de Samarcande. Mais ce qui est intéressant, c'est qu'Enrico Vincenti possède un autre laboratoire biologique juste de l'autre côté de la frontière chinoise. Laboratoire où Zovastina aime bien se rendre.

— C'est pour cela que vous vouliez faire suivre Vincenti ?

— C'est toujours utile de connaître son ennemi.

— La CIA favorise certaines fuites au sein de la Fédération, ajouta Daniels, sceptique. C'est compliqué, une vraie pagaille, mais nous avons enregistré quelques progrès.

— Vous avez une source ?

— Si l'on peut dire. J'ai des doutes. Zovastina nous pose des problèmes, et à plus d'un niveau. »

Stéphanie comprenait le dilemme du président. Dans une région du monde où les États-Unis possédaient peu d'alliés, Zovastina leur avait ouvertement fait allégeance. Elle leur avait plusieurs fois rendu service en leur fournissant des informations mineures qui avaient contrecarré les projets de terroristes en Afghanistan et en Irak. Par nécessité, les États-Unis lui avaient fourni des fonds, une aide militaire et du matériel sophistiqué, ce qui était risqué.

« Vous connaissez l'histoire du type qui roule sur la nationale et voit un serpent couché au milieu de la route ? »

Stéphanie sourit : c'était encore une de ces histoires qui avaient rendu Daniels célèbre.

« Le type s'arrête et voit que le serpent est blessé. Il le ramène chez lui et le soigne. Une fois le serpent guéri, l'homme ouvre la porte pour le laisser sortir, mais le serpent le mord à la jambe. "Je t'ai pris sous mon toit, nourri, soigné et c'est comme ça que tu me remercies ? s'exclame l'homme juste avant de perdre connaissance sous l'effet du venin. – C'est vrai, dit le serpent, mais tu savais très bien que j'étais un serpent." »

Stéphanie n'eut aucun mal à saisir la morale de l'histoire.

« Zovastina mijote quelque chose et Enrico Vincenti y est mêlé, souligna Daniels. Je n'aime pas l'idée d'une guerre bactériologique. Les nations ont banni ces pratiques il y a plus de trente ans. Et Zovastina compte mettre en œuvre la pire de toutes. Elle prévoit quelque chose d'horrible et cette fameuse Ligue vénitienne dont Vincenti et elle sont membres lui prête main-forte. Heureusement, elle n'a rien fait pour l'instant, mais nous avons des raisons de croire que cela ne saurait peut-être pas tarder. Les idiots qui lui servent de voisins et usurpent le nom de nations sont inconscients du danger. Trop préoccupés par Israël et les États-Unis. Elle met leur bêtise à profit. Elle me prend pour un idiot, moi aussi. Il est grand temps qu'elle sache que nous l'avons percée à jour.

— Nous aurions préféré rester dans l'ombre un peu plus longtemps, ajouta Davis, mais elle a certainement dû prendre pour un avertissement le meurtre de deux de ses gardes par nos agents des services secrets.

— Qu'attendez-vous de moi ? »

Daniels bâilla et Stéphanie dut lutter pour ne pas en faire autant. « Ne vous gênez pas, s'écria le président avec un geste de la main. Après tout, c'est le milieu de la nuit. Ne vous gênez pas pour moi. Bâillez tant que vous voulez. Vous pourrez dormir dans l'avion.

— Où dois-je me rendre ?

— À Venise. Si Zovastina veut nous amener sur son terrain, eh bien, nom d'un chien, on va y aller. »

32

Venise
8 h 50

Vincenti entra dans le salon principal de son palais et se tint prêt. D'habitude, il ne s'embarrassait pas de ce genre de présentation. Après tout, Philogen pharmaceutique avait un important département marketing et ventes comptant des centaines d'employés. Dans ce cas, cependant, c'était un événement exceptionnel n'exigeant que sa présence, aussi avait-il organisé une réunion privée chez lui.

L'agence publicitaire basée à Milan ne semblait avoir pris aucun risque en chargeant quatre de ses représentants, un homme et trois femmes dont l'une des vice-présidentes, de lui faire un compte rendu.

« Damaris Corrigan », annonça la vice-présidente avant de présenter ses trois associés. C'était une femme séduisante d'une cinquantaine d'années vêtue d'un tailleur bleu marine à rayures.

Vincenti se servit du café contenu dans une cafetière en argent.

« Nous nous demandions s'il allait bientôt se passer quelque chose, remarqua Corrigan.

– Que voulez-vous dire ? s'étonna Vincenti en déboutonnant sa veste et en s'installant dans un fauteuil.

– Il y a six mois, vous avez sollicité nos conseils

concernant la possible commercialisation d'un remède contre le VIH. Nous nous sommes alors demandé si Philogen touchait au but. Une avancée a peut-être eu lieu puisque aujourd'hui vous souhaitez que nous vous soumettions nos propositions. »

Vincenti se félicita en silence. « Je crois que vous venez d'employer le mot clé : peut-être. Nous espérons évidemment être les premiers à mettre un traitement sur le marché – nous investissons des millions dans la recherche – mais si une avancée devait se produire, et l'on ne sait jamais quand elle se produira, je n'ai pas envie de devoir attendre des mois pour pouvoir mettre en place une stratégie de commercialisation efficace. Non, ajouta-t-il après une pause, nous n'avons rien pour l'instant, mais nous voulons être prêts à toute éventualité. »

Corrigan hocha la tête en signe d'approbation avant de s'approcher d'un chevalet. Vincenti lança un coup d'œil à l'une des publicitaires assises près de lui, une brune à la silhouette harmonieuse qui ne devait pas avoir plus de trente ou trente-cinq ans, moulée dans une jupe en lainage. Il se demanda si elle était chargée du budget ou si elle jouait les potiches.

« Ces dernières semaines, j'ai lu des choses passionnantes, déclara Corrigan. Le VIH semble avoir une personnalité différente en fonction de la partie du globe que vous étudiez.

– Il y a du vrai dans votre remarque. En Europe et dans certains endroits comme l'Amérique du Nord, on parvient tant bien que mal à contenir la progression de la maladie qui ne fait plus partie des principales causes de mortalité. Les gens vivent avec la maladie. Les traitements symptomatiques ont réduit le taux de mortalité de moitié. En Afrique et en Asie, c'est une tout autre histoire en revanche. Le virus a fait trois millions de victimes dans le monde l'année dernière.

– Voilà pourquoi nous avons commencé par identifier le marché visé. »

Corrigan dévoila un graphique posé sur le chevalet.

« Voici les dernières statistiques mondiales concernant le nombre de séropositifs. »

RÉGIONS	NOMBRE DE SÉROPOSITIFS
Amérique du Nord	1 011 000
Europe de l'Ouest	988 000
Australie-Océanie	22 000
Amérique latine	1 599 000
Afrique subsaharienne	20 778 000
Caraïbes	536 000
Europe de l'Est	2 000
Sud de la Méditerranée	893 000
Nord de l'Asie	6 000
Asie du Sud-Est	11 277 000
Total	37 112 000

« Quelle est la source de ces statistiques ?

– L'Organisation mondiale de la santé, et ces chiffres représentent le marché potentiel pour n'importe quel traitement. Ce tableau donne des chiffres plus précis, expliqua Corrigan en tournant la page. Comme vous pouvez le constater, ces statistiques montrent que le syndrome d'immunodéficience acquise s'est déclaré chez environ un quart des séropositifs. Neuf millions d'individus sont à l'heure actuelle atteints du sida. »

RÉGIONS	NOMBRE DE MALADES DU SIDA
Amérique du Nord	555 000
Europe de l'Ouest	320 500
Australie-Océanie	14 000
Amérique latine	573 500
Afrique subsaharienne	6 300 000
Caraïbes	160 500
Europe de l'Est	10 800
Sud de la Méditerranée	15 000
Nord de l'Asie	17 600
Asie du Sud-Est	1 340 000
Total	9 306 900

« Voici les projections pour dans cinq ans, continua Corrigan en passant au tableau suivant. Encore une fois, ces chiffres sont ceux de l'Organisation mondiale de la santé. »

RÉGIONS	NOMBRE ESTIMÉ DE SÉROPOSITIFS
Amérique du Nord	8 150 000
Europe de l'Ouest	2 331 000
Australie-Océanie	45 000
Amérique latine	8 554 000
Afrique subsaharienne	33 609 000
Caraïbes	6 962 000
Europe de l'Est	20 000
Sud de la Méditerranée	3 532 000
Nord de l'Asie	486 000
Asie du Sud-Est	45 059 000
Total	108 748 000

« Incroyable. Il pourrait y avoir bientôt cent dix millions de séropositifs dans le monde. Les statistiques actuelles indiquent que cinquante pour cent de ces malades finiront par contracter le sida. Sur ce chiffre, quarante pour cent seront morts d'ici deux ans. Évidemment, la grande majorité des décès se produira en Afrique et en Asie. Marché intéressant, vous ne trouvez pas ? »

Vincenti prenait lentement la mesure des statistiques. En se fondant sur le chiffre de soixante-dix millions de séropositifs, le coût d'un traitement annuel revenant à cinq mille euros par tête au bas mot, n'importe quel médicament mis sur le marché générerait au départ trois cent cinquante milliards d'euros. Certes, une fois la population contaminée guérie, les ventes se tariraient, mais quelle importance ? Fortune aurait déjà été faite. De l'argent à ne plus savoir qu'en faire. Plus tard, il y aurait certainement d'autres contaminations et d'autres ventes qui ne rapporteraient certes pas autant qu'au début, mais offriraient néanmoins des retombées constantes.

« Nous nous sommes ensuite intéressés à la concurrence. D'après ce que nous avons pu apprendre de l'OMS, environ seize médicaments sont utilisés à l'échelle mondiale dans le traitement symptomatique du sida. Environ douze entreprises se partagent le marché. Les ventes des médicaments que vous commercialisez ont à peine excédé un milliard d'euros l'an dernier par exemple. »

Philogen pharmaceutique détenait les brevets de six médicaments qui, utilisés en combinaison avec d'autres, contribuaient à arrêter la progression du virus. Bien que l'ingestion d'une cinquantaine de pilules par jour soit nécessaire, ce cocktail de médicaments représentait le seul traitement efficace. Il n'était nullement question de guérison, l'avalanche de médicaments ne faisant que déconcerter le virus, mais la nature finirait bien par se montrer plus maligne que les microbiologistes. Il s'agissait d'une simple question de temps. Certaines souches résistant aux médicaments avaient déjà fait leur apparition en Chine et dans le reste de l'Asie.

« Nous avons jeté un coup d'œil aux traitements combinés, reprit Corrigan. Une trithérapie coûte en moyenne vingt mille euros par an. Ce type de traitement est un luxe réservé aux Occidentaux, en gros. Il n'existe pratiquement pas en Afrique et en Asie. Philogen vend des médicaments à prix réduit aux gouvernements des pays affectés, mais offrir à ces populations le genre de traitement dont bénéficient les Occidentaux coûterait plusieurs milliards d'euros par an, sommes dont aucun gouvernement africain ne dispose. »

Le département marketing de son entreprise en était arrivé aux mêmes conclusions. Ravagé par l'épidémie, le tiers-monde n'avait pas vraiment la possibilité de se soigner. La seule méthode rentable pour s'attaquer à un problème d'une telle ampleur, c'était d'enrayer la propagation du virus. Au début, on ne jurait que par les préservatifs et l'une des filiales de Philogen n'arrivait pas à en fabriquer suffisamment pour répondre à la demande. Les ventes avaient explosé, augmentant de plus de mille pour cent au cours des deux dernières décennies. Et les profits avaient suivi. Pourtant, ces derniers temps, on constatait une baisse régulière des ventes de préservatifs. Les gens sous-estimaient les risques.

« Selon ses propres dires, Kellwood-Lafarge, l'un de vos concurrents, a investi plus de cent millions d'euros dans la recherche d'un traitement contre le sida rien que l'an dernier. Vous en avez dépensé le tiers.

– Vouloir rivaliser avec Kellwood-Lafarge équivaut à pêcher la baleine avec une canne à pêche, s'écria Vincenti avec un sourire narquois. C'est le plus grand conglomérat pharmaceutique au monde. Difficile de dépenser autant que la concurrence quand celle-ci réalise un chiffre d'affaires brut de plus de cent milliards d'euros par an. »

Vincenti sirota son café tandis que Corrigan affichait une page vierge sur le chevalet.

« Oublions tout cela, passons à nos idées concernant le produit. Le nom d'un médicament est évidemment capital. À l'heure actuelle, les seize médicaments symptomatiques présents sur le marché portent des noms très variés. On trouve des choses comme Bactrim, Diflucan, Intron, Pentam, Videx, Crixivan, Hivid, Retrovir. Pour un médicament susceptible d'être utilisé partout dans le monde, nous avons pensé qu'une appellation plus simple, plus universelle, comme l'AZT par exemple, serait plus judicieuse d'un point de vue commercial. D'après nos informations, Philogen pharmaceutique travaille à la mise au point de huit remèdes différents, précisa Corrigan en présentant à Vincenti plusieurs idées de conditionnement. Nous n'avons aucun moyen de savoir si le médicament sera conditionné sous forme solide ou liquide, destiné à un usage oral ou injectable. Aussi, nous avons créé des variantes sur le même thème en conservant les couleurs noir et or, caractéristiques de votre firme. »

Vincenti examina les propositions soumises.

« Nous avons laissé un blanc pour que le nom du produit puisse être inscrit en lettres d'or. Nous travaillons toujours sur le nom. Ce qu'il y a d'important dans ce projet, c'est que même si le nom ne peut être traduit, l'emballage doit être suffisamment original pour être immédiatement identifiable. »

Satisfait, Vincenti se retint cependant de sourire. « J'ai peut-être un nom. Quelque chose qui me trotte dans la tête depuis un moment. »

Corrigan eut l'air intéressé.

Vincenti se leva, approcha du chevalet et inscrivit les lettres ZH sur le graphique.

« *Dzêta Êta,* expliqua-t-il aux publicitaires déconcertés. “La vie”, en grec ancien.

– Tout à fait approprié », approuva Corrigan.

Vincenti était tout à fait de cet avis.

33

Île de Vozrozhdeniya
Fédération d'Asie centrale
13 h 00

Zovastina se réjouit devant l'immensité de la foule. Son équipe lui avait annoncé la présence de cinq mille personnes, mais à bord de l'hélicoptère qui la conduisait au nord-est de Samarcande, sa secrétaire lui avait indiqué que plus de vingt mille personnes attendaient son arrivée. Encore une preuve de sa popularité, lui avait-on dit. Et devant tant de ferveur et de zèle, toujours bienvenus devant des caméras de télévision, elle ne pouvait s'empêcher de jubiler.

« Regardez ce que nous sommes capables d'accomplir quand nos esprits et nos cœurs travaillent à l'unisson », s'exclama-t-elle au micro. Elle hésita un moment pour donner du poids à ses paroles puis fit un geste du bras. « Kantubek est ressuscitée. »

La foule qui se pressait devant l'estrade manifesta son approbation avec un enthousiasme auquel elle s'était habituée.

Située au milieu de la mer d'Aral, l'île de Vozrozhdeniya était une étendue sauvage et reculée qui accueillait jadis le programme biologique offensif soviétique et constituait le symbole tragique de l'exploitation de l'Asie par ses anciens maîtres. C'était ici que l'on produisait et que l'on stockait les spores d'anthrax et les bacilles de la peste. Après la chute du régime communiste en 1991, l'équipe du laboratoire avait quitté l'île en abandonnant les conteneurs renfermant les spores mortelles qui, au cours de la décennie suivante, s'étaient mis à fuir. À la catastrophe biologique potentielle s'ajoutait la disparition de la mer d'Aral. Le Kazakhstan et l'Ouzbékistan s'étaient jadis partagé ce lac extraordinaire alimenté par l'énorme débit du fleuve Amou-Daria. Mais quand les Soviétiques avaient détourné le cours du fleuve vers un canal de douze mille kilomètres de long servant à irriguer les plantations de coton destiné aux filatures soviétiques, la mer intérieure jadis plus grande étendue d'eau douce au monde avait commencé à s'assécher, remplacée par un désert où la vie était impossible.

Mais Zovastina avait changé tout cela. Le canal avait aujourd'hui disparu, le fleuve avait été réhabilité. Son cerveau à elle ne s'était jamais atrophié sous l'effet de la vodka contrairement à celui de la plupart de ses homologues condamnés à singer ceux qui les avaient conquis. Elle n'avait jamais perdu son objectif de vue. Elle s'était emparée du pouvoir, certes, mais elle avait aussi appris à le conserver.

« Deux cents tonnes d'anthrax communiste ont été neutralisées sur cette île, s'écria-t-elle. Il n'y a plus la moindre trace du poison des Soviétiques à qui nous avons fait payer le prix. »

La foule hurla son approbation.

« Je vais vous avouer quelque chose. Une fois que nous avons été libres, délivrés de l'emprise de Moscou, les Russes ont eu l'audace de nous dire que nous leur devions de l'argent. Vous rendez-vous compte ? fit-elle en levant les bras au ciel. Ils saccagent notre terre, détruisent notre mer, empoisonnent notre sol avec leurs microbes et c'est nous qui leur devons de l'argent ? » Zovastina vit des milliers de personnes faire non de la tête. « C'est exactement ce que je leur ai dit moi aussi. Non. »

Elle étudia les visages baignés de l'éclatant soleil de midi qui la dévisageaient.

« Alors nous avons forcé les Soviétiques à payer pour nettoyer les dégâts qu'ils avaient causés. Puis nous avons condamné leur canal qui asséchait les eaux de notre vénérable mer. »

Elle ne disait jamais « je ». Toujours « nous ».

« Vous êtes nombreux à vous rappeler aussi bien que moi, j'en suis sûre, les tigres, sangliers et le gibier d'eau qui abondaient dans le delta de l'Amou-Daria. Les eaux poissonneuses de la mer d'Aral. Nos chercheurs savent qu'autrefois vivaient ici cent soixante-dix-huit espèces d'animaux. Il n'en reste que trente-huit aujourd'hui. Le voilà, le fameux progrès soviétique. Les vertus du communisme, dit-elle avec un sourire narquois. Des criminels, voilà ce qu'ils étaient. De vulgaires criminels. »

Ce canal était un échec non seulement du point de vue environnemental, mais aussi du point de vue purement technique. Fuites et inondations étaient devenues courantes. À l'image des Soviétiques eux-mêmes, peu préoccupés par l'efficacité, le canal perdait plus d'eau qu'il n'en acheminait. À mesure que la mer d'Aral était réduite à néant, l'île de Vozrozhdeniya s'était transformée en péninsule et l'on avait commencé à craindre que les mammifères terrestres et les reptiles ne disséminent les toxines mortelles dont elle était truffée. Cette crainte n'était plus qu'un mauvais souvenir aujourd'hui. Le sol était sain ainsi que l'avait constaté l'équipe d'inspection des Nations unies pour qui cette entreprise était un succès magistral.

« Et nous avons dit à ces criminels soviétiques que si

cela ne tenait qu'à nous, nous les condamnerions tous à purger des peines dans nos prisons », ajouta Zovastina en levant le poing.

Les cris de la foule redoublèrent.

« La ville de Kantubek où nous nous trouvons aujourd'hui réunis renaît de ses cendres. Les Soviétiques l'avaient transformée en champ de ruines. À partir d'aujourd'hui, des citoyens libres de la Fédération vivront dans la paix et l'harmonie sur une île qui renaît elle aussi. Comme la mer d'Aral dont le niveau d'eau remonte un peu plus chaque année et dont les eaux reviennent baigner le désert créé par l'homme. Voilà de quoi nous sommes capables. C'est notre terre, notre eau. Notre héritage. »

La foule l'acclama.

Son regard balaya les visages, en s'imprégnant de l'enthousiasme que son message semblait engendrer. Elle adorait le contact avec la population qui le lui rendait bien. S'emparer du pouvoir, c'était une chose. Le garder, c'en était une autre.

Et Zovastina comptait bien y arriver.

« Mes chers concitoyens, sachez que nous sommes capables de n'importe quoi pourvu que nous le décidions. Combien étaient-ils à travers le monde à affirmer que nous serions incapables de nous fédérer ? Combien étaient-ils à affirmer que la Fédération se désintégrerait, victime de guerres civiles. Combien étaient-ils à affirmer que nous serions incapables de nous administrer sans aide extérieure ? Nous avons conduit deux élections nationales libres, menées dans la transparence la plus totale et auxquelles se sont présentés de nombreux candidats. Personne ne peut en contester les résultats. Notre constitution garantit les droits de l'homme ainsi que la liberté individuelle, politique et intellectuelle. »

Zovastina savourait ce moment. La réouverture à la population de l'île de Vozrozhdeniya était un événement auquel elle se devait d'assister. La télévision de la Fédération ainsi que trois nouvelles chaînes indépendantes dont elle avait attribué la gestion à des membres de la Ligue vénitienne diffusaient son message dans toute la nation. En privé, ces nouveaux patrons de chaînes lui avaient promis le contrôle des émissions produites, au nom de l'esprit de camaraderie que la Ligue cultivait entre ses adhérents et Zovastina se réjouissait de leur présence aujourd'hui. Difficile de l'accuser de contrôler les médias quand les apparences suggéraient le contraire.

Elle admira les immeubles de brique et de pierre de cette ville reconstruite à l'image de ce qu'elle était un siècle plus tôt. La population allait revenir s'installer à Kantubek. D'après le ministère de l'Intérieur, dix mille personnes avaient postulé pour se voir attribuer un lopin de terre sur l'île, encore une indication de la confiance que lui témoignaient ses concitoyens, si nombreux à souhaiter s'installer dans un endroit où rien n'aurait pu survivre vingt ans plus tôt encore.

« La stabilité : voilà la clé ! » s'écria-t-elle.

C'était le slogan qu'elle martelait depuis quinze ans.

« Aujourd'hui, nous inaugurons cette île au nom du peuple de la Fédération d'Asie centrale. Que notre union soit éternelle. »

Elle descendit du podium sous les applaudissements de la foule.

Trois de ses gardes du corps resserrèrent rapidement les rangs autour d'elle pour l'escorter. Son hélicoptère l'attendait ainsi qu'un avion qui l'emmènerait vers Venise où l'attendaient les réponses à d'innombrables questions.

34

Venise, Italie
14 h 15

À la barre du bateau, Cassiopée se dirigeait vers la lagune, Malone à ses côtés. Ils avaient pris un vol direct pour Venise depuis Copenhague et atterri une heure plus tôt à l'aéroport Marco-Polo. Malone était venu plusieurs fois à Venise en mission pour l'unité Magellan. Il connaissait bien cette ville tentaculaire et secrète, mais dont le cœur demeurait compact, circonscrit à un périmètre d'un kilomètre et demi sur trois et qui, depuis des siècles, parvenait à tenir le monde extérieur à bonne distance.

Ils se dirigeaient vers le nord-est, à l'opposé du centre, évitant l'île de Murano consacrée au travail du verre, droit vers Torcello, l'un des nombreux îlots qui parsemaient la lagune vénitienne.

Ils avaient loué leur vedette près de l'aéroport. C'était un petit bateau en bois aux lignes pures avec deux cabines fermées, une à l'avant et une à l'arrière. Grâce à son moteur hors-bord, il fendait les eaux verdâtres et agitées qui bouillonnaient sur son sillage en soulevant des jets d'écume vert acide.

Au cours du petit déjeuner, Cassiopée avait parlé à Malone du huitième décadrachme de Poros. Thorvaldsen et elle avaient analysé les vols commis à travers l'Europe et très vite remarqué que les cambrioleurs ne s'intéressaient pas à ceux de Venise et Samarcande. Ils avaient alors acquis la conviction que les malfaiteurs s'attaqueraient au médaillon de Copenhague. Après le vol du quatrième chez un collectionneur privé en France, Cassiopée et Henrik avaient patiemment attendu.

« Les voleurs avaient une bonne raison pour garder celui de Venise pour la fin », remarqua Cassiopée en haussant la voix couverte par le bruit du moteur. Ils croisèrent un vaporetto qui ahanait dans la direction opposée. « Vous aimeriez la connaître, je suppose ?

— Oui, je l'avoue.

— Ely pensait que la dépouille d'Alexandre le Grand pourrait bien se trouver dans le tombeau de saint Marc. »

Idée intéressante. Originale. Complètement folle.

« C'est une longue histoire, et il pourrait bien avoir raison. La basilique Saint-Marc est censée renfermer une momie vieille de deux mille ans. Saint Marc fut momifié à Alexandrie à sa mort, au Ier siècle après J.-C. Alexandre fut momifié lui aussi, mais trois cents ans plus tôt. Quand la dépouille d'Alexandre disparut au IVe siècle, le corps de Marc réapparut brusquement à Alexandrie.

— Je suppose que vous ne vous fondez pas sur cette unique preuve.

— Irina Zovastina est obsédée par Alexandre le Grand. Ely m'a tout raconté. Elle possède une collection privée d'art grec, une bibliothèque gigantesque et se dit experte d'Homère et de *l'Iliade*. Aujourd'hui, elle envoie les membres de sa garde rapprochée récupérer les décadrachmes de Poros sans laisser de trace. Et personne ne touche à la pièce de Samarcande. Ils ont planifié ce vol en dernier pour pouvoir se trouver dans les parages de la basilique Saint-Marc.

— Je l'ai déjà visitée, dit Malone. Le sarcophage du

saint se trouve sous le maître-autel qui pèse plusieurs tonnes. Il faudrait des poulies hydrauliques et beaucoup de temps pour pouvoir y pénétrer. Ce qui est impossible étant donné que la basilique est l'attraction touristique la plus visitée de la ville.

– J'ignore comment elle compte s'y prendre, mais je suis convaincue qu'elle va essayer de s'introduire dans cette tombe. »

Mais avant, Zovastina avait apparemment besoin du septième médaillon.

Malone descendit trois marches pour entrer dans la cabine avant décorée de rideau à pompons, de sièges brodés et d'acajou poli. Plutôt classe pour un bateau de location. Il avait acheté un guide de la ville à l'aéroport et décida d'y apprendre ce qu'il pouvait sur Torcello.

Les Romains avaient été les premiers à s'installer sur cette île minuscule aux Ve et VIe siècles. Puis au VIIIe siècle, terrorisés par les invasions des Lombards et des Huns, les habitants de l'île principale s'y étaient réfugiés. Au début du XIVe siècle, une colonie prospère de vingt mille personnes vivait sur Torcello parmi les églises, couvents, palais, marchés et près du port florissant. Les marchands qui avaient dérobé le corps de saint Marc à Alexandrie en 828 étaient citoyens de Torcello. D'après le guide, c'était là qu'avait eu lieu « la première rencontre de Rome et Byzance ». Un grand tournant s'était alors produit. À l'ouest se dressait le Parlement anglais, à l'est le Taj Mahal. Puis la peste, la malaria et l'envasement des canaux avaient précipité le déclin de l'île. Ses résidents les plus vigoureux avaient déménagé vers le centre de Venise. Les banques avaient fermé leurs portes, les palais étaient tombés dans l'oubli. Les maçons travaillant sur d'autres îles avaient fouillé les ruines à la recherche de blocs de pierre ou de corniches sculptées convenant à leurs chantiers et tout avait progressivement disparu. Les marais avaient repris leurs droits et aujourd'hui, moins de soixante personnes vivaient sur l'île dans une poignée de maisons.

Par la fenêtre de la cabine, Malone aperçut une antique tour de brique qui, solitaire, se dressait fièrement vers le ciel. Il retrouva la silhouette correspondante dans un article du guide qui lui apprit que le campanile flanquait le seul monument célèbre de Torcello : la cathédrale Santa Maria Assunta construite au VIIe siècle, le plus ancien lieu de prière de Venise. Près de là se dressait une autre église trapue en croix grecque érigée quatre siècles plus tard : Santa Fosca.

Le bruit du moteur diminua quand Cassiopée ralentit pour laisser les flots bercer le bateau. Malone alla rejoindre la jeune femme à la barre. Au loin, il remarqua d'étroits bancs de sable ocre couverts de roseaux, de joncs et de cyprès malingres. La vedette ralentit encore lorsqu'ils entrèrent dans un canal boueux dont les brise-lames étaient flanqués de champs envahis par la végétation d'un côté et d'un sentier pavé de l'autre. À leur gauche, l'un des *vaporetti* de la ville embarquait des passagers qui attendaient à l'unique station de transport public de l'île.

« Torcello, annonça Cassiopée. Espérons que nous sommes arrivés les premiers. »

Viktor descendit du *vaporetto* suivi de Rafael.

Ils arrivaient de la place Saint-Marc après une laborieuse traversée de la lagune. Viktor s'était dit que les transports publics lui offriraient le moyen le plus discret de reconnaître la cible de ce soir. Les deux complices suivirent une foule de touristes armés de leurs appareils photo en direction des deux églises célèbres le long d'un sentier pavé qui flanquait un canal languissant. Le sentier menait à un groupe de bâtiments de pierre bas qui abritaient deux ou trois restaurants, quelques boutiques de souvenirs et une auberge. Viktor avait déjà étudié le plan de l'île et savait que Torcello était une étroite langue de terre où l'on ne trouvait que quelques champs d'artichauts et quelques résidences somptueuses. Elle devait sa renommée à deux églises anciennes et un restaurant.

Viktor et Rafael avaient pris l'avion depuis Hambourg *via* Munich. Leur incursion en Europe prenait fin avec cette étape à Venise d'où ils repartiraient pour la Fédération. Comme le lui avait ordonné la ministre suprême, Viktor devait se procurer le septième médaillon avant minuit puisqu'il était attendu à la basilique Saint-Marc à une heure du matin.

Vraiment étonnante cette visite de Zovastina à Venise.

Les événements qu'elle attendait étaient apparemment en marche.

Mais au moins, ce cambriolage ne présentait aucune difficulté.

Malone admira l'élégance architecturale du campanile de Torcello, masse de brique et de marbre ingénieusement étayée par des pilastres et des arcs. Avec ses quarante-cinq mètres de haut, le campanile avait des allures de talisman posé au beau milieu d'un terrain vague. L'ascension de la rampe d'accès qui serpentait autour du mur extérieur lui avait rappelé celle de la Tour ronde de Copenhague. Malone et Cassiopée avaient payé les six euros d'entrée et grimpé jusqu'au sommet pour pouvoir observer l'île depuis son point culminant.

Appuyé au parapet, Malone admira les arcs en plein cintre et remarqua à quel point la terre et l'eau semblaient intimement enlacées. Fuyant les marais envahis par les herbes, des aigrettes s'élançaient vers le ciel. Au loin, pas la moindre activité dans les vergers et les champs d'artichauts. Ce tableau lugubre semblait tout droit sorti d'une ville fantôme de l'Ouest américain.

Quant à la basilique, elle n'avait rien de chaleureux ni d'accueillant ; elle donnait l'impression d'une grange de fortune, comme si sa construction n'avait jamais été achevée. D'après le guide, elle avait été bâtie à la hâte par des fidèles persuadés que la fin du monde les attendait en l'an mil.

« Quelle excellente allégorie, remarqua Cassiopée. Une cathédrale de style byzantin tout près d'une église de style grec. L'Orient et l'Occident qui se côtoient. Comme à Venise elle-même. »

Devant les deux églises s'étendait une petite place envahie par les herbes folles, jadis cœur de l'activité de l'île, aujourd'hui guère plus qu'un pré. C'était le point de départ de plusieurs sentiers poussiéreux : deux ou trois menaient à un second canal, d'autres serpentaient jusqu'à des fermes éloignées. Deux autres bâtiments de pierre se dressaient sur la petite place, tous deux peu élevés, peut-être douze mètres sur six, à un étage et surmontés de toits à pignons. Ils abritaient le musée de Torcello. D'après le guide, c'étaient les anciens palais de riches marchands aujourd'hui devenus propriété de l'État.

« Le médaillon est là, au premier, expliqua Cassiopée

en désignant le bâtiment de gauche. On peut à peine appeler ça un musée. On peut y voir des fragments de mosaïques, des chapiteaux, quelques tableaux, livres et pièces de monnaie. Des pièces grecques, romaines et égyptiennes. »

Malone se tourna vers son amie qui continuait à admirer le point de vue sur l'île. Au loin se dessinait la silhouette de l'île principale dont les campaniles se dressaient vers le ciel de plus en plus sombre annonçant l'orage. « Que faisons-nous ici, Cassiopée ? »

La jeune femme ne répondit pas immédiatement. Malone lui toucha le bras. Le contact de sa main la fit frissonner, mais elle se laissa faire. Ses yeux s'embuèrent et Malone se demanda si l'atmosphère triste de Torcello rappelait à la jeune femme des souvenirs qu'il aurait mieux valu oublier.

« Il ne reste plus rien de cet endroit », murmura-t-elle.

Les deux amis étaient seuls en haut du campanile, le silence et l'indolence ambiants à peine troublés par des bruits de pas, de voix et le rire des autres visiteurs qui gravissaient les marches.

« D'Ely non plus, dit Malone.

– Il me manque », dit Cassiopée en se mordant la lèvre.

Malone devait-il voir dans cet accès de sincérité une preuve de la confiance grandissante qu'elle lui témoignait ?

« Vous n'y pouvez rien.

– Je n'en suis pas si sûre.

– Qu'avez-vous en tête ? » demanda Malone qui n'aimait pas ça.

Elle ne répondit pas et il n'insista pas. Il observa comme elle le toit de l'église, aperçut, le long de la petite allée menant du village à la petite place envahie par les herbes, quelques étals où l'on vendait de la dentelle, de la verroterie et autres souvenirs. Un groupe de touristes se dirigeait vers les églises. Parmi eux, Malone reconnut un visage.

Celui de Viktor.

« Moi aussi, je l'ai vu », dit Cassiopée.

Les touristes venaient d'atteindre le sommet du campanile et la chambre des cloches.

« Celui qui l'accompagne a crevé les pneus de la voiture d'Henrik. »

Ils virent les deux hommes se diriger droit vers le musée.

« Il faut sortir d'ici, ordonna Malone. Ils pourraient décider d'admirer la vue eux aussi. N'oubliez pas qu'ils nous croient morts.

– Comme le reste de cette île », maugréa Cassiopée.

35

Venise
15 h 20

Stéphanie sauta du bateau-taxi et s'engouffra dans le dédale de ruelles. Elle avait demandé des indications à la réception de l'hôtel et s'efforçait de les suivre du mieux possible, mais Venise n'usurpait pas sa réputation de vaste labyrinthe. Elle se trouvait au cœur du Dorsoduro, quartier calme et pittoresque connu pour son atmosphère cossue et marchait le long de ruelles étroites, grouillantes et bordées de commerces animés.

Elle aperçut la villa droit devant elle. Rigoureusement symétrique, dégageant un air de distinction déchue, sa beauté émanait du contraste plaisant entre ses murs de brique et la vigne vierge couleur émeraude qui les veinait, le tout rehaussé de bordures de marbre.

Stéphanie franchit un portail en fer forgé et frappa à la porte pour annoncer sa présence. Une femme d'un certain âge à l'air désinvolte et vêtue d'un uniforme de domestique lui répondit.

« Je viens voir monsieur Vincenti, annonça Stéphanie. Dites-lui que le président Danny Daniels lui envoie son bon souvenir. »

La domestique la jaugea d'un air curieux et Stéphanie se demanda si le nom du président des États-Unis lui disait quelque chose. Aussi, pour plus de sûreté, lui tendit-elle un morceau de papier plié. « Remettez-lui ceci. »

La femme hésita avant de refermer la porte.

Stéphanie patienta. Deux minutes plus tard, la porte se rouvrit. En plus grand cette fois. Et on l'invita à entrer.

« Présentations fascinantes », lui dit Vincenti.

Ils s'installèrent dans une pièce rectangulaire au plafond doré ; l'éclat sourd des meubles en laque patinés par les siècles venait rehausser l'élégance de la pièce. Il flottait des relents d'humidité et Stéphanie crut deviner une odeur féline mêlée au parfum citronné de l'encaustique.

« "Le président des États-Unis m'envoie", lut son hôte en soulevant le message. Je suis impressionné ! » Vincenti semblait se réjouir de l'importance qu'on lui prêtait.

« Vous êtes un homme intéressant, monsieur Vincenti. Né August Rothman, originaire du nord de l'État de New York, citoyen américain. Vous vous faites désormais appeler Enrico Vincenti. Je serais curieuse de savoir pourquoi vous avez changé de nom.

— Tout est question d'image, dit-il avec indifférence.

— Vincenti sonne beaucoup plus... européen, c'est vrai.

— J'ai beaucoup réfléchi avant de choisir ce nom-là, pour tout vous dire. Enrico m'a été inspiré par Enrico Dandolo, quarante et unième doge de Venise à la fin du XIIe siècle. Il mena la quatrième croisade qui précipita la chute de Constantinople et de l'Empire byzantin. Un homme admirable. Une légende, pourrait-on même dire.

« Quant au nom Vincenti, il m'a été inspiré par un contemporain de Dandolo, moine bénédictin et noble vénitien. Quand sa famille entière fut anéantie dans la mer Égée, il demanda à être autorisé à rompre ses vœux, ce qui lui fut accordé. Il se maria et à travers sa descendance, cinq nouvelles branches de la famille Vincenti furent fondées. C'était un homme plein de ressources. J'admire sa flexibilité.

– Et vous êtes donc devenu Enrico Vincenti, aristocrate vénitien.

– Ça sonne bien, non ?

– Vous voulez que je vous dise ce que je sais d'autre ? »

Vincenti hocha la tête.

« Vous avez soixante ans, vous êtes titulaire d'une licence de biologie de l'université de Caroline du Nord, d'une maîtrise de l'université de Duke et d'un doctorat en virologie du centre John Innes de l'université d'East Anglia, en Angleterre. À la fin de votre cursus, vous avez été recruté par une compagnie pharmaceutique pakistanaise liée au gouvernement irakien. Vous avez travaillé pour les Irakiens très tôt, alors qu'ils développaient leur premier programme d'armes bactériologiques, juste après l'accession au pouvoir de Saddam Hussein en 1979. Les opérations se déroulaient à Salman Pak au nord de Bagdad et étaient dirigées par le centre de recherches techniques qui supervisait les recherches microbiennes irakiennes. Saddam Hussein n'avait jamais ratifié la Convention d'interdiction des armes biologiques pourtant signée par l'Irak en 1972. Vous êtes resté là-bas jusqu'en 1990, juste avant que la guerre du Golfe ne tourne au désastre pour les Irakiens. C'est à ce moment-là qu'ils ont tout arrêté et que vous avez mis les voiles.

– Vous avez raison sur toute la ligne, mademoiselle Nelle ou puis-je vous appeler Stéphanie ?

– Comme vous préférez.

– D'accord, Stéphanie : pourquoi le président des États-Unis s'intéresse-t-il autant à moi ?

— Je n'avais pas terminé. »

Vincenti lui fit signe de continuer.

« Anthrax, toxine botulique, choléra, peste, ricin, salmonelle et même petite vérole : vos collègues et vous avez manipulé tous ces germes.

— Vos collaborateurs à Washington n'ont-ils pas encore compris que tout ça n'est que pure fiction ?

— Peut-être en 2003 quand Bush a envahi l'Irak, mais ce n'était certainement pas le cas en 1990. Tout ça était vrai à l'époque. Personnellement, j'ai toujours eu une faiblesse pour la variole du chameau. Et vous, bande de salauds, trouviez que c'était l'arme idéale. Moins dangereuse à manipuler dans un laboratoire que la variole, elle faisait une excellente arme ethnique puisque les Irakiens étaient en général immunisés après avoir côtoyé ces animaux pendant des siècles. Mais pour les Occidentaux et les Israéliens, c'était une tout autre histoire. Une zoonose mortelle.

— Encore de la fiction, répéta Vincenti et Stéphanie se demanda combien de fois il avait répété le même mensonge avec la même conviction.

— Les documents, les photos et les témoins étaient trop nombreux pour que cette couverture puisse fonctionner. C'est pour cela que vous avez fui l'Irak après 1990.

— Allons, soyez sérieuse, Stéphanie. Personne dans les années quatre-vingt ne prenait les armes biologiques pour des armes de destruction massive. Washington se fichait royalement de tout ça. Saddam, lui au moins, avait compris le potentiel de ce type d'armes.

— Nous savons aujourd'hui qu'elles représentent une menace réelle. En fait, au dire de certains, la première guerre biologique n'aura rien d'un cataclysme. Il s'agira d'un conflit régional d'intensité limitée. Un État voyou attaquera son voisin. Impossible de compter sur un consensus moral global. Il faudra faire face à la haine au niveau local et à un massacre aveugle, très proche de la guerre Iran-Irak des années quatre-vingt à l'occasion de laquelle certains de vos microbes ont été testés sur la population.

— Intéressante votre théorie, mais c'est à votre président de gérer ce problème, non ? En quoi cela me concerne-t-il ? »

Stéphanie décida de changer de tactique. « Votre compagnie, Philogen pharmaceutique, est une véritable réussite. Vous détenez personnellement deux millions quatre cent mille parts, ce qui représente environ quarante-deux pour cent de la compagnie et fait de vous le principal actionnaire. Il s'agit d'un conglomérat impressionnant dont le capital est légèrement inférieur à dix milliards d'euros et qui possède des filiales dans l'industrie des cosmétiques, des produits de toilette, du savon, des surgelés et même une chaîne de grands magasins européens. Vous avez fait l'acquisition de la compagnie il y a quinze ans pour une bouchée de pain...

— Je suis sûr que vos recherches vous ont appris qu'elle était presque en faillite à l'époque.

— Ce qui m'oblige à vous poser la question : comment et pourquoi avez-vous réussi à la fois à la racheter et à la sauver ?

— Vous avez déjà entendu parler des offres publiques d'achat ? Des actionnaires ont décidé d'investir.

— Pas vraiment, non. C'est vous qui avez mis sur la table la majeure partie des capitaux de départ. Environ quarante millions de dollars d'après nos estimations. Vous avez amassé un joli pécule en travaillant pour un État voyou.

— Les Irakiens étaient généreux. Ils avaient aussi un admirable système de protection sociale assorti d'un merveilleux système de retraite.

— Dont vous avez été nombreux à profiter. Nous surveillions les activités de nombreux microbiologistes clés à l'époque. Vous étiez l'un d'entre eux.

— Où voulez-vous en venir ?

— Vous êtes un homme d'affaires accompli. À tous les points de vue, un excellent entrepreneur, mais vous avez trop diversifié vos activités. Les dettes que vous avez accumulées grèvent le budget de la compagnie, ce qui ne vous empêche pas de continuer à investir. »

Le topo d'Edwin Davis était très complet.

« Daniels cherche à investir ? Il doit lui rester trois années de mandat, c'est ça ? Dites-lui que je peux lui réserver une place au conseil d'administration de ma compagnie. »

Elle lui lança le décadrachme de Poros qu'il rattrapa avec une vivacité étonnante.

« Vous savez ce que c'est ?

— On dirait un guerrier luttant contre un éléphant, dit-il en examinant le décadrachme. Et sur l'autre face, un guerrier tenant une lance. L'histoire n'est pas mon point fort, je le crains.

— Votre point fort, ce sont les microbes », rétorqua Stéphanie.

Le regard que Vincenti lui lança valait confirmation.

« Quand les inspecteurs des Nations unies vous ont interrogé après la première guerre du Golfe au sujet du programme d'armes biologiques irakien, vous leur avez affirmé qu'aucune arme n'avait été mise au point. De nombreuses recherches avaient été menées, mais l'entreprise avait bénéficié de fonds insuffisants et d'une gestion déplorable.

— Toutes ces toxines dont vous avez parlé sont volumineuses, difficiles à entreposer, encombrantes et pratiquement impossibles à contrôler. Pas pratiques comme armes. Je disais vrai.

— Des gens intelligents dans votre genre peuvent surmonter ce genre de problème.

— Je ne suis pas doué à ce point.

— C'est aussi mon avis, mais d'autres ne le partagent pas.

— Ne les écoutez pas.

— Il ne vous a fallu que trois ans après votre départ d'Irak pour mettre en route Philogen pharmaceutique et devenir membre de la Ligue vénitienne, dit Stéphanie en dévisageant Vincenti. Il y a un prix à payer pour devenir membre de ce club. Je me suis laissé dire qu'il était assez élevé.

— Il n'est pas illégal pour des hommes et des femmes qui apprécient la compagnie les uns des autres de se réunir.

— On est loin du Rotary Club.

— Nous avons un but et des adhérents de valeur. Nous nous consacrons pleinement à notre mission, exactement comme n'importe quel autre club philanthropique au monde.

— Vous n'avez toujours pas répondu à ma question, cela dit. Avez-vous déjà vu l'une de ces pièces ?

— Jamais », répondit-il en la lui rendant.

Elle s'efforça de savoir ce que pensait cet homme dont la corpulence lui donnait une certaine autorité et dont l'air était aussi trompeur que la voix. On le disait médiocre virologue, n'ayant guère brillé pendant ses études, mais doué pour les affaires. Il était peut-être également responsable de la mort de Naomi Johns.

Il fallait en avoir le cœur net.

« Vous n'êtes pas aussi malin que vous le pensez.

– Cet entretien commence à m'ennuyer, rétorqua Vincenti en repoussant une mèche rebelle.

– Si Naomi est morte, j'aurai votre peau. »

Il eut l'air de mettre en balance le peu de vérité qu'il pouvait partager et le mensonge qu'elle ne supporterait pas.

« Avons-nous terminé ? demanda-t-il sans se départir de sa politesse.

– À vrai dire, nous ne faisons que commencer. Sur la face de cette pièce, dissimulées dans les plis de la tunique du guerrier, ont été gravées des lettres microscopiques. C'est incroyable de penser que les Anciens étaient capables de ce genre de prouesse, mais j'ai vérifié auprès d'experts et c'était bien le cas. Les lettres jouaient le rôle de filigranes, de mécanismes de sécurité. Il y en a deux gravées sur cette pièce-ci : ZH, *Dzêta Êta*. Ça vous rappelle quelque chose ?

– Absolument rien. »

Mais Stéphanie surprit une lueur d'intérêt dans son regard. Ou était-ce de la surprise ? Il avait été choqué l'espace d'une nanoseconde.

« J'ai pris l'avis d'experts en grec ancien et d'après eux ZH signifie "la vie". Vous ne trouvez pas intéressant que l'on ait pris la peine de graver des lettres minuscules pour transmettre un message que pratiquement personne n'aurait pu lire à l'époque ? Les verres grossissants étaient pratiquement inconnus en ce temps-là.

– Cela ne m'intéresse nullement. »

Vincenti attendit cinq bonnes minutes après le départ de Stéphanie Nelle. Il s'installa au calme dans le salon et laissa le silence, à peine troublé par le bruissement de plumes et le claquement de becs de ses canaris, soulager son angoisse. Le palais avait jadis été la propriété d'un bon vivant aux goûts raffinés qui, plusieurs siècles plus tôt, en avait fait l'un des endroits incontournables de la vie littéraire vénitienne. Un autre de ses propriétaires avait tiré parti du Grand Canal pour transformer la demeure en maison funéraire ; le salon où était assis Vincenti servait de salle d'autopsie et de chambre mortuaire. Par la suite, des contrebandiers s'étaient servis du palais pour revendre leur marchandise, faisant délibérément planer autour de ses murs de sinistres légendes afin de décourager les curieux.

Vincenti aurait voulu vivre à cette époque.

La visite de Stéphanie Nelle, employée du ministère de la Justice américain, soi-disant ambassadrice du président des États-Unis, l'avait secoué.

Mais pas à cause de ce que les Américains pouvaient savoir de son passé car tout cela n'aurait bientôt plus aucune importance ni à cause de ce qui avait pu arriver à l'agent envoyée pour l'espionner puisqu'elle était morte et enterrée et que l'on ne retrouverait jamais son corps. Non. Il avait l'estomac serré à cause des lettres gravées sur la pièce.

ZH.

Dzêta. Êta.

La vie.

« Vous pouvez entrer maintenant », s'écria-t-il.

Peter O'Conner entra dans la pièce ; il avait assisté à la conversation, caché dans le salon voisin. L'un des nombreux chats de Vincenti en profita lui aussi pour se faufiler dans le salon.

« Qu'en pensez-vous ? voulut savoir Vincenti.

— C'est un messager qui a pesé ses mots avec soin.

— Le médaillon qu'elle m'a montré ressemble exactement à ceux que recherche Zovastina. Il correspond à la description que j'ai lue hier dans les documents que vous m'avez remis à l'hôtel. » Cependant, Vincenti ignorait toujours pourquoi ces médaillons avaient une telle importance.

« Il y a du nouveau. Zovastina vient à Venise. Ce soir.

— En visite officielle ? Je n'en ai pas entendu parler.

— Cela n'a rien d'officiel. Visite éclair ce soir. Voyage à bord d'un jet privé. Le Vatican a pris des dispositions spéciales auprès des services de douanes italiens. Une source m'a appelé pour me l'annoncer. »

Maintenant, il en était sûr. Il se passait bien quelque chose et Zovastina avait plusieurs longueurs d'avance sur lui. « Il faut que nous sachions à quelle heure elle arrive et où elle se rend.

— Je suis déjà sur le coup. Nous serons prêts. »

Il était temps qu'il agisse lui aussi. « Tout est prêt à Samarcande ?

— Vous n'avez qu'un mot à dire. »

Vincenti décida de profiter de l'absence de son ennemie. Inutile d'attendre jusqu'au week-end. « Affrétez le jet. Nous partons dans moins d'une heure, mais pendant notre absence, assurez-vous que nous soyons mis au courant de ce que la ministre suprême vient faire ici. »

O'Conner hocha la tête.

Et maintenant, il pouvait passer à ce qui l'inquiétait vraiment. « Encore une chose. J'ai besoin d'envoyer un message à Washington. Un message clair. Faites disparaître Stéphanie Nelle et récupérez le médaillon. »

36

17 h 50

Malone dégustait son assiette de pâtes aux épinards parsemées de fromage et de jambon. Viktor et son comparse avaient quitté l'île une heure plus tôt après avoir passé vingt minutes dans le musée et avoir inspecté les environs de la basilique, surtout le jardin entre l'église et le canal Borgognoni, une étendue d'eau à l'allure de rivière qui séparait Torcello de l'île voisine envahie par les herbes folles. Cassiopée et lui les avaient surveillés, postés à divers endroits. Viktor n'avait semblé rien remarquer, certainement concentré sur la tâche qui l'attendait, rassuré par son anonymat.

Une fois que Viktor et son complice avaient quitté l'île à bord du *vaporetto*, Cassiopée et Malone avaient regagné le village. L'un des vendeurs de souvenirs leur avait indiqué que le restaurant de Torcello, Locanda Cipriani, existait depuis des décennies et passait pour l'un des plus célèbres de Venise. Les clients faisaient le déplacement en bateau tous les soirs pour profiter de l'ambiance qui y régnait. Dans la salle aux poutres apparentes, aux murs de brique en terre cuite décorés de bas-reliefs impressionnants, était exposée une galerie de portraits parmi lesquels on reconnaissait Hemingway, Picasso, la princesse Diana et le prince Charles, Churchill, d'innombrables acteurs et artistes, personnalisés par un petit mot de remerciement.

Les deux amis étaient installés dans le jardin, sous une pergola de roses au doux parfum, à l'ombre des deux églises et du campanile. Des grenadiers en fleur complétaient le décor de leur paisible oasis. Il fallait bien admettre que le repas était excellent. Même Cassiopée semblait avoir faim. Ils n'avaient rien avalé depuis le petit déjeuner pris à Copenhague.

« Ils reviendront à la nuit tombée, annonça Cassiopée calmement.

— Encore un feu de joie en perspective ?

— C'est leur manière de fonctionner, apparemment, même si ce n'est pas nécessaire. Cette pièce ne manquera à personne. »

Après le départ de Viktor, ils s'étaient aventurés dans le musée. Cassiopée avait raison, il ne renfermait pas grand-chose. De petits objets, des fragments de colonnes, de chapiteaux, de mosaïques et quelques tableaux. Au premier, dans deux vitrines branlantes, étaient exposés des tessons de poterie, des bijoux et d'anciens ustensiles de cuisine censés avoir été découverts à Torcello et alentour. Le décadrachme de Poros était exposé dans l'une des vitrines parmi diverses pièces. Malone avait remarqué que le bâtiment n'était protégé par aucun système de sécurité ni d'alarme et l'unique préoccupation de la seule employée, une femme corpulente vêtue d'une robe blanche toute simple, était d'interdire aux visiteurs de prendre des photos.

« Je vais tuer cette espèce de salaud », maugréa Cassiopée.

Cette déclaration ne surprit pas Malone. Il avait senti la colère dévorer la jeune femme lorsqu'ils se trouvaient en haut du campanile. « Vous pensez qu'Irina Zovastina a ordonné l'assassinat d'Ely, c'est ça ? »

Cassiopée avait cessé de manger.

« Vous avez des preuves, outre le fait que sa maison ait été réduite en cendres ?

– Elle en est responsable, j'en suis sûre.

– Vous ne savez que dalle en fait. »

Cassiopée restait immobile. Au loin, la nuit commençait à tomber. « J'en sais suffisamment.

– Cassiopée, vous tirez des conclusions hâtives. L'incendie est suspect, je suis d'accord, mais si elle l'a commandité, vous devez savoir pourquoi.

– Quand Gary a été menacé, qu'avez-vous fait ?

– Je l'ai ramené sain et sauf. »

Cassiopée savait qu'il avait raison. Première règle d'une mission : ne jamais perdre le but de vue.

« Je n'ai pas besoin de vos conseils.

– Ce dont vous avez besoin, c'est de réfléchir.

– Cotton, les enjeux sont plus importants que vous ne le pensez.

– Voilà qui est nouveau.

– Rentrez chez vous. Laissez-moi tranquille.

– Impossible. »

Le vibreur de son téléphone portable le fit sursauter. « C'est Henrik, dit-il en lisant le numéro affiché sur l'écran.

– Cotton, le président Daniels vient de m'appeler.

– Je suis sûr que vous avez eu une conversation intéressante.

– Stéphanie est à Venise où elle devait rencontrer un certain Enrico Vincenti. Le président est inquiet : elle ne donne plus signe de vie.

– Pourquoi vous a-t-il contacté, vous ?

— C'est vous qu'il cherchait, même si j'ai senti qu'il vous savait déjà sur place.

— Ce n'est pas difficile à vérifier puisque nos passeports ont été scannés à l'aéroport. Du moment que vous savez dans quel pays vérifier.

— Apparemment, il savait où chercher.

— Pourquoi Stéphanie a-t-elle été envoyée ici ?

— D'après Daniels, ce Vincenti est lié à Irina Zovastina. J'ai entendu parler de cet individu, il est dangereux. Daniels m'a également appris qu'un autre agent dépêché ici est porté disparu depuis plus d'une journée et présumé mort. Vous la connaissiez. Naomi Johns. »

Malone serra les paupières. Naomi et lui avaient intégré l'unité Magellan ensemble et avaient fait partie de la même équipe à l'occasion de plusieurs missions. C'était un bon agent et une amie formidable. C'était ça le problème avec son ancienne profession : les employés étaient rarement licenciés. Ils démissionnaient, partaient à la retraite ou mouraient. Malone ne comptait plus les obsèques auxquelles il avait assisté.

« Vincenti est impliqué dans cette affaire ?

— Daniels semble le croire, oui.

— Parlez-moi de Stéphanie.

— Elle est descendue à l'hôtel Monte-Carlo Saint-Marc, à un pâté de maisons au nord de la place Saint-Marc, dans la Calle degli Specchieri.

— Pourquoi ne pas envoyer un des agents des services secrets ?

— Naomi Johns était leur agent sur place. Il n'y avait personne d'autre sur les lieux. Daniels espérait que je pourrais vous contacter pour vous demander de vérifier comment allait Stéphanie. C'est possible ?

— Je m'en occupe.

– Comment ça se passe de votre côté ?

– Pas très bien, répondit Malone en lançant un coup d'œil à Cassiopée.

– Dites à Cassiopée que le paquet qu'elle a commandé sera bientôt livré.

– Vous avez contacté Henrik ? demanda Malone en raccrochant.

– Il y a trois heures, après avoir repéré nos voleurs. »

Les deux amis étaient partis en reconnaissance des musées séparément.

« Stéphanie est à Venise et a peut-être des ennuis. Il faut que j'aille vérifier.

– Je peux me débrouiller seule ici. »

Malone en doutait.

« Ils attendront que la nuit tombe avant de revenir, répéta Cassiopée. Je me suis renseignée : il n'y a personne ici la nuit à part les clients du restaurant qui ferme à vingt et une heures. Le dernier *vaporetto* part à vingt-deux heures. Passé cette heure, l'île est déserte. »

Un serveur leur apporta un coffret argenté entouré d'un ruban rouge ainsi qu'un sac en toile de près d'un mètre de long lui aussi décoré d'un nœud en expliquant qu'un bateau-taxi venait de livrer les deux paquets quelques minutes plus tôt. Malone lui donna deux euros de pourboire.

Cassiopée ouvrit le coffret, jeta un regard à l'intérieur avant de le passer à Malone. Il découvrit deux pistolets automatiques et des chargeurs de rechange.

« Et ça ? demanda-t-il en désignant le sac.

– Une surprise pour nos voleurs. »

Malone n'aimait pas ce genre de sous-entendus.

« Allez voir comment va Stéphanie, conseilla Cassiopée. Viktor a rendez-vous avec un fantôme. »

37

21 h 40

Conformément aux indications de Thorvaldsen, Malone trouva l'hôtel Monte-Carlo à trente mètres au nord de la basilique, niché dans une ruelle qui tenait plus du couloir bordé de boutiques et de cafés grouillant de monde. Se faufilant à travers la foule des badauds, Malone gagna l'entrée et pénétra dans le hall où un homme de type oriental vêtu d'une chemise blanche, d'une cravate et d'un pantalon noir, attendait au comptoir.

« *Prego*, vous parlez français ?

– Bien sûr, répondit le réceptionniste en souriant.

– Je cherche Stéphanie Nelle, une Américaine descendue dans votre hôtel. Quel est le numéro de sa chambre ? demanda Malone en voyant que le réceptionniste avait tout de suite compris de qui il parlait.

– Deux cent dix », annonça l'homme en vérifiant les clés suspendues derrière lui.

Malone se dirigea vers l'escalier en marbre.

« Elle n'est pas dans sa chambre. »

Malone se retourna.

« Elle est sortie sur la place il y a quelques minutes. Pour s'acheter une glace. Elle vient de déposer sa clé », dit l'homme en brandissant une clé en bronze sur laquelle était gravé le numéro de la chambre.

On s'y prenait vraiment différemment en Europe pour se procurer des renseignements. Ce qu'il venait d'apprendre lui aurait coûté au moins cent dollars aux États-Unis. Cela dit, cette histoire ne présageait rien de bon. Selon Thorvaldsen, Washington avait perdu le contact avec Stéphanie, mais manifestement, elle se trouvait à l'hôtel quelques minutes plus tôt et, à l'instar de tous les agents de l'unité Magellan, elle disposait d'un téléphone satellite.

Elle venait de quitter l'hôtel le plus simplement du monde pour aller s'acheter une glace...

« Vous avez une idée d'où elle a pu aller ?

– Je lui ai indiqué la galerie devant la basilique. On y trouve d'exquises douceurs. »

Lui aussi aimait les glaces, alors pourquoi pas ?

Ils en mangeraient une chacun.

Cassiopée se posta près de l'endroit où les eaux boueuses du canal venaient se déverser dans la lagune, près de la gare maritime de Torcello. Si son instinct ne lui jouait pas de tour, Viktor et son complice seraient de retour ici d'ici deux ou trois heures.

L'obscurité enveloppait l'île.

Seul le restaurant où Malone et elle avaient dîné restait ouvert, mais la jeune femme savait qu'il fermerait ses portes d'ici une demi-heure. Elle avait aussi vérifié les deux églises et le musée : ils étaient verrouillés et tous les employés avaient quitté Torcello à bord d'un *vaporetto* une heure plus tôt.

À travers le voile de brume de plus en plus épais, elle

aperçut des bateaux qui sillonnaient la lagune, confinés à des couloirs bien délimités qui tenaient lieu de routes dans les eaux peu profondes. Elle s'apprêtait à franchir les limites de la morale pour la première fois de sa vie. Il lui était déjà arrivé de tuer, mais seulement parce qu'elle y était obligée. Cette fois, c'était différent. Elle était complètement insensible et cela l'effrayait.

Mais elle avait une dette envers Ely.

Elle pensait à lui tous les jours.

En particulier à leur séjour dans les montagnes.

Cassiopée admirait la masse rocheuse qui dévalait en pentes escarpées, pour se jeter dans des ravins, des gorges et des précipices profonds. Constamment nimbée d'un voile de brume et survolée par des aigles, la chaîne du Pamir était le théâtre permanent d'orages et de tremblements de terre violents. C'était un lieu désolé et reculé. Seul un aboiement sauvage venait déchirer le silence.

« Cet endroit te plaît, n'est-ce pas ?

– C'est toi qui me plais. »

Ely avait souri. Large d'épaules, le visage rond et intelligent, le regard malicieux, il approchait la quarantaine. Il faisait partie de ces rares hommes qui lui donnaient l'impression qu'elle n'était pas à la hauteur du point de vue intellectuel, et elle adorait ça. Il lui avait tant appris.

« Avoir l'occasion de venir ici est l'un des grands avantages de mon travail », avait remarqué Ely.

Il lui avait déjà parlé de son refuge dans les montagnes à l'est de Samarcande, près de la frontière chinoise, mais c'était sa première visite. La cabane de trois pièces construite avec d'épais troncs d'arbres se nichait dans la forêt à l'écart de la route principale, à environ deux mille mètres au-dessus du niveau de la mer. Une courte marche à travers bois les avait conduits jusqu'à ce promontoire qui offrait un panorama spectaculaire sur les montagnes

« La cabane est à toi ?

– Elle appartient à la veuve d'un commerçant du village. Elle a proposé de me la louer l'année dernière quand je suis venu visiter la région. Le loyer que je lui verse l'aide à vivre et moi, je profite de tout ça. »

Elle aimait son caractère calme. Il n'élevait jamais la voix, ne proférait jamais d'injures. C'était un homme simple, passionné d'histoire. « As-tu trouvé ce que tu cherchais ?

– Ici ? avait-il demandé en désignant les rochers et la terre magenta.

– En Asie. »

Il avait réfléchi sérieusement à la question de la jeune femme. Elle lui avait accordé ce luxe en regardant la neige fondre au loin, sur le versant d'une montagne.

« Oui, je crois.

– Et quel est le résultat ?

– Je t'ai rencontrée. »

La flatterie ne marchait jamais avec elle, même si les hommes ne s'en privaient pas. Mais avec Ely, c'était différent. « Et à part ça?

– J'ai appris que le passé ne meurt jamais.

– Tu peux en parler ? »

L'aboiement s'était tu, remplacé par le faible murmure d'un ruisseau coulant au loin.

« Pas maintenant, avait-il répondu.

– Quand tu seras prêt, n'hésite pas », avait ajouté Cassiopée en l'enlaçant pour le serrer contre elle.

Ses yeux s'embuèrent à ce souvenir. Ely était exceptionnel à plus d'un titre. L'annonce de sa mort l'avait stupéfiée, comme celle de son père ou de sa mère, victime d'un cancer ignoré de tous. C'était trop pénible, toute cette souffrance.

Elle aperçut la lumière de deux phares qui approchaient, ceux d'un bateau se dirigeant droit vers Torcello. Deux bateaux-taxis avaient déjà fait l'aller-retour avec à leur bord des clients du restaurant.

C'en était peut-être un autre.

Elle avait dit la vérité à Malone. Ely avait été assassiné. Elle ne possédait aucune preuve, juste son instinct. Il ne l'avait jamais trahie. Thorvaldsen, que Dieu le bénisse, avait senti qu'elle avait besoin d'aller jusqu'au bout de cette histoire et lui avait fait parvenir sans discussion le sac de toile qu'elle serrait sur son cœur et le pistolet niché contre sa taille. Elle détestait Irina Zovastina, Viktor et tous ceux qui l'avaient conduite jusqu'ici.

Le bruit du moteur faiblit, le bateau ralentit.

La vedette était semblable à celle que Malone et elle avaient louée. Elle se dirigea droit vers l'entrée du canal et, lorsqu'elle se rapprocha, à la lumière ambrée qui brillait à la proue, ce n'est pas un inconnu que Cassiopée aperçut, mais bien Viktor.

Il était en avance.

Ce qui convenait parfaitement à la jeune femme.

Elle voulait gérer cette affaire sans le concours de Malone.

Stéphanie traversa la place Saint-Marc au-dessus de laquelle les grands colifichets dorés ornant la basilique brillaient dans la nuit. Les chaises et les tables étaient alignées en rangées symétriques entre les arcades et le centre de la célèbre place. Deux orchestres à cordes cohabitaient dans une joyeuse cacophonie. La cohue habituelle de touristes, de guides, de vendeurs, de mendiants et de rabatteurs semblait moins grouillante que d'habitude grâce au temps qui se couvrait.

Stéphanie passa devant les célèbres mats en bronze et l'impressionnant campanile, fermé pour la nuit. Une odeur de poisson et de poivron avec une pointe de clou de girofle lui titilla les narines. De sombres flaques de lumière enveloppaient la place d'une teinte dorée. Les pigeons, présence envahissante pendant la journée, avaient disparu. À n'importe quel autre moment, le décor aurait été romantique.

Mais elle se tenait sur ses gardes.

Elle était prête.

Malone tenta de repérer Stéphanie dans la foule au moment où les cloches du campanile égrenaient les dix coups annonçant vingt-deux heures. Des tourbillons d'air humide balayaient la place, poussés par un vent venu du sud. Malone ne regrettait pas d'avoir emporté une veste sous laquelle il cachait l'un des pistolets fournis à Cassiopée par Thorvaldsen.

La basilique, inondée de lumière, dominait un côté de la place, un musée se dressait de l'autre, leurs façades de pierre patinées par des années de gloire et de splendeur. Les visiteurs allaient et venaient sous les longues arcades, pour beaucoup, à la recherche de trésors dans les vitrines des boutiques. Les trattorias, cafés et étals des glaciers, protégés du mauvais temps par les arcades, faisaient tous de bonnes affaires.

Malone balaya la place du regard. Mesurant environ cent quatre-vingts mètres de long sur quatre-vingt-dix de large, elle était bordée sur trois côtés d'une rangée ininterrompue de monuments somptueux qui semblaient composer un seul et vaste palais de marbre. À travers une haie de parapluies qui dansaient à l'autre bout de la place, il remarqua Stéphanie qui se dirigeait d'un bon pas vers le sud des arcades.

Malone se trouvait sous l'arcade nord qui, sur sa droite, semblait s'étirer sans fin entre la basilique et le musée tout au fond.

Parmi la foule, il remarqua un homme.

Il était seul, vêtu d'un imperméable vert olive, les mains dans les poches. Quelque chose dans sa façon de marcher en s'arrêtant le long de l'arcade, le pas hésitant, concentré sur ce qui se passait sur la place, attira l'attention de Malone.

Il décida de profiter de son anonymat pour s'approcher de l'inconnu. Il continua à surveiller Stéphanie d'un œil et l'homme à l'imperméable vert de l'autre. Il ne lui fallut qu'un instant pour déterminer que l'inconnu s'intéressait effectivement à elle.

C'est là qu'il remarqua une autre source d'ennuis : au bout de l'arcade, un homme en manteau beige surveillait également la place.

Deux prétendants pour Stéphanie.

Il continua à avancer, à l'affût du moindre bruit de conversation, du moindre rire, parfum ou claquement de talons. Les deux hommes se retrouvèrent avant d'abandonner leur position, prirent à gauche, se hâtèrent de gagner l'arcade sous laquelle venait juste de pénétrer Stéphanie.

Malone tourna à gauche et traversa la place sous la bruine.

Les deux hommes avançaient parallèlement à lui, leurs silhouettes se détachant à la lumière qui brillait entre chaque arcade. Les accords grêles d'un orchestre couvraient les bruits ambiants.

Malone ralentit et se faufila dans un dédale de tables inoccupées à cause du temps peu clément. Sous l'arcade, Stéphanie examinait le contenu de la vitrine réfrigérée d'un glacier.

Les deux hommes débouchèrent au coin de l'arcade à une trentaine de mètres d'elle.

« La glace aux pépites de chocolat est excellente, déclara-t-il en s'approchant de son ex-patronne.

– Cotton, que diable... s'exclama-t-elle, ébahie.

– Pas le temps de vous expliquer. Nous avons de la compagnie, derrière moi, ils se dirigent vers nous. »

Stéphanie jeta un coup d'œil par-dessus son épaule.

Malone se retourna.

Les inconnus dégainèrent leurs armes. Malone poussa Stéphanie vers la place et ils quittèrent les arcades à la hâte. Malone empoigna son revolver et se tint prêt à en faire usage, mais Stéphanie et lui étaient piégés : une place grande comme un terrain de football s'ouvrait devant eux. Ils n'avaient nulle part où se réfugier.

« Cotton, je maîtrise la situation », indiqua Stéphanie. Malone la dévisagea en espérant de tout son cœur qu'elle disait vrai.

À la barre de la vedette, Viktor s'engagea prudemment dans l'étroit canal et passa sous la voûte d'un pont branlant. Il n'avait pas prévu de s'amarrer au bout du canal près du restaurant, il voulait simplement s'assurer que le village était désert. Il se réjouissait du temps pluvieux ; un orage comme il s'en produisait souvent en Italie était arrivé de la mer avec son cortège d'averses passagères, plus pénibles qu'agréables, mais qui leur offrait une excellente couverture.

Rafael surveillait les berges plongées dans l'obscurité. La marée avait eu lieu deux heures plus tôt, ce qui leur permettrait d'accoster plus aisément. Il avait repéré l'endroit tout à l'heure : près de la basilique, les eaux stagnantes d'un canal perçaient une large tranchée à travers toute l'île. Ils aborderaient sans difficulté le quai bétonné près de la basilique.

Le village se trouvait droit devant eux.

L'obscurité et le silence régnaient. Aucun bateau en vue.

Ils venaient de l'entrepôt que Zovastina leur avait indiqué. Fidèle à sa promesse, la ministre suprême avait tout prévu. Un stock de feu grégeois, d'armes et de munitions les y attendait. Cependant, l'incendie du musée qu'il s'apprêtait à commettre laissait Viktor perplexe. Cela semblait inutile, mais Zovastina avait été claire : il ne devait rester aucune trace.

« Tout à l'air en ordre », annonça Rafael.

Viktor était du même avis.

Il mit le moteur au point mort avant de faire machine arrière.

Cassiopée sourit. Elle avait raison. Ils n'étaient pas assez bêtes pour accoster au village. Ils avaient volontairement procédé à la reconnaissance du canal qui jouxtait la basilique où ils comptaient accoster.

Elle vit la silhouette du bateau pivoter à cent quatre-vingts degrés pour sortir du canal. Elle chargea le pistolet fourni par Henrik puis, agrippant l'arme et le sac en toile, sortit de sa cachette sans quitter l'eau des yeux.

Viktor et son complice entrèrent dans la lagune.

Le moteur vrombit.

Le bateau tourna à droite pour contourner l'île.

Cassiopée s'élança vers l'église dans l'humidité nocturne ; elle avait un arrêt à faire en chemin.

38

Stéphanie était déconcertée par la présence de Malone. Une seule personne savait où la trouver. Mais ce n'était pas le moment de s'attarder.

« Allez-y », souffla-t-elle dans le micro épinglé au revers de sa veste.

Trois coups de feu résonnèrent à travers la place et l'un des inconnus s'effondra. Malone et Stéphanie se plaquèrent contre les pavés humides alors que l'autre homme armé se mettait à couvert. Malone eut une réaction digne de l'agent qu'il avait été autrefois et roula jusqu'à l'arcade en tirant deux coups de feu pour essayer de repousser l'agresseur vers la place.

Un vent de panique souffla sur la place Saint-Marc et la foule se dispersa à la hâte.

Malone se releva et se réfugia derrière une des arcades humides. L'agresseur se trouvait à une quinzaine de mètres de lui, pris entre Malone et le tireur d'élite posté sur le bâtiment au nord de la place conformément aux ordres de Stéphanie.

« Ça vous dérangerait de m'expliquer ce qui se passe ? l'interrogea Malone sans quitter l'inconnu des yeux.

— Vous connaissez le concept d'appât ?

– Oui, et c'est pas de la tarte d'être suspendu au bout de l'hameçon, croyez-moi.

– J'ai des hommes postés sur la place.

– Ils sont invisibles ou quoi ? » demanda Malone en risquant un coup d'œil.

Stéphanie fit de même. Personne ne venait les rejoindre. Les badauds couraient vers la basilique. Stéphanie sentit une colère familière monter en elle.

« La police sera sur les lieux d'ici quelques secondes », remarqua Malone.

Ce qui pourrait s'avérer problématique. Les agents de l'unité Magellan avaient pour consigne de ne pas impliquer les autorités locales. Habituellement, elles ne leur étaient d'aucune aide et se montraient parfois même hostiles, Stéphanie en avait fait l'expérience directe à Amsterdam.

« Il quitte sa cachette, observa Malone en s'élançant vers l'inconnu.

– Abandonnez votre position », ordonna Stéphanie à son agent tout en emboîtant le pas de Malone.

Malone se dirigeait vers une ruelle qui reliait la galerie aux rues sombres de Venise. Au bout de la ruelle, un pont enjambait l'un des canaux.

Malone le traversa en courant.

Il poursuivit sa course. Des boutiques fermées bordaient les deux côtés de la venelle ridiculement étroite qui décrivait un angle droit. Quelques piétons tournèrent le coin de la venelle. Malone ralentit et dissimula son arme sous sa veste, doigt sur la gâchette.

Il s'arrêta à l'angle de la rue suivante, profitant de la lueur qui brillait dans une vitrine humide. Tout en avalant des bouffées d'air chaud et lourd, il risqua un coup d'œil prudent dans la ruelle.

Une balle le frôla et vint ricocher sur le mur en pierre.

Stéphanie le rejoignit.

« C'est de la folie, non ? demanda-t-elle.

– Je ne sais pas. C'est vous qui avez organisé cette petite sauterie. »

Malone risqua un autre coup d'œil.

Rien.

Il abandonna sa position et parcourut au pas de course une dizaine de mètres pour gagner le coin de la ruelle suivante. En jetant un coup d'œil, il aperçut d'autres boutiques closes, des ombres épaisses et une obscurité brumeuse qui aurait pu dissimuler pratiquement n'importe quoi.

Stéphanie approcha, arme au poing.

« Voyez donc ça. Le parfait petit agent de terrain ! Vous êtes armée, maintenant ?

– Ce pistolet m'a pas mal servi ces derniers temps. »

Malone non plus n'aurait pu se passer du sien, mais elle avait raison. « C'est de la folie. Nous allons nous faire tirer dessus ou nous faire arrêter si nous continuons. Que faites-vous ici, Stéphanie ?

– J'étais sur le point de vous poser la même question. Moi, je fais mon boulot. Vous, vous êtes libraire. Pourquoi Danny Daniels vous a-t-il envoyé ici ?

– Il a dit avoir perdu le contact avec vous.

– Personne n'a tenté de me joindre.

– Notre président veut me mêler à cette affaire, on dirait, mais il n'a pas eu la courtoisie de me le demander. »

Des cris retentirent derrière eux en provenance de la place.

Mais pour Malone la principale source d'inquiétude, c'était ce qui se passait à Torcello. « Mon bateau est amarré sur l'embarcadère, juste derrière la place Saint-Marc. Nous devrions le retrouver en prenant par là, indiqua-t-il en désignant une ruelle.

– Où allons-nous ?

– Aider quelqu'un qui en a encore plus besoin que vous. »

Viktor arrêta le moteur et accosta doucement. Rafael et lui s'engouffrèrent dans un décor tout en nuances de gris ardoise, vert terne et bleu pâle. La silhouette massive de la basilique se dressait à trente mètres de là, juste derrière une parcelle biscornue où l'on devinait les ombres d'herbes folles, sans doute un jardin ou un verger. Rafael sortit de la cabine arrière avec deux sacs sur les épaules. « Huit paquets et une tortue devraient suffire, observa-t-il. En mettant le feu au rez-de-chaussée, le reste flambera facilement. »

Rafael avait une connaissance intime de l'antique potion et Viktor avait appris à s'en remettre à son expertise. Rafael posa doucement les sacs pour retourner dans la cabine dont il ressortit avec une tortue robotisée.

« Il est chargé et prêt à l'emploi.

– Pourquoi en parler au masculin ?

– Je ne sais pas, ça semble approprié.

– Nous avons besoin de repos, dit Viktor, amusé.

— Quelques jours de repos seraient les bienvenus. Peut-être que la ministre nous les octroiera, en récompense.
— La ministre ne croit pas aux récompenses, s'exclama Viktor en riant.
— Quelques jours aux Maldives seraient formidables, continua Rafael en ajustant les bretelles des deux sacs. Allongés sur la plage. L'eau chaude.
— Arrête de rêver, ce n'est pas près d'arriver.
— Il n'y a aucun mal à rêver, dit le jeune homme en endossant l'un des sacs. Surtout ici, sous cette pluie.
— On ne fait qu'entrer et sortir, ordonna Viktor en ramassant la tortue tandis que Rafael endossait l'autre sac. Vite fait, bien fait, d'accord ?
— Ce devrait être facile. »
Viktor était du même avis.

Sous le porche de la basilique, tapie dans l'ombre du monument et des six colonnes qui l'agrémentaient, Cassiopée attendait. La brume s'était muée en bruine, mais heureusement, l'air était doux malgré l'humidité. Une brise constante agitait les flots et étouffait les bruits qu'elle avait désespérément besoin d'entendre. Comme celui des moteurs du bateau, juste derrière le jardin à sa droite, qui devait avoir accosté maintenant.
Un sentier caillouteux menait à un embarcadère en pierre où Viktor allait certainement s'arrêter ; un autre sentier avançait jusqu'à l'eau. Il fallait être patiente, leur laisser le temps d'entrer dans le musée et d'atteindre le premier étage.
Et là, elle leur rendrait la monnaie de leur pièce.

39

Malone et Stéphanie s'éloignèrent du ponton à bord du bateau. Les croiseurs de la police faisaient leur apparition et venaient s'amarrer aux mats de l'embarcadère situé aux confins de la place Saint-Marc, au bord de la lagune. Les gyrophares balayaient l'obscurité.

« Il va y avoir du grabuge là-bas, commenta Malone.

— Daniels aurait dû y penser avant de se mêler de cette affaire. »

Malone suivit les balises lumineuses vers le nord en naviguant parallèlement à la berge. D'autres bateaux de la police les croisèrent à vive allure, toutes sirènes hurlantes. Stéphanie composa un numéro sur son téléphone satellite avant de s'approcher de Malone en enclenchant la fonction haut-parleur.

« Edwin, vous avez de la chance de ne pas être à côté de moi, je vous aurais botté les fesses.

— Vous n'êtes pas censée travailler pour moi ?

— Trois de mes hommes étaient postés sur la place. Pourquoi n'étaient-ils plus là quand j'ai eu besoin d'eux ?

— Nous vous avons envoyé Malone. Il vaut bien trois agents, d'après ce que je me suis laissé dire.

— Qui que vous soyez, répliqua Malone, dans des circonstances normales, la flatterie aurait marché, mais je suis d'accord avec Stéphanie en l'occurrence. C'est vous qui avez appelé ces renforts ?

— Vous étiez là ainsi que le tireur d'élite posté sur le toit. Cela suffisait.

— Là, je vais vraiment vous botter les fesses, s'exclama Stéphanie.

— Allons d'abord au bout de cette affaire et ensuite, vous en aurez l'occasion.

— Qu'est-ce qui se passe bordel ? s'emporta-t-elle. Pourquoi Cotton est-il à Venise ?

— J'ai besoin de savoir ce qui s'est passé. Racontez-moi tout », ordonna Davis.

Stéphanie ravala sa colère pour lui faire un bref résumé des événements. « Il se passe beaucoup de choses sur cette place en ce moment. Tous les regards sont braqués sur elle.

— Ce n'est pas nécessairement une mauvaise chose », commenta Davis.

Au départ, il s'agissait de voir si Vincenti allait agir. Ses hommes de main avaient surveillé l'hôtel de Stéphanie toute la soirée et quand elle était sortie, ils s'étaient précipités dans sa chambre, sûrement pour s'emparer du médaillon. Elle s'interrogeait sur la nouvelle stratégie impliquant Malone, mais se retint de poser la moindre question. « Vous ne m'avez toujours pas dit pourquoi Malone était là. »

Malone vira à gauche pour contourner la côte, le compas indiquant qu'ils se dirigeaient vers le nord-est, puis il mit les gaz.

« Qu'êtes-vous en train de faire en ce moment ? voulut savoir Davis.

— Nous allons au-devant d'autres ennuis, dit Malone. Répondez à la question de Stéphanie.

— Nous voulons que la place Saint-Marc soit sens dessus dessous ce soir. »

Stéphanie attendit qu'il s'explique.

« Nous avons appris qu'Irina Zovastina est en route pour Venise. Son avion atterrira d'ici deux heures. Un chef d'État faisant une visite surprise dans un pays étranger sans raison apparente, c'est pour le moins étonnant. Nous devons découvrir ce qu'elle fait là.

— Pourquoi ne pas lui poser la question directement ?

— Êtes-vous toujours d'aussi bon conseil, monsieur Malone ?

— C'est l'une de mes qualités en effet.

— Monsieur Malone, nous sommes au courant pour l'incendie à Copenhague et pour les médaillons. Stéphanie est en possession de l'un d'eux. Vous voulez bien me faciliter un peu la tâche et nous donner un coup de main ?

— La situation se présente si mal que ça ?

— Elle ne se présente pas bien du tout. »

Stéphanie comprit que la coopération de Malone n'avait jamais fait le moindre doute. « Où Zovastina doit-elle se rendre ?

— À la basilique Saint-Marc, vers une heure du matin.

— Vous êtes bien renseigné, apparemment.

— J'ai des sources infaillibles. Tellement infaillibles que je me pose des questions. »

Davis garda le silence un moment.

« Je ne suis pas très chaud par rapport à tout ça, mais croyez-moi, nous n'avons pas le choix », conclut-il.

Viktor arriva sur la place de Torcello devant la basilique et l'église qui la flanquait et observa le musée. Il posa son sac à dos sur un trône taillé dans un bloc de marbre. D'après ce qu'il avait entendu dire, on l'appelait Sedia d'Attila, le trône d'Attila. Attila, le chef des Huns en personne était censé s'y être assis, ce dont Viktor doutait.

Il observait leur ultime objectif. Le musée était un rectangle trapu d'un étage mesurant environ vingt mètres sur dix, aux murs percés à chaque niveau et à chaque extrémité du bâtiment de doubles-fenêtres condamnées par des barreaux en fer forgé. Un clocher jouxtait le bâtiment et s'élançait vers le ciel. La petite place qui l'entourait était parsemée d'arbres et sur la pelouse manucurée on pouvait admirer des restes de colonnes en marbre et de pierre sculptée.

Au centre du rez-de-chaussée, une double porte constituait la seule entrée du musée. Une épaisse poutre de bois noirci posée sur des supports en fer barrait les deux battants qu'elle maintenait fermés. Des cadenas placés à chaque extrémité empêchaient la poutre de bouger.

« Mets-y le feu, Rafael », ordonna Viktor en désignant les portes.

Rafael prit une bouteille en plastique dans l'un des sacs. Viktor accompagna son complice jusqu'à la porte et Rafael aspergea avec précaution les deux cadenas de feu grégeois. Viktor recula quand Rafael prit un percuteur pour enflammer le liquide. Des flammes bleues jaillirent.

Incroyable, cette potion. Même le métal ne pouvait résister à son ardeur ; même si cela ne suffisait pas à le faire fondre, cela suffisait à le rendre malléable.

Les flammes brillèrent près de deux minutes avant de s'éteindre.

Cassiopée montait la garde à trente mètres du musée quand elle vit deux flammes d'un bleu intense, telles deux étoiles lointaines, briller avant de s'éteindre. Deux coups de pied-de-biche suffirent aux malfaiteurs pour faire sauter le verrou de l'entrée principale.

Ils transportèrent leur équipement à l'intérieur.

Ils étaient venus avec l'un de leurs robots, ce qui signifiait que du musée de Torcello il ne resterait bientôt que des cendres.

L'un des deux hommes referma les portes.

L'obscurité régnait de nouveau sur la place, plus humide et lugubre que jamais. Seul le crépitement de la pluie sur les flaques venait troubler le silence. Debout sous le porche de la basilique, Cassiopée réfléchit à ce qu'elle s'apprêtait à faire avant de s'apercevoir que la poutre servant à condamner la porte était restée dehors.

Viktor emprunta l'escalier en colimaçon menant au premier étage du musée, ses pupilles s'adaptant à l'obscurité. Il distinguait suffisamment les ombres pour se frayer un chemin entre les rares pièces exposées au rez-de-chaussée ; il gagna l'étage où trois vitrines surdimensionnées attendaient. Dans celle du milieu, exactement là où il l'avait repéré plus tôt, était exposé le décadrachme de Poros.

Rafael disposait les paquets de feu grégeois au rez-de-chaussée pour causer le maximum de dommages. Viktor avait sur lui deux paquets destinés à l'étage. D'un coup sec de pied-de-biche, il brisa la vitrine et récupéra avec précaution le médaillon au milieu des éclats. Il jeta ensuite l'un des paquets sous vide contenant trois quarts de litres de combustible dans la vitrine.

Il posa l'autre par terre et empocha le médaillon.

Difficile d'être formel, mais, à distance, au cours de l'examen rapide effectué tout à l'heure, la pièce avait l'air authentique.

Il consulta sa montre. Vingt-deux heures quarante. Ils étaient en avance. Cela lui laisserait le temps de retrouver la ministre suprême à l'heure. Zovastina les récompenserait peut-être en leur accordant quelques jours de repos, après tout.

Viktor regagna le rez-de-chaussée.

À leur première visite, les deux hommes avaient remarqué que le sol du musée était constitué de plancher. Une fois que le rez-de-chaussée s'embraserait, il ne faudrait que quelques minutes pour que le feu prenne au premier.

Dans l'obscurité, Viktor vit Rafael penché sur le robot. Il y eut un déclic et l'engin se mit à sillonner le musée. Il s'arrêta au bout de la pièce pour asperger le mur extérieur ; l'odeur du feu grégeois se répandit dans la salle.

« Tout est prêt », annonça Rafael.

La tortue poursuivit sa tâche mécaniquement. Précisément le genre de comportement qu'Irina Zovastina attendait de Viktor : aucun sentiment, aucun remords.

Rafael poussa les portes du musée.

Elles ne s'ouvrirent pas.

Il réessaya.

En vain.

Viktor s'approcha et posa les paumes de ses mains contre le bois. Les portes étaient fermées. De l'extérieur. Un accès de colère le submergea et il se jeta contre la porte avec pour seul résultat de se blesser à l'épaule. Les épaisses planches de bois maintenues par des gonds métalliques refusaient de céder.

Viktor balaya l'obscurité du regard.

Pendant sa reconnaissance du bâtiment tout à l'heure, il avait remarqué les barreaux aux fenêtres. Ce n'était pas un obstacle pour eux qui comptaient entrer et sortir par la porte. Maintenant, en revanche, les barreaux aux fenêtres prenaient une importance accrue.

Il regarda Rafael. Même s'il ne pouvait pas distinguer le visage de son compagnon, il était capable de lire dans ses pensées.

Ils étaient piégés.

TROISIÈME PARTIE

40

Samarcande
Mardi 21 avril
1 h 40

Vincenti descendit prudemment la passerelle du jet privé. Le voyage de Venise à la Fédération d'Asie centrale avait pris près de six heures, mais au fil des voyages, il avait appris à se reposer pendant le vol en profitant de l'ambiance luxueuse de l'appareil. Peter O'Conner lui emboîta le pas dans la douceur de la nuit.

« J'aime Venise, pourtant je vais adorer vivre ici, remarqua Vincenti. Le temps pluvieux ne va pas me manquer. »

Vincenti se dirigea droit sur la voiture qui les attendait sur le tarmac en essayant de dégourdir ses jambes raides, ses muscles fatigués. Un chauffeur sortit de l'habitacle pour ouvrir la portière arrière. Vincenti s'y engouffra tandis que O'Conner prenait place sur le siège passager. Une séparation en Plexiglas isolait l'arrière du véhicule.

Un homme aux cheveux noirs, à la peau olivâtre, qui semblait s'amuser de tout même face à l'adversité, était déjà installé à l'arrière. Il avait l'air jeune. Une épaisse barbe de trois jours couvrait sa mâchoire carrée et son cou mince, et, malgré l'heure tardive, il semblait alerte, sur le qui-vive.

Kamil Karimovich Revin était le ministre des Affaires étrangères de la Fédération. C'était un homme d'à peine quarante ans, pratiquement sans aucune référence sérieuse, qui passait pour le toutou de la ministre suprême et obéissait au moindre de ses ordres. Quelques années plus tôt, cependant, Vincenti avait eu l'intuition que Revin cherchait autre chose.

« Heureux de vous revoir, s'exclama Kamil. Votre dernière visite remonte à quelques mois.

– Je suis très occupé, cher ami. Je consacre énormément de temps aux affaires de la Ligue.

– J'ai traité avec certains de ses adhérents. Ils sont nombreux à choisir l'emplacement de leur future demeure. »

Les membres de la Ligue avaient obtenu de Zovastina le droit de s'installer sur le territoire de la Fédération. C'était un accord intéressant pour les deux parties. La nouvelle utopie commerciale de la Fédération dispenserait les adhérents d'impôts trop lourds. Cependant, l'apport de capitaux qu'ils représentaient pour l'économie locale sous forme de biens, de services et d'investissements directs compenserait largement le manque à gagner. Et ce n'était pas tout : cette mesure entraînerait l'avènement immédiat d'une nouvelle classe supérieure sans l'effet de diffusion cher aux sociétés occidentales où, véritable scandale de l'avis de Vincenti, une minorité payait pour une majorité.

Les membres de la Ligue avaient été encouragés à faire l'acquisition de terrains et beaucoup, y compris Vincenti, avaient directement subventionné le gouvernement puisque, grâce aux Soviétiques, la majeure partie du territoire de la Fédération était la propriété de l'État. Vincenti faisait d'ailleurs partie du comité qui avait négocié cet aspect de l'accord conclu entre la Ligue et Zovastina et avait été l'un des premiers à investir dans quatre-vingts hectares de terre entre vallée et montagne sur l'ancien territoire du Tadjikistan oriental.

« Combien d'adhérents ont-ils déjà signé ?

— Cent dix jusqu'ici. Ils ont des goûts très variés, mais Samarcande et ses environs restent les deux endroits les plus prisés.

— Près de la source du pouvoir. Tachkent et Samarcande deviendront bientôt des centres financiers internationaux. »

La voiture quitta le terminal de l'aéroport pour regagner la ville distante de quatre kilomètres. Il était également prévu de construire un nouvel aéroport. Trois membres de la Ligue avaient déjà dessiné les plans d'installations plus modernes.

« Quel est le but de votre visite ? voulut savoir Kamil. Monsieur O'Conner ne s'est pas montré très loquace quand je lui ai parlé tout à l'heure.

— Merci de nous avoir avertis du voyage de Zovastina. Vous savez ce qu'elle fait à Venise ?

— Elle n'a laissé aucune consigne et s'est contentée de dire que son absence ne serait pas longue.

— Alors nous n'avons aucune idée de ce qu'elle y fait, c'est ça ?

— Et si elle découvre que vous complotez ici, nous sommes tous morts. N'oubliez pas qu'il n'y a pas moyen de se défendre contre ses petits microbes. »

Le ministre des Affaires étrangères appartenait à une nouvelle race de politiciens née avec la Fédération. Zovastina avait beau être le premier dirigeant suprême de la Fédération, il y en aurait d'autres après elle.

« Je peux combattre ses microbes.

— Pouvez-vous nous débarrasser d'elle une bonne fois pour toutes ? » demanda Kamil avec un sourire.

Vincenti appréciait l'ambition à l'état brut. « Ce serait de la folie.

— Qu'avez-vous en tête ?

— Quelque chose de mieux.

— Obtiendrez-vous le soutien de la Ligue ?

— Le Conseil des Dix m'a donné toute latitude.

— Toute latitude, vraiment ? Allons donc, mon ami, le reprit Kamil, amusé. Je ne suis pas né de la dernière pluie. Cet attentat sur la personne de la ministre, c'était vous. Je l'ai su tout de suite. Et vous lui avez livré cet assassin. Comment aurait-elle pu anticiper autrement ? Je me demande si moi aussi vous allez me livrer à elle ? ajouta-t-il après un instant de réflexion.

— Voulez-vous lui succéder ?

— Je préfère vivre. »

Par la fenêtre, Vincenti vit se profiler les toits plats, les dômes bleus et les minarets graciles de la ville. Samarcande était située dans une cuvette naturelle encerclée de montagnes. La nuit camouflait l'épais nuage de pollution qui recouvrait perpétuellement cette terre millénaire. Au loin, un halo diffus entourait les usines qui jadis fournissaient l'Union soviétique en biens manufacturés et produisaient aujourd'hui à la chaîne les biens venant grossir le produit intérieur brut de la Fédération. La Ligue avait déjà investi des millions dans la modernisation du pays. Et ce n'était pas fini. « À quel point tenez-vous à devenir ministre suprême ?

— Cela dépend. Votre fameuse Ligue peut-elle m'y aider ?

— Les microbes de Zovastina ne me font pas peur. Vous ne devriez pas en avoir peur non plus.

— Oh, mon ami, j'ai vu tant d'ennemis mourir brutalement. C'est incroyable que personne ne l'ait jamais remarqué. Ses microbes sont très efficaces. Un simple rhume ou une grippe qui tourne mal. »

Les bureaucrates de la Fédération, y compris Zovastina, avaient beau détester tout ce qui était soviétique, ils avaient beaucoup appris de leurs prédécesseurs corrompus. Voilà pourquoi Vincenti pesait toujours ses mots avec soin, mais se montrait prodigue de promesses. « Le risque zéro n'existe pas.

— Certes, mais parfois les risques sont trop importants. »

Vincenti contempla Samarcande. Une antique cité datant du Ve siècle avant J.-C. Ville des ombres, jardin de l'âme, joyau de l'Islam, capitale du monde. Siège du christianisme avant que l'islam et les Russes ne la conquièrent. Grâce aux Soviétiques, Tachkent, à deux cents kilomètres au nord-est, avait connu un développement et une prospérité bien supérieurs, mais Samarcande était restée l'âme de la région.

« Je m'apprête à prendre un risque, pour ma part, dit-il à Kamil Revin. Mon mandat à la tête du Conseil des Dix prendra bientôt fin. Si nous voulons agir, il faut le faire maintenant. Après, il sera trop tard. Vous me suivez ou pas ?

— J'imagine que je ne passerais pas la nuit si je laissais tomber. Je vous suis.

— Ravi que nous nous comprenions.

— Qu'allez-vous faire ? »

Vincenti contempla de nouveau la ville. Sur l'une des centaines de mosquées qui dominaient le paysage, des lettres en calligraphie arabe brillant de mille feux et mesurant au moins un mètre de haut proclamaient « Dieu est immortel ». En dépit d'une histoire riche, Samarcande se drapait encore dans une insipide solennité officielle héritée d'une culture qui n'avait plus depuis longtemps la moindre imagination. Zovastina comptait bien remédier à cette maladie. Elle avait une vision grandiose et claire. Vincenti avait menti en disant à Stéphanie Nelle que l'histoire n'était pas son point fort. En réalité, il avait pour but d'entrer dans l'histoire. Mais il espérait ne pas se tromper en ressuscitant le passé.

Qu'importe. Il était désormais trop tard pour faire demi-tour.

Aussi décida-t-il de faire à son complice une réponse honnête.

« Je vais changer le monde », répondit-il.

41

Torcello

Les pensées se bousculaient dans l'esprit de Viktor. La tortue continuait son assaut programmé du rez-de-chaussée du musée en laissant un sillage écœurant de feu grégeois. Il songea à forcer les doubles portes avec l'aide de Rafael, mais renonça car l'épaisseur du bois et la poutre à l'extérieur rendraient tout effort inutile.

La fenêtre était la seule issue.

« Rafael, va chercher un paquet de feu grégeois », ordonna-t-il tout en balayant la salle du regard et en se décidant pour les fenêtres placées à sa gauche.

Rafael ramassa un des paquets transparents.

Le feu grégeois attaquerait suffisamment l'antique fer forgé ainsi que les écrous qui maintenaient les barreaux en place sur les murs extérieurs pour pouvoir les forcer. Viktor dégaina l'un des pistolets qu'ils avaient trouvés dans l'entrepôt, s'apprêta à casser le carreau d'une balle, quand il entendit un bris de glace à l'autre bout de la salle.

Quelqu'un avait tiré dans la vitre depuis l'extérieur.

Viktor et Rafael plongèrent à terre en attendant de voir ce qui allait se passer. La tortue continuait à ramper à un rythme régulier, s'arrêtant à chaque fois qu'elle rencontrait un obstacle avant de repartir. Viktor n'avait aucune idée du nombre d'assaillants ni si Rafael et lui étaient vulnérables.

La situation était critique, mais une chose était claire : il fallait arrêter la tortue pour gagner un peu de temps.

Cassiopée rengaina son arme et empoigna l'arc en fibre de verre au fond du sac en toile. Thorvaldsen ne lui avait pas demandé pourquoi elle avait besoin d'un arc et de flèches à haute vélocité et, à vrai dire, elle n'était pas vraiment sûre de s'en servir.

Jusqu'à maintenant.

Elle était à trente mètres du musée, à l'abri sous le porche de la basilique. Alors qu'elle arrivait de l'autre bout de l'île, elle s'était arrêtée au village pour prendre une des lampes à pétrole qui éclairaient l'embarcadère près du restaurant. Elle avait remarqué les lanternes tout à l'heure quand Malone et elle avaient accosté, ce qui l'avait poussée à demander l'arc à Henrik. Elle avait ensuite trouvé des chiffons dans une poubelle près de l'étal d'un vendeur de souvenirs. Pendant que les malfaiteurs s'activaient dans les locaux du musée, elle avait enveloppé les pointes de métal de quatre flèches de chiffons imbibés de pétrole.

Elle avait pris quelques pochettes d'allumettes posées sur un plateau dans les toilettes du restaurant où elle avait dîné avec Malone.

Cassiopée enflamma deux flèches avant de placer le premier projectile sur son arc avec précaution. Elle visait la fenêtre du rez-de-chaussée qu'elle venait de briser d'un coup de pistolet. Si c'était un incendie que Viktor voulait, il allait être servi.

Dans son enfance, la jeune femme avait appris le tir à l'arc. Elle n'avait jamais chassé car l'idée lui faisait horreur, mais elle aimait s'entraîner sur des cibles dans sa propriété en France. Elle était douée, surtout à distance. Aussi, atteindre la fenêtre de l'autre côté de la place à trente mètres de là ne lui poserait aucun problème. Et inutile de se laisser impressionner par les barreaux. Il y avait beaucoup plus de vide que de fer.

Elle tendit la corde.

« Pour Ely », murmura-t-elle.

Viktor vit des flammes s'engouffrer en un éclair par la fenêtre cassée et heurter une grande vitre contre laquelle était exposé un objet d'art. Le projectile qui avait propulsé les flammes à l'intérieur avait aussi percé la vitre qui s'était brisée en mille morceaux en tombant sur le plancher, entraînant les flammes avec elle. La tortue avait déjà fait son œuvre dans cette partie du musée et un grondement annonça l'embrasement du feu grégeois.

Un éclair orange et jaune se mua instantanément en flammes bleues qui consumèrent bientôt le plancher. La chaleur était torride.

Les flammes ne tarderaient pas à atteindre les doses de feu grégeois disséminées dans la salle.

Rafael s'en était rendu compte lui aussi. Quatre doses étaient éparpillées dans la salle : deux sur des vitrines, deux par terre. Soudain, une cascade de flammes s'élança vers le plafond quand l'une d'elles se désintégra.

Viktor se réfugia sous l'une des vitrines pour éviter les flammes.

« Reviens par ici », cria-t-il à Rafael.

Son complice vint le rejoindre. La moitié du rez-de-chaussée était maintenant la proie des flammes. Le plancher, les murs, les plafonds et le mobilier avaient brûlé. L'endroit où les deux hommes s'étaient réfugiés ne s'était pas encore embrasé car le liquide inflammable ne l'avait pas atteint. Pourtant, Viktor savait qu'ils ne disposaient que de quelques précieuses secondes. L'escalier menant au premier se trouvait à sa droite et il avait la voie libre. Mais comme l'incendie du rez-de-chaussée aurait tôt fait de se propager à l'étage, il n'était pas question d'y trouver refuge.

« Vous avez vu la tortue ? » lui demanda Rafael.

Viktor se rendit compte du problème : sensible à la chaleur, le robot était programmé pour exploser quand la température atteindrait un niveau prédéterminé. « À combien est-elle réglée ?

— À basse température. Je voulais que le musée brûle vite. »

Viktor fouilla les flammes des yeux. Le robot errait toujours dans les flammes, grondant comme un dragon cracheur de feu à chaque nouveau jet de feu grégeois.

Un nouveau bris de glace se produisit à l'autre bout de la pièce.

Difficile de dire qui de la chaleur ou des balles en était responsable.

La tortue émergea du brasier en se dirigeant droit vers les deux complices, en quête d'un coin de plancher épargné par les flammes. Rafael se leva et, avant que Viktor ait pu l'en empêcher, se précipita sur le robot. Le seul moyen de l'arrêter, c'était de le désactiver.

Une flèche enflammée transperça la poitrine de Rafael.

Ses vêtements s'embrasèrent.

Viktor se leva pour venir en aide à son complice quand il vit le robot s'arrêter et son embout se rétracter.

Il savait ce qui allait suivre.

S'engouffrant par la porte ouverte, il se rua dans l'escalier qu'il gravit quatre à quatre en une fuite désespérée.

La tortue implosa.

Cassiopée n'avait pas prévu de tuer ces malfaiteurs, mais l'homme s'était redressé juste quand elle lâchait la corde de son arc. Elle avait vu la flèche enflammée lui transpercer la poitrine et ses vêtements prendre feu. Puis une énorme boule de feu avait consumé l'intérieur du musée. La chaleur s'échappa par les fenêtres béantes faisant exploser les vitres restantes.

Cassiopée se jeta sur le sol humide.

Les flammes léchèrent le ciel nocturne.

Elle avait quitté sa position sous le porche de la basilique pour se poster face au campanile du musée. Au moins, l'un des deux hommes était mort. Difficile de déterminer lequel, mais peu importait.

La jeune femme se releva et se dirigea vers l'entrée du bâtiment en regardant brûler le piège qu'elle avait créé.

Elle s'apprêta à tirer sa dernière flèche.

42

Venise

Zovastina était aux côtés du nonce apostolique. Monseigneur Michener l'attendait sur le tarmac quand elle avait atterri une heure plus tôt. Michener, Zovastina et deux de ses gardes avaient gagné le centre de la cité dans un bateau-taxi privé. Ils n'avaient pas pu utiliser l'entrée nord de la basilique qui donnait sur la Piazzetta dei Leoncini comme ils l'avaient tout d'abord prévu. Un cordon de sécurité interdisait l'accès d'une bonne partie de la place Saint-Marc, à cause d'une fusillade, lui avait expliqué le nonce. C'est par les bureaux du diocèse situés à l'arrière de la basilique et après avoir fait un détour par une rue latérale qu'ils étaient entrés dans l'église.

Le nonce apostolique avait changé de tenue. Il portait maintenant des vêtements de ville au lieu d'une soutane. Le pape avait manifestement accepté l'idée d'une visite discrète.

Elle se trouvait maintenant dans l'immense église dont le plafond et les murs resplendissaient de mosaïques à fond d'or d'influence byzantine, plus dignes de Constantinople que de Venise. Elles tapissaient les coupoles de la basilique et représentaient la Pentecôte, saint Jean, saint Léonard, les prophètes. Elle remarqua qu'elle se tenait sous la coupole de l'Ascension. Grâce à la chaude lumière de lampes incandescentes stratégiquement placées, Zovastina put constater que l'église n'usurpait pas son surnom de basilique d'or.

« C'est un endroit impressionnant, n'est-ce pas ? s'écria Michener.

– Voilà ce dont est capable l'alliance du pouvoir religieux et de la puissance commerciale. Les marchands vénitiens passaient leur temps à s'adonner au pillage. On a ici la meilleure preuve de leurs chapardages.

– Êtes-vous toujours aussi cynique ?

– Les Soviétiques m'ont appris que le monde est un endroit difficile.

– Remerciez-vous jamais vos dieux ? »

Elle sourit. Cet Américain avait étudié sa personnalité. Ils n'avaient jamais abordé le sujet de ses croyances lors de leurs précédentes conversations. « Mes dieux se montrent aussi loyaux que le vôtre.

– Nous espérons que vous saurez renoncer à vos croyances païennes. »

L'appellation la hérissa. Le terme lui-même impliquait que, d'une certaine façon, le polythéisme avait moins de valeur que le monothéisme. Elle ne voyait pas les choses ainsi. À travers l'histoire, de nombreuses civilisations avaient partagé les mêmes convictions qu'elle. « Mes croyances m'ont été très utiles.

– Je ne voulais pas impliquer qu'elles étaient mauvaises. Simplement, nous pourrions peut-être vous ouvrir de nouveaux horizons. »

Dès ce soir, elle n'aurait plus besoin de l'Église catholique. Elle autoriserait une présence limitée au sein de la Fédération, suffisante pour déstabiliser les extrémistes musulmans, mais une organisation capable d'assurer la préservation de tout ce qui l'entourait maintenant ne serait jamais autorisée à s'implanter sur son territoire.

D'un geste, elle indiqua le maître-autel caché derrière un jubé multicolore et richement décoré qui ressemblait étrangement à une iconostase. On s'activait derrière à la lumière de puissantes lampes.

« On s'apprête à ouvrir le sarcophage. Nous avons décidé de restituer une main, un bras et d'autres reliques importantes faciles à prélever.

— Ne voyez-vous pas à quel point tout ceci est ridicule ?

— Si ça peut faire plaisir aux Égyptiens, où est le mal ?

— Que faites-vous du caractère sacré des morts ? Vous, les catholiques, n'avez que ces mots à la bouche. Pourtant, vous ne trouvez rien de choquant à profaner une tombe, prélever une partie de la dépouille pour en faire cadeau à quelqu'un.

— C'est fâcheux, mais nécessaire.

— C'est ça que j'aime avec votre religion, rétorqua Zovastina, pleine de mépris pour ce personnage falot. Vous savez faire preuve de souplesse quand c'est nécessaire. »

Zovastina admira la nef déserte ; les chapelles, autels et multiples recoins étaient pour la plupart plongés dans une profonde obscurité. Ses deux gardes du corps étaient postés à quelques mètres de là. Elle étudia le pavement de marbre, tout aussi exquis que les mosaïques qui ornaient les murs. Les motifs géométriques alternaient avec les motifs animaliers et floraux et s'accompagnaient d'ondulations caractéristiques, intentionnelles selon certains et imitant les vagues, mais plus vraisemblablement provoquées par la fragilité des fondations.

Zovastina songea à l'énigme de Ptolémée : « Et toi,

aventurier, puisque ma voix immortelle, bien que venue du fond des âges, résonne à tes oreilles, entends mes paroles. Vogue vers la capitale fondée par le père d'Alexandre, où veillent les sages. »

Bien que Ptolémée se soit certainement cru malin, le temps avait résolu cette partie de l'énigme. Le pharaon Nectanebo régnait sur l'Égypte à l'époque d'Alexandre le Grand. Il avait été contraint à l'exil par l'invasion des Perses alors qu'Alexandre n'était qu'un adolescent. À l'époque, les Égyptiens étaient persuadés que le pharaon reviendrait pour chasser les envahisseurs. Dix ans après la défaite du pharaon, leurs vœux furent plus ou moins exaucés : dès l'arrivée d'Alexandre en Égypte, les Perses se rendirent et quittèrent le pays. Pour exalter l'action de leur libérateur et rendre sa présence plus acceptable, les Égyptiens inventèrent une légende selon laquelle, au début de son règne, Nectanebo aurait trouvé refuge à la cour de Macédoine en se faisant passer pour un magicien et aurait séduit Olympias. Nectanebo serait le père d'Alexandre et non Philippe. Cette histoire abracadabrante était suffisamment célèbre pour apparaître cinq cents ans plus tard dans *Le Roman d'Alexandre,* fiction historique complètement fantaisiste qui passait à tort auprès de beaucoup d'historiens pour une source autorisée. Au cours de son règne, le dernier pharaon égyptien avait fait de Memphis la capitale de son empire, détail qui permettait de résoudre cette partie de l'énigme.

La suite de la phrase – « où veillent les sages » – renforçait cette théorie.

Dans le Serapeum de Saqqarah, dans la région de Memphis, on trouvait un hémicycle où se dressaient des statues de calcaire à l'effigie de philosophes et de poètes grecs. Homère, qu'Alexandre vénérait, se trouvait au centre. Platon, professeur d'Aristote et Aristote lui-même y étaient aussi représentés en compagnie d'autres penseurs grecs qu'admirait Alexandre. Seuls des fragments témoignaient de l'existence de ces sculptures.

Ptolémée avait inhumé dans le temple de Nectanebo la dépouille de celui qu'il croyait être Alexandre. Elle y était restée jusqu'à ce que le fils de Ptolémée la fasse déplacer au nord d'Alexandrie.

« Vogue vers la capitale fondée par le père d'Alexandre, où veillent les sages. »

Va vers le sud, au temple de Nectanebo à Memphis.

Zovastina réfléchit à la phrase suivante.

« Touche la part la plus intime de l'illusion dorée. »

Elle sourit.

43

Torcello

Viktor se jeta à plat ventre sur les marches, leva un bras pour se protéger le visage de l'insupportable vague de chaleur qui remontait par la porte du rez-de-chaussée. La tortue avait réagi à la hausse de température en se désintégrant automatiquement, exactement comme elle avait été programmée pour le faire. Il était impossible que Rafael ait survécu. Le feu grégeois s'embrasait à des températures extrêmes, capables de ramollir le métal et brûler la pierre, mais la deuxième vague de chaleur était encore plus puissante. Pauvre chair humaine ! Rafael serait rapidement réduit en cendres comme l'inconnu du musée de Copenhague aurait dû l'être.

Viktor se retourna.

L'incendie faisait rage à trois mètres de lui.

La chaleur devenait insupportable.

Il se précipita en haut de l'escalier.

À l'époque où le bâtiment avait été érigé, le plafond du rez-de-chaussée faisait également office de plancher du premier étage. Or, il était désormais la proie des flammes. En faisant exploser la tortue, on cherchait à répandre les flammes. Les craquements et les gémissements du plancher du premier étage confirmaient sa rapide destruction. Le poids des trois vitrines et des lourdes pièces exposées dans le musée n'aidait pas. Bien que le premier étage ne se fût pas encore embrasé, Viktor se rendit compte que traverser la salle relevait de l'inconscience. Heureusement, il se tenait dans une cage d'escalier en pierre.

Deux fenêtres donnant sur la petite place perçaient le mur à quelques mètres de lui. Il décida de tenter sa chance et avança d'un pas aussi léger que possible en s'agrippant au mur extérieur, regard fixé sur la place en contrebas.

Cassiopée vit le visage de l'homme à la fenêtre. Elle laissa immédiatement tomber son arc, agrippa son arme et tira deux coups de feu.

Viktor recula d'un bond dans la cage d'escalier au moment où la fenêtre se brisait. Il empoigna son arme, prêt à riposter. Il en avait assez vu pour savoir que son assaillant était une femme, la forme de sa silhouette ne laissait aucun doute. Elle avait rapidement troqué son arc pour un pistolet.

Avant que Viktor ait pu mettre à profit sa position dominante, une flèche incandescente traversa les barreaux en fer forgé, entra dans la salle par la fenêtre brisée pour aller se planter dans le mur à l'autre bout de la pièce. Heureusement, le premier étage n'avait pas été saturé de feu grégeois par une tortue robotisée. Seul problème à venir, les deux paquets de liquide inflammable laissés tout à l'heure, l'un par terre, l'autre dans la vitrine brisée.

Il devait agir.

Il imita donc son assaillante et brisa les deux fenêtres qui s'ouvraient sur l'arrière du bâtiment.

Cassiopée entendit des voix à sa gauche provenant des environs du restaurant et de l'auberge. Les coups de feu avaient probablement attiré l'attention des hôtes de l'auberge. Elle vit deux silhouettes sombres marcher le long du sentier et abandonna rapidement sa position sur la petite place pour se réfugier sous le porche de la basilique. Elle avait tiré la dernière flèche incandescente en espérant que le premier étage du musée s'embraserait à son tour. À la lueur de l'incendie, elle avait reconnu sans doute possible le visage de Viktor à la fenêtre.

Des gens arrivaient sur les lieux. Un homme avait un téléphone portable collé à l'oreille. Il n'y avait pas de commissariat de police sur l'île, ce qui lui ferait gagner un peu de temps ; et puis Viktor n'irait certainement pas demander de l'aide aux badauds.

Cassiopée décida de quitter les lieux.

À l'autre bout de la pièce, Viktor aperçut le paquet de feu grégeois gisant sur le plancher. Mieux valait agir vite : il s'approcha doucement, ramassa le paquet et sauta vers la fenêtre qu'il venait de briser.

Le plancher ne céda pas.

Il posa le paquet sur les barreaux en forme de C.

Il y eut un grincement au centre de la pièce.

Les poutres qui soutenaient le plancher s'affaissaient un peu plus à chaque seconde. Viktor fit quelques pas vers la flèche plantée dans le mur et l'en extirpa. Les chiffons enroulés autour de la pointe continuaient à se consumer. Viktor gagna l'escalier en courant puis lança la flèche vers la fenêtre ouverte. Elle atterrit sur le paquet, les flammes dansant à quelques centimètres de l'emballage en plastique. Il savait que le paquet fondrait en quelques minutes.

Il se réfugia dans la cage d'escalier.

Il y eut un appel d'air et un autre incendie fit bientôt rage.

En jetant un coup d'œil, il vit que le fer forgé brûlait. Heureusement, le gros des flammes se trouvait à l'extérieur. Le montant de la fenêtre avait échappé à l'incendie.

Le plancher du premier étage s'effondra, engloutissant la vitrine et l'autre paquet de combustible qui s'enflamma ; un nuage de chaleur remonta vers l'étage. Le musée de Torcello n'en avait plus pour longtemps.

Viktor sauta vers la fenêtre ouverte.

Il agrippa la corniche qui courait au-dessus de l'encadrement de la fenêtre et chercha une prise, muscles tendus, tout en s'efforçant de faire plier les barreaux de métal à coups de pied.

Mais ils ne bougèrent pas.

Il effectua une nouvelle traction, donna un nouveau coup de pied, dopé par l'adrénaline à mesure que la chaleur rendait sa respiration de plus en plus difficile.

Les barreaux commencèrent à céder.

Après plusieurs coups de pied, un écrou céda.
Deux coups de plus et les barreaux se détachèrent.
Une autre partie du plancher s'effondra.
Une vitrine et des morceaux de colonnes s'écrasèrent sur le rez-de-chaussée en flammes en bouillonnant comme des morceaux de viande dans un ragoût.
Viktor regarda par la fenêtre.
Il se trouvait à trois ou quatre mètres du sol. Des flammes s'engouffraient par les ouvertures du rez-de-chaussée.
Il sauta dans le vide.

Malone garda le cap vers le nord-est en allant aussi vite que les eaux houleuses de la lagune le lui permettaient. Il vit une lueur danser avec régularité à l'horizon.
Un incendie.
Des nuages de fumée montaient vers le ciel bientôt transformés en minces volutes grises par l'humidité ambiante. Stéphanie et Malone n'arriveraient pas à Torcello avant une bonne dizaine de minutes.
« On n'est pas en avance, on dirait », dit Malone à Stéphanie.

Viktor resta à l'arrière du musée. Des cris et des voix s'élevaient derrière la haie qui séparait la cour du bâtiment du jardin et du verger qu'il devrait traverser pour gagner le canal où son bateau l'attendait.

Viktor traversa péniblement la haie pour pénétrer dans le jardin.

Heureusement, en ce début de printemps, la végétation était rare. Il trouva un chemin qui le mena directement à l'embarcadère.

Il sauta dans son bateau, largua les amarres et s'éloigna de l'embarcadère. Personne ne l'avait vu et personne ne le suivait. Le bateau dériva vers la voie navigable aux allures de rivière et, grâce au courant, il dépassa la basilique et le musée et put regagner l'entrée nord de la lagune. Viktor attendit d'être à bonne distance de l'embarcadère pour lancer le moteur qu'il maintint à faible puissance, avant de faire demi-tour sans allumer les phares.

Distantes d'une bonne cinquantaine de mètres, les berges étaient composées de vase, de roseaux et l'eau y était peu profonde. Viktor consulta sa montre : vingt-trois heures vingt.

À l'embouchure du canal, il mit les gaz et manœuvra dans les eaux agitées de la lagune. Il alluma les phares et contourna Torcello pour aller emprunter le chenal principal qui le mènerait à Venise et à la place Saint-Marc.

Un bruit le fit se retourner.

Une inconnue sortit de la cabine avant.

Elle brandissait un pistolet.

44

Samarcande
2 h 30

Vincenti rapprocha la chaise de la table quand le serveur lui apporta son assiette. La plupart des hôtels de la ville ressemblaient à des mausolées glacials où rien ou presque ne fonctionnait. L'Intercontinental était différent car il offrait un service digne d'un hôtel européen cinq étoiles, avec en prime l'hospitalité asiatique tant vantée par la direction. Il avait faim après le long vol depuis l'Italie, aussi avait-il ordonné que son invité et lui soient servis dans sa chambre.

« Dites à Ormand que je n'apprécie pas d'avoir dû attendre une demi-heure que ces plats soient prêts, surtout après avoir appelé à l'avance, dit-il au serveur. Non, envoyez-le-moi quand nous aurons fini et je le lui dirai moi-même. »

Le serveur hocha la tête avant de se retirer.

Assis en face de Vincenti, Arthur Benoit posa une serviette en tissu sur ses genoux. « Faut-il vraiment que vous vous montriez si dur avec lui ?

— C'est votre hôtel. Pourquoi ne pas avoir réagi ?

— Parce que je n'étais pas en colère. Les cuisiniers ont préparé votre plat aussi vite que possible. »

Vincenti ne voulait rien entendre. C'était l'effervescence et il était irritable. O'Conner était déjà en route pour s'assurer que tout serait prêt. Quant à lui, il avait décidé de manger un morceau, de se reposer un peu et de régler quelques affaires le temps d'un souper tardif.

« Vous ne m'avez pas invité à me joindre à vous juste pour le plaisir de ma compagnie, n'est-ce pas ? s'écria Benoit en prenant sa fourchette. Cessons de tourner autour du pot, Enrico. Que voulez-vous ?

— J'ai besoin d'argent, Arthur. Ou disons plutôt que Philogen pharmaceutique a besoin d'argent.

— Avant que cela me coupe l'appétit, dites-moi combien il vous faut.

— Un milliard d'euros. Peut-être un milliard et demi.

— Rien que ça ? »

Le sarcasme fit sourire Vincenti. Benoit avait fait fortune dans le secteur bancaire et continuait à diriger plusieurs banques à travers l'Europe et l'Asie. Il était multimilliardaire et membre de la Ligue vénitienne depuis longtemps. La gestion hôtelière était un passe-temps pour lui et il venait de faire construire l'Intercontinental pour répondre à l'affluence de membres de la Ligue et autres adeptes du tourisme de luxe attendus dans la Fédération. Il avait été l'un des premiers membres de la Ligue à y élire domicile. Au fil des années, Benoit avait plusieurs fois financé la fulgurante ascension de Philogen pharmaceutique.

« Et vous voulez bénéficier d'un taux inférieur à la moyenne, je suppose ?

— Rien de moins, dit Vincenti en enfournant une bouchée de faisan farci dont il savoura le fumet.

— Inférieur de combien ? demanda Benoit, sceptique.

— De deux points.

— Autant vous en faire cadeau.

— Arthur, je vous ai emprunté des millions que je vous ai remboursés à temps, intérêts compris. Alors oui, je m'attends à un traitement de faveur.

— À l'heure actuelle, si je ne m'abuse, vous êtes toujours en train de rembourser plusieurs prêts contractés auprès de mes banques. Cela représente des sommes considérables.

— Et je suis à jour pour chacun de mes paiements. »

C'était la vérité, le banquier ne pouvait que le reconnaître.

« Qu'aurais-je à gagner d'un tel arrangement ?

— Combien d'actions de Philogen pharmaceutique possédez-vous ?

— Cent mille. J'ai suivi vos conseils. »

Vincenti planta sa fourchette dans un morceau de faisan fumant. « Vous avez vérifié la cotation hier ?

— Je ne prends jamais la peine de le faire.

— Soixante et un et un quart, une augmentation d'un demi-point. C'est un investissement sûr. Personnellement, je viens d'acheter cinq cent mille actions supplémentaires la semaine dernière, souligna Vincenti en trempant la viande dans la farce à la mozzarella. En secret, bien entendu.

— De gros profits en perspective ? »

Benoit avait beau être un hôtelier amateur, il adorait quand même faire de l'argent. « Allons, Arthur. La loi sur les délits d'initié m'interdit de communiquer ce genre d'informations. Vous devriez avoir honte d'oser me poser la question.

— Ces lois n'existent pas ici, répondit Benoit, amusé. N'oubliez pas que nous créons les lois. Parlez-moi de vos projets.

— C'est exclu », rétorqua Vincenti, catégorique, en attendant de voir si, comme d'habitude, la cupidité l'emporterait sur la raison.

« Quand avez-vous besoin de cet argent ?

— Dans soixante jours au plus tard, répondit Vincenti en avalant une gorgée de vin.

— Admettons que ce soit possible, quelle serait la durée du prêt ?

— Vingt-quatre mois.

— Un milliard d'euros plus les intérêts remboursés en deux ans ? »

Vincenti resta muet, se contenta de mâcher sa bouchée en laissant mijoter son interlocuteur.

« Comme je l'ai déjà dit, votre entreprise est fortement endettée. Mon comité d'approbation et de gestion ne verrait pas cela d'un très bon œil.

— Vous serez mon successeur à la tête du Conseil des Dix.

— Comment pouvez-vous en être certain ? s'écria Benoit, surpris. La sélection se fait au hasard parmi les membres de la Ligue.

— Vous apprendrez, Arthur, que rien n'est dû au hasard. Mon mandat de deux ans s'achève bientôt. Le vôtre commencera dans peu de temps. »

Benoit voulait désespérément faire partie du Conseil des Dix, Vincenti le savait. Quant à lui, il avait besoin d'amis au sein du Conseil. D'amis qui lui étaient redevables. Jusque-là, quatre des cinq membres qui ne seraient pas remplacés étaient ses amis. Il venait d'en acheter un cinquième.

« Entendu, mais je vais avoir besoin de quelques jours pour faire répartir la prise de risques sur plusieurs de mes banques.

— Faites donc, répondit Vincenti avec un sourire sans cesser de manger. Mais faites-moi confiance, Arthur, n'oubliez pas d'appeler votre courtier. »

45

Zovastina consulta sa montre Louis Vuitton, offerte par le ministre des Affaires étrangères suédois à l'occasion d'une visite officielle il y avait quelques années de cela. Un homme charmant qui avait d'ailleurs flirté avec elle. Elle le lui avait bien rendu, même si ce diplomate n'avait rien de très séduisant. Elle aurait pu en dire autant de Colin Michener, le nonce apostolique, qui semblait prendre un malin plaisir à l'exaspérer. Ils se promenaient tous deux depuis quelques minutes dans la nef de la basilique en attendant que les ouvriers aient terminé de préparer l'autel sans doute.

« Qu'est-ce qui vous a amené à travailler pour le pape ? voulut savoir Zovastina. Vous étiez le secrétaire du pape précédent et vous n'êtes plus que nonce aujourd'hui.

– Le Saint-Père aime faire appel à moi pour certains projets hors du commun.

– Je suis l'un de ces projets ?

– Vous êtes plutôt hors du commun, en effet.

– Qu'ai-je donc de spécial ?

– Vous êtes chef d'État, que croyez-vous ? »

Comme le diplomate suédois avec sa montre de marque française, cet homme était doué ; il avait la repartie facile, était d'une grande sagacité, mais n'était malheureusement pas très convaincant. Zovastina désigna l'un des piliers massifs dont la base était entourée d'un banc en pierre interdit au public par un cordon de sécurité. « D'où viennent ces traces noires ? l'interrogea la ministre.

— J'ai posé la même question autrefois. Les fidèles se sont assis sur ces bancs pendant des siècles en appuyant la tête contre le marbre qui a absorbé le sébum de leur chevelure. Imaginez combien de millions de fidèles ont dû se succéder ici pour laisser de telles traces. »

Elle enviait à l'Occident ce genre de détails historiques. Malheureusement, son pays natal avait subi les assauts d'envahisseurs qui avaient tous mis un point d'honneur à éliminer les vestiges des civilisations antérieures. Les Perses d'abord, puis les Grecs, les Mongols, les Turcs et enfin les Russes, les pires de tous. Il restait un monument, çà et là, mais rien de comparable à cet édifice doré.

Ils se trouvaient à la gauche du maître-autel, devant l'iconostase et les deux gardes du corps se tenaient à portée de voix. « Vous voyez la pierre en forme de cœur ? » indiqua Michener en désignant le dallage en mosaïque.

En effet. Elle était petite, discrète, essayait de se fondre dans les dessins exubérants qui l'entouraient.

« Personne ne savait ce qu'elle représentait. Et puis, il y a une cinquantaine d'années, à l'occasion de la restauration du dallage, on a soulevé la pierre sous laquelle on a découvert un petit coffret renfermant un cœur humain desséché. Il appartenait au doge Francesco Erizzo mort en 1646. Il est inhumé dans l'église Saint-Martin, mais il souhaitait que la part la plus intime de son être soit enterrée près de saint Marc, le saint patron de Venise.

— "La part la plus intime" ? Cette expression vous est familière ?

– Elle qualifie le cœur humain. Qui ne la connaît pas ? Les Anciens considéraient le cœur comme le siège de la sagesse, de l'intelligence, comme l'essence d'un être. »

C'était exactement pour cela, songea Zovastina, que Ptolémée avait employé cette description. « Touche à la part la plus intime de l'illusion dorée. »

« Je vais vous montrer autre chose », proposa Michener.

Ils passèrent devant le jubé richement orné de formes géométriques de carrés, rhomboïdes et quadrilobes en marbre coloré. Derrière la séparation, des hommes agenouillés s'affairaient sous le plateau de l'autel où un sarcophage de pierre était inondé de lumière. Ils ôtaient la grille en fer d'environ deux mètres de long et un mètre de haut qui protégeait la partie antérieure du cercueil.

« En 1835, expliqua Michener qui avait remarqué l'intérêt de la ministre, l'autel fut évidé afin d'offrir au saint une place de choix. C'est là qu'il repose depuis. Ce soir, c'est la première fois que l'on ouvre le sarcophage depuis qu'il a été placé sous l'autel. Il est près d'une heure. Ils seront bientôt prêts. »

Zovastina suivit cet homme qui l'agaçait tant jusqu'au transept droit plongé dans l'obscurité, à l'autre bout de la basilique. Michener s'arrêta devant une autre haute colonne en marbre.

« La basilique fut détruite par un incendie en 976, puis rebâtie et consacrée en 1094. Comme vous le disiez lors de ma visite à Samarcande, pendant ces cent dix-huit années, on ignore ce qu'il advint du corps de saint Marc. Et puis on raconte que, au cours de la messe dite pour la consécration de la basilique le 26 juin 1094, un bruit pareil à un éboulement s'éleva de ce pilier. La pierre s'effrita. Le pilier vacilla. Une main, puis un bras et enfin le corps entier du saint apparurent. Les prêtres et les fidèles se rassemblèrent autour de la colonne, ainsi que le doge en personne et l'on fut persuadé que la réapparition de saint Marc avait résolu tous les problèmes du monde.

– J'ai déjà entendu cette histoire, répondit Zovastina plus amusée qu'impressionnée. Incroyable de voir la dépouille réapparaître brusquement au moment même où la nouvelle église et le doge avaient besoin du soutien politique et financier des Vénitiens. Leur saint patron réapparaît par miracle. Ça devait être quelque chose à voir. J'imagine que le doge ou un ministre ont été assez malins pour élaborer cette mise en scène. Un véritable tour de force politique. On en parle encore dix siècles plus tard.

– Femme de peu de foi, remarqua Michener, amusé.

– Je me concentre sur la réalité.

– Alexandre le Grand censé reposer dans cette tombe, vous appelez ça la réalité ?

– Comment pouvez-vous être sûr du contraire ? rétorqua la ministre, agacée par son scepticisme. L'Église ignore complètement l'identité du cadavre dérobé par les marchands vénitiens à Alexandrie il y a plus de mille ans.

– Alors dites-moi, madame la ministre, ce qui vous rend si sûre de vous. »

Zovastina admira la colonne de marbre soutenant l'immense voûte au-dessus d'elle et ne put s'empêcher de la caresser en se demandant si l'histoire de Michener était véridique.

Elle aimait ce genre d'histoires.

Aussi décida-t-elle de lui en raconter une à son tour.

C'était une tâche redoutable qui attendait Eumène. En tant que secrétaire particulier d'Alexandre, il avait été chargé de s'assurer que le monarque serait inhumé aux côtés d'Héphaestion. Trois mois s'étaient écoulés depuis la mort du roi et son corps momifié se trouvait toujours dans l'enceinte du palais. La plupart des autres compagnons avaient depuis longtemps quitté Babylone afin de prendre le contrôle de leur portion de l'empire. Il n'avait pas été simple de trouver un cadavre à substituer à celui du roi, mais on avait repéré un homme de la taille, de la morphologie et de l'âge d'Alexandre dans un village non loin d'Alexandrie. Eumène l'avait empoisonné et l'un des embaumeurs égyptiens, alléché par la promesse d'une coquette somme d'argent, avait momifié la « doublure ». L'embaumeur avait ensuite quitté la ville, mais deux complices d'Eumène l'avaient assassiné. La substitution avait eu lieu à la faveur d'un orage d'été au cours duquel de fortes pluies s'étaient abattues sur la ville. Une fois la doublure enveloppée dans le cartonnage doré, vêtue d'une toge dorée et coiffée d'une couronne, il s'avérait impossible de faire la différence avec le corps d'Alexandre. Eumène garda le cadavre du roi au secret pendant des mois jusqu'à ce que le cortège funéraire quitte Babylone pour la Grèce, emportant la doublure. La cité était alors tombée dans une léthargie dont elle n'était jamais sortie. Eumène et ses deux complices avaient réussi à quitter la ville sans encombre en emportant la dépouille d'Alexandre vers le nord, conformément aux dernières volontés du souverain.

« Alors, le corps enterré ici n'est peut-être pas celui d'Alexandre après tout ? conclut Michener.

– Je ne me rappelle pas vous avoir promis de me justifier.

— Non, madame la ministre, c'est juste. Disons simplement que votre histoire m'a plu.

— Elle est aussi amusante que votre fable du saint dans la colonne.

— Elles sont probablement aussi crédibles l'une que l'autre. »

Zovastina n'était pas d'accord, cela dit. Son histoire, elle l'avait lue dans un manuscrit dont le spectre moléculaire avait été découvert grâce à des analyses aux rayons X et sur lequel aucun être humain n'avait posé le regard pendant des siècles. Seule la technologie moderne avait réussi à le faire apparaître. Son histoire n'avait rien d'une fable. Alexandre le Grand n'avait jamais été inhumé en Égypte. On l'avait emmené ailleurs, dans un endroit que Ptolémée Ier, premier pharaon grec d'Égypte, avait fini par découvrir. Un endroit auquel la momie enfermée dans le tombeau à quelques mètres d'elle la mènerait peut-être.

« Monseigneur Michener, nous sommes prêts », dit un homme qui apparut devant l'iconostase.

Le nonce hocha la tête et fit signe à Zovastina de passer devant. « L'heure est venue de vérifier laquelle de votre fable ou de la mienne est authentique, madame la ministre. »

46

L'inconnue gravit les marches pour gagner le pont du bateau, le pistolet braqué sur Viktor.

« Vous avez apprécié l'incendie ? » l'interrogea-t-elle.

Viktor passa au point mort et s'avança vers elle. « Espèce de garce, je vais vous montrer...

– Ne vous gênez pas, allez-y.

– Tuer ne vous fait ni chaud ni froid, dit-il avec un regard plein de haine.

– À vous non plus.

– Et qui ai-je donc tué ?

– C'était peut-être vous, ou bien un autre membre du bataillon sacré. Il y a deux mois, à Samarcande. Ely Lund. Sa maison a été réduite en cendres grâce à votre feu grégeois. »

Il se souvenait de cette mission. Zovastina la lui avait confiée personnellement. « Vous êtes la femme de Copenhague. Je vous ai vue au musée et puis à la maison.

– Vous avez essayé de nous tuer, là-bas.

– Vos amis et vous n'attendiez que ça, on dirait.

– Que savez-vous de la mort d'Ely ? Vous êtes le chef du bataillon sacré de Zovastina.

– Comment êtes-vous au courant ? demanda-t-il avant de comprendre. La pièce que j'ai examinée dans cette maison... Vous avez retrouvé mes empreintes digitales, murmura-t-il.

— Vous avez tout compris. »

L'inconnue semblait en proie à des pensées douloureuses, aussi décida-t-il d'entretenir sa souffrance. « Ely a été assassiné.

— Par vous ? »

Viktor remarqua un arc et un carquois en bandoulière sur son épaule. Elle avait prouvé son sang-froid en condamnant les portes du musée et en se servant des flèches pour y mettre le feu. Il décida donc de ne pas trop la provoquer.

« J'étais présent quand cela s'est produit.

— Pourquoi Zovastina voulait-elle qu'il meure ? »

Le bateau tangua dans les creux rendus invisibles par la nuit et Viktor sentit que le vent les faisait dériver. Seule une faible lueur émanait du tableau de bord.

« Vos amis, vous et cet Ely, vous vous mêlez d'une histoire qui ne vous regarde pas.

— Vous, en revanche, avez du souci à vous faire. Je suis venue vous tuer tous les deux, vous et votre complice. Je me suis occupée de lui. Il ne reste que vous.

— Qu'y gagnerez-vous ?

— J'aurai le plaisir de vous voir mourir. »

Cassiopée leva son arme.

Et appuya sur la détente.

Malone passa au point mort. « Vous avez entendu ?

— On aurait dit un coup de feu. Pas loin d'ici », répondit Stéphanie.

En jetant un coup d'œil hors de la cabine, Malone vit que l'incendie de Torcello, à environ un kilomètre et demi de là, redoublait de vigueur. La brume s'était maintenant levée et la visibilité était désormais assez bonne. On apercevait les phares des bateaux qui sillonnaient la lagune.

Malone tendit l'oreille. Pas un bruit.

Il mit les gaz.

Cassiopée visa la cloison de la cabine et tira une balle à quelques centimètres de la jambe de Viktor. « Ely n'avait jamais fait de mal à une mouche. Pourquoi a-t-il fallu qu'elle le tue ? demanda-t-elle, pistolet toujours braqué sur Viktor. Répondez. » Mâchoires serrées, Cassiopée butait sur les mots et sa question tenait plus de la supplique.

« Zovastina s'est fixé un objectif. Votre ami Ely s'est mêlé de ce qui ne le regardait pas.

– Il était historien. Quelle menace pouvait-il bien représenter ? » insista Cassiopée tout en se haïssant de parler d'Ely au passé.

L'eau clapotait contre la coque du bateau, ballotté par le vent.

« Vous seriez surprise de voir avec quelle facilité elle tue. »

Viktor éludait la question de Cassiopée, ce qui ne faisait qu'attiser la rage de la jeune femme. « Mettez-vous à la barre. Naviguez lentement.

– Où allons-nous ?

– Place Saint-Marc. »

Viktor se retourna pour mettre les gaz et, sans crier

gare, fit virer le bateau sur la gauche ; le pont se déroba sous les pieds de Cassiopée qui fut déséquilibrée. Décontenancée, la jeune femme baissa la garde un instant en cherchant à reprendre l'équilibre et Viktor en profita pour se jeter sur elle.

Il savait qu'il devait tuer cette jeune femme, symbole de ses multiples échecs, au point de lui faire perdre la confiance de Zovastina si elle venait à découvrir son existence.

Sans parler de ce qui était arrivé à Rafael.

Il agrippa le haut de la cabine arrière de la main gauche en se servant du panneau de bois pour se propulser en l'air et frapper les bras de l'inconnue d'un coup de pied.

Elle bascula en avant et repoussa son assaut.

Le poste de pilotage ne mesurait pas plus de deux mètres carrés. Il y avait une ouverture de chaque côté. Les moteurs gémirent alors que le bateau sans pilote luttait contre la houle. Les embruns s'abattaient sur le pare-brise. L'inconnue avait toujours l'arme au poing, mais peinait à retrouver l'équilibre.

Viktor la cueillit à la mâchoire du plat de la main et elle se cogna la tête. Le temps qu'elle reprenne ses esprits, il vira de nouveau de bord et ralentit. Les bancs de sable mouvants et les herbes qui adhéraient à la coque l'inquiétaient. Il apercevait la silhouette de Torcello à sa gauche se détachant sur le ciel qu'illuminait l'incendie du musée. Le bateau pivota dans la forte houle alors que l'inconnue se tâtait le crâne.

Viktor décida de laisser la nature faire son œuvre et poussa l'inconnue par-dessus bord.

47

Zovastina traversa l'iconostase pour entrer dans le chœur de la basilique où elle put admirer le magnifique baldaquin. Quatre colonnes d'albâtre sculptées de reliefs raffinés soutenaient un bloc massif de marbre vert taillé en voûtes d'ogives. Derrière, dans l'encadrement qu'offrait le baldaquin, scintillait la célèbre Pala d'Oro, un retable d'or incrusté de pierres précieuses et d'émaux.

Elle étudia les deux parties distinctes du sarcophage de pierre placé sous l'autel. En guise de dalle, il était fermé par un bloc de pierre difforme ; la base avait été taillée en un rectangle lisse sur lequel était gravée la phrase CORPVS DIVI MARCI EVANGELISTAE. Ses notions de latin lui permirent de comprendre qu'il s'agissait du corps du divin saint Marc. Deux lourds anneaux métalliques qui avaient certainement dû servir à placer l'énorme bloc de pierre sur le sarcophage sortaient de la dalle. Aujourd'hui, d'épaisses barres de fer vissées à chaque extrémité à des vérins hydrauliques traversaient les anneaux.

« C'est un véritable défi, remarqua Michener. La place est très réduite sous l'autel. Bien sûr, avec une machinerie lourde nous pourrions y pénétrer aisément, mais nous ne disposons pas du temps nécessaire pour le faire, et puis ce ne serait pas très discret.

— Ces ouvriers sont des prêtres ?

— Oui, on les a affectés ici. Nous pensions qu'il valait mieux ne pas ébruiter cette affaire.

— Vous savez ce que renferme le sarcophage ?

— Ce que vous voulez vraiment savoir, c'est si la dépouille est momifiée, n'est-ce pas ? Cette tombe n'a pas été ouverte en cent soixante-dix ans. Personne ne sait vraiment ce qu'elle contient. »

La suffisance de Michener déplut à Zovastina. Ptolémée Ier avait tiré profit de la substitution opérée par Eumène, s'était servi de ce qui passait pour la dépouille d'Alexandre à son avantage politique. Elle n'avait aucun moyen de savoir si ce qu'elle allait découvrir lui fournirait les réponses qu'elle attendait, mais elle tenait à en avoir le cœur net.

Au signal de Michener, l'un des prêtres actionna les vérins hydrauliques. Les anneaux métalliques sur la dalle de pierre se dressèrent puis, lentement, un millimètre après l'autre, les vérins soulevèrent l'énorme dalle.

« Ces engins sont très puissants. Petits, mais capables de soulever une maison de ses fondations. »

La dalle se trouvait désormais à deux centimètres de la base, mais l'intérieur du sarcophage restait dans l'ombre. Zovastina leva les yeux bien au-dessus du baldaquin, vers la coupole illuminée où une mosaïque dorée représentait le Christ.

Les quatre prêtres arrêtèrent le système hydraulique.

Il y avait désormais un interstice d'environ quatre centimètres entre la dalle et la base du sarcophage ; les barres métalliques touchaient désormais la partie inférieure de l'autel.

Impossible d'aller plus haut.

Michener fit signe aux prêtres de s'éloigner de l'autel et

de regagner l'iconostase. « Le Saint-Père essaie d'accéder à votre requête dans l'espoir que vous lui rendrez la pareille, mais soyons réalistes : vous n'honorerez pas votre promesse.

— Je n'apprécie pas que l'on m'insulte.

— Et le Saint-Père n'apprécie pas qu'on lui mente. »

Le diplomate jouait désormais cartes sur table. « Vous aurez accès à la Fédération, comme je vous l'ai garanti.

— Nous voulons autre chose. »

Elle comprenait maintenant. Michener avait attendu que la dalle ait été enlevée. Elle se détestait, mais à cause de Karyn, d'Alexandre le Grand et de ce qu'elle pourrait peut-être découvrir, un jour, quelque part, elle n'avait pas le choix.

« Que voulez-vous ?

— Nous avons préparé un concordat entre la Fédération et l'Église, répondit Michener en prenant un document plié dans la poche intérieure de sa veste. Un document dans lequel vous vous engagez par écrit à nous garantir l'accès à la Fédération. Conformément à votre demande d'hier, la Fédération se réserve le droit d'approuver toute nouvelle construction d'église. »

Zovastina déchiffra le document que l'Église avait même pris soin de rédiger en kazakh.

« Nous avons pensé qu'il serait plus simple de le rédiger dans votre langue.

— Vous avez pensé qu'il serait plus facile à diffuser dans ma langue. Ma signature vous sert de garantie. Impossible de nier vos dires grâce à elle. »

Elle parcourut le concordat des yeux. Le document détaillait les accords de coopération passés entre l'Église catholique et la Fédération d'Asie centrale qui visaient à « promouvoir et encourager conjointement la libre pratique de la religion en garantissant aux missionnaires catholiques la possibilité de faire leur travail sans aucune restriction ». Le document stipulait qu'aucune violence à l'encontre des représentants de l'Église catholique ne serait tolérée et que les agresseurs seraient punis. D'autres clauses garantissaient que les représentants de l'Église ne rencontreraient aucune difficulté dans l'obtention de visas et qu'aucunes représailles ne seraient tolérées contre les fidèles convertis au catholicisme.

Zovastina leva les yeux du document pour regarder l'autel. La partie inférieure du sarcophage restait dans l'ombre. Même à dix mètres de distance elle n'arrivait pas à voir son contenu.

« J'aimerais pouvoir compter des hommes de votre trempe dans mon équipe.

— J'aime servir l'Église. »

Elle consulta sa montre : il était minuit vingt. Viktor devait déjà être là. Il n'était jamais en retard. Elle pouvait toujours compter sur lui. Elle se tourna vers la nef et la partie supérieure du narthex où seuls les plafonds dorés étaient illuminés. Les endroits sombres où se cacher ne manquaient pas. Elle se demandait si on la laisserait vraiment seule pendant trente minutes quand une heure du matin aurait sonné.

« Si la signature de ce concordat vous pose un problème, nous devrions peut-être oublier toute cette affaire », proposa Michener.

C'était exactement ce qu'elle lui avait dit la veille quand elle l'avait mis au défi.

Elle l'avait mis au pied du mur.

« Vous avez de quoi écrire ? »

48

Malone vit deux lumières rouges voleter de manière erratique à la surface de l'eau sombre à environ quatre cents mètres, comme si personne n'était à la barre du bateau.

« Stéphanie, vous avez vu ça, là-bas ?

— Le bateau a dépassé les balises du chenal », indiqua son amie, debout de l'autre côté de la barre.

C'est ce qu'il avait cru voir lui aussi. Il continua de se rapprocher du bateau à la dérive qui n'était plus qu'à deux cents mètres d'eux maintenant. Le bateau, qui avait à peu près la même forme et la même taille que le leur, se trouvait près des hauts-fonds. Soudain, à la lueur qui émanait de l'embarcation, Malone vit une silhouette plonger dans l'eau.

Une autre silhouette apparut et trois coups de feu retentirent dans la nuit.

« Cotton, s'écria Stéphanie.

— Je suis déjà sur le coup. »

Il vira à bâbord pour mettre le cap sur les lumières. Le bateau de l'inconnu sembla revenir à la vie et s'éloigna à vive allure. Malone fendait l'eau et la houle provoquée par le moteur de la vedette cingla la coque du bateau de l'inconnu qui s'éloigna dans la direction opposée alors que

Malone se trouvait encore à une quinzaine de mètres de lui. Ils devinèrent la silhouette du pilote à la barre : l'homme brandissait une arme.

« Couchez-vous, Stéphanie ! » hurla Malone.

Son amie avait apparemment repéré le danger elle aussi car elle plongeait déjà vers le pont humide du bateau. Il l'imita au moment où deux balles les frôlaient ; l'une d'elles brisa une des fenêtres de la cabine arrière.

Malone se leva d'un bond pour reprendre la barre. L'autre embarcation s'éloignait à toute allure vers Venise. Il aurait fallu la poursuivre, mais qu'était-il advenu de la personne tombée à l'eau ?

« Trouvez une lampe torche, Stéphanie », ordonna Malone tout en ralentissant et en approchant de l'endroit où ils avaient vu le bateau de l'inconnu pour la première fois.

Stéphanie se rua dans la cabine avant et fouilla les compartiments. Elle réapparut bientôt une torche à la main.

Malone passa au point mort.

Stéphanie balaya la surface de l'eau avec le faisceau de la lampe torche. Un hurlement de sirènes s'éleva au loin et Malone repéra les gyrophares de trois bateaux qui contournaient une île et mettaient le cap sur Torcello.

La police italienne ne manquait pas de travail ce soir.

« Vous voyez quelque chose, Stéphanie ? Quelqu'un est tombé à l'eau. »

Et il fallait éviter de lui passer dessus, ce qui n'était pas simple dans pareille obscurité.

« Là ! » s'écria Stéphanie.

Malone se rua vers elle et aperçut une silhouette qui luttait pour ne pas sombrer. En un éclair, il reconnut

Cassiopée. Avant que Malone ait pu réagir, Stéphanie se débarrassa de la torche et sauta à l'eau.

Malone regagna la barre pour manœuvrer avant de retourner à l'autre bout du pont juste au moment où Stéphanie et Cassiopée s'approchaient du bateau à la nage. Malone se pencha, agrippa Cassiopée et la hissa à bord.

Il aida la jeune femme à bout de forces à s'allonger sur le pont.

Elle avait perdu connaissance et portait un carquois à l'épaule. Encore une histoire intéressante sans doute, songea-t-il. Il fit rouler la jeune femme sur le côté. « Recrachez toute cette eau. »

Elle sembla ignorer son conseil.

« Toussez », l'encouragea-t-il en la poussant sur le dos.

Elle se mit à cracher de l'eau, hoquetant à chaque respiration, mais au moins, elle respirait.

Stéphanie se hissa sur le bateau.

« Elle est dans les vapes, mais elle n'a pas de plaie par balle.

— Pas évident d'atteindre sa cible dans le noir depuis le pont d'un bateau qui tangue. »

Malone continua à tapoter le dos de Cassiopée pour l'aider à évacuer toute l'eau contenue dans ses poumons. Elle avait l'air de reprendre connaissance.

« Vous allez bien ? » l'interrogea Malone.

Elle avait l'air sonnée.

« Cotton ? s'écria-t-elle.

— Inutile de vous demander pourquoi vous transportez un arc et des flèches, j'imagine ?

— Cette espèce de... s'écria la jeune femme en se frottant le crâne.

— Qui a fait ça ? intervint Stéphanie.

— Stéphanie ? Qu'est-ce que vous faites ici ? demanda Cassiopée en touchant les vêtements mouillés de son amie. C'est vous qui m'avez tirée de là ?

— Je vous devais bien ça. »

Malone n'était pas au courant de tout ce qui s'était passé à Washington à l'automne précédent alors qu'il était en pleine bagarre dans le Sinaï, mais les deux femmes s'étaient apparemment beaucoup rapprochées. « Combien de victimes l'incendie du musée de Torcello a-t-il faites ? »

Ignorant sa question, Cassiopée se retourna pour chercher quelque chose. C'était un Glock. Elle le secoua pour vider l'eau du canon. Le grand avantage des Glock, Malone le savait d'expérience, c'était leur excellente résistance à l'eau.

« Il faut y aller, s'écria Cassiopée en se levant.

— C'est Viktor qui était avec vous dans le bateau ? » insista Malone, agacé.

Mais Cassiopée avait repris ses esprits et ses yeux lançaient des éclairs de colère. « Je vous ai déjà dit que cette affaire ne vous regardait pas. Ce n'est pas à vous de mener ce combat.

— Ouais, c'est ça. Vous n'avez pas la moindre idée des enjeux de cette affaire.

— Je sais que ces salopards ont tué Ely sur ordre d'Irina Zovastina.

— Qui est Ely ?

— C'est une longue histoire, répondit Malone. Une histoire qui nous cause beaucoup de problèmes à l'heure actuelle.

— Il faut y aller, insista Cassiopée tout en reprenant ses esprits et en secouant le canon de son arme pour en chasser l'eau.

— Vous avez tué quelqu'un ?

— Il y en a un qui doit être grillé à point à l'heure qu'il est.

— Vous le regretterez plus tard.

— Merci pour la séance de psy. Allons-y.

— Où allait Viktor ? » demanda Malone en s'efforçant de la retarder.

Elle posa son arc.

« C'est Henrik qui vous a envoyé ce truc-là ?

— Au risque de me répéter, Cotton, ça ne vous regarde pas.

— Cassiopée, je ne suis pas au courant du quart de ce qui se passe ici, mais j'en sais suffisamment pour me rendre compte que vous ne réfléchissez pas, intervint Stéphanie. Comme vous me l'avez si bien conseillé à l'automne dernier, servez-vous de votre tête. Que s'est-il passé ?

— Vous aussi, Stéphanie, laissez-moi tranquille. Je traque ces hommes depuis des mois. Ce soir enfin, je les ai eus dans ma ligne de mire. J'en ai descendu un et je veux l'autre. Eh oui, c'est Viktor. Il a assisté au meurtre d'Ely. Ils l'ont brûlé vif. Pourquoi ? Je veux savoir pourquoi il est mort, s'emporta la jeune femme.

— Tâchons de le découvrir alors », dit Malone.

Cassiopée fit quelques pas mal assurés. À l'heure qu'il était, elle était prise au piège, n'avait nulle part où aller et elle était apparemment assez intelligente pour se rendre compte que ni l'un ni l'autre de ses amis n'allaient la laisser tranquille. Elle posa les mains sur la rambarde du pont pour reprendre son souffle. « Bon, d'accord. Vous avez raison », reconnut-elle enfin.

Malone se demandait si c'était pour les amadouer.

« J'en fais une affaire personnelle. Vous ne vous rendez

pas compte à quel point c'est personnel. Il ne s'agit pas seulement d'Ely », ajouta-t-elle hésitante.

C'était la deuxième fois qu'elle faisait ce genre d'allusion. « Pourquoi ne pas nous expliquer ce qui est en jeu ?

— Je ne préfère pas. »

Malone voulait désespérément aider la jeune femme, mais il semblait inutile de discuter. Il se tourna donc vers Stéphanie qui le comprit d'un regard.

Elle lui donna son accord d'un hochement de tête.

Il regagna la barre et mit les gaz. Les trois amis croisèrent d'autres bateaux de police en route pour Torcello. Malone mit le cap sur Venise et la lueur des phares du bateau de Viktor qui disparaissait au loin.

« Ne vous inquiétez pas pour l'homme piégé dans le musée, les rassura Cassiopée. Il ne restera rien ni de son cadavre ni du bâtiment. »

Malone voulut savoir autre chose : « Stéphanie, avez-vous des nouvelles de Naomi ?

— Rien depuis hier. C'est pour ça que je suis là.

— Qui est Naomi ? voulut savoir Cassiopée.

— Ça, ce sont mes affaires. »

Cassiopée n'insista pas, se contentant de demander : « Où allons-nous ? »

Malone consulta sa montre dont le cadran lumineux indiquait minuit quarante-cinq. « Comme je vous l'ai dit, il se passe tout un tas de choses ici et nous savons exactement où va Viktor. »

49

Samarcande
4 h 50

Vincenti frissonna. Certes, il avait déjà fait assassiner des gens, une femme la veille, mais là, c'était différent. Il se lançait dans une aventure d'une audace folle qui ferait de lui l'homme le plus riche de la planète tout en lui assurant la postérité.

Le jour se lèverait dans un peu plus d'une heure. Il attendait à l'arrière de la voiture alors que O'Conner et deux complices s'approchaient d'une maison dissimulée derrière un bosquet de châtaigniers en fleur et un haut portail métallique : c'était la propriété d'Irina Zovastina.

O'Conner revint sur ses pas et Vincenti baissa la vitre de la portière.

« Les deux gardes sont morts, annonça l'homme de main. Nous n'avons eu aucun mal à les abattre.

– L'endroit est-il protégé par un système de sécurité ?

– Non, rien à part les gardes. Les consignes de sécurité concernant cet endroit n'étaient pas très strictes. »

Zovastina devait penser qu'il n'intéressait personne.
« Sommes-nous prêts ?

– Il n'y a que la femme qui veille sur elle à l'intérieur.

– Alors, voyons quel accueil elles vont nous réserver. »

Vincenti passa par la porte d'entrée. Les deux hommes engagés pour la soirée retenaient l'infirmière de Karyn

Walde, une dame d'un certain âge à l'allure sévère qui portait un peignoir et des chaussons. Son visage aux traits asiatiques était rempli d'effroi.

« Je me suis laissé dire que vous avez de l'affection pour mademoiselle Walde, n'est-ce pas ? »

L'infirmière hocha la tête.

« Et que vous n'appréciez pas la façon dont la ministre suprême la traite.

— Elle est ignoble avec elle. »

Vincenti était ravi de constater l'exactitude de ses renseignements. « Karyn souffre à ce que l'on m'a dit. Sa maladie progresse, n'est-ce pas ?

— Et la ministre refuse de la laisser tranquille. »

Au signal de Vincenti, les deux hommes relâchèrent l'infirmière. « Je suis venu soulager sa souffrance, mais j'ai besoin de votre aide, annonça Vincenti en s'approchant d'elle.

— Où sont les gardes ? demanda-t-elle, méfiante.

— Ils sont morts. Attendez ici pendant que je vais la voir. Elle est au bout du couloir ? »

L'infirmière hocha la tête.

Vincenti alluma une lampe de chevet pour observer le spectacle pathétique qu'offrait la femme reposant sous un dessus-de-lit rose, le dos calé contre un coussin.

Karyn Walde respirait à l'aide de bouteilles d'oxygène et d'un respirateur. Elle avait une perfusion dans le bras. Vincenti prit une seringue, planta l'aiguille hypodermique dans la poche du goutte-à-goutte et la laissa pendiller.

La femme ouvrit les yeux.

« Réveillez-vous », dit Vincenti.

Elle cilla plusieurs fois en essayant de comprendre ce

qui se passait. « Qui êtes-vous ? demanda-t-elle enfin en se relevant.

– Je sais que les visiteurs ne se bousculent pas ces derniers temps, mais je suis un ami.

– Est-ce que je vous connais ?

– Ce serait étonnant. En revanche, moi je vous connais. Dites-moi, l'amour avec Irina Zovastina, c'était comment ? »

Étrange question que lui posait cet inconnu au beau milieu de la nuit. « Qu'est-ce que ça peut vous faire ?

– Je la connais depuis de nombreuses années. Or, elle n'a jamais manifesté d'affection pour personne et je n'en ai jamais éprouvé pour elle non plus. Comment avez-vous fait ?

– Je me suis souvent posé la question.

– Quel luxe, remarqua Vincenti en admirant le décor de la chambre, raffiné et coûteux comme dans le reste de la maison.

– C'est une piètre consolation.

– Pourtant, quand vous êtes tombée malade, que vous avez su que vous étiez séropositive, vous êtes revenue vers elle après une brouille de plusieurs années.

– Vous êtes bien renseigné.

– Vous deviez bien éprouver quelque chose pour elle pour revenir.

– D'un certain point de vue, elle est idiote », dit Karyn Walde en s'adossant à son coussin.

Vincenti était tout ouïe.

« Elle se prend pour Achille et me prend pour Patrocle. Ou pire, elle est Alexandre et moi Héphaestion. J'ai entendu ces histoires plus d'une fois. Vous connaissez *l'Iliade* ? »

Vincenti hocha la tête.

« Achille se sentait responsable de la mort de Patrocle. Il laissa son amant – qui se faisait passer pour lui – mener son armée à la bataille. Alexandre le Grand, quant à lui, se sentait terriblement coupable de la mort d'Héphaestion.

– Vous êtes férue de littérature et d'histoire, on dirait.

– Je n'y connais absolument rien. Je l'ai juste écoutée radoter.

– Pourquoi la trouvez-vous idiote ?

– Elle veut me sauver sans parvenir à l'avouer. Elle me rend visite, passe son temps à me dévisager, à me réprimander, et même à m'agresser, tout en s'efforçant de me sauver. Je connais ses sentiments à mon égard et, si je suis revenue ici, c'est parce que je savais que l'on s'occuperait de moi.

– Pourtant vous la détestez, manifestement.

– Je vous assure, qui que vous soyez, qu'à ma place on n'a guère le choix.

– Vous êtes plutôt franche avec un inconnu.

– Je n'ai rien à cacher ni à craindre. Je vais bientôt mourir.

– Vous avez capitulé ?

– Comme si j'avais le choix ! »

Vincenti décida de voir ce qu'il pouvait lui soutirer d'autre. « Zovastina est à Venise en ce moment même, à la recherche de quelque chose. Vous êtes au courant ?

– Ça ne me surprend pas. Elle, c'est la grande héroïne qui entreprend la formidable quête du héros. Moi, je suis la faible, l'amante. On n'est pas censé exiger quoi que ce soit du héros, ni le défier, mais se contenter d'accepter ce qu'il nous donne.

– Vous avez entendu beaucoup d'insanités.

– Elle se prend pour mon sauveur, je la laisse faire.

Pourquoi pas ? De plus, la tourmenter est le seul plaisir qu'il me reste. Chacun ses priorités dans la vie, comme on dit.

— Parfois, la vie vous réserve de drôles de surprises. »

Karyn Walde avait l'air intrigué.

« Où sont les gardes ?

— Morts.

— Et mon infirmière ?

— Elle va bien. Je pense qu'elle éprouve une sincère affection pour vous.

— C'est vrai. »

Avant la maladie, cette femme avait dû être sublime, capable de séduire les hommes comme les femmes ; facile de voir pourquoi Zovastina avait dû être attirée par elle. Facile aussi de voir ce qui avait dû opposer ces deux femmes. Des personnalités dominantes toutes les deux, habituées à obtenir ce qu'elles voulaient.

« Je vous surveille depuis un moment, avoua Vincenti.

— Il n'y a pas grand-chose à voir.

— Dites-moi : si vous aviez le choix, quel serait le plus beau cadeau que l'on pourrait vous faire ? »

La femme gravement malade étendue devant lui eut l'air de réfléchir sérieusement à la question. Il avait déjà vu la même détermination chez d'autres jadis qui faisaient face aux mêmes conséquences terribles de la maladie et s'accrochaient au moindre espoir, aussi ténu fût-il, puisque ni la science ni la religion ne pouvaient les sauver.

Il aurait fallu un miracle.

Aussi ne fut-il pas déçu quand, prenant une profonde inspiration, elle formula sa réponse.

« La vie. »

50

Venise

Viktor passa en toute hâte devant la façade ouest de la basilique inondée de lumière. Dominant le monument, saint Marc veillait dans la nuit noire au-dessus d'un lion aux ailes déployées. À sa gauche s'étendait la place entourée d'un cordon de sécurité, une nuée d'agents de police ayant investi le vaste pavement. La foule était massée alentour ; Viktor avait entendu dire qu'une fusillade venait de s'y produire. Il contourna la masse des badauds et se dirigea vers l'entrée nord de l'église que Zovastina lui avait ordonné d'emprunter.

L'apparition de l'inconnue armée d'un arc l'avait perturbé. Elle aurait dû mourir au Danemark. Et si elle n'était pas morte, ses deux complices étaient certainement encore en vie eux aussi. La situation lui échappait. Il aurait dû rester pour s'assurer qu'elle s'était bien noyée dans la lagune, mais Zovastina l'attendait et il ne pouvait se permettre d'être en retard.

Il revoyait Rafael en train de mourir.

La seule chose qui intéresserait Zovastina serait de savoir si sa mort pouvait paraître suspecte, mais il n'y avait aucune crainte à avoir. Il ne resterait rien du cadavre à part quelques fragments d'os et un tas de cendres.

Comme quand la maison d'Ely Lund avait brûlé.

« Vous allez me tuer ? Qu'est-ce que j'ai fait ? avait demandé Ely à l'inconnu qui brandissait une arme. Quelle menace est-ce que je peux bien représenter ? Et pour qui ? »

Caché dans une pièce adjacente, Viktor écoutait.

« Pourquoi ne répondez-vous pas ? s'était emporté Ely.

– Je ne suis pas là pour discuter.

– Juste pour m'abattre, c'est ça ?

– J'obéis aux ordres.

– Et vous ne savez même pas pourquoi ?

– Ça ne m'intéresse pas. »

Le silence envahit la pièce.

« J'aurais aimé pouvoir aller un peu plus loin, avait dit Ely d'un ton mélancolique, fataliste, étonnamment calme. J'avais toujours cru que la maladie m'emporterait. »

Viktor tendait l'oreille, intrigué.

« Vous êtes infecté ? s'était étonné l'inconnu, méfiant. Vous n'avez pas l'air malade.

– Je n'ai aucune raison de l'être, pourtant c'est bien le cas. »

Viktor avait entendu le cliquetis caractéristique d'un pistolet que l'on arme.

Il avait assisté à l'incendie de la maison. Les pompiers de Samarcande, peu nombreux, n'avaient pas pu faire grand-chose. Au bout du compte, les murs s'étaient effondrés et le feu grégeois avait tout consumé.

Maintenant, il en savait un peu plus.

L'inconnue de Copenhague tenait suffisamment à Ely Lund pour vouloir venger sa mort.

Il fit le tour de la basilique et aperçut le portail nord. Un homme attendait à l'intérieur, posté devant les portes en bronze.

Viktor essaya de se reprendre.

La ministre suprême voudrait qu'il soit concentré, en pleine possession de ses moyens.

Zovastina tendit le concordat signé à Michener. « Maintenant, laissez-moi tranquille pendant une demi-heure. »

Au signal du nonce, tous les prêtres quittèrent le chœur.

« Vous regretterez d'avoir fait pression sur moi, dit-elle.

– Le Saint-Père ne se laisse pas facilement impressionner, vous l'aurez compris.

– De combien de soldats dispose votre pape ?

– Vous n'êtes pas la première à poser cette question, mais il n'y a pas eu besoin de soldats pour mettre les communistes à genoux. Jean-Paul II s'est très bien débrouillé tout seul.

– Et votre pape est aussi malin que son prédécesseur ?

– Mettez-le en colère et vous le découvrirez. »

Michener s'éloigna, traversa l'iconostase et la nef avant de disparaître en direction de l'entrée principale de la basilique. « Je serai là dans une demi-heure », dit-il.

Zovastina vit Viktor avancer dans la pénombre. Il croisa Michener qui le salua d'un signe de tête. Les deux autres gardes se tenaient à l'écart.

Viktor entra dans le chœur. Il avait les vêtements mouillés et couverts de crasse, le visage zébré de traces de fumée.

« Vous avez le médaillon ? » demanda Zovastina. C'était tout ce qui l'intéressait.

Il lui remit la pièce.

« Qu'en pensez-vous ?

– Il a l'air authentique, mais je n'ai pas eu l'occasion de vérifier. »

Elle empocha le médaillon. Elle verrait plus tard.

Le sarcophage ouvert attendait à dix mètres de là.

C'est tout ce qui comptait pour l'instant.

Malone fut le dernier à descendre du bateau pour sauter sur l'embarcadère. Les trois amis étaient de retour en ville, là où la célèbre place Saint-Marc jouxtait la lagune. Des vaguelettes malmenaient les mâts qui oscillaient et bousculaient les gondoles amarrées à l'embarcadère. La présence policière était encore importante et la foule de curieux était bien plus dense qu'une heure plus tôt.

« Pocahontas aurait besoin d'être tenue en laisse », plaisanta Stéphanie en désignant Cassiopée qui se frayait déjà un chemin vers la basilique entre les étals des marchands de souvenirs, arc et carquois toujours en bandoulière.

« Monsieur Malone. »

Malone remarqua un homme dans la foule. Il approchait la cinquantaine, portait un pantalon en toile beige, une chemise à manches longues et une veste en coton et avançait vers eux. Cassiopée l'avait apparemment entendu elle aussi car elle rejoignit Malone et Stéphanie.

« Monseigneur Colin Michener, annonça l'homme.

– Vous n'avez pas l'air d'un homme d'Église.

– Pas ce soir, non. On m'a annoncé votre arrivée et je dois dire que la description que l'on m'a fournie est des plus fidèles. Un grand gaillard aux cheveux clairs accompagné d'une femme d'un certain âge.

— Non, mais dites donc ! s'écria Stéphanie.

— On m'a dit aussi que l'âge est pour vous un sujet sensible.

— Et qui vous a dit ça ? voulut savoir Malone.

— Edwin Davis, qui d'autre ? répondit Stéphanie. Il m'a parlé d'une source infaillible. C'est vous, je suppose ?

— Je connais Edwin depuis très longtemps.

— Un homme vient-il d'entrer dans la basilique ? Petit, trapu, vêtu d'un jean ?

— Il est là, oui. Avec la ministre Zovastina. Il s'appelle Viktor Tomas, c'est le chef de la garde rapprochée de Zovastina.

— Vous êtes bien informé, observa Malone.

— C'est plutôt Edwin qui l'est. Mais il y a une chose qu'il n'a pas pu me dire : d'où tenez-vous votre nom, Cotton ?

— C'est une longue histoire. Pour l'instant, nous devons entrer dans la basilique, et je suis sûr que vous savez pourquoi. »

Michener leur fit signe de le suivre derrière l'étal d'un marchand de souvenirs, à l'abri du flot des badauds. « Hier, nous avons obtenu certaines informations sur la ministre Zovastina que nous avons transmises à Washington. Elle voulait jeter un coup d'œil dans la tombe de saint Marc et le Saint-Père s'est dit que les États-Unis aimeraient sans doute en faire autant.

— Pouvons-nous y aller ? l'interrogea Cassiopée.

— Vous êtes du genre nerveux, non ?

— Je suis pressée, c'est tout.

— Comme ça, vous vous promenez avec un arc et des flèches ?

– On ne peut rien vous cacher.
– La situation risque-t-elle de s'envenimer ?
– Ça ne peut pas être pire que ça l'est déjà.
– Vous parlez de l'homme tué ici tout à l'heure ?
– Et du musée de Torcello qui est la proie des flammes », ajouta Malone au moment où le vibreur de son téléphone portable se déclenchait.

Le nom d'Henrik s'afficha à l'écran. « Ce n'était pas très malin d'envoyer un arc et des flèches à Cassiopée.
– Je n'avais pas le choix. Je dois lui parler. Est-elle avec vous ?
– Oh, que oui », répondit Malone en tendant le téléphone à la jeune femme qui s'isola.

D'une main tremblante, Cassiopée colla l'appareil à son oreille.

« Écoutez bien, annonça Thorvaldsen. Il y a certaines choses qu'il faut que vous sachiez. »

« Nous sommes en pleine confusion, dit Malone à Stéphanie.
– Et la situation se dégrade de minute en minute. »

Malone regardait Cassiopée : téléphone rivé à l'oreille, elle leur tournait le dos.

« Elle a merdé, observa-t-il.
– Nous avons tous connu ça, il me semble. »

Il sourit car Stéphanie avait raison.

Cassiopée raccrocha et lui rendit le téléphone en les rejoignant.

« Il vous a donné votre feuille de route ?

— Quelque chose comme ça, oui.

— Vous voyez un peu ce que je dois supporter ? Alors j'espère que vous au moins allez me fournir quelques renseignements constructifs, dit Malone à Michener.

— Zovastina et Viktor se trouvent dans le chœur de la basilique.

— Ça me va.

— J'ai besoin de vous parler en privé, Stéphanie. Edwin m'a chargé de vous transmettre une information.

— J'aimerais mieux les accompagner.

— C'est crucial, d'après ce qu'il m'a dit.

— Allez-y, l'encouragea Malone. On s'occupe du reste. »

Zovastina se pencha au-dessus de l'autel.

L'un des prêtres avait laissé un néon par terre. Elle fit signe à Viktor de la rejoindre. « Envoyez les gardes patrouiller dans l'église, surtout à l'étage. Je veux m'assurer que personne ne nous espionne. »

Viktor obéit avant de la rejoindre.

Elle éclaira l'intérieur du sarcophage en retenant son souffle. Depuis qu'Ely Lund lui en avait parlé, elle imaginait ce moment. Contenait-il la momie de l'homme que l'on avait substitué à Alexandre ? Ptolémée avait-il laissé un indice qui la conduirait là où reposait le roi de Macédoine ? Cet endroit reculé où « les Scythes avaient parlé de la vie à Alexandre » ? La vie sous forme de potion. Elle se rappelait ce que l'historien à la cour d'Alexandre avait écrit dans l'un des manuscrits découverts par Ely : « L'homme avait au cou des ganglions si enflés qu'il pouvait à peine avaler, comme s'il avait des cailloux plein la gorge et vomissait de la bile à chaque souffle. Il avait le corps couvert de lésions, il était à bout de forces. Chaque respiration lui demandait un terrible effort. » Pourtant, la potion l'avait guéri en une seule journée. D'après les chercheurs qui travaillaient pour Zovastina, il s'agissait de symptômes viraux. Était-il possible que la nature, créatrice d'un si grand nombre d'agresseurs, ait aussi engendré un moyen de les arrêter ?

Malheureusement, le cercueil de pierre ne renfermait aucune momie.

Zovastina aperçut un étroit coffret de bois de cinquante centimètres de côté, richement décoré et doté de deux poignées de bronze. Son cœur se serra sous le coup de la déception. « Sortez-le de là », ordonna-t-elle à Viktor sans rien laisser paraître.

Viktor s'empara du coffret qu'il posa sur le dallage en pierre.

À quoi s'était-elle attendue ? Si momie il y avait eu, elle aurait daté d'il y a au moins deux mille ans. Les embaumeurs connaissaient leur travail, certes, et des momies datant de cette époque et même d'époques antérieures avaient résisté aux outrages du temps, mais elles étaient restées enfermées dans leurs tombes pendant des siècles sans que personne vienne troubler leur repos ni ne les charrie inconsidérément à l'autre bout du monde avant de disparaître pendant des centaines d'années. Ely Lund était convaincu de l'authenticité de l'énigme de Ptolémée. Il était également convaincu que, en 828, les marchands vénitiens avaient fui Alexandrie en n'emportant pas la dépouille de saint Marc, mais celle d'un autre, peut-être même le corps qui avait reposé dans le Sôma pendant six siècles, vénéré et adoré de tous comme étant celui d'Alexandre le Grand.

« Ouvrez le coffret. »

Viktor défit les fermoirs et ôta le couvercle. Le coffret était tapissé de velours rouge fané. Un bout de velours élimé était chiffonné à l'intérieur. En s'en emparant, Zovastina aperçut des dents, une clavicule, un fémur, un morceau de crâne et des cendres.

Elle ferma les yeux.

« À quoi vous attendiez-vous ? » s'écria une voix inconnue.

51

Samarcande

Vincenti réfléchit à la réponse de Karyn Walde. « À quoi seriez-vous prête en échange de la vie ?

— Je ne suis pas capable de grand-chose. Voyez mon état. Et je ne connais même pas votre nom. »

Cette femme avait été une manipulatrice toute sa vie et aujourd'hui encore, elle s'y entendait.

« Enrico Vincenti.

— Vous êtes italien ? Vous n'en avez pas l'air.

— Le nom m'a plu.

— J'ai l'impression, Enrico, que nous nous ressemblons beaucoup, vous et moi. »

En effet. Il avait deux identités, des intérêts divers, mais n'avait qu'une unique ambition. « Que savez-vous du VIH ?

— Qu'il est en train de me tuer, à part ça...

— Savez-vous qu'il existe depuis des millions d'années ? C'est incroyable, d'autant qu'il n'est même pas vivant. Il est uniquement constitué d'acide ribonucléique, l'ARN, entouré d'une coque protectrice de protéines.

— Vous êtes scientifique ?

— En effet. Saviez-vous que le VIH ne possède pas de structure cellulaire ? Il est incapable de produire la moindre once d'énergie. La seule caractéristique qui le rapproche d'un organisme vivant, c'est sa capacité à se reproduire. Mais pour ce faire, il a besoin du matériau génétique d'un hôte.

— Moi, par exemple ?

— J'en ai bien peur. Nous connaissons environ mille virus. Cela dit, on en découvre de nouveaux chaque jour. *Grosso modo*, la moitié colonise les végétaux, le reste les animaux. Le VIH, quant à lui, colonise les animaux, mais il est absolument unique en son genre. Vous ne voulez pas savoir ce qui vous tue ? s'étonna-t-il en remarquant l'air perplexe de la jeune femme au visage flétri.

— Quelle importance ?

— Oh, mais cela pourrait avoir une importance capitale.

— Dans ce cas mon nouvel ami, continuez, je vous en prie, quelle que soit la raison qui vous amène ici.

— Le VIH est particulier car il peut remplacer la constitution génétique d'une cellule par la sienne. C'est pour cela qu'on l'appelle un rétrovirus. Il s'accroche à une cellule et la transforme en un clone de lui-même. C'est un usurpateur qui vole son identité à une autre cellule. Une masse de deux cent mille cellules VIH serait à peine visible à l'œil nu. Le virus est extrêmement résistant, pratiquement indestructible, mais il a besoin d'un mélange précis de protéine, de sel, de sucre et, le plus crucial, du bon pH pour pouvoir survivre. Trop de l'un, pas assez de l'autre et il meurt, conclut Vincenti avec un claquement de doigts.

— C'est là que j'interviens, je suppose ?

— Exactement. Le corps des mammifères à sang chaud constitue l'environnement idéal pour le virus. Tissu cérébral, fluide cérébro-spinal, moelle osseuse, lait maternel, cellules cervicales, fluide séminal, membranes muqueuses, sécrétions vaginales font des hôtes parfaits. Cela dit, le sang et le liquide lymphatique sont ses repaires de prédilection. Comme vous, mademoiselle Walde, le virus essaie simplement de survivre. »

Vincenti jeta un coup d'œil au réveil sur la table de chevet. O'Conner et ses deux complices montaient la garde devant la porte. Il avait décidé de parler à Karyn ici pour ne pas être dérangé. Kamil Revin lui avait appris que les gardes en faction devant la maison changeaient chaque semaine. Cette mission de surveillance ne plaisait à aucun des gardes du bataillon sacré et, à moins d'y être obligé, aucun ne faisait très attention à cette maison. Une obsession de plus à mettre à l'actif de Zovastina.

« Voilà ce qu'il y a d'intéressant, reprit Vincenti. Le VIH ne devrait même pas être capable de survivre dans votre corps. Les leucocytes sont trop nombreux à se balader dans votre sang, mais le virus se livre à une forme raffinée de guérilla et joue à cache-cache avec vos globules blancs. Il a appris à se cacher dans un endroit où ils ne penseraient jamais à aller le chercher. »

Vincenti fit durer le suspens. « Dans les ganglions lymphatiques, des nodosités de la taille d'un petit pois, disséminées dans le corps tout entier, jouent le rôle de filtres en capturant les intrus peu méfiants pour que les globules blancs puissent les détruire. Les ganglions lymphatiques, c'est l'antre du lion du système immunitaire, le dernier endroit où un rétrovirus devrait aller se réfugier, mais qui s'avère la cachette idéale. C'est tout à fait incroyable, à vrai dire. Le VIH a appris à reproduire la coque de protéines que le système immunitaire produit naturellement à l'intérieur des ganglions lymphatiques. Puis, sans se faire repérer par le système immunitaire, il survit patiemment et transforme les cellules des ganglions lymphatiques censées combattre les infections en répliques de lui-même. Il fait cela pendant des années jusqu'à ce que les ganglions enflent, se détériorent et que le sang soit envahi par le virus. Ce qui explique pourquoi il se passe tant de temps entre le moment de la contamination et celui où l'on apprend que l'on est infecté. »

Vincenti retrouvait ses réflexes de scientifique, ce qu'il avait été pendant de nombreuses années. Aujourd'hui, il était un homme d'affaires international, un manipulateur, à l'instar de Karyn Walde, sur le point de jouer son plus beau coup.

« Et savez-vous ce qu'il y a de plus incroyable encore ? poursuivit-il. Chaque réplique du VIH est unique. Aussi, quand les ganglions lymphatiques flanchent, ce sont des milliards d'envahisseurs différents, une armée de souches différentes du rétrovirus qui se promènent en toute liberté dans le sang. Le système immunitaire réagit comme il est censé le faire, mais il est obligé de générer des globules blancs différents, capables de lutter contre les différentes souches du virus. Ce qui est impossible. Et pour compliquer un peu plus les choses, toutes les souches du rétrovirus sont capables de détruire n'importe quel globule blanc. C'est du un contre des milliards, le résultat est inévitable et vous en êtes la preuve vivante.

— Vous n'êtes certainement pas venu uniquement pour donner un cours de science, n'est-ce pas ?

— Je suis venu voir si vous aviez envie de vivre.

— À moins d'être un ange ou Dieu en personne, vous ne pouvez rien pour moi.

— Voyez-vous, le problème, c'est que le VIH est incapable de tuer. Cependant, il rend le malade vulnérable aux virus, bactéries, mycoses ou parasites pénétrant dans le système sanguin à la recherche d'un abri. Les globules blancs ne sont plus assez nombreux pour nettoyer le flux sanguin. Alors la seule question qui se pose est la suivante : quelle infection causera votre mort ?

– Allez vous faire voir et laissez-moi mourir tranquille, d'accord ? »

Quelle amertume chez cette Karyn Walde, songea Vincenti. Mais après leur conversation, il se prenait à rêver. Il imaginait les conférences de presse, les journalistes suspendus à ses lèvres, se voyait devenir du jour au lendemain une autorité mondialement reconnue. Il voyait déjà les maisons d'édition lui faire des ponts d'or, les droits d'adaptation cinématographique, les émissions spéciales à la télévision, les conférences, les prix. Le prix Albert Lasker, certainement. La National Medal of Science américaine. Un prix Nobel, peut-être. Pourquoi pas ?

Mais tout cela dépendait de la décision qu'il s'apprêtait à prendre.

La femme étendue devant lui n'était plus que l'ombre d'un être humain. Seuls ses yeux avaient l'air vivants.

Vincenti saisit la seringue plantée dans la poche du goutte-à-goutte.

« Qu'est-ce que c'est ? » demanda Karyn en remarquant le liquide transparent dans la seringue.

Vincenti ne répondit pas.

« Qu'est-ce que vous faites ? »

Il vida le contenu de la seringue dans la poche.

Karyn essaya de s'asseoir, mais en vain. Elle s'effondra sur le lit, affolée. Ses paupières devinrent lourdes, sa respiration ralentit. Ses muscles se relâchèrent. Elle ferma les yeux.

52

Venise

Zovastina se leva en se tournant vers l'inconnu. Il était petit, le dos voûté, la chevelure et les sourcils hirsutes, le ton cassant d'un homme qui ne s'en laisse pas conter. Son visage ridé, ses joues creuses, ses cheveux secs et ses mains parcheminées témoignaient de son grand âge.

« Qui êtes-vous ?

– Henrik Thorvaldsen. »

Ce nom lui était familier. C'était l'un des hommes les plus riches d'Europe. Un Danois. Que faisait-il ici ?

Viktor réagit instantanément à l'arrivée de l'inconnu en brandissant son arme. Zovastina l'arrêta et, d'un regard, lui ordonna d'attendre d'en savoir plus.

« J'ai entendu parler de vous.

– Et moi de même. Une ancienne bureaucrate soviétique qui parvient à forger une nation, quelle belle réussite !

– Que faites-vous ici ? » rétorqua la ministre. L'heure n'était pas aux compliments.

« Vous pensiez réellement qu'Alexandre le Grand reposait là-dedans ? » demanda le vieil homme en s'approchant du coffret d'un pas traînant.

Cet homme l'avait percée à jour.

« Et toi, aventurier, puisque ma voix immortelle, bien que venue du fond des âges, résonne à tes oreilles, entends mes paroles. Vogue vers la capitale fondée par le père d'Alexandre et où veillent les sages. Touche la part la plus intime de l'illusion dorée. Divise le Phénix. C'est à l'aune de la vie que l'on mesure la véritable tombe. Mais sois prudent car tu n'auras qu'une occasion de réussir. »

Zovastina fit de son mieux pour dissimuler le choc que lui avait procuré la tirade de Thorvaldsen.

Décidément, elle n'avait aucun secret pour cet homme.

« Vous croyez être la seule à savoir ? Jusqu'où vous poussera votre orgueil ? »

Zovastina s'empara du pistolet de Viktor et le braqua sur le vieil homme. « Jusqu'au meurtre. »

Malone était inquiet. Cassiopée et lui se trouvaient à quinze mètres de hauteur et à plus de quatre-vingts mètres de l'endroit où Thorvaldsen était en train de provoquer Irina Zovastina sous les yeux de Viktor. Michener les avait fait entrer dans la basilique par le narthex et leur avait fait monter un escalier raide. En haut des marches, murs, voûtes et dômes reflétaient l'architecture du reste de l'édifice, mais au lieu d'une superbe façade en marbre et de mosaïques scintillantes, le musée et la boutique qui se trouvaient à l'étage supérieur de la basilique n'avaient droit qu'à des murs de brique.

« Mais qu'est-ce qu'il fout ici ? maugréa Malone. Il vient de vous appeler. »

Malone et Cassiopée étaient blottis derrière une balustrade en pierre qui leur offrait une vue panoramique des imposantes coupoles que soutenaient d'énormes piliers en marbre. Au plafond, des mosaïques dorées miroitaient à la lueur de lampes à incandescence ; des ombres dans toute la gamme de noirs et de gris venaient jouer sur le dallage en marbre et les chapelles latérales plongées dans l'obscurité. Au fond, là où se trouvait Thorvaldsen, se détachait le chœur telle la scène illuminée d'un théâtre plongé dans la pénombre.

« Vous comptez me faire perdre patience ? »

Cassiopée resta muette.

« Vous allez me mettre en colère tous les deux.

— Je vous ai conseillé de rentrer chez vous.

— Henrik n'est peut-être pas de taille à lutter avec un tel adversaire.

— Elle ne va pas le tuer, en tout cas pas avant de savoir ce qui l'amène.

— Et pourquoi est-il ici ? »

Pas de réponse.

« Et si nous allions nous poster là-bas ? suggéra Malone en désignant le transept gauche et une galerie dominant le chœur. Le musée encercle le chœur. Nous serons plus près et nous pourrons les entendre.

— Séparons-nous, répondit Cassiopée. Moi, je vais aller par là. Il doit y avoir un passage qui donne sur la partie supérieure du transept droit. »

Le cœur de Viktor battait la chamade. D'abord l'inconnue et maintenant le soi-disant propriétaire du musée de Copenhague. L'autre homme était sûrement toujours vivant lui aussi. Et il devait se trouver dans les parages. Pourtant, il avait remarqué que Thorvaldsen ne lui prêtait aucune attention.

Zovastina avait Thorvaldsen dans sa ligne de mire.

« Je sais bien que vous n'êtes pas chrétienne, mais seriez-vous prête à me tuer ici, sur l'autel d'une église catholique ? demanda calmement le vieux Danois.

— Comment connaissez-vous l'énigme de Ptolémée ?

— C'est Ely qui m'en a parlé.

— Comment le connaissiez-vous ? dit Zovastina en baissant son arme pour jauger l'intrus.

— Mon fils et lui ont toujours été proches. Depuis l'enfance.

— Que faites-vous ici ?

— Pourquoi tenez-vous à découvrir la tombe d'Alexandre le Grand ?

— Pourquoi devrais-je me justifier auprès de vous ?

— Voyons si je peux vous mettre sur la voie. À l'heure actuelle, vous disposez de près de trente zoonoses récoltées chez une gamme variée d'animaux exotiques dérobés par vos soins dans des zoos et chez des collectionneurs privés. Vous disposez d'au moins deux laboratoires travaillant au développement d'armes biologiques ; l'un est géré par le gouvernement de votre pays, l'autre par Philogen pharmaceutique, corporation dirigée par un certain Enrico Vincenti. Vous êtes tous les deux membres de la Ligue vénitienne. Je me débrouille comment jusqu'ici ?

— Vous respirez encore, non ?

— Ce dont je vous sais gré, dit le vieil homme avec un sourire. Vous êtes également à la tête d'une impressionnante puissance militaire. Près d'un million de soldats, cent trente avions de combat, divers avions de transport et d'appui, des bases adaptées, un excellent réseau de communication : tout ce dont un despote plein d'ambition pourrait avoir besoin. »

Zovastina n'aimait pas que Viktor assiste à cette conversation, mais elle brûlait d'en savoir davantage. « Allez voir ce que font les deux gardes et assurez-vous que nous sommes seuls », lui ordonna-t-elle donc.

Deux autres gardes ?

Malone était en train de se poster derrière une rambarde en pierre, à moins de quarante-cinq mètres au-dessus de Thorvaldsen et Zovastina quand ces paroles lui firent dresser l'oreille. Cassiopée était perchée de l'autre côté de la nef, dans le transept droit.

Il ne pouvait pas la voir, mais espérait qu'elle avait entendu.

Zovastina attendit que Viktor se soit éloigné et fusilla Thorvaldsen du regard. « Qu'y a-t-il de mal à vouloir défendre sa patrie ?

— "Craignez tous, ô Troyens ! qu'enveloppés dans un vaste filet vous ne deveniez la proie et la conquête des

Grecs, qui ne manqueront point alors de détruire votre populeuse cité !”

– Les paroles que Sarpédon adresse à Hector dans *l'Iliade.* Vous vous êtes renseigné sur mon compte. Permettez-moi une citation à mon tour : “Je ne pense pas que nous cessions le combat tant que nos forces le permettront.”

– Il ne s'agit pas de défense en l'occurrence. Vous préparez une attaque. Ces zoonoses sont virulentes. Un seul homme a réussi à conquérir à la fois l'Iran, l'Afghanistan, le Pakistan et l'Inde : Alexandre le Grand. Et son emprise n'a duré qu'une poignée d'années. Depuis, les conquérants s'y sont cassé les dents. Même les Américains ont tenté le coup en Irak. Mais vous, madame la ministre suprême, avez l'intention de tous les surpasser. »

Il y avait un traître dans son entourage, quelqu'un de bien renseigné. Il fallait qu'elle rentre pour régler ce problème-là.

« Vous voulez suivre le chemin d'Alexandre, mais à rebours. Ce n'est plus l'Occident qui conquiert l'Orient, c'est l'inverse. Cette fois, c'est l'Orient qui l'emportera. Vous comptez vous approprier les territoires de tous vos voisins et vous êtes persuadée que l'Ouest vous accordera ce luxe en échange de votre amitié. Et vous ne comptez pas vous arrêter là, n'est-ce pas ? Vous voulez aussi faire main basse sur le Moyen-Orient et l'Arabie. Vous avez du pétrole, l'ancienne république du Kazakhstan en regorge, mais vous bradez pratiquement toute la production au bénéfice de la Russie et des pays européens. Alors, il vous faut trouver une nouvelle source, une source qui accroîtrait votre pouvoir sur la scène internationale. Vos zoonoses pourraient bien rendre tout cela possible. Vous seriez capable de dévaster une nation en l'espace de quelques jours grâce à elles, et de la mettre à genoux. Les États que vous avez dans votre ligne de mire ne sont pas de grandes puissances militaires, et quand vos microbes auront agi, ces pays seront sans défense.

– L'Occident devrait se réjouir du changement qui s'annonce.

– Nous préférons savoir à qui nous avons affaire. Et contrairement à ce que pensent les États arabes, l'Occident n'est pas leur ennemi. Leur ennemi, c'est vous », conclut Thorvaldsen en la pointant du doigt.

Malone écoutait attentivement. Thorvaldsen était loin d'être idiot et il devait avoir une raison précise de provoquer Zovastina. La présence même du vieux Danois à Venise était tout à fait incongrue. Son dernier voyage à l'automne précédent l'avait conduit en Autriche. Pourtant, il s'était déplacé dans cette basilique vénitienne au beau milieu de la nuit pour mettre des bâtons dans les roues d'un despote qui le menaçait d'une arme.

Malone avait vu Viktor quitter le chœur de la basilique pour tourner dans le transept droit, sous la cachette de Cassiopée. Le principal souci de Malone, c'était l'escalier situé à quelques mètres de là qui descendait vers la nef. S'il y avait un portail de ce côté-ci, dans le transept gauche il devait y en avoir un côté droit puisque les bâtisseurs du Moyen Âge ne juraient que par la symétrie.

Des murs de brique l'entouraient ainsi que des objets

d'art, tapisseries, dentelle et tableaux dont la plupart étaient exposés dans des vitrines ou sur des tables.

Une ombre se dessina dans l'escalier illuminé et dansa sur les murs de marbre, à mesure qu'elle grandissait.

C'était l'un des gardes de Zovastina.

Il montait à l'étage.

Et venait droit vers Malone.

53

Stéphanie suivit monseigneur Michener le long des couloirs des bureaux du diocèse jusqu'à une alcôve des plus quelconques où Edwin Davis était assis sous un portrait encadré du pape.

« Vous avez toujours envie de me botter les fesses ? la taquina Davis.

— Qu'est-ce que vous faites là ? demanda Stéphanie, trop lasse pour se disputer.

— J'essaie d'empêcher qu'une guerre n'éclate.

— Vous réalisez que la situation pourrait mal tourner dans cette église ? s'obstina-t-elle.

— C'est pour ça que vous n'y êtes pas.

— On pourra toujours dire que Malone et Cassiopée ont agi de leur propre chef, c'est ça ? dit-elle en comprenant soudain la vérité.

— Quelque chose comme ça, oui. Nous ignorons quelle sera la réaction de Zovastina, mais je n'avais pas envie que la patronne de l'unité Magellan soit impliquée. »

Stéphanie tourna les talons.

« Je ne bougerais pas de là si j'étais vous, conseilla Davis.

— Allez vous faire voir, Edwin. »

Michener lui barra le passage.

« Vous êtes mêlé à cette folie ?

– Comme je vous l'ai dit tout à l'heure, nous avons découvert une information que nous avons transmise à certaines personnes susceptibles d'être intéressées, expliqua Davis. Irina Zovastina représente une menace pour le monde. Elle s'apprête à déclencher une guerre qui fera des millions de victimes.

– C'est pour ça qu'elle a pris le risque de venir faire un petit tour à Venise ? Pour jeter un coup d'œil à un cadavre vieux de deux mille ans ? Que fait-elle ici ?

– Elle est sans doute en train de perdre son sang-froid, dit Michener, le regard brillant.

– Vous lui avez tendu un piège, c'est ça ?

– Dans lequel elle s'est jetée tête baissée.

– Quelqu'un va se faire tirer dessus dans cette église. Cassiopée est à bout de nerfs depuis un moment déjà. Vous ne pensez pas que les coups de feu vont attirer l'attention de tous ces policiers postés sur la place ?

– Les murs de la basilique font plusieurs mètres d'épaisseur, elle est complètement insonorisée. Personne ne les dérangera. Stéphanie, nous ne savons pas vraiment pourquoi Zovastina a pris le risque de venir à Venise, mais manifestement, c'est important, dit Davis. Et puisqu'elle était résolue à venir, nous avons décidé de lui faciliter la tâche.

– Je vois : vous vouliez l'attirer sur notre terrain. Cela dit, vous n'avez aucun droit de faire courir des risques à Malone et Cassiopée.

– Allons donc, je n'ai rien fait de tel. Cassiopée était déjà impliquée dans cette affaire ainsi qu'Henrik Thorvaldsen – c'est d'ailleurs lui qui vous a impliquée vous. Quant à Malone, c'est un grand garçon capable de décider par lui-même. Il est ici parce qu'il le veut bien.

— Vous allez à la pêche aux informations en espérant apprendre quelque chose, c'est ça ?

— En nous servant du seul appât que nous possédons. C'est elle qui voulait jeter un coup d'œil dans ce tombeau.

— Vous avez l'air au courant de ses projets, remarqua Stéphanie, perplexe. Qu'attendez-vous pour agir ? Bombardez ses installations militaires. Réduisez-la à l'impuissance. Faites peser des pressions politiques sur elle.

— Ce n'est pas si simple. Nous ne disposons que de renseignements sommaires et d'aucune preuve concrète. Rien qu'elle ne pourrait réfuter le plus simplement du monde. Il est impossible de bombarder des sites où sont produites des armes biologiques et, malheureusement, il y a beaucoup de choses que nous ignorons. Voilà pourquoi il faut que Malone et ses amis enquêtent pour nous.

— Edwin, vous ne connaissez pas Cotton. Il déteste être manipulé.

— Nous sommes maintenant sûrs que Naomi Johns est morte. »

Davis avait attendu le bon moment pour placer cette information et Stéphanie eut l'impression de prendre un coup de poing à l'estomac.

« On l'a fourrée dans un cercueil en compagnie d'un petit truand de Florence. Elle avait la nuque brisée et lui une balle dans la tête.

— C'est signé Vincenti ?

— Oui, et lui aussi bouge pas mal. Il a pris l'avion pour la Fédération d'Asie centrale tout à l'heure. Visite surprise. »

Stéphanie devina que Davis ne lui disait pas tout.

« Il vient d'enlever une femme dont Irina Zovastina

s'occupe depuis un an et avec qui elle a eu une liaison autrefois.

– Zovastina est lesbienne ?

– Vous imaginez le choc si l'Assemblée du peuple de la Fédération l'apprenait ? La liaison a duré longtemps, mais sa maîtresse est en train de mourir du sida et Vincenti veut apparemment se servir d'elle.

– Et vous avez une bonne raison de le laisser faire, n'est-ce pas ?

– Il mijote quelque chose, lui aussi. Et ça ne se limite pas à fournir des microbes et des antidotes à Zovastina ni à procurer aux membres de la Ligue vénitienne un refuge où ils pourront se livrer à leurs entreprises commerciales en toute quiétude. Nous voulons découvrir de quoi il s'agit. »

Stéphanie devait sortir de là.

Un prêtre apparut à la porte du bureau. « Un coup de feu vient d'être tiré dans la basilique », annonça-t-il.

Malone se jeta derrière une vitrine quand le garde tira. Il avait essayé de se cacher avant que l'homme parvienne en haut de l'escalier, mais apparemment, il l'avait aperçu et avait décidé d'attaquer.

La balle fut déviée par une table sur laquelle étaient exposées des étoffes du Moyen Âge, ce qui permit à Malone de se réfugier dans un coin sombre. Le coup de feu qui résonna dans la basilique n'avait certainement pas manqué d'attirer l'attention générale.

Malone se précipita derrière une série de retables et de manuscrits enluminés.

Il était prêt à riposter.

Il devait attirer l'homme vers l'intérieur de la basilique.

Ce qui ne devrait poser aucun problème.

Quelqu'un avançait dans sa direction.

Zovastina entendit le coup de feu tiré dans la partie supérieure du transept gauche et vit quelque chose bouger sur sa droite, derrière le parapet de pierre, et reconnut soudain l'un de ses gardes.

« Je ne suis pas venu seul », déclara Thorvaldsen.

Zovastina tenait le vieil homme en respect avec son arme.

« La place Saint-Marc est remplie de policiers. Vous allez avoir du mal à filer. Vous êtes un chef d'État en visite dans un pays étranger. Vous allez vraiment me tirer dessus ? Qu'aurait fait Alexandre à votre place ? »

La ministre se demandait s'il était sérieux ou condescendant, mais elle connaissait la réponse adéquate. « Il vous aurait tué.

— Je ne suis pas d'accord, rétorqua Henrik en se déplaçant sur la gauche de la ministre. C'était un tacticien hors pair, un homme intelligent. Pensez au nœud gordien, par exemple.

— Que se passe-t-il là-haut ? » s'écria-t-elle.

Le garde ne répondit pas.

« Dans le village de Gordium, un entremêlement de nœuds que personne n'arrivait à défaire attachait le joug et le timon d'un char. Alexandre résolut le problème en tranchant la corde d'un coup d'épée avant de la dénouer, trouvant ainsi une solution simple à un problème épineux.

– Vous êtes trop bavard.

– Alexandre ne se laissait jamais décontenancer, lui.

– Viktor ?

– Évidemment, de nombreuses légendes entourent cet épisode du nœud gordien. Certains contestent le fait qu'il l'ait tranché d'un coup d'épée. Alors, qui sait ? »

Ce vieux radoteur commençait à la fatiguer.

Elle avait beau être chef d'État, elle appuya sur la détente.

54

Samarcande

Vincenti se souvenait des premiers signes indicateurs d'un problème. Au départ, la maladie présentait toutes les caractéristiques d'un rhume, puis il avait pensé que c'était la grippe, mais bientôt, tous les symptômes d'une affection virale inconnue s'étaient déclarés.

Il y avait eu contamination.

« Je vais mourir ? hurlait Charlie Easton étendu sur le lit de camp. Je veux savoir, bordel. Dis-moi.

– Il faut te calmer, avait répondu doucement Vincenti en passant un chiffon humide sur le front baigné de sueur d'Easton, comme il le faisait depuis une heure.

– Ne me raconte pas de bobards. C'est fini, n'est-ce pas ? »

Cela faisait trois ans que les deux hommes travaillaient côte à côte. Inutile de se dérober. «Je ne peux plus rien pour toi.

– Merde, j'en étais sûr. Tu dois aller chercher de l'aide.

– Tu sais bien que c'est impossible. »

Les Irakiens et les Soviétiques avaient choisi avec le plus grand soin ce lieu isolé. La confidentialité devait être respectée, ce qui s'avérait fatal en cas d'erreur et c'était exactement ce qui s'était produit.

« Coupe ces satanées cordes et laisse-moi sortir d'ici »,

hurla Easton en essayant de libérer ses membres entravés. Vincenti n'avait eu d'autre choix que de l'attacher.

« Nous n'avons pas le droit de partir.

– Rien à foutre des consignes. Ni de toi. Coupe ces cordes, bon Dieu. »

Easton se raidit, sa respiration devint difficile puis il succomba à la fièvre et perdit connaissance.

Enfin.

Vincenti attrapa le carnet de bord qu'il tenait depuis trois semaines ; sur la première page, il avait inscrit le nom de son camarade. Dans ce carnet, Vincenti avait consigné l'évolution des symptômes d'Easton : une jaunisse s'était rapidement déclarée puis son teint était devenu si terreux qu'il lui donnait l'air d'un cadavre. Le malade avait subi une incroyable perte de poids de dix-huit kilos en tout, dont dix en seulement deux jours, et il n'absorbait plus qu'une occasionnelle gorgée d'eau chaude et quelques gouttes d'alcool.

Et puis il y avait la fièvre.

Une fièvre de cheval qui ne descendait jamais au-dessous de 39,5 °C avec d'occasionnels pics plus élevés ; le malade n'arrivant pas à s'hydrater suffisamment, son corps s'évaporait littéralement sous les yeux de Vincenti. Pendant des années, ils s'étaient servis d'animaux comme cobayes, Bagdad leur fournissant en continu gibbons, babouins, singes verts, rongeurs et reptiles, mais c'était bien la première fois que l'on pouvait évaluer précisément les effets du virus sur un être humain.

Vincenti vérifia l'état de son collègue. Il semblait avoir des difficultés à respirer à cause des mucosités qui lui obstruaient la gorge et avait le corps baigné de sueur. Vincenti nota toutes ses observations dans le journal de bord avant de ranger son stylo dans sa poche.

Il avait les jambes en coton et se leva pour essayer de faire disparaître cette sensation. Il sortit d'un pas lourd dans l'air vif de la nuit. Il se demandait ce que le corps d'Easton ravagé par le virus pourrait encore supporter.

Ce qui soulevait un autre problème : comment se débarrasser du corps?

Il n'existait aucun protocole en cas d'urgence de ce type et il allait devoir improviser. Heureusement, les constructeurs de la station avaient eu la bonne idée de leur fournir un incinérateur pour se débarrasser des carcasses des cobayes. Cependant, vu la taille d'un corps humain, ce serait sans doute plus difficile.

« Je vois des anges. Ils sont là, ils nous entourent », hurla Easton.

Vincenti rentra dans la pièce.

Easton était désormais aveugle. Vincenti n'aurait su dire si la fièvre ou une surinfection lui avait détruit la rétine.

« Dieu est là. Je le vois.

– Bien sûr Charlie, je n'en doute pas. »

Vincenti lui prit le pouls. Le sang traversait l'artère carotide par à-coups. Le cœur d'Easton tambourinait dans sa poitrine. Vincenti vérifia la pression artérielle. Elle était sur le point de s'effondrer. La température du corps était stable à 39,5 °C.

« Qu'est-ce que je dis à Dieu ? demanda Easton.

– Dis-lui bonjour. »

Vincenti approcha une chaise du lit et regarda la mort faire son œuvre. Vingt minutes plus tard, tout était fini sans douleur ni violence. Easton prit une dernière inspiration, profonde, longue. Et puis il s'éteignit. Vincenti nota la date et l'heure dans le journal, préleva un échantillon de sang et de tissus. Il enroula le fin matelas et les draps crasseux autour du corps et transporta le fardeau malodorant dans un appentis voisin. Il y trouva un scalpel qui taillait comme du verre ainsi qu'une scie de chirurgien. Il enfila une paire de gants en caoutchouc épais et sépara les jambes d'Easton de son torse. Il n'eut aucune difficulté à découper la chair émaciée et molle. Les os cassants et les muscles ne résistaient pas plus à la lame que du poulet bouilli. Il l'amputa des deux bras, fourra les quatre membres dans l'incinérateur et regarda les flammes les consumer sans aucune émotion. Sans les extrémités, il n'eut aucun mal à glisser le torse et la tête par la porte métallique. Il découpa ensuite le matelas imbibé de sang en quatre et le jeta rapidement dans les flammes avec les draps et les gants.

Il claqua la porte du four et sortit de l'appentis en titubant.

Tout était fini. Enfin.

Vincenti s'effondra sur le sol caillouteux et contempla la nuit. Plus sombre encore que le ciel indigo de cette région montagneuse, la silhouette de la cheminée de brique de l'incinérateur se dressait dans la nuit. La fumée qui s'en échappait empestait la chair humaine brûlée.

Vincenti s'allongea et se laissa envahir par le sommeil.

Vingt-cinq ans après, Vincenti se souvenait encore du bien-être que lui avait procuré ce sommeil-là. Et de l'Irak aussi. Quel enfer. Il faisait une chaleur atroce dans cet endroit isolé et désert. Qu'avait conclu la commission mandatée par les Nations unies après la première guerre du Golfe ? « Étant donné ce à quoi ils étaient destinés, ces équipements étaient totalement archaïques, mais dans la frénésie ambiante on les avait pris pour des installations dernier cri. » C'est ça, oui ! Ces inspecteurs n'y avaient même pas mis les pieds. Contrairement à lui. Il était jeune et mince à l'époque, il avait encore tous ses cheveux et était en pleine possession de ses moyens. Il était un crack dans le domaine de la virologie. Easton et lui avaient finalement été détachés dans un laboratoire au fin fond du Tadjikistan pour travailler en partenariat avec les Soviétiques qui contrôlaient la région dans une station de recherches nichée dans les contreforts des montagnes du Pamir.

Sur combien de virus et de bactéries leurs recherches avaient-elles porté ? Ces organismes naturels pouvaient être transformés en armes biologiques. Ils étaient capables d'éliminer un ennemi tout en préservant les infrastructures du pays ciblé. Inutile de bombarder la population, de gaspiller des balles, de courir le risque d'une contamination nucléaire ou de mettre ses troupes en danger quand on pouvait confier le gros du travail à un micro-organisme, quand la biologie la plus basique garantissait la défaite de l'adversaire.

Des critères simples guidaient leurs expériences : le virus devait agir rapidement, être un organisme biologique identifiable, devait pouvoir être maîtrisé et surtout devait répondre à un antidote. Des centaines de souches avaient été éliminées pour la simple raison que les chercheurs n'avaient trouvé aucune façon pratique de les contenir. À quoi bon contaminer son ennemi si l'on est incapable de protéger sa propre population ? Les quatre critères devaient être respectés pour qu'un spécimen soit répertorié. On pouvait compter une vingtaine de virus qui remplissaient ces conditions.

Vincenti n'avait jamais pu avaler ce que la presse avait rapporté après la signature de la Convention d'interdiction des armes biologiques, en 1972 : les États-Unis auraient renoncé à la guerre bactériologique et détruit tout leur arsenal. Les militaires n'auraient jamais jeté aux oubliettes le résultat de décennies de recherches pour obéir à la décision de quelques politiciens. À son avis, quelques-uns de ces organismes avaient été congelés et mis à l'abri dans une institution militaire ou une autre.

Vincenti avait personnellement découvert six pathogènes remplissant tous les critères.

Mais le spécimen 65-G avait échoué sur toute la ligne.

Il l'avait découvert en 1979 dans le système sanguin des singes verts qui lui servaient de cobayes. Il ne l'aurait jamais détecté en s'en tenant à des moyens scientifiques conventionnels, mais sa spécialisation en virologie et le matériel de pointe mis à sa disposition par les Irakiens lui avaient permis de le découvrir. C'était un organisme bizarre, sphérique, rempli d'ARN et d'enzymes, qui s'évaporait à l'air. La paroi de la cellule se dissolvait au contact de l'eau. Cet organisme s'épanouissait dans la chaleur du plasma et semblait présent chez tous les singes verts qu'il avait testés.

Pourtant, aucun des animaux ne semblait en être affecté.

Charlie Easton, en revanche... Quel imbécile. Il avait été mordu par un singe vert deux ans plus tôt, mais n'en avait rien dit à personne jusqu'à trois semaines avant sa mort au moment de l'apparition des premiers symptômes. Une prise de sang avait confirmé la présence du spécimen 65-G dans son organisme. Vincenti avait finalement mis à profit la contamination d'Easton pour étudier les effets du virus sur l'être humain et conclu qu'il ne ferait pas une arme biologique sûre. Il agissait de manière trop imprévisible, trop sporadique et bien trop lentement pour être efficace en cas d'offensive.

Il secoua la tête à ce souvenir.
Comme il était ignorant à l'époque !
Il avait survécu par miracle.
Il rejoignit sa suite de l'Intercontinental alors que l'aube commençait à poindre sur Samarcande. Il avait besoin de repos, mais sa rencontre avec Karyn Walde lui avait donné un coup de fouet.
Il repensa au vieux guérisseur.
C'était en 1980 ou en 1981 ?
Dans les montagnes du Pamir, environ quinze jours avant la mort d'Easton. Il s'était rendu au village plusieurs fois déjà pour essayer de glaner ce qu'il pouvait. Le vieil homme devait être mort aujourd'hui. Il était déjà très âgé à l'époque.
Et pourtant.

Le vieil homme gravit la pente brune avec l'agilité d'un félin, la plante de ses pieds tannée comme du cuir. Vincenti le suivait et, bien qu'il fût chaussé de lourdes bottes, ses chevilles et ses orteils le faisaient souffrir. Rien n'était plat autour d'eux. Tels des brisants, les rochers acérés se dressaient de toutes parts dans cet endroit inhospitalier. Le village se trouvait à près de deux kilomètres de là, à près de trois cents mètres au-dessus du niveau de la mer et le chemin les entraînait encore plus haut.

Le vieil homme était un guérisseur traditionnel, à la fois médecin de famille, prêtre, diseur de bonne aventure et sorcier. Il ne connaissait que quelques mots d'anglais, mais se débrouillait assez bien en chinois et en turc. Il était presque nain, avait des traits européens et une barbe fourchue à la mode mongole. Il portait une couverture tissée de fil d'or et une calotte aux couleurs vives. Au village, Vincenti l'avait vu soigner les villageois avec une concoction de racines et de plantes qu'il administrait avec une grande méticulosité et une perspicacité acquise au prix de décennies de tâtonnements.

« Où allons-nous ? l'interrogea Vincenti au bout d'un moment.

– Trouver la réponse à votre question et le moyen de guérir la fièvre de votre ami. »

Autour de lui, des pics enneigés formaient un amphithéâtre d'une absolue pureté. Des nuages d'orage enveloppaient les plus hautes cimes. Des touches argentées, un camaïeu de rouges automnaux et des bosquets de noyers venaient égayer la scène par ailleurs totalement figée. On entendait le tumulte d'un cours d'eau quelque part dans le lointain.

Les deux hommes arrivèrent sur une saillie et Vincenti suivit le guérisseur dans une veine violette de la roche. Pendant ses études, il avait appris que ces montagnes étaient vivantes, qu'elles grandissaient de six centimètres et demi par an.

Ils débouchèrent sur un amphithéâtre ovale entouré d'une paroi rocheuse. La lumière y était rare et Vincenti alluma la torche que le vieil homme lui avait conseillé d'amener.

Il aperçut deux bassins d'environ trois mètres de diamètre creusés dans la roche ; l'eau chaude d'une source thermale bouillonnait dans l'un d'eux. Il approcha la torche et remarqua qu'ils n'étaient pas de la même couleur. Celui où les eaux bouillonnaient était d'un brun roux et l'autre vert.

« La fièvre que vous décrivez n'est pas un phénomène nouveau, expliqua le vieil homme. On sait depuis des générations que les animaux la transmettent. »

Si on l'avait envoyé ici, c'était entre autres pour en

apprendre davantage sur les yaks, les moutons et les ours qui peuplaient la région. « Comment le savez-vous ?

– Parce que nous observons. Mais ils ne la transmettent pas toujours. Si votre ami a la fièvre, cette plante va l'aider », dit-il en désignant le bassin vert sur lequel flottaient un certain nombre de plantes qui ressemblaient à des nénuphars, mais en plus touffus ; au centre poussait une fleur qui s'efforçait de capter le moindre rai de lumière. « Ces feuilles vont le sauver. Il doit les mâcher. »

Vincenti porta à ses lèvres ses doigts humides : l'eau n'avait aucun goût. Pas le moindre soupçon de sel que l'on trouvait dans les autres sources de la région.

Le vieil homme s'agenouilla pour avaler l'eau dont il avait rempli ses mains. « Elle est bonne », remarqua-t-il en souriant.

Vincenti en but lui aussi. Chaude, comme du thé, et douce. Il en avala davantage.

« Les feuilles vont le guérir.

– C'est une plante facile à trouver ?

– Celles qui poussent dans ce bassin sont les seules à guérir.

– Pourquoi ?

– Je l'ignore. La volonté divine, peut-être ? »

Vincenti en doutait. « Les habitants des autres villages sont-ils au courant ? Et les autres guérisseurs ?

– Je suis le seul à m'en servir. »

Vincenti attrapa une cosse qui flottait sur le bassin pour en analyser la nature. C'était une plante trachéophyte constituée de feuilles peltées au système vasculaire élaboré. Huit stipules épaisses et pulpeuses entouraient la base de la feuille et formaient une plate-forme de flottaison. L'épiderme était vert foncé, la paroi pectocellulosique riche en glucose. Une courte tige se dressait au centre et c'était sans doute à partir de là que s'opérait la photosynthèse étant donné la surface réduite des feuilles. Il n'émanait aucun parfum des pétales blancs et doux en verticille.

Sous les feuilles, Vincenti aperçut le panache formé par les longues racines marron qui plongeaient à la recherche de nutriments. L'espèce avait l'air parfaitement adaptée à son environnement.

« Comment avez-vous découvert qu'elle était efficace ?

– Par mon père. »

Vincenti souleva la plante et posa une gousse dans sa main. L'eau chaude lui coula entre les doigts.

« Il faut mâcher complètement les feuilles et avaler le jus. »

Vincenti en coupa un morceau qu'il porta à ses lèvres. Il regarda le vieil homme qui l'observait d'un regard perçant empli de calme et de confiance. Vincenti se mit à mâcher. La plante avait un goût amer, âpre, épouvantable, un goût d'alun ou de tabac.

Il eut un haut-le-cœur en avalant le jus.

55

Venise

Cassiopée entendit quelqu'un tirer sur Malone à l'autre bout de la nef, dans le transept gauche. Derrière le parapet en pierre, elle avait aperçu l'un des gardes, mais pas Malone. Puis elle avait vu Zovastina presser la détente et la balle glisser sur le dallage en marbre à quelques centimètres de Thorvaldsen. Le Danois n'avait pas bougé d'un pouce.

Sur sa droite, un mouvement attira son attention. Un homme armé apparut sous la voûte de l'escalier. Il brandit son pistolet en apercevant la jeune femme, mais n'eut pas la possibilité de tirer.

Cassiopée lui tira une balle en pleine poitrine.

Projeté en arrière, il battit désespérément des bras. Cassiopée l'acheva d'un tir plus précis. De l'autre côté de la nef, à quarante mètres de distance, elle vit l'autre garde avancer dans les profondeurs du musée. Elle attrapa son arc et une flèche tout en restant cachée derrière le parapet pour ne pas que Zovastina puisse l'atteindre en tirant.

La jeune femme était inquiète. Juste avant que son assaillant surgisse, Viktor avait disparu quelque part en bas dans le transept. Où était-il allé ? Elle plaça la flèche sur la corde et agrippa la poignée de l'arc.

Elle tira la corde.

Dans la faible lumière éclairant le transept opposé, elle vit le garde chanceler.

Malone attendit, pistolet au poing. Tout ce dont il avait besoin, c'est que le garde avance de quelques mètres. Il avait réussi à se réfugier dans un coin sombre tout au fond du musée, avançant à pas de loup sur le parquet, les trois coups de feu qui venaient de retentir dans la nef couvrant sa progression. Impossible de deviner leur provenance à cause de l'écho. Il n'avait vraiment pas envie de tirer sur le garde.

En général, les libraires ne tuaient personne.

Mais il n'aurait sans doute pas le choix.

Il respira un bon coup et s'élança.

Zovastina dévisageait Henrik Thorvaldsen quand de nouveaux coups de feu retentirent à l'étage de la basilique. Il n'était plus question de trente minutes de solitude, mais d'une belle pagaille.

« Vous ne vous attendiez pas à ça, n'est-ce pas ? ironisa Thorvaldsen en désignant le coffret de bois posé par terre.

— Ça valait le coup d'essayer, répondit la ministre sans détour.

— L'énigme de Ptolémée pourrait être un attrape-nigaud. Cela fait quinze siècles que l'on recherche la dépouille d'Alexandre le Grand en vain.

– Qui peut croire sincèrement que saint Marc se trouve dans ce coffret ?

– Tout un tas de Vénitiens sans doute.

– Viktor ? appela Zovastina qui ne voulait pas s'éterniser.

– Y a-t-il un problème, madame la ministre ? » demanda une voix masculine.

C'était Michener.

Le prêtre apparut dans la lumière du chœur.

« Vous m'avez menti », s'écria Zovastina en le menaçant de son arme.

Malone se glissa sur la gauche tandis que le garde prenait à droite sans s'éloigner du parapet. Malone frôla la sculpture en bois d'un lion ornant un trône ducal et s'accroupit derrière les tapisseries qui le séparaient de son poursuivant.

Comptant surgir de derrière la tapisserie avant que l'homme ait l'occasion de réagir, il avança à petits pas.

Arrivé au bout de la tapisserie, il se retourna, prêt à bondir.

Une flèche transperça la poitrine du garde qui eut le souffle coupé. L'air choqué, il essaya de s'emparer de la flèche. Il poussa son dernier souffle en s'effondrant par terre.

Malone tourna la tête vers la gauche.

À l'autre bout de la nef, il aperçut Cassiopée debout, arc à la main, traits figés ne reflétant pas la moindre émotion. Derrière elle, en haut du mur extérieur, se dessinait une rosace assombrie par la nuit. Viktor sortit des ténèbres et avança vers la jeune femme en brandissant une arme.

« Vous saviez que cette tombe était vide, s'emporta Zovastina.

– Comment aurais-je pu le savoir ? Elle n'a pas été ouverte depuis cent soixante-dix ans.

– Allez dire à votre pape que l'Église n'aura pas droit de cité dans la Fédération, concordat ou pas.

– Je lui transmettrai le message.

– Vous n'avez toujours pas dit ce que vous faites ici, dit-elle en se tournant vers Thorvaldsen.

– Je veux vous empêcher d'agir.

– Vous allez avoir du mal.

– Je n'en suis pas si sûr. Il faudra bien que vous sortiez d'ici, et la traversée en bateau jusqu'à l'aéroport sera longue. »

Elle se rendait compte qu'ils avaient choisi leur piège avec soin. Ou plus exactement, ils l'avaient laissée choisir elle-même. Venise et sa lagune... Ni voiture ni bus ni train, mais beaucoup de bateaux se déplaçant lentement. Quitter la ville pourrait s'avérer épineux. L'aéroport était à environ une heure de bateau de la basilique.

Et l'assurance qu'elle lisait dans le regard des deux hommes n'était pas faite pour la rassurer.

Viktor avança vers l'inconnue armée de l'arc. L'assassin de Rafael. Elle venait de tuer un autre de ses partenaires posté dans le transept opposé. Il voulait qu'elle meure, mais il savait que c'était idiot. Pour avoir entendu Zovastina, il savait que la situation se gâtait. Pour s'échapper, ils auraient besoin d'assurer leurs arrières. Aussi pressa-t-il le canon de son pistolet sur la nuque de l'inconnue.

Elle ne bougea pas.

« Vous mériteriez que je vous tue, siffla-t-il.

– Ce serait trop facile, non ?

– Cela suffirait à nous mettre à égalité.

– À mon avis, nous le sommes déjà : la mort de votre partenaire venge celle d'Ely. »

Il réprima un accès de colère et s'obligea à réfléchir. Il eut une idée. Il sut comment reprendre la main. « Avancez vers le parapet. Lentement. »

Cassiopée fit trois pas.

« Madame la ministre », s'écria-t-il.

En jetant un coup d'œil par-dessus la balustrade, il vit Zovastina le regarder tout en tenant les deux hommes en respect.

« Nous allons prendre cette femme en otage. Elle nous servira de laissez-passer pour quitter cet endroit.

– Excellente idée, Viktor.

– Elle ignore quel gâchis vous avez fait, n'est-ce pas ? chuchota l'inconnue.

– Vous serez morte avant d'avoir pu dire quoi que ce soit.

– Ne vous inquiétez pas. Je ne lui dirai rien. »

Malone vit dans quel pétrin Cassiopée se trouvait. Il se rua vers la balustrade et visa Viktor, à l'autre bout de la nef.

« Jetez votre arme », ordonna Viktor.

Malone l'ignora.

« J'obéirais si j'étais vous, renchérit Zovastina qui menaçait toujours Michener et Thorvaldsen. Ou je les tue.

– La ministre suprême de la Fédération d'Asie centrale irait commettre un meurtre en Italie ? J'en doute.

– Certes, mais Viktor peut facilement tuer la femme sans que cela me pose le moindre problème.

– Jetez votre arme », lui conseilla Cassiopée.

Malone savait bien qu'il serait idiot d'obéir. Il n'avait qu'à se tapir dans l'ombre pour rester une menace.

« Cotton, faites ce que dit Cassiopée », s'écria Thorvaldsen.

Restait à espérer que ses amis savaient ce qu'ils faisaient. Avait-il tort d'obéir ? Sans doute, mais ce n'était pas la première fois qu'il prenait une décision idiote.

Il laissa tomber le pistolet par terre.

« Viktor, amenez-la ici, ordonna Zovastina. Vous, descendez », dit-elle à l'homme qui venait de lâcher son pistolet.

Mais l'homme ne bougea pas.

« S'il vous plaît, Cotton, faites ce qu'elle vous dit », supplia Thorvaldsen.

Après une seconde d'hésitation, l'inconnu s'éloigna de la rambarde.

« Il est à vos ordres ?

— Il n'est aux ordres de personne. »

Viktor et son otage entrèrent dans le chœur. L'inconnu, celui qui obéissait aux ordres de Thorvaldsen, les y rejoignit un moment plus tard.

« Qui êtes-vous ? Thorvaldsen vous a appelé Cotton, dit Zovastina.

— Je m'appelle Malone.

— Et vous ? demanda-t-elle en dévisageant l'inconnue armée de l'arc.

— Une amie d'Ely Lund. »

Qu'est-ce que c'était que cette histoire ? Zovastina devait absolument en savoir plus. « Elle m'accompagne, dit-elle à Viktor après un instant de réflexion. Elle sera mon laissez-passer.

— Madame la ministre, il vaudrait mieux qu'elle reste ici avec moi. Je peux la retenir en otage jusqu'à ce que vous ayez quitté les lieux.

— Emmenez le vieil homme en lieu sûr. Une fois que je serai dans l'avion, je vous appellerai et vous pourrez le relâcher. S'il y a le moindre problème, tuez-le et assurez-vous que l'on ne retrouve jamais le corps.

— Madame la ministre, intervint Michener, puisque je suis à l'origine de cette situation, je vais vous servir d'otage et vous allez laisser monsieur Thorvaldsen en dehors de tout ça.

— Et si vous m'emmeniez moi à la place de cette jeune femme ? intervint Malone. Je ne connais pas la Fédération d'Asie centrale. »

Zovastina jaugea l'Américain. Il était grand et sûr de lui. Certainement un agent du gouvernement. Elle voulait en savoir plus sur les rapports qu'entretenaient l'inconnue et Ely Lund. Une femme suffisamment proche de Lund pour risquer sa vie en vengeant sa mort méritait une enquête un peu plus poussée. Quant à Michener, elle espérait que Viktor aurait l'occasion de tuer la pourriture qui lui avait menti. « D'accord, mon père, vous allez avec Viktor. Monsieur Malone, ce sera peut-être pour une autre fois. »

56

Samarcande

Vincenti s'éveilla.

Il était confortablement allongé sur le fauteuil en cuir de l'hélicoptère qui l'emmenait vers l'est, loin de la ville.

Le téléphone posé sur ses genoux vibrait.

Sur l'écran LCD s'afficha le nom de Grant Lyndsey, chef de l'équipe scientifique de son laboratoire chinois. Il mit son oreillette et prit l'appel de son collaborateur.

« Nous avons terminé, annonça Lyndsey. Zovastina est en possession de tous les micro-organismes et le laboratoire a été nettoyé. Tout est fin prêt. »

Avec ce que Zovastina avait prévu, il n'avait pas l'intention que les pays de l'Ouest ou le gouvernement chinois puissent trouver une preuve conduisant jusqu'à lui à la faveur d'une descente dans son laboratoire. Seuls huit chercheurs avaient travaillé sur ce projet sous la direction de Lyndsey. Les moindres vestiges de leur travail avaient désormais disparu.

« Payez tout le monde et renvoyez-les à leurs affaires. O'Conner leur rendra visite et s'occupera de leur pension de retraite. » Lyndsey resta muet à l'autre bout de la ligne. « Ne vous inquiétez pas, Grant. Réunissez les données électroniques et rendez-vous dans ma résidence de l'autre côté de la frontière. Il faudra attendre de voir quel usage fait la ministre suprême de son arsenal avant d'agir.

– Je pars sans attendre.

– Nous nous verrons d'ici la fin de la journée, dit Vincenti satisfait. Nous avons du travail. En route. »

Vincenti raccrocha et se rallongea.

Il repensa au vieil homme des montagnes du Pamir. À l'époque, le Tadjikistan était une région primitive et hostile. On y avait mené peu de recherches médicales. Peu d'étrangers s'y rendaient. Pour les Irakiens, c'était donc l'endroit idéal pour se mettre en quête de zoonoses inconnues.

Deux bassins situés en haute montagne.

L'un vert, l'autre ambré.

Et les plantes dont il avait mâché les feuilles.

Il se souvenait de l'eau. Chaude et transparente. Mais il se souvenait de la découverte encore plus étrange faite en pointant le faisceau lumineux de sa torche au fond des bassins.

Deux lettres gravées, une dans chaque bassin.

Z et H.

Ciselées dans des blocs de pierre posés au fond de l'eau.

Il pensa au médaillon que Stéphanie Nelle avait tenu à lui montrer et qu'Irina Zovastina semblait vouloir collectionner.

Et aux micro-lettres ZH censées être gravées dessus.

Coïncidence ? Il en doutait. Selon les chercheurs qu'il avait consultés, les lettres représentaient le concept de vie en grec ancien. Il avait trouvé intelligent de baptiser ainsi son futur traitement contre le VIH. Il n'était plus si sûr de lui aujourd'hui. Il avait l'impression que son univers s'écroulait et qu'il ne jouirait plus bien longtemps de l'anonymat qu'il avait connu jusque-là. Les Américains le recherchaient. Zovastina aussi. Peut-être même la Ligue vénitienne.

Mais les dés étaient jetés.

Il ne pouvait revenir en arrière.

Malone regarda tour à tour Thorvaldsen et Cassiopée. Ni l'un ni l'autre ne semblait le moins du monde inquiet de sa situation. Cassiopée et Malone auraient facilement pu maîtriser Zovastina et Viktor. Il s'efforça de communiquer ses intentions d'un regard, mais personne n'eut l'air d'y prêter attention.

« Votre pape ne me fait pas peur, se vanta Zovastina.

– Nous n'avons pas l'intention de faire peur à quiconque.

– Moralisateur et hypocrite, par-dessus le marché. »

Michener garda le silence.

« Vous n'avez pas grand-chose à dire.

– Je vais prier pour vous, madame la ministre.

– Je n'ai que faire de vos prières, mon père, rétorqua Zovastina en crachant à ses pieds. Il est temps d'y aller, dit-elle à Cassiopée. Laissez votre arc et vos flèches ici, vous n'en aurez pas besoin. »

Cassiopée les laissa tomber par terre.

« Voici son pistolet, dit Viktor.

– Une fois que nous serons en route, je vous appellerai. Si vous n'avez pas de nouvelles dans trois heures, tuez le prêtre. Au fait, Viktor : assurez-vous qu'il souffre », ajouta Zovastina.

Viktor et Michener quittèrent le chœur pour traverser la nef plongée dans l'ombre.

« Allons-y, ordonna Zovastina. Vous saurez vous tenir, j'imagine ?

– Comme si j'avais le choix, rétorqua Cassiopée.

– Le prêtre vous en saura gré. »

Elles sortirent du chœur.

« On va les laisser partir sans lever le petit doigt ? s'indigna Malone.

– On ne peut pas faire autrement », intervint Stéphanie en sortant de l'ombre accompagnée d'un inconnu. Elle fit les présentations : c'était Edwin Davis, conseiller adjoint chargé de la Sécurité nationale, l'homme que Malone avait eu au téléphone plus tôt dans la soirée. Il avait une allure nette et sobre avec son pantalon impeccablement repassé, sa chemise en coton amidonnée, ses chaussures en cuir, étroites et impeccablement cirées. « Que voulez-vous dire ? voulut savoir Malone en ignorant Davis.

– Nous n'étions pas sûrs de ce qui allait se passer, intervint Thorvaldsen. Nous cherchions simplement à faire réagir Zovastina.

– Vous vouliez que Cassiopée soit enlevée ?

– Moi, non, contrairement à Cassiopée. Je l'ai lu dans son regard, alors j'ai saisi l'occasion pour l'aider à obtenir ce qu'elle voulait. C'est pour cela que je vous ai demandé de lâcher votre arme.

– Vous êtes dingue ou quoi ?

– Cotton, il y a trois ans, j'ai présenté Ely à Cassiopée.

– Quel est le rapport ?

– Quand il était jeune, il a été assez idiot pour toucher à la drogue. Il n'a pas pris ses précautions et a malheureusement été contaminé par le VIH en utilisant une seringue sale. Il a réussi à bien gérer la maladie grâce à un cocktail de médicaments, mais les choses se présentaient mal pour lui. La plupart des séropositifs finissent par contracter le sida et par mourir. Il a eu de la chance. »

Malone attendit que son ami poursuive.

« Cassiopée est séropositive elle aussi. »

Avait-il bien entendu ?

« Elle a contracté le virus lors d'une transfusion sanguine il y a dix ans. Elle prend les traitements symptomatiques et parvient à bien gérer sa maladie elle aussi. »

Malone était sous le choc, mais il comprenait mieux désormais certains commentaires de la jeune femme. « Comment est-ce possible ? Elle est tellement énergique, tellement forte.

— C'est possible en prenant le traitement tous les jours, à condition que le virus coopère.

— Vous étiez au courant, Stéphanie ?

— Edwin vient de me l'annoncer. C'est Henrik qui l'a mis au courant. Edwin et Henrik attendaient notre arrivée. C'est pour cela que Michener m'a prise à part.

— Alors, ça signifie que Cassiopée et moi sommes jetables, c'est ça ? Vous auriez nié toute implication en cas de problème ?

— C'est à peu près ça, oui. Nous ignorions complètement comment Zovastina allait réagir.

— Espèce d'enfoiré ! s'écria Malone en s'approchant de Davis.

— Cotton, j'ai donné mon accord, intervint Thorvaldsen. C'est contre moi qu'il faut être en colère.

— De quel droit ?

— Quand Cassiopée et vous avez quitté Copenhague, j'ai reçu un appel du président Daniels. Il m'a expliqué ce qui était arrivé à Stéphanie à Amsterdam et m'a demandé ce que nous savions. Je lui ai tout raconté. Il m'a dit que je pourrais lui rendre service ici.

— Et moi aussi ? C'est pour ça que vous m'avez menti en disant que Stéphanie était dans le pétrin, c'est ça ?

— À vrai dire, tout ça me perturbe un peu moi aussi. Je n'ai fait que vous transmettre les informations qui m'ont été données. Le président voulait que nous soyons tous impliqués on dirait. Je n'aime pas votre façon de travailler, dit Thorvaldsen en dévisageant Davis.

— Peut-être, mais je fais ce que j'ai à faire.

— Cotton, nous n'avons pas eu le temps de réfléchir à un plan. J'ai improvisé au fur et à mesure.

— Ah oui, vraiment ?

— Mais il me semblait tout à fait improbable que Zovastina fasse quelque chose d'insensé ici, dans la basilique. Elle ne pouvait pas se le permettre. Et puis, elle allait être complètement déstabilisée. C'est pour cela que j'ai accepté de la provoquer. Évidemment, pour Cassiopée, c'est une autre histoire. Elle a tué deux hommes.

— Et un troisième à Torcello, expliqua Malone en s'efforçant de rester concentré. À quoi tout cela rime-t-il ?

— D'une part, il s'agit d'arrêter Zovastina. Elle prévoit de déclencher une guerre sale et vu les moyens dont elle dispose, le bilan des victimes sera lourd.

— Elle a contacté le Vatican qui nous a transmis le tuyau, expliqua Davis. C'est la raison de notre présence ici.

— Vous auriez pu nous mettre au courant, lui reprocha Malone.

— Non, monsieur Malone, ce n'était pas possible. J'ai lu votre état de service. Vous étiez un agent exceptionnel. Vous avez à votre actif une longue liste de missions couronnées de succès et de décorations. Vous ne me semblez pas particulièrement naïf. S'il y a bien quelqu'un qui devrait comprendre les règles du jeu, c'est vous.

– C'est que je ne joue plus, voyez-vous. »

Malone fit les cent pas en prenant un moment pour se calmer. Il s'approcha ensuite du coffret ouvert posé par terre. « C'est pour jeter un coup d'œil à ces ossements que Zovastina a pris tant de risques ?

– C'est l'autre volet de l'histoire, dit Thorvaldsen. Et le plus complexe. Vous avez lu une partie des pages manuscrites découvertes par Ely Lund concernant Alexandre le Grand et sa potion. Ely en était venu à croire, naïvement peut-être, que, d'après les symptômes décrits dans le manuscrit, la potion pourrait bien avoir un effet sur certains pathogènes viraux.

– Comme le VIH ?

– Oui. Nous savons que certaines substances trouvées dans la nature, l'écorce de certains arbres, le feuillage de certaines plantes, certaines racines sont capables de combattre les bactéries et les virus, peut-être même certains cancers. Il espérait que ce serait le cas de cette potion. »

Malone se remémora un passage du manuscrit : « Submergé par le remords, ayant perçu la sincérité de Ptolémée, Eumène révéla l'emplacement de la sépulture d'Alexandre, très loin, dans les montagnes où les Scythes avaient parlé de la vie à Alexandre. »

« Ce sont les Scythes qui ont appris à Alexandre l'existence de la potion, dit-il. D'après Eumène, Alexandre était inhumé à l'endroit où les Scythes lui avaient parlé de la vie. » Soudain, Malone eut une idée. « Stéphanie, vous avez l'un des médaillons, n'est-ce pas ?

– Celui d'Amsterdam. Nous l'avons récupéré après qu'un des gardes de Zovastina eut essayé de s'en emparer.

On nous a confirmé son authenticité », expliqua Stéphanie en le lui tendant.

Malone souleva le décadrachme à la lumière.

« Sur le manteau du guerrier sont gravées les minuscules lettres ZH. En grec ancien, elles symbolisent la vie. »

Malone songea à un autre passage du manuscrit : « Ptolémée me tendit alors un médaillon d'argent portant une gravure d'Alexandre combattant un éléphant et m'apprit qu'il avait voulu commémorer les batailles du roi en faisant frapper ces pièces. Il me dit aussi de revenir le voir quand j'aurais résolu son énigme mais, un mois plus tard, il était mort. »

Malone en était certain désormais. « Les pièces et l'énigme se complètent.

– Certainement, mais comment ? l'interrogea Thorvaldsen.

– Aucun de vous ne m'a encore expliqué pourquoi on a laissé partir Zovastina et Cassiopée, rétorqua-t-il.

– Cassiopée mourait d'envie d'accompagner la ministre. Nos allusions répétées à Ely ont intrigué Zovastina.

– C'est pour vous mettre d'accord que vous l'avez appelée au téléphone ?

– Cassiopée avait besoin de certaines informations. J'ignorais quelle serait sa réaction. Il faut que vous compreniez une chose, Cotton : Cassiopée veut savoir ce qui est arrivé à Ely et les réponses se trouvent en Asie. »

L'obsession de la jeune femme dérangeait Malone. Pourquoi ? Il n'aurait su le dire. Et pourtant, il ne pouvait le nier. Sa souffrance aussi le dérangeait, et le fait qu'elle soit malade. Difficile de ne pas perdre le fil. Il y avait trop de sentiments en jeu pour un homme qui s'efforçait d'ignorer les siens. « Que fera-t-elle une fois arrivée à destination ?

— Je n'en ai aucune idée, admit Thorvaldsen. Zovastina me sait au courant de ses projets. Je ne m'en suis pas caché. Elle sait que Cassiopée et moi sommes proches. Elle va saisir l'opportunité que nous lui avons offerte pour essayer de soutirer ce qu'elle peut à notre amie...

— Avant de la tuer.

— Cotton, c'est un risque que Cassiopée a accepté de prendre en connaissance de cause. Personne ne l'a obligée à se jeter dans la gueule du loup, souligna Stéphanie.

— Non, nous n'avons tout simplement rien fait pour l'en empêcher, dit-il, mélancolique. Ce prêtre est-il impliqué ?

— Il a une mission à accomplir. C'est pour cela qu'il s'est porté volontaire, expliqua Davis.

— Mais ce n'est pas tout, ajouta Thorvaldsen. L'énigme de Ptolémée découverte par Ely est authentique. Et nous disposons désormais de tous les éléments pour la résoudre.

— Il n'y a rien là-dedans, dit Davis en désignant le coffret. Nous sommes dans l'impasse.

— Vous vous trompez. Ces ossements ont été entreposés ici, sous nos pieds, pendant des siècles avant d'être placés dans la basilique. En les sortant du sarcophage pour la première fois en 1835, on a découvert un objet. Nous sommes peu nombreux à être au courant. Cet objet se trouve dans la salle du Trésor depuis longtemps, expliqua le vieux Danois en désignant le transept droit.

— Et il fallait que Zovastina soit partie pour que nous puissions y jeter un coup d'œil, c'est ça ?

— C'est à peu près ça, oui. Et voici notre laissez-passer, dit-il en brandissant une clé.

– Vous vous rendez compte que Cassiopée n'est peut-être pas de taille à lutter cette fois ?

– Absolument, admit Thorvaldsen.

– Savez-vous quoi faire de ce que vous allez trouver là-haut ?

– Moi, non, mais une de nos connaissances le saura peut-être. »

Malone était perplexe.

« Henrik pense, et Edwin semble partager son avis... commença Stéphanie.

– Il s'agit d'Ely, intervint Thorvaldsen. Nous pensons qu'il est encore en vie. »

QUATRIÈME PARTIE

57

Fédération d'Asie centrale
6 h 50

Vincenti descendit de l'hélicoptère. Le voyage depuis Samarcande lui avait pris environ une heure. De nouvelles autoroutes allaient jusqu'à la vallée de Ferghana, à l'est, mais sa propriété se trouvant plus au sud sur l'ancien territoire du Tadjikistan, l'avion restait le moyen le plus rapide et le plus sûr de s'y rendre.

Il avait choisi son terrain avec soin, haut dans les montagnes qu'enveloppaient les nuages. Personne n'avait contesté ce choix, pas même Zovastina. Il s'était contenté d'expliquer qu'il en avait assez du paysage plat et boueux de Venise et avait acheté un domaine de quatre-vingts hectares entre vallée boisée et hautes terres montagneuses du Pamir. Ce serait son univers. Il s'y retirerait pour y vivre entouré de domestiques, et, de là, contemplerait le paysage environnant jadis sauvage, mais aujourd'hui domestiqué et dépouillé, évocateur à la fois de l'Italie, de Byzance et de la Chine.

Il avait baptisé son domaine Attico et en arrivant en hélicoptère, il avait remarqué que le nom s'affichait désormais au fronton sculpté du portail principal. Il avait également remarqué que de nouveaux échafaudages avaient été érigés autour de la maison dont la structure extérieure serait bientôt terminée. Le chantier avançait lentement, mais sûrement et il serait heureux de le voir achevé.

Il se hâta de passer sous les pales de l'appareil pour pénétrer dans un jardin acclimaté sur les pentes de la montagne pour donner au domaine des airs de campagne anglaise.

Peter O'Conner l'attendait sur les dalles inégales de la terrasse située derrière la maison.

« Tout va bien ? l'interrogea Vincenti.

— Aucun problème ici », répondit son homme de main.

Vincenti s'attarda dehors pour reprendre son souffle. Au loin, des nuages d'orage s'enroulaient autour des sommets qui bordaient la frontière chinoise. Des corbeaux patrouillaient dans la vallée. Il avait pris soin de faire ériger son château sur une hauteur afin de jouir au maximum du paysage spectaculaire. Cet endroit était tellement différent de Venise. Pas de miasmes incommodants, rien que de l'air pur. Il s'était laissé dire que, en Asie, ce printemps avait été exceptionnellement doux et sec et il se réjouissait du répit que lui offrait ce voyage.

« Des nouvelles de Zovastina ?

— Elle quitte l'Italie en ce moment même ; une femme l'accompagne : peau mate, séduisante, elle a déclaré s'appeler Cassiopée Vitt à son passage à la douane. »

Vincenti attendit, sachant que O'Conner avait dû se montrer méthodique.

« Vitt réside dans le sud de la France où elle finance la reconstruction d'un château médiéval. C'est une entreprise colossale, coûteuse. Son père était propriétaire de plusieurs entreprises en Espagne, de gigantesques conglomérats dont elle a hérité.

— Que savez-vous d'elle au plan personnel ?

— Elle est musulmane, mais pas pratiquante, très cultivée, titulaire de diplômes d'ingénieur et d'histoire. Célibataire, trente-huit ans. C'est à peu près tout ce que j'ai pu trouver en si peu de temps. Voulez-vous en savoir plus ?

— Pas pour l'instant, répondit Vincenti. Vous savez ce qu'elle fait avec Zovastina ?

— Mes agents n'en savaient rien. Zovastina est sortie de la basilique en sa compagnie et s'est rendue directement à l'aéroport.

— Elle rentre dans la Fédération ?

— Oui, elle devrait atterrir d'ici quatre ou cinq heures. »

Vincenti comprit que ce n'était pas tout.

« À propos des agents qui ont suivi Nelle. L'un a été abattu par un tireur d'élite, l'autre s'est enfui. Nelle nous attendait de pied ferme on dirait. »

Vincenti n'aimait pas ce genre de nouvelles, mais ce problème devrait attendre. Il s'était déjà jeté dans le vide, il était trop tard pour faire machine arrière.

Il entra dans son manoir.

L'an passé, il en avait achevé la décoration. Il avait dépensé plusieurs millions d'euros en tableaux, revêtements muraux, meubles en laque et objets d'art, mais il avait mis un point d'honneur à ne pas sacrifier la magnificence au détriment du confort et avait fait aménager un théâtre, plusieurs salons confortables, des appartements privés, des salles de bains ainsi que le jardin. Malheureusement, il n'avait pu passer que quelques courtes semaines dans sa propriété dont l'entretien avait été confié à du personnel dont O'Conner s'était personnellement porté garant. Bientôt, Attico serait son refuge privé où il mènerait la grande vie et pourrait être lui-même ; dans ce but, il l'avait fait équiper d'un système d'alarme sophistiqué, de matériel de communication dernier cri et d'un réseau très élaboré de passages secrets.

Il traversa les pièces du rez-de-chaussée placées en enfilade dans le style français et dont le moindre recoin était aussi frais et ombragé qu'un crépuscule au printemps. Un joli atrium de style classique accueillait un escalier de marbre en colimaçon menant au premier étage.

Il gravit les marches.

Des fresques représentant le progrès des sciences ornaient les plafonds. Cette partie de la maison lui rappelait ce que Venise avait de mieux même si les hautes fenêtres à meneaux s'ouvraient sur des paysages de montagne au lieu du Grand Canal. Il se dirigea vers la porte fermée à sa gauche sur le palier, l'une des spacieuses chambres d'ami.

Il entra sans bruit.

Karyn Walde était immobile, allongée sur le lit.

O'Conner les avait amenées ici à bord d'un autre hélicoptère, elle et son infirmière. La jeune femme avait une perfusion dans le bras droit. Vincenti s'approcha et prit une des seringues posées sur une table en acier dont il injecta le contenu dans la poche du goutte-à-goutte. Quelques secondes plus tard, le stimulant força Karyn Walde à ouvrir les yeux. À Samarcande, il lui avait fait perdre connaissance, mais à présent, il avait besoin qu'elle soit consciente.

« Allons, réveillez-vous », l'encouragea-t-il.

Elle cilla et le dévisagea, l'œil encore vague.

Elle referma les paupières.

Vincenti lui aspergea le visage avec le pichet d'eau fraîche posé sur la table de nuit. Elle se réveilla brusquement en crachant et en essayant de chasser l'eau qui lui mouillait les yeux.

« Espèce de salaud, s'écria-t-elle en se relevant.
— Je vous ai dit de vous réveiller. »

Ses membres n'étaient pas entravés, c'était inutile. « Où suis-je ? demanda-t-elle en regardant autour d'elle.

— Vous aimez ? C'est tout aussi élégant que ce à quoi vous êtes habituée.

— Combien de temps ai-je dormi ? demanda Karyn Walde en remarquant les rayons du soleil qui filtraient par la fenêtre et les portes vitrées donnant sur la terrasse.

— Un bon moment. C'est le matin.

— Que se passe-t-il ? fit-elle désorientée.

— J'aimerais vous lire quelque chose si vous me le permettez.

— Ai-je vraiment le choix ? »

Elle avait repris ses esprits.

« Pas vraiment. Mais je pense que vous n'aurez pas le sentiment de perdre votre temps. »

J'ai eu des doutes sur l'essai clinique W12-23 dès le départ. Vincenti et moi en assurions la supervision exclusive. J'ai trouvé cela étrange puisque Vincenti s'implique rarement personnellement dans ce genre d'expérience, d'autant que ce test ne concernait que douze cobayes, ce qui n'a fait qu'accroître mes soupçons. La plupart des tests que nous menons comptent entre cent et (au moins une fois) mille participants. D'ordinaire, un panel de douze patients n'aurait pas suffi à déterminer l'efficacité d'une solution, surtout en ce qui concerne le critère primordial de toxicité, puisque l'on court le risque d'obtenir des conclusions aléatoires.

Quand j'ai exprimé mes doutes, Vincenti m'a répondu que le but de cet essai n'était pas de vérifier la toxicité de la solution. Ce qui, encore une fois, m'a paru étrange. Je lui ai demandé quel était l'agent testé et Vincenti m'a dit qu'il l'avait lui-même mis au point et qu'il était curieux de voir si les résultats obtenus lors des tests en laboratoire pouvaient être reproduits sur les humains. Je savais que Vincenti travaillait sur des projets classés secret au sein du laboratoire (les résultats n'étaient accessibles qu'à certaines personnes), mais par le passé, j'y avais toujours eu accès. À l'occasion de cet essai, Vincenti insistait pour être le seul à manipuler la substance testée appelée Dzêta Êta.

En utilisant les paramètres précis fournis par Vincenti, j'ai réussi à recruter une douzaine de volontaires venus de différentes cliniques du pays. Ce n'était pas simple car les Irakiens ne parlent pas ouvertement du problème du VIH et l'affection est peu répandue. En payant, nous avons trouvé des malades. Trois patients qui n'en étaient qu'au stade précoce de la maladie avaient un taux de lymphocytes T4 d'environ 1 000/mm^3 et une charge virale minime. Aucun de ces patients ne présentait de symptômes externes du sida. Chez cinq autres patients, le sida s'était déclaré ; le virus ayant colonisé leur système sanguin, ils étaient immunodéprimés et présentaient tous une grande variété de symptômes spécifiques à la maladie. Quatre autres étaient sur le point de mourir. Leur taux de lymphocytes T4 étant inférieur à 200/mm^3, ils souffraient tous de diverses surinfections et n'en avaient plus pour longtemps.

Une fois par jour, je me rendais dans la clinique de Bagdad pour administrer les doses spécifiées par Vincenti en intraveineuse. J'en profitais pour prélever des échantillons de sang et de tissus. Dès la première injection, l'état des douze patients a montré des signes d'amélioration. Leur taux de lymphocytes T4 s'est mis à remonter de manière spectaculaire et, leur système immunitaire retrouvant sa vigueur, les surinfections se sont dissipées à mesure que leur organisme luttait contre les diverses maladies. Contre certaines, comme les lésions cancéreuses dues au sarcome de Kaposi que cinq des douze patients avaient développées, il n'y avait rien à faire, mais les affections contre lesquelles le système immunitaire était capable de lutter ont commencé à guérir au bout de deux jours.

Dès le troisième jour de traitement, le système immunitaire de tous les patients s'était remis à fonctionner. Leurs globules blancs s'étaient régénérés et leur nombre augmentait. Les patients retrouvaient l'appétit, reprenaient du poids. La charge virale était devenue quasi nulle. Si les injections avaient continué, il fait peu de doute que les patients auraient tous guéri, au moins du sida et du VIH, mais on a arrêté les injections. Le quatrième jour, quand Vincenti n'a plus eu aucun doute sur l'efficacité du traitement, il lui a substitué une solution saline. Les douze patients ont rapidement rechuté. Leur taux de lymphocytes T4 s'est effondré et le virus a repris le contrôle de leur organisme. La nature de la solution testée reste un mystère.

Les rares tests chimiques que j'ai menés n'ont révélé qu'une composition légèrement alcaline à base d'eau. Plus par curiosité qu'autre chose, j'ai examiné un échantillon de la substance au microscope et y ai découvert avec stupéfaction la présence d'organismes vivants.

Vincenti vit que Karyn Walde l'écoutait attentivement. « Ce rapport a été écrit par l'un de mes subordonnés. Il voulait le transmettre à mes supérieurs. Il n'en a jamais eu l'occasion, évidemment. Je l'ai fait éliminer. Pendant les années quatre-vingt en Irak, quand Saddam était le maître incontesté du pays, c'était relativement facile.

– Pourquoi l'avoir éliminé ?

– Il était trop curieux. Il se mêlait beaucoup trop de quelque chose qui ne le regardait pas.

– Ce n'est pas une réponse. Pourquoi devait-il mourir ? »

Vincenti brandit une seringue remplie d'un liquide transparent.

« Vous m'offrez encore de votre somnifère ?

– Pas du tout, se défendit Vincenti. À vrai dire, j'accède à votre désir le plus cher. Je vous offre ce que vous m'avez dit vouloir plus que tout au monde. »

Il se tut un moment.

« La vie. »

58

Venise
2 h 55

« Ely Lund est vivant ? s'écria Malone, perplexe.

— Nous l'ignorons, précisa Edwin Davis. Mais nous pensons que Zovastina dispose d'un conseiller. Hier nous avons appris qu'Ely Lund avait été sa principale source d'information. Henrik nous a parlé de lui... et les circonstances de sa mort sont tout à fait suspectes.

— Pourquoi Cassiopée le croit-elle mort ?

— C'était nécessaire, répondit Thorvaldsen. Il n'y avait aucun moyen de prouver le contraire. Mais à mon avis, elle doute qu'il soit réellement mort.

— Henrik pense, et je ne puis qu'être d'accord avec lui, que Zovastina essaiera d'exploiter la relation entre Ely et Cassiopée, intervint Stéphanie. Les événements de ce soir ont dû lui faire un choc et comme la paranoïa est une seconde nature chez elle, Cassiopée pourra en jouer.

— Cette femme prévoit de déclencher un conflit armé. Pourquoi se soucierait-elle de Cassiopée ? Elle avait besoin d'elle pour gagner l'aéroport. À partir de là, Cassiopée devient un fardeau. C'est de la folie.

— Cotton, ce n'est pas tout. »

Malone attendit.

« Naomi est morte.

— Tous ces amis qui meurent, les uns après les autres... soupira Malone.

— Je veux la peau d'Enrico Vincenti », affirma Stéphanie.

Malone aussi.

Il retrouva ses réflexes d'agent et refoula le désir d'une vengeance rapide. « Vous avez dit que nous trouverions quelque chose dans la salle du Trésor. Très bien, montrez-moi. »

Zovastina observait l'inconnue assise en face d'elle dans la luxueuse cabine du jet. Elle faisait incontestablement preuve d'un grand courage. Comme la prisonnière du laboratoire en Chine, cette beauté connaissait la peur, mais contrairement à cette âme faible, elle savait aussi comment la dominer.

Elles n'avaient pas dit un mot depuis leur départ de la basilique et Zovastina en avait profité pour jauger son otage. Elle ne savait pas encore si sa présence était due au hasard ou avait été planifiée. Les choses étaient allées trop vite.

Et que dire des ossements ?

Elle était persuadée qu'il y aurait quelque chose à découvrir, suffisamment pour prendre le risque de faire le déplacement. Tout laissait présager un succès, mais plus de deux mille ans s'étaient écoulés. Thorvaldsen avait peut-être raison. Il fallait être réaliste : que pouvait-il vraiment rester ?

« Qu'est-ce qui vous amenait à la basilique ? voulut savoir la ministre.

— Je suis là pour faire la conversation ?

— Non, je veux découvrir ce que vous savez. »

Cette femme lui rappelait trop Karyn. Cette satanée confiance portée comme un étendard. Et une étrange expression de méfiance qui, bizarrement, captivait Zovastina tout en la déstabilisant.

« À voir vos vêtements, vos cheveux, vous avez l'air de sortir de l'eau.

— Votre garde du corps m'a poussée dans la lagune.

— Mon garde du corps ? s'écria Zovastina, surprise.

— Viktor. Il ne vous l'a pas dit ? J'ai tué son partenaire au musée de Torcello. J'avais l'intention de le tuer lui aussi.

— Vous allez avoir du mal.

— Je ne crois pas, rétorqua la jeune femme d'un ton froid, acerbe et supérieur.

— Alors vous connaissiez Ely Lund ? »

Vitt ne répondit pas.

« Vous croyez que je l'ai tué ?

— J'en suis convaincue. Il vous a parlé de l'énigme de Ptolémée et d'Alexandre, vous a appris que le corps enfermé dans le Sôma n'avait jamais été le sien. Il a fait le lien entre ce corps et les reliques de saint Marc dérobées par les Vénitiens et c'est ce qui vous a incitée à vous rendre à Venise. Vous l'avez tué pour être sûre qu'il n'en parlerait à personne, mais il s'est confié à moi.

— Et vous vous êtes confiée à Henrik Thorvaldsen.

— Entre autres. »

Voilà qui était problématique et Zovastina se demandait si cette femme était liée de près ou de loin à la tentative d'assassinat ratée dont elle avait fait l'objet. Et Vincenti ? Henrik Thorvaldsen avait bien le profil pour être membre de la Ligue vénitienne. Pourtant, dans la mesure où la liste des adhérents était ultraconfidentielle, elle n'avait aucun moyen de le confirmer. « Ely ne m'a jamais parlé de vous.

— En revanche, il m'a parlé de vous. »

Cette femme ressemblait décidément à Karyn. Même allure envoûtante et mêmes manières brutales. L'irrévérence attirait Zovastina. Il fallait de la patience et de la détermination pour en venir à bout.

Mais c'était faisable.

« Et si Ely n'était pas mort ? » déclara-t-elle.

59

Venise

Malone suivit ses compagnons dans le transept droit de la basilique et s'arrêta devant un passage faiblement éclairé et surmonté d'une voûte de style mauresque richement sculptée. Thorvaldsen déverrouilla les portes de bronze.

Un vestibule voûté menait à un sanctuaire. À gauche, des niches creusées dans les murs accueillaient icônes et reliquaires. À droite, le Trésor où l'on pouvait admirer les symboles les plus fragiles et les plus précieux d'une république défunte exposés sur les murs ou regroupés dans des vitrines.

« La plupart de ces pièces proviennent du sac de Constantinople par les Vénitiens en 1204, commenta Thorvaldsen, mais les restaurations, incendies et vols successifs ont fait des dégâts. Quand la république vénitienne est tombée, une bonne partie de la collection a été fondue pour récupérer l'or, l'argent et les pierres précieuses. Seules deux cent quatre-vingt-trois pièces en ont réchappé. »

Malone admirait les calices, châsses, coffrets, croix, coupes et icônes scintillants façonnés dans la pierre, le bois, le cristal, le verre, l'argent ou l'or. Il remarqua également amphores, ampoules, reliures de manuscrits et encensoirs délicats, autant de trophées rapportés d'Égypte, de Rome ou de Byzance.

« Collection impressionnante, dit-il.

– L'une des plus belles au monde, admit Thorvaldsen.

– Qu'est-ce qu'on cherche ?

– L'objet est là d'après Michener », indiqua Stéphanie.

Ils approchèrent d'une vitrine contenant une épée, une crosse d'évêque, quelques coupes hexagonales et plusieurs châsses dorées. Thorvaldsen ouvrit la vitrine puis souleva le couvercle de l'une des châsses. « Ils gardent l'objet là-dedans, à l'abri des regards.

– Un scarabée », s'écria Malone en découvrant l'objet.

Au cours de la momification, les embaumeurs égyptiens avaient pour habitude d'orner le corps purifié du défunt de centaines d'amulettes. Beaucoup avaient un usage purement décoratif, d'autres servaient à fortifier les membres sans vie de la momie. Celle qu'il avait sous les yeux portait le nom du coléoptère qui l'ornait : *scarabaeidae* ou bousier. Il avait toujours trouvé l'association étrange, mais les anciens Égyptiens avaient remarqué que cet insecte sortait d'une boulette d'excrément et l'avaient identifié à Khépri, créateur de l'univers, père des dieux, jailli de sa propre substance.

« C'est un scarabée de cœur, observa-t-il.

– C'est ce que Michener a dit », confirma Stéphanie.

Malone savait que, au cours de la momification, on ôtait tous les organes excepté le cœur sur lequel on déposait toujours un scarabée symbolisant la vie éternelle. Celui-ci était tout à fait classique, en pierre verte, de la calcédoine sans doute. Cependant, Malone remarqua quelque chose. « Aucune trace d'or. Parfois, les scarabées étaient faits d'or ou dorés à l'or fin.

— C'est ce qui explique sans doute qu'il soit encore là, renchérit Thorvaldsen. Le Sôma d'Alexandrie a été pillé par les derniers descendants des Ptolémée. Ils l'ont dépouillé de tout l'or qu'il contenait, le sarcophage d'or a été fondu et tout ce qui avait de la valeur saisi. Ce morceau de pierre ne devait avoir aucune valeur à leurs yeux.

— Celui-ci est plus grand que la normale. D'habitude, ces amulettes sont deux fois plus petites, remarqua Malone en soulevant le scarabée qui mesurait environ dix centimètres sur cinq.

— Vous avez l'air bien renseigné, dit Davis.

— Ce type passe son temps à lire. Il est libraire après tout », le taquina Stéphanie.

Malone sourit sans cesser d'examiner l'amulette et remarqua trois hiéroglyphes gravés entre les élytres du scarabée.

« Que signifient-ils ?

— D'après Michener, vie, stabilité et protection », expliqua Thorvaldsen.

Malone retourna l'amulette sous laquelle il découvrit la gravure d'un oiseau.

« Ce scarabée a été découvert avec les ossements de saint Marc lorsqu'ils ont été retirés de la crypte en 1835 pour être transférés sous l'autel. Comme saint Marc a été martyrisé et momifié, on a cru que cette amulette faisait simplement partie du processus normal, mais dans la mesure où elle évoque un culte païen, les Pères de l'Église ont préféré qu'elle n'accompagne pas la dépouille du saint sous l'autel. Ils en reconnaissaient la valeur historique malgré tout et l'ont conservée ici, dans le Trésor. Quand l'Occident a eu vent de l'intérêt de Zovastina pour saint Marc, l'amulette a acquis une plus grande importance, mais quand Michener m'en a parlé, je me suis souvenu de l'énigme de Ptolémée. »

Malone aussi y avait pensé.

« Touche la part la plus intime de l'illusion dorée. »

Les pièces du puzzle s'assemblaient. « L'illusion dorée, c'est le corps lui-même, enveloppé dans un cartonnage doré à Memphis. La part la plus intime ? C'est le cœur. L'amulette elle-même.

— Cela signifie que les ossements qui reposent dans cette basilique ne sont pas ceux de saint Marc, ajouta Davis.

— Ils n'ont rien à voir avec lui ni avec le culte chrétien d'ailleurs.

— Ce hiéroglyphe représente le Phénix, symbole de renaissance », expliqua Thorvaldsen en désignant l'oiseau.

Malone songea à la suite de l'énigme.

« Divise le Phénix. »

Il savait exactement quoi faire.

Et si Ely n'était pas mort ?

Cassiopée se rendit compte que Zovastina jouait avec

ses sentiments en lui posant cette question. « Mais il l'est, depuis des mois.

— En êtes-vous sûre ? »

Cassiopée s'était maintes fois posé la question. Comment faire autrement ? Pourtant, elle refoula l'espoir qui la torturait. « Ely est mort », répéta-t-elle.

Zovastina décrocha un téléphone. « Viktor, dit-elle au bout de quelques secondes, il faut que vous racontiez à quelqu'un ce qui s'est passé la nuit où Ely Lund est mort. »

Zovastina tendit le téléphone à la jeune femme.

Cassiopée ne bougea pas. Elle se souvint de ce que Viktor lui avait dit sur le bateau. Ce qui ne signifiait rien.

« Aurez-vous le courage d'écouter ce qu'il a à vous dire ? » demanda la ministre suprême. Une écœurante lueur de satisfaction passa dans son regard sombre.

Cette femme connaissait son point faible ce qui, bizarrement, effrayait plus Cassiopée que toutes les révélations que Viktor pourrait lui faire. Elle avait envie de savoir. Ces derniers mois, elle avait vécu l'enfer. Pourtant...

« Vous pouvez vous mettre ce téléphone-là où je pense ! » s'écria-t-elle.

Zovastina hésita puis sourit. « Plus tard, peut-être, Viktor. Vous pouvez relâcher le prêtre », ordonna-t-elle en raccrochant.

L'avion continuait son ascension en route vers l'Asie.

« Viktor surveillait la résidence d'Ely, conformément à mes ordres. »

Cassiopée n'avait pas envie d'écouter.

« Il est entré par-derrière. Ely était attaché à une chaise et l'assassin s'apprêtait à l'exécuter. Viktor l'a abattu avant de conduire Ely jusqu'à moi et de brûler sa maison où le cadavre de l'assassin était resté.

— Vous n'espérez quand même pas me faire gober ces salades ?

— Certains individus au sein de mon gouvernement aimeraient se débarrasser de moi. Malheureusement, la trahison fait partie de nos méthodes politiques. Ils me craignent, mais savaient qu'Ely m'assistait, aussi ont-ils commandité son assassinat, comme cela s'était déjà produit pour certains de mes alliés par le passé. »

Cassiopée restait sceptique.

« Ely est séropositif.

— Comment le savez-vous ? rétorqua la jeune femme, intriguée.

— Il me l'a dit. Je lui fournis ses médicaments depuis deux mois. Contrairement à vous, il me fait confiance. »

Cassiopée savait qu'Ely n'aurait jamais dit à personne qu'il était malade. Et seuls Henrik et Ely étaient au courant de sa maladie.

La jeune femme était décontenancée.

Mais n'était-ce pas là le but de Zovastina, justement ?

Malone caressa la douce patine de l'amulette, laissa ses doigts courir sur la gravure du Phénix égyptien. « Ptolémée conseille de diviser le Phénix. »

Il secoua l'amulette en tendant l'oreille.

Rien ne bougea à l'intérieur.

« Cet objet a plus de deux mille ans », remarqua Thorvaldsen, ayant compris ce que son ami s'apprêtait à faire.

Malone s'en moquait éperdument. Cassiopée avait des ennuis et le monde s'apprêtait peut-être à vivre une guerre bactériologique. Ptolémée avait rédigé une énigme menant certainement à l'endroit où Alexandre le Grand souhaitait être inhumé. L'ancien guerrier grec devenu pharaon était apparemment bien renseigné, et s'il conseillait de diviser le Phénix, c'était exactement ce que Malone allait faire.

Il frappa le ventre du scarabée sur le dallage en marbre.

La pierre s'enfonça et environ un tiers du scarabée se brisa comme une coquille de noix. Malone posa les parties cassées par terre pour les examiner.

Le contenu de l'amulette se vida par les côtés.

Thorvaldsen, Stéphanie et Davis s'agenouillèrent près de lui.

« L'intérieur du scarabée était creux, prêt à s'ouvrir et rempli de sable. »

Malone souleva le plus gros morceau dont il vida le sable.

« Regardez », s'exclama Davis.

Malone avait aperçu quelque chose lui aussi. Il balaya doucement le sable d'un geste de la main et découvrit un objet cylindrique mesurant environ un centimètre de diamètre. Puis il s'aperçut que ce n'était pas du tout un cylindre.

C'était une bandelette d'or, enroulée sur elle-même.

Délicatement, il fit basculer le petit rouleau et distingua différentes lettres inscrites sur l'un des côtés.

« C'est du grec, annonça-t-il.

— Regardez comme cette bandelette est fine, s'exclama Stéphanie. On dirait de la feuille d'or.

— Qu'est-ce que c'est ? » l'interrogea Davis.

Dans l'esprit de Malone, les dernières pièces du puzzle commençaient à se mettre en place. C'était maintenant que la dernière partie de l'énigme de Ptolémée prenait tout son sens. « C'est à l'aune de la vie que l'on mesure la véritable tombe, mais sois prudent car tu n'auras qu'une occasion de réussir. » Il sortit de sa poche le médaillon que Stéphanie lui avait confié. « Les micro-lettres ZH sont dissimulées sur ce médaillon. Or nous savons que Ptolémée a fait frapper ces médaillons au moment où il a rédigé cette énigme. »

Malone remarqua un minuscule symbole  d'un côté de la pièce et comprit instantanément quel était le lien avec la bandelette d'or. « Ce même symbole apparaît sur le manuscrit que vous m'avez montré, Henrik. Juste sous le texte de l'énigme, en bas de page. » Il chercha la formulation exacte de la citation : « "C'est à l'aune de la vie que l'on mesure la véritable tombe."

— Quel est le rapport entre les décadrachmes de Poros et cette bandelette d'or ? l'interrogea Davis.

— Pour le comprendre, il faut d'abord savoir ce qu'est cette bandelette. »

Stéphanie avait compris où il voulait en venir.

« Et vous le savez, n'est-ce pas ?

— Je sais exactement ce dont il s'agit. »

Viktor ralentit et laissa le bateau dériver jusqu'à l'embarcadère jouxtant la basilique Saint-Marc. En sortant du monument, il avait emmené Michener droit à son bateau en se disant que la lagune était le lieu le plus sûr pour attendre le départ de Zovastina. Il était resté là à admirer les dômes et les pinacles illuminés, le palais des Doges rose et blanc, le campanile et les rangées de bâtiments massifs et anciens agrémentés de loggias et de fenêtres qui s'élançaient vers le ciel dans l'atmosphère feutrée de la nuit. Il serait content de quitter l'Italie.

Rien ne s'était passé comme prévu ici.

« Il est temps que nous ayons une petite conversation tous les deux », annonça Michener.

Viktor avait isolé le prêtre dans la cabine avant du bateau en attendant l'appel de Zovastina et Michener était resté assis calmement.

« De quoi pourrions-nous bien parler ?

– Du fait que vous êtes un espion américain, peut-être ? »

60

Fédération d'Asie centrale

Vincenti laissa Karyn Walde digérer ce qu'il venait de lui raconter. Il se rappelait le moment où lui aussi avait compris qu'il venait de trouver le remède au VIH.

« Je vous ai parlé du vieux montagnard...

– C'est là que vous l'avez trouvé ? l'interrompit-elle avec impatience.

– Je pense que "retrouvé" serait plus approprié. »

Il n'avait jamais parlé de tout ça à personne. Comment aurait-il pu ? Et il avait très envie de s'expliquer. « Quelle ironie de voir que les problèmes les plus compliqués ont parfois les solutions les plus simples. Au début du XXe siècle, le béribéri faisait des ravages en Chine, tuant des centaines de milliers de personnes. Savez-vous pourquoi ? Pour faciliter la commercialisation du riz, les marchands s'étaient mis à en polir les grains, le débarrassant ainsi de la thiamine – ou vitamine B1 – que contient l'enveloppe du grain de riz. En l'absence de thiamine dans l'alimentation, le béribéri se propagea dans toute la population. Quand on arrêta de polir les grains de riz, la maladie disparut.

« L'écorce de l'if de l'Ouest est efficace dans le traitement du cancer. Il ne le guérit pas, mais peut ralentir l'évolution de la maladie. Une simple moisissure apparue sur du pain a mené à la fabrication d'antibiotiques capables de vaincre les infections bactériennes. Et quelque chose d'aussi élémentaire que la diète cétogène est capable d'arrêter les crises d'épilepsie chez certains enfants. Ce sont des choses simples. J'ai découvert que ce même principe pouvait aussi être vérifié en ce qui concerne le sida.

— Quel principe actif avez-vous découvert en mâchant cette plante ?

— Je n'en ai pas découvert un, mais plusieurs. »

Vincenti vit la crainte s'effacer dans les yeux de Karyn à mesure qu'il apparaissait comme son sauveur et qu'elle cessait de le considérer comme une menace.

« Il y a trente ans de cela, nous avons découvert un virus dans le système sanguin de singes verts. Notre connaissance des virus était rudimentaire à l'époque par rapport à ce que nous savons aujourd'hui. Nous l'avons pris pour une forme de rage, mais la forme, la taille et la biologie de l'organisme viral étaient différentes.

« Nous avons fini par le baptiser virus d'immunodéficience simienne ou VIS. Nous savons aujourd'hui que le VIS est capable de vivre indéfiniment dans l'organisme des singes sans nuire à l'animal. Nous avons d'abord cru que les singes avaient développé une espèce de résistance à ce virus. En réalité, la résistance venait du virus lui-même qui avait chimiquement "compris" qu'il ne pouvait pas ravager tous les organismes biologiques avec lesquels il entrait en contact. Le virus avait appris à exister dans l'organisme des singes sans que les singes sachent même qu'ils l'avaient contracté.

— J'en ai déjà entendu parler. Et l'épidémie de sida a commencé à cause d'une morsure de singe, c'est ça ?

— Qui sait ? répondit Vincenti avec un haussement d'épaules. Une morsure, une égratignure ou l'ingestion de viande de singe contaminé. Les singes font partie de l'alimentation de nombreuses populations. Qu'importe ce qui s'est passé, le virus a migré des singes aux humains. C'est ce qui s'est passé pour Charlie Easton, j'en ai été le témoin : le virus VIS s'est mué en VIH dans son organisme. »

Il continua à lui raconter ce qui s'était passé des dizaines d'années plus tôt à la mort d'Easton, pas très loin de là où ils se trouvaient aujourd'hui.

« Le VIH ne se comportait pas avec les humains comme le VIS avec les singes. Dès la contamination, il s'est mis au travail en transformant rapidement les cellules des ganglions lymphatiques en clones de lui-même. Charlie est mort en l'espace de quelques semaines.

« Mais il n'était pas la première victime du virus. Le premier cas à avoir été formellement identifié est celui d'un Anglais. Mort en 1959. Un échantillon congelé de sérum testé au début des années quatre-vingt-dix a montré la présence du VIH dans son système sanguin et son dossier médical a confirmé qu'il présentait les symptômes du sida. Le VIS et le VIH sévissent probablement depuis des siècles, faisant des victimes dans des villages isolés sans que personne le remarque. Les personnes atteintes mouraient en fait des suites de surinfections comme la pneumonie. Aussi, les médecins prenaient-ils régulièrement le sida pour d'autres maladies. Au début de l'épidémie, aux États-Unis, on l'avait baptisé "le cancer gay". La théorie sans doute la plus plausible veut que la maladie se soit répandue dans les années cinquante et soixante, quand l'Afrique a commencé à se moderniser et la population à se regrouper dans les villes. Un étranger a fini par exporter la maladie. Au début des années quatre-vingt, le virus s'était propagé aux quatre coins de la planète.

— Une de vos fameuses armes biologiques naturelles à l'efficacité testée.

— Au contraire, nous avons jugé qu'il ferait une piètre arme bactériologique. Trop difficile à contracter, le virus tue aussi trop lentement. Ce qui n'est pas plus mal : s'il était plus facile à contracter, nous aurions l'équivalent moderne de la grande peste noire.

— Mais c'est le cas, renchérit Karyn. Le virus ne s'est pas encore attaqué aux bonnes personnes, c'est tout. »

Vincenti comprenait ce qu'elle voulait dire. À l'heure actuelle, il existait deux principales souches de la maladie : le VIH-I, qui sévissait surtout en Afrique tandis que le VIH-2 s'attaquait surtout aux toxicomanes et aux homosexuels. D'autres souches avaient récemment fait leur apparition dont une très virulente en Asie du Sud-Est que l'on venait de baptiser VIH-3.

« Pensiez-vous avoir été infecté par Easton ? demanda la jeune femme.

— Nous en savions si peu sur la transmission du virus à l'époque. N'oubliez pas qu'une arme biologique n'a d'intérêt que si elle possède un antidote. Alors, quand ce vieux guérisseur m'a proposé de l'accompagner dans les montagnes, j'ai accepté. Il m'a montré la plante et m'a dit que le jus issu de ses feuilles était capable de guérir la fièvre, comme il l'appelait. Alors, j'en ai mangé.

— Et vous n'en avez pas donné à Easton, c'est ça ? Vous l'avez laissé mourir.

— Je lui ai fait boire du jus, mais ça ne l'a pas aidé. »

Karyn Walde eut l'air décontenancé et il laissa la question en suspens.

« À la mort de Charlie, j'ai classé le virus parmi les spécimens inutilisables. Seuls les essais concluants intéressaient les Irakiens. Nous avions l'ordre de laisser les autres sur place. Au milieu des années quatre-vingt, quand les chercheurs ont fini par isoler le VIH en France et aux États-Unis, j'en ai reconnu les caractéristiques biologiques. Je n'y ai pas accordé beaucoup d'intérêt au départ. Après tout, rares étaient ceux qui s'inquiétaient de la maladie en dehors de la communauté homosexuelle. Mais en 1985, le petit monde des compagnies pharmaceutiques a commencé à en parler. Celui qui découvrirait un traitement à cette maladie gagnerait beaucoup d'argent. Alors j'ai décidé de me lancer dans la recherche. J'avais beaucoup appris depuis la mort d'Easton. Je suis donc retourné en Asie centrale, j'ai engagé un guide pour qu'il m'emmène en montagne et j'ai retrouvé la plante. J'ai rapporté des échantillons que j'ai testés et je vous le donne en mille : ils ont anéanti le VIH pratiquement au moment où ils sont entrés en contact avec lui.

— Vous avez dit que ça n'avait pas marché pour Easton.

— La plante n'a aucune propriété. Le temps que je l'administre à Charlie, les feuilles étaient sèches. Ce ne sont pas les feuilles qui sont efficaces. C'est l'eau. C'est là que j'ai trouvé ces bactéries », conclut Vincenti en brandissant la seringue.

61

Venise

« Vous avez déjà entendu parler des scytales ? » demanda Malone à ses amis.

Ils ignoraient tous de quoi il s'agissait.

« On prend un bâton autour duquel on enroule en spirale une bande de cuir, on écrit un message sur la bande de cuir avant de la dérouler et d'y adjoindre tout un tas d'autres lettres. La personne à qui l'on destine le message dispose d'un bâton similaire, du même diamètre, ce qui lui permet de pouvoir déchiffrer le message en enroulant la bande autour. Si l'on utilise un bâton d'une taille différente, on n'obtient qu'une suite de lettres sans aucune signification. Les Grecs de l'Antiquité employaient ce système très fréquemment pour communiquer secrètement.

– Comment diable savez-vous tout ça ? s'écria Davis.

– La scytale était un outil rapide, efficace et précis. Capital, sur un champ de bataille. C'était un excellent moyen d'envoyer un message secret. Et pour répondre à votre question, je l'ai lu quelque part.

– Nous n'avons pas le bon bâton, remarqua Davis. Comment allons-nous déchiffrer le message ?

– Rappelez-vous l'énigme : "C'est à l'aune de la vie que l'on mesure la véritable tombe." »

Il leva le médaillon à hauteur des yeux : « "ZH, la vie." C'est cette pièce, la mesure.

— "Mais sois prudent car tu n'auras qu'une occasion de réussir", rappela Stéphanie. Cette bandelette d'or est d'une extrême finesse. Une fois déroulée, c'est terminé. On ne peut tenter sa chance qu'une fois, on dirait.

— Je pense que vous avez raison. »

Malone en tête, ils sortirent de la basilique pour regagner les bureaux du diocèse avec la bandelette et le médaillon. Malone estimait le diamètre de la pièce à environ deux centimètres et demi et ils se mirent donc en quête d'un objet qui pourrait faire l'affaire. Les manches de balais trouvés dans un réduit étaient trop gros, d'autres objets trop petits.

« Toutes les lumières sont allumées, mais l'endroit est désert, remarqua Malone.

— Michener a fait évacuer le bâtiment pendant que Zovastina restait seule dans la basilique. Il nous fallait aussi peu de témoins que possible », expliqua Davis.

Près d'une photocopieuse placée sur une étagère, Malone aperçut des cierges. En les attrapant, il remarqua qu'ils étaient d'un diamètre à peine supérieur au médaillon. « Nous allons fabriquer notre propre scytale.

— Je vais chercher un couteau dans la cuisine au bout du couloir », proposa Stéphanie.

Malone tenait délicatement la bandelette d'or entre ses mains, entourée d'un morceau de papier chiffonné trouvé au guichet du Trésor.

« L'un ou l'autre d'entre vous parle-t-il le grec ancien ? »

Davis et Thorvaldsen firent non de la tête.

« Nous allons avoir besoin d'un ordinateur. Le mot que

nous obtiendrons en déchiffrant le message sur cette bandelette sera en grec ancien.

— Il y a un ordinateur dans le bureau où nous nous trouvions tout à l'heure, au bout du couloir », expliqua Davis.

Stéphanie revint avec un couteau de service.

« Je m'inquiète pour Michener, vous savez, déclara Malone. Qu'est-ce qui empêche Viktor de le tuer maintenant que Zovastina a pu partir sans être inquiétée ?

— Il ne lui fera aucun mal. Je voulais que Michener accompagne Viktor, répondit Davis.

— Pour quoi faire ? »

Edwin Davis dévisagea Malone. Pouvait-il lui faire confiance ?

« Qu'est-ce qu'il y a ? » l'interrogea Malone, agacé.

Stéphanie encouragea Davis d'un signe de tête. « Viktor travaille pour nous », annonça-t-il.

« Qui êtes-vous ? s'écria Viktor, abasourdi.

— Je suis prêtre de l'Église catholique, comme je vous l'ai dit, répondit Michener, mais en ce qui vous concerne, les apparences sont trompeuses. Le président des États-Unis souhaite que je vous parle. »

Le bateau continuait à dériver vers l'embarcadère. Dans quelques minutes, Michener serait libre. Sa révélation tombait à point nommé.

« Vous travailliez pour les forces de sécurité croates après avoir été recruté par les Américains quand Zovastina vous a engagé. Vous aviez aidé les Américains en

Bosnie et, dès lors qu'ils ont su que vous travailliez pour Zovastina, ils vous ont recontacté. »

Viktor comprit que les informations livrées par Michener, toutes authentiques, servaient à le convaincre du sérieux de cet émissaire.

« Pourquoi vivre dans le mensonge ? Qu'est-ce que ça vous apporte ?

— Disons que je préfère ne pas être jugé pour crimes de guerre, avoua Viktor. Je me suis battu pour le camp adverse en Bosnie. Nous avons tous commis des actes que nous regrettons. J'ai soulagé ma conscience en changeant de camp et en aidant les Américains à capturer les pires criminels.

— On vous détesterait aussi dans l'autre camp, si l'on était au courant.

— On peut voir les choses comme ça, oui.

— Les Américains font toujours peser cette menace sur vous ?

— Il n'y a pas de prescription pour ces crimes. J'ai de la famille en Bosnie. Dans cette partie du monde, les représailles peuvent viser tous vos proches. J'ai quitté le pays pour échapper à tout ça, mais quand les Américains ont appris que je travaillais pour Zovastina, ils m'ont donné le choix : ils me livraient soit aux Bosniaques soit à la ministre. Je me suis dit qu'il valait mieux coopérer.

— Vous jouez un jeu dangereux.

— Zovastina ignorait tout de moi. C'est l'une de ses faiblesses. Elle est persuadée que tous ceux qui l'entourent ont trop peur ou sont trop intimidés pour s'opposer à elle. Cette Cassiopée Vitt qui est partie avec Zovastina...

— Elle fait partie de l'opération. »

Viktor comprenait à présent la gravité de l'erreur qu'il

avait commise. Il risquait bel et bien d'être compromis. « J'ai eu affaire à elle au Danemark. J'ai essayé de les tuer, elle et les deux hommes de la basilique. J'ignorais complètement qui elle était, mais quand elle aura appris à Zovastina ce qui s'est passé, je n'en aurai pas pour longtemps.

– Cassiopée ne dira rien. Elle a été mise au courant de votre identité avant de venir à la basilique ce soir. Elle compte sur votre aide à Samarcande. »

Viktor comprenait maintenant les étranges paroles qu'elle lui avait chuchotées dans la galerie du transept et pourquoi aucun des témoins des événements du Danemark n'y avait fait allusion devant Zovastina.

Le bateau s'approcha doucement de l'embarcadère. Michener sauta sur la terre ferme. « Aidez-la, conseilla-t-il. Elle est pleine de ressources d'après ce que l'on m'a dit. »

Et elle avait tué sans la moindre émotion.

« Que Dieu soit avec vous, Viktor. Vous allez avoir besoin de Lui, il me semble.

– Il ne sert à rien.

– C'est ce que je pensais autrefois, et j'avais tort », répondit le prêtre, amusé.

Comme Zovastina, Viktor était athée, même si ce n'était ni pour des raisons religieuses ni morales, mais simplement parce qu'il n'avait que faire de ce qui se passait après la mort.

« Encore une chose : à la basilique, Cassiopée a fait allusion à un certain Ely Lund. Les Américains veulent savoir s'il est vivant. »

Encore ce nom. D'abord, c'était la femme qui en avait parlé et maintenant, les Américains.

« Il l'était, mais je ne sais pas si c'est toujours le cas. »

« Vous avez une taupe ? Alors pourquoi avez-vous besoin de nous ? s'écria Malone, perplexe.

– On ne peut pas le compromettre, expliqua Davis.

– Vous étiez au courant, Stéphanie ?

– Je l'ai appris il y a peu de temps.

– Michener faisait un intermédiaire parfait, reprit Davis. Nous ne savions pas vraiment comment les événements allaient s'enchaîner ici, mais quand Zovastina a ordonné à Viktor de l'emmener, tout s'est parfaitement mis en place. Nous voulons que Viktor aide Cassiopée.

– Qui est Viktor ?

– Ce n'est pas un agent américain à proprement parler. La CIA l'a recruté il y a des années. C'est un électron libre.

– Recruté dans les rangs alliés ou ennemis ? demanda Malone, sachant que beaucoup d'agents dans son genre n'avaient d'autre choix que de coopérer.

– Ennemis, répondit Davis après un moment d'hésitation.

– Ça, c'est un problème.

– L'année dernière, nous avons repris contact. Il s'est montré plutôt serviable.

– Il est tellement impliqué qu'il est impossible de lui faire confiance. Je ne peux pas vous dire le nombre de fois où je me suis fait doubler par ce genre de type. Ils se vendent au plus offrant.

– Comme je vous l'ai dit, il s'est montré serviable jusqu'ici.

– Vous ne faites pas ce boulot depuis longtemps, on dirait.

– Suffisamment longtemps pour savoir qu'il faut oser prendre des risques.

– La frontière est ténue entre risques calculés et risques inconsidérés.

– Cotton, on m'a dit que Viktor est celui qui nous a mis sur la voie de Vincenti, intervint Stéphanie.

– C'est pour ça que Naomi est morte. Encore une raison de ne pas lui faire confiance. »

Il posa la feuille de papier chiffonné sur la photocopieuse et prit le couteau des mains de Stéphanie. Il plaça le médaillon à l'extrémité d'un cierge. Usée par les siècles, la pièce avait un contour inégal, mais le diamètre était quasi identique à celui du cierge. En quelques coups de couteau, Malone retira l'excès de cire.

Il tendit le cierge à Stéphanie et déplia le papier avec précaution. Il fut surpris de voir qu'il avait les mains moites. Il saisit délicatement le bord de la bandelette d'or entre le pouce et l'index, la déplia pour l'enrouler ensuite en spirale autour du cierge que Stéphanie tenait.

Il déplia lentement la feuille d'or froissée.

Les lettres qui sans la scytale n'avaient aucun lien retrouvèrent leur position d'origine. Malone se souvint d'une phrase lue un jour à propos des scytales : ce qui suit est lié à ce qui précède.

Le message apparut.

Six lettres de l'alphabet grec.

ΚΛΙΜΑΞ.

« Excellente manière d'envoyer un message secret aussi bien à l'époque qu'aujourd'hui, remarqua Malone. Celui-ci est arrivé à destination au bout de vingt-trois siècles. »

La bandelette d'or adhérait au cierge et Malone comprit

que Ptolémée avait raison en disant qu'il n'y aurait qu'une occasion de succès. Impossible de dérouler la bandelette car la feuille d'or se désintégrerait.

« Allons chercher ce fameux ordinateur », s'écria Malone.

62

Vincenti jouissait de son ascendant sur Karyn Walde. « Vous êtes une femme intelligente, et vous avez manifestement envie de vivre, mais que savez-vous de la vie ? »

Il n'attendit pas la réponse.

« La science nous a toujours dit qu'il n'existe que deux espèces : les bactéries et toutes les autres espèces. Ce qui les différencie ? L'ADN des bactéries n'est pas protégé par une membrane nucléaire contrairement à toutes les autres espèces dont l'ADN est enfermé dans un noyau. Et puis dans les années soixante-dix, un microbiologiste appelé Carl Woese a découvert un troisième type d'espèce qu'il a baptisé *archaea*. C'était un croisement entre les bactéries et toutes les autres espèces. Quand on les a découvertes, elles ne semblaient vivre que dans les environnements les plus hostiles : la mer Morte, dans des sources d'eau chaude, à plusieurs kilomètres sous la surface de la mer, en Antarctique, dans des marais privés d'oxygène, et nous pensions que leur existence se résumait à cela. Mais au cours de ces vingt dernières années, on a découvert des *archaea* partout.

– Les bactéries que vous avez découvertes détruisent le VIH, c'est ça ?

– Avec une extraordinaire détermination. Et je vous

parle du VIH-I, VIH-2, VIS et toutes les souches hybrides que j'ai pu tester y compris celle qui vient de faire son apparition en Asie du Sud-Est. La coque de protéines des *archaea* anéantit celle du VIH ; son action est proche de celle du VIH sur les cellules hôtes. Et elle agit à une vitesse... Il faut simplement veiller à ce que le système immunitaire ne détruise pas les *archaea* avant que la bactérie ait pu engloutir le virus. Chez des gens comme vous dont le système immunitaire a pratiquement disparu, ce n'est pas un problème : il ne reste simplement pas assez de globules blancs pour tuer la bactérie envahissante, mais dans les organismes où le virus vient juste de s'implanter et où le système immunitaire est encore relativement solide, les leucocytes tuent la bactérie avant qu'elle ait pu s'attaquer au virus.

— Vous avez trouvé un moyen de les en empêcher ?

— La bactérie survit au passage dans le système digestif. C'est de cette façon que le vieux guérisseur parvenait à administrer le principe actif à ses patients, même s'il pensait que c'était la plante qui le renfermait. En ce qui me concerne, comme j'ai mâché un bout de plante et bu de l'eau, si le virus était présent dans mon organisme ce jour-là, les bactéries s'en sont occupées. Depuis, je me suis aperçu qu'il valait mieux les administrer en intraveineuse, ce qui permet d'en contrôler le dosage au pourcentage près. Au début de l'infection par le VIH, quand le système immunitaire est encore résistant, davantage de bactéries sont nécessaires. Plus tard, chez des patients comme vous dont le taux de lymphocytes T4 est proche de zéro, un dosage moindre suffit.

— Ce qui explique que vous ayez eu besoin de patients atteints à des degrés divers quand vous avez conduit ce test, c'est ça ? Vous aviez besoin de déterminer le bon dosage.

– Vous avez tout compris.

– Celui qui a écrit le rapport que vous m'avez lu se trompait en trouvant bizarre que vous ne vous intéressiez pas à la toxicité.

– Elle m'obsédait, au contraire. J'avais besoin de savoir quelle dose d'*archaea* serait nécessaire pour vaincre le virus à différents stades de l'infection. Ce qu'il y a d'extraordinaire, c'est que les bactéries en tant que telles sont inoffensives. On pourrait en ingérer des milliards sans la moindre conséquence.

– Alors ces patients irakiens vous ont servi de cobayes.

– Je n'avais pas le choix pour déterminer si l'*archaea* fonctionnait. Ils n'étaient au courant de rien. J'ai ensuite mis au point une coque protéique capable de préserver l'efficacité de la bactérie tout en lui laissant le temps de dévorer le virus. Ce qu'il y a d'incroyable, c'est que l'*archaea* se débarrasse de sa coque avant d'être absorbée par le système immunitaire comme n'importe quel autre envahisseur pénétrant dans la circulation sanguine. Puis la bactérie le nettoie de fond en comble. Le virus disparaît et les *archaea* aussi. Il ne faut pas administrer trop de bactéries pour ne pas surmener le système immunitaire. Dans l'ensemble, il s'agit d'un traitement d'une absolue efficacité permettant de combattre l'un des virus les plus mortels au monde. Et je n'ai pas découvert le moindre effet secondaire. »

Vincenti savait que Karyn Walde avait fait l'expérience directe des ravages causés par les traitements symptomatiques du virus. Éruptions cutanées, ulcères, fièvre, fatigue, nausée, baisse de la tension artérielle, maux de tête, vomissements, lésions du système nerveux, insomnie : tout cela était banal.

« Cette injection va vous guérir, dit Vincenti en montrant la seringue.

— Faites-moi la piqûre, implora Karyn Walde.

— Zovastina aurait pu le faire, vous savez, souligna Vincenti en voyant que son mensonge avait l'effet désiré. Elle est au courant.

— Je le savais. Elle et ses satanés microbes. Ça fait des années qu'elle ne pense qu'à ça.

— Nous avons collaboré elle et moi. Pourtant, elle ne vous a jamais proposé de vous aider.

— Jamais. Elle venait simplement me regarder mourir.

— Elle conservait son ascendant sur vous. Vous ne pouviez rien faire. Je me suis laissé dire que votre rupture, il y a des années, lui a été très pénible. Elle s'est sentie trahie. Quand vous êtes revenue lui demander de l'aide, vous avez compris que vous lui donniez l'occasion de se venger. Elle vous aurait laissée mourir. Aimeriez-vous lui rendre la monnaie de sa pièce ? »

Vincenti la vit prendre la mesure de la vérité. Mais, comme il le pensait, elle n'avait plus le moindre sens moral depuis longtemps.

« Tout ce que je veux, c'est pouvoir respirer. Si c'est le prix à payer, je suis prête à le faire.

— Vous allez être la première patiente à être guérie du sida...

— Celle qui va témoigner.

— Exactement. Nous allons entrer dans l'histoire.

— Si votre traitement est si simple, quelqu'un pourrait très bien le voler ou le copier, non ? dit-elle froidement.

— Je suis le seul à savoir où cette *archaea* peut être

trouvée à l'état naturel. Il en existe de nombreuses sortes, croyez-moi, mais celle-ci est la seule à être efficace.

— Nous savons pourquoi je suis prête à tenter le coup. Et vous, qu'est-ce qui vous motive ?

— Pour une mourante, vous posez beaucoup de questions.

— Vous avez l'air d'aimer fournir des réponses.

— Zovastina représente un obstacle à mes projets.

— Guérissez-moi et je vous aiderai à éliminer ce problème. »

Il doutait de cette promesse inconditionnelle, mais il y avait une certaine logique à garder cette femme en vie. Sa colère pouvait être canalisée. Au départ, il s'était dit qu'assassiner Zovastina pouvait être la solution et avait laissé les mains libres au Florentin, mais il avait fini par changer d'avis et dénoncé son complice. Un assassinat n'aurait fait que l'élever au rang de martyr. Mieux valait la déshonorer. Tous ses ennemis étaient terrorisés. Grâce à l'être consumé par l'amertume qui le dévisageait, Vincenti pourrait peut-être leur redonner du courage.

La conquête du monde n'intéressait ni Vincenti ni la Ligue. Les guerres étaient coûteuses à plus d'un titre, et ce qu'il y avait de pire, c'est qu'elles conduisaient à l'amenuisement des richesses et des ressources des nations concernées. La Ligue souhaitait que sa nouvelle utopie soit conforme à la réalité et pas à la vision de Zovastina. Quant à Vincenti, il voulait engranger des profits de plusieurs milliards et savourer son statut d'homme qui avait vaincu le VIH. Il entrerait au panthéon des chercheurs au côté de Louis Pasteur, Linus Pauling, Jonas Salk.

Il vida le contenu de la seringue dans la poche du goutte-à-goutte.

Les traits tirés de Karyn Walde s'animèrent. « Combien de temps cela prendra-t-il ? demanda-t-elle d'une voix impatiente.

– Dans quelques heures, vous vous sentirez beaucoup mieux. »

Malone s'installa devant l'ordinateur et se connecta sur Google. Là, il trouva plusieurs liens vers des sites spécialisés dans le grec ancien et finit par se rendre sur celui qui proposait des traductions. Il tapa le mot **ΚΛΙΜΑΞ** trouvé sur la bandelette d'or et fut surpris en découvrant sa prononciation et sa signification.

« *Klimax* en grec, échelle en français », dit-il.

Il vérifia sur un autre site et obtint la même réponse.

Stéphanie tenait toujours le cierge entouré de la feuille d'or.

« Ptolémée s'est donné beaucoup de mal pour laisser cet indice. Ce mot doit avoir une importance capitale, remarqua Thorvaldsen.

– Et que se passe-t-il maintenant que nous l'avons découvert. Quel est l'intérêt ?

– L'intérêt, c'est que Zovastina prévoit de tuer des millions de personnes », dit une voix.

En se retournant, ils découvrirent Michener debout dans l'embrasure de la porte.

« Je viens de laisser Viktor dans la lagune. Il a eu un choc en découvrant que je connaissais son identité.

– J'imagine, s'écria Thorvaldsen.

– Zovastina est partie ? l'interrogea Malone.

– J'ai vérifié : elle a décollé il y a peu.

— Comment Cassiopée peut-elle être au courant pour Viktor ? demanda Malone avant de comprendre tout d'un coup et de se tourner vers Thorvaldsen. Le coup de téléphone qu'elle a reçu quand nous sommes arrivés sur l'embarcadère. Vous lui avez tout dit à ce moment-là.

— Elle avait besoin de ces informations. C'est une chance qu'elle n'ait pas tué Viktor à Torcello. Mais évidemment, à ce moment-là, je n'étais encore au courant de rien.

— Vive l'improvisation, ironisa Malone en visant Davis.

— J'assume, mais ça a marché, remarqua Davis.

— Et trois hommes sont morts. »

Davis ne répondit pas.

« Et si Zovastina n'avait pas insisté pour prendre un otage afin de se couvrir jusqu'à l'aéroport ?

— Ça ne s'est pas passé comme ça, heureusement.

— Vous êtes beaucoup trop irresponsable pour moi, s'emporta Malone. Si Viktor vous fournit des informations de l'intérieur, vous devriez savoir si Ely Lund est vivant, non ?

— Cette information n'avait aucune importance jusqu'à hier quand vous avez été mêlés à tout ça tous les trois. Nous savions que Zovastina avait un mentor, mais ignorions son identité. Il est logique que ce soit Lund. Quand nous l'avons appris, nous avions besoin de contacter Viktor.

— Viktor m'a assuré qu'Ely Lund n'avait pas péri dans l'incendie. Mais il est probablement mort à l'heure qu'il est, leur dit Michener.

— Cassiopée n'a aucune idée de ce qui l'attend. Elle opère en aveugle, déplora Malone.

– Elle a tout planifié en solo, en espérant peut-être qu'Ely serait toujours vivant », ajouta Stéphanie.

Malone n'avait pas envie d'entendre ça, pour tout un tas de raisons. Des raisons qu'il préférait ignorer pour l'instant.

« Cotton, vous vouliez savoir pourquoi tout ceci a une telle importance, intervint Henrik. Outre le désastre que représenterait une guerre biologique, que se passerait-il si cette potion était une espèce de remède naturel ? Les Anciens semblaient le penser, tout comme Alexandre et les chroniqueurs qui ont rédigé les manuscrits que nous avons lus. Et s'il y avait quelque chose ? Je ne sais pas pourquoi, mais Zovastina veut s'en emparer. Ely et Cassiopée aussi.

– Nous sommes dans le noir complet, dit Malone, sceptique.

– Nous savons que cette énigme est bien réelle », le contredit Stéphanie.

Elle avait raison et il fallait bien avouer qu'il était curieux. Cette satanée curiosité qui le flanquait dans le pétrin à chaque fois.

« Et nous savons que Naomi est morte », ajouta Stéphanie.

Il ne l'avait pas oublié.

Il regarda la scytale. Une échelle... Ce terme désignait-il un lieu ? Si c'était le cas, cette dénomination aurait semblé plus logique à l'époque de Ptolémée. Alexandre avait mis un point d'honneur à ce que son empire soit précisément cartographié, Malone le savait. La cartographie en était à ses balbutiements à l'époque, mais il avait déjà vu des reproductions de ces cartes anciennes. Il décida de vérifier ce qu'il pourrait trouver sur Internet. Vingt minutes de recherches ne lui apprirent rien sur la signification de **ΚΛΙΜΑΞ**.

« Il pourrait y avoir une autre source, remarqua Thorvaldsen. Ely avait une maison dans les montagnes du Pamir. Une cabane où il se rendait pour travailler et réfléchir. Cassiopée m'en a parlé. Il y gardait ses livres et ses papiers parmi lesquels pas mal de documents sur Alexandre. Dont de nombreuses cartes dessinées à l'époque, d'après elle.

– Ces montagnes sont situées dans la Fédération. Je doute que Zovastina nous accorde un visa.

– À quelle distance se trouve la frontière ? intervint Davis.

– Moins de cinquante kilomètres.

– Nous pouvons entrer par la Chine. Ils coopèrent avec nous sur cette affaire.

– Quelle affaire, exactement ? Comment se fait-il que nous soyons même impliqués ? Vous avez la CIA et une multitude d'autres agences à votre disposition, non ?

– À vrai dire, monsieur Malone, vous n'avez eu besoin de personne pour vous mêler de cette histoire, et c'est aussi le cas de Thorvaldsen et Stéphanie. Officiellement, Zovastina est la seule alliée dont nous disposions dans la région. Aussi, pour des raisons politiques, nous ne pouvons nous permettre de la provoquer. En impliquant des agents officiels, nous courons le risque d'être démasqués. Viktor nous tenait informés de la plupart de ses initiatives, mais là, c'est l'escalade. Je comprends votre dilemme par rapport à Cassiopée...

– En fait, vous ne comprenez rien, mais c'est pour ça que je continue. Je vais la chercher.

– Je préférerais que vous alliez faire un tour chez Ely Lund pour voir ce que l'on peut y trouver.

– Ce qui est génial dans le fait d'être à la retraite, c'est que je peux faire ce qui me plaît. Stéphanie et Henrik, allez fouiller la cabane.

– Vous avez raison. Occupez-vous de Cassiopée », renchérit Henrik.

Malone dévisagea son vieil ami. En aidant Cassiopée et en coopérant avec le président des États-Unis, il les avait tous mis dans le pétrin. Mais le vieil homme n'aimait pas la savoir seule dans la Fédération.

« Vous avez un plan, n'est-ce pas ? s'écria le vieux Danois.

– Oui, je crois. »

63

4 h 30

Zovastina but une gorgée d'eau minérale et laissa à sa passagère le luxe de ressasser ses funestes pensées. Elles volaient en silence depuis une heure, depuis que la ministre avait brandi l'éventualité qu'Ely Lund soit vivant pour torturer Cassiopée Vitt. Manifestement, son otage était en mission. Agissait-elle pour son propre compte, ou était-elle en service commandé ? Il faudrait le découvrir.

« Comment le Danois et vous êtes-vous au courant de mes affaires ?

– Nous ne sommes pas les seuls.

– Si c'est le cas, pourquoi personne ne m'a encore empêchée d'agir ?

– Et si nous étions sur le point de le faire ?

– Trois personnes ne font pas une armée. Le vieil homme, monsieur Malone et vous ? Malone est un ami à vous au fait ?

– Il travaille au ministère de la Justice américain. »

Les événements d'Amsterdam avaient sans doute suscité l'intérêt du gouvernement américain, cela dit, tout cela n'était guère logique. Comment les Américains auraient-ils pu se mobiliser si rapidement ? Et comment auraient-ils pu savoir qu'elle serait à Venise ? Grâce à Michener peut-être ? Le ministère de la Justice des États-

Unis. Les Américains. Vincenti, songea-t-elle en un éclair.

« Vous êtes loin de vous douter de tout ce que nous savons.

— Qu'importe puisque je vous ai, vous.

— Je ne suis pas indispensable.

— Ely m'a beaucoup appris. J'ignorais qu'il y avait tant à savoir. Il m'a ouvert les yeux sur le passé. Je suis sûre qu'il en a fait de même pour vous.

— Vous perdez votre temps. Vous ne pouvez pas vous servir de lui pour m'atteindre. »

Elle devait casser cette femme. Son plan reposait sur le secret. En étant démasquée, elle s'exposait à connaître l'échec et à faire l'objet de représailles aussi. Dans l'immédiat, le moyen le plus rapide et le plus simple d'évaluer la véritable ampleur de son problème, c'était Cassiopée Vitt.

« Je me suis rendue à Venise pour trouver certaines réponses, expliqua-t-elle. Ely me l'avait conseillé. Il pensait que les reliques de la basilique pourraient mener à la véritable tombe d'Alexandre le Grand. Il pensait que l'on pourrait y découvrir un remède ancien. Quelque chose qui aurait pu l'aider, lui aussi.

— C'est de l'ordre du rêve.

— Un rêve qu'il partageait avec vous, non ?

— Est-il vivant ?

— Quoi que je vous réponde, vous ne me croirez pas.

— Essayez pour voir.

— Il n'est pas mort dans l'incendie de sa maison.

— Ce n'est pas une réponse.

— C'est tout ce que vous obtiendrez de moi. »

Il y eut une secousse au moment où l'avion traversait une zone de turbulences, mais il continua sa course vers l'est accompagné par le vrombissement constant des moteurs. Les deux femmes étaient seules dans la cabine. Les deux gardes qui avaient accompagné la ministre à Venise étaient morts et c'était maintenant à Michener et à l'Église catholique de s'occuper de leur cadavre. Seul Viktor avait gardé la foi et s'était montré à la hauteur, comme d'habitude.

Zovastina et son otage se ressemblaient beaucoup. Elles étaient toutes les deux amoureuses de personnes séropositives. Cassiopée n'avait pas hésité à risquer sa vie. Quant à Zovastina, elle s'était engagée dans un voyage incertain à Venise et avait pris un certain nombre de risques aussi bien physiques que politiques. S'était-elle montrée inconsciente ? Possible.

Mais les héros devaient parfois faire preuve d'inconscience.

64

Fédération d'Asie centrale
8 h 50

Vincenti s'était terré dans le laboratoire qu'il avait fait construire dans les sous-sols de sa propriété ; seul Grant Lyndsey l'accompagnait. Lyndsey arrivait directement de Chine où il avait mené sa mission à bien. Vincenti avait mis Lyndsey dans la confidence deux ans plus tôt car il avait besoin de quelqu'un de confiance pour superviser les tests menés sur les virus et les antidotes. Et il fallait bien que quelqu'un se charge d'amadouer Zovastina.

« Et la température ? voulut savoir Vincenti.

— Stable », répondit Lyndsey après avoir vérifié l'affichage digital.

Ce laboratoire, c'était le domaine de Vincenti : un espace inerte et stérile entre des murs crème et du carrelage noir. Deux rangées de tables en inox étaient placées au centre de la pièce. Ballons, vases à bec et éprouvettes graduées trônaient sur des étagères métalliques au-dessus d'un autoclave, de matériel de distillation, d'une centrifugeuse, de balances électroniques et de deux terminaux d'ordinateur. La simulation digitale jouait un rôle essentiel dans leurs expériences, lesquelles n'avaient pas grand-chose à voir avec celles qu'il avait pu mener à l'époque où il travaillait pour les Irakiens : dans les années quatre-vingt, elles étaient coûteuses en temps et en argent sans toujours être fructueuses. Les programmes sophistiqués qui existaient aujourd'hui étaient capables de dupliquer la plupart des réactions chimiques ou biologiques du moment qu'on leur fournissait des paramètres précis. Et au cours de l'année qui venait de s'écouler, Lyndsey avait accompli un travail admirable en établissant des paramètres pour les tests virtuels du ZH.

« La solution est à température ambiante, annonça Lyndsey. Et les bactéries nagent dans tous les sens. Incroyable. »

Le bassin dans lequel Vincenti avait découvert les *archaea* était alimenté par une source thermale dont la température avoisinait 37,7 °C. Produire plusieurs trillions de bactéries pour satisfaire la demande avant de les acheminer aux quatre coins du monde à une température aussi élevée pouvait s'avérer impossible. Ils avaient donc modifié les bactéries en les adaptant progressivement à un environnement thermique moins élevé. Ce qu'il y avait d'intéressant, c'est que, à température ambiante, leur activité ne faisait que ralentir, devenait presque latente, mais dès qu'elles retrouvaient une température de 36,6 °C à l'intérieur du système sanguin, les bactéries se réactivaient rapidement.

« L'essai clinique que j'ai terminé il y a quelques jours confirme que les bactéries peuvent être stockées à température ambiante pendant une longue période. Je conservais celles qui ont fait l'objet du test depuis plus de quatre mois. Elles font preuve d'une adaptabilité incroyable.

– C'est ce qui leur a permis de survivre plusieurs milliards d'années en attendant que nous les trouvions. »

Vincenti s'approcha de l'une des tables, enfila des gants de caoutchouc sur ses mains potelées qu'il inséra dans un isolateur de manipulation hermétiquement clos. L'air conditionné purifié par des filtres laminaires soufflait avec un ronronnement constant et quasi hypnotique. À l'abri de la paroi en Plexiglas, Vincenti manipula le cristallisoir avec dextérité. Il appliqua un échantillon actif de culture VIH sur un porte-objet qu'il aspergea d'un autre échantillon avant de poser la lame sur la platine du microscope. Il quitta les gants moites et braqua l'objectif sur l'échantillon.

Il ajusta l'objectif deux fois et trouva la bonne puissance.

« Le virus a disparu, pratiquement au premier contact, s'exclama-t-il au premier coup d'œil. C'est comme si les bactéries ne demandaient qu'à le dévorer. »

Il savait que les modifications apportées aux *archaea* seraient la clé de son succès. Quelques années auparavant, le cabinet d'avocats new-yorkais auprès duquel il avait pris conseil lui avait appris qu'un minéral découvert dans le sol, une nouvelle plante trouvée dans la nature ne pouvaient faire l'objet d'un brevet. Einstein n'avait pu breveter sa célèbre formule $E = mc^2$ et Newton n'aurait pas pu breveter la loi de la gravité non plus car c'étaient des phénomènes naturels dont personne ne pouvait revendiquer la paternité. En revanche, les plantes génétiquement modifiées, les animaux issus de croisements et les bactéries *archaea* dont l'état d'origine aurait été altéré pouvaient faire l'objet d'un brevet.

Tout à l'heure, il passerait un coup de téléphone au cabinet d'avocats pour entamer la procédure. Il aurait également besoin de l'homologation de l'agence sanitaire américaine, la Food and Drug Administration. Il fallait en moyenne douze ans pour qu'une solution expérimentale passe du laboratoire aux armoires à pharmacie, le système d'homologation des médicaments américain étant le plus rigoureux au monde. Vincenti connaissait les risques encourus. Seuls cinq composés chimiques sur quatre mille examinés par la FDA parvenaient à passer les essais précliniques pour être ensuite testés sur l'homme. Un sur cinq seulement finissait par être commercialisé. Sept ans plus tôt, une nouvelle procédure ultrarapide avait été autorisée pour tester les composés ciblant les maladies mortelles, en particulier les traitements contre le sida. Mais ce que la FDA considérait comme ultrarapide prenait tout de même entre six et neuf mois. Les normes européennes avaient beau être draconiennes, ce n'était rien comparé à celles de la FDA. D'un autre côté, sur les continents africain et asiatique, là où ce problème est le plus criant, nul besoin d'homologation gouvernementale.

C'était là que Vincenti commercialiserait son médicament pour commencer.

Le monde n'aurait qu'à assister à la guérison des malades africains et asiatiques pendant que les Américains et les Européens mouraient du sida. Vincenti n'aurait alors aucun mal à obtenir l'approbation de leurs gouvernements sans même la demander.

« Je ne vous l'ai jamais demandé et vous n'en avez jamais parlé non plus, mais où avez-vous trouvé ces bactéries ? » voulut savoir Lyndsey.

Le temps du silence était révolu. Il avait besoin de Lyndsey à ses côtés, à cent pour cent. Cependant, répondre à sa question signifiait aussi révéler la date de la découverte.

« Avez-vous déjà réfléchi à la valeur d'une manufacture de préservatifs avant l'apparition du sida ? Évidemment, il y avait un marché. De plusieurs millions par an peut-être, mais après l'apparition de la maladie, ce sont des milliards d'unités qui ont été fabriquées et vendues dans le monde. Et que dire des traitements symptomatiques ? Le traitement du sida représente un véritable jackpot. Une trithérapie coûte entre douze et dix-huit mille dollars par an. Multipliez ce chiffre par les millions de malades contaminés et vous obtenez plusieurs milliards engloutis dans des médicaments inefficaces.

« Pensez au matériel hospitalier, tout ce qui est gants en latex, blouses, aiguilles stériles. Vous avez une idée du nombre d'aiguilles stériles achetées et distribuées pour tenter de mettre un terme à la prolifération des cas de sida chez les toxicomanes ? Et leur prix s'est envolé, comme celui des préservatifs. Les possibilités sont infinies dans ce domaine. Pour un fabricant de matériel médical comme Philogen, le VIH a été une véritable manne financière.

« Ces dix-huit dernières années, notre chiffre d'affaires s'est envolé, les locaux de notre manufacture de préservatifs ont triplé de surface. Les ventes de tous nos produits ont explosé. Nous avons même mis au point deux ou trois médicaments symptomatiques dont les ventes ont bien marché. Il y a dix ans, j'ai introduit la compagnie en Bourse, mobilisé des fonds et réinvesti les profits réalisés par les branches matériel médical et médicaments, en pleine croissance, pour financer l'expansion de la compagnie. J'ai acheté une firme de cosmétiques, une fabrique de détergents, une chaîne de grands magasins et une entreprise de produits surgelés en sachant qu'un jour Philogen n'aurait aucun mal à rembourser sa dette.

— Comment le saviez-vous ?

— J'ai découvert les bactéries il y a près de trente ans, et j'ai compris leur potentiel il y a vingt ans. J'ai ensuite gardé le traitement contre le VIH bien au chaud en sachant que je pourrais le mettre sur le marché à n'importe quel moment. »

Lyndsey digérait la nouvelle.

« Et vous n'en avez parlé à personne ?

— Absolument personne, répéta Vincenti qui voulait vérifier si Lyndsey faisait aussi peu cas de la morale qu'il le pensait. Cela vous pose un problème ? J'ai simplement laissé la demande croître.

— En sachant que ce que vous aviez trouvé n'était pas un traitement partiel que le virus parviendrait un jour à contourner. En sachant que vous aviez le remède miracle, l'unique traitement capable d'éradiquer le VIH. Même si quelqu'un avait fini par découvrir un traitement, le vôtre marchait mieux, plus vite, de manière plus sûre tout en pouvant être produit pour des clopinettes.

— C'était ça l'idée.

— Ça vous était égal de savoir que des millions de personnes étaient en train de mourir ?

— Parce que vous pensez que le sida intéresse les gens ? Soyez réaliste, Grant ! On entend beaucoup de bla-bla, mais il ne se passe pas grand-chose. C'est une maladie tout à fait unique qui, aux yeux du grand public, tue surtout des Noirs, des homosexuels et des drogués. L'apparition de cette épidémie a eu l'effet d'un coup de pied dans une fourmilière en mettant à jour tout ce qu'elle abritait, en braquant un coup de projecteur sur les thèmes autour desquels tournent nos existences : sexe, mort, pouvoir, argent, amour, haine, panique. La façon dont nous avons conceptualisé, envisagé le sida, la façon dont la recherche est menée et financée en ont fait la plus politique des maladies. »

Et Vincenti repensa à ce que Karyn Walde lui avait dit plus tôt : la maladie ne s'est pas encore attaquée aux bonnes personnes, c'est tout.

« Vous n'aviez pas peur que les autres compagnies

pharmaceutiques découvrent un traitement ? l'interrogea Lyndsey.

– Le risque existait, mais j'ai surveillé de près nos concurrents et disons que leurs recherches n'ont pas donné grand-chose de concluant », dit Vincenti, rasséréné. Après toutes ces années, parler de son expérience lui faisait du bien. « Aimeriez-vous voir où vivent ces bactéries ?

– On les trouve dans le coin ? s'écria Lyndsey, le regard brillant.

– Tout près d'ici. »

65

Samarcande
9 h 15

Deux gardes du corps de Zovastina extirpèrent Cassiopée de l'avion. On lui avait annoncé qu'ils l'escorteraient jusqu'au palais où elle serait retenue.

« Vous vous rendez compte que vous vous êtes mise dans de sales draps, n'est-ce pas ? » dit-elle à la ministre avant de monter dans la voiture qui l'attendait.

Zovastina n'avait certainement pas envie d'avoir ce genre de conversation ici, sur le tarmac de l'aéroport devant l'équipage de l'avion et les gardes. Alors qu'elles auraient pu parler seule à seule à bord, Cassiopée avait sciemment gardé le silence pendant les deux dernières heures de vol.

« Ce genre de situation ne nous fait pas peur ici. »

Cassiopée décida de porter le coup de grâce alors qu'on l'obligeait à s'asseoir sur la banquette arrière, mains menottées derrière le dos. « Vous aviez tort au sujet des ossements. »

Zovastina eut l'air de réfléchir à sa provocation. Ce voyage à Venise s'était soldé par un échec et Cassiopée ne fut pas surprise de voir Zovastina s'approcher. « Comment ça ? »

Les réacteurs du jet et l'âpre brise de printemps brassaient les gaz d'échappement. Assise calmement sur la banquette arrière, Cassiopée regardait à travers le pare-brise. « Il y avait bien quelque chose à découvrir. Et vous l'avez raté.

— Vos sarcasmes ne vous apporteront rien.

— Si vous voulez résoudre l'énigme, il va falloir négocier », répondit Cassiopée sans se laisser intimider.

Cassiopée voyait clair dans le jeu de cet être démoniaque. La ministre s'était doutée qu'elle disposait de certaines informations. Pourquoi l'emmener avec elle autrement ? Et la jeune femme avait fait preuve de prudence jusqu'ici, sachant qu'il valait mieux ne pas en dire trop. Après tout, sa vie dépendait littéralement de ce qu'elle arriverait à garder pour elle.

L'un des gardiens s'avança pour chuchoter quelque chose à l'oreille de Zovastina qui l'espace d'un instant eut l'air choqué. La ministre hocha la tête et le garde se retira.

« Des ennuis ?

— Les risques vont de pair avec la fonction que j'occupe. Nous finirons notre conversation plus tard vous et moi », conclut Zovastina en s'éloignant.

La porte d'entrée était ouverte. Il n'y avait aucun dégât. Rien n'indiquait que la porte eût été forcée. Deux membres du bataillon sacré l'attendaient à l'intérieur. « Que s'est-il passé ? demanda la ministre en fusillant l'un d'eux du regard.

— Nos deux hommes ont été abattus d'une balle dans la tête. Cela s'est passé hier soir. L'infirmière et Karyn Walde ont disparu. Leurs vêtements sont toujours là.

L'alarme du réveil de l'infirmière était réglée pour six heures du matin. Rien n'indique qu'elles prévoyaient de fuir »

Zovastina gagna la chambre principale. Le respirateur était éteint, le goutte-à-goutte n'alimentait plus personne. Karyn s'était-elle enfuie ? Vers où ? Zovastina regagna l'entrée. « Avons-nous des témoins ?

– Nous avons enquêté auprès des voisins, mais personne n'a rien vu ni entendu. »

Tout s'était passé pendant son absence. Ce ne pouvait être une coïncidence. Elle décida de suivre son intuition et composa le numéro de sa secrétaire particulière à qui elle indiqua ce qu'elle voulait. « Vincenti est arrivé dans la Fédération à deux heures quarante dans la nuit à bord d'un jet privé et grâce à son visa de libre circulation », expliqua la secrétaire au bout de trois minutes d'attente.

Zovastina était toujours persuadée que Vincenti était derrière la tentative d'assassinat dont elle avait fait l'objet. Il devait savoir qu'elle avait quitté la Fédération. Il y avait des fuites dans son gouvernement. Les informations dont disposaient Henrik Thorvaldsen et Cassiopée Vitt en étaient la preuve. Mais que faire ?

« Madame la ministre, j'allais justement essayer de vous localiser, ajouta la secrétaire. Vous avez de la visite.

– Vincenti ? demanda-t-elle avec un peu trop d'empressement.

– Un autre Américain.

– L'ambassadeur ? » Les ambassades étrangères étaient nombreuses à Samarcande et les visites de leurs différents représentants se succédaient.

« Edwin Davis, conseiller adjoint chargé de la Sécurité nationale auprès du président des États-Unis. Il est arrivé dans la Fédération il y a quelques heures grâce à son passe-port diplomatique.

— Visite surprise ?

— Il s'est simplement présenté au palais en demandant à vous voir. Il refuse de dévoiler l'objet de sa visite. »

Ça, ce n'était pas une coïncidence non plus.

« J'arrive tout de suite. »

66

Samarcande
10 h 30

Malone sirota un Coca-Cola light en regardant le jet Lear 36A approcher du terminal. Situé au nord de la ville, l'aéroport de Samarcande et son unique piste d'atterrissage accueillaient aussi bien des vols commerciaux que des avions privés ou militaires. L'ex-agent était arrivé sur place avant Viktor et Zovastina grâce au chasseur F-16 E Strike Eagle mis à sa disposition par le président Daniels. La base aéronautique d'Aviano à quatre-vingts kilomètres au nord de Venise n'était qu'à un saut de puce en hélicoptère et grâce à la vitesse supersonique du chasseur de combat – plus de deux mille kilomètres-heure – le vol vers Samarcande avait pris un peu plus de deux heures. Il avait fallu près de cinq heures à Zovastina et au jet Lear qui approchait maintenant pour parcourir la même distance.

Comme les avions américains avaient le droit de se poser dans tous les aéroports et bases militaires de la Fédération sans aucune restriction, deux F-16 avaient pu atterrir sans encombre. Officiellement, les États-Unis étaient un pays allié. Cependant, Malone savait à quel point cette distinction pouvait être éphémère dans cette partie du monde. Edwin Davis avait pris place à bord de l'autre chasseur et devait déjà se trouver au palais. Le président Daniels n'aimait pas l'idée d'impliquer Davis qu'il préférait garder à l'écart, mais il avait eu l'intelligence de comprendre que Malone n'était pas d'humeur à transiger. Et de plus, comme l'avait dit le président en riant, le plan avait à peu près dix pour cent de chance de réussir, alors au diable la prudence.

Malone avala le reste de son soda, un peu fade au goût d'un Américain, mais pas mauvais. Il avait dormi une heure en route, même si c'était son premier vol supersonique en vingt ans. Il avait suivi une formation de pilote au début de sa carrière dans la marine avant de devenir avocat et d'être muté au Judge Advocate General's Corps, le JAG. Des amis de son père, eux aussi dans la marine, l'avaient encouragé dans cette voie.

Il pensait à son père.

Il était capitaine de frégate. Jusqu'à cette journée d'août où le sous-marin qu'il commandait avait coulé. Malone avait dix ans à l'époque, mais au souvenir de la mort de son père, il ressentait toujours la même tristesse. Quand il avait fini par s'engager dans la marine, les collègues de son père étaient déjà devenus de hauts gradés et nourrissaient certaines ambitions pour le fils de Forrest Malone. Alors par respect, Cotton leur avait obéi et était devenu agent de l'unité Magellan.

Cotton n'avait jamais regretté son choix et avait mené une carrière mémorable au ministère de la Justice. Même depuis qu'il avait pris sa retraite, il avait du mal à se faire oublier. Les Templiers, la bibliothèque d'Alexandrie, et maintenant la tombe d'Alexandre le Grand. Il secoua la tête, songeur. Tout le monde devait faire des choix dans la vie.

C'était aussi le cas de l'homme qui descendait du jet Lear à l'instant. Viktor. Informateur du gouvernement américain. Électron libre.

Un problème.

Il jeta la bouteille à la poubelle et attendit que Viktor arrive dans le hall. Grâce à l'AWACS E3 en orbite permanente au-dessus du Moyen-Orient qui avait suivi le jet Lear depuis Venise, Malone connaissait l'heure précise de son arrivée.

Viktor avait la même allure que dans la basilique, le visage buriné, les vêtements sales. Il avait la démarche raide d'un homme qui venait de passer une nuit difficile.

Malone se cacha derrière un muret et attendit que Viktor se dirige vers le terminal avant de sortir de sa cachette pour le suivre. « Vous en avez mis du temps. »

Viktor s'arrêta et se retourna. Il n'y avait pas la moindre trace de surprise sur son visage. « Je devais aider Vitt, il me semble.

– Et moi, je suis là pour vous aider, vous.

– Vos amis et vous m'avez bien eu à Copenhague. Je n'aime pas me faire avoir.

– Comme tout le monde, non ?

– Retournez de là où vous venez, Malone. Laissez-moi gérer cette affaire. »

Malone dégaina un pistolet. L'un des avantages d'être arrivé à bord d'un chasseur de l'armée, c'était l'absence de contrôle à la douane pour les pilotes de l'armée américaine ou leurs passagers. « On m'a demandé de vous aider et c'est ce que je vais faire, que cela vous plaise ou non.

– Vous allez me tirer dessus ? Cassiopée Vitt a tué mon partenaire à Venise. Elle a aussi tenté de m'éliminer.

– À l'époque, elle ignorait que vous étiez dans le camp des gentils.

– On dirait que ça vous pose un problème.

— Je ne sais toujours pas si je peux vous faire confiance.

— C'est cette femme qui est dangereuse, pas moi. Je doute qu'elle nous laisse l'aider.

— Vous avez sans doute raison, mais ça ne change rien. Je me suis laissé dire que vous étiez un bon agent, alors aidons-la, ajouta Malone, en essayant la flatterie.

— J'en avais bien l'intention. Je ne m'attendais pas à avoir un assistant, c'est tout.

— Faites-moi entrer dans le palais.

— Rien que ça ? s'écria Viktor, décontenancé par la demande de Malone.

— Ce ne devrait pas être trop difficile pour le chef du bataillon sacré. Personne n'oserait contester votre décision.

— Vous êtes dingues, tous autant que vous êtes. Vous voulez mourir, ou quoi ? La présence de votre amie au palais est suffisamment difficile à gérer. Et vous voulez y entrer aussi maintenant ? Je refuse de prendre cette responsabilité. Et, soit dit en passant, cette conversation est une folie. Zovastina vous connaît. »

Le hall n'était pas équipé de caméras, Malone avait vérifié. Elles se trouvaient plus loin, dans le terminal. Ils étaient seuls, raison pour laquelle il avait choisi cet endroit pour bavarder avec Viktor. « Contentez-vous de me faire entrer dans le palais. Si vous m'indiquez la marche à suivre, je peux me charger du gros du travail, ce qui vous garantira une couverture. Vous n'aurez rien à faire si ce n'est surveiller mes arrières. Washington veut protéger votre identité à tout prix. Voilà pourquoi je suis ici.

— Et qui a mis au point ce plan ridicule ?

— C'est moi », avoua Malone avec un grand sourire.

67

Vincenti et Lyndsey quittèrent le domaine pour emprunter un sentier caillouteux qui partait à l'assaut des montagnes. Vincenti avait fait aménager l'ancien sentier. Il avait demandé que l'on creuse des marches de place en place dans la roche et que l'on achemine l'électricité jusqu'au sommet, sachant qu'il ferait souvent l'ascension. Le sentier et les montagnes étaient la propriété de Vincenti. À chaque fois qu'il retournait dans cet endroit, il repensait au vieux guérisseur qui escaladait la paroi de pierre avec l'agilité d'un félin s'agrippant à la roche, mains et pieds nus. Impatient, Vincenti lui emboîtait le pas comme un enfant qui suit ses parents au grenier en se demandant quel trésor l'y attend.

Et il n'avait pas été déçu.

Une roche grise marbrée de cristaux scintillants les encerclait dans ce qui ressemblait à une cathédrale naturelle. L'ascension lui donnait mal aux jambes et chaque inspiration lui déchirait les poumons. Il se hissa en haut d'une falaise, le front baigné de sueur.

Mince et nerveux, Lyndsey ne semblait pas trouver la marche pénible.

Vincenti poussa un grand soupir de soulagement en

gagnant le sommet. « À l'ouest, la Fédération, à l'est, la Chine. Nous nous trouvons au carrefour. »

Lyndsey admira le panorama. Au loin, le soleil de l'après-midi braquait ses rayons sur une série de sommets escarpés et de montagnes aux allures de pyramides. Une horde de chevaux traversa sans bruit la vallée que dominait le manoir de Vincenti.

Partager tout cela plaisait à Vincenti. Ses confidences à Karyn Walde avaient réveillé en lui un besoin de reconnaissance. Il avait découvert quelque chose de remarquable et réussi à en obtenir le contrôle exclusif, un véritable exploit si l'on songeait que toute cette région avait autrefois été complètement dominée par les Soviétiques. Mais la Fédération avait changé tout ça et, par l'entremise de la Ligue vénitienne, il était parvenu à manœuvrer pour que ces changements coïncident avec son intérêt personnel.

« Par ici, indiqua-t-il en désignant une faille dans la roche. Passez par ici. »

Trente ans plus tôt, quand il pesait soixante-dix kilos de moins, il lui était plus facile de passer par la faille étroite. Aujourd'hui, c'était juste.

La faille s'ouvrait sur une grotte taillée dans la roche grise surmontée d'une voûte irrégulière aux formes anguleuses et totalement close. Une lueur filtrait par l'entrée. Vincenti alluma une ampoule à incandescence qui pendait de la voûte. Deux bassins mesurant à peu près trois mètres de diamètre étaient creusés dans le sol, l'un rempli d'eau brunâtre, l'autre d'eau vert clair, et tous deux éclairés par des câbles lumineux plongeant sous la surface.

« Cette montagne est parsemée de sources d'eau chaude, expliqua Vincenti. De tout temps, les autochtones ont cru qu'elles avaient des propriétés médicinales. En ce qui concerne celle-ci, ils avaient raison.

– Pourquoi éclairer les bassins ?

– J'avais besoin d'étudier l'eau. Comme vous pouvez le voir, le contraste des couleurs est fabuleux.

– C'est là que vivent les *archaea* ?

– Voici leur repaire », dit Vincenti en désignant le bassin vert.

Lyndsey se pencha pour toucher l'eau dont la surface transparente se rida d'une myriade de vaguelettes. Il ne restait aucune des plantes qui parsemaient les bassins à la première visite de Vincenti. Elles étaient mortes depuis longtemps, mais cela n'avait aucune importance.

« L'eau est à un peu plus de 37 °C, mais les modifications que nous avons apportées aux bactéries leur permettront de vivre à température ambiante. »

Lyndsey avait entre autres été chargé de mettre au point un plan d'action – détaillant la stratégie de la compagnie quand Zovastina passerait à l'action et en cas de demande massive d'antidote. « Sommes-nous prêts ? voulut donc savoir Vincenti.

– Il était facile de cultiver les petites quantités utilisées contre les zoonoses. Pour la production à grande échelle, ce sera différent. »

Il s'y attendait et en prévision avait contracté un prêt auprès d'Arthur Benoit. Il faudrait construire des infrastructures, engager du personnel, créer des réseaux de distribution, se lancer dans d'autres recherches. Activités nécessitant des sommes astronomiques.

« Nos moyens de production en France et en Espagne peuvent être convertis en usines tout à fait acceptables, poursuivit Lyndsey, mais il faudra consacrer une usine à la production exclusive d'antidote puisqu'il nous en faudra des millions de litres. Heureusement, les bactéries se reproduisent facilement. »

L'heure était venue pour Vincenti de vérifier si son employé était vraiment intéressé. « Avez-vous jamais rêvé d'entrer dans l'histoire ? voulut savoir Vincenti.

– Qui n'en a pas rêvé ? s'amusa Lyndsey.

– Je suis sérieux, entrer dans l'histoire pour avoir été l'auteur d'un apport scientifique considérable. Que diriez-vous d'avoir cet honneur grâce à moi ? Cela vous intéresse ?

– Comme je vous l'ai déjà dit, qui ne serait pas intéressé ?

– Imaginez que votre nom pourrait figurer dans une encyclopédie pour avoir permis d'éradiquer le fléau de la fin du XXe siècle. Aimeriez-vous prendre part à cette aventure ? » demanda-t-il en se rappelant le plaisir qu'il avait lui-même éprouvé à cette idée. Un plaisir assez proche de celui que devait ressentir Lyndsey vu son air curieux et étonné.

« Bien sûr, répondit le chercheur.

– Je peux vous offrir cette possibilité, mais cela n'ira pas sans conditions. Inutile de dire que je ne puis agir seul. J'ai besoin de quelqu'un pour superviser personnellement la production, un spécialiste de ces bactéries. La question de la sécurité me préoccupe, évidemment. Je me sentirai mieux une fois que nous aurons déposé le brevet, mais quelqu'un doit néanmoins gérer ces questions au quotidien. Vous vous imposez en toute logique, Grant. En retour, vous vous verrez attribuer une partie du mérite de ces découvertes et une généreuse compensation financière. Et par généreuse, j'entends plusieurs millions. »

Lyndsey fit mine de parler, mais Vincenti le fit taire d'un geste du doigt.

« Ça, c'était le bon côté des choses. Voici le mauvais : si vous devenez dangereux ou trop gourmand, je demanderai à O'Conner de vous mettre une balle dans la tête. Quand nous étions au laboratoire, je vous ai dit que nous surveillions la concurrence. Laissez-moi vous donner quelques précisions. »

Vincenti parla à Lyndsey du microbiologiste danois trouvé sans connaissance en pleine rue près de son laboratoire, en 1997. D'un autre, en Californie, disparu sans laisser de traces, sa voiture de location abandonnée près d'un pont. Son corps n'avait jamais été retrouvé. Un troisième avait été découvert en 2001 au bord d'une route de campagne en Angleterre, apparemment fauché par un chauffard. Un quatrième, assassiné dans une ferme, en France. Un autre avait eu une mort peu banale : son corps avait été retrouvé dix ans plus tôt, coincé dans le sas menant à la chambre froide de son laboratoire. Cinq chercheurs étaient morts simultanément en 1999 quand leur avion s'était écrasé dans la mer Noire.

« Tous ces biologistes travaillaient pour nos concurrents. Ils avançaient dans leurs recherches. Trop. Alors, Grant, faites ce que je vous dis. Réjouissez-vous de mon offre et nous finirons tous les deux vieux et riches.

— Je ne vous causerai aucun problème. »

Il avait eu raison de choisir cet homme. Lyndsey avait magistralement su gérer sa relation avec Zovastina sans jamais compromettre les antidotes. Il avait également assuré la sécurité du laboratoire. Tout s'était déroulé à la perfection en grande partie grâce à cet homme.

« Un détail m'intrigue », dit Lyndsey.

Vincenti décida de lui faire plaisir.

« Pourquoi maintenant ? Cela fait un moment que vous disposez du traitement. Pourquoi ne pas attendre ?

– À cause du projet d'agression que fomente Zovastina. Grâce à elle, nous pouvions conduire notre recherche sans que personne s'en doute. Je ne vois aucune raison d'attendre davantage. Il faut simplement que j'arrête Zovastina avant qu'elle aille trop loin. Et vous, Grant, maintenant que vous êtes au courant, est-ce que cela vous dérange ?

– Vous avez gardé le secret pendant vingt ans. J'ai découvert la vérité il y a une heure. Ce n'est pas mon problème. »

Vincenti sourit, satisfait. « Nous allons connaître un raz-de-marée médiatique. Vous vous chargerez de tout ça. Mais je surveillerai tout ce que vous direz alors, attention. Vous devrez rester beaucoup plus visible qu'audible. Bientôt, votre nom entrera dans la légende : Grant Lyndsey, l'un des hommes qui ont terrassé le VIH.

– Ça sonne bien.

– Nous rendrons notre découverte publique d'ici un mois. En attendant, je vais vous demander de collaborer avec mes avocats-conseils en propriété industrielle. J'ai prévu de leur annoncer notre découverte capitale demain. Quand l'annonce officielle sera faite, je veux que vous soyez présent sur le podium. Je veux aussi des échantillons et des porte-objets renfermant les bactéries. Nous demanderons aux responsables des relations publiques de faire des photos, ça fera de l'effet. Il va y avoir du spectacle, croyez-moi.

– D'autres personnes sont-elles au courant de vos projets ?

– Personne, à part une femme qui réside chez moi et ressent en ce moment même les bienfaits du traitement. Nous avons besoin d'un cobaye et elle fait aussi bien l'affaire qu'une autre. »

Lyndsey s'approcha du second bassin. Bizarre qu'il n'ait pas remarqué ce qui se cachait au fond, songea Vincenti, raison de plus de choisir cet homme comme associé. « Je vous ai dit que nous nous trouvions dans un lieu millénaire. Vous voyez les lettres au fond de l'eau ? »

Lyndsey les vit toutes les deux.

« Elles signifient "la vie" en grec ancien. Je n'ai aucune idée de la façon dont elles sont arrivées là. Le vieux guérisseur m'a appris que les Grecs vénéraient jadis cette région, ce qui explique peut-être leur présence. Ils avaient baptisé cette montagne Klimax. Échelle en français. Pourquoi ? C'était sans doute en rapport avec le nom que lui avaient donné les populations d'Asie : Arima. J'ai décidé de m'en servir pour mon domaine.

– Attico. Je l'ai lu sur le portail en arrivant. Qu'est-ce que cela signifie ?

– C'est la traduction d'Arima en italien. L'endroit situé en haut, comme un grenier par exemple. »

68

Samarcande

Zovastina entra dans la salle des audiences du palais où l'attendait un homme mince à l'épaisse chevelure. Son ministre des Affaires étrangères Kamil Revin était là, lui aussi, assis à l'écart. Le protocole exigeait qu'il soit présent. L'Américain dit s'appeler Edwin Davis et produisit une lettre du président des États-Unis ajoutant foi à ses déclarations.

« Si je puis me permettre, madame la ministre, pourrions-nous nous entretenir en privé ? demanda Davis d'un ton enjoué.

– De toute façon, je ferai part de tout ce que vous pourriez me dire à Kamil, répondit la ministre, déconcertée.

– Je doute que vous lui révéliez ce dont nous allons discuter. »

Les paroles de Davis sonnaient comme un défi. Il avait l'air si déterminé que Zovastina décida d'être prudente. « Laissez-nous, Kamil », ordonna-t-elle.

Le ministre hésita. Cependant, après ses mésaventures à Venise et l'enlèvement de Karyn, Zovastina n'était pas d'humeur à discuter.

« Tout de suite ! » s'écria-t-elle.

Le ministre se leva et sortit.

« Vous traitez toujours vos collaborateurs comme ça ?
— Nous ne vivons pas en démocratie. Les hommes comme Kamil font ce qu'on leur ordonne ou...
— Vous leur ferez cadeau d'un de vos microbes, c'est ça ? »
Elle aurait dû se douter que d'autres étaient au courant de ses affaires, mais cette fois, cela remontait directement à Washington. « Je ne me rappelle pas avoir entendu votre cher président se plaindre une seule fois de la paix qui règne dans la région depuis la naissance de la Fédération. Jadis, c'était une poudrière ; aujourd'hui, les États-Unis peuvent compter sur un ami. Gouverner ce pays est affaire de puissance, pas de persuasion.
— Ne vous méprenez pas, madame la ministre. Vos méthodes ne nous regardent absolument pas. Nous sommes d'accord. Avoir un allié vaut bien quelques... remaniements occasionnels au sein du personnel, concéda Davis malgré lui en adressant à la ministre un regard glacial. Madame la ministre, je suis venu vous annoncer quelque chose en personne. Le président estimait que les voies diplomatiques habituelles étaient inappropriées en l'occurrence. Cette conversation doit rester entre nous, entre amis.
— Très bien, en convint Zovastina qui n'avait guère le choix.
— Connaissez-vous une certaine Karyn Walde ? »
En proie à des émotions contradictoires, la ministre se crispa, mais elle n'en laissa rien paraître et décida d'être franche. « Oui. Que se passe-t-il ?
— Elle a été enlevée la nuit dernière dans une maison située ici, à Samarcande. Elle était votre maîtresse autrefois et est actuellement atteinte du sida.
— Vous avez l'air bien renseigné sur ma vie privée.

— Nous aimons en savoir autant que possible sur nos amis. Contrairement à vous, nous vivons dans une société ouverte dans laquelle tous nos secrets s'étalent à la télévision ou sur Internet.

— Et qu'est-ce qui vous a poussé à fouiller dans mes secrets.

— Est-ce important ? C'était tout à fait fortuit en tout cas.

— Et que savez-vous au sujet de la disparition de Karyn ?

— C'est un certain Enrico Vincenti qui l'a enlevée. Elle est retenue dans sa propriété, ici, dans la Fédération. Il a profité de l'accord que vous avez passé avec la Ligue vénitienne pour acheter ce domaine. »

Le message était clair. Cet homme était bien renseigné.

« Je suis aussi venu vous dire que vous vous trompez de cible avec Cassiopée Vitt. »

Zovastina cacha sa surprise.

« Votre problème, c'est Vincenti.

— Et qu'est-ce qui vous fait dire ça ?

— J'admets qu'il s'agit de simples spéculations de notre part. Dans la plupart des pays du monde, personne ne se soucierait de votre orientation sexuelle. Vous avez été mariée autrefois, certes, mais d'après ce que nous avons pu apprendre, c'était un mariage de façade. Votre époux est mort de façon tragique...

— Nous n'avons jamais eu le moindre différend, lui et moi. Il avait parfaitement compris son rôle. Je l'aimais bien, à vrai dire.

— Cela ne nous regarde en rien, et je n'avais pas l'intention de vous insulter, mais vous êtes célibataire depuis lors. Karyn Walde a été votre collaboratrice un temps.

C'était l'une de vos secrétaires. Aussi, j'imagine qu'il vous a été facile de préserver l'intimité de votre relation. Personne n'y prêtait guère attention tant que vous vous montriez prudente. Mais l'Asie centrale n'a rien à voir avec l'Europe de l'Ouest, remarqua Davis en sortant un petit enregistreur de sa poche. Permettez-moi de vous faire écouter quelque chose », dit-il en allumant l'appareil et en le posant sur la table devant eux.

« Et il est bon de constater que l'information que vous m'avez fournie était exacte.

– Je ne vous aurais pas ennuyée avec des histoires fantaisistes.

– En revanche, vous ne m'avez toujours pas expliqué comment vous avez pu découvrir que l'on tenterait de m'assassiner aujourd'hui.

– La Ligue veille sur ses adhérents et vous comptez parmi les plus éminents, madame la ministre.

– Quel flatteur vous faites, Enrico. »

Davis éteignit l'appareil. « Conversation téléphonique entre Vincenti et vous, il y a deux jours. Appel international. Facile à surveiller. »

Il ralluma l'enregistreur.

« Il faut que nous parlions.

– Votre récompense pour m'avoir sauvé la vie ?

– Votre part du marché, conformément à ce que nous avions conclu il y a longtemps.

– Je serai prête à rencontrer le conseil dans quelques jours. D'abord, j'ai des choses à régler.

– Je préférerais savoir quand nous nous rencontrerons, vous et moi.

– J'en suis persuadée. Moi aussi, à vrai dire, mais avant, j'ai certains projets à finir.

– Je ne ferai bientôt plus partie du Conseil. Par la suite, il vous faudra négocier avec d'autres. Ils ne se montreront peut-être pas aussi accommodants.

– Accommodants, j'adore ! Décidément, j'adore traiter avec vous, Enrico. Nous nous comprenons si bien !

– Nous devons parler.

– Bientôt. D'abord, il y a cet autre problème dont nous avons parlé. Les Américains.

– N'ayez aucune inquiétude. J'ai l'intention de m'en occuper aujourd'hui même. »

Davis éteignit l'appareil. « Vincenti s'est effectivement "occupé du problème". Il a tué l'un de nos agents. Nous avons retrouvé son corps dans un cercueil avec celui du commanditaire de votre assassinat.

– Vous l'avez sacrifiée ? Alors que vous aviez cet enregistrement ?

– Malheureusement nous ne l'avons obtenu qu'après sa disparition. »

Zovastina n'aimait pas la façon dont les yeux de Davis passaient de son visage à l'enregistreur ni l'étrange malaise qu'elle sentait monter en même temps que sa colère.

« De toute évidence, Vincenti et vous êtes associés dans une entreprise dont je ne connais pas la nature. Encore une fois, je suis ici en ami, pour vous apprendre qu'il a l'intention de modifier les termes de votre marché. Voici comment nous voyons les choses : Vincenti a besoin de vous chasser du pouvoir. Grâce à Karyn Walde, il peut provoquer un scandale et vous faire perdre votre mandat ou tout au moins vous discréditer au niveau politique. L'homosexualité n'est pas entrée dans les mœurs ici. Les fondamentalistes religieux que vous surveillez de près auraient enfin les moyens de riposter. L'ampleur de vos ennuis serait telle que même vos microbes ne pourraient les résoudre. »

Elle n'avait pas songé à cette éventualité jusque-là, mais le raisonnement de l'Américain était sensé. Quelle autre raison Vincenti avait-il d'enlever Karyn ? Cela dit, un détail ne devait pas être oublié. « Comme vous l'avez dit, elle est atteinte du sida. Peut-être déjà morte...

– Vincenti n'est pas idiot. Il pense sans doute que la déclaration d'une mourante aurait plus de poids. Vous seriez alors forcée de répondre à un certain nombre de questions : pourquoi cette maison ? Que faisaient Walde et l'infirmière là-bas ? D'après ce que je me suis laissé dire, Walde et certains gardes du bataillon sacré qui surveillaient la maison sont au courant de certains détails. Vincenti a également enlevé l'infirmière. Ça en fait du monde à museler.

– Nous ne sommes pas en Amérique. Je suis capable de contrôler l'information à sa source.

– Et les fondamentalistes ? Sans compter que bon nombre de vos ennemis aimeraient prendre votre place. Je crois que l'homme qui vient de quitter la pièce en fait partie. Au fait, il a rencontré Vincenti hier soir. Il est allé le chercher à l'aéroport et l'a conduit en ville. »

Cet homme était extrêmement bien renseigné.

« Madame la ministre, nous ne souhaitons pas voir Vincenti concrétiser ses projets. C'est la raison de ma présence. Je vous offre notre aide. Nous sommes au courant de votre voyage à Venise et du fait que Cassiopée Vitt vous a accompagnée ici. Encore une fois, elle ne représente aucun danger. À vrai dire, elle dispose d'un certain nombre d'informations sur ce que vous cherchiez à Venise. Certains détails vous ont échappé.

— Dites-moi lesquels.

— Si je le pouvais, je vous les livrerais. Il faudra demander à Vitt. Avec ses deux associés, Henrik Thorvaldsen et Cotton Malone, elle a fait allusion à l'énigme de Ptolémée ainsi qu'à des objets appelés les décadrachmes de Poros. Je ne suis pas au courant, s'écria Davis avec un geste d'impuissance. Et ça ne m'intéresse pas. C'est votre problème. Tout ce que je sais, c'est que vous êtes apparemment passée à côté de quelque chose à Venise. Si vous en étiez déjà consciente, je m'excuse de vous avoir fait perdre votre temps, mais le président Daniels voulait que vous sachiez que, à l'instar de la Ligue vénitienne, lui aussi veille sur ses amis.

— Vous me prenez pour une idiote ! » s'écria Zovastina exaspérée par l'arrogance de Davis.

Ils se regardèrent sans rien dire.

« Dites à votre président que je n'ai pas besoin de son aide. »

Davis eut l'air offensé.

« Vous feriez mieux de quitter la Fédération aussi vite que vous y êtes entré.

— Vous me menacez, madame la ministre ?

— C'est une simple remarque.

— Étrange façon de s'adresser à un ami.

— Vous n'êtes pas mon ami. »

La porte se referma derrière Edwin Davis. Zovastina avait toujours eu la capacité de prendre des décisions dans l'urgence.

Kamil Revin entra et s'approcha de son bureau. Elle étudia son ministre des Affaires étrangères. Vincenti se croyait malin en faisant de lui son espion, mais cet Asiatique éduqué en Russie qui se targuait d'être musulman alors qu'il ne mettait jamais les pieds dans une mosquée avait parfaitement relayé sa campagne de désinformation. C'est parce qu'il répétait tout ce qu'il savait qu'elle l'avait fait sortir pendant son entretien avec Davis.

« Vous ne m'avez pas dit que Vincenti était là.

— Il est arrivé pour affaires hier soir. Il est descendu à l'Intercontinental comme d'habitude.

— Il est dans sa propriété, en montagne. »

Le jeune homme eut l'air surpris. Était-il sincère ? Difficile à dire, mais il sentait bien que Zovastina le soupçonnait.

« Madame la ministre, je suis votre allié depuis longtemps. J'ai menti pour vous. Je vous ai livré certains de vos ennemis. Je surveille Vincenti depuis des années tout en suivant scrupuleusement vos instructions.

— Prouvez donc votre loyauté. Je vais vous confier une tâche qui sort de l'ordinaire et que vous êtes le seul à pouvoir accomplir. »

69

Stéphanie tirait un certain plaisir à voir Henrik Thorvaldsen épuisé. Ils avaient décollé de la base d'Aviano, chacun à bord d'un chasseur F-16. Ils avaient suivi Malone et Edwin Davis qui avaient atterri à Samarcande alors que les deux amis continuaient vers l'est jusqu'à Kachgar, en Chine, juste de l'autre côté de la frontière avec la Fédération. Thorvaldsen n'aimait pas prendre l'avion. C'était un mal nécessaire, avait-il dit juste avant d'enfiler sa combinaison de pilote. Cela dit, un vol à bord d'un chasseur supersonique n'avait rien d'ordinaire. Stéphanie avait pris place derrière le pilote, là où l'opérateur système d'armes était généralement installé. Elle avait trouvé les secousses et les grincements à plus de deux mille kilomètres à l'heure à la fois excitants et terrifiants et avait été à cran pendant les deux heures de vol.

« Je n'en reviens pas d'avoir fait ça », s'exclama Thorvaldsen.

Stéphanie remarqua qu'il tremblait encore. Une voiture les attendait à l'aéroport de Kachgar. Les dirigeants chinois avaient accepté d'accéder à toutes les requêtes de Daniels, apparemment très inquiets des intentions de leur voisine et prêts à s'associer à Washington pour découvrir si leurs craintes étaient fondées.

« Ce n'était pas si terrible.

– Il faudra que je me souvienne de la chose suivante : quels que soient les arguments invoqués pour me pousser à le faire, ne plus jamais monter à bord d'un de ces engins. »

Stéphanie sourit. Ils roulaient dans les montagnes du Pamir, sur le territoire de la Fédération où le poste frontière se résumait à un panneau de bienvenue. Leur ascension les conduisait à travers une succession d'éperons rocheux arides et de vallées tout aussi stériles. Le terme *pamir* désignait précisément ce genre de vallées où les hivers s'éternisaient et les précipitations étaient rares. Il y poussait beaucoup d'armoise d'aspect grossier, de pins nains avec, çà et là, des prés d'herbe grasse. En grande partie inhabitée, la région comptait cependant quelques rares villages et quelques yourtes, ce qui la distinguait clairement des Alpes et des Pyrénées où Thorvaldsen et elle s'étaient vus pour la dernière fois.

« J'ai déjà lu des choses sur la région, mais c'est la première fois que je me rends dans cette partie du monde, avoua Stéphanie. C'est assez extraordinaire.

– Ely adorait la chaîne du Pamir. Il en parlait avec dévotion. Et je peux comprendre pourquoi.

– Vous le connaissiez bien ?

– Oh, oui, et ses parents aussi. Mon fils et lui étaient proches. Il vivait pratiquement à Christiangade quand Cai et lui étaient enfants. »

Assis sur le siège passager, Thorvaldsen semblait las et ce n'était pas à cause du vol. Stéphanie lisait en lui comme dans un livre. « Cotton va prendre soin de Cassiopée.

– Je ne crois pas que Zovastina retienne Ely, dit Thorvaldsen l'air soudain résigné. Viktor a raison, il est sans doute mort. »

La route s'aplanit alors qu'ils traversaient un des cols de montagne pour pénétrer dans la vallée suivante. L'air était étonnamment chaud, et, sur les montagnes les moins élevées, il n'y avait pas de neige. La Fédération d'Asie centrale jouissait incontestablement de nombreuses merveilles naturelles, mais Stéphanie avait lu le rapport de la CIA : le développement économique de la région était une priorité pour la Fédération. Les réseaux électrique, téléphonique, de distribution des eaux, d'assainissement avaient tous été étendus et le réseau routier amélioré. La route qu'ils empruntaient en était un parfait exemple : l'asphalte avait l'air neuf.

Une mallette en acier inoxydable posée sur la banquette arrière renfermait le cierge toujours entouré de la feuille d'or. Une scytale des temps modernes sur laquelle on pouvait lire un seul terme en grec ancien : **ΚΛΙΜΑΞ**. Où les mènerait-il ? Ils n'en avaient aucune idée, mais peut-être découvriraient-ils un indice dans le refuge de montagne d'Ely Lund qui leur permettrait d'en déchiffrer la signification. Les Chinois les avaient aussi autorisés à se munir de deux pistolets 9 mm et de chargeurs de rechange empruntés à l'armée américaine.

« Le plan de Malone a de bonnes chances de marcher », remarqua Stéphanie.

Elle était du même avis que Malone, cependant. Les électrons libres comme Viktor n'étaient pas fiables. Elle leur préférait largement un agent expérimenté soucieux de prendre sa retraite un jour.

« Malone éprouve des sentiments très forts pour Cassiopée, dit Thorvaldsen. Il refuse de l'avouer, mais son regard en dit long.

– J'ai remarqué sa peine quand vous lui avez appris qu'elle était malade.

– C'est une des raisons qui m'a fait penser qu'Ely et elle pourraient s'entendre. Leur attirance est en partie née de leurs souffrances respectives. »

En chemin, ils traversèrent deux autres villages aux rares habitations. Enfin, exactement comme Cassiopée l'avait indiqué à son vieil ami, ils prirent la direction du nord en arrivant à un embranchement. Au bout de dix kilomètres, le paysage devint plus boisé. Droit devant eux, près d'une allée de terre battue disparaissant dans les ténèbres de la forêt, Stéphanie aperçut une sarisse plantée dans le sol. Une petite pancarte y était accrochée sur laquelle on pouvait lire « Sôma ».

« Ely a donné un nom tout à fait approprié à cet endroit : celui de la tombe d'Alexandre en Égypte. »

La voiture cahota et tangua quand Stéphanie s'engagea dans l'allée accidentée qui grimpait sur quatre cents mètres entre les arbres avant de s'arrêter devant une cabane construite de plain-pied en planches grossières. Une avancée du toit abritait la porte d'entrée.

« Ça ressemble à une maison du nord du Danemark, commenta Thorvaldsen. Ça ne me surprend pas. Je suis sûr qu'Ely se sentait un peu chez lui ici. »

Stéphanie se gara et ils retrouvèrent la chaleur de l'après-midi. La forêt tout autour d'eux était silencieuse. À travers les arbres, au nord si elle ne se trompait pas, on apercevait d'autres montagnes. Un aigle patrouillait dans le ciel au-dessus d'eux.

La porte de la cabane s'ouvrit.

Les deux amis se retournèrent.

Un homme sortit de la maison.

Grand et séduisant, les cheveux blonds et ondulés, il

portait un jean, une chemise à manches longues et des bottes. Thorvaldsen resta figé, mais son regard s'adoucit aussitôt, ne laissant aucun doute sur l'identité du jeune homme.

C'était Ely Lund.

70

Samarcande
11 h 40

Grâce à l'odeur de foin mouillé et de chevaux, Cassiopée sut qu'elle se trouvait non loin d'une écurie. La pièce dans laquelle elle était enfermée aurait pu se trouver dans une pension de famille ; meublée de façon fonctionnelle, mais sans aucune recherche, elle devait être réservée au personnel du palais. Les fenêtres étaient condamnées par des volets de bois, la porte verrouillée et sans doute placée sous bonne garde. En venant du palais, Cassiopée avait remarqué des sentinelles armées postées sur les toits. Il serait risqué de tenter de s'échapper de cette prison.

La chambre était équipée d'un téléphone qui ne fonctionnait pas et d'une télévision qui ne captait aucun programme. La jeune femme s'assit sur le lit en se demandant ce qui l'attendait. Elle avait réussi à venir jusqu'en Asie. Et maintenant ? Elle avait essayé d'appâter Zovastina en jouant sur ses obsessions. Il lui était difficile de savoir si elle avait réussi. À l'aéroport, la ministre suprême avait appris une nouvelle si fâcheuse qu'elle avait fait passer Cassiopée au second plan. Mais au moins, la jeune femme était encore vivante.

Il y eut un cliquetis de clé dans la serrure et la porte s'ouvrit.

Viktor fit irruption dans la pièce suivi de deux hommes armés.

« Levez-vous », ordonna-t-il.

Cassiopée ne bougea pas.

« Je vous déconseille de m'ignorer », dit Viktor en se précipitant vers elle pour la frapper en plein visage du revers de la main et l'envoyer au tapis. La jeune femme reprit ses esprits et se leva, prête à en découdre. Les deux gardes qui accompagnaient Viktor la menacèrent de leur arme.

« Ça, c'était pour Rafael », expliqua Viktor.

Cassiopée le fusilla du regard, mais elle savait que cet homme faisait exactement ce que l'on attendait de lui. Thorvaldsen l'avait présenté comme un allié, fût-il secret. Elle joua donc le jeu. « Vous jouez les durs quand des hommes armés vous escortent.

— Vous êtes en train de dire que j'ai peur de vous, c'est ça ? » gloussa Viktor.

Cassiopée tapota sa lèvre inférieure sanguinolente.

Viktor lui sauta dessus et lui tordit un bras derrière le dos en faisant remonter son poignet vers les épaules. Il était fort, mais il devait savoir ce qu'il faisait et Cassiopée capitula. On lui passa les menottes et on lui entrava les chevilles pendant que Viktor la plaquait au sol, puis il la fit rouler sur le dos.

« Emmenez-la. »

Les deux hommes l'empoignèrent par les pieds et les épaules et l'emmenèrent jusqu'aux écuries par un chemin couvert de gravier. Là, on la jeta à plat ventre sur le dos d'un cheval. Suspendue ainsi, elle sentit le sang lui monter à la tête. Viktor la ligota avec une corde grossière et fit sortir le cheval de l'écurie.

Escortés par trois hommes, ils traversèrent en silence

une étendue herbeuse d'environ deux cents mètres de long. Des chèvres broutaient çà et là dans le champ dont le périmètre était bordé de grands arbres. Ils pénétrèrent ensuite dans une forêt le long d'un sentier menant à une clairière encerclée d'arbres elle aussi.

On défit les liens de Cassiopée que l'on fit descendre. Il lui fallut un bon moment pour reprendre ses esprits. Elle eut un éblouissement puis réussit à distinguer clairement deux grands peupliers pliés jusqu'au sol et attachés à un troisième arbre. Des cordes attachées au sommet des arbres reposaient par terre. On traîna la jeune femme jusqu'à elles, puis on lui enleva ses menottes avant de lui ligoter les poignets.

On ôta les liens qui lui entravaient les chevilles.

Debout, bras tendus, Cassiopée comprit ce qui arriverait si l'on coupait les cordes retenant les deux arbres.

Un cheval sortit du bois et approcha. C'était un grand cheval dégingandé que montait Zovastina. La ministre suprême portait des bottes en cuir et une veste de cuir matelassée. Elle observa la scène, renvoya Viktor et les autres gardes et mit pied à terre.

« Enfin seules », dit Zovastina.

Viktor éperonna sa monture et se hâta de regagner les écuries. Dès qu'il était arrivé au palais, Zovastina lui avait demandé de préparer les arbres. Ce n'était pas la première fois. Trois ans plus tôt, elle avait exécuté de la même façon un homme qui fomentait une révolte. Impossible de le convertir à sa cause : elle l'avait donc ligoté entre deux arbres sous les yeux de ses complices avant de trancher les cordes elle-même. Il avait été écartelé quand les arbres s'étaient redressés, une partie de son corps restant pendue à l'un, le reste à l'autre. Ses complices s'étaient ensuite facilement laissé convaincre.

Le cheval entra dans le corral au galop.

Malone attendait dans la sellerie. Viktor l'avait introduit dans le palais en le cachant dans le coffre d'une voiture. Personne n'avait posé de questions ni osé fouiller le chef de la garde rapprochée de Zovastina. Une fois la voiture garée dans le garage du palais, Malone était discrètement sorti de sa cachette et Viktor lui avait fourni un laissez-passer. Seule Zovastina pourrait le reconnaître et, avec Viktor comme escorte, il n'avait eu aucun mal à gagner les écuries où, d'après Viktor, il pourrait l'attendre sans courir de danger.

Tout lui déplaisait dans cette situation. Cassiopée et lui étaient à la merci d'un homme dont ils ne savaient rien, même si Edwin Davis leur avait assuré que Viktor s'était montré fiable jusque-là. Restait à espérer que Davis réussirait à semer suffisamment le trouble dans l'esprit de Zovastina pour leur faire gagner du temps. Il avait gardé son arme et patientait depuis une heure, assis dans la sellerie. Il n'y avait pas un bruit.

Les écuries étaient une véritable splendeur, tout à fait dignes du dirigeant suprême de cette gigantesque Fédération. Il avait compté quarante chevaux bais en y pénétrant pour la première fois avec Viktor. Une large gamme de selles de qualité et de matériel coûteux était entreposée dans la sellerie. Malone n'était pas un expert de l'équitation, mais savait monter. La seule fenêtre de la pièce s'ouvrait sur l'arrière des écuries.

Malone en avait assez. L'heure était venue de passer à l'action.

Il dégaina son arme et ouvrit la porte.

Personne en vue.

Il prit à droite et se dirigea vers la porte ouverte au fond de la grange en passant devant des stalles qu'occupaient des chevaux à l'allure magnifique.

Il aperçut un cavalier qui galopait droit vers les écuries. Malone changea de direction, se plaqua au mur et s'approcha de la sortie, doigt sur la détente de son pistolet. Le claquement des sabots s'arrêta et le cheval souffla, épuisé par sa course.

Le cavalier mit pied à terre.

Ses semelles claquèrent sur le sol.

Malone se tint prêt. Un homme se précipita dans les écuries avant de s'arrêter brusquement et de se retourner. C'était Viktor.

« Vous avez du mal à obéir aux ordres. Je vous ai dit de vous cacher dans la sellerie.

– J'avais besoin d'air, ironisa Malone en baissant son arme.

– J'ai fait évacuer les lieux, mais quelqu'un aurait quand même pu sortir.

– Qu'est-ce qui se passe ? l'interrogea Malone qui n'était pas d'humeur à ce qu'on lui fasse la leçon.

– C'est Vitt. Elle a des ennuis. »

71

Thorvaldsen étreignit Ely Lund avec ferveur et toute l'affection d'un père retrouvant son fils disparu.

« C'est tellement merveilleux de te revoir, s'exclama le vieil homme. Je te croyais mort.

– Que diable venez-vous faire ici ? » s'étonna Ely.

Thorvaldsen recouvra ses esprits et fit les présentations.

« Ely, nous ne pouvons pas rester là comme des momies, plaisanta Stéphanie. Nous sommes face à une situation extrêmement complexe. Pouvons-nous vous parler ? »

Il les fit entrer. La cabane était sombre, les meubles rares, les livres, magazines et documents nombreux. Stéphanie ne vit aucun objet fonctionnant à l'électricité.

« Il n'y a pas de courant ici, confirma Ely ; je cuisine au gaz et me chauffe au bois. Mais il y a de l'eau potable et c'est calme.

– Comment es-tu arrivé jusqu'ici ? Zovastina te retient-elle prisonnier ?

– Pas du tout, s'écria le jeune homme, perplexe. Elle m'a sauvé la vie. Elle me protège. »

Ils écoutèrent Ely leur raconter qu'un homme avait fait irruption dans sa maison de Samarcande et l'avait menacé d'une arme, mais avant qu'il ait pu agir, un autre homme l'avait sauvé en éliminant son agresseur. Puis sa maison avait été incendiée alors que le corps de l'agresseur restait à l'intérieur. On avait conduit Ely jusqu'à Zovastina ; elle lui avait expliqué que ses ennemis politiques avaient tenté de l'assassiner. Dans le plus grand secret, on l'avait emmené jusqu'à la cabane où il avait vécu ces derniers mois. Seul un garde qui habitait au village venait deux fois par jour vérifier que tout allait bien et lui apporter des vivres.

« C'est grâce au téléphone portable du garde que Zovastina et moi communiquons.

– Lui avez-vous parlé de l'énigme de Ptolémée, des décadrachmes de Poros et de la tombe d'Alexandre ? le questionna Stéphanie.

– Elle adore discuter de tout ça, s'amusa Ely. *L'Iliade* est une de ses passions. Comme tout ce qui a à voir avec la Grèce antique à vrai dire. Elle m'a posé beaucoup de questions et continue à le faire presque tous les jours. Et oui, je lui ai parlé des médaillons et de la tombe. »

Stéphanie voyait bien qu'Ely n'avait aucune idée de ce qui se passait, du danger qu'ils encouraient tous. « Zovastina retient Cassiopée prisonnière. Sa vie est peut-être en danger. »

La confiance du jeune homme s'évanouit. « Cassiopée est ici ? Dans la Fédération ? Pourquoi la ministre suprême voudrait-elle lui faire du mal ?

– Ely, contentons-nous de dire que Zovastina n'est pas ton sauveur, mais ta geôlière, même si elle a eu l'intelligence de concevoir une geôle lui permettant de te retenir sans beaucoup d'effort.

– Vous ne pouvez pas savoir combien de fois j'ai eu envie d'appeler Cassiopée, mais la ministre suprême me répondait qu'il fallait garder le secret pour l'instant, que je pourrais faire courir des risques à certaines personnes, y compris Cassiopée, si je les impliquais. Elle m'a assuré que tout serait bientôt terminé et que je pourrais parler à qui je voudrais et me remettre au travail.

— Nous avons résolu l'énigme de Ptolémée, intervint Stéphanie en allant droit au but. Grâce à une scytale, nous avons découvert le mot « klimax ». En connaissez-vous le sens ?

— Klimax, échelle en grec ancien.

— Quelle signification ce mot peut-il bien avoir ?

— Dans le contexte de l'énigme ? demanda le jeune homme en se concentrant.

— C'est dans ce lieu que la tombe est censée se trouver. "Touche la part la plus intime de l'illusion dorée. Divise le Phénix. C'est à l'aune de la vie que l'on mesure la véritable tombe", conseille l'énigme. C'est ce que nous avons fait et voilà ce que nous avons découvert. »

Ely sembla comprendre immédiatement de quoi il retournait. Il traversa la pièce, s'approcha d'une des tables qui la meublaient et prit un livre sur une pile. Il le feuilleta, trouva ce qu'il cherchait avant de poser le livre ouvert sur la table. Stéphanie et Thorvaldsen découvrirent une carte intitulée « Conquête de la Bactriane par Alexandre ».

« Alexandre a marché vers l'est pour s'emparer des territoires qui font aujourd'hui partie de l'Afghanistan et de la Fédération – les Turkménistan, Tadjikistan et Kirghizistan de jadis. Il n'a jamais traversé les montagnes du Pamir pour se rendre en Chine, préférant partir vers le sud et l'Inde où ses conquêtes prirent fin avec la sédition de ses troupes. Cette région, là, indiqua Ely en désignant la carte, située entre les fleuves Iaxarte et Oxos, fut conquise par Alexandre entre 330 et 327 avant J.-C. La Bactriane se situait au sud, la terre des Scythes au nord.

— C'est là qu'Alexandre a entendu parler de la fameuse potion.

— Exactement. Samarcande existait déjà à l'époque, située dans la région de Sogdiane — même si la ville était alors baptisée Maracanda. Alexandre établit en Sogdiane Alexandrie Eschatè, la lointaine, une des nombreuses cités portant son nom. C'est la plus orientale de son empire et l'une des dernières qu'il ait fondées. »

Ely suivit les contours de la carte du bout du doigt puis traça un X au stylo. « Le mont Klimax était une montagne de l'ancien Tadjikistan, désormais au cœur de la Fédération. Les Scythes, et plus tard Alexandre une fois qu'il eut négocié un accord de paix avec ce peuple, vénéraient cet endroit. On raconte que les rois scythes étaient inhumés dans ces montagnes même si on n'a jamais découvert aucune preuve venant le confirmer. Le musée de Samarcande a envoyé quelques expéditions en reconnaissance, en vain. C'est un endroit assez désolé, à vrai dire.

— C'est vers cet endroit que pointe la scytale. Tu es déjà allé là-bas ? l'interrogea Thorvaldsen.

— Il y a deux ans, j'ai pris part à une expédition. Je me suis laissé dire qu'une bonne partie de ces montagnes est désormais propriété privée. Un de mes collègues du musée m'a dit qu'il y a un énorme domaine au pied de la montagne. Un truc monstrueux en cours de construction. »

D'après Edwin Davis, les membres de la Ligue vénitienne achetaient des terres dans la Fédération. Stéphanie décida de se fier à son instinct. « Vous savez qui en est le propriétaire ?

— Aucune idée.

— Nous devons aller voir. Tu peux nous y conduire, Ely ?

— C'est à environ trois heures au sud d'ici.
— Comment te sens-tu ? »
Stéphanie comprit ce qu'Henrik voulait dire.
« Elle est au courant, dit le vieil homme. D'ordinaire, je

n'aurais pas dit quoi que ce soit, mais la situation est exceptionnelle.

– Zovastina me fournit ma dose quotidienne de médicaments. Je vous ai dit qu'elle prenait soin de moi. Comment va Cassiopée ?

– Malheureusement, je crains que sa santé soit le cadet de ses soucis en ce moment. »

Le vrombissement d'un moteur devint de plus en plus distinct.

Stéphanie se raidit et courut à la fenêtre. Un homme armé d'un fusil automatique sortit d'une Audi.

« C'est le garde. Il vient du village. »

L'homme creva les pneus de leur voiture de quatre balles.

72

Samarcande

Cassiopée avait du mal à jauger Zovastina.

« Je viens de recevoir la visite du conseiller adjoint chargé de la Sécurité nationale auprès du président des États-Unis. Il a confirmé ce que vous m'aviez dit à l'aéroport : j'ai raté quelque chose à Venise et vous savez ce dont il s'agit.

— Et c'est comme ça que vous allez me le faire avouer à votre avis ? »

Zovastina examina les deux arbres au tronc épais qu'une corde rapprochait du sol. « J'ai fait aménager cette clairière il y a des années. Plusieurs personnes ont vécu l'enfer en se faisant écarteler ici. Deux ou trois ont même survécu quand leurs bras ont été arrachés. Il leur a fallu quelques minutes pour se vider de leur sang. C'est une façon horrible de quitter ce monde. »

Cassiopée était à la merci de la ministre. Elle allait devoir bluffer pour s'en sortir. Alors qu'il était censé l'aider, Viktor n'avait fait que l'enfoncer.

« Après la mort d'Héphaestion, c'est de cette manière qu'Alexandre a exécuté son médecin. J'ai trouvé ça ingénieux et j'ai remis la pratique au goût du jour.

— Je suis tout ce que vous avez, dit Cassiopée d'une voix blanche.

— Vraiment ? Et vous, qu'est-ce que vous avez ?

— Apparemment, Ely n'a pas été aussi prodigue en détails avec vous qu'avec moi. »

Zovastina s'approcha de Cassiopée. C'était une femme tout en muscles, au teint cireux. L'éclair de folie qui brillait parfois dans son regard sombre et soucieux était pour le moins inquiétant. Surtout en ce moment où la curiosité le disputait chez elle à la colère. « Avez-vous lu *l'Iliade* ? Quand Achille finit par laisser libre cours à sa colère et tue Hector, il a une remarque intéressante : "Plût aux Dieux que j'eusse la force de manger ta chair crue, pour le mal que tu m'as fait ! Rien ne sauvera ta tête des chiens, quand même on m'apporterait dix et vingt fois ton prix, et nul autre présent." Dites-moi pourquoi vous êtes ici.

— C'est vous qui m'avez amenée.

— Vous n'avez opposé aucune résistance.

— Vous avez risqué gros en vous rendant à Venise. Pourquoi ? Ce voyage ne devait pas avoir que des raisons politiques. »

Cassiopée remarqua que le regard de Zovastina semblait un peu moins belliqueux.

« Nous sommes parfois amenés à agir pour les autres. À prendre des risques. Aucune quête digne d'intérêt ne va sans risque. Je suis à la recherche de la tombe d'Alexandre car j'espère pouvoir y trouver les réponses à certains problèmes compliqués. Ely vous a sans doute parlé de la potion d'Alexandre. Qui sait s'il y a vraiment quelque chose à trouver ? Il serait merveilleux de découvrir cet endroit ! »

Zovastina avait l'air plus émerveillée qu'en colère, sincèrement émue à cette idée. On percevait chez elle un romantisme un peu béat : l'idée d'être auréolée de gloire au prix de quêtes dangereuses l'obnubilait. D'un autre côté, si l'on en croyait Thorvaldsen, elle planifiait la mort de millions de personnes...

« Vous allez me dire ce que vous savez ! ordonna Zovastina en saisissant fermement le menton de Cassiopée.

– Le prêtre vous a menti. Il y a une amulette dans le Trésor de la basilique découverte parmi les reliques de saint Marc. Un scarabée gravé d'un Phénix. Souvenez-vous de l'énigme : "Touche la part la plus intime de l'illusion dorée. Divise le Phénix."

– Vous êtes très belle, dit Zovastina dont l'haleine empestait l'oignon, mais vous usez de mensonges et de tromperie pour m'induire en erreur. »

Zovastina lâcha Cassiopée et s'éloigna.

La jeune femme entendit un bêlement.

Malone enfourcha sa monture.

« Aucun des gardes postés sur le toit ne nous prêtera attention. Vous êtes avec moi, le rassura Viktor en montant à cheval. Zovastina et Vitt se trouvent derrière le terrain de *buzkashi,* dans la forêt. La ministre a l'intention de tuer Vitt.

– Qu'est-ce qu'on attend ? »

Viktor éperonna son cheval, Malone le suivit.

Ils galopèrent vers un champ. Malone remarqua des mâts rayés à chaque extrémité et une cuvette en terre au centre et comprit que c'était le terrain de *buzkashi*. Il avait entendu parler de ce jeu où les morts n'étaient pas rares, de sa violence, de la barbarie et de la beauté que l'on pouvait y trouver. Zovastina était apparemment une joueuse émérite et les chevaux qui occupaient les écuries devaient être élevés pour y participer, comme celui qu'il montait et qui galopait avec une rapidité et une force impressionnantes. Les chèvres éparpillées sur le terrain en assuraient un entretien impeccable. Elles étaient de belle taille et il y en avait une centaine, peut-être plus ; elles s'écartèrent quand les chevaux passèrent dans un grondement de sabots.

En se retournant, Malone aperçut les tours de guet sur le toit du palais. Comme Viktor l'avait prédit, personne ne parut s'alarmer ; les gardes étaient sans doute habitués aux exploits de la ministre suprême. Droit devant, au bout du champ se dressait un épais bosquet d'arbres. Deux sentiers le traversaient. Viktor arrêta son cheval. Malone aussi tira sur les rênes. La sueur coulait sur les flancs de l'animal en longues traînées sombres, contre les jambes de Malone.

« Elles sont à environ cent mètres d'ici sur ce sentier dans une autre clairière. À vous de jouer maintenant. »

Malone sauta à terre, arme au poing.

« Nous avons un problème, s'écria Stéphanie. Y a-t-il un autre moyen de sortir d'ici ? »

Ely indiqua la cuisine.

Thorvaldsen et Stéphanie se précipitèrent dans la pièce juste au moment où le garde faisait irruption par la porte d'entrée. L'homme aboya des ordres dans une langue inconnue. Stéphanie ouvrit la porte de la cuisine en intimant le silence à Thorvaldsen. Ely s'adressait au garde dans sa langue.

Stéphanie se glissa dehors, Thorvaldsen sur les talons.

Des tirs d'arme automatique retentirent à l'intérieur de la cabane et des balles s'encastrèrent dans les épaisses poutres derrière eux.

Ils se jetèrent à terre quand une fenêtre explosa dans une gerbe de verre. Des balles allèrent s'enfoncer dans les arbres. Stéphanie entendit Ely crier quelque chose à leur agresseur et en profita pour se lever d'un bond, contourner la cabane et gagner la voiture. Resté à terre, Thorvaldsen peinait à se relever et Stéphanie espérait qu'Ely parviendrait à retenir le garde.

Elle ouvrit la portière arrière de la voiture et empoigna un des pistolets automatiques.

Thorvaldsen apparut à l'angle de la cabane.

Stéphanie se réfugia derrière la voiture, en position défensive, pistolet braqué sur la cabane et fit signe à Henrik de se poster devant l'entrée. Il sortit de sa ligne de mire juste au moment où le garde faisait son apparition, fusil à hauteur de la taille. Il remarqua Thorvaldsen d'abord et pivota pour ajuster son tir.

Stéphanie tira deux coups de feu.

Les deux balles transpercèrent la poitrine du garde.

Elle tira deux coups supplémentaires.

Le garde s'effondra par terre.

Thorvaldsen alla à la rencontre de son amie qui agrippait la crosse de son arme toujours braquée sur la cabane. Stéphanie resta figée sans bouger jusqu'à ce qu'Ely apparaisse derrière le cadavre du garde. Elle tremblait. Elle venait de tuer un homme.

Pour la première fois.

« Vous allez bien ? lui demanda Henrik.

– Quand des agents me parlaient de ce genre d'expérience, je leur répondais que c'était leur boulot. Mais maintenant, je comprends. Tuer quelqu'un, ce n'est pas banal.

– Vous n'aviez pas le choix.

– Il n'écoutait pas, intervint Ely en approchant. Je lui ai dit que vous n'étiez pas dangereux.

– Mais nous étions une menace pour lui. Il avait certainement pour ordre d'empêcher tout contact avec toi. Zovastina tient absolument à t'isoler.

– Ne traînons pas ici », conseilla Stéphanie qui commençait à reprendre ses esprits.

73

Malone avança dans la forêt sombre et silencieuse, où le danger guettait. Il aperçut une clairière droit devant, où tombaient les rayons du soleil sans que le feuillage lui fasse barrage. Il ne vit pas Viktor quand il jeta un coup d'œil par-dessus son épaule, mais comprit pourquoi l'homme avait disparu. Un bruit de voix lui fit presser le pas ; il se posta à l'abri d'un arbre épais au bout du sentier.

Il vit Cassiopée attachée entre deux arbres, les bras tendus de part et d'autre du corps et Irina Zovastina qui se tenait près d'elle.

Viktor avait raison.

Cassiopée était dans un sacré pétrin.

Cassiopée Vitt intriguait Zovastina au moins autant qu'elle l'agaçait. « Vous êtes sur le point de mourir, cela ne vous fait ni chaud ni froid ?

— Si ce n'était pas le cas, je ne vous aurais pas accompagnée. »

Zovastina décida qu'il était temps de donner à sa prisonnière une raison de vivre. « Vous m'avez posé des questions sur Ely dans l'avion. Vous vouliez savoir s'il était vivant. Je n'ai pas répondu. Vous n'avez pas envie de savoir ?

— Je ne croirai pas un mot de ce que vous me direz.

— C'est juste. Moi non plus, à votre place. »

Elle tira un téléphone de sa poche et composa un numéro.

Une sonnerie retentit. Stéphanie se tourna vers le cadavre étendu sur le sol caillouteux.

Thorvaldsen l'avait entendue lui aussi.

« C'est Zovastina, annonça Ely. Elle m'appelle sur le portable du garde.

— Répondez-lui », ordonna Stéphanie en lui tendant le téléphone trouvé sur le cadavre.

« Il y a quelqu'un ici qui souhaite vous parler », annonça Zovastina.

Elle plaça le téléphone contre l'oreille de Cassiopée qui n'avait pas la moindre intention de parler, mais la voix qu'elle entendit à l'autre bout du fil l'électrisa.

« Que se passe-t-il, madame la ministre ? Madame la ministre ? »

Cassiopée ne put s'en empêcher. Entendre cette voix balayait tous ses doutes.

« Ely, c'est Cassiopée. »

Un silence accueillit ses paroles.

« Ely, tu es là ? répéta-t-elle les larmes aux yeux.

— Je suis là. Je suis juste sous le choc. C'est bon d'entendre ta voix.

— La tienne aussi », répondit la jeune femme, submergée par l'émotion. Tout venait de changer.

« Que fais-tu ici ?

— Je suis à ta recherche. Je savais... J'espérais que tu n'étais pas mort, dit-elle en s'efforçant de maîtriser ses émotions. Tu vas bien ?

— Ça va, mais je me fais du souci pour toi. Henrik est là en compagnie d'une certaine Stéphanie Nelle. »

Première nouvelle. Cassiopée s'efforça de refouler son appréhension et de se concentrer. Zovastina n'avait manifestement aucune idée de ce qui se passait là où Ely était retenu. « Répète à la ministre ce que tu viens de me dire. »

Zovastina prit le combiné.

Stéphanie entendit Ely répéter ce qu'il venait de dire. Elle comprenait le choc qu'avait dû ressentir Cassiopée, mais pourquoi voulait-elle que la ministre sache que ses deux amis étaient là ?

« Quand votre ami Thorvaldsen et cette femme sont-ils arrivés ? voulut savoir la ministre suprême.

— Il y a peu. Votre garde a tenté de les tuer, mais il s'est fait descendre.

— Madame la ministre, nous détenons Ely, s'écria une voix qu'elle reconnut immédiatement pour être celle de Thorvaldsen.

— Et moi, j'ai Cassiopée Vitt. Je dirais qu'il lui reste environ dix minutes à vivre.

— Nous avons résolu l'énigme.

— J'entends beaucoup de bla-bla de votre part et de la part de Vitt. Avez-vous les preuves de ce que vous avancez ?

— Oh, oui. Nous serons sur la tombe avant le coucher du soleil. Mais vous ne saurez jamais où elle se trouve.

— Vous êtes sur mon territoire, déclara Zovastina.

— Oui, à part que nous avons pu y entrer, libérer votre prisonnier et partir avec lui sans que vous en sachiez rien.

— Mais vous mettez un point d'honneur à me mettre au courant.

— La seule chose qui m'intéresse, c'est de récupérer Cassiopée. Rappelez-nous si vous voulez négocier. »

Henrik raccrocha.

« Vous croyez avoir fait le bon choix ? demanda Stéphanie.

— Nous devons la déstabiliser.

— Mais nous n'avons aucune idée de ce qui se passe là-bas.

— Vous ne m'apprenez rien, rétorqua Thorvaldsen, inquiet. Espérons que Malone a la situation en main. »

Zovastina s'efforça de réprimer le malaise qui l'envahissait. Ces gens étaient coriaces, il fallait bien le reconnaître.

Elle sortit un couteau de son étui en cuir. « Vos amis sont là. Et ils ont Ely. Malheureusement, contrairement à ce que semble penser Thorvaldsen, ce qu'il a ne m'intéresse nullement. Je préfère de loin vous regarder mourir », ajouta-t-elle en approchant des cordes.

Malone avait assisté à toute la scène. Cassiopée avait apparemment parlé à Ely Lund au téléphone. Elle en avait été très affectée, mais Malone avait compris que quelqu'un d'autre s'était adressé à la ministre. Était-ce Henrik ? Stéphanie ? Ses amis étaient sans doute avec Lund à l'heure qu'il était.

Il ne pouvait attendre plus longtemps. Il sortit de sa cachette en courant. « Ça suffit », s'exclama-t-il.

Zovastina lui tournait le dos, mais Malone vit qu'elle avait arrêté de découper les cordes.

« Lâchez votre couteau. »

Cassiopée lui lança un regard plein d'appréhension. Lui aussi avait un mauvais pressentiment. L'impression qu'on attendait son arrivée.

Deux hommes sortirent de la forêt en le tenant en respect avec leurs armes.

« Monsieur Malone, vous n'allez pas pouvoir tous nous tuer », s'écria Zovastina en se tournant vers lui pour lui lancer un regard sinistre et triomphant.

CINQUIÈME PARTIE

74

Vincenti entra dans sa bibliothèque, ferma la porte et se versa un verre de koumis, spécialité locale à base de lait de jument fermenté qu'il avait appris à apprécier. Cette boisson n'était pas très alcoolisée, mais provoquait tout de même une légère ivresse. Il l'avala en une gorgée et savoura son arrière-goût d'amande.

Il se versa un autre verre.

Son estomac gargouillait, il avait faim. Il fallait qu'il annonce au chef ce qu'il voulait pour dîner. Il avait envie d'une épaisse tranche de viande de cheval à la sauce teriyaki, autre spécialité du chef qu'il avait appris à apprécier.

Il sirota son verre de koumis.

Tout irait très vite maintenant. Il avait eu la bonne intuition à l'époque. Il ne restait qu'Irina Zovastina sur sa route.

Il s'approcha du bureau. La maison était équipée d'un système de communication par satellite sophistiqué, en lien direct avec Samarcande et les bureaux de sa compagnie à Venise. Il vit qu'un courriel de Kamil Revin était arrivé environ une demi-heure plus tôt. C'était inhabituel. Revin, en dépit de sa jovialité apparente, se méfiait des méthodes de communication modernes et privilégiait les conversations en tête à tête, décidant systématiquement de l'heure et du lieu auxquels elles se tenaient.

Vincenti ouvrit le message qu'il lut :

LES AMÉRICAINS NOUS ONT RENDU VISITE

Son esprit las redevint tout à coup alerte. Les Américains ? Il s'apprêtait à répondre au message quand Peter O'Conner fit irruption dans son bureau.

« Quatre hélicoptères de combat ne vont pas tarder à se poser dans la propriété. Armée de la Fédération. »

Vincenti se précipita vers la fenêtre et regarda vers l'ouest. Tout au fond de la vallée, quatre petits points se dessinaient dans le ciel bleu, de plus en plus clairement.

« Je viens de les apercevoir, dit O'Conner. Je doute que ce soit une visite de courtoisie. Vous attendez de la visite ? »

Non, Vincenti n'attendait personne.

Il effaça le message de Revin sur l'ordinateur.

« Ils vont se poser dans moins de dix minutes. »

Quelque chose ne tournait pas rond.

« Zovastina vient-elle récupérer Karyn Walde ? l'interrogea O'Conner.

— C'est possible, mais comment a-t-elle pu être mise au courant aussi vite ? »

Zovastina n'aurait jamais pu imaginer ce qu'il complotait. Certes, elle se méfiait de lui autant qu'il se méfiait d'elle, pourtant une telle démonstration de force était inutile. À ce moment précis en tout cas. Mais il y avait aussi les conséquences de la tentative d'assassinat de Stéphanie Nelle à Venise. Et les Américains ?

Il y avait quelque chose qui lui échappait. Quoi ?

« Ils amorcent l'atterrissage, indiqua O'Conner depuis la fenêtre.

— Allez la chercher. »

L'homme de main sortit de la pièce en toute hâte.

Vincenti prit une arme dans l'un des tiroirs du bureau. O'Conner et lui n'avaient pas encore engagé les agents de sécurité dont la propriété aurait besoin. Cela devait être fait dans les semaines à venir pendant que Zovastina serait en pleins préparatifs de guerre. Il avait prévu de tirer le meilleur parti possible de cette diversion.

Karyn Walde entra dans la bibliothèque vêtue d'un peignoir et de chaussons. Elle tenait debout toute seule. O'Conner lui emboîtait le pas.

« Comment vous sentez-vous ?

— Je ne me suis pas sentie aussi bien depuis des mois. J'arrive à marcher. »

Un médecin chargé de traiter les surinfections dont elle souffrait était en route depuis Venise. Heureusement pour elle, aucune n'était irrémédiable. « Il faudra quelques jours à votre organisme pour amorcer sa guérison complète. Mais en ce moment même, le virus est attaqué par un prédateur contre lequel il est sans défense. Ce qui est également notre cas, au fait.

— Ils se sont posés, s'écria O'Conner depuis son poste d'observation près de la fenêtre. Des troupes. Asiatiques. Ce sont celles de Zovastina, à première vue.

— Irina a envie de vous récupérer, on dirait, dit Vincenti. Nous ne sommes pas très sûrs de ce qui est en train de se passer. »

Il traversa la pièce pour gagner une bibliothèque encastrée aux portes vitrées richement sculptées. Le bois ainsi que les artisans qui avaient sculpté le meuble venaient de Chine. O'Conner y avait cependant apporté une petite amélioration. Vincenti appuya sur le bouton d'une télécommande de poche, actionnant un système tendu par ressort placé en haut et en bas de la bibliothèque permettant au meuble de pivoter sur cent quatre-vingts degrés. Il s'ouvrait sur un passage illuminé.

« On se croirait dans un film d'horreur, s'exclama Karyn Walde, impressionnée.

– La situation pourrait fort bien tourner au film d'horreur en effet. Peter, voyez ce qu'ils veulent et exprimez mes regrets de ne pas avoir pu les accueillir en personne. Suivez-moi. »

Les mains de Stéphanie tremblaient encore alors qu'elle regardait Ely traîner le corps du garde derrière la cabane. L'idée que Zovastina pouvait être au courant de leur présence dans la Fédération ne lui plaisait pas. Ce n'était pas très malin d'avoir averti quelqu'un qui disposait de moyens aussi importants. Restait à espérer que Thorvaldsen savait ce qu'il faisait, surtout qu'il était lui aussi dans de sales draps.

Ely sortit de la cabane, Thorvaldsen sur les talons, les bras chargés de livres et de papiers. « Je vais avoir besoin de tout ça. »

Stéphanie surveillait l'allée menant à la route principale. Tout semblait calme. Thorvaldsen la rejoignit. Il remarqua sa main qui tremblait et la prit calmement dans la sienne. Les deux amis ne dirent mot. Stéphanie continuait à serrer la crosse de son arme dans sa main moite.
« Qu'allons-nous faire exactement ? voulut-elle savoir.

– Nous connaissons notre destination : le mont

Klimax, remarqua Ely. Alors, allons voir ce qu'il y a. Ça vaut le coup d'essayer.

– "Gravis les murs érigés par la main de Dieu. Quand tu auras atteint le grenier, plonge le regard dans l'œil fauve et lance-toi à la découverte du lointain refuge", récita Stéphanie de mémoire.

– Je me souviens de cette énigme. J'ai besoin de vérifier certaines informations, de me remettre les choses en tête, mais je peux le faire en route.

– Pourquoi Zovastina s'est-elle mise en quête des décadrachmes de Poros ?

– Je lui ai fait remarquer un lien entre une marque gravée sur les médaillons et l'énigme. Un symbole qui ressemble à deux B accolés à un A. Il apparaît à la fois sur une des faces du médaillon et dans l'énigme, il doit être important. Comme il n'existe que huit médaillons, elle m'a proposé de se les procurer pour pouvoir les comparer, mais elle m'a dit vouloir les acheter.

– Ce n'est pas exactement ce qui s'est passé, lui fit remarquer Stéphanie. Toute cette histoire me déroute encore. Elle date de plus de deux mille ans. S'il y a quelque chose à découvrir, cela aurait dû arriver il y a longtemps, non ?

– Difficile à dire. Il faut bien admettre que les preuves n'étaient pas disponibles jusqu'ici. C'est grâce à la spectrométrie de fluorescence X que les détails importants ont été révélés.

– Quoi que l'on découvre, Zovastina voudra s'en emparer.

– J'ai toujours trouvé ça un peu bizarre : elle se prend pour Alexandre, pour Achille, ou je ne sais quel autre héros de l'Antiquité. Elle a l'air d'apprécier cette vision romantique de la vie. Elle s'est lancée dans la quête d'une potion qu'elle pense pouvoir trouver quelque part. C'est un sujet dont elle parlait beaucoup. Il lui tenait particulièrement à cœur. J'ignore pourquoi. Il faut bien avouer qu'à moi aussi il me tient à cœur. Son enthousiasme est devenu contagieux et j'ai commencé à croire qu'il y avait peut-être quelque chose à découvrir.

— Vous avez peut-être raison, concéda Stéphanie pour apaiser le jeune homme, perturbé par la situation.

— Ce serait fantastique, vous ne croyez pas ?

— Mais quel rapport peut-il bien y avoir entre saint Marc et Alexandre le Grand ? demanda Thorvaldsen.

— Nous savons que le corps d'Alexandre le Grand se trouvait à Alexandrie jusqu'en 391 après J.-C., date à laquelle les religions païennes sont devenues hors la loi, mais après cette date, il n'y est plus jamais fait référence nulle part. Les reliques de saint Marc ont réapparu à Alexandrie aux environs de 400 après J.-C. Il n'était pas rare alors que les chrétiens s'emparent de reliques païennes pour les exploiter à des fins religieuses, ne l'oubliez pas.

« J'ai trouvé dans mes lectures de nombreux exemples de cette pratique à Alexandrie. Une idole en bronze du dieu Saturne exposée dans le Cesareum fut fondue pour fabriquer une croix destinée au patriarche d'Alexandrie. Le Cesareum lui-même fut transformé en cathédrale chrétienne. Je me suis forgé ma propre théorie en lisant tout ce que j'ai pu trouver au sujet de saint Marc et d'Alexandre : au IVe siècle, un patriarche s'est arrangé pour préserver le corps du fondateur de la ville tout en fournissant à la chrétienté des reliques aux pouvoirs extraordinaires. Tout le monde y gagnait. Voilà pourquoi Alexandre est simplement devenu saint Marc. Qui allait vérifier ?

— Ça semble risqué, remarqua Stéphanie.

— Je n'en suis pas si sûr. Vous m'avez dit qu'un objet laissé dans le sarcophage par Ptolémée vous avait menés droit ici. Je dirais que la théorie est désormais fermement ancrée dans la réalité.

— Il a raison. Cela vaut la peine d'aller jeter un coup d'œil là-bas », s'écria Henrik.

Stéphanie n'était pas forcément d'accord, mais mieux valait ne pas rester sur place. Au moins, ils agiraient. Un détail lui traversa soudain l'esprit. « Vous nous avez dit que la région du mont Klimax est désormais située dans une propriété privée. Nous allons peut-être avoir du mal à y accéder.

— Le nouveau propriétaire nous permettra peut-être de jeter un coup d'œil ? » dit Ely en souriant.

75

Malone était piégé. Il aurait dû s'en douter. Viktor l'avait jeté directement entre les griffes de Zovastina.

« Vous êtes venu sauver mademoiselle Vitt ? » ironisa la ministre suprême.

Malone était toujours armé.

« Qui comptez-vous tuer ? Faites votre choix. L'un de mes deux gardes vous tuera avant que vous ayez pu abattre l'autre. Et alors je couperai ces cordes. »

Elle avait raison sur toute la ligne. Il n'avait guère le choix. « Emparez-vous de lui », ordonna Zovastina.

L'un des deux hommes se rua vers lui, mais un bruit attira l'attention de Malone. Des vagissements d'animaux. Qui se faisaient de plus en plus distincts. Le garde était à trois mètres de Malone quand les chèvres firent irruption sur le sentier qui menait au terrain de *buzkashi*. Quelques bêtes d'abord, puis le troupeau tout entier envahit bientôt la clairière.

Les sabots frappaient vigoureusement le sol.

Malone aperçut Viktor sur son cheval. Il s'efforçait de maîtriser les chèvres qui menaçaient de se disperser. Leur lente avancée se mua progressivement en bousculade, les bêtes à l'arrière du troupeau poussant celles de devant dans la confusion générale. Leur apparition inattendue eut l'effet escompté. Malone mit à profit la surprise des gardes pour abattre celui qui se tenait devant lui.

Un autre coup de feu et le second s'effondra par terre.

C'était Viktor qui avait tiré.

Les chèvres avaient envahi la clairière, se bousculant toujours, déroutées, mais commençant à comprendre qu'il leur faudrait traverser la forêt pour regagner le champ.

Un nuage de poussière flottait dans l'air.

Malone repéra Zovastina et se fraya un passage entre les animaux puants pour les rejoindre, Cassiopée et elle.

Le troupeau se réfugia dans la forêt.

Malone rejoignit les deux femmes au moment même où Viktor mettait pied à terre, arme au poing. Zovastina brandissait son couteau, mais Viktor la tenait en respect à quelques mètres des cordes qui retenaient les deux arbres au sol.

« Lâchez votre couteau, ordonna le chef du bataillon sacré.

— Qu'est-ce que vous faites ? s'écria Zovastina, manifestement choquée.

— Je vous dissuade d'agir. Malone, libérez Vitt.

— Voilà ce qu'on va faire : vous, vous libérez Cassiopée pendant que je garde la ministre à l'œil.

— Vous ne me faites toujours pas confiance ?

— Disons que je préfère faire les choses à ma façon, c'est tout. Il vous a dit de lâcher votre couteau, ordonna-t-il à Zovastina en la menaçant de son arme.

— Sinon ? Vous allez me tuer ? »

Malone tira par terre, entre ses jambes. Elle eut un mouvement de recul. « La prochaine vous transpercera le crâne. »

Zovastina lâcha le couteau.

« Faites-le glisser vers moi. »

Elle obéit.

« Qu'est-ce que vous faites ici ? le questionna Cassiopée.

— J'avais une dette envers vous. Des chèvres ? C'est tout ce que vous avez trouvé ? demanda-t-il à Viktor qui détachait son amie.

— Il faut savoir s'adapter. Je me suis dit que ça ferait une bonne diversion. »

Argument incontestable.

« Vous travaillez pour les Américains ? demanda Zovastina à Viktor.

— En effet. »

Elle le fusilla du regard.

Cassiopée se débarrassa de ses liens, se jeta sur Zovastina à qui elle asséna un coup de poing en plein visage. Un coup de pied dans les genoux fit trébucher la ministre en arrière. Cassiopée ne s'arrêta pas là et lança un coup de pied dans l'estomac de la ministre avant de lui frapper la tête contre un tronc d'arbre.

Zovastina se recroquevilla par terre, immobile.

« Ça va mieux ? demanda Malone qui avait calmement assisté à la charge de Cassiopée.

— J'aurais pu continuer, répondit la jeune femme, essoufflée, en frottant ses poignets entamés par la corde. Ely est vivant. Je lui ai parlé au téléphone. Stéphanie et Henrik sont auprès de lui. Il faut y aller.

— Viktor, je croyais que Washington voulait que vous conserviez à tout prix votre couverture.

— Je n'avais pas le choix.

— C'est vous qui m'avez jeté dans ce piège.

— C'est ma faute si vous l'avez provoquée ? Vous ne

m'avez pas laissé le choix. Quand j'ai vu que vous étiez dans le pétrin, j'ai fait ce que j'avais à faire. »

Malone n'était pas du même avis, mais ce n'était pas le moment de se disputer. « On fait quoi maintenant ?

– On ne va pas traîner ici. Personne ne viendra la déranger. Ça nous laisse un peu de temps.

– Et la fusillade ?

– Elle passera inaperçue. Nous sommes sur son terrain d'exécution. Beaucoup d'ennemis ont été éliminés ici. »

Cassiopée soulevait le corps inerte de Zovastina.

« Que faites-vous ? lui demanda Malone.

– Je vais attacher cette garce à ces arbres pour qu'elle se rende compte de l'effet que cela fait. »

Stéphanie était au volant, Henrik sur le siège passager et Ely sur la banquette arrière. Ils n'avaient pas eu d'autre choix que de réquisitionner la voiture du garde puisque les quatre pneus de la leur étaient crevés. Ils se hâtèrent de quitter la cabane, retrouvèrent la route nationale et prirent la direction du sud, longeant les contreforts du Pamir, en route vers le lieu qui, deux mille ans plus tôt, était baptisé mont Klimax.

« C'est incroyable », s'écria Ely.

En regardant dans le rétroviseur, Stéphanie vit qu'il examinait la scytale.

« Quand j'ai lu l'énigme de Ptolémée, je me suis demandé par quel moyen il ferait passer son message. C'est très malin. Comment avez-vous trouvé la solution ?

– Grâce à l'un de nos amis. Cotton Malone. C'est lui qui est allé chercher Cassiopée.

— Ne devrions-nous pas nous occuper d'elle ?

— Espérons que Malone saura gérer la situation. Nous, nous devons régler ce problème. Cotton est doué. Il saura se débrouiller », déclara-t-elle avec calme, en retrouvant ses réflexes de directrice d'une agence de renseignements, froide et indifférente. Pourtant, la fusillade l'avait secouée.

« Et puis Cassiopée est loin d'être sans défense, ajouta Henrik. Elle sait se débrouiller. Pourquoi ne nous donnes-tu pas toutes les explications utiles concernant cette histoire ? Nous avons appris l'existence de la potion des Scythes dans le manuscrit. Que sais-tu de ce peuple ? »

Ely posa délicatement la scytale.

« C'était un peuple nomade qui migra de l'Asie centrale à la Russie aux VIIIe et VIIe siècles avant J.-C. D'après la description qu'en fait Hérodote, c'était un peuple sanguinaire, vivant en tribu et craint de ses ennemis qu'ils décapitaient pour se servir de leurs crânes entourés de bandes de cuir comme coupes.

— Je dirais que ce genre de détails vous forge une réputation, s'amusa Thorvaldsen.

— En quoi sont-ils liés à Alexandre ? demanda Stéphanie.

— Aux IVe et IIIe siècles avant J.-C., ils s'installèrent sur l'ancien territoire du Kazakhstan. Ils résistèrent avec succès à Alexandre, bloquant son avancée vers l'est, sur la rive du Syr-Daria. Il les combattit farouchement, fut plusieurs fois blessé, mais finit par accepter une trêve. Je n'irais pas jusqu'à dire qu'Alexandre craignait les Scythes, mais il les respectait.

— Et la potion ? Leur appartenait-elle ? intervint Henrik.

— Ils la partagèrent avec Alexandre. Cela faisait partie

de leur accord de paix. Et apparemment, il s'en servit pour se soigner. D'après mes lectures, il s'agissait d'une espèce de breuvage naturel. Alexandre, Héphaestion et l'assistant du médecin à qui il est fait allusion dans l'un des manuscrits furent tous guéris par cette potion. À supposer que ces témoignages soient fiables.

« Les Scythes étaient un peuple étrange. Par exemple, au beau milieu d'une bataille avec les Perses, ils quittèrent tous le champ de bataille à la poursuite d'un lapin. Personne ne sait pourquoi, mais cette anecdote figure dans un témoignage d'époque.

« Ils aimaient tellement l'or qu'ils en utilisaient des quantités astronomiques. Parures, ceintures, assiettes et armes même en étaient ornées. Les tumulus scythes regorgent d'objets en or, mais leur principal problème était le langage ; ils étaient illettrés. Il ne reste aucun témoignage écrit de leur histoire. Tout ce qui reste, ce sont des dessins, des légendes et les témoignages d'autres peuples à leur sujet. Grâce à Hérodote, on connaît quelques mots du langage scythe.

— Il y a autre chose ? insista Stéphanie.

— Comme je vous l'ai dit, de rares mots du langage scythe sont parvenus jusqu'à nous. *Pata* signifiait tuer. *Spou*, œil. *Oior*, homme. Et puis il y a *arima*, dit Ely en remuant certains papiers qu'il avait apportés. Ce mot ne m'évoquait pas grand-chose jusqu'à présent. Souvenez-vous de l'énigme. "Quand tu auras atteint le grenier." Ptolémée avait combattu les Scythes aux côtés d'Alexandre. Il les connaissait. *Arima* signifie grosso modo l'endroit qui se trouve au sommet.

— Comme un grenier.

— Il y a plus important : l'endroit que les Grecs appelaient jadis Klimax et vers lequel nous nous dirigeons a toujours été appelé Arima par les autochtones. Je l'avais remarqué quand je m'y suis rendu la dernière fois.

— Ça fait beaucoup de coïncidences, dit Thorvaldsen.

— Toutes les routes mènent à ce lieu, on dirait.

— Et que pouvons-nous espérer y trouver ? demanda Stéphanie.

— Les Scythes enterraient leurs rois dans des tumulus, mais j'ai lu qu'ils pouvaient inhumer certains de leurs souverains les plus importants dans les montagnes. Nous nous trouvons aux confins de l'empire d'Alexandre, sur sa frontière orientale. Très loin de la Macédoine. Personne ne l'aurait dérangé ici.

— Ça explique peut-être son choix.

— Je ne sais pas. Toute cette histoire me paraît bizarre. »

Stéphanie était du même avis.

Zovastina ouvrit les yeux. Elle était étendue par terre et se souvint immédiatement de l'agression de Cassiopée Vitt. Elle s'efforça de reprendre ses esprits et s'aperçut que quelque chose lui enserrait fermement les poignets.

Elle se rendit alors compte qu'elle était attachée aux arbres, comme Vitt avant elle. Elle se sentit humiliée.

Elle se leva et balaya la clairière du regard.

Le troupeau, Malone, Vitt et Viktor avaient disparu. L'un des gardes était étendu, mort. Mais l'autre était toujours vivant ; adossé contre un arbre, il saignait de l'épaule.

« Vous pouvez bouger ? » le questionna Zovastina.

Il hocha la tête, même si manifestement il souffrait beaucoup. Tous les gardes de son bataillon sacré étaient de rudes gaillards extrêmement disciplinés. Elle s'en était assurée. L'incarnation moderne du bataillon antique était tout aussi intrépide que l'original.

Le garde s'efforça à grand-peine de se lever, la main droite serrée sur le bras gauche.

« Le couteau, là, par terre », indiqua la ministre suprême.

L'homme ne laissa pas échapper le moindre cri de douleur. Zovastina essaya de se souvenir de son nom, en vain. Viktor avait engagé chacun des gardes du bataillon sacré et elle avait mis un point d'honneur à ne s'attacher à aucun d'eux. C'étaient des objets, des instruments. Rien de plus.

L'homme chancela en s'approchant du couteau qu'il réussit à ramasser.

Arrivé près des cordes, il perdit l'équilibre et tomba à genoux.

« Vous pouvez y arriver, l'encouragea-t-elle. Luttez contre la douleur. Concentrez-vous sur votre devoir. »

Le garde sembla s'armer de courage. Il avait le front baigné de sueur et sa plaie saignait. Incroyable qu'il ne soit pas tombé en état de choc, mais outre sa blessure, ce gaillard avait l'air en excellente condition physique.

Il brandit le couteau, prit quelques inspirations et trancha les liens qui enserraient le poignet droit de Zovastina. Elle retint son bras tremblant tandis qu'il lui passait le couteau et s'en servit pour trancher l'autre corde.

« Bien joué. »

Le compliment le fit sourire bien qu'il eût du mal à respirer et qu'il fût toujours à genoux.

« Allongez-vous et reposez-vous. »

Il s'allongea par terre alors qu'elle cherchait quelque

chose sur le sol de la forêt. Près du cadavre de l'autre garde, elle trouva une arme.

Elle rejoignit celui qui l'avait libérée.

Il l'avait vue vulnérable et pour la première fois depuis très longtemps, elle s'était sentie vulnérable.

Allongé sur le dos, le garde serrait toujours son épaule.

Elle se pencha sur lui. L'homme la dévisagea de son regard noir et Zovastina vit qu'il avait compris.

Son courage la fit sourire.

Elle lui braqua l'arme sur le crâne et pressa la détente.

76

À travers la fenêtre, Malone aperçut le terrain caillouteux, mélange de terre desséchée, de verdure, de collines et de forêt. Viktor était aux commandes de l'hélicoptère, un Mi-24 Hind, qui les attendait, posé sur une plate-forme d'atterrissage à quelques kilomètres du palais. Malone connaissait ce modèle d'hélicoptère : de fabrication russe, il était équipé de deux moteurs turbo montés sur le dessus de la cabine qui propulsaient un rotor principal et un rotor de queue. Les Soviétiques l'avaient surnommé le tank volant et l'OTAN le crocodile à cause de son allure hostile, de la couleur de son camouflage et de son fuselage caractéristique. Tout cela en faisait un hélicoptère de combat redoutable ; dans celui qu'ils occupaient, on avait élargi le compartiment arrière pour effectuer des transports de troupes de faible importance. Heureusement, ils avaient réussi à quitter le palais et Samarcande sans encombre.

« Où avez-vous appris à piloter ? demanda Malone.

– En Bosnie, en Croatie. C'était mon boulot dans l'armée. Chercher et détruire.

– C'est un bon endroit pour se faire des nerfs d'acier.

– Et pour se faire tuer. »

C'était incontestable.

« C'est loin ? » demanda Cassiopée à travers le casque radio.

Ils volaient vers l'est à près de trois cents kilomètres-heure, vers la cabane d'Ely dans les montagnes du Pamir. Zovastina ne tarderait pas à recouvrer la liberté, si ce n'était pas déjà fait. « Et si quelqu'un se lance à notre poursuite ? renchérit Malone.

— Ces montagnes nous offriront une protection. Difficile de repérer un appareil dans ce dédale. Ça ne sera plus très long maintenant et puis nous ne sommes qu'à quelques minutes de la frontière chinoise. On peut toujours s'y réfugier.

— Ne faites pas comme si vous ne m'aviez pas entendue, insista Cassiopée. C'est loin ? »

Malone avait intentionnellement évité de répondre à la question de son amie. Il était nerveux. Il avait envie de lui dire qu'il la savait malade, que quelqu'un se souciait d'elle, qu'il comprenait sa frustration. Mais il s'en garda bien. « Nous allons aussi vite que possible. En tout cas, vous êtes mieux ici que ligotée à des arbres.

— Je suppose que vous allez me tanner longtemps avec cette histoire.

— Comptez sur moi.

— D'accord, Cotton. Je suis un peu à cran, mais vous devez comprendre, je croyais Ely mort. Je voulais qu'il soit vivant, mais je savais… je pensais, se reprit-elle. Et maintenant… »

L'enthousiasme qu'il lisait dans le regard de son amie regonflait Malone autant qu'il l'attristait. « Et maintenant il est avec Stéphanie et Henrik. Alors calmez-vous », conclut-il en se reprenant.

Cassiopée était assise seule dans le compartiment

arrière. Elle tapota l'épaule de Viktor. « Vous saviez qu'Ely était vivant ?

– Oui. Sur le bateau, à Venise, j'essayais de vous torturer en vous faisant croire qu'il était mort. Il fallait bien que je dise quelque chose. En réalité, c'est moi qui l'ai sauvé. Zovastina était persuadée qu'il serait victime d'une agression. C'était son conseiller et les meurtres politiques sont courants dans la Fédération. Elle voulait qu'il bénéficie d'une protection rapprochée. Après cette tentative de meurtre, elle l'a caché. Je ne l'ai pas revu depuis. Même si j'étais le chef de sa garde rapprochée, c'était la ministre qui commandait. Alors, je ne sais vraiment pas ce qui est arrivé à Ely. J'ai appris à ne pas poser de questions et à me contenter d'exécuter les ordres de Zovastina.

– Elle va vous tuer si elle vous retrouve, constata Malone en remarquant que Viktor s'exprimait au passé.

– Je savais à quoi m'attendre dès le départ. »

Ils continuèrent à voler en douceur, droit vers les montagnes. Malone n'avait jamais effectué de vol à bord d'un Hind, appareil doté d'instruments et d'une puissance de tir impressionnants. Missiles téléguidés, mitrailleuses multi-tubes, double panier à roquettes.

« Cotton, avez-vous un moyen de communiquer avec Stéphanie ?

– Oui, dit-il, même s'il n'avait pas très envie de répondre à cette question en ce moment.

– Laissez-moi m'en servir. »

Malone prit son téléphone satellite, propriété de l'unité Magellan fourni par Stéphanie à Venise, et composa le numéro de son ancienne patronne en ôtant son casque radio. Une vibration retentit au bout de quelques secondes, confirmant la connexion, et Stéphanie le salua. « Nous venons vous rejoindre, annonça Malone.

— Nous ne sommes plus à la cabane. Nous roulons vers le sud, sur la route M45 en direction de l'ancien mont Klimax. Ely sait où il est situé. D'après lui, les habitants du coin l'appellent Arima.

— Continuez. »

Après avoir écouté les indications de Stéphanie, Malone les répéta à Viktor qui hocha la tête. « Je sais où aller. »

Il vira en direction du sud-est en prenant de la vitesse.

« Nous arrivons. Ici, tout le monde va bien », annonça-t-il à Stéphanie.

Malone vit que Cassiopée voulait le téléphone, mais il n'en était pas question. Il lui fit non de la tête en espérant qu'elle comprendrait que ce n'était pas le moment. « Ely va bien ? demanda-t-il cependant pour la réconforter.

— Ouais, mais il est nerveux.

— Je vois très bien ce que vous voulez dire. Nous serons là-bas avant vous. Je vous rappelle. Nous pouvons faire un vol de reconnaissance en attendant votre arrivée.

— Viktor vous a-t-il aidés ?

— Nous ne serions pas là sans lui », conclut Malone avant de raccrocher et d'annoncer à Cassiopée où Ely comptait se rendre.

Une alarme retentit dans la cabine.

Le radar indiquait que deux cibles approchaient par l'ouest.

« Des Black Sharks. Ils viennent droit sur nous », annonça Viktor.

Malone connaissait aussi ces hélicoptères-là. Des Kamov Ka-50. Nom de code OTAN : Hokum. Rapides, efficaces, équipés de missiles à guidage laser et de canons de 30 mm. Viktor se rendait compte du danger lui aussi.

« Ils n'ont pas tardé à nous trouver, remarqua Malone.
– Il y a une base non loin d'ici.
– Que comptez-vous faire ? »

Ils commencèrent à prendre de l'altitude et à changer de direction. Mille huit cents mètres. Deux mille. Deux mille sept cents. Ils montèrent jusqu'à trois mille mètres d'altitude.

« Vous savez vous servir d'une mitrailleuse ? » voulut savoir Viktor.

Malone, qui occupait le siège de l'opérateur système d'armes, passa les instruments en revue. Heureusement, il savait lire le russe. « Je vais me débrouiller.
– Alors préparez-vous au combat. »

77

Samarcande

Les généraux prenaient connaissance du plan d'attaque de Zovastina. Les hommes assis autour de la table faisaient partie de ses plus fidèles subordonnés ; cependant, l'éventualité que l'un ou l'autre puisse être un traître tempérait la confiance qu'elle leur témoignait. Depuis vingt-quatre heures, elle n'avait plus aucune certitude. Ces hommes l'accompagnaient depuis le début, ils avaient grimpé les échelons en même temps qu'elle, bâtissant peu à peu la puissance offensive de la Fédération, se préparant à ce qui était sur le point d'advenir.

« Nous commencerons par prendre l'Iran », déclara la ministre suprême.

Elle connaissait les chiffres. Le Pakistan comptait actuellement environ cent soixante-dix millions d'habitants, l'Afghanistan trente-deux millions et l'Iran soixante-huit millions. Ces trois pays étaient une cible pour la Fédération. À l'origine, elle avait prévu un assaut simultané, mais aujourd'hui, elle pensait qu'une frappe stratégique conviendrait mieux. Si les foyers d'infection étaient sélectionnés avec précaution dans les endroits les plus peuplés et les virus adroitement disséminés, d'après les modèles informatiques, la population diminuerait de soixante-dix pour cent en l'espace de quatorze jours. Elle répéta à ses généraux ce qu'ils savaient déjà avant d'ajouter : « Nous devons créer une panique générale. Une crise. Il faut que les Iraniens sollicitent notre aide. Qu'avez-vous prévu ?

— Nous commencerons par inoculer le virus aux forces militaires et au gouvernement, répondit l'un des généraux. La plupart des agents viraux agissent en moins de quarante-huit heures, mais nous ne nous cantonnerons pas à un seul. À peine auront-ils identifié un virus qu'ils devront faire face à un autre. Cette tactique devrait les déstabiliser et empêcher la mise en place de toute réponse médicale efficace. »

Voilà qui effaçait toutes ses inquiétudes à ce sujet. « D'après les chercheurs, les virus ont tous été modifiés, ce qui rend la détection et la prophylaxie encore plus difficiles. »

Huit généraux de l'armée de terre et de l'air étaient assis autour de la table. Convoitée par tous, l'Asie centrale avait longtemps végété entre la Chine, l'URSS, l'Inde et le Moyen-Orient, ne faisant partie d'aucun de ces territoires. C'était ici que deux siècles plus tôt s'était déroulé le Grand Jeu quand la Russie et la Grande-Bretagne cherchaient à exercer leur hégémonie sur la région sans se soucier de ce que souhaitaient les autochtones.

Ces temps-là étaient révolus.

L'Asie centrale parlait désormais d'une seule voix par le biais d'un parlement démocratiquement élu, de ministres, d'élections, de cours de justice et d'une loi.

Une seule voix.

La sienne.

« Comment les Européens et les Américains vont-ils réagir à notre agression ? demanda un des généraux.

— Une agression ? C'est ce que nous devons éviter à

tout prix, précisa-t-elle. Nous nous contenterons d'occuper le terrain, d'apporter notre aide et notre soutien aux populations en difficulté. Ils seront bien trop occupés à enterrer les morts pour se soucier de nous. »

Zovastina avait tiré les enseignements de l'histoire. Les plus grands peuples conquérants – Grecs, Mongols, Huns, Romains, Ottomans – pratiquaient la tolérance dans les régions qu'ils s'appropriaient. Hitler aurait pu changer le cours de la Seconde Guerre mondiale en enrôlant les millions d'Ukrainiens qui haïssaient les Soviétiques au lieu de les anéantir. C'est en sauveur que l'armée de la Fédération entrerait en Iran, pas en oppresseur car, le temps que les virus en aient fini avec la population, il ne resterait personne pour s'opposer à Zovastina. C'est alors qu'elle annexerait la région, la repeuplerait, qu'elle déplacerait la population de la Fédération des régions ruinées par les Soviétiques vers d'autres territoires. Elle mélangerait les races. Elle ferait exactement ce qu'Alexandre le Grand avait fait au cours de sa révolution hellénistique, mais à l'envers, d'est en ouest.

« Pouvons-nous être sûrs que les Américains n'interviendront pas ? demanda un autre général.

– Les Américains ne bougeront pas le petit doigt. Pourquoi voudriez-vous qu'ils s'y intéressent ? Après la débâcle irakienne, ils ne vont pas s'en mêler, surtout si nous nous chargeons du fardeau. Ils seront ravis de pouvoir se débarrasser de l'Iran, justement.

– Quand nous attaquerons l'Afghanistan, il y aura des victimes américaines. Leurs forces militaires se trouvent encore sur place.

– Quand le moment sera venu, nous essaierons de minimiser ces morts. Le but visé, c'est de voir les troupes américaines se retirer à mesure que nous prenons le contrôle du pays. Cette décision sera populaire aux États-Unis, j'imagine. En Afghanistan, il faudra utiliser un virus qui peut être aisément maîtrisé. Des inoculations ciblées, visant des groupes et des régions spécifiques. Il faut que la majorité des victimes soient des autochtones, surtout des talibans, assurez-vous que le virus ne fasse pas de victime directe parmi les troupes américaines. »

Elle regarda chacun des généraux assis autour de la table dans les yeux. Pas un ne fit allusion à l'ecchymose qu'elle avait au visage, conséquence de ses démêlés avec Cassiopée Vitt. La taupe se trouvait-elle dans la salle ? Comment les Américains pouvaient-ils en savoir autant sur ses intentions ?

« Des millions de personnes sont sur le point de mourir, murmura un des généraux.

— Autant de problèmes en moins, renchérit Zovastina. L'Iran est un berceau de terroristes, un pays gouverné par des idiots. C'est ce que répète inlassablement l'Occident. L'heure est venue de régler ce problème et nous avons la solution. Les survivants ne s'en porteront que mieux. Et nous aussi. Nous aurons leur pétrole et leur gratitude. Ce que nous déciderons d'en faire déterminera notre succès. »

Zovastina écouta ses généraux détailler les points forts de ses troupes, les plans d'urgence et les différentes stratégies. Des escadrons entraînés à manipuler les virus se tenaient prêts à se déployer vers le sud. La ministre était satisfaite. Ces années d'attente arrivaient à leur terme. Elle imaginait ce qu'avait dû ressentir Alexandre le Grand traversant la frontière séparant la Grèce de l'Asie pour se lancer dans sa conquête globale. Comme lui, elle envisageait un succès total. Une fois qu'elle contrôlerait l'Iran, le Pakistan et l'Afghanistan, elle attaquerait le reste du

Moyen-Orient. Sa domination cependant serait plus subtile, car on s'arrangerait pour faire passer les ravages causés par les virus pour une conséquence des contaminations initiales. Si elle avait bien compris le psychisme occidental et chinois, l'Europe, la Chine, la Russie et les États-Unis se replieraient sur eux-mêmes. Ils restreindraient l'accès à leurs frontières, minimiseraient les déplacements en espérant circonscrire la pandémie à des pays dont, en gros, ils n'avaient rien à faire. Grâce à leur inaction, elle aurait le temps de s'approprier d'autres maillons de la chaîne des nations qui séparaient la Fédération de l'Afrique. En jouant correctement son coup, elle pourrait conquérir tout le Moyen-Orient en quelques mois sans qu'un seul coup de feu soit tiré.

« Disposons-nous des antidotes ? lui demanda son chef d'état-major.

— Ce sera fait, dit-elle en songeant que le difficile accord de paix qui existait entre Vincenti et elle serait bientôt brisé.

— Philogen ne nous a pas livré les réserves nécessaires à la vaccination de nos concitoyens, remarqua l'un des généraux. Et nous ne disposons pas non plus des quantités nécessaires pour arrêter la propagation des virus dans les nations ciblées une fois la victoire assurée.

— Je suis consciente du problème », assura-t-elle.

Un hélicoptère l'attendait.

« Messieurs, dit-elle en se levant, nous sommes sur le point de nous lancer dans la plus grande conquête depuis l'Antiquité. L'invasion des Grecs et leur victoire sur notre nation ont marqué le début de l'ère hellénistique qui modela la civilisation occidentale. Nous sommes aujourd'hui à l'aube d'une nouvelle ère dans l'histoire de l'humanité : l'Âge asiatique. »

78

Assise sur le banc métallique du compartiment arrière de l'hélicoptère, Cassiopée passa son harnais. L'appareil fit une embardée quand Viktor manœuvra pour esquiver leurs poursuivants. Malone avait vu que Cassiopée avait envie de parler à Ely, mais la jeune femme savait que ce n'était pas le moment. Elle appréciait que Malone risque sa peau. Comment aurait-elle échappé à Zovastina sans lui ? Elle n'y serait sans doute pas arrivée, même avec Viktor dans les parages. D'après Thorvaldsen, Viktor était leur allié, mais il l'avait avertie des limites de sa bonne foi. Il avait reçu l'ordre de ne pas se faire repérer, mais manifestement cette directive n'était plus à l'ordre du jour.

« Ils nous tirent dessus », s'écria Viktor.

L'appareil vira sur la gauche, fendant l'air. Le harnais de Cassiopée la plaquait contre la cloison. Elle agrippait le banc et luttait contre la nausée qui montait en elle car, il fallait bien l'admettre, elle était sujette au mal des transports. Elle évitait généralement les bateaux et les avions. Tant qu'ils volaient droit, cela ne lui posait pas de problème, mais ce genre d'acrobatie, en revanche, ne lui convenait guère. Elle avait l'impression d'avoir l'estomac au bord des lèvres à cause de leurs constants changements d'altitude, comme s'ils se trouvaient dans un ascenseur devenu fou. Elle n'avait d'autre choix que de s'accrocher en espérant que Viktor savait ce qu'il faisait.

Malone actionna les mitrailleuses et l'on entendit des coups de feu éclater de chaque côté du fuselage. Droit devant à travers le pare-brise, Cassiopée vit se profiler les courbes des montagnes derrière les nuages, de part et d'autre de l'appareil.

« Ils nous pourchassent toujours ? voulut savoir Malone.

— À pleine vitesse. Et ils essaient de nous descendre.

— Il vaudrait mieux éviter de prendre un missile.

— Vous avez raison. Mais pour eux comme pour nous, il serait difficile d'en lancer un au milieu de ces montagnes. »

L'hélicoptère émergea des nuages dans un ciel plus dégagé. Il vira à droite et plongea vers le sol.

« Est-ce vraiment nécessaire ? demanda Cassiopée en essayant de maîtriser son estomac.

— J'en ai peur, répondit Malone. Nous devons mettre à profit la présence de ces vallées pour éviter nos poursuivants. Entrer et sortir, comme dans un labyrinthe. »

Malone avait autrefois piloté des avions de combat et possédait toujours son brevet de pilotage, Cassiopée le savait. « Ce genre de truc ne convient pas à tout le monde, remarqua la jeune femme.

— Ne vous gênez surtout pas pour vomir.

— Je ne vais pas vous faire ce plaisir », se défendit la jeune femme en se félicitant de ne rien avoir avalé depuis la veille, à Torcello.

Ils effectuèrent d'autres virages serrés tout en continuant leur course dans le ciel de l'après-midi. Le bruit du moteur était assourdissant. Cassiopée n'avait pas souvent volé à bord d'hélicoptères, et jamais en situation de combat. Elle avait aujourd'hui l'impression d'avoir pris place dans des montagnes russes en trois dimensions.

« Deux autres hélicoptères repérés par le radar, annonça Viktor. Ils arrivent par le nord.

– Où allons-nous ? » le questionna Malone. L'appareil décrivit un autre virage serré.

« Vers le sud », répondit Viktor.

Malone étudia le radar. Les montagnes étaient pour eux à la fois un rempart et un obstacle qui les empêchaient de suivre la trajectoire de leurs poursuivants. Les cibles apparaissaient avant de disparaître à intervalles réguliers. L'armée américaine comptait davantage sur les satellites et les AWACS pour leur donner une idée claire de la situation. Heureusement, la Fédération d'Asie centrale ne disposait pas de ce matériel de pointe.

Les cibles disparurent de l'écran radar.

« Personne ne nous suit », annonça Malone.

Il fallait bien admettre que Viktor était un pilote doué. Ils se faufilaient entre les sommets de la chaîne du Pamir, les pales de l'appareil dangereusement proches des falaises grises escarpées. Malone, lui, n'avait jamais appris à piloter un hélicoptère même s'il en avait toujours eu envie et il ne s'était pas retrouvé aux commandes d'un chasseur supersonique depuis dix ans. Il avait entretenu ses compétences de pilote de chasse pendant quelques années après avoir été muté à l'unité Magellan, mais n'avait pas renouvelé son certificat. Ça lui était égal à l'époque. Aujourd'hui, il le regrettait.

« Vous avez touché votre cible ? demanda Viktor en

ramenant l'appareil à une altitude de mille huit cents mètres.

— Difficile à dire. Je pense que nous les avons simplement convaincus de garder leurs distances.

— Notre destination se situe à environ cent cinquante kilomètres au sud d'ici. Je connais Arima. J'y suis déjà allé, mais cela date un peu.

— Il y a des montagnes sur tout le trajet ?

— Et d'autres vallées. Je pense pouvoir échapper aux radars. Cette région n'est pas située dans une zone de sécurité. La frontière avec la Chine est ouverte depuis des années. La plupart des ressources militaires de Zovastina sont concentrées au sud, sur le front afghan et pakistanais.

« C'est fini ? demanda Cassiopée en les rejoignant.

— J'ai l'impression, oui.

— Je vais faire un détour pour éviter d'autres mauvaises rencontres, annonça Viktor. Cela sera un peu plus long, mais plus j'irai vers l'est, plus nous serons en sécurité.

— Cela va-t-il beaucoup nous retarder ?

— D'une demi-heure peut-être. »

Malone approuva cette décision et Cassiopée n'opposa aucune objection. C'était une chose d'esquiver les balles, mais pour les missiles air-air, c'était une autre paire de manches. L'armement soviétique, les missiles par exemple, était de premier ordre. Viktor avait eu une bonne idée.

Malone se cala dans son siège et regarda défiler les éperons rocheux érodés. Au loin, les sommets enneigés d'une chaîne de montagnes étaient couverts de brume. Les veines pourpres d'une rivière serpentaient à travers les contreforts, charriant des limons. Alexandre le Grand et Marco Polo avaient tous deux foulé cette terre noire comme la suie ; cet endroit avait été le théâtre de nombreuses batailles. Les colonies britanniques au sud, les Russes au nord, les Chinois et les Afghans à l'est et à l'ouest. Pendant la majeure partie du XXe siècle, Moscou et Pékin s'en étaient disputé le contrôle, s'étaient testés, avant de conclure finalement une paix difficile dont seules les montagnes du Pamir sortaient victorieuses.

Alexandre le Grand avait choisi sa dernière demeure avec sagesse.

Mais Malone se demandait s'il attendait vraiment là, en bas, sous leurs pieds.

79

14 h 00

Zovastina se rendit directement de Samarcande au domaine de Vincenti à bord de l'hélicoptère le plus rapide de sa flotte aérienne.

La demeure de Vincenti se profila sous ses pieds. Elle était excessive, coûteuse et, comme son propriétaire, redondante. Permettre au capitalisme de fleurir au sein des frontières de la Fédération n'était peut-être pas une idée très intelligente. Certaines modifications devraient être apportées. Il allait falloir tenir la bride haute à la Ligue vénitienne.

Mais il fallait commencer par le commencement.

L'hélicoptère se posa.

Après le départ d'Edwin Davis, elle avait ordonné à Kamil Revin de contacter Vincenti pour l'avertir de la visite de l'émissaire américain, mais en laissant le temps aux troupes de la Fédération d'arriver chez lui. On lui avait annoncé que la demeure était maintenant sécurisée ; elle n'avait donc gardé que neuf hommes sur place. Le personnel de maison avait également été évacué. Elle n'avait rien contre les habitants de la région qui s'efforçaient simplement de gagner leur vie : c'est à Vincenti qu'elle avait des choses à reprocher.

Elle descendit de l'hélicoptère et traversa le jardin pour

gagner une terrasse en pierre donnant accès à la demeure. Contrairement à ce que croyait Vincenti, elle avait suivi de près sa construction. Elle comptait cinquante-trois pièces, dont onze chambres et seize salles de bains. L'architecte chargé des travaux lui avait gracieusement fourni une copie des plans. Elle savait que le manoir comprenait une salle à manger digne d'un roi, des salons raffinés, une cuisine de professionnel et une cave à vin. En contemplant le décor de visu, on comprenait mieux la facture de plusieurs millions.

Postés dans le vestibule, deux de ses hommes surveillaient l'entrée principale. Deux autres flanquaient un escalier en marbre. Tout dans cette demeure lui rappelait Venise. Et elle n'aimait pas se rappeler ses échecs.

Elle attira l'attention de l'une des sentinelles qui, de son fusil, désigna sa droite. Elle descendit un petit couloir et pénétra dans ce qui ressemblait à une bibliothèque. Trois autres gardes armés occupaient la pièce en compagnie d'un quatrième homme. Même s'ils ne s'étaient jamais rencontrés, Zovastina connaissait son nom et son parcours.

« Monsieur O'Conner, vous avez une décision à prendre. »

L'homme se leva du fauteuil en cuir dans lequel il était assis pour lui faire face.

« Vous travaillez depuis longtemps pour Vincenti. Il compte sur vous. Et franchement, sans vous, il n'aurait pas fait tout ce chemin. »

Elle laissa O'Conner savourer le compliment tout en inspectant la pièce somptueusement décorée. « Vincenti sait vivre. Je serais curieuse de savoir s'il vous fait profiter de ses richesses. »

O'Conner resta muet.

« Laissez-moi vous apprendre certains détails que vous ignorez peut-être. L'année dernière, la société de Vincenti lui a rapporté plus de quarante millions. Son portefeuille d'actions vaut plus d'un milliard d'euros. Combien vous rémunère-t-il ? »

Toujours pas de réponse.

« Cent cinquante mille euros, dit-elle en le voyant prendre la mesure de la nouvelle. Vous voyez, monsieur O'Conner, que je suis bien informée. Cent cinquante mille euros pour tout ce que vous faites pour lui. Intimidation, coercition et même meurtre. Il gagne des dizaines de millions alors que vous n'avez reçu que cent cinquante mille euros. Il vit dans l'opulence quand vous menez une vie simple.

— Je ne me suis jamais plaint.

— Non, c'est vrai. C'est admirable, dit-elle en se postant derrière le bureau de Vincenti.

— Que voulez-vous ?

— Où est Vincenti ?

— Il est parti. Il s'est enfui avant l'arrivée de vos hommes.

— Voilà encore un de vos talents : le mensonge, s'écria-t-elle en souriant.

— Vous êtes libre de croire ce que vous voulez. Vos hommes ont certainement fouillé la maison.

— En effet et vous avez raison, Vincenti est introuvable, mais vous savez aussi bien que moi pourquoi. »

Elle remarqua les superbes sculptures en albâtre disséminées sur le bureau. C'étaient des figurines chinoises. Elle n'avait jamais aimé l'art oriental. Elle souleva l'une des figurines représentant un homme à demi nu contorsionné. « Pendant la construction de cette obscène monstruosité, Vincenti a fait aménager des passages secrets soi-disant à l'usage des domestiques, mais dont nous connaissons tous les deux le véritable usage. Il a également fait creuser dans la roche une grande pièce souterraine. C'est probablement là qu'il se cache en ce moment. »

O'Conner ne broncha pas.

« Aussi, comme je vous l'ai déjà dit, monsieur O'Conner, vous avez un choix à faire. Je trouverai Vincenti avec ou sans votre aide, même si vous pourriez me faciliter la tâche et, il faut bien le reconnaître, le temps presse. Voilà pourquoi je suis prête à passer un marché. Un homme de votre trempe, ingénieux, désintéressé, pourrait m'être utile. Alors, décidez-vous de changer de camp ou de rester aux côtés de Vincenti ? »

Elle avait fait la même proposition à d'autres, pour la plupart membres de l'Assemblée nationale, de son gouvernement ou d'une opposition émergente. Certains ne méritaient pas qu'elle les recrutât, il était bien plus simple de les tuer et d'en être débarrassée, mais la majorité d'entre eux avait prouvé qu'il valait la peine de les convertir. Des Asiatiques, des Russes ou un mélange des deux. Cette fois, c'était un Américain qu'elle essayait d'appâter et elle était curieuse de sa réaction.

« Je me joins à vous. Que puis-je faire pour vous ? répondit O'Conner.

— Répondre à ma question. »

Quand O'Conner mit la main dans sa poche, l'un des gardes le menaça immédiatement de son fusil. « J'ai besoin de quelque chose pour répondre à votre question, annonça O'Conner en montrant ses mains vides.

— Allez-y », l'encouragea Zovastina.

Il attrapa une télécommande argentée munie de trois boutons. « On accède aux pièces secrètes par des portes disséminées à travers la maison. Mais l'unique accès à la pièce souterraine se trouve ici. Un bouton ouvre toutes les portes en cas d'incendie. L'autre active l'alarme. Le troisième ouvre cette porte-ci », conclut-il en actionnant la télécommande.

Une élégante bibliothèque chinoise pivota, révélant un passage secret plongé dans la pénombre.

La victoire procura à Zovastina une sensation de bien-être.

Elle approcha d'un de ses gardes et lui emprunta son Makarov PM 9 mm.

Elle se retourna et abattit O'Conner d'une balle dans la tête.

« Je n'ai que faire d'une loyauté aussi superficielle. »

80

Les choses allaient mal et Vincenti en était conscient. Cependant, en faisant preuve de patience, de calme et de prudence, il pouvait s'en sortir. O'Conner gérerait la situation, comme toujours. Mais pour Karyn Walde et Grant Lyndsey, en revanche, c'était plus compliqué.

Karyn tournait comme un fauve en cage dans le laboratoire ; elle avait l'air de recouvrer ses forces, sous l'effet de l'angoisse.

« Il faut vous détendre, lui conseilla-t-il. Zovastina a besoin de moi. Elle ne peut pas se permettre de faire une bêtise. »

Vincenti savait que la ministre suprême se tiendrait tranquille à cause des antidotes et c'était précisément la raison pour laquelle il ne lui en avait jamais trop dit à leur sujet.

« Grant, sécurisez votre ordinateur. Protégez toutes les données à l'aide d'un mot de passe comme nous en sommes convenus. »

Lyndsey était encore plus angoissé que Karyn, cela crevait les yeux, mais alors que la jeune femme semblait mue par la colère, Lyndsey était pétrifié de terreur. Vincenti avait besoin que son collaborateur garde la tête froide. « Nous ne craignons rien ici, le rassura-t-il. Pas de panique.

– Elle m'en a voulu dès le départ. Devoir s'occuper de moi la répugnait, dit Karyn.

– Elle avait beau vous détester, elle avait besoin de vous et c'est toujours le cas. Utilisez ça à votre avantage. »

Lyndsey n'écoutait pas, occupé à tapoter sur un clavier d'ordinateur en marmonnant dans sa barbe, au comble de la panique.

« Calmez-vous tous les deux, s'emporta Vincenti. Nous ne savons même pas si elle est là.

– Nous sommes ici depuis un moment, remarqua Lyndsey. Que font ces troupes ici ? Qu'est-ce qui se passe, bon sang ? »

Bonnes questions. Mais Vincenti devait s'en remettre à O'Conner.

« La prisonnière qu'elle a emmenée l'autre jour, je suis sûr qu'elle n'a jamais passé la frontière de la Fédération. Je l'ai vu dans son regard : elle s'apprêtait à la tuer. Pour le plaisir. Elle s'apprête à massacrer des millions de personnes. Que représentons-nous pour elle ?

– Son salut », rétorqua Vincenti.

C'est ce qu'il espérait, du moins.

Stéphanie quitta la route principale pour s'engager sur une allée pavée bordée de hauts peupliers alignés comme des sentinelles. Ils n'avaient pas traîné, parcourant les cent cinquante kilomètres en moins de deux heures. Ely avait remarqué à quel point les déplacements avaient été améliorés ces dernières années, la qualité des routes et la construction de tunnels étant deux priorités pour la Fédération. Un nouveau réseau avait été creusé à travers les montagnes, ce qui avait énormément réduit les distances entre le nord et le sud du pays.

« Cet endroit a changé, dit-il. Cela fait deux ans que je ne suis pas venu. Il n'y avait qu'une route caillouteuse ici, à l'époque.

— Elle vient d'être goudronnée », confirma Stéphanie.

Une vallée fertile quadrillée de pâturages s'étendait au-delà des arbres jusqu'au pied de mornes collines de plus en plus hautes. Des bergers surveillaient leurs troupeaux de moutons et de chèvres. Des chevaux erraient en liberté. La route courait en ligne droite à travers les arbres en direction de l'est et d'une série de falaises argentées.

« Nous sommes venus ici en mission d'exploration, expliqua Ely. On y trouve beaucoup de *chids*, les constructions locales faites de pierre et de plâtre et surmontées d'un toit plat. Nous avons séjourné dans l'une de ces habitations. Il y avait un petit village dans cette vallée là-bas, mais il a disparu. »

Stéphanie n'avait pas eu d'autres nouvelles de Malone et n'osait pas le contacter. Elle ignorait tout de sa situation sauf qu'il s'était apparemment débrouillé pour compromettre Viktor en libérant Cassiopée. Voilà qui ne ferait plaisir ni à Edwin Davis ni au président Daniels, mais il était rare que les choses se passent comme prévu.

« Comment se fait-il que le paysage soit si verdoyant ? s'étonna Henrik. J'avais toujours imaginé que les montagnes du Pamir étaient arides et stériles.

— C'est le cas de la plupart des vallées, mais là où il y a de l'eau elles peuvent être assez belles. Comme un petit coin de Suisse. Le temps est sec ces temps-ci, les températures élevées. Bien plus que la normale dans cette région. »

Droit devant, à travers le fin écran d'arbres, Stéphanie aperçut une structure de pierre massive perchée sur un promontoire herbeux qui se détachait sur fond d'éperons rocheux sans la moindre trace de neige. Les lignes verticales de la maison rompues par des pignons pentus recouverts d'ardoise noire se détachaient sur le paysage ; les murs formaient une mosaïque de pierres plates dans diverses teintes de marron, d'argent et d'or. Des fenêtres à meneaux soulignées d'épaisses corniches perçaient symétriquement l'élégante façade et reflétaient le soleil de l'après-midi en rubans de lumière. La demeure comptait deux étages, quatre cheminées de pierre. Des échafaudages enveloppaient une aile du bâtiment qui rappelait à Stéphanie les nombreux manoirs qui parsemaient le nord de la ville d'Atlanta, dignes de figurer dans les pages du magazine *Architectural Digest*.

« Ça, c'est de la baraque, s'exclama-t-elle.

— Elle n'était pas là il y a deux ans, confirma Ely.

— On dirait que le nouveau propriétaire a les moyens », ajouta Thorvaldsen.

La demeure se dressait à un peu plus d'un kilomètre de là de l'autre côté d'une cuvette qui remontait progressivement vers le promontoire. Un portail métallique leur barrait le passage. Deux piliers en pierre aux allures de minarets compacts soutenaient une arche en fer forgé sur laquelle on pouvait lire le mot Attico.

« Grenier en italien, traduisit Thorvaldsen. Il semblerait que le propriétaire soit au diapason des autochtones.

— Les toponymes sont sacrés dans cette région du monde, expliqua Ely. C'est une des raisons pour lesquelles les Asiatiques détestaient les Soviétiques qui les avaient tous modifiés. Évidemment, dès que la Fédération a été créée, tout est rentré dans l'ordre. Cela a aussi contribué à la popularité de Zovastina. »

Stéphanie s'efforça de trouver un moyen de contacter la maison depuis le portail, un interphone ou une sonnette, mais en vain. Deux hommes sortirent de leur cachette derrière les minarets. Ils étaient jeunes, minces, vêtus de tenues de camouflage et armés de fusils AK-74. L'un les tint en respect tandis que l'autre ouvrait le portail.

« Intéressant comme accueil », dit Thorvaldsen.

L'un des gardes s'approcha de la voiture en lui faisant signe et en hurlant quelque chose dans une langue que Stéphanie ne comprenait pas.

Mais elle n'en avait pas besoin.

Elle savait parfaitement ce qu'il voulait.

Zovastina s'engouffra dans le passage secret. Elle avait refermé la porte grâce à la télécommande arrachée au cadavre de O'Conner. Une série d'ampoules reliées par des fils électriques étaient pendues à des supports métalliques à intervalle régulier. Au bout de dix mètres, l'étroit couloir débouchait sur une porte, métallique elle aussi.

Zovastina s'en approcha en tendant l'oreille.

Elle n'entendit pas un bruit.

Elle appuya sur la poignée.

La porte s'ouvrit.

Elle découvrit un escalier creusé dans la roche qui descendait en pente raide.

Impressionnant.

Son adversaire avait apparemment tout prévu.

Vincenti consulta sa montre. Il aurait déjà dû avoir des nouvelles de O'Conner. Le téléphone fixé au mur lui permettait de contacter directement l'étage. Il avait résisté à la tentation d'appeler car il ne voulait pas trahir sa présence. Cela faisait près de trois heures qu'ils étaient terrés dans leur cachette et il était affamé, même si les gargouillis de son estomac étaient davantage dus à l'angoisse qu'à la faim.

Il en avait profité pour sécuriser les données des deux ordinateurs du laboratoire. Il avait également achevé deux ou trois expériences auxquelles ils travaillaient avec Lyndsey pour s'assurer que les *archaea* pouvaient être conservées à température ambiante en toute sécurité, au moins pendant les quelques mois qui sépareraient leur production de leur mise en vente. Lyndsey avait pu soulager son angoisse en se concentrant sur les expériences, mais Karyn Walde était toujours aussi agitée.

« Débarrassez-vous de tout, ordonna-t-il à Lyndsey. Tous les liquides, les solutions de conservation, les échantillons. Ne laissez rien.

— Que faites-vous ? le questionna Karyn.

— Nous n'en avons pas besoin, répondit-il, coupant court à la conversation.

— Et mon traitement ? s'écria-t-elle en se levant de sa chaise. Vous m'en avez donné suffisamment ? Je suis guérie ?

— Nous le saurons demain ou après-demain.

— Et si ce n'est pas le cas ? Que se passera-t-il ?

— Pour quelqu'un qui agonisait, vous vous montrez

sacrément exigeante, rétorqua Vincenti avec un regard calculateur.

— Répondez. Suis-je guérie ? »

Il l'ignora pour se concentrer sur l'écran de l'ordinateur. En quelques clics de souris, il copia toutes les données sur une clé USB avant de lancer le cryptage du disque dur.

« C'est vous qui m'avez sollicitée. Vous aviez besoin de mon aide. Vous vouliez Zovastina. Vous m'avez redonné espoir. Ne me laissez pas dans l'incertitude. »

Cette femme allait peut-être lui causer plus d'ennuis qu'autre chose, mais il décida de se montrer conciliant. « Nous pouvons en fabriquer davantage, dit-il calmement. C'est facile. Et si besoin est, nous pouvons vous emmener là où vit la bactérie et vous laisser en absorber. C'est tout aussi efficace. »

Mais les mots rassurants de Vincenti ne semblèrent pas la satisfaire.

« Espèce de salaud ! Menteur ! Je n'arrive pas à croire que je me sois laissé embarquer dans cette galère. »

Lui non plus, mais il était trop tard maintenant.

« Vous avez fini, Lyndsey ? »

Son collaborateur fit oui de la tête.

Un bris de verre attira l'attention de Vincenti. Il eut juste le temps de voir Karyn qui se jetait sur lui, les restes d'un ballon brisé à la main. Elle plaqua son arme improvisée sur le ventre de Vincenti en lui lançant un regard ardent. « Il faut que je sache. Suis-je guérie ?

— Répondez-lui », ordonna une voix.

Vincenti se retourna vers la sortie du laboratoire.

Irina Zovastina était debout devant la porte, pistolet au poing. « Est-elle guérie, Enrico ? »

81

Malone aperçut une maison à environ trois kilomètres de distance. Viktor les avait conduits jusqu'ici depuis le nord après un détour vers l'est le long de la frontière chinoise. Il estima la surface de la maison à environ trois mille cinq cents mètres carrés répartis sur trois niveaux. Ils se trouvaient derrière la bâtisse ; le devant donnait sur une vallée encerclée par des montagnes sur trois côtés. La bâtisse semblait avoir été intentionnellement placée sur un monticule rocheux et plat qui dominait la vaste plaine. Des échafaudages certainement destinés à des maçons entouraient une aile de la maison. Malone remarqua aussi un tas de sable et une bétonneuse. Derrière le promontoire, on montait une clôture métallique ; certains poteaux étaient déjà debout, d'autres s'entassaient non loin de là. Aucun ouvrier ni aucun garde en vue. Il n'y avait pas âme qui vive.

Un garage aux portes closes capable d'accueillir six véhicules flanquait la maison. Un jardin s'étendait entre une terrasse et un verger qui courait jusqu'au pied de l'un des éperons rocheux. Les arbres étaient couverts de pousses toutes neuves d'un vert éclatant.

« À qui appartient cette demeure ? voulut savoir Malone.

– Je l'ignore. La dernière fois que je suis venu ici il y a deux ou trois ans peut-être, elle n'existait pas, indiqua Viktor.

– Nous sommes au bon endroit ? s'interrogea Cassiopée.

– C'est Arima, oui.

– C'est le calme plat là-bas.

– Les montagnes nous ont permis d'arriver sans nous faire remarquer. Il n'y a rien sur le radar. Nous sommes seuls. »

Malone aperçut un sentier qui traversait un bosquet d'arbres touffus avant de grimper à l'assaut de la pente rocailleuse et de disparaître dans une crevasse sombre. Il vit aussi ce qui ressemblait à un câble électrique qui courait le long du terrain caillouteux parallèle au sentier, solidement attaché par terre. « Cette montagne intéresse quelqu'un, on dirait.

– Moi aussi, je l'ai remarqué, dit Cassiopée.

– Il faut découvrir à qui appartient cette propriété. Mais nous devons aussi nous préparer, déclara Malone toujours en possession de l'arme avec laquelle il était venu même s'il avait déjà utilisé quelques balles. Vous avez des armes à bord ?

– Dans le casier, à l'arrière.

– Cassiopée, prenez-en une pour chacun », ordonna Malone.

Zovastina s'amusa du choc ressenti à la fois par Lyndsey et Vincenti. « Vous me croyiez à ce point stupide ?

– Va au diable, Irina, s'écria Karyn.

— Ça suffit », s'emporta-t-elle en la menaçant de son pistolet.

Karyn hésita avant d'aller se réfugier près d'une table au fond de la pièce. « Je vous avais mis en garde contre les Américains, s'indigna Zovastina en se tournant vers Vincenti. Je vous avais dit qu'ils vous surveillaient. Et c'est comme ça que vous me montrez votre gratitude ?

— Vous comptez me faire avaler ça ? S'il n'y avait pas les antidotes, vous m'auriez liquidé depuis longtemps.

— Votre Ligue et vous cherchiez un refuge. Je vous l'ai procuré. Vous vouliez la liberté financière, vous l'avez. Vous vouliez des terres, des marchés, des moyens de blanchir votre argent sale. Je vous ai procuré tout ça. Mais cela ne suffisait pas, n'est-ce pas ? »

Vincenti la dévisageait en s'efforçant de maîtriser ses émotions.

« Apparemment, vous avez d'autres projets. Projets dont, j'imagine, même la Ligue n'est pas au courant. Projets dans lesquels Karyn est partie prenante. » Zovastina savait pertinemment que Vincenti ne confirmerait jamais ces allégations, mais elle ne pouvait en dire autant de Lyndsey. Elle décida donc de se concentrer sur lui. « Et vous êtes mêlé à toute cette affaire, vous aussi ? » lui demanda-t-elle.

Le chercheur la regarda sans cacher sa terreur.

« Sors d'ici, Irina ! s'écria Karyn. Laisse-le tranquille, laisse-les tranquilles tous les deux. Ils accomplissent de grandes choses.

— De grandes choses ? s'écria-t-elle, perplexe.

— Il m'a guérie, Irina. Ce n'est pas toi qui l'as fait, mais lui. Il m'a guérie. »

Intriguée, Zovastina sentait que Karyn pourrait lui

fournir les informations qui lui faisaient défaut. « Le VIH est incurable.

— Voilà ton problème, Irina, dit Karyn en éclatant de rire. Tu es persuadée que rien n'est possible sans toi. Tel le grand héros Achille, tu t'es lancée dans une quête pour sauver ta bien-aimée. C'est toi tout craché. Tu vis dans un monde imaginaire qui n'existe que dans ta tête. »

La nuque de Zovastina se raidit et elle agrippa la crosse de son pistolet.

« Je ne suis pas une héroïne de fiction, je suis bien réelle, s'indigna Karyn. Tout ça n'a rien à voir ni avec Homère ni avec les Grecs ni avec Alexandre. C'est une histoire de vie et de mort. Mon histoire. Et cet homme m'a guérie, s'écria-t-elle en agrippant le bras de Vincenti.

— Quelles inepties lui avez-vous racontées, Vincenti ?

— Inepties ? Il a découvert un traitement. Je ne me suis pas sentie aussi bien depuis des années et il a suffi d'une dose. »

Qu'avait donc découvert Vincenti ?

« Tu ne comprends donc pas, Irina ? Toi, tu n'as rien fait. C'est lui qui a tout fait. Il a vaincu cette maladie.

— As-tu seulement idée de ce que j'ai fait pour essayer de te sauver ? Des risques que j'ai pris ? Tu es venue vers moi car tu avais besoin d'aide et je t'ai aidée, dit-elle en dévisageant Karyn, véritable boule d'énergie, tiraillée par ses émotions.

— Tu n'as rien fait pour moi, tu ne pensais qu'à toi. Tu m'as regardée souffrir, tu voulais que je meure...

— La médecine moderne n'avait rien à proposer. J'essayais de découvrir quelque chose qui pourrait marcher. Sale ingrate.

— Tu ne comprends pas, n'est-ce pas ? Tu n'as jamais rien compris. Je n'étais qu'un objet pour toi, Irina.

Quelque chose que tu pouvais contrôler. C'est pour ça que je t'ai trompée avec d'autres femmes et des hommes aussi. Pour te prouver que l'on ne pouvait pas me dominer. Tu ne l'as jamais compris et c'est toujours le cas. »

Zovastina sentit la révolte lui serrer le cœur et pourtant Karyn avait raison. « Vous avez découvert un traitement contre le sida, Vincenti ? »

Il la fusilla du regard sans répondre.

« Répondez ! hurla-t-elle. Avez-vous trouvé la potion d'Alexandre ? Le refuge des Scythes ?

— Je ne vois pas du tout de quoi vous voulez parler. Je ne sais rien d'Alexandre, des Scythes ni d'aucune potion, mais Karyn a raison. Il y a des années de cela, j'ai découvert un remède dans la montagne derrière la propriété. Un guérisseur de la région m'a indiqué cet endroit appelé Arima dans sa langue, le grenier. J'ai découvert une substance naturelle qui peut faire notre fortune à tous.

— C'est cela que vous voulez ? Devenir encore plus riche ?

— Irina, votre ambition nous mènera tous à notre perte.

— Voilà pourquoi vous avez essayé de me faire liquider. Pour m'empêcher d'agir. Pourtant vous m'avez avertie du danger. Vous vous êtes dégonflé ?

— J'avais trouvé un meilleur moyen. »

Zovastina repensa à ce qu'Edwin Davis lui avait raconté et comprit qu'il avait raison. « Vous alliez vous servir d'elle pour me discréditer, c'est ça ? Pour monter le peuple contre moi ? D'abord, vous alliez la guérir avant de vous servir d'elle. Et après, Enrico ? Vous l'auriez tuée ?

— Tu ne m'as pas entendue ? Il m'a sauvée », s'écria Karyn.

Zovastina n'éprouvait plus aucun sentiment désormais.

Reprendre Karyn avait été une erreur. Elle avait pris des risques stupides pour elle.

Et tout ça pour rien.

« Si les habitants de cette satanée Fédération savaient ce que tu es vraiment, personne ne te soutiendrait, Irina. Tu es un imposteur. Un assassin et un imposteur. Tu n'aimes qu'une chose : faire souffrir. La souffrance des autres, voilà ton plaisir. Oui, je voulais te détruire. Je voulais que tu te sentes aussi minable que moi. »

Karyn était la seule personne devant laquelle Zovastina se soit mise à nu ; elle ne s'était jamais sentie aussi proche d'aucun autre être humain. Homère avait raison : « L'insensé seul ne reconnaît que ce qui est accompli. »

Elle lui tira donc une balle dans la poitrine.

Puis une autre dans la tête.

Vincenti attendait la réaction de Zovastina. Il cachait toujours la clé USB dans sa main gauche posée sur la table tandis que, de la main droite, il ouvrait lentement le tiroir du haut.

Le pistolet qu'il avait apporté avec lui y était dissimulé.

Zovastina tira une troisième fois sur Karyn Walde.

Vincenti agrippa le pistolet.

La colère de Zovastina était décuplée par chaque nouveau coup de feu. Les balles déchirèrent le corps émacié de Karyn et allèrent ricocher sur le mur de parpaings derrière elle. Son ancienne maîtresse n'eut pas le temps de se rendre compte de ce qui arrivait ; elle mourut rapidement, son corps contorsionné par terre se vidant de son sang.

Grant Lyndsey était resté silencieux pendant leur dispute. Ce type n'était rien. Un faible. Inutile de s'occuper de lui, pensa Irina Zovastina. Vincenti, en revanche, c'était différent. Il n'allait pas baisser les bras sans se battre et se rendait certainement compte qu'il était sur le point de mourir.

Zovastina braqua donc son pistolet vers lui.

La main droite de Vincenti apparut, serrée sur la crosse d'un pistolet.

Elle tira quatre balles, vidant le chargeur.

Des roses de sang vinrent fleurir sur la chemise de Vincenti.

Ses yeux roulèrent dans leurs orbites et il s'effondra comme une masse, lâchant son arme qui glissa bruyamment sur le sol.

Deux problèmes en moins.

Elle approcha de Lyndsey et pointa le pistolet vide sur son visage. Il lui lança un regard horrifié. Peu importait que le chargeur fût vide. L'arme à elle seule suffirait à le convaincre.

« Je vous avais pourtant prévenu de rester en Chine, Lyndsey », lui rappela Zovastina.

82

Stéphanie, Henrik et Ely étaient retenus dans la maison de Vincenti. On les avait conduits du portail au manoir et leur voiture avait été remisée dans un garage séparé. Neuf soldats de l'infanterie gardaient l'intérieur de la demeure. Il n'y avait aucun domestique en vue. Ils étaient retenus dans ce qui ressemblait à une bibliothèque, pièce spacieuse meublée avec élégance dont les hautes fenêtres offraient un point de vue panoramique sur la vallée luxuriante au-dehors. Trois hommes aux cheveux noirs coupés en brosse et armés d'AK-74 se tenaient au garde-à-vous, l'un près de la fenêtre, l'autre devant la porte et le dernier à côté d'une bibliothèque chinoise. Un cadavre était étendu par terre. Un Blanc, d'âge moyen, américain peut-être, abattu d'une balle dans la tête.

« Tout ça ne me dit rien qui vaille, murmura Stéphanie.

– Ça ne sent pas très bon en effet », renchérit Henrik.

Ely avait l'air calme. Mais il vivait sous la menace depuis plusieurs mois déjà et ne devait pas encore bien comprendre ce qui se passait même s'il était prêt à croire Henrik sur parole. Et il faisait encore plus confiance à Cassiopée dont il savait qu'elle se trouvait dans les parages. De toute évidence, Ely était amoureux d'elle, mais leurs retrouvailles allaient devoir attendre. Stéphanie espérait que Malone s'était montré plus prudent qu'elle. Son téléphone était resté dans sa poche. Curieusement, bien qu'elle eût été fouillée, les soldats lui avaient permis de le garder.

Elle entendit un déclic.

Elle se retourna et vit la bibliothèque pivoter vers l'intérieur, s'arrêter à mi-chemin pour dévoiler un passage. Un homme petit et malingre à la calvitie naissante et l'air inquiet émergea des ténèbres, suivi d'Irina Zovastina, arme au poing. Le garde se tint à distance respectueuse de la ministre suprême et se retira près de la fenêtre. Zovastina actionna une télécommande et la bibliothèque se referma. Elle jeta ensuite l'appareil sur le cadavre étendu par terre.

Elle remit son pistolet à l'un des gardes en échange de son fusil AK-74. Elle marcha droit vers Thorvaldsen et lui enfonça la crosse du fusil dans l'estomac. Le souffle coupé, le vieil homme se recroquevilla sur lui-même, main sur l'estomac.

Stéphanie et Ely firent mine de lui porter secours, mais les gardes les tinrent en respect avec leurs fusils.

« Au lieu de vous rappeler comme vous me l'avez suggéré tout à l'heure, j'ai décidé de venir en personne, annonça Zovastina.

— Ravi de savoir... que je vous ai fait... si forte impression... balbutia Henrik en s'efforçant de reprendre son souffle et en se redressant malgré la douleur.

— Qui êtes-vous ? » demanda la ministre suprême à Stéphanie.

Celle-ci se présenta et ajouta :

« Je travaille pour le ministère de la Justice des États-Unis.

– Malone fait partie de votre équipe ?
– En effet, mentit Stéphanie.
– Que vous ont raconté ces espions, Ely ?
– Que vous êtes une menteuse. Que vous me reteniez contre ma volonté sans même que je le sache. » Il observa une pause, peut-être pour rassembler tout son courage. « Que vous vous apprêtez à déclencher une guerre. »

Zovastina était en colère après elle-même. Elle avait laissé ses émotions la dominer. Tuer Vincenti avait été nécessaire, mais Karyn ? Elle regrettait de l'avoir fait même si elle n'avait pas eu le choix. Il le fallait. Un traitement contre le sida ? Comment était-ce possible ? Essayaient-ils de se jouer d'elle ? Ou simplement de l'induire en erreur ? Vincenti préparait quelque chose depuis un moment, elle le savait. C'est pour cela qu'elle avait recruté ses propres espions, dont Kamil Revin, qui la tenaient informée.
« Vous aviez peut-être une longueur d'avance sur moi à Venise, mais ce n'est plus le cas aujourd'hui, assura-t-elle à ses trois prisonniers. Venez ici, Lyndsey », ordonna-t-elle en agitant son fusil.
Le chercheur resta cloué sur place, regard braqué sur le fusil. Au signal de Zovastina, un garde poussa Lyndsey vers elle. Il trébucha, tomba par terre et essaya de se relever en s'agenouillant, mais elle l'en empêcha en lui posant doucement le canon du fusil entre les deux yeux. « Expliquez-moi exactement ce qui se passe ici. Vous avez jusqu'à trois. Un. »
Silence.

« Deux. »
Silence.
« Trois. »

Le mauvais pressentiment de Malone n'allait pas en s'arrangeant. Ils survolaient toujours les environs de la maison en se cachant derrière les montagnes. Il n'y avait toujours aucun signe d'activité ni à l'intérieur ni à l'extérieur. Cette propriété avait sans aucun doute dû coûter des dizaines de millions de dollars à son propriétaire. Elle était située dans une région du monde où, à l'exception de Zovastina en personne peut-être, les gens qui pouvaient se permettre ce genre de luxe ne couraient pas les rues.

« Il faut qu'on aille explorer cet endroit », dit Malone.

Ils survolèrent de nouveau le sentier qui grimpait le long de la montagne aride et le câble fixé au sol. La chaleur de l'après-midi dessinait des vagues ondoyantes sur la paroi rocheuse. Malone repensa à l'énigme de Ptolémée : « Gravis les murs érigés par la main de Dieu. Quand tu auras atteint le grenier, plonge le regard dans l'œil fauve et lance-toi à la découverte du lointain refuge. »

Les murs érigés par la main de Dieu.

Les montagnes !

Il décida qu'ils ne pouvaient continuer leur survol de la propriété.

Aussi ôta-t-il son casque radio pour prendre son téléphone.

L'homme agenouillé à terre fut pris d'un sanglot incontrôlable tandis que Zovastina comptait jusqu'à trois.

« Oh, mon Dieu ! je vous en prie. Ne me tuez pas, implora-t-il.

— Dites-moi ce que je veux savoir, rétorqua Zovastina qui le menaçait toujours de son arme.

— Vincenti disait vrai au laboratoire. Elles vivent dans les montagnes derrière la propriété, en haut du sentier. Dans un bassin d'eau verte. Il a fait électrifier la zone. Il les a découvertes il y a longtemps, balbutia-t-il, les mots se bousculant dans sa bouche dans le délire des aveux. Il m'a tout raconté. Je l'ai aidé à les modifier. Je sais comment elles fonctionnent.

— De quoi parlez-vous ? le questionna Zovastina calmement.

— Des bactéries. Des *archaea*. Une forme de vie unique, dit-il sur un autre ton, comme s'il sentait qu'il venait de trouver une nouvelle alliée. Elles dévorent les virus, les détruisent sans nous faire de mal. C'est pour cela que nous avons mené tous ces essais cliniques. Pour voir comment elles se comportent face à vos virus. »

Zovastina eut l'air de réfléchir à ce qu'elle était en train d'entendre. Stéphanie releva l'allusion à Vincenti et se demanda si la demeure lui appartenait.

« Lyndsey, vous dites n'importe quoi. Je n'ai pas le temps...

— Vincenti vous a menti au sujet des antidotes. »

Elle tendit l'oreille.

« Vous pensiez qu'il y en avait un pour chaque zoonose. Ce n'était pas vrai. Il n'y en avait qu'un seul. Là-bas derrière, indiqua-t-il en désignant l'arrière de la maison. Les bactéries qui vivent dans un bassin d'eau verte. C'étaient elles les antidotes à tous les virus que nous avons trouvés. Il vous a menti, vous a laissée croire qu'il existait de multiples contre-mesures. Mais ce n'était pas le cas. Il n'y en avait qu'une.

— Si Vincenti m'a menti, vous aussi », s'exclama-t-elle en appuyant le canon du fusil un peu plus fort sur son front.

La sonnerie du téléphone de Stéphanie résonna dans sa poche.

« Monsieur Malone. Enfin, dit Zovastina. Répondez », ordonna-t-elle en menaçant Stéphanie qui hésitait.

Zovastina braqua son arme sur Thorvaldsen. « Il ne m'est d'aucune utilité, si ce n'est de vous forcer à répondre. »

Stéphanie décrocha son téléphone. Zovastina s'approcha pour écouter.

« Où êtes-vous ? » voulut savoir Malone.

Zovastina fit non de la tête.

« Nous ne sommes pas encore arrivés, mentit Stéphanie.

— Dans combien de temps serez-vous là ?

— Une demi-heure. C'est plus loin que je ne le pensais. »

Zovastina approuva d'un hochement de tête.

« Nous sommes arrivés, poursuivit Malone. C'est une des plus grosses baraques que j'aie jamais vues, surtout dans un bled pareil. Elle a l'air déserte. Il y a une allée pavée sur un peu plus d'un kilomètre et demi qui mène de la route principale à la maison. On fait du surplace à quelques kilomètres derrière le manoir. Est-ce qu'Ely a un complément d'information à nous fournir ? Un sentier grimpe dans la montagne jusqu'à une crevasse. On devrait aller voir ?

— Je vais lui demander. »

Zovastina hocha de nouveau la tête.

« Il trouve que c'est une bonne idée.

– On va aller jeter un coup d'œil. Appelez-moi dès que vous arrivez. »

Stéphanie raccrocha et Zovastina lui confisqua le téléphone. « Maintenant, nous allons voir ce que savent vraiment Cotton Malone et Cassiopée Vitt. »

83

Cassiopée trouva trois pistolets dans le casier. Des Makarov. Ces armes de fabrication russe étaient un peu plus courtaudes que les Beretta de base de l'armée, mais assez efficaces.

L'hélicoptère amorça sa descente et Cassiopée vit le sol se rapprocher à vive allure par les fenêtres. Malone parlait à Stéphanie au téléphone. Ses trois amis n'étaient apparemment pas encore arrivés. Elle avait envie de voir Ely. Très envie. Pour s'assurer qu'il allait bien. Elle l'avait pleuré, mais n'avait pas complètement fait son deuil doutant toujours, espérant toujours. Maintenant, c'était fini. Elle avait eu raison de poursuivre sa quête des décadrachmes de Poros. Raison de se concentrer sur Irina Zovastina. Raison de tuer ces hommes à Venise. Même si elle s'était trompée sur le compte de Viktor, elle n'éprouvait aucun remords d'avoir liquidé son partenaire. C'était Zovastina, pas elle, qui avait déclaré les hostilités.

L'hélicoptère atterrit et la turbine ralentit. Le bruit des moteurs fut remplacé par un silence irréel. Cassiopée ouvrit la porte du compartiment. Malone et Viktor se préparèrent à descendre de l'appareil. Le temps était sec cet après-midi-là, le soleil bienvenu, l'air chaud. Elle vérifia sa montre : quinze heures vingt-cinq. La journée avait été longue et ils n'étaient pas encore au bout de leurs peines. Elle n'avait dormi que quelques heures dans l'avion qui la ramenait de Venise avec Zovastina, et d'un sommeil agité.

Elle tendit une arme à chacun de ses compagnons.

Malone jeta son autre pistolet dans l'hélicoptère et fourra l'arme dans sa ceinture, aussitôt imité par Viktor.

Ils se trouvaient à environ cent cinquante mètres derrière la maison, à l'abri du bosquet d'arbres. Le sentier qui grimpait dans la montagne se trouvait à leur droite. Malone se pencha pour toucher l'épais câble électrique qui courait à côté. « On entend un bourdonnement. Quelqu'un tient absolument à avoir l'électricité là-haut, dit-il.

– Qu'est-ce qu'il y a là-haut ? le questionna Viktor.

– Ce que votre ancienne patronne cherche depuis un moment peut-être. »

Stéphanie vérifia comment allait Henrik pendant que Zovastina ordonnait à deux des soldats de descendre au laboratoire.

« Vous allez bien ?

– J'ai connu pire. »

Stéphanie était sceptique. Son ami avait plus de soixante ans, une scoliose et on ne pouvait pas dire qu'il était dans une forme éblouissante.

« Vous ne devriez pas les écouter, Ely, conseilla Zovastina.

– Pourquoi pas ? Après tout, c'est vous qui nous

menacez tous de votre arme, vous qui frappez un vieil homme. Vous voulez essayer avec moi ?

– Un chercheur qui aime la bagarre ? gloussa Zovastina. Non, mon cher, inutile de nous battre. J'ai besoin de votre aide.

– Alors arrêtez tout ça, laissez-les partir et je vous aiderai.

– J'aimerais que ce soit si simple.

– Elle a raison, ça ne peut pas être aussi simple que ça, remarqua Thorvaldsen. Pas quand elle prépare une guerre biologique. Elle se prend pour l'Alexandre le Grand des temps modernes. Elle est prête à faire des millions de victimes pour reconquérir les mêmes territoires que lui, et d'autres encore.

– Ne vous moquez pas de moi, l'avertit Zovastina.

– Je vous parlerai sur le ton qui me plaît », rétorqua Henrik, imperturbable.

Zovastina le menaça de son fusil d'assaut.

Ely s'interposa. « Si vous voulez trouver cette tombe, baissez votre arme », dit-il.

Stéphanie se demandait si ce despote convoitait suffisamment cette tombe millénaire pour accepter pareil défi devant l'un de ses hommes.

« Au fil des minutes, vous m'êtes de moins en moins utile.

– Cette tombe pourrait fort bien se trouver dans les parages », lui dit Ely.

Stéphanie trouvait la détermination du jeune homme admirable. Il agitait un morceau de viande sous le nez d'un fauve en liberté en espérant que la faim surpasserait chez lui le désir instinctif d'attaquer. Et apparemment, il avait deviné juste.

La ministre suprême baissa son arme.

Les deux soldats remontèrent du laboratoire les bras chargés d'une unité centrale d'ordinateur chacun.

« Tout est là, assura Lyndsey. Les expériences, les données, la méthodologie de travail avec les *archaea*. Tout est crypté, mais je peux y remédier. Nous étions les seuls, Vincenti et moi, à connaître les mots de passe. Il me faisait confiance et m'a tout révélé.

– Certains experts sont capables de décrypter n'importe quoi. Je n'ai pas besoin de vous.

– Mais ce sera long de reproduire les conditions chimiques nécessaires au travail avec les bactéries. Nous y avons travaillé pendant ces trois dernières années avec Vincenti. Le temps vous est compté. Vous risquez de ne pas disposer des antidotes quand vous en aurez besoin. »

Ce lâche se servait de la seule monnaie d'échange dont il disposait.

Zovastina aboya un ordre dans une langue inconnue et les deux soldats chargés des unités centrales quittèrent la pièce. Elle fit ensuite signe à ses prisonniers de les suivre.

Ils longèrent le couloir jusqu'au vestibule du manoir avant de gagner l'arrière de la maison. Un autre soldat apparut à qui Zovastina posa une question dans une langue qui ressemblait à du russe. L'homme hocha la tête en désignant une porte fermée.

Ils durent s'arrêter puis on les poussa tous les quatre dans un réduit avant de verrouiller la porte.

Le placard lambrissé de planches de bois brut mesurait environ deux mètres cinquante sur trois. Une odeur d'antiseptique flottait.

« Je peux vous aider, laissez-moi sortir, hurla Lyndsey en donnant des coups de poing sur la porte.

– Fermez-la ! » s'écria Stéphanie.

Lyndsey se tut.

Stéphanie réfléchit à leur situation, les idées se bousculant dans sa tête. Zovastina avait l'air pressée. Préoccupée.

La porte se rouvrit.

« Dieu merci, s'exclama Lyndsey en découvrant Zovastina toujours armée de son fusil d'assaut. Pourquoi faites-vous...

— Je suis d'accord avec mademoiselle Nelle, fermez-la ! Il faut que je sache, Ely : s'agit-il de l'endroit auquel l'énigme fait allusion ? »

Le jeune homme ne répondit pas immédiatement et Stéphanie n'arrivait pas à savoir si c'était du courage ou de l'inconscience qui le poussait à faire preuve d'une telle obstination. « Comment le saurais-je ? J'étais enfermé dans une cabane.

— Vous êtes venu directement ici.

— Qu'est-ce qui vous fait dire ça ? »

Mais Stéphanie connaissait la réponse. Les pièces du puzzle se mettaient lentement en place et le pire lui apparut clairement. On s'était joué d'eux. « Vous avez ordonné au garde de crever les pneus de notre voiture. Vous vouliez que nous nous servions de la sienne. Elle est équipée d'un dispositif de surveillance.

— C'est ce que j'ai trouvé de plus simple pour vérifier ce que vous saviez. Le système de surveillance électronique que j'avais fait installer aux environs de la cabane m'a avertie de votre présence là-bas.

— Le garde ignorait tout ça, dit Stéphanie en pensant à l'homme qu'elle avait tué.

— Il a fait son travail. C'est sa faute si vous avez réussi à le maîtriser.

— Mais je l'ai tué, s'emporta Stéphanie.

— Détail sans importance.

– Sa mort aurait pu être évitée.

– Voilà votre problème, le problème de l'Occident : vous êtes incapables de prendre les mesures qui s'imposent. »

Stéphanie savait désormais que leur situation était bien plus grave qu'elle ne l'avait imaginée et elle comprit soudain que Malone et Cassiopée couraient eux aussi un grave danger. Elle vit qu'Henrik devinait ses sombres pensées.

Plusieurs soldats passèrent derrière Zovastina les bras chargés d'un appareil bizarre. Ils en déposèrent un sur le sol près de la ministre suprême. Il était équipé d'un embout et de roulettes.

« La maison est grande. Il va nous falloir un moment pour tout préparer.

– Préparer quoi ? demanda Stéphanie

– L'incendie, intervint Thorvaldsen.

– Exactement. Pendant ce temps, je vais rendre une petite visite à monsieur Malone et mademoiselle Vitt. Ne bougez pas », dit Zovastina en claquant la porte.

84

Malone ouvrait la voie le long de la pente ; il remarqua que par endroits, des marches avaient récemment été creusées à même la roche. Cassiopée et Viktor le suivaient en surveillant leurs arrières. Au loin, le calme semblait régner au manoir et l'énigme de Ptolémée obsédait Malone. « Gravis les murs érigés par la main de Dieu. » Cela concordait tout à fait même si l'ascension au temps de Ptolémée avait dû être bien différente.

Ils atteignirent une saillie.

Le câble électrique serpentait le long d'une crevasse sombre qui venait percer la paroi rocheuse. Elle était étroite, mais ils pourraient s'y faufiler.

« Quand tu auras atteint le grenier », continuait l'énigme.

Il s'engouffra dans le passage.

Ses yeux n'étaient pas accoutumés à la lumière qui baissait et il leur fallut quelques secondes pour s'adapter. Le sentier ne mesurait pas plus de six mètres de long, et Malone se servit du câble électrique pour se guider. Le couloir débouchait sur une grotte plus large. À la faible lumière ambiante, il constata que le câble électrique bifurquait vers la gauche pour se connecter à une boîte de dérivation dont il s'approcha. Il découvrit quatre lampes torches entassées par terre. Il en alluma une pour balayer les murs de la grotte.

Elle mesurait environ neuf mètres de long, au moins autant de large et environ six mètres de hauteur. Il remarqua deux bassins à quelques mètres de distance l'un de l'autre.

Malone entendit un déclic et la lumière d'une ampoule à incandescence inonda la grotte.

En se retournant, il vit Viktor près de la boîte de dérivation. « J'aime bien jeter un coup d'œil avant d'agir, dit-il en éteignant sa torche.

— Depuis quand ? ironisa Cassiopée.

— Regardez », s'écria Viktor en désignant les bassins.

Ils étaient éclairés par des lampes alimentées par des câbles électriques qui couraient sur le sol. Celui de droite était ovale et de couleur ambrée. L'autre était d'un vert phosphorescent.

« Plonge le regard dans l'œil fauve », récita Malone.

En s'approchant de l'autre bassin, il s'aperçut que l'eau était transparente comme celle d'une piscine et que c'était la couleur des pierres au-dessous qui lui donnait cette teinte ambrée. Il se baissa et Cassiopée l'imita. Il mit la main dans l'eau. « Elle est chaude, mais pas trop. Même température que dans un Jacuzzi. Elle doit être alimentée par une source thermale. Ces montagnes sont encore jeunes.

— Elle n'a pas de goût, dit Cassiopée en portant ses doigts humides à la bouche.

— Regardez au fond. »

Cassiopée découvrit ce que Malone venait de remarquer. À quelques mètres sous la surface de l'eau cristalline, gravée dans une dalle posée à plat, elle lut la lettre Z.

Malone s'approcha du bassin vert, Cassiopée sur les talons. L'eau y était transparente là aussi, colorée par la pierre. Au fond, ils découvrirent la lettre H.

« Les mêmes que sur le médaillon. ZH. La vie.

— Nous sommes au bon endroit, on dirait. »

Viktor était resté près de la boîte de dérivation et ne semblait pas tellement concerné par leur découverte. Mais ce n'était pas tout. Désormais, Malone savait ce que signifiait la dernière phrase de l'énigme.

« Et lance-toi à la découverte du lointain refuge. »

« Vous vous rappelez l'étrange symbole gravé sur le médaillon et inscrit au bas du manuscrit découvert par Ely ? » s'écria Malone en retournant près du bassin d'eau ambrée. Il dessina le symbole dans la terre sablonneuse.

« Je n'arrivais pas à déterminer s'il s'agissait de lettres. Il ressemblait à deux B accolés à un A. Maintenant, je sais exactement ce dont il s'agit. Vous voyez cette ouverture-là ? Elle vous rappelle quelque chose ? » demanda-t-il en désignant la paroi rocheuse à environ deux mètres au-dessous de la surface du bassin d'eau ambrée.

Cassiopée se tourna vers l'endroit qu'il désignait et, en effet, l'ouverture ressemblait au symbole en question. « Vous avez raison.

— "Quand tu auras atteint le grenier, plonge le regard dans l'œil fauve et lance-toi à la découverte du lointain refuge." Vous savez ce que ça signifie ?

— Non, Malone. Expliquez-le-nous », ordonna une voix.

Malone se retourna et vit Irina Zovastina devant l'entrée de la grotte.

Stéphanie se blottit contre la porte et s'efforça d'entendre ce qui se passait derrière. Elle entendit le gémissement d'un moteur électrique qui démarrait, s'arrêtait puis un coup contre la porte. Après une hésitation, le bourdonnement recommença.

« Les robots font le va-et-vient, ils répandent le liquide inflammable avant d'exploser et de tout incendier », expliqua Thorvaldsen.

Stéphanie remarqua une odeur écœurante et sucrée, plus forte au bas de la porte. « Du feu grégeois ?

— Ta découverte, Ely, remarqua Thorvaldsen.

— Cette sale garce va tous nous faire griller, s'écria Lyndsey. Nous sommes coincés ici.

— Pas possible ! maugréa Stéphanie.

— Elle s'en est déjà servie pour tuer quelqu'un ? voulut savoir Ely.

— Pas que je sache. Nous aurons peut-être l'honneur d'être les premiers. Cela dit, Cassiopée s'en est servie à son avantage à Venise. Elle a tué trois hommes, ajouta Henrik après une hésitation.

— Pourquoi ?

— Pour te venger. »

La perplexité envahit le visage aimable du jeune homme.

« Elle était blessée, furieuse. Quand elle a découvert que Zovastina était derrière tout ça, il était impossible de l'arrêter. »

Stéphanie examina la porte : gonds en acier en haut et en bas. Des écrous maintenaient les goujons en place et il n'y avait pas de tournevis en vue. Elle cogna contre la porte. « Cette horreur appartient à Vincenti ? demanda-t-elle à Lyndsey.

– Appartenait. Zovastina l'a tué.

– Elle affermit son pouvoir, on dirait, commenta Henrik.

– Elle est stupide. Les enjeux sont tellement plus importants ! J'aurais pu tout avoir. La poule aux œufs d'or, bon sang. Il me l'a offerte.

– Vincenti ? »

Lyndsey hocha la tête.

« Vous ne comprenez donc pas ? s'emporta Stéphanie. Zovastina a les ordinateurs contenant les données. Elle dispose des virus. Et vous lui avez même dit qu'il existe un seul antidote et où le trouver. Vous ne lui êtes d'aucune utilité.

– Mais elle a besoin de moi, lâcha Lyndsey. Elle est au courant.

– Au courant de quoi ? s'écria Stéphanie à bout de patience.

– Que ces bactéries ont le pouvoir de guérir le sida. »

85

Viktor reconnut la voix si particulière de Zovastina. Combien de fois lui avait-elle donné des ordres de ce ton cassant ? Il était resté près de l'entrée de la grotte, à l'écart de Malone et de Vitt, se contentant d'écouter. Zovastina ne le voyait pas non plus car elle n'était pas encore entrée dans la grotte inondée de lumière et restait dans le passage obscur.

Malone, Vitt et Zovastina s'observaient sans que ses deux complices trahissent sa présence. Lentement, il approcha de l'entrée. Il agrippa fermement son pistolet de la main droite et attendit que Zovastina entre pour lui braquer l'arme sur la tête.

Elle s'arrêta.

« Mon traître. Je me demandais où vous étiez. »

Viktor remarqua que la ministre n'était pas armée.

« Vous allez me tuer ?

— Si vous m'y poussez.

— Je ne suis pas armée. »

Ce détail l'inquiétait et un rapide coup d'œil vers Malone confirma qu'il partageait ce sentiment.

« Je vais vérifier, proposa Cassiopée en rejoignant la ministre.

— Vous allez regretter de m'avoir attaquée.

— Je serais ravie de vous donner l'occasion de vous venger.

— Je doute que monsieur Malone ou le traître ici présent m'accordent ce plaisir. »

Cassiopée s'engouffra dans la crevasse. Elle réapparut au bout de quelques secondes. « Il n'y a personne dehors. C'est le calme plat dans la maison et dans la propriété.

— D'où sort-elle dans ce cas ? Et comment a-t-elle su qu'il fallait venir ici ? s'interrogea Malone tout haut.

— Quand vous avez réussi à semer les soldats envoyés en reconnaissance dans la montagne, nous avons décidé de laisser tomber et de voir où vous alliez, répondit Zovastina.

— À qui appartient cette propriété ?

— À Enrico Vincenti. Vous feriez mieux d'en parler au passé : je viens de le tuer.

— Bon débarras. Si vous ne l'aviez pas fait, je m'en serais chargé.

— Pourquoi tant de haine ?

— Il a tué une de mes amies.

— Et vous êtes également venu sauver mademoiselle Vitt ?

— À vrai dire, je suis venu vous empêcher d'agir.

— Vous allez avoir du mal à le faire. »

L'attitude pour le moins arrogante de la ministre l'inquiétait.

« Puis-je examiner les bassins ? voulut-elle savoir.

— Allez-y », répondit Malone qui avait besoin de réfléchir.

Viktor baissa son arme tout en gardant le doigt sur la détente. Malone n'était pas sûr de ce qui se passait, mais il comprenait qu'ils étaient dans de sales draps. Et la grotte n'avait qu'une issue, ce qui n'était jamais bon.

Zovastina approcha du bassin d'eau ambrée qu'elle se mit à examiner. Elle fit ensuite de même avec l'autre. « Les lettres ZH, comme sur le médaillon. Je me demandais pourquoi Ptolémée les avait fait graver sur les pièces. Il est sans doute également responsable des gravures au fond de ces bassins. Qui d'autre aurait pu le faire ? C'est ingénieux. Il aura fallu du temps pour déchiffrer cette énigme. Qui devons-nous remercier ? Vous, monsieur Malone ?

– Disons que c'était un travail d'équipe.

– Quelle modestie. Dommage que nous ne nous soyons pas rencontrés plus tôt et dans d'autres circonstances. J'aurais adoré que vous travailliez pour moi.

– J'ai déjà un emploi.

– Agent du gouvernement américain, c'est ça ?

– En fait, je suis libraire.

– Quel humour ! » s'exclama Zovastina en éclatant de rire.

Viktor se tenait sur ses gardes derrière Zovastina, prêt à agir. Cassiopée surveillait l'entrée de la grotte.

« Dites-moi, Malone. Avez-vous résolu la totalité de l'énigme ? Alexandre le Grand repose-t-il ici ? Vous étiez sur le point d'expliquer quelque chose à mademoiselle Vitt quand je vous ai interrompu. »

Malone tenait toujours la lampe torche à la main. C'était du costaud, vraisemblablement à l'épreuve de l'humidité.

« Vincenti a fait électrifier cet endroit, y compris les bassins. N'êtes-vous pas curieuse de savoir pourquoi ils avaient une telle importance pour lui ?

– Il n'y a rien ici, on dirait.

– Là, vous vous trompez. »

Malone posa la torche par terre, enleva sa veste et sa chemise.

« Que faites-vous ? » lui demanda Cassiopée.

Il se déchaussa, ôta ses chaussettes et enleva son téléphone et son portefeuille des poches de son pantalon. « Ce symbole gravé sur la paroi du bassin mène au fameux refuge de l'énigme.

– Cotton ! » s'écria Cassiopée.

Malone entra dans l'eau dont la chaleur délassa bientôt ses muscles fatigués. « Ne la quittez pas des yeux. »

Il prit une inspiration et disparut sous la surface.

« Le pouvoir de guérir le sida ? s'exclama Stéphanie.

– Il y a des années, quand Vincenti travaillait pour les Irakiens, un guérisseur local l'a conduit jusqu'à deux bassins dans la montagne. Il a découvert que les bactéries qui y prolifèrent détruisent le VIH. »

Ely buvait les paroles de Lyndsey.

« Mais il n'en a rien dit à personne. Il a gardé le secret.

– Pourquoi ? le questionna Ely.

– Il attendait le bon moment. Il a laissé la demande augmenter, laissé la maladie se propager, patiemment.

– Vous plaisantez, non ?

– Il était sur le point de tout révéler.

– Et vous alliez obtenir votre part du gâteau, c'est ça ? intervint Stéphanie.

– N'employez pas ce ton moralisateur avec moi, s'insurgea Lyndsey. Je ne suis pas Vincenti. J'ignorais tout de ce traitement jusqu'à aujourd'hui. Il vient de me mettre au courant.

– Et qu'alliez-vous faire ?

— Participer à la fabrication du traitement. Où est le mal ?

— Pendant que Zovastina faisait des millions de victimes ? Vincenti et vous avez contribué à rendre cela possible.

— Vincenti avait dit qu'il interviendrait avant qu'elle agisse. Il détenait l'antidote. Elle ne pouvait agir sans.

— Mais maintenant, elle en a le contrôle. Vous êtes idiots tous les deux.

— Vous vous rendez compte, Stéphanie ? Vincenti ignorait qu'il y a autre chose là-haut, dit Thorvaldsen. Il a acheté ce domaine pour protéger la source des bactéries, l'a baptisé du nom d'Arima sans rien savoir de la tombe d'Alexandre le Grand.

— Le remède et la tombe se trouvent au même endroit. Malheureusement, nous sommes coincés dans ce placard. »

Au moins, Zovastina avait laissé la lumière allumée. Stéphanie avait examiné le moindre centimètre de lambris et de sol en pierre, en vain : il n'y avait pas d'issue. Et l'odeur nauséabonde qui filtrait sous la porte se faisait plus forte.

« Ces deux ordinateurs contiennent-ils toutes les données concernant le traitement ? voulut savoir Ely.

— Quelle importance ? Ce qui compte, c'est de sortir d'ici avant que le feu de joie commence.

— C'est important, au contraire. Nous ne pouvons pas les lui laisser.

— Ely, regardez où nous sommes. Que pouvons-nous y faire ?

— Cassiopée et Malone sont dans la montagne.

— C'est vrai, mais je crains que Zovastina n'ait une longueur d'avance sur eux », dit Henrik.

Stéphanie partageait ce sentiment, mais ça, c'était le problème de Malone.

« Il y a un détail qu'elle ignore, reprit Lyndsey.

— N'essayez pas de négocier avec moi, l'avertit Stéphanie qui n'était pas d'humeur.

— Vincenti a copié toutes les données sur une clé USB juste avant l'arrivée de Zovastina. Il l'avait à la main quand elle l'a abattu. Elle est restée en bas, dans le laboratoire. Avec cette clé USB, je pourrai vous livrer l'antidote à ses virus et le traitement contre le sida.

— Vous avez beau être une sacrée pourriture, si je pouvais vous faire sortir d'ici, je le ferais, croyez-moi. Mais c'est impossible », dit Stéphanie en tapant de nouveau contre la porte.

Cassiopée ne quittait pas Zovastina du regard. Viktor tenait la ministre suprême en respect avec son arme tout en surveillant le bassin. Malone avait disparu sous l'eau depuis près de trois minutes. Impossible de rester en apnée aussi longtemps.

Mais une ombre se dessina sous l'eau. Malone. Il émergea de l'ouverture, refit surface et posa les bras sur la paroi rocheuse, agrippant la torche d'une main.

« Il faut que vous voyiez ça, dit-il à Cassiopée.

— Et les laisser ici ? Hors de question.

— Viktor est armé. Il va se débrouiller. »

Cassiopée hésitait toujours. Quelque chose clochait. Elle avait beau penser à Ely, elle n'en oubliait pas la réalité pour autant. Viktor était toujours un inconnu même si depuis quelques heures il s'était montré utile. Sans lui, ses membres écartelés seraient suspendus à ces deux arbres à l'heure qu'il était. Et pourtant...

« Il faut que vous voyiez ça, répéta Malone.

— Elle est là ? le questionna Zovastina.

— Vous aimeriez le savoir, n'est-ce pas ? »

Cassiopée était toujours vêtue de l'ensemble moulant en cuir qu'elle portait à Venise. Elle enleva le haut et garda le bas, posa son pistolet par terre, hors de portée de Zovastina et près de Malone. Elle portait un soutien-gorge de sport noir et surprit les regards appuyés de Viktor. « Ne la quittez pas des yeux, lui rappela-t-elle.

— Elle n'ira nulle part. »

Cassiopée se glissa dans l'eau.

« Prenez une bonne inspiration et suivez-moi », ordonna Malone.

Il plongea et se faufila par l'ouverture. Elle le suivit à quelques mètres de distance et passa à travers l'une des ouvertures en forme de B. En ouvrant les yeux, elle vit qu'ils traversaient un tunnel d'environ un mètre et demi de large creusé dans la roche. Le bassin se trouvant à environ deux mètres de la paroi rocheuse, Malone et Cassiopée pénétraient maintenant au cœur de la montagne. Le faisceau tremblotant de la lampe torche de Malone traversa le tunnel. Jusqu'où allait-il ? se demanda la jeune femme.

Soudain, Malone remonta.

Cassiopée émergea à la surface juste à côté de lui.

À la lumière de la torche, ils aperçurent une autre grotte, en forme de dôme celle-ci, dont les parois de calcaire étaient veinées d'ombres d'un bleu profond. Des niches creusées à même les murs contenaient des jarres d'albâtre aux couvercles finement sculptés. Le dôme de calcaire austère était parsemé d'ouvertures grossières et irrégulières par lesquelles une lumière argentée et froide s'infiltrait dans la salle aux proportions majestueuses. Ces puits de lumière poussiéreux disparaissaient au cœur de la roche.

« Ces ouvertures doivent être dirigées vers le centre de la montagne, remarqua Malone. L'atmosphère est sacrément sèche à l'intérieur. Elles doivent laisser passer la lumière, mais pas l'humidité. Elles apportent aussi une ventilation naturelle.

— Ont-elles été creusées par l'homme ?

— J'en doute. À mon avis, leur présence a déterminé le choix de cet endroit, dit Malone en se hissant hors du bassin, le pantalon dégoulinant. Il faut nous dépêcher. »

Cassiopée sortit à son tour de l'eau.

« Ce tunnel est l'unique lien entre les deux grottes. J'ai jeté un coup d'œil rapide pour m'en assurer.

— Ce qui explique certainement pourquoi elle n'a jamais été découverte. »

Malone fit courir le faisceau de sa lampe sur les murs et Cassiopée aperçut les vestiges de fresques. Un guerrier dans son char, un sceptre et des rênes dans une main, entourait la taille d'une femme de son bras libre. Un cerf frappé par un javelot. Un arbre dépourvu de feuillage. Un fantassin armé d'une lance. Un homme se dirigeant vers ce qui ressemblait à un sanglier. Les couleurs qui avaient survécu au passage du temps étaient saisissantes : le violet du manteau du chasseur, le bordeaux du char, le jaune des animaux. Cassiopée remarqua d'autres scènes sur le mur opposé. Elles représentaient un jeune cavalier armé d'une lance, le front ceint d'une couronne, manifestement dans la fleur de l'âge et sur le point d'attaquer un lion déjà entouré d'une meute de chiens. Le fond blanc disparaissait presque sous les teintes intermédiaires de jaune orangé, rouge pâle et marron, mêlées aux teintes plus froides de vert et de bleu.

« Influences asiatiques et grecques à mon avis, mais je ne suis pas expert », reconnut Malone.

De sa torche, il indiqua une marqueterie de pierres. Une porte aux influences grecques évidentes – colonnes cannelées et bases sculptées – surgit de l'obscurité. Cassiopée, experte en techniques de l'Antiquité, n'eut aucune peine à reconnaître le style hellénistique.

Au-dessus de la porte, ils découvrirent une inscription en grec gravée à la surface de la pierre.

« Passons par ici », dit Malone.

86

Vincenti lutta pour ouvrir les yeux. La douleur dans sa poitrine le mettait au supplice. Chaque respiration lui coûtait. Combien de balles l'avaient touché ? Trois ? Quatre ? Il ne s'en souvenait pas. Mais par miracle, son cœur continuait à battre. Ce n'était peut-être pas si mal d'être gros après tout. Il se rappelait être tombé et avoir été englouti par les ténèbres. Il n'avait pas eu le temps de tirer, Zovastina semblait avoir anticipé son geste. C'était presque comme si elle l'invitait à la défier.

Il se força à rouler et agrippa le pied d'une table. Du sang jaillit de la plaie et une vague de douleur l'électrisa. Respirer lui coûta un effort encore plus grand. Son pistolet avait disparu, mais il s'aperçut qu'il tenait autre chose à la main. En l'approchant de son visage, il vit que c'était une clé USB. Le fruit de dix années de travail reposait dans sa paume ensanglantée.

Comment Zovastina l'avait-elle trouvé ? Qui l'avait trahi ? O'Conner ? Était-il toujours vivant ? Où était-il ? O'Conner était le seul à pouvoir ouvrir le passage dérobé situé dans le bureau.

Il y avait deux télécommandes.

Où était passée la sienne ?

Au prix d'un terrible effort, il se concentra et finit par distinguer l'appareil sur le carrelage.

Tout semblait perdu.

Mais peut-être pas.

Il était encore vivant et Zovastina avait disparu.

Il rassembla ses forces et ramassa la télécommande. Il aurait dû installer un système de sécurité complet avant d'enlever Karyn Walde. Mais il n'aurait jamais cru que Zovastina ferait le lien entre lui et la disparition de la jeune femme. En tout cas, pas aussi rapidement. Et il n'aurait jamais cru qu'elle s'en prendrait à lui. Pas avec ses projets.

Elle avait besoin de lui.

Mais se leurrait-il ?

Il cracha pour se débarrasser du goût aigre du sang dans sa gorge. Il avait dû être touché au poumon. Il toussa de nouveau. De nouvelles vagues de douleur lui traversèrent le corps.

O'Conner pourrait peut-être arriver jusqu'à lui ?

Il empoigna maladroitement la télécommande incapable de décider sur lequel des trois boutons appuyer. L'un ouvrait la porte du bureau, l'autre toutes les portes dérobées de la maison et le troisième déclenchait l'alarme.

Pas le temps de se poser de questions.

Il appuya sur les trois boutons.

Zovastina examinait le bassin d'eau ambrée. Malone et Vitt avaient plongé sous la surface depuis plusieurs minutes.

« Il doit y avoir une autre grotte », s'exclama-t-elle.

Viktor garda le silence.

« Baissez votre arme. »

Il obéit.

« Ça vous a plu de m'attacher à ces arbres, de me menacer ?

— Vous vouliez que j'aie l'air d'être de leur côté. »

Viktor avait réussi au-delà de ses attentes en les conduisant droit au but. « Avez-vous autre chose à m'apprendre ?

— Ils ont l'air de savoir exactement ce qu'ils cherchent. »

Viktor était son agent double depuis que les Américains avaient de nouveau fait appel à ses services. Il était venu directement lui parler de la situation difficile dans laquelle il se trouvait. Depuis un an, elle se servait de lui pour fournir à l'Ouest les renseignements qu'elle choisissait de leur donner. Numéro d'équilibriste dangereux auquel elle était contrainte à cause de l'intérêt accru dont faisait preuve Washington à son égard.

Et tout avait fonctionné.

Jusqu'à Amsterdam.

Et jusqu'à ce que Vincenti décide de tuer son chien de garde américain. Elle l'avait encouragé à éliminer l'agent en espérant que Washington se concentre sur lui, mais le subterfuge n'avait pas marché. Heureusement, la supercherie d'aujourd'hui avait mieux fonctionné.

Viktor avait immédiatement rapporté la présence de Malone au palais et Zovastina avait rapidement trouvé comment en tirer le meilleur parti en orchestrant sa fuite. Envoyé par le camp adverse, Edwin Davis avait tenté de faire diversion, mais en sachant que Malone était au palais, elle n'avait eu aucun mal à voir clair dans son jeu.

« Il doit y avoir une autre grotte, répéta-t-elle en ôtant ses chaussures et sa veste. Prenez deux torches et allons vérifier. »

Une alarme résonna dans le manoir, étouffée par les murs épais derrière lesquels Stéphanie et les autres étaient prisonniers. Il y eut un mouvement et un panneau s'ouvrit au fond du placard.

Ely se poussa rapidement.

« Une porte, incroyable ! » s'écria Lyndsey.

Stéphanie s'approcha de la porte, méfiante et en examina le haut. Des écrous électriques, reliés à l'alarme certainement. Derrière la porte, elle découvrit un passage éclairé par une série d'ampoules.

L'alarme s'éteignit.

Silencieux, les quatre prisonniers restaient interdits.

« Qu'est-ce qu'on attend ? » dit Thorvaldsen.

Stéphanie s'engouffra dans le passage.

87

Malone passa la porte le premier et vit le regard ébahi de Cassiopée. À la lueur de sa torche, ils découvrirent sur les murs des gravures plus vraies que nature. La plupart représentaient un guerrier à la fleur de l'âge, jeune, vigoureux, lance à la main, coiffé d'une couronne. Une frise montrait des rois venus lui rendre hommage. Une autre, une scène de chasse au lion. Une troisième représentait une violente bataille. Dans chacune de ces frises, les éléments humains, que ce soient les muscles, les mains, les visages, les jambes, les pieds, les orteils, étaient tous représentés avec une extrême méticulosité. Il n'y avait pas la moindre trace de couleur, les frises de teinte argentée étaient traitées en monochromie.

Malone dirigea le faisceau de sa torche vers le centre de la grotte en forme de tipi et les socles de pierre qui soutenaient deux sarcophages de pierre ornés de lotus et de palmiers, de rosettes, vrilles, fleurs et feuilles. « Il y a une étoile macédonienne sur chacun des sarcophages », indiqua Malone.

Cassiopée se pencha sur les tombeaux pour examiner les lettres gravées dans la pierre qu'elle caressa délicatement : **ΑΛΕΞΑΝΔΡΟΣ. ΗΦΑΙΣΤΙΩΝ.** « Je ne sais pas lire le grec, mais je suppose que ce doit être Alexandre et Héphaestion. »

Malone partageait son émerveillement, mais ils avaient un problème plus pressant à gérer. « Ça va devoir attendre. Nous avons un problème plus grave.

— Lequel ? le questionna Cassiopée en se relevant.

— Enlevez vos vêtements mouillés et je vous expliquerai. »

Zovastina sauta dans le bassin suivi de Viktor et s'engouffra à travers l'ouverture qui ressemblait tant au symbole gravé sur le décadrachme de Poros. Elle l'avait tout de suite remarqué.

Elle nageait avec aisance dans cette eau aussi relaxante que celle des saunas du palais.

Droit devant, une ouverture se dessina dans le plafond de pierre.

Zovastina refit surface.

Elle avait raison. Il y avait bien une autre grotte. Plus petite que l'autre. Elle s'essuya les yeux et remarqua qu'une lumière ambiante filtrant d'ouvertures percées dans la voûte semblait éclairer le dôme de pierre par l'arrière. Viktor fit surface à côté d'elle et ils se hissèrent tous deux hors de l'eau. Zovastina jeta un coup d'œil dans la grotte. Des fresques fanées en décoraient les murs. Deux portes s'ouvraient sur les ténèbres.

Il n'y avait personne en vue.

Pas le moindre faisceau lumineux.

Cotton Malone n'était pas aussi naïf qu'elle l'avait cru.

« Très bien Malone, vous avez l'avantage ! cria-t-elle. Mais est-ce que je peux au moins jeter un coup d'œil ? »

Silence.

« Qui ne dit mot consent... »

À la lumière de sa torche, elle examina le sol sablonneux pailleté de mica et repéra une trace humide qui traversait le seuil de la porte à sa droite.

En entrant dans la salle suivante, elle vit deux socles funéraires ornés de lettres et de dessins gravés dans la pierre ; malheureusement, Zovastina ne parlait pas couramment le grec ancien. C'est pour cela qu'elle avait recruté Ely Lund. Un dessin attira son attention ; elle s'approcha et souffla doucement pour dégager la poussière qui le recouvrait. L'image d'un cheval mesurant environ cinq centimètres de long apparut peu à peu, crinière et queue volant au vent.

« Bucéphale », murmura Zovastina.

Il fallait qu'elle en voie davantage. « Malone, s'écria-t-elle, je n'étais pas armée car je n'en avais pas besoin. Viktor était de mon côté comme vous semblez l'avoir compris. Et j'ai vos trois amis. J'étais là quand vous avez appelé. Ils sont enfermés dans la propriété, sur le point d'être réduits en cendres par le feu grégeois. Je pensais que vous aimeriez le savoir. »

Silence.

« Ouvrez l'œil », chuchota-t-elle à Viktor.

Elle avait fait tout ce chemin, espéré pendant trop longtemps, avait trop lutté pour ne pas voir. Elle posa sa torche sur le sarcophage orné du dessin du cheval et poussa le couvercle. Au bout d'un moment, ses vaillants efforts furent récompensés : l'épaisse dalle de pierre bougea. Au prix de quelques efforts supplémentaires, elle réussit à créer une ouverture triangulaire.

Elle empoigna la torche en espérant ne pas être déçue comme à Venise.

Une momie reposait dans le sarcophage.

Enveloppée dans un linceul doré et le visage recouvert d'un masque, doré lui aussi.

Elle avait envie de le toucher, de soulever le masque, mais se ravisa. Elle ne voulait rien faire qui puisse endommager la dépouille.

Mais elle était perplexe.

Était-elle la première en plus de vingt-trois siècles à poser les yeux sur la dépouille d'Alexandre le Grand ? Avait-elle retrouvé le conquérant ainsi que son remède ? Tout le laissait croire. Mieux encore, elle savait exactement ce qu'elle allait en faire. Elle se servirait du breuvage pour mener à bien ses conquêtes et, elle en était maintenant persuadée, elle empocherait des bénéfices inattendus. Quant à la momie qu'elle ne pouvait quitter des yeux, elle symboliserait tout ce qu'elle avait accompli. Les perspectives paraissaient infinies, mais le danger qui la menaçait la ramena à la réalité.

Malone jouait la partie avec prudence.

Elle devait en faire autant.

Malone lut l'appréhension sur le visage de Cassiopée. Ely, Stéphanie et Henrik avaient des ennuis. Ils surveillaient leur ennemie depuis la seconde porte, celle que Zovastina avait évitée et ils virent Viktor et la ministre suivre les traces humides et pénétrer dans la chambre funéraire.

« Comment saviez-vous que Viktor nous mentait ? murmura Cassiopée.

– Douze ans d'expérience avec ce genre d'énergumène. Toute cette mise en scène au palais, c'était trop facile. Et je me suis souvenu d'un détail dont m'avait parlé Stéphanie : c'est Viktor qui leur a livré Vincenti. Pourquoi ? Ça ne tient pas debout, à moins que Viktor ne soit un agent double.

– J'aurais dû m'en rendre compte.

– Comment l'auriez-vous pu ? Vous ignoriez ce que Stéphanie m'a dit à Venise. »

Les épaules nues, ils étaient adossés aux murs obliques. Ils avaient ôté leurs pantalons pour les essorer afin de ne pas laisser d'autres traces d'humidité derrière eux. Après avoir traversé les deux autres salles de la tombe qui regorgeaient d'objets, ils s'étaient rapidement rhabillés et avaient patienté. La tombe comprenait quatre salles qui communiquaient entre elles ; elles étaient toutes de dimensions modestes et deux d'entre elles donnaient sur le bassin. Zovastina savourait certainement son triomphe, mais le fait que Stéphanie, Ely et Henrik soient prisonniers avait changé la donne. Vraie ou fausse, cette information ne pouvait être ignorée. C'était certainement le but recherché.

Malone jeta un coup d'œil vers le bassin. La lumière dansait dans la chambre funéraire. Il espérait que la découverte de la tombe d'Alexandre le Grand leur ferait gagner quelques minutes.

« Vous êtes prête, Cassiopée ? »

La jeune femme hocha la tête.

Il passa le premier.

Viktor franchit le seuil de la seconde porte.

88

Stéphanie remarqua que l'odeur sucrée et écœurante n'était pas aussi forte dans le passage dérobé, mais qu'elle était néanmoins présente. Au moins, ils n'étaient plus enfermés. Plusieurs détours les avaient emmenés au cœur de la maison sans qu'ils débouchent sur la moindre porte.

« J'ai vu cette concoction à l'œuvre, annonça Thorvaldsen. Une fois que le feu grégeois s'enflammera, l'incendie gagnera rapidement les murs. Il faut sortir d'ici avant que cela n'arrive. »

Stéphanie avait conscience de leur problème, mais que pouvaient-ils faire ? Lyndsey était toujours aussi angoissé, Ely incroyablement calme. Il avait tout d'un agent pas d'un chercheur ; Stéphanie admirait son sang-froid étant donné la situation difficile dans laquelle ils se trouvaient. Elle aurait voulu lui ressembler.

« Qu'entendez-vous par "rapidement" ? Combien de temps faudra-t-il à cette maison pour brûler ? voulut savoir Lyndsey.

— Ce sera suffisamment rapide pour que nous nous retrouvions piégés.

— Que faisons-nous ici dans ce cas ?

– Vous voulez retourner dans le placard ? » demanda Stéphanie.

Ils tournèrent le coin d'un autre couloir sombre qui donnait à Stéphanie l'impression de se trouver à bord d'un train. Le passage s'arrêtait juste devant eux au pied d'un escalier raide qui montait.

Ils n'avaient pas le choix.

Ils gravirent les marches.

Malone s'arrêta.

« Vous allez où comme ça ? » s'écria Viktor.

Cassiopée suivait Malone. Il se demanda où était Zovastina. La lumière qui dansait sur les murs était-elle un simple stratagème pour les forcer à sortir de leur cachette ?

« On pensait sortir d'ici.

– Je ne peux pas vous laisser faire.

– Si vous pensez pouvoir m'arrêter, libre à vous d'... »

Viktor se jeta sur Malone qui l'évita avant de le maîtriser en l'étreignant de toutes ses forces.

Ils tombèrent en roulant par terre.

Malone se retrouva au-dessus de Viktor qui luttait sous son poids. Malone lui serra la gorge d'une main tout en lui enfonçant le genou dans la poitrine. En un éclair, il agrippa son assaillant et lui frappa violemment l'arrière du crâne sur le sol rocailleux.

Cassiopée se prépara à sauter dans le bassin dès que Malone parvint à se libérer. Au moment où Viktor perdait connaissance, elle perçut du coin de l'œil un mouvement près de la porte derrière laquelle Malone et elle se cachaient quelques instants plus tôt.

« Malone ! » s'écria Cassiopée.

Zovastina se rua sur elle.

Malone plongea dans le bassin.

Cassiopée le suivit et nagea de toutes ses forces pour gagner le tunnel.

Arrivée en haut des marches, Stéphanie s'aperçut qu'il y avait deux chemins possibles. Fallait-il prendre à droite ou à gauche ? Elle prit à gauche et Ely à droite.

« Par ici », appela le jeune homme.

Ils se précipitèrent tous dans sa direction et découvrirent une porte ouverte.

« Attention, ne laissez pas ces robots vous asperger de feu grégeois, leur recommanda Thorvaldsen. Évitez-les.

— Lyndsey, nous allons récupérer la clé USB vous et moi, dit Ely.

— Non, allez-y sans moi.

— Ce n'est pas une bonne idée, renchérit Stéphanie.

— Vous n'êtes pas malade, vous.

— Ces robots sont programmés pour exploser, mais nous ne savons pas quand, reprit Thorvaldsen.

— Je m'en fous, s'emporta Ely. Ce type sait comment guérir le sida. Ça fait des années que son défunt patron le savait, mais il a laissé des millions de personnes mourir. Ce traitement est entre les mains de Zovastina à l'heure qu'il est. Je ne vais pas la laisser en profiter à son tour. Vous et moi allons récupérer cette clé USB, ajouta le jeune homme en agrippant Lyndsey par la chemise.

– Vous êtes dingue, complètement dingue. Allez jusqu'au bassin vert et buvez l'eau qu'il contient. C'est comme ça que ça marche, d'après Vincenti. Vous n'avez pas besoin de moi. »

Stéphanie vit que Thorvaldsen observait attentivement le jeune homme. C'était peut-être son fils qu'il voyait devant lui, songea-t-elle. La jeunesse dans toute sa splendeur, un mélange de rébellion, de courage et d'inconscience. Mark, son propre fils, était comme ça lui aussi.

« Bougez-vous les fesses, vous m'accompagnez au laboratoire.

– Zovastina s'est lancée à la poursuite de Cotton et de Cassiopée et elle ne nous a pas laissés ici par hasard, dit Stéphanie. Elle nous a dit sciemment que les robots mettraient du temps à préparer l'incendie.

– Nous lui servons de garantie, renchérit Thorvaldsen.

– D'appât, certainement à l'intention de Cotton et Cassiopée. Mais ce type lui est indispensable, ajouta Stéphanie en désignant Lyndsey. Les histoires qu'il lui a débitées étaient sensées. Elle n'a pas le temps de vérifier qu'il lui dit la vérité, encore moins de s'assurer de l'efficacité d'un antidote. Même si elle ne tient pas à l'admettre, elle a besoin de lui. Elle reviendra le chercher avant que la maison brûle, vous pouvez en être sûrs. »

Zovastina sauta dans le bassin. Malone avait réussi à maîtriser Viktor et Cassiopée avait réussi à lui échapper.

Mais en nageant assez vite, la ministre pouvait la rattraper dans le tunnel.

Malone posa les mains sur le rebord du bassin et sortit de l'eau. Il sentit un remous et vit Cassiopée émerger. Elle sortit à son tour du bassin en souplesse et, trempée, s'empara de l'un des fusils posés à quelques mètres de là.

« Allons-y », ordonna Malone en ramassant ses chaussures et sa chemise.

Cassiopée recula vers l'entrée de la grotte, fusil braqué sur le bassin.

Une ombre apparut dans l'eau.

Zovastina fit surface.

Cassiopée appuya sur la détente.

La première explosion surprit Zovastina plus qu'elle ne l'effraya. Elle s'essuya les yeux et vit que Cassiopée Vitt la visait directement.

Au second coup de feu, une détonation assourdissante retentit.

Zovastina plongea.

Cassiopée tira deux coups de feu en direction du bassin inondé de lumière. Le fusil semblait s'être enrayé et elle éjecta une cartouche pour l'armer. C'est là que, ayant remarqué un détail, elle se tourna vers Malone.

« Vous vous sentez mieux ?

– Des balles à blanc ? s'étonna-t-elle.

– Évidemment. Des cartouches remplies de bourre, j'imagine, et un canon réduit pour pouvoir actionner la culasse mobile. Mais pas suffisamment, apparemment. Vous ne pensiez tout de même pas que Viktor allait nous laisser tirer à balles réelles ?

– Je n'y avais même pas réfléchi.

– C'est bien ça le problème. Vous ne réfléchissez pas. On peut y aller maintenant ?

– C'est vraiment un plaisir de travailler avec vous », protesta-t-elle en se débarrassant du fusil.

Ils sortirent de la grotte en courant.

Viktor se frotta le crâne et attendit. Dans quelques secondes il se laisserait rouler dans le bassin, mais soudain Zovastina réapparut, le souffle court quand elle sortit la tête de l'eau et s'appuya contre le rebord en pierre.

« J'avais oublié les armes. Nous sommes piégés. Ils surveillent l'unique issue. »

La tête de Viktor lui faisait mal et il s'efforça de vaincre un vertige agaçant. « Madame la ministre, les fusils sont chargés à blanc, expliqua-t-il. J'ai remplacé tous les chargeurs avant de quitter le palais. Je me disais que ce ne serait pas prudent de leur fournir des balles réelles.

– Personne n'a remarqué ?

— Qui irait penser à vérifier les munitions ? Ils se sont simplement dit que, à bord d'un hélicoptère militaire, les armes seraient chargées à balles réelles.

— Bonne idée, mais vous auriez pu m'avertir.

— Tout est arrivé si vite. Nous n'avons pas eu le temps et, malheureusement, Malone m'a assommé sur ces rochers.

— Et l'arme dont Malone se servait au palais ? Celle-là était chargée de balles réelles. Où est-elle ?

— Dans l'hélicoptère. Il l'a échangée pour l'un de nos fusils. »

Les idées se bousculaient dans la tête de Zovastina.

« Il faut aller chercher Lyndsey. Et ensuite, nous en aurons fini ici.

— Et pour Malone et Vitt ?

— Des gardes les attendent. Et ils ne vont pas tirer des balles à blanc, eux. »

89

À travers le panneau ouvert du placard lambrissé, Stéphanie découvrit l'une des chambres du manoir. Elle était meublée avec recherche dans le style italien et plongée dans le silence si l'on faisait abstraction du ronronnement mécanique qui s'élevait de derrière une porte ouverte donnant sur le couloir du premier étage.

Les quatre prisonniers sortirent du passage dérobé.

Un des robots remplis de feu grégeois traversa le couloir à toute allure en vaporisant le produit inflammable. L'odeur caractéristique flottait dans la pièce, preuve que les robots étaient déjà passés par là.

« À ce rythme, ils auront bientôt aspergé toute la maison », dit Thorvaldsen en se dirigeant vers le couloir.

Stéphanie s'apprêtait à lui dire de s'arrêter quand le vieil homme sortit de la pièce et qu'une voix masculine cria quelque chose dans une langue étrangère.

Thorvaldsen se figea avant de lever lentement les bras.

« C'est un des soldats de Zovastina, chuchota Ely à l'oreille de Stéphanie. Il a ordonné à Henrik de ne pas bouger et de mettre les mains en l'air. »

Thorvaldsen garda le regard fixé sur le soldat qui se trouvait apparemment à la droite du petit groupe et n'avait aucun moyen de voir l'intérieur de la chambre.

Stéphanie s'était demandé où étaient passés les soldats en espérant qu'ils avaient été évacués quand les robots avaient entamé leur patrouille.

Le soldat cria un nouvel ordre.

« Qu'est-ce qu'il veut maintenant ?

— Savoir si Henrik est seul. »

Malone et Cassiopée dévalèrent la pente dans leurs vêtements trempés. Malone boutonna sa chemise tout en descendant.

« Vous auriez pu me dire que les armes étaient chargées à blanc, lui reprocha Cassiopée.

— Et quand ai-je eu l'occasion de le faire ? » dit-il en sautant par-dessus des pierres et en se hâtant de descendre la pente raide.

Il avait le souffle court. Ses trente ans étaient loin, mais pour un homme de quarante-huit ans, il avait encore de beaux restes. « Je n'avais pas envie que Viktor puisse même se douter que nous étions au courant.

— C'est que *nous* ne l'étions pas. Pourquoi avoir abandonné votre arme ?

— J'ai été obligé de jouer le jeu.

— Vous êtes un drôle d'oiseau, lui dit Cassiopée alors qu'ils atteignaient le bas de la pente.

— De la part d'une femme qui a traversé Venise armée d'un arc et de flèches, je prends ça pour un compliment. »

La maison se dressait à une centaine de mètres d'eux. Personne ne surveillait le domaine. Ils jetèrent un coup d'œil à travers les fenêtres et ne virent aucun mouvement à l'intérieur.

« Il y a quelque chose que nous devons vérifier. »

Il se précipita vers l'hélicoptère et sauta dans le compartiment arrière. Dans le casier renfermant les armes, il trouva quatre fusils d'assaut AK-74 ainsi que des chargeurs entassés dessous.

« Il n'y a que des balles à blanc », dit Malone. Le canon des fusils avait été modifié pour que les chargeurs puissent fonctionner et que les cartouches puissent être éjectées. « Ce type n'a vraiment rien laissé au hasard, il faut le reconnaître. »

Il empoigna le pistolet avec lequel il était venu et vérifia le chargeur : il contenait cinq balles réelles.

Cassiopée s'empara d'un fusil d'assaut qu'elle chargea. « Personne d'autre ne sait que ces balles ne valent rien. Ça fera l'affaire pour l'instant.

— Vous avez raison, reconnut Malone en prenant à son tour un fusil. Il n'y a que les apparences qui comptent. »

Zovastina et Viktor sortirent du bassin. Malone et Vitt avaient disparu.

Tous les fusils gisaient sur le sol sablonneux.

« Il faut s'occuper de Malone, dit Zovastina.

— Ne vous inquiétez pas. Je lui garde un chien de ma chienne. »

La voix du soldat qui continuait à aboyer des ordres à l'attention de Thorvaldsen se rapprochait de la porte. Lyndsey était pétrifié par la panique ; Ely lui mit promptement une main sur la bouche et le traîna derrière un lit à baldaquin où ils se tapirent.

Surprise par son propre sang-froid, Stéphanie se dirigea vers une statuette chinoise en porcelaine posée sur la commode. Elle s'en empara et se glissa derrière la porte.

Par l'entrebâillement, elle vit le garde entrer dans la chambre. Quand il fut à sa portée, Stéphanie le frappa à la nuque avec la statuette. Il tituba et elle l'acheva avec un autre coup à la tête avant de s'emparer de son fusil.

« J'espérais bien que vous trouveriez quelque chose, déclara Thorvaldsen en se précipitant vers le garde à qui il subtilisa son pistolet.

— Et moi, j'espérais que ces soldats étaient partis. » Ely s'approcha en poussant Lyndsey.

« Bien joué, le félicita-t-elle.

— Ce type a autant de cran qu'une limace. »

Stéphanie examina l'AK-74. Elle avait appris à se servir d'armes de poing, mais pour les fusils d'assaut, c'était une autre paire de manches. Elle n'en avait jamais eu un entre les mains. « Vous voulez échanger ? proposa Thorvaldsen qui semblait avoir perçu sa réticence en lui tendant le pistolet.

— Vous saurez vous servir de ce fusil ?

— J'ai un petit peu d'expérience. »

Tout en approchant de la porte pour jeter un coup d'œil prudent dans le couloir, Stéphanie se jura de l'interroger à ce sujet un peu plus tard. Le couloir était désert. Elle passa la première et les quatre prisonniers traversèrent le couloir à pas de loup pour regagner le palier du premier étage où l'escalier descendait vers l'entrée principale. Un robot apparut derrière eux et passa d'une pièce à l'autre. Cette apparition inopinée détourna l'attention de Stéphanie de l'escalier.

À sa gauche, le mur était prolongé par une épaisse balustrade de pierre.

Elle vit quelque chose bouger en contrebas.

C'étaient deux soldats.

Ils braquèrent leurs armes sur le petit groupe et se mirent à tirer.

Cassiopée entendit les détonations d'une arme automatique résonner à l'intérieur de la maison.

Sa première pensée fut pour Ely.

« N'oubliez pas que nous n'avons que cinq balles », lui rappela Malone.

Ils sautèrent de l'hélicoptère.

Zovastina et Viktor sortirent de la faille et observèrent la scène qui se jouait à cent mètres en contrebas. Malone et Vitt s'éloignaient de l'hélicoptère en courant, armés de deux fusils d'assaut.

« Sont-ils chargés ?

— De balles à blanc, madame la ministre.

— Ce dont Malone est au courant, de toute évidence et ils ne vont s'en servir que pour l'effet. »

Les détonations qui résonnèrent dans la maison l'alarmèrent.

« Les robots vont exploser s'ils sont endommagés », l'avertit Viktor.

Elle avait besoin de récupérer Lyndsey avant que cela arrive.

« J'ai caché des chargeurs remplis de balles pour les pistolets et des munitions pour les fusils à bord de l'hélicoptère au cas où nous en aurions besoin.

– Bon travail, le félicita Zovastina, admirative. Je vais peut-être devoir vous récompenser.

– Finissons-en d'abord avec cette mission.

– Absolument », dit-elle en lui serrant l'épaule.

90

Les balles ricochèrent sur la rampe en marbre de l'escalier. Un miroir éclata en mille morceaux avant de tomber par terre. Stéphanie se réfugia derrière le haut de la balustrade et les autres l'imitèrent.

D'autres balles détruisirent le plâtre à leur droite.

Heureusement, le muret leur offrait un semblant de protection. Pour bénéficier d'un meilleur angle de tir, les soldats devraient monter l'escalier, ce qui donnerait à Stéphanie l'occasion de riposter.

« Laissez-moi faire », lui conseilla Thorvaldsen en approchant.

Stéphanie recula et le vieil homme tira une salve au fusil d'assaut en direction du rez-de-chaussée. Ses tirs eurent l'effet escompté : les armes des soldats se turent.

Un robot sortant d'une des chambres surgit derrière eux. Stéphanie n'y prêta pas attention jusqu'à ce que le gémissement de son moteur électrique s'amplifie. Pardessus son épaule, elle vit le robot approcher de l'endroit où Ely et Lyndsey s'étaient réfugiés.

« Arrêtez-le », articula-t-elle sans bruit à l'attention d'Ely.

Le jeune homme tendit la jambe pour arrêter l'avancée du robot qui sentit l'obstacle, hésita avant d'asperger le pantalon d'Ely de produit inflammable. L'odeur, si forte que Stéphanie la sentait même à plus d'un mètre de lui, le fit grimacer.

Le robot fit demi-tour et repartit dans la direction opposée.

Des tirs résonnèrent en bas et le premier étage fut criblé de balles. Il fallait battre en retraite en se servant des passages dérobés, mais avant que Stéphanie ait pu en donner l'ordre à ses compagnons, un soldat apparut derrière la balustrade.

Thorvaldsen le vit lui aussi et l'abattit sans que le soldat ait pu lever son fusil.

Malone approcha prudemment de la maison, pistolet serré dans une main, fusil d'assaut en bandoulière. Ils accédèrent à un somptueux salon par la terrasse.

Une odeur familière l'accueillit.

Celle du feu grégeois.

Cassiopée avait remarqué l'odeur elle aussi.

Il y eut une autre fusillade.

Quelque part au rez-de-chaussée.

Malone s'élança dans cette direction.

Viktor et Zovastina approchaient de la maison. De leur cachette, ils avaient vu Malone et Vitt y entrer. Des tirs nourris éclataient à l'intérieur.

« Neuf miliciens sont postés dans la maison. Je leur ai

interdit de faire usage de leurs armes. Six robots patrouillent et doivent exploser quand j'appuierai sur ce bouton », expliqua Zovastina en lui montrant l'une des télécommandes qu'il connaissait bien. Viktor crut bon de la mettre en garde une nouvelle fois. « Une balle tirée dans l'un de ces robots pour le neutraliser déclenchera une explosion, télécommande ou pas. »

Viktor vit que Zovastina n'avait pas besoin qu'on lui rappelle ce détail, mais nota qu'elle ne réagissait pas avec son arrogance habituelle. « Il faudra nous montrer prudents, voilà tout.

— Je ne disais pas ça pour nous. »

Cassiopée était angoissée. Ely était certainement piégé quelque part dans cette maison remplie d'une substance inflammable dont elle connaissait parfaitement le pouvoir destructeur.

Le plan de la maison n'allait pas leur faciliter la tâche. Le rez-de-chaussée s'enroulait sur lui-même en un véritable dédale. Des voix lui parvenaient. Droit devant, derrière un salon parsemé de tableaux aux cadres dorés.

Malone ouvrait la marche.

Elle admirait son courage. Pour quelqu'un qui se plaignait sans arrêt de ne pas vouloir jouer le jeu, il était sacrément doué.

Dans une pièce exsudant un charme baroque, Malone se tapit derrière un fauteuil à haut dossier et lui fit signe de se diriger vers la gauche. Derrière une large voûte à trois mètres d'elle, la jeune femme vit des ombres danser sur les murs.

Des voix s'exprimaient dans une langue inconnue.

« J'ai besoin d'une diversion », chuchota Malone.

Elle avait compris. Il disposait de balles réelles, pas elle.

« Évitez de me tirer dessus », murmura-t-elle en se postant près de la porte.

Malone alla rapidement se cacher derrière une autre chaise, position qui lui offrait un point de vue dégagé. Cassiopée prit une inspiration, compta jusqu'à trois et ordonna à son cœur qui battait la chamade de se calmer. Elle s'apprêtait à faire quelque chose de stupide, mais l'effet de surprise lui ferait gagner une ou deux secondes. Elle leva son fusil, pivota et se planta sous la voûte en tirant une salve de balles à blanc. À l'autre bout du vestibule, deux soldats braquaient leurs armes sur la balustrade du premier étage, mais les tirs de la jeune femme produisirent l'effet escompté.

Des visages ahuris se tournèrent vers elle.

Elle cessa de tirer et se jeta à terre.

Malone abattit les soldats de deux coups de feu.

Stéphanie entendit les tirs de pistolet. Ça, c'était nouveau. Henrik était accroupi près d'elle, doigt sur la détente de son fusil.

Deux autres soldats apparurent à quelques mètres des cadavres de leurs camarades.

Thorvaldsen les abattit immédiatement.

Elle commençait à voir ce vieil homme d'un autre œil. Elle le savait intrigant, pas toujours honnête, mais découvrait qu'il avait aussi un grand sang-froid et était prêt à faire ce qu'il fallait.

Les soldats furent projetés en arrière par la puissance des balles qui les déchiquetaient.

Au même instant, Stéphanie vit le robot et entendit les balles ricocher.

L'une des machines venait de tourner le coin du couloir derrière les cadavres des soldats.

Les balles avaient percé sa carapace. Le robot hésita, avança par à-coups, comme un animal blessé. L'embout se rétracta.

Et soudain, l'engin s'enflamma.

91

Des coups de feu retentirent au premier étage, suivis d'un souffle et d'une vague de chaleur intense qui n'avaient rien de naturel.

Malone comprit ce qui venait de se passer et se rua vers Cassiopée qui s'était levée d'un bond.

Il jeta un coup d'œil autour de lui.

Des flammes ruisselaient depuis le premier étage, dévorant la rampe de marbre, consumant les murs. Les vitres des hautes fenêtres se brisèrent en mille morceaux sous l'assaut du feu.

Le sol s'embrasa.

Stéphanie s'efforça de se protéger des vagues de chaleur qui assaillaient les quatre prisonniers. Le robot n'avait pas explosé ; il s'était désintégré comme sous l'effet d'une implosion atomique accompagnée d'un éclair. Elle baissa le bras et vit que, tel un raz-de-marée, le feu submergeait tout sur son passage, murs, plafonds et même le sol.

Il n'était plus qu'à quinze mètres d'eux et se rapprochait.

« Fichons le camp ! » s'écria-t-elle.

Ils s'enfuirent à toutes jambes devant le maelström qui approchait, mais les flammes gagnaient du terrain. Stéphanie se rendait compte combien le danger était grand. Ely avait été aspergé de liquide inflammable.

Elle regarda par-dessus son épaule.

Les flammes n'étaient plus qu'à trois mètres.

La porte de la chambre où ils avaient débouché en sortant du passage était ouverte. Lyndsey s'y engouffra, suivit par Ely.

Thorvaldsen et elle s'y réfugièrent au moment où les flammes les rattrapaient.

« Il est là-haut, dit Cassiopée en regardant le premier étage brûler. Ely ! » s'écria-t-elle.

Malone la prit par le cou et lui plaqua une main sur la bouche.

« Nous ne sommes pas seuls, lui murmura-t-il à l'oreille. Réfléchissez. Il y a d'autres soldats. Zovastina et Viktor sont là eux aussi, vous pouvez en être sûre. »

Il la relâcha.

« Je vais le chercher, déclara-t-elle. Ce sont forcément les gardes qui ont tiré sur Ely et les autres.

— Nous n'avons aucune certitude.

— Où sont-ils alors ? »

Au signal de Malone, ils regagnèrent le salon. À l'étage, des meubles s'écroulèrent et des vitres se brisèrent. Heureusement, contrairement à l'incendie du musée de Copenhague, les flammes n'avaient pas descendu l'escalier. Soudain, comme attiré par la chaleur, un robot fit son apparition dans l'entrée, à la grande inquiétude de Malone.

Si l'un avait explosé, il n'y avait aucune raison pour que les autres ne le fassent pas.

Zovastina entendit quelqu'un crier le nom d'Ely, mais ressentit aussi la vague de chaleur déclenchée par la désintégration du robot ainsi que l'odeur du feu grégeois en train de brûler.

« Espèce d'idiots, maugréa-t-elle à l'intention de ses soldats cachés quelque part dans la maison.

– Ce cri, c'était Vitt, indiqua Viktor.

– Trouvez nos hommes. Moi, je me charge de Malone et de la fille. »

Stéphanie s'engouffra dans le passage dérobé, suivie de ses compagnons avant de refermer la porte derrière eux.

« Dieu soit loué », s'écria Lyndsey.

Aucune fumée ne s'était encore accumulée dans le passage, mais on entendait le feu qui tentait de s'infiltrer à travers les murs.

Ils coururent jusqu'à l'escalier et regagnèrent le rez-de-chaussée.

S'efforçant de repérer la première issue qui se présenterait, Stéphanie aperçut une porte ouverte juste devant eux. Thorvaldsen aussi l'avait vue. Ils débouchèrent dans la salle à manger du manoir.

Malone était incapable de répondre à la question de Cassiopée à propos de Stéphanie, Henrik et Ely. Lui aussi était inquiet.

« Laissez-moi faire à partir de maintenant », lui dit Cassiopée.

L'humeur revêche qui s'était estompée depuis leur départ de Copenhague faisait son retour. Malone se dit qu'une petite dose de réalité pourrait faire du bien à son amie. « Nous n'avons que trois balles.

— Non, c'est faux. »

Elle alla ramasser les fusils d'assaut sur le cadavre des deux soldats et vérifia les chargeurs. « Ce ne sont pas les balles qui manquent, dit-elle en lui en tendant un. Merci, Cotton, de m'avoir amenée jusqu'ici, mais il faut que j'y aille. Seule », ajouta-t-elle après une pause.

Malone comprit qu'il était inutile de discuter.

« Il doit y avoir un autre accès à l'étage. Je vais le trouver. »

Il était sur le point de se résigner à la suivre quand un mouvement sur sa gauche le fit réagir ; il fit volte-face, prêt à faire feu.

Viktor apparut dans l'encadrement de la porte.

Malone appuya sur la détente du fusil d'assaut et se réfugia immédiatement dans l'entrée. Il n'arrivait pas à voir s'il avait blessé son adversaire, mais au moins, une chose était sûre.

Cassiopée avait disparu.

Stéphanie entendit des coups de feu éclater quelque part au rez-de-chaussée. Elle pénétrait dans la salle à manger, pièce rectangulaire au décor raffiné, aux murs imposants surmontés d'une voûte et percés de vitraux. Une longue table entourée de deux rangées de douze chaises dominait la pièce.

« Il faut sortir d'ici », s'écria Thorvaldsen.

Lyndsey fit mine de se sauver, mais Ely l'en empêcha en le plaquant contre la table, bousculant quelques chaises au passage. « Je vous ai dit que nous allions jusqu'au laboratoire.

— Allez au diable. »

À une dizaine de mètres du petit groupe, Cassiopée apparut dans le chambranle de la porte. Elle était trempée, avait l'air fatiguée et était armée d'un fusil. La jeune femme aperçut Ely. Elle avait pris un risque énorme en accompagnant Zovastina depuis Venise, mais elle avait réussi son pari.

Ely l'aperçut à son tour et relâcha Lyndsey.

Derrière Cassiopée, Irina Zovastina se matérialisa et vint nicher le canon de son fusil dans le dos de la jeune femme.

Ely se figea.

Les vêtements de la ministre suprême étaient trempés eux aussi. Stéphanie songea à braver son adversaire, mais quand Viktor et trois soldats firent leur apparition en les menaçant de leurs fusils, elle vit qu'elle n'était pas de taille à lutter.

« Baissez vos armes. Lentement », ordonna Zovastina.

Stéphanie dévisagea Cassiopée en faisant non de la tête, lui signifiant que c'était une bataille perdue d'avance. Thorvaldsen prit l'initiative de poser son arme sur la table et Stéphanie décida d'en faire autant.

Zovastina s'adressa à Lyndsey. « Il est temps de m'accompagner.

— Pas question. Je n'irai nulle part avec vous, rétorqua le chercheur en reculant vers Stéphanie.

— Ne perdons pas de temps avec ces enfantillages », dit la ministre. À son signal, un soldat se rua sur Lyndsey qui reculait vers la porte dérobée restée ouverte.

Ely fit mine d'attraper Lyndsey, mais quand le soldat les rejoignit, il poussa le chercheur sur lui avant de s'engouffrer dans le passage et de refermer la porte derrière lui.

Les soldats le mirent en joue.

« Non, laissez-le partir, cria Zovastina. Je n'ai pas besoin de lui et cette maison sera bientôt réduite en cendres de toute façon. »

Malone errait dans un dédale de pièces et de couloirs qui se succédaient devant lui. Il n'avait vu personne. L'odeur du feu en train de ravager les étages supérieurs flottait toujours. La fumée semblait en grande partie être montée au deuxième étage, mais ici, l'air ne tarderait pas à être irrespirable.

Il devait retrouver Cassiopée.

Où était-elle passée ?

Il entra dans ce qui ressemblait à un placard surdimensionné. En jetant un coup d'œil à l'intérieur, il remarqua un détail insolite : une ouverture aménagée dans les lambris couvrant le mur donnait sur un passage dérobé où des ampoules de faible puissance dessinaient des flaques de lumière stagnante.

Des pas résonnèrent dans le passage.

Ils se rapprochaient.

Malone empoigna son fusil et se colla au mur imprégné d'une odeur écœurante, juste à l'entrée du placard.

Les pas se rapprochaient rapidement.

Malone se tint prêt à tirer.

Un homme passa le seuil.

D'une main, Malone le plaqua au mur et lui enfonça le canon du fusil dans la mâchoire. Des yeux bleus féroces le dévisagèrent ; l'homme était jeune, séduisant et impassible.

« Qui êtes-vous ? le questionna Malone.

– Ely Lund. »

92

Zovastina était ravie. Elle contrôlait Lyndsey, toutes les données de Vincenti, la tombe d'Alexandre, la potion. Quant à Thorvaldsen, Cassiopée Vitt et Stéphanie Nelle, ils étaient également à sa merci. Il ne lui manquait plus que Cotton Malone et Ely Lund qui n'avaient guère d'importance à ses yeux, à vrai dire.

Tout ce petit monde se dirigeait vers l'hélicoptère, deux soldats tenant les prisonniers en respect avec leurs fusils. Avec l'aide de deux miliciens, Viktor avait récupéré les ordinateurs de Vincenti et deux des robots qui n'avaient pas été utilisés à l'intérieur du manoir.

Il fallait qu'elle rentre à Samarcande pour superviser personnellement l'offensive militaire secrète qui débuterait sous peu. Sa mission ici avait été couronnée de succès. Elle espérait depuis longtemps que si l'on venait un jour à retrouver la tombe d'Alexandre, elle se trouverait dans sa juridiction ; la ministre remerciait les dieux que son vœu ait été exaucé.

Viktor approcha de l'hélicoptère, les bras chargés des unités centrales des ordinateurs.

« Chargez-les à bord. »

Viktor les déposa dans le compartiment arrière avec les deux robots, petites merveilles de technologie asiatique développées par ses ingénieurs. Les bombes programmables fonctionnaient à la perfection, vaporisant le feu grégeois avec une précision experte avant d'exploser sur commande. Mais ces robots étaient coûteux, aussi s'en servait-elle avec parcimonie et se réjouissait-elle d'avoir pu en récupérer deux qui pourraient être réutilisés ailleurs.

Elle tendit à Viktor la télécommande reliée aux robots restés dans le manoir.

« Occupez-vous de la maison dès mon départ », lui ordonna-t-elle. Les étages supérieurs étaient en flammes, et la maison tout entière se transformerait en brasier en quelques minutes. « Et tuez-les tous. »

Il hocha la tête.

« Mais avant de partir, j'ai une dette à régler. »

Zovastina tendit son arme à Viktor et avança vers Cassiopée Vitt. « Vous m'avez fait une proposition dans la grotte, dit-elle. Vous m'avez offert l'opportunité de vous rendre la monnaie de votre pièce.

— J'adorerais ça.

— Je m'en doutais », répliqua Zovastina en souriant.

« Où sont les autres ? demanda Malone à Ely en baissant son fusil.

— Ils sont prisonniers de Zovastina.

— Que faites-vous là ?

— Je me suis enfui, répondit Ely avec quelque hésitation. J'ai quelque chose à faire. »

Malone attendit son explication, et mieux valait qu'elle fût convaincante.

« Le remède contre le sida est caché quelque part dans cette maison ; il faut que je le trouve. »

Pas mal comme argument. Malone comprenait l'importance de cette mission. Pour Ely comme pour Cassiopée. À sa gauche, à l'intersection de deux couloirs, il vit passer l'un des robots cracheurs de feu. Il prenait des risques à traîner à l'intérieur de la maison. « Où sont allés les autres ?

— Je l'ignore. Ils étaient dans la salle à manger, prisonniers de Zovastina et ses hommes. J'ai réussi à me réfugier dans le passage sans qu'ils puissent me suivre.

— Où est le remède ?

— Dans le laboratoire, sous la maison. On y accède par la bibliothèque où nous avons d'abord été retenus. »

Ely avait du mal à cacher son excitation. C'était sûrement de la folie. Et puis, après tout, pourquoi pas ? Malone commençait à être habitué.

« Après vous », dit-il au jeune homme.

Cassiopée tournait autour de Zovastina. Stéphanie, Henrik et Lyndsey se trouvaient à l'écart, tenus en respect par des soldats. La ministre suprême avait apparemment envie d'assurer le spectacle, d'offrir une démonstration de ses prouesses à ses hommes. Parfait. Si c'était une bagarre qu'elle voulait, elle allait l'avoir.

Zovastina attaqua la première, étreignant Cassiopée par le cou pour l'attirer vers elle. Elle était forte, plus que Cassiopée ne l'avait escompté. Zovastina se laissa tomber à terre et projeta Cassiopée en l'air par-dessus son épaule.

La jeune femme tomba lourdement.

Ignorant la souffrance, elle se releva d'un bond et enfonça son pied droit dans la poitrine de Zovastina, ce qui la fit tituber. La jeune femme en profita pour secouer ses membres endoloris avant de se jeter sur son adversaire.

Son épaule heurta des cuisses dures comme la pierre et les deux femmes tombèrent par terre.

Malone entra dans la bibliothèque. Ils n'avaient vu aucun soldat en traversant prudemment le rez-de-chaussée. La fumée devenait plus épaisse et la chaleur plus torride. Ely s'élança vers un cadavre étendu par terre.

« Zovastina l'a abattu. C'est l'homme de main de Vincenti. Elle s'est servie de ça pour ouvrir la porte dérobée », expliqua-t-il en s'emparant d'une télécommande argentée qu'il pointa vers la bibliothèque en appuyant sur un bouton.

Le meuble chinois pivota à cent quatre-vingts degrés.

« On se croirait dans un parc d'attractions », s'écria Malone avant de suivre Ely dans le passage sombre.

Zovastina fulminait. Elle était habituée à gagner. Que ce soit au *buzkashi*, en politique ou dans la vie. Elle avait défié Vitt car elle voulait prouver à cette femme qu'elle était la meilleure. Elle voulait aussi que ses hommes constatent que leur chef n'avait peur de personne. Ils n'étaient qu'une poignée, certes, mais depuis toujours, c'étaient les témoignages d'une poignée d'hommes qui bâtissaient les légendes.

Ce site lui appartenait entièrement désormais. La demeure de Vincenti serait rasée et à sa place serait érigé un mémorial digne de ce nom en l'honneur du conquérant qui avait choisi cet endroit pour dernière demeure. Il avait beau être grec de naissance, au fond il était asiatique et c'est tout ce qui comptait.

Elle pivota sur ses jambes, souleva son adversaire et la projeta de nouveau dans les airs tout en l'empoignant par le bras.

Elle enfonça son genou dans le menton de Vitt, coup dont elle savait pour l'avoir vécu elle-même qu'il enverrait une onde de choc dans son cerveau. Elle lui asséna un violent coup de poing au visage. Combien de fois avait-elle attaqué un de ses adversaires sur le terrain de *buzkashi* ? Combien de fois avait-elle brandi le *boz*, cette lourde carcasse de chèvre ? Ses bras et ses mains puissants étaient habitués à la douleur.

Vitt vacilla, à genoux, hébétée.

Comment cette moins que rien osait-elle la considérer comme une égale ? C'en était fini de Vitt, de toute évidence. Elle n'avait plus la force de lutter. Aussi, Zovastina plaça-t-elle délicatement son talon sur le front de son adversaire pour la pousser brutalement à terre.

Vitt ne bougea pas.

Aussi essoufflée qu'ivre de colère, Zovastina se calma et essuya son visage couvert de boue. Elle fit volte-face, satisfaite du combat. Dans son regard, pas la moindre trace d'intelligence, d'humour ou de compassion. Viktor hocha la tête en signe d'approbation. Ses soldats lui adressèrent des regards admiratifs.

C'était bon d'être une battante.

Malone pénétra dans le laboratoire souterrain. Ely et lui se trouvaient au moins à neuf mètres de la surface, encerclés par un soubassement de roche, avec une maison en flammes au-dessus d'eux. L'air empestait l'odeur du feu grégeois et, en descendant l'escalier, Malone en avait détecté la présence poisseuse sur les marches.

On devait mener des recherches en biologie ici car Malone repéra plusieurs isolateurs de manipulation et un réfrigérateur portant un symbole de danger biologique. Ely et Malone hésitèrent sur le pas de la porte. La réticence de Malone était motivée par les sacs éparpillés sur les tables et contenant un liquide transparent. Il en avait déjà vu. Au musée des Arts gréco-romains, cette fameuse nuit.

Deux cadavres étaient étendus par terre. Celui d'une femme émaciée vêtue d'un peignoir, et celui d'un homme corpulent vêtu de vêtements sombres. Ils avaient été abattus par balle.

« D'après Lyndsey, Vincenti tenait la clé USB quand Zovastina l'a tué », expliqua Ely.

Il fallait en finir, aussi Malone contourna-t-il prudemment les tables pour examiner le cadavre de l'homme. Il pesait au bas mot cent trente kilos. Il était couché sur le côté, bras tendu comme s'il avait tenté de se relever et avait quatre plaies par balle à la poitrine. Une main ouverte reposait près du pied de la table, l'autre était fermée. Malone se servit du canon de son fusil pour lui écarter les doigts.

« Voilà la clé ! » s'écria Ely, enthousiaste en s'agenouillant pour la ramasser.

Malone croyait voir Cai Thorvaldsen, même s'il ne l'avait rencontré qu'une fois à Mexico, quand sa destinée avait croisé celle d'Henrik Thorvaldsen pour la première fois. Les deux hommes devaient avoir à peu près le même âge. Facile de voir pourquoi le vieil homme appréciait Ely.

« Cette pièce ne va pas tarder à flamber, remarqua Malone.

— J'ai commis une grave erreur en faisant confiance à Zovastina, reconnut Ely, mais elle se montrait tellement enthousiaste. Elle avait l'air d'avoir une véritable passion pour l'histoire.

— C'est le cas, mais seulement si elle peut en tirer quelque chose.

— Je suis couvert de ce liquide.

— Ça m'est déjà arrivé.

— Zovastina est folle. C'est une criminelle.

— Puisque nous avons ce que nous sommes venus chercher, évitons de devenir ses victimes, voulez-vous ? En plus, Cassiopée va me faire la peau s'il vous arrive quoi que ce soit. »

93

Zovastina s'installa à bord de l'hélicoptère. Lyndsey était déjà harnaché dans l'habitacle, menotté à la cloison de séparation.

« Madame la ministre, je ne vous causerai aucun ennui, je le jure. Je ferai ce que vous voudrez. Je vous l'assure. Inutile de m'attacher. Je vous en supplie, madame la ministre...

— Bouclez-la, ou je vous fais exécuter immédiatement », répondit calmement Zovastina.

Le chercheur sentit qu'il valait mieux obéir et se calma.

« Et que je ne vous entende plus. »

La ministre inspecta le spacieux habitacle qui accueillait habituellement une douzaine d'hommes armés et dans lequel les ordinateurs de Vincenti et les deux robots étaient solidement attachés. Cassiopée Vitt était étendue par terre, immobile. Quatre soldats surveillaient les prisonniers.

Viktor se tenait à l'extérieur de l'hélicoptère.

« Bon travail, Viktor. Quand je serai partie, faites brûler la maison et tuez-les tous. Je compte sur vous pour sécuriser ce site. J'enverrai des renforts dès mon retour à

Samarcande. Cet endroit est désormais la propriété de la Fédération. »

Zovastina se tourna vers le manoir dont les étages supérieurs étaient la proie des flammes. Bientôt, il n'en resterait plus que des ruines. Elle avait déjà réfléchi au palais de style asiatique qu'elle ferait construire ici. Elle n'avait pas encore décidé s'il fallait révéler au monde l'emplacement de la tombe d'Alexandre. Elle avait besoin de passer en revue toutes les possibilités et comme elle seule contrôlait ce site, cette décision lui reviendrait.

« Merci, mon ami », dit-elle à Viktor en plantant son regard dans le sien. L'espace d'un instant, le garde eut l'air secoué par ses paroles. « Je ne vous remercie jamais, c'est vrai. J'estime que vous ne faites que votre travail, mais ici, vous vous êtes surpassé. »

Elle jeta un dernier coup d'œil à Cassiopée Vitt, Stéphanie Nelle et Henrik Thorvaldsen, des gêneurs qui ne seraient bientôt plus qu'un souvenir. Cotton Malone et Ely Lund étaient encore à l'intérieur du manoir. Ils seraient morts d'ici quelques minutes, si ce n'était déjà fait.

« Je vous reverrai au palais », dit-elle à Viktor en fermant la portière de l'hélicoptère.

La turbine se mit en marche et les pales de l'hélicoptère commencèrent à tourner. Le moteur monta en régime. Un tourbillon de poussière s'éleva et l'appareil s'envola dans le ciel de cette fin d'après-midi.

Sans tarder, Viktor rejoignit ses hommes et ordonna à

deux d'entre eux d'aller se poster à l'entrée du domaine et aux deux autres de surveiller Nelle et Thorvaldsen.

Il s'approcha de Cassiopée. Elle avait des ecchymoses au visage, le nez ensanglanté. La sueur qui lui dégoulinait sur le visage laissait des traces sur ses joues sales.

Elle ouvrit brusquement les yeux et lui agrippa le bras.

« Vous venez finir le travail ? » demanda-t-elle.

Il tenait un pistolet dans la main gauche et dans la droite, la télécommande contrôlant les robots qu'il posa calmement par terre près d'elle. « C'est exactement ce que je suis venu faire, en effet. »

L'hélicoptère se stabilisa avant de se diriger vers l'est, en direction du manoir et au-delà, de la vallée.

« Pendant que vous vous battiez, j'ai activé les robots placés à l'intérieur de l'hélicoptère, expliqua Viktor. Ils sont maintenant programmés pour exploser en même temps que ceux de la maison. Grâce à cette télécommande. »

Cassiopée la ramassa d'un geste vif.

« Attention », conseilla Viktor en lui braquant immédiatement le pistolet sur la tête.

Cassiopée fusilla Viktor du regard, doigt sur le bouton de la télécommande. Pouvait-elle appuyer avant qu'il la tue ? Peut-être se posait-il la même question ?

« Il faut choisir, dit-il. Votre cher Ely et Malone sont peut-être encore dans la maison. Tuer Zovastina pourrait leur être fatal. »

Il fallait espérer que Malone avait la situation en main.

Mais ce n'était pas tout. « Comment savoir si l'on peut vous faire confiance ? demanda-t-elle. Vous êtes passé d'un camp à l'autre.

— Ma mission consistait à mettre un terme à tout ça. C'est ce que nous nous apprêtons à faire.

— Tuer Zovastina n'est peut-être pas la meilleure solution.

— C'est la seule solution. Le seul moyen de l'arrêter. »

Cassiopée réfléchit. Viktor avait raison.

« J'allais la tuer moi-même, mais je me suis dit que vous aimeriez avoir cet honneur.

— Le pistolet que vous braquez sur moi, c'est pour amuser la galerie ?

— Les gardes ne peuvent pas voir votre main.

— Comment être sûre que vous ne me tirerez pas dessus quand j'aurai appuyé ?

— Vous ne pouvez avoir aucune certitude. »

L'hélicoptère avait dépassé le manoir et survolait le pré à environ trois cents mètres d'altitude.

« Si vous attendez encore, le signal ne fonctionnera plus.

— J'ai toujours su que je ne vivrais pas bien vieille », dit Cassiopée avec un haussement d'épaules.

Et elle appuya sur le bouton.

Stéphanie vit Viktor braquer son arme sur Cassiopée, à moins de dix mètres d'elle. Elle l'avait vu poser quelque chose par terre, mais Cassiopée lui tournait le dos et il était impossible de savoir ce qui se passait.

L'hélicoptère se transforma soudain en boule de feu.

Il n'y eut pas d'explosion. Une lumière aveuglante irradia simplement de l'appareil comme une supernova ; le carburant s'enflamma bientôt à son tour. L'embrasement fut accompagné d'une déflagration qui résonna à travers la vallée. Des débris furent projetés dans les airs et retombèrent dans une pluie de feu. Au même moment, les vitres du rez-de-chaussée du manoir explosèrent, les fenêtres englouties dans un brasier ardent.

Viktor aida Cassiopée à se relever.

« Il est de notre côté, on dirait », remarqua Thorvaldsen.

Viktor désigna les deux gardes et aboya des ordres dans ce qui ressemblait à du russe.

Les hommes s'éloignèrent.

Cassiopée se rua vers le manoir.

Stéphanie et Thorvaldsen lui emboîtèrent le pas.

Arrivé en haut de l'escalier, Malone suivit Ely dans la bibliothèque. Des coups sourds résonnèrent dans la maison et Malone remarqua tout de suite un changement de température.

« Les robots ont été activés », dit-il.

Derrière la porte de la bibliothèque, des flammes surgirent. D'autres coups résonnèrent. Plus près cette fois. Les deux hommes sentirent une vague de chaleur monter. Malone se rua vers la porte et jeta un coup d'œil dans le couloir : il était impraticable, des flammes consumaient le sol et avançaient vers lui. « Je suis couvert de ce liquide », avait dit Ely. Malone se retourna pour examiner les hautes fenêtres qui perçaient les murs. Elles mesuraient environ trois mètres sur deux. Au loin, dans la vallée, il vit quelque chose brûler. Il ne leur restait que quelques secondes avant que les flammes les rejoignent.

« Aidez-moi ! » s'écria-t-il.

Ely fourra la clé USB dans sa poche et empoigna l'accoudoir d'un petit canapé tandis que Malone saisissait l'autre. Ils le jetèrent à travers l'une des fenêtres. Les vitres se brisèrent en mille morceaux en dégageant un espace, mais les éclats de verre étaient trop nombreux pour pouvoir s'y glisser.

« Attrapez des chaises », s'écria Malone.

Les flammes s'engouffrèrent par la porte et s'attaquèrent aux murs de la bibliothèque. Les livres et les étagères s'embrasèrent. Malone s'empara d'une chaise dont il se servit pour briser les derniers éclats de verre acérés.

Le sol s'enflamma, ainsi que tout ce qui était imprégné de liquide.

Le temps pressait.

Les deux hommes se jetèrent par la fenêtre.

Il y eut un bris de verre au moment où Cassiopée, Viktor, Thorvaldsen et Stéphanie approchaient du manoir. Un canapé fut projeté par la fenêtre et tomba par terre. Cassiopée avait pris un risque en tuant Zovastina alors que Malone et Ely étaient encore à l'intérieur, mais comme le disait si bien Malone, peu importe que l'on se trompe, l'essentiel c'est d'agir.

Une chaise atterrit par terre.

Malone et Ely sautèrent par la fenêtre alors que des

vagues d'un orange éclatant submergeaient la pièce derrière eux.

Malone ne s'en sortit pas aussi élégamment qu'à Copenhague : son épaule droite heurta violemment le gazon et il fit une cabriole. Ely aussi tomba lourdement par terre et roula plusieurs fois sur lui-même, bras autour de la tête.

Cassiopée courut vers eux. Ely leva les yeux vers elle.

« Tu t'amuses bien ? lui demanda-t-elle en souriant.

— À peu près autant que toi. Qu'est-ce qui est arrivé à ton visage ?

— J'ai pris une sacrée raclée, mais c'est moi qui ai eu le dernier mot. »

Elle l'aida à se relever et ils s'étreignirent.

« Tu sens mauvais, remarqua la jeune femme.

— Feu grégeois, le dernier parfum à la mode.

— Et moi alors ? bougonna Malone en se relevant et en époussetant ses vêtements. Même pas un "Comment ça va ?" ni un "Contente de voir que vous n'êtes pas carbonisé" » ?

Elle secoua la tête et l'étreignit lui aussi.

« Vous vous êtes fait écraser par combien de semi-remorques ? dit Malone en remarquant l'état de son visage.

— Juste un.

— Vous vous connaissez ? s'étonna Ely.

— Nous avons été présentés, oui.

— Qu'est-ce qu'il fait là, celui-là ? s'écria Malone en lançant un regard mauvais à Viktor.

— Croyez-le ou non, il est de notre côté. Je crois.

— Zovastina est morte, expliqua Stéphanie alors que des soldats se précipitaient vers ce qui restait de l'hélicoptère en flammes.

– C'est terrible, dit Viktor. Victime d'un tragique accident d'hélicoptère dont quatre de ses soldats ont été témoins. Elle aura droit à des funérailles grandioses.

– Et Daniels devra s'assurer que le prochain ministre suprême de la Fédération d'Asie centrale est un peu plus accueillant, ajouta Stéphanie.

– Nous avons de la compagnie », annonça Cassiopée, en voyant des points grossir dans le ciel en provenance de l'ouest.

Des hélicoptères approchaient.

« Ce sont des appareils américains : des Apache AH-64 et un Blackhawk », expliqua Malone.

Les appareils amorcèrent leur descente. La porte d'un des hélicoptères Apache s'ouvrit et Malone aperçut un visage familier.

Celui d'Edwin Davis.

« Ces soldats sont stationnés en Afghanistan, expliqua Viktor. Davis m'avait informé qu'ils seraient dans les parages, qu'ils surveilleraient l'évolution de la situation et se tiendraient prêts à intervenir.

– Tuer Zovastina comme ça n'était peut-être pas très malin, vous savez, dit Stéphanie, résignée.

– Qu'est-ce qu'il y a ? voulut savoir Cassiopée.

– Les ordinateurs de Vincenti et Lyndsey se trouvaient à bord de l'hélicoptère, intervint Henrik. Vous l'ignorez, mais Vincenti avait découvert un remède contre le sida dont il assurait la fabrication avec Lyndsey et toutes les données étaient contenues dans ces ordinateurs. Quand il est mort, Vincenti avait une clé USB sur lui. Mais, malheureusement, elle doit être détruite à l'heure qu'il est », conclut le vieil homme en désignant la maison en flammes.

Malone leur lança soudain un regard malicieux. Ely

sourit. Malgré l'épuisement qui se lisait sur leur visage, les deux hommes avaient un air triomphant qui faisait plaisir à voir.

Ely sortit quelque chose de sa poche et tendit sa paume ouverte.

C'était une clé USB.

« Qu'est-ce que c'est ? demanda Cassiopée, pleine d'espoir.

– La vie », répondit Malone.

94

Malone admirait la tombe d'Alexandre le Grand. Après l'arrivée d'Edwin Davis, une unité des forces spéciales de l'armée américaine avait rapidement pris le contrôle de la propriété, désarmé les quatre soldats de Zovastina sans la moindre lutte. Le président Daniels avait autorisé l'incursion de ses troupes sur le territoire de la Fédération qui, selon Davis, ne s'y opposerait pas officiellement.

Zovastina était morte. Un jour nouveau s'annonçait.

Une fois la propriété sécurisée, alors que la nuit tombait sur les montagnes, ils avaient tous gravi le sentier menant aux deux bassins et plongé dans l'œil fauve. Même Thorvaldsen mourait d'envie de voir la tombe. Malone l'avait aidé à traverser le tunnel et remarqué non sans surprise que, en dépit de son âge et de son handicap, son vieil ami était un nageur vigoureux.

Ils avaient apporté des torches et des projecteurs pris dans les hélicoptères Apache et la tombe était désormais inondée de lumière. Émerveillé, Malone admirait un mur de briques émaillées dont les teintes bleue, jaune, orange et noire étaient encore vives au bout de deux mille ans.

Ely examinait trois lions dessinés avec grand talent à partir de carreaux colorés. « Le chemin processionnaire de Babylone était jadis décoré de carreaux similaires à ceux-ci. Nous en avons des vestiges. Mais ici, ils sont intacts. »

Edwin Davis les avait accompagnés, désireux lui aussi de voir ce que Zovastina convoitait tant. Malone était soulagé de savoir que l'entrée de la grotte était placée sous la surveillance d'un sergent de l'armée et de trois soldats équipés de carabines M4. Stéphanie et lui avaient fait leur rapport à Davis et Malone commençait à apprécier le conseiller adjoint chargé de la Sécurité nationale, surtout depuis qu'il avait anticipé leurs besoins en se tenant prêt à leur apporter son soutien.

Ely était tout près des sarcophages. Sur le côté de l'un d'eux se détachait un seul mot : ΑΛΕΞΑΝΔΡΟΣ. D'autres lettres ornaient l'autre côté du sarcophage :

ΑΙΕΝ ΑΡΙΣΤΕΓΕΙΝ ΚΑΙ
ΓΠΕΙΡΟΧΟΝ ΕΜΜΕΝΑΙ ΑΛΛΩΝ

« Ce sarcophage est celui d'Alexandre, dit Ely. L'inscription est une citation de *l'Iliade* : “Être le meilleur et se maintenir supérieur aux autres”, expression homérique de l'idéal héroïque. C'était sans doute la devise d'Alexandre. Zovastina adorait cet extrait. Je l'ai entendue le citer de nombreuses fois. Ceux qui ont inhumé Alexandre ici ont bien choisi son épitaphe. »

Ely désigna l'autre sarcophage portant une inscription plus simple :

ΗΦΑΙΣΤΙΩΝ
ΦΙΛΟΣ ΑΛΕΞΑΝΔΡΟΓ

« Héphaestion. Ami d'Alexandre. Le terme amant ne rend pas justice à leur relation. Être considéré comme un ami était le compliment suprême pour un Grec et réservé aux êtres les plus chers. »

Malone vit que l'image d'un cheval gravée sur le sarcophage d'Alexandre avait été débarrassée de toute trace de poussière.

« C'est Zovastina qui a fait ça quand nous étions ici tous les deux, expliqua Viktor. Elle était fascinée par cette image.

– Elle représente sans aucun doute Bucéphale, le cheval d'Alexandre. Il vénérait l'animal. Le cheval est mort pendant la campagne d'Asie et a été enterré dans les montagnes non loin d'ici.

– C'est aussi le nom qu'a donné Zovastina à son cheval préféré », remarqua Viktor.

Malone jeta un coup d'œil dans la pièce. Ely désigna les coupes rituelles, un flacon de parfum en argent, un rhyton en forme de tête de bélier et même des jambières en bronze doré avec des attaches en cuir qui protégeaient jadis les mollets des guerriers. « C'est à vous couper le souffle », s'exclama Stéphanie.

Malone partageait l'avis de son amie.

Cassiopée se tenait près de l'un des sarcophages encore entrouvert.

« Zovastina a jeté un coup d'œil dedans », expliqua Viktor.

Ils braquèrent le faisceau de leur torche sur une momie.

« Étrange qu'elle ne soit pas enfermée dans un cartonnage, dit Ely. Mais ils n'avaient peut-être ni la capacité ni le temps d'en fabriquer un. »

Des feuilles d'or de la taille d'une feuille de papier recouvraient le corps du cou aux pieds ; il y en avait d'autres éparpillées dans le sarcophage. Le bras droit, plié au coude, reposait sur l'abdomen. Le bras gauche était tendu, l'avant-bras détaché du reste. Des bandelettes enveloppaient étroitement la majeure partie du cadavre et sur la poitrine partiellement découverte reposaient trois disques dorés.

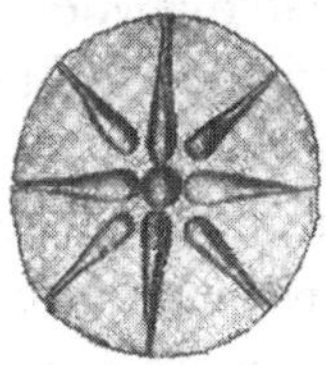

« L'étoile macédonienne, le blason d'Alexandre, reprit Ely. Ceux-là sont impressionnants. Quels superbes objets.

– Comment a-t-on pu faire entrer tout ça ici ? Ces sarcophages sont énormes, remarqua Stéphanie.

– Il y a vingt-trois siècles, la topographie des lieux devait être différente. Je parie qu'il y avait un autre accès à la grotte. Peut-être que les bassins ne se trouvaient pas si haut et que le tunnel était plus accessible. Peut-être n'y avait-il pas d'eau ? Qui sait ?

– Et les lettres au fond des bassins ? Comment ont-elles pu se retrouver là ? le questionna Malone. Les concepteurs de ce tombeau n'en sont certainement pas à l'origine. C'est l'équivalent d'une enseigne au néon pour alerter les gens.

– À mon avis, c'est à Ptolémée que nous les devons. Cela fait partie de son énigme. Deux lettres grecques gravées au fond de deux bassins pour servir de repère j'imagine. »

Personne n'avait encore touché au masque doré qui recouvrait le visage d'Alexandre. « Allez-y, Ely. Voyons à quoi ressemble celui qui a régné sur le monde. »

Le jeune homme avait du mal à cacher son impatience. Après avoir étudié la vie du conquérant, avoir glané ce qu'il pouvait à partir des rares informations qui avaient survécu au passage du temps, il avait l'occasion d'être le premier à le toucher depuis plus de deux mille ans.

Il souleva lentement le masque.

Le peu de peau qui restait avait une teinte noirâtre. Elle était sèche et cassante. La mort seyait à Alexandre et ses yeux mi-clos véhiculaient une étrange expression de curiosité. La bouche lui barrait le visage ; elle était ouverte, comme s'il criait. Le temps avait tout pétrifié. Les cheveux avaient disparu, ainsi que le cerveau qui, plus que tout le reste, expliquait les succès d'Alexandre.

Tous le regardèrent en silence.

Au bout d'un moment, Cassiopée dirigea sa torche vers l'autre bout de la grotte. Derrière la statue équestre d'un guerrier, une cape jetée sur une épaule, le faisceau illumina un magnifique buste en bronze. Le visage ovale et puissant témoignait d'une grande confiance, les yeux étrécis jetaient un regard volontaire et distant. Les cheveux étaient coiffés en arrière dans le style classique et lui tombaient aux épaules en boucles irrégulières. Le cou était droit et long, le port de tête et l'allure ceux d'un homme qui contrôlait totalement son univers.

Alexandre le Grand.

Quel contraste avec le visage de la mort enfermé dans le sarcophage.

« Dans tous les bustes d'Alexandre que j'ai vus jusqu'ici, le nez, les lèvres, le front et les cheveux avaient été restaurés en plâtre, précisa Ely. Il y en a peu qui sont parvenus jusqu'à nous, mais nous avons là une image d'époque intacte.

— Et le voici en chair et en os », conclut Malone.

Cassiopée s'approcha du sarcophage voisin et entrouvrit le couvercle pour pouvoir jeter un coup d'œil à l'intérieur. La momie, dans un état de conservation similaire, n'était pas complètement habillée d'or, mais son visage était recouvert d'un masque.

« Alexandre et Héphaestion. Ils reposent ici depuis tellement longtemps, dit Thorvaldsen.

– Vont-ils rester là où ils sont ? voulut savoir Malone.

– Il s'agit d'une découverte archéologique majeure, dit Ely. Ce serait une tragédie de ne rien en apprendre. »

L'attention de Viktor se portait maintenant sur un coffre en or posé contre le mur. Au-dessus, gravées à même la pierre, des fresques représentaient une multitude de batailles, de chars, de chevaux et de guerriers armés d'épées. Une étoile macédonienne en or avait été moulée sur le coffre. Des rosaces similaires étaient placées tout autour du coffre. Viktor se saisit du couvercle et, avant qu'Ely ait pu l'en empêcher, le souleva.

Edwin Davis braqua sa torche sur le contenu.

Ils découvrirent une couronne de feuilles de chêne et de glands en or, d'une extraordinaire richesse de détails.

« Une couronne royale, commenta Ely.

– C'est ce que cherchait Zovastina, dit Viktor, narquois. Elle se serait servie de cette couronne. Elle se serait servie de tous ces trésors pour se faire valoir.

– Dommage que son hélicoptère se soit écrasé », ironisa Malone.

Ils se retrouvaient tous dans la grotte, trempés après leur plongeon dans le bassin, mais soulagés que le supplice soit terminé. Le reste était affaire de politique, ce qui ne regardait pas Malone.

« Viktor, si un jour vous en avez assez de travailler en

indépendant et que vous cherchez un boulot, faites-moi signe, proposa Stéphanie.

— Je tâcherai de m'en souvenir.

— Vous m'avez laissé vous battre tout à l'heure, n'est-ce pas ? dit Malone.

— Je pensais qu'il valait mieux que vous partiez, alors je vous ai donné l'occasion de le faire. Je ne suis pas si facile à battre, Malone.

— Moi aussi, je tâcherai de m'en souvenir », répondit Malone. Puis, désignant les sarcophages, il ajouta : « Que pouvons-nous en faire ?

— Ils attendent ici depuis un bon moment, ils peuvent se reposer encore un peu, dit Ely. Nous avons d'autres priorités pour l'instant. »

Cassiopée sortit la dernière du bassin d'eau ambrée pour regagner la première grotte.

« D'après Lyndsey, on peut avaler les bactéries vivant dans le bassin vert, expliqua Ely. Elles sont inoffensives pour notre organisme, mais détruisent le VIH.

— Nous ignorons s'il y a une once de vérité dans tout ça, dit Stéphanie.

— Je crois que oui, répliqua Ely. Ce type risquait sa peau et se servait de ce dont il disposait pour la sauver.

— Nous avons la clé USB. Je peux demander aux meilleurs chercheurs de la planète de nous donner une réponse immédiate, dit Thorvaldsen.

— Alexandre le Grand n'avait pas de chercheurs à sa disposition. Il faisait confiance au monde qui l'entourait. »

Cassiopée admirait le courage d'Ely. Elle était séropositive depuis plus de dix ans et se demandait continuellement quand la maladie allait se déclarer. Héberger dans son organisme une bombe à retardement en attendant que son système immunitaire lâche, ça changeait votre vie. Elle savait qu'Ely souffrait de la même angoisse, s'accrochait au moindre espoir. Pourtant, ils faisaient partie des favorisés. Ils avaient les moyens d'acheter les médicaments qui contrôlaient la progression du virus, alors que des millions d'autres malades n'avaient pas cette chance.

Elle regarda l'eau ambrée et la lettre Z gravée au fond. Elle se souvint d'une phrase lue dans l'un des manuscrits : « Eumène révéla l'emplacement de la sépulture d'Alexandre, très loin, dans les montagnes où les Scythes avaient parlé de la vie à Alexandre. » Elle approcha du bassin vert et regarda le H gravé au fond.

La vie.

Quelle promesse merveilleuse.

« Tu es prête ? » lui demanda Ely en lui prenant la main.

Elle hocha la tête.

Ils s'agenouillèrent et se mirent à boire.

95

Copenhague
Samedi 6 juin
19 h 45

Installé au premier étage du Café Norden, Malone dégustait une assiette de bisque à la tomate. C'était bien la meilleure qu'il eût jamais mangée. Thorvaldsen était assis en face de lui. La brise très agréable de cette soirée de fin de printemps entrant par les fenêtres ouvertes les caressait. En cette saison, le temps approchait la perfection à Copenhague, une des raisons pour lesquelles Malone était si heureux de s'y être installé.

« J'ai eu des nouvelles d'Ely aujourd'hui », annonça Thorvaldsen.

Malone se demandait justement ce qui se passait en Asie centrale. Ils étaient rentrés six semaines plus tôt et il avait été occupé à vendre des livres. C'était ça, être agent de terrain : faire son travail et passer à autre chose. Pas d'analyse après les faits, pas de suivi. Cette tâche incombait à d'autres.

« Il conduit les fouilles dans la tombe d'Alexandre. Le nouveau gouvernement de la Fédération coopère avec les Grecs. »

Malone savait qu'Ely avait obtenu un poste au musée des Antiquités d'Athènes grâce à l'intervention de Thorvaldsen. Découvrir l'emplacement de la tombe d'Alexandre avait évidemment transporté d'enthousiasme le personnel du musée.

Un ministre adjoint modéré avait succédé à Zovastina ; conformément à la constitution de la Fédération, il occupait temporairement le pouvoir jusqu'à ce que des élections puissent avoir lieu. Washington s'était discrètement assuré que les stocks d'armes biologiques soient détruits et avait donné le choix à Samarcande : coopérer ou les voisins de la Fédération seraient mis au courant des projets de Zovastina et ses généraux et pourraient en tirer les conséquences. Heureusement, la modération l'avait emporté et les États-Unis avaient supervisé la destruction des virus. Évidemment, comme les pays de l'Ouest détenaient l'antidote, la Fédération n'avait pas eu le choix. Elle pouvait lancer l'attaque, mais pas l'arrêter. À l'alliance difficile entre Zovastina et Vincenti avait succédé la coopération entre deux nations qui se méfiaient l'une de l'autre.

« Ely a carte blanche et conduit les fouilles en toute sérénité, expliqua Henrik. D'après lui, de nombreuses pages de l'histoire vont devoir être récrites. Un grand nombre d'inscriptions a été découvert dans la tombe, des œuvres d'art et même une carte ou deux. Des trésors inestimables.

— Comment vont Edwin Davis et Danny Daniels ? demanda Malone. Ils sont satisfaits ?

— J'ai parlé à Edwin il y a deux ou trois jours. Daniels nous est reconnaissant pour tout ce que nous avons fait. Il a particulièrement apprécié que Cassiopée fasse exploser cet hélicoptère. Il n'y a pas beaucoup de compassion à attendre de lui. C'est un vrai dur.

— Ravi d'avoir pu aider le président encore une fois. Et la Ligue vénitienne ?

– Elle s'est évanouie dans la nature. Elle n'est liée à aucun délit particulier.

– À part le meurtre de Naomi Johns.

– C'est Vincenti qui l'a commandité et je crois qu'il a payé le prix.

– Vous savez, ce serait bien si, pour une fois, Daniels me demandait mon aide.

– N'y comptez pas.

– C'est pareil pour vous ?

– C'est pareil pour moi. »

Malone finit son potage et se mit à observer la Højbro Plads. La place fourmillait de gens qui profitaient de la douceur de la soirée, véritable événement à Copenhague. La librairie située de l'autre côté de la place était fermée. Les affaires marchaient bien ces derniers temps, et Malone avait prévu un voyage d'affaires à Londres dans une semaine avant l'arrivée de Gary qui viendrait passer les vacances d'été chez lui comme chaque année. Il avait hâte de revoir son garçon de quinze ans.

Mais il était aussi mélancolique depuis son retour à Copenhague. Thorvaldsen et lui dînaient ensemble au moins une fois par semaine, mais n'avaient jamais abordé le sujet qui le préoccupait vraiment. Il valait parfois mieux ne pas s'aventurer sur certains terrains.

À moins d'y être autorisé.

« Comment va Cassiopée ? demanda-t-il donc.

– Je me demandais quand vous alliez poser la question.

– C'est vous qui m'avez mêlé à toute cette histoire.

– Tout ce que j'ai fait, c'est vous dire qu'elle avait besoin d'aide.

– J'aime à croire qu'elle m'aiderait elle aussi si j'en avais besoin.

— Absolument. Mais pour répondre à votre question, Ely et elle ne sont plus séropositifs. D'après Edwin, des chercheurs ont confirmé l'efficacité des bactéries. Daniels rendra le traitement public d'ici peu et le gouvernement américain en contrôlera la distribution. Le président souhaite qu'il soit accessible au plus grand nombre à un coût minimal.

— Cette décision va concerner beaucoup de monde.

— Grâce à vous. Vous avez résolu l'énigme et retrouvé la tombe.

— Nous avons tous fait notre boulot, répondit Malone modestement. Au fait, vous êtes un as de la gâchette à ce que je me suis laissé dire. Stéphanie m'a raconté que vous avez fait des étincelles dans le manoir de Vincenti.

— Je suis capable de me défendre. »

Malone savait également que Stéphanie avait tué un garde. Il s'en était entretenu avec elle avant leur départ d'Asie et il l'avait rappelée une semaine plus tôt.

« Stéphanie commence à se rendre compte de la difficulté du travail de terrain, dit Malone.

— Je lui ai parlé il y a quelques jours, renchérit Henrik.

— Vous devenez copains tous les deux ou quoi ?

— Nous avons beaucoup de points communs même si nous ne l'admettrons jamais, répondit le vieil homme en souriant.

— Tuer n'est jamais facile, quelle que soit la raison.

— J'ai tué trois hommes dans cette maison. Vous avez raison, ce n'est jamais facile. »

Malone n'avait toujours pas eu de réponse à sa question initiale et Thorvaldsen sentit qu'il avait vraiment envie de savoir.

« Je n'ai pas beaucoup parlé avec Cassiopée depuis notre

retour. Elle est rentrée en France. Je ne sais rien à propos d'elle et d'Ely, de leur couple. Elle ne se confie guère. Vous allez devoir lui poser la question. »

Malone décida d'aller se promener. Il adorait se balader dans le Strøget. Il proposa à Thorvaldsen de se joindre à lui, mais son ami déclina l'offre.

Malone se leva.

Thorvaldsen jeta quelques papiers pliés sur la table. « Voilà le titre de propriété de ce domaine près du Sund, là où la maison a brûlé. Je n'en ai pas l'utilité. »

Malone déplia les feuillets et vit qu'il en était le bénéficiaire.

« Je veux que la propriété vous revienne.

– Elle vaut beaucoup d'argent. Elle est située sur le front de mer. Je ne peux pas accepter.

– Reconstruisez la maison, profitez-en. Considérez ça comme une compensation pour vous avoir entraîné dans cette histoire.

– Vous saviez bien que j'allais vous aider.

– Comme ça, ma conscience – ou ce qu'il en reste – sera apaisée. »

Depuis deux ans qu'ils se côtoyaient, Malone avait compris que lorsque Henrik Thorvaldsen avait pris une décision, elle était définitive. Aussi fourra-t-il le titre de propriété dans sa poche avant de descendre l'escalier.

Il poussa la porte du café et sentit sur sa peau la caresse de cette douce soirée danoise. Il fut accueilli par le brouhaha des conversations et la foule des clients attablés en terrasse.

« Hé, Malone »

Il se retourna.

Cassiopée était assise à l'une des tables.

Elle se leva pour aller à sa rencontre.

Vêtue d'une veste en toile bleu marine et d'un pantalon assorti, elle portait un sac en cuir en bandoulière et des sandales qui mettaient ses pieds en valeur. Ses cheveux bruns retombaient sur ses épaules en boucles épaisses. Il la revoyait dans la montagne, moulée dans son pantalon en cuir et son soutien-gorge de sport, nageant à son côté vers la tombe. Et sans parler des quelques minutes qu'ils avaient passées en sous-vêtements.

« Que faites-vous à Copenhague ? s'étonna Malone.

— Vous n'arrêtez pas de me seriner que l'on mange bien dans ce café, alors je suis venue vérifier.

— Ça fait beaucoup de chemin pour un dîner.

— Pas quand on ne sait pas cuisiner.

— J'ai appris que vous étiez guérie. J'en suis ravi.

— Il faut avouer que ça soulage de ne pas se demander si c'est aujourd'hui que l'on va commencer à mourir. »

Malone se rappelait à quel point elle était préoccupée le soir où elle l'avait aidé à sortir du musée des Arts gréco-romains. On ne sentait plus la moindre mélancolie chez elle.

« Où allez-vous ? demanda Cassiopée.

— Me balader.

— Vous avez envie d'un peu de compagnie ? »

Malone lança un coup d'œil vers le café et la table où Thorvaldsen et lui étaient assis. Son ami lui adressa un sourire par la fenêtre ouverte. Il aurait dû s'en douter.

« Vous êtes toujours en train de mijoter quelque chose, tous les deux.

— Vous ne m'avez pas répondu pour la balade.

— Bien sûr. J'adorerais avoir de la compagnie. »

Elle le prit par le bras et l'entraîna.

« Et Ely et vous ? Je croyais...
— Malone. »

Il savait ce qu'elle allait dire, aussi lui épargna-t-il cette peine.

« Je sais. Taisez-vous et avancez. »

Note de l'auteur

Le moment est venu de savoir où s'arrêtent les faits et où commence la fiction.

Le type d'exécution décrit dans le prologue existait à l'époque d'Alexandre le Grand. Le souverain ordonna l'exécution du médecin qui avait soigné Héphaestion, mais pas de la manière décrite. La plupart des chroniques parlent de pendaison.

Alexandre et Héphaestion avaient une relation complexe. Ami, confident, amant : tous ces termes décrivent parfaitement Héphaestion. Les témoignages font état du profond désespoir ressenti par le souverain à la mort prématurée de son ami, ainsi que des funérailles grandioses auxquelles il eut droit dont certains disent qu'elles furent les plus coûteuses de l'histoire. L'embaumement et l'enlèvement de la dépouille d'Héphaestion (chapitre 24) sont évidemment fictifs.

Le feu grégeois (chapitre 5) existait réellement. La formule était bien détenue par les empereurs byzantins en personne et fut perdue à la chute de cet empire. Sa composition chimique reste un mystère. Quant à sa vulnérabilité à l'eau salée, elle est de mon invention. Le feu grégeois était employé dans les offensives maritimes.

Le jeu de *buzkashi* (chapitre 7) est aussi ancien qu'il est violent et l'on continue d'y jouer à travers l'Asie centrale. La description des règles du jeu, des vêtements des joueurs et de leur équipement est fidèle à la réalité et il est vrai que les accidents mortels sont fréquents au cours des parties.

La Fédération d'Asie centrale est un pays fictif, mais les détails politiques et économiques concernant cette région du monde fournis chapitre 27 sont exacts. Malheureusement, cette région a toujours été un champ de bataille commode et la corruption règne au sein des gouvernements qui l'administrent.

C'est dans le livre de Frank Holt *Alexander the Great and the Mystery of the Elephant Medallions* que j'ai découvert l'existence des décadrachmes de Poros. Dans mon histoire, seuls huit médaillons subsistent – c'est bien plus que dans la réalité. Leur description (chapitre 8-9) est fidèle à la réalité hormis les microgravures des lettres ZH que j'ai ajoutées. Aussi étonnant que cela puisse paraître, les graveurs de l'Antiquité étaient capables de réaliser ce genre de prouesse grâce à des lentilles tout à fait rudimentaires.

En ce qui concerne l'emploi des lettres ZH, la traduction littérale de ce terme en grec ancien est le verbe vivre. La traduction la plus exacte du nom vie est **ΣΦΙΓ**. J'ai pris quelques libertés avec la traduction dans l'intérêt de l'histoire. Quant à la description de la langue grecque, j'ai privilégié l'emploi du terme grec ancien tout au long de l'histoire.

Le bataillon sacré qui protège Irina Zovastina (chapitre 12) s'inspire de l'unité de combat la plus féroce de la Grèce antique. Cent cinquante couples d'hommes venus de la cité de Thèbes massacrés jusqu'au dernier par Philippe II et son fils Alexandre le Grand en 338 avant

J.-C. Un monument funéraire dédié à leur courage s'élève toujours à Chéronée, en Grèce.

La potion mentionnée tout au long de l'histoire est fictive, tout comme le récit de sa découverte chapitre 14. Les *archaea* (chapitre 62) existent bel et bien quant à elles ; il est vrai que certaines bactéries et certains virus s'attaquent les uns aux autres. L'utilisation des *archaea* de la manière décrite ici n'est que pure invention.

Quant à Venise, les lieux sont conformes à la réalité. L'intérieur de la basilique Saint-Marc est superbe et la tombe de saint Marc (chapitre 42) ainsi que son histoire sont fidèlement décrites. Le musée, les deux églises, le campanile et le restaurant de Torcello se trouvent bien sur cette île. Les détails géographiques et historiques concernant l'île (chapitre 34) sont également rapportés avec fidélité. La Ligue vénitienne n'existe pas. Cependant, au cours de sa longue histoire, il est arrivé à la République de Venise de conclure des alliances périodiques avec d'autres villes-États. pour former ce que l'on appelait à l'époque des ligues.

La spectrométrie de fluorescence X (chapitre 11), avancée scientifique récente, est employée dans l'analyse des parchemins anciens. Je remercie le talentueux romancier Christopher Reich de m'avoir fait parvenir un article sur le sujet.

L'histoire de Hieronymos de Cardia (chapitre 24) est purement fictive tout comme l'énigme de Ptolémée, même si les faits se rapportant au cortège funèbre d'Alexandre et à l'administration de l'Égypte par le pharaon sont corrects d'un point de vue historique. Il est exact que des marchands vénitiens s'approprièrent la dépouille de saint Marc en 828 après J.-C. à Alexandrie de la façon décrite aux chapitres 29 et 45. Une fois à

Venise, le corps disparut effectivement pendant de longues périodes. Les Vénitiens racontent tous les jours avec fierté l'histoire de sa réapparition en 1094 (chapitre 45).

Malheureusement, les zoonoses (chapitre 31) existent et causent périodiquement des ravages chez les êtres humains. La recherche sur ces toxines naturelles et leur exploitation à usage offensif (chapitre 54) ne date pas d'hier. L'humanité joue avec l'idée de la guerre biologique depuis des siècles comme le prouve mon personnage Irina Zovastina.

Les statistiques détaillées au chapitre 32 reflètent fidèlement le problème de plus en plus sérieux posé par le VIH. L'Afrique et l'Asie du Sud-Est sont les repaires préférés du virus. La description des caractéristiques biologiques du virus au chapitre 51 et de la manière dont le virus a pu passer des singes aux humains (chapitre 60) est correcte. L'idée que quelqu'un pourrait découvrir un traitement contre le sida sans le rendre public, en attendant que la demande augmente (chapitre 64), n'est que pure fiction, mais les conséquences politiques de la maladie ainsi que la réponse globale inadaptée apportée à cette dangereuse pandémie ne sont que trop réelles.

C'est dans l'île de Vozrozhdeniya que les Soviétiques ont produit nombre de leurs armes biologiques. Le dilemme décrit chapitre 33 s'est réellement posé lorsqu'ils ont abandonné les lieux. La disparition de la mer d'Aral (chapitre 33), précipitée par le projet insensé des Soviétiques visant à détourner sa principale source d'approvisionnement en eau, passe communément pour le pire désastre écologique de l'histoire. Malheureusement, aucune issue positive n'a été trouvée à cette catastrophe.

L'amulette décrite au chapitre 59 est réelle, mais c'est

moi qui en ai fait le réceptacle d'une bandelette en or. Les scytales (chapitre 61) étaient utilisées à l'époque d'Alexandre le Grand pour envoyer des messages codés. L'une d'elles est exposée au musée international de l'Espionnage à Washington, D.C., et je n'ai pu résister au plaisir de l'inclure dans cette histoire. Les Scythes (chapitre 75) existaient eux aussi et les détails historiques les concernant sont rapportés avec fidélité, même si rien n'indique qu'ils inhumaient leurs rois ailleurs que dans des tumulus.

Passons à Alexandre le Grand maintenant.

L'histoire de sa mort (chapitre 8) est l'amalgame de plusieurs récits contradictoires. J'ai inventé les trois réponses différentes données par le souverain à la question « À qui laissez-vous votre royaume ? ». La réponse la plus communément acceptée est « Au plus fort », mais une réponse différente convenait mieux ici. Les historiens s'interrogent depuis longtemps sur la mort d'Alexandre, sur sa soudaineté, sa nature inexplicable suggérant un acte criminel (chapitre 14), mais rien ne corrobore cette théorie.

Les détails concernant l'embaumement du corps d'Alexandre dans du miel, ce qui arriva à son cortège funèbre et la description de sa tombe à Alexandrie sont tirés de récits historiques. La théorie selon laquelle les reliques de saint Marc conservées à Venise pourraient être celles d'Alexandre le Grand n'est pas la mienne, mais celle d'Andrew Michael Chugg telle qu'elle apparaît dans l'excellent *The Lost Tomb of Alexander the Great*. Il est vrai, cela dit, que les premiers chrétiens s'appropriaient régulièrement des objets servant aux cultes païens (chapitre 74) et que la dépouille d'Alexandre le Grand a bien disparu d'Alexandrie à peu près au moment où celle de saint Marc réapparaissait (chapitre 45). De plus, le débat politique autour de la restitution à l'Égypte de tout ou partie des reliques de la basilique Saint-Marc continue de faire rage et le Vatican a fait don de quelques reliques d'importance mineure à la ville d'Alexandrie en 1968.

Le fait que la tombe d'Alexandre soit située en Asie centrale est purement fictif, mais la description au chapitre 94 s'inspire de la tombe de Philippe II, le père d'Alexandre, censée avoir été retrouvée par des archéologues en 1977. Depuis quelque temps, cependant, on s'interroge sur l'identité réelle de son occupant.

L'héritage politique et historique d'Alexandre continue à susciter un intense débat. Était-ce un sage et un visionnaire comme le prétendent certains ou un conquérant irresponsable et sanguinaire ? La discussion entre Malone et Cassiopée au chapitre 11 rend compte des avis divergents sur un sujet qui a fait l'objet de nombreux ouvrages. Mais le meilleur reste celui de Peter Green, *Alexander of Macedon, A Historical Biography*. L'étude sérieuse que l'on doit à Green révèle qu'Alexandre a consacré sa vie entière, avec le succès que l'on sait, à la quête exclusive de la gloire personnelle. L'empire qu'il avait créé au prix de tant de luttes s'effondra à la minute où il mourut, mais sa légende perdure. On peut voir la preuve de son immortalité dans le culte qu'il inspire depuis longtemps. Son influence est parfois bénéfique, parfois tragique, comme chez Irina Zovastina. Pour Peter Green, Alexandre est une énigme dont la grandeur défie tout jugement catégorique. Il personnifie un archétype, impétueux et immortel, l'incarnation d'une quête éternelle. C'est une personnalité dont la grandeur dépasse la somme de ses exploits, si impressionnants soient-ils.

Au bout du compte, c'est Alexandre lui-même qui le dit le mieux dans l'*Anabase* d'Arrien :

« Cette vie du courage a ses charmes ; la mort même n'en est point exempte, quand elle consacre le guerrier à l'immortalité. »

À propos de l'auteur

Steve Berry est l'auteur de six romans classés parmi les meilleures ventes du *New York Times (L'Énigme Alexandrie, L'Héritage des Templiers, Le Troisième Secret, The Romanov Prophecy, The Amber Room, The Charlemagne Pursuit)*, traduits dans trente-huit langues et disponibles dans quarante-deux pays du monde. Avocat ayant parcouru l'Europe, le Mexique, les Caraïbes et la Russie, il vit actuellement sur la côte de l'État de Géorgie. Il travaille en ce moment à son nouveau roman. Visitez son site Internet à l'adresse www.steveberry. org.

Composition et mise en pages réalisées
par Text'oh! - 39100 Dole

Achevé d'imprimer par GGP Media GmbH, Pößneck
en septembre 2009
pour le compte de France Loisirs,
Paris

N° d'éditeur : 56609
Dépôt légal : septembre 2009
Imprimé en Allemagne